市场营销学

SHICHANG YINGXIAO XUE

主　编／谭俊华

副主编／李明武　潘成华

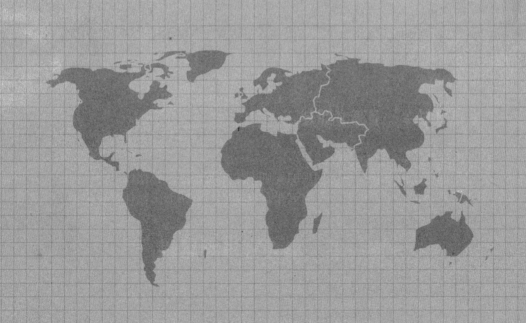

天津大学出版社
TIANJIN UNIVERSITY PRESS

内 容 简 介

全书根据市场营销学的理论体系分为十三章。每章对市场营销学的基本理论用通俗易懂的语言进行了整理和归纳，在编排上既注重市场营销学理论的完整性，又强调市场营销实践的应用性。本书主要内容包括市场营销环境，消费者购买行为，组织市场购买行为，市场营销调研，目标市场营销战略，竞争性市场营销战略，产品策略，价格策略，分销渠道策略，促销策略，市场营销计划、组织、执行与控制，市场营销新概念。此外，每章均附有小案例、相关资料，并配备了讨论题和思考题，有助于开阔学生的思路，便于学生理解。

本书可作为各类高等院校市场营销专业的教材，也可作为企业管理人员自学或培训用书。

图书在版编目（CIP）数据

市场营销学/谭俊华主编. —天津：天津大学出版社，2011.3
国家级示范性高等院校精品规划教材
ISBN 978-7-5618-3860-0

Ⅰ. ①市... Ⅱ. ①谭... Ⅲ. ①市场营销学—高等学校—教材
Ⅳ. F713.50

中国版本图书馆 CIP 数据核字（2011）第 016196 号

出版发行　天津大学出版社
出 版 人　杨欢
地　　址　天津市卫津路 92 号天津大学内（邮编 300072）
电　　话　发行部：022-27403647　邮购部：022-27402742
网　　址　www.tjup.com
印　　刷　昌黎太阳红彩色印刷有限责任公司
经　　销　全国各地新华书店
开　　本　185mm×260mm
印　　张　21.5
字　　数　538 千
版　　次　2011 年 3 月第 1 版
印　　次　2011 年 3 月第 1 次
定　　价　38.00 元

前　言

　　企业决策正确与否是企业经营成败的关键。企业要谋得生存与发展，首先要作好经营决策。企业通过市场营销活动分析外部环境的现状和发展趋势，结合自身的资源条件，指导企业在产品定价、分销、促销和服务等方面作出科学的决策。同时，市场营销是连接社会需求与企业生产的中间环节，是企业战胜竞争对手、获取市场竞争优势的重要方法。

　　从国家整个经济层面来看，市场营销可以适时、适地，以适当价格把产品从生产者传递给消费者，求得生产与消费在时间、地区的平衡，从而对促进社会总供需的平衡、发展我国各领域的经济起着巨大的作用。正因为如此，市场营销学作为一门科学越来越受到国家、企业界、学术界的高度重视，在我国发展速度很快。

　　市场营销学作为一门应用性经营管理学科，在学术界长期存在"是科学还是艺术"的争论。事实上，市场营销学在其发展过程中，不断吸纳经济学、管理学、社会学、行为学等多门学科的相关理论，并形成了自己的理论体系。它为企业的营销提供了一整套行之有效的概念、技术和实战经验。为了适应社会主义市场经济的发展，满足学校和社会对市场营销学教学的需要，我们组织了长江大学几位长期在高校从事市场营销教学和研究的教授、专家编写了本书。

　　本书共十三章，第一、二、三、五章由谭俊华编写，第八、九、十、十一章由李明武编写，第四章由汪澜编写，第六章由纪海芹编写，第七章由王萍编写，第十二章由潘成华编写，第十三章由孙长虹编写。本书由谭俊华统筹、修改、定稿。

　　本书在编写过程中借鉴、参考了大量文献、资料，有些因作者无法核实，未能在参考文献中列出，在此表示衷心的感谢！本书在编写过程中得到了黎婷、朱辉、吴大强等同志的帮助，在此表示由衷的感谢！本书还得到了长江大学管理学院各位领导和老师的大力支持，在此一并致谢！

　　由于成稿时间仓促、作者水平所限，兼之市场营销学是一门发展较快的学科，许多理论和实践问题尚处于发展之中，书中不足之处在所难免，诚请有关专家和广大读者批评指正。

编　者

2011 年 1 月

目　录

第一章　导　论

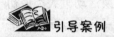 引导案例

一只章鱼的神奇营销

由于正确预测了南非世界杯上的八场比赛，神奇的章鱼保罗成为了全世界备受瞩目的"明星"，有些媒体称保罗才是这届世界杯真正的冠军。

这只被饲养于德国奥博豪森水族馆的章鱼，不但让那些所谓的足球预测专家丢了脸，而且让许多人对它爱恨交加。德国人埋怨它倒戈，给它取了个外号叫"卖国贼"；阿根廷球迷对它更是恨之入骨；但它却成为了西班牙民众心目中的"神"，连西班牙总理都希望能派出人马保护它的安全。

德国奥博豪森水族馆因保罗而享誉全球，并被很多有意前往德国的游客列为必去的景点之一。面对这棵"摇钱树"，奥博豪森水族馆的经理珀尔沃尔已经明确表示会让保罗在此安度晚年。

在我国，保罗被亲切地称为"章鱼哥"。"章鱼哥"睡衣、"章鱼哥"手袋、"章鱼哥"靠垫等五花八门的物品开始走入人们的生活。

德国奥博豪森水族馆的营销团队的确十分高明，他们巧借与水族馆丝毫搭不上边的世界杯，利用章鱼赚足了人气，使世界20亿人的目光投向了神奇的章鱼保罗，投向了该水族馆。而且，以一只章鱼作为切入点，没有过多的营销成本，即使预言错了，也不会产生太大的负面效应，至少还可以博众人一乐。

其实国内也不乏成功的事件营销案例。比如，蒙牛冠名"超级女声"，加多宝公司在汶川赈灾晚会上大手笔捐款并喊出了"要喝就喝王老吉，要捐就捐一个亿！"的口号，青岛啤酒的品牌主张"激情成就梦想"。但是，无论在投资回报、风险掌控，还是影响力方面，以上案例都远没有达到章鱼保罗这一案例的高度。

一只章鱼的神奇营销让我们认识到了营销的魅力，同时也给予我们深刻的启示。

讨论题:

1. 你觉得章鱼神奇,还是德国奥博豪森水族馆的营销团队神奇?为什么?
2. 这个营销案例对我们有哪些启示?

第一节　市场及市场营销

市场营销是企业的基本职能之一。研究市场营销学,首先要了解什么是市场,什么是市场营销。只有在明确了解市场、市场营销的基础上,才能再进一步探讨市场营销的其他相关知识。

一、市场的概念、构成及功能

(一) 市场的概念

市场起源于社会分工和商品交换。由于有了社会分工,对别人的物品产生需求,于是就产生了供求关系;由于商品生产使需求愿望得以实现,因此产生了商品交换活动。人类最初的商品交换是物物交换,要进行交换就要求双方在同一时间相逢于同一地点,通过交换满足各自需要,形成了市场的最初模型。所以说,市场的基本关系是商品供求关系,基本活动是商品交换活动。一般来说,市场主要有以下几种含义。

1. 市场是商品交换的场所

这通常被称为狭义的市场,因为各个商品生产者之间、商品生产者与消费者之间,彼此必须通过交换或买卖形式才能取得对方的产品,因此就促使商品交换逐步在一定时期和地点形成市场,即形成商品交换的场所。这种认识把市场理解为特定的空间,人们在这特定的空间内进行商品买卖活动。我国古代文献中记载:"日中为市,致天下之民,聚天下之货,交易而退,各得其所。"这就是原始的市场概念。随着社会分工的复杂化和商品生产的专业化,商品交换日益频繁,市场也就无处不在了,如百货商场、超市、集贸市场、批发市场等。

2. 市场是商品交换关系的总和

这通常被称为广义的市场。列宁说:"哪里有社会分工,哪里就有市场。"因社会分工而发生的交换关系,就是市场。市场是指商品交换的全过程,包括许多抽象的、具体的交易活动和手段,即买卖行为关系的总和。随着商品经济的发展,商品的品种、数量日益增多,交易日益频繁,交换的范围和规模日益扩展,商品交换的形式日益多样化。这也反映着交换当事人的关系日益复杂,社会各部门之间的经济联系也正是通过这些错综复杂的交换关系来实现的。

3. 市场是买主和卖主力量的集合

这是从商品供求关系的角度提出来的市场概念,是供求双方的力量相互作用的总和。一般用"买方市场"或"卖方市场"反映市场上供求力量的相对强度。在买方市场中,商品供给量大于需求量,消费者支配着销售关系,居于主动地位,商品价格较低;在卖方市场中,商品的需求量大于供给量,卖方在交易过程中起着支配作用,居于主动地位,商品价格往往高于正常水平。因此，判断市场供求力的相对强度和变化趋势，对于企业进行营销决策是十分重要的。

市场的形成与发展是由社会生产力发展水平决定的。它既决定着市场的规模与容量，又决定着市场的社会性质。当社会生产力发展到出现社会分工和商品生产时，才形成商品交换，从而形成市场。因此，市场并不是一个永恒的范畴，它只同商品经济密切联系在一起。

根据市场的含义，企业的经营活动必须围绕市场展开。

1）认识社会需要什么（包括现在和将来），提出市场分析和发现市场机会的任务。

2）根据社会分工的需要、企业的专业特长来选择为之服务的目标市场，使自己有能力在特定的范围内满足消费者的需要。

3）制订和实施一整套的经营计划和手段来满足这些需求，以实现企业的经营目标。

（二）市场的构成要素

具体而言，市场主要有三个构成要素，即人口、购买力和购买欲望，用公式表示为

$$市场=人口+购买力+购买欲望$$

1. 人口

人口是构成市场的基本要素，哪里有人，哪里有消费者群，哪里就有形成市场的可能。人口又是市场的首要要素，有人才有消费，才有对消费品的需求，进而才有对工业用品的需求。我国是一个拥有 13 亿人口的大国，世界知名的跨国公司纷纷大举进入我国市场，正是看中了我国人口众多、消费潜力大的国情。

2. 购买力

购买力是指人们购买商品的货币支付能力。显然，具备购买力的需求才能形成真正意义上的市场，所以购买力是市场的必备要素之一。

3. 购买欲望

购买欲望是指人们购买商品的动机、愿望和要求，是市场的另一个必备要素。它是潜在购买需求转变为现实购买行为的重要条件。人们的购买欲望受多方面因素的影响。这里首先要明确的是，价格是影响购买欲望的重要因素。一般而言，价格越低，人们的购买欲望越强烈；反之，价格越高，人们的购买欲望越低。大多数企业都清楚地认识到了这一点，所以它们频频采用降低商品价格、折扣、优惠等手段刺激需求，提高人们的购买欲望，最终促进产品销售。市场的反应表明，这确实是屡试不爽的好办法。

市场的三个构成要素是相互制约、缺一不可的，只有三者结合起来才能构成现实的市场，才能决定市场的规模和容量。例如，一个国家或地区人口很多，但人均收入低，购买力有限，则不能构成容量很大的市场；或者，人们的购买力虽然很强，但人口很少，也不能成为很大的市场。只有人口多且购买力又强，才能成为一个有潜力的大市场，同时，这个大市场又需要并愿意购买某些产品或劳务，才能成为现实的市场。所以，从营销的角度分析，市场是人口、购买力和购买意向的统一，是指具有特定需求和欲望，而且愿意并能够通过交换来满足这种需求和欲望的全部潜在人口。企业向市场提供产品或劳务时，要顺利实现交易，就必须弄清楚有多少人员、谁来买、购买能力如何、为什么买等问题。所以，市场是上述三个要素的统一。

（三）市场的功能

1．实现功能

市场是商品交换的场所。通过市场交易，商品与货币易位，商品生产者售出产品，实现了商品的价值；消费者取得产品，产品进入消费领域，成为现实的产品。

2．调节功能

市场是经济竞争的场所，通过供求与价格的相互作用，供求形式的变化和竞争的开展，对生产者、经营者和消费者的买卖行为起到调节作用，使生产、经营规模和结构与消费需求相适应，从而促进社会资源的合理配置。

3．反馈功能

市场是信息汇集的场所。买卖双方的接触和影响供求诸因素信息的传递，不仅能为企业的微观决策提供依据，有利于企业更好地组织生产经营活动；也能为政府宏观决策提供依据，有利于政府进行经济计划管理和加强宏观调控。

二、市场营销的含义及作用

（一）市场营销的含义

对于市场营销的定义，有许多不同的表述。市场营销的含义源自企业的市场营销活动，因此，它不是固定不变的，而是随着企业市场营销活动的发展而发展的。

近几十年来，中外学者对市场营销的含义表述各异，具有代表性的有以下几种。

1960 年，美国营销协会（American Marketing Association，AMA）曾把市场营销定义为："把产品和劳务从生产者引导到消费者或用户所进行的企业活动。"这是关于市场营销概念的最早的一种表述。

美国营销学者尤金·麦卡锡认为："市场营销是引导物品及劳务从生产者至消费者或使用者的企业活动，以满足顾客并实现企业的目标。"

1985 年，美国营销协会又对市场营销的定义作了新的表述："营销是（个人和组织）对产品和服务的构思、定价、促销和分销的执行过程，以实现个人和组织的目标交换。"

国内有学者提出："市场营销是在变化的市场环境中，旨在满足消费需要，实现企业目标的商务活动过程。"

菲利普·科特勒认为："市场营销是个人和群体通过创造、提供出售，并自由地同别人交换产品和价值，致力于通过交换过程满足消费者的需求与欲望的一种社会管理过程。"

本书推荐菲利普·科特勒的观点，下面从三个方面来阐述这一概念。

1．市场营销的目的

市场营销的目的是达成交易并取得良好的经济效益。企业开展生产经营活动的直接目的是获利，为此，企业必须将自己生产、经营的产品或提供的劳务通过市场销售出去，收回投资并保证生产经营活动持续不断地进行下去。获利既是企业开展营销活动的直接目的，也是维护企业生存、促进企业发展壮大的物质保证；同时，它还是提高人们物质文化生活水平的物质条件。所以，我们应鼓励企业通过开展合法的营销活动尽可能多地获利。当然，我们这里所说的获利是经济效益，是企业经济效益和社会经济效益的统一，只有这种统一的经济效益才能保证企业获得持续、健康的发展。

2．市场营销的中心

市场营销的中心是满足消费者的现实需求和潜在需求，这既是由企业的性质决定的，也是企业开展经营销售活动的客观要求。企业不仅要满足消费者的现实需求，而且要满足消费者的潜在需求；不仅要满足消费者的物质需求，而且要满足消费者的精神需求；不仅要满足消费者的商品性需求，而且要满足消费者的劳务性需求；不仅要满足消费者个人的需求，而且要满足社会的需求。

3．市场营销的内容

市场营销的内容主要包括市场调研、选择和确定目标市场、产品开发和产品定价、分销渠道选择、推销和促销、储存和运输、提供信息和服务等一系列活动。除此之外，市场营销的内容还包括生产过程之前的产前活动和流通过程结束之后的售后活动，不仅要以消费者为全过程的终点，更重要的是要以消费者的需求为全过程的起点。

（二）市场营销的作用

市场营销工作的基本作用在于解决生产与消费的矛盾，满足人们生活消费和生产消费的需求。通过企业市场营销工作，使得生产者方面各种不同的供给与顾客方面各种不同的需求和欲望相适应，实现生产与消费的统一。企业市场营销工作的意义重大，主要表现在以下四个方面。

（1）营销工作是实现企业生产目的的必要条件

企业的再生产过程是生产过程和流通过程的统一，产品销售正是通过流通过程这个中间环节，把商品卖给消费者，换回货币，再购买生产资料，这样才能进入下一个生产过程。通过营销工作，不仅能满足消费者的需要，实现商品的使用价值，而且也能使生产过程中创造的商品价值得以实现，销售使商品转化为货币，企业便能以收抵支，取得利润。这样，一方面保证上交国家税收，另一方面也能增加企业积累，以保证企业扩大再生产。

（2）营销工作是联系生产和消费的纽带，是开拓市场的先锋，起着桥梁作用

一方面，企业通过营销工作把自己生产的产品和信息输送给消费者，帮助消费者选择商品；另一方面，又把消费者对商品的意见和新的需求反馈给企业，促进企业不断开发新产品，满足消费者不断发展的需求。营销工作通过商品交换和信息沟通，发现和开拓新的市场，起着联系企业和用户的桥梁作用。

（3）营销工作为企业各项经营决策提供客观依据，起着指导作用

营销工作是企业的"耳目"，营销工作不只是单纯地推销产品，营销人员在推销商品的同时还要进行市场调查，了解供需动态，了解用户的需求及其变化趋势，掌握商品供给情况及其竞争趋势，为企业进行产品决策、生产安排、销售决策、财务决策以及其他决策提供有用信息，保证企业经营决策的科学性。

（4）营销工作对企业改进各方面工作、提高经济效益起着促进作用

通过商品在市场上的销售，可以发现企业的长处和短处，从而促进企业提高人员素质、改进经营管理水平、引进新技术、提高产品质量、增加品种、加速新产品的开发和老产品的更新换代，同时努力降低成本、减少物耗、节约能源，生产出价廉物美、适销对路的产品，提高企业的适应能力和竞争能力，从而提高经济效益。

三、市场营销的相关概念

（一）需要、欲望和需求

消费者的需要、欲望和需求是市场营销的出发点。满足消费者的需要、欲望和需求是市场营销活动的目的。

需要是指没有得到某些基本满足的感受状态，既包括物质的、生理的需要，也包括精神的、心理的需要，具有多元化、层次化、个性化和发展化的特性。需要是抽象的，它存在于人类自身和所处的社会环境中；需要是笼统的，心理学家马斯洛（Abraham Maslow）提出的需要层次论说明了人类的需要包括生理的需要、安全的需要、社交的需要、尊重的需要和自我实现的需要。需要是相对稳定的，在相当长的时间里，会有几种需要是人们的主要需要。需要是不能由市场营销者创造的，也很少受到市场营销者的影响，它们存在于人自身的生理结构和情感条件中。

人的需要是有限的，而人的欲望是无限的，强烈的欲望能激励人的主动购买行为。欲望是指想得到某种更为具体的东西以满足或部分满足某种需要的特定愿望。欲望是具体的概念，必须同具体的东西相联系；欲望趋于变换，会经常在多种选择之间跳跃；欲望会受到广告、推销和相关群体的较大影响；欲望是丰富的，它与无数的产品相联系。例如，一个人需要食品，会想要得到一个面包；需要衣服，会想要一件西装；需要被人尊重，会想购买一辆汽车。人类的需要并不多，而他们的欲望却是多种多样的。各种社会力量和各种机构，诸如教会、学校、家庭和商业公司不断地激发人类形成和再形成种种欲望。营销者只能通过营销活动对人的需要施加影响和引导，而不能凭主观臆想加以创造。

需求是经济学概念。需求是指针对特定目标的具有购买能力（支付能力）的欲望。当人们对某种产品有欲望并有能力购买时，就称为对这种产品有需求；有欲望而没有购买力或者有购买力而没有欲望，则称为没有需求。因此，企业不仅要估量有多少人想要得到一件商品，更重要的是应该了解有多少人真正愿意并且有能力购买该商品。

人的需要和欲望是市场营销学的出发点，但营销者并不能创造需要，需要早就存在于营销活动出现之前。营销者和社会上的其他因素，只是影响了人们的欲望，只是试图指出一个什么样的特定产品可以满足人们这方面的需要，力图通过各种营销活动，使产品富有吸引力，适应消费者的支付能力来满足其需要。

根据需求水平、时间和性质的不同，可归纳出八种不同的需求状况。

1. 负需求

负需求是指全部或大部分消费者对某种产品或劳务不仅不喜欢，没有需求，甚至有厌恶情绪。在此情况下，市场营销的任务是分析市场为何不喜欢这种产品，研究如何经由产品再设计、改变产品的性能或功能、降低价格和正面促销的市场营销方案来改变市场对该产品的看法和态度，即扭转人们的抵制态度，实行扭转性营销措施，使负需求转变为正需求。例如，近年来许多老年人为预防各种老年疾病不敢吃甜点和肥肉，又如有些人害怕冒险而不敢乘坐飞机，或害怕化纤纺织品有毒物质损害身体而不敢购买化纤服装。对此，市场营销的任务首先是分析人们为什么不喜欢这些产品，然后针对目标消费者的需求重新设计产品、制定售价、开展更积极的促销活动，或改变人们对某些产品或服务的固有观念，诸如宣传老年人适当吃甜食可促进脑血液循环，乘坐飞机发生事故的概率比较小等。像这样把负需求变为正需求的市场营销，称为改变性市场营销。

2. 无需求

无需求是指目标市场对产品毫无兴趣或漠不关心的一种需求状况。例如，许多非洲国家的人民从来不穿鞋子，对鞋子无需求。通常，市场对下列产品无需求：①人们一般认为无价值的废旧物资；②人们一般认为有价值，但在特定市场无价值的东西；③新产品或消费者平常不熟悉的物品等。在无需求情况下，市场营销的任务是刺激市场，即通过大力促销及其他市场营销措施，努力将产品所能提供的利益与人的自然需要和兴趣联系起来，以激发其需求。

3. 潜在需求

如果人们对某种事物有明确的需要和欲望，但由于某些主观和客观因素的限制，暂时难以得到满足，而将来有可能得到满足，那么该市场就处于潜在需求状态。潜在需求主要有两种表现形式：①消费者对市场上现有的某种产品或服务有购买欲望，但无支付能力；②消费者对某种事物有强烈的需要和欲望，但市场上现有的产品或服务却又无法满足这种需求，如减肥药品、防治癌症的药物等。潜在需求虽然不是有效的现实需求，但是，一旦条件成熟，如消费者有了支付能力，或者消费者需要的产品或服务问世，潜在需求就会转化为现实需求。对于潜在需求，市场营销的任务是实施发展性营销，善于发现市场的潜在需求，重视研究潜在需求，开发有效的新产品或服务，并积极引导消费者使用和购买新的产品和服务，把消费者的潜在需求转化为现实需求。

4. 下降需求

下降需求是指目标消费者对某些产品或服务的需求出现了下降趋势的一种需求状况，如近年来城市居民对电风扇的需求已饱和，需求相对减少。在这种情况下，市场营销者必须分析市场衰退的原因，决定是否通过建筑新的目标市场、改变产品特色，或者采取更有效的营销组合来刺激需求。市场营销的任务是设法使已下降的需求重新回升，使人们已经冷淡下去的兴趣得以恢复，又称为实行恢复性营销。

5. 不规则需求

许多企业常面临因季节、月份、周、日、时对产品或服务需求的变化，而造成生产能力和商品的闲置或过度使用。例如，公用交通工具在运输高峰时不够用，在非高峰时则闲置不用；又如，旅游旺季时旅馆紧张或短缺，在旅游淡季时，旅馆则空闲。在不规则需求情况下，市场营销的任务是通过灵活的定价、促销及其他激励因素来改变需求时间模式，使物品或服务的市场供给与需求在时间上协调一致，这称为同步营销。

6. 充分需求

充分需求是指某种物品或服务的目前需求水平和时间等于预期的需求水平和时间的需求状况，这是企业最理想的需求状况之一。但是，在动态市场上，消费者偏好会不断变化，竞争也会日益激烈。因此，在充分需求的情况下，市场营销的任务是维持市场，即努力保持产品质量，经常考察顾客满意程度，通过降低成本来保持合理价格，并激励推销人员和经销商大力推销，千方百计维持目前的需求水平。

7. 过度需求

过度需求是指市场对某种产品或劳务的需求量超过了卖方所能供给或所愿供给的水

平，可能是暂时性缺货，也可能是价格太低，还可能是由于产品长期过分受欢迎所致。例如，人口过多或物资短缺，会引起交通、能源及住房等产品供不应求。在过量需求情况下，企业营销的任务是减缓营销，可以通过提高价格、减少促销和服务等方式暂时或永久地降低市场需求水平，或者设法降低赢利较少或服务需要不大的市场的需求水平。企业最好选择那些利润较少、要求提供服务不多的目标消费者作为减缓营销的对象。减缓营销的目的不是破坏需求，而是暂缓需求。实行这些措施难免会遭到反对，营销人员要有充分的思想准备和应变措施。

8．有害需求

有害需求是指市场对某些有害物品或服务的需求，如烟、酒、毒品、枪支等。对于有害需求，市场营销的任务是反市场营销，即劝说喜欢有害产品或服务的消费者放弃这种爱好或需求，大力宣传有害产品或服务的危害性，大幅度提高价格或停止生产供应等。降低市场营销与反市场营销的区别在于：前者是采取措施减少需求，后者是采取措施消灭需求。

（二）交换和交易

1．交换

人们有了需要和欲望，企业将产品生产出来，这还不能解释为市场营销，产品只有通过交换才产生市场营销。人们通过自给自足或自我生产方式，或通过偷、抢等方式，或通过乞求方式获得产品，都不是市场营销，只有通过等价交换，买卖双方彼此获得所需要的产品，才称之为市场营销。交换是市场营销的核心概念，当人们决定以交换的方式来满足需要或欲望时，就产生市场营销了。交换的发生，必须具备以下五个条件。

1）至少有两方参与。

2）每一方都有被对方认为有价值的东西。

3）每一方都能沟通信息和传送物品。

4）每一方都可以自由接受或拒绝对方的产品。

5）每一方都认为与另一方进行交换是适当的或称心如意的。

具备了上述条件，就有可能发生交换行为。但交换能否真正发生，还要取决于双方能否找到交换条件，即交换以后双方都比交换以前好（至少不比以前差）。交换应看做是一个过程而非一个事件。如果双方正在进行谈判，并趋于达成协议，就意味着他们正在进行交换。

2．交易

如果双方通过谈判并达成协议，交易便发生了。交易是交换的基本组成要素。交易是指买卖双方价值的交换，它是以货币为媒介的；而交换不一定以货币为媒介，可以以物易物。

交易涉及以下三个方面的内容。

1）两件有价值的物品。

2）双方同意的条件、时间、地点。

3）维护和迫使交易双方履行承诺的法律制度。

交易与转让不同。在转让过程中，甲将某物给乙，并不接受任何实物作为回报。市场营销不仅要考察交易行为，也要研究转让行为。为了促使交易成功，一个企业的营销人员要仔细分析对方需要什么产品，自己能够提供什么产品，从中发现一致之处，找到交易的基础，然后再实施各种努力达成协议，实现交易。

（三）产品

产品是指用来满足消费者需求的物体。市场营销选用"产品"这个词来泛指商品和劳务，因此我们在这里把能够满足人的需要和欲望的东西统称为产品。产品包括有形与无形的产品、可触摸与不可触摸的产品。有形产品是为消费者提供服务的载体，也叫实体产品；而无形产品或服务是通过其他载体来传递的。实体产品的重要性不仅在于拥有它们，更在于通过使用可以满足人们的欲望。例如，人们购买小汽车不是为了观赏，而是因为它可以提供一种叫做交通的服务。所以，实体产品实际上是向人们传送服务的工具。如果生产者关心产品甚于关心产品所提供的服务，就会陷入困境。过分钟爱自己的产品，往往会导致忽略消费者购买产品是为了满足某种需要这样一个事实。市场营销的任务是向市场展示产品实体中所包含的利益或服务，而不能仅限于描述产品的形貌。否则，将导致企业"市场营销近视"，即企业在市场营销中缺乏远见，只看见产品质量，却看不见市场需求在变化，最终可能失去市场。

（四）市场营销与市场营销者

市场营销是指人与市场有关的一切活动，即以满足人类各种需要和欲望为目的，通过市场使潜在交换变为现实交换的活动。其活动范围十分广泛，从流通领域的商品销售活动到整个社会再生产领域，包括生产、交换、分配、消费的一切活动环节，基本内容包括本书涉及的所有范围。它是一个社会管理过程，在交换双方中，如果一方比另一方更主动、更积极地寻求交换，则前者称为市场营销者，后者称为潜在消费者。我们可以将市场营销理解为与市场有关的人类活动。

市场营销者是指希望从别人那里取得资源并愿意以某种有价之物作为交换的人。市场营销者可以是卖主，也可以是买主。假如有几个人同时想买正在市场上出售的某种奇缺产品，每个准备购买的人都尽力使自己被卖主选中，这些购买者就都在进行市场营销活动。在另一种场合，买卖双方都在积极寻求交换，那么，我们就把双方都称为市场营销者，并把这种情况称为相互市场营销。市场营销者的营销活动是在多种力量影响下进行的，他既是市场营销活动的主导力量，又受到各种外部力量的制约。

四、市场营销组合

（一）营销组合的构成

营销组合这一概念是由美国哈佛大学教授尼尔·鲍顿于 1964 年提出的。4P[⊖]是随着营销组合理论的提出而出现的。4P 的提出奠定了营销管理的基础理论框架。该理论以单个企业作为分析单位，认为影响企业营销活动效果的因素有两种：一种是企业不能够控制的，如政治、法律、经济、人文、地理等环境因素，称为不可控因素，这也是企业所面临的外部环境；一种是企业可以控制的，如产品、价格、渠道和促销等营销因素，称为企业可控因素。企业营销活动的实质是一个利用内部可控因素适应外部环境的过程，即通过对产品、价格、渠道、促销的计划和实施，对外部不可控因素作出积极动态的反应，从而促成交易的实现和满足个人与组织的目标。这一过程用菲利普·科特勒的话说就是："如果公司生产出适当的产品，定出适当的价格，利用适当的分销渠道，并辅之以适当的促销活动，那么该公司就会获得成功"。所以市场营销活动的核心就在于制定并实施有效的市场营销组合。经麦卡锡概括，现

⊖ 4P 是产品（Product）、价格（Price）、渠道（Place）和促销（Promotion）四个单词首字母的缩写。

已形成了现代市场营销学中的 4P 理论，包括产品、价格、渠道和促销。

1. 产品策略（Product）

产品策略是指企业与产品有关的计划与决策。产品是为目标市场而开发的有形物质产品与各种相关服务的统一体，产品领域的核心问题是如何满足消费者的需要。企业在进行有形的物质实体开发时，尤其不应忽略连带服务的开发。总之，要根据需求特点和竞争对手的情况，确定自己的产品结构和产品发展战略。

2. 价格策略（Price）

定价是具有重要意义的决策，需要审慎从事。这一决策包括消费者需求估量和成本分析，以便选定一种能吸引消费者、实现市场营销目的的价格。定价必须考虑目标市场上的竞争性质、法律政策限制、消费者对价格的可能反应等；同时也要考虑折扣、折让、支付形式、支付期限、信用条件等相关问题。价格得不到消费者的认可，市场营销组合的各种努力都将是徒劳的。

3. 渠道策略（Place）

渠道策略指企业如何使产品进入和达到目标市场、接近目标消费者、转移给消费者的各种活动和分销渠道决策。大量的市场营销职能是在市场营销渠道中完成的。渠道的计划与决策通过渠道的选择、调整、新建和对中间商的协调安排，来控制相互关联的市场营销机构，以利于更顺畅地达成交易。也就是说，渠道策略就是要考虑产品在什么地点、什么时候由谁负责销售。

4. 促销策略（Promotion）

促销策略包括人员推销、广告、营销推广及其他宣传推销手段的融合，亦即各种促销形式和公共关系等。企业要把合适的产品在某一时间和地点按适当的价格出售的信息，传递到目标市场。有效的营销方案应把所有的营销组合因素融入一个协调的计划之中，这一协调的计划通过向消费者提供价值来实现企业的市场营销目标。营销组合构成企业的战术工具箱，帮助企业在目标市场建立强有力的市场定位。

营销组合是实现企业战略和战略性营销规划的营销策略，它是企业为实现总的战略目标所采用的手段、方法和行动方案所进行的具体谋划。

（二）市场营销组合的特点及评价

1. 市场营销组合的特点

1）市场营销组合因素对企业来说都是可控因素，也就是说，企业根据目标市场的需要，可以决定自己的产品结构，确定产品价格，选择分销渠道和促销方法等，对这些市场营销手段的运作和搭配，企业有自主权。但这种自主权是相对的，不能随心所欲，因为企业市场营销的过程不但要受本身资源和目标的制约，而且要受各种微观和宏观环境因素的影响和制约，这些不可控因素构成了企业的市场营销环境。

2）市场营销组合是一个复合型的多因素组合体，四个 P 之中各自包含若干个小因素。因此，市场营销组合至少包括两个层次的复合结构。企业在确定市场营销组合时，不但应考虑四个 P 之间的搭配，而且要注意安排好每个 P 内部的工具搭配，使所有这些因素达到灵活运用和有效组合，以求得到最佳效果。

3）市场营销组合是一个动态组合。每一个组合因素都是不断变化的，是一个变量；同时又是互相联系的，每个因素都是另一因素的潜在影响者。在四个大的变量中，又各自包含若干小的变量，每一个变量的变动，都会引起整个市场营销组合或大或小的变化，从而形成一个新的组合。

4）市场营销组合要受企业市场定位战略的制约，即企业应根据市场定位的战略设计，在总体战略的指导下安排相应的市场营销组合。

5）市场营销组合的整体性。营销组合不是简单地把四大策略叠加在一起，所起的作用也不是它们简单相加的结果，而是要将四大策略相互配合协调，产生有机整体，其效果也远远大于简单相加的结果。

2. 对市场营销组合的评价

尽管营销组合概念和 4P 理论被迅速和广泛地传播开来，但其在有些方面也受到了一些营销学者特别是欧洲学派的批评，他们的观点如下。

1）一个简简单单的要素清单是不足以涵盖所有营销变量的，也不可能适用所有情况。

2）将 4 个 P 从企业其他部门的工作中分离出来，由市场营销部专门负责，是有违营销组合的原意的，也不利于企业从事市场营销工作。

3）4P 组合模型只适合于指导制造业消费品的营销活动，而不太适合指导其他产品（如工业品和服务）和其他行业（如零售业、金融业、公共事业）的营销活动。

4）4P 理论主要关注的是生产和仅仅代表商业交换一部分的迅速流转的消费品的销售。况且，消费品生产者的顾客关系大多是与零售商和批发商的工业型关系，消费品零售商越来越把自己看成是服务的提供者。在这种情况下，4P 理论在消费品领域的作用会受到限制。

（三）市场营销组合的新发展——4C 营销理论

随着市场竞争日趋激烈，媒介传播速度越来越快，消费者向个性化方向发展，4P 理论越来越受到挑战。人们感到仅仅着眼于企业内部可控制的市场基本因素，已不能达到预期目的，还必须与外部环境，如政治、经济、文化等方面的不可控制因素有机结合起来，才能获得最优效果。20 世纪 80 年代，美国学者罗伯特·劳特朋针对 4P 理论存在的问题提出了 4C 营销理论。他认为，4P 理论基本上是厂商的本位主义，而 4C 营销理论则是以消费者为导向的理论，对应 4P 理论中的产品、价格、渠道和促销，4C 指的是消费者、成本、便利性和沟通。

1. 消费者（Consumer）

企业首先要了解、研究、分析消费者的需求与欲望，满足消费者的需求。企业要做的不仅仅是提供产品和服务，更重要的是满足消费者的需求和欲望，创造客户价值。

2. 成本（Cost）

这里的成本是指消费者的购买成本。企业应更加关注消费者为满足需求与欲望愿意付出多少成本，而不是先给产品定价。

3. 便利性（Convenience）

企业应考虑为消费者提供最大的购物和使用便利性，而不是先考虑销售渠道的选择，要通过售前、售中和售后服务让消费者在购物的同时，也享受到便利。

4. 沟通（Communication）

以消费者为中心实施市场营销，沟通是十分重要的，企业应通过互动、沟通等方式，将内外营销不断进行整合，使消费者和企业获得双赢。

4C营销理论也有不足，它没有解决满足消费者需求的操作性问题，如提供集成解决方案、快速反应等。4C理论总体上虽然是4P理论的转化和发展，但被动适应消费者需求的色彩很浓。

（四）营销理论的最新进展——4R营销理论

近年来，美国DonE.Schultz针对4C理论存在的不足提出了4R（关联、反应、关系、回报）营销理论，阐述了一个全新的营销理念。

1. 关联（Relate）

在竞争性市场中，消费者具有动态性，提高消费者的忠诚度，赢得长期而稳定的市场显得尤为重要。重要的营销策略是通过某些有效的方式在业务、需求等方面与消费者建立关联，把消费者与企业联系在一起，减少消费者流失的可能性。因此，企业应当同消费者在平等的基础上建立互利互惠的伙伴关系，保持与顾客的密切联系，认真听取他们提出的各种建议，关心他们的命运，了解他们存在的问题和面临的机会，通过提高消费者在购买和消费中的产品价值、服务价值、人员价值及形象价值，降低消费者的货币成本、时间成本、精力成本及体力成本，从而更大限度地满足消费者的价值需求，让他们在购买和消费活动中得到更多的享受和满意。

2. 反应（Reaction）

企业要站在消费者的角度及时倾听他们的希望、渴望和需求，并及时答复和迅速作出反应，满足他们的需求。企业必须建立快速反应机制，提高反应速度和回应力，最大限度地减少客户抱怨，稳定客户，降低客户转移的概率。

3. 关系营销（Relationship）

在企业与消费者的关系发生了本质性变化的市场环境中，抢占市场的关键已转变为与消费者建立长期而稳固的关系，从交易变成责任，从管理营销组合变成管理和顾客的互动关系。

4. 回报（Return）

任何交易与合作关系的巩固和发展，对于双方主体而言，都是一个经济利益问题，因此，一定的合理回报既是正确处理营销活动中各种矛盾的出发点，也是营销活动的落脚点。对企业来说，市场营销的真正价值在于其为企业带来短期或长期的收入和利润的能力。一方面，追求回报是营销发展的动力；另一方面，回报是企业从事营销活动，满足消费者价值需求和其他相关主体利益要求的必然结果。企业要满足消费者需求，为消费者提供价值，消费者必然会予以货币、信任、支持、赞誉、忠诚与合作等物质和精神回报，最终体现为企业的利润。

（五）4P、4C、4R营销理论的关系

4P、4C和4R营销理论三者不是取代关系，而是完善、发展的关系。由于企业层次不同，情况千差万别，市场营销学还处于不断发展之中，所以至少在一个时期内，4P理论还是市场营销的基础框架，4C理论也是很有价值的理论和思路。因而，这两种理论仍具有适用性和可借鉴性。4R理论不能取代4P理论和4C理论，而是在4P理论和4C理论基础上的创新与发展，所以不可把三者割裂开来，甚至对立起来。所以，在了解、学习和掌握体现了新世纪市场营销新发展的4R理论的同时，根据企业的实际，把三者有机结合起来共同指导营销实践，可能会取得更好的效果。

第二节 市场营销学的产生和发展

市场营销学译自英文"Marketing"一词，其原意是指企业的市场买卖活动，即企业的市场营销活动。作为一门学科，"Marketing"一词是指以市场营销活动为研究对象的市场营销学。市场营销学是 20 世纪初发源于美国的一门专门研究企业市场营销活动规律性的新兴学科。市场营销学的形成和发展是商品经济高度发展的产物，它的理论和方法是企业实践经验的总结和概括。正确运用市场营销学的原理、方法和技巧，可以使企业以最小的人力、物力、财力，获取最大的经济和社会效益，在激烈的市场竞争中立于不败之地。

一、市场营销学的产生和发展

市场营销是企业的一种实践活动。因此，市场营销学不是观念的产物，而是企业活动的产物，可见，市场营销学的产生和发展与企业的市场营销活动紧密联系在一起。市场是商品经济的产物，当商品经济还没有发展完善时，也就不可能产生涉及市场问题的学科。直到 20 世纪初，商品经济有了高度发展，市场营销学才从经济学中分离出来，逐渐成为一门独立的学科，后来又从美国传到西欧、日本及世界各国。

随着社会经济及市场经济的发展，市场营销学发生了根本性的变化，其应用已从营利组织扩展到非营利组织，从美国扩展到全世界。纵观市场营销学的发展历程，可以看出市场营销学对市场营销活动规律性的认识是逐步深化的，它大体经历了形成、发展、变革和现代市场营销四个阶段。

（一）形成阶段（19 世纪末—20 世纪 20 年代）

人类的市场经营活动，从市场出现就开始了；但研究市场销售及其管理活动的学科——市场营销学却直到 19 世纪末 20 世纪初才开始形成。进入 19 世纪，伴随世界经济的发展，资本主义的矛盾日益尖锐，频频爆发的经济危机迫使企业日益关注产品销售，研究如何更有效地应对竞争，在实践中不断探索企业运营的规律。

19 世纪末到 20 世纪初，世界主要资本主义国家先后完成工业革命，从自由竞争向垄断资本主义过渡，生产迅速增长，城市经济发达。垄断组织加快了资本的积累，使生产规模迅速扩大，商品需求量急剧增加。由于需求增加，市场的基本特征是供不应求，形成卖方市场。1911 年，美国工程师泰勒所著《科学管理原理》一书出版。泰勒以提高生产率为主要目标的科学管理理论、方法应运而生，并受到普遍重视。许多大企业相继推行该书提出的科学管理的理论和方法，使生产效率大为提高，出现了生产能力的增长速度超过市场需求增长速度的现象。产品迅速增加，消费者要求对流通领域有更大的影响，对相对狭小的市场有更精细的经营。在这种情况下，有远见的企业家在经营管理的实践上，开始重视商品推销和刺激需求，注重推销术和广告的研究和应用。此外，科学技术的发展也使企业内部计划与组织变得更为严密，从而有可能运用科学的调查研究方法，预测市场变化趋势，制订有效的生产计划和销售计划，以控制和调节市场销量。在这种客观需要与可能条件下，市场营销学作为一门独立的经营管理学科诞生了。

为了解决产品的销售问题，一些经济学家和企业开始根据企业销售活动的需要，着手研究销售的技巧和各种推销方法。1902—1905 年，密歇根大学、加利福尼亚大学、伊利诺斯大学和俄亥俄大学等相继开设了类似于市场营销的课程。1905年，美国宾夕法尼亚大学开设了名为"产品的市场营销"的课程。1910年，执教于威斯康星大学的巴特勒教授正式出版《营销方法》一书，首先使用营销作为学科名称。1912年，第一本以分销和广告为主要内容的《市场营销学》教科书在美国哈佛大学问世，这是市场营销学从经济学中分离出来的起点，是营销学发展的里程碑。1918年，弗莱德·克拉克编写了《市场营销理论》讲义，被多所大学选为教材，并于1922年出版。L.S.邓肯也于1920年出版了《市场营销问题与方法》一书。上述课程的开设和论著的问世，说明市场营销学已破土而出，逐渐受到人们的重视。但这个时期的市场营销学主要讲授产品如何推销，并表现出以下特点。

1）市场营销学仍以传统的经济学如马歇尔的需求学说作为理论基础，本身还缺乏明确的理论原则与理论体系，研究对象是不完整的，其实际内容实质上是分配学、广告术、推销术的进一步深化以及企业家经营实践经验的总结。

2）研究活动基本上局限在大学课堂上，没有参与企业争夺市场的业务活动，因而还没有作为广大企业家进行市场营销活动的指南，没有引起社会的足够重视。

3）缺乏现代营销观念这个"灵魂"的指导，市场营销理论大多是以生产观念、推销观念为导向。

（二）发展阶段（20世纪30年代—第二次世界大战结束）

这一时期，美国的科学技术日益进步，使生产力得到了高度发展，社会产品日益丰富，不少产品出现了供过于求的现象，资本主义生产的无限扩大与需求的相对不足，使社会经济矛盾日益尖锐，最终导致了1929—1933年的世界经济危机。经济危机具体表现为：市场空前萧条，商品堆积如山，销路极度困难，商店纷纷关门倒闭，工厂压缩生产甚至停产，大量工人失业，社会购买力下降。这时，企业面对的已经完全不是供不应求的卖方市场，而是供过于求的买方市场。面对危机的市场，与企业休戚相关的首要问题不是怎样扩大生产和降低成本，而是如何把产品卖出去。因而，企业产品如何转移到消费者手中就很自然地成为企业和市场学家需要认真思考和研究的课题，市场营销学也因此从课堂走向了社会实践，并初步形成体系。市场营销学家为了帮助企业家争夺市场，解决产品销售问题，开始重视市场调查研究，分析、预测和刺激消费者的需求，这就为大规模地开展市场营销学的研究开辟了道路。这一时期的市场营销研究主要有以下三个基本特点。

1）通过成立市场营销学研究会来研究市场营销问题。这一时期，作为市场营销活动趋于成形的显著标志是各企业纷纷成立了专门的市场营销研究机构，开始了理性化的市场营销活动。

2）市场营销学开始为企业提供咨询服务，咨询内容包括广告、推销员培训、开拓流通渠道、加强促销等。

3）这一阶段所研究的内容仍局限于流通领域，即局限于帮助企业主推销已经生产出的产品，如产品的推销、广告宣传、推销策略的探讨等——这和推销观念是一脉相承的，还没有真正涉及生产领域，仅指导企业如何生产出适合消费者需要的产品。

（三）变革阶段（第二次世界大战结束—20世纪60年代）

第二次世界大战以后，社会主义国家纷纷诞生，殖民地国家相继独立，资本主义市场渐趋狭窄，而美国率先结束了战后的恢复时期，经济开始高速增长，大量的军事工业转向民用，随着第三次科技革命的发展，新技术不断涌现，使得社会生产力水平空前高涨。

于是，在营销理论上出现了重大突破，市场营销学从基本的概念体系到核心思想发生了根本性的转变。许多市场营销学者纷纷提出生产者的产品或劳务要适合消费者的需求与欲望，以及营销活动的实质就是企业对于动态环境的创造性适应的观点，并通过他们的著作予以论述。从而，使市场营销学发生了一次变革，企业的经营观点从"以生产为中心"转为"以消费者为中心"，市场也就成了生产过程的起点而不仅仅是终点，营销也就突破了流通领域，延伸到生产过程及售后过程；市场营销活动不仅是推销已经生产出来的产品，而是通过对消费者需要与欲望的调查、分析和判断，通过企业整体协调活动来满足消费者的需求。这样，市场营销学的研究就突破了流通领域，深入到了生产领域和消费领域，参与了企业的生产经营管理，针对消费者的购买行为进行研究，加强调查并重视信息工作，运用数理统计方法去解决营销中的一些问题，形成了比较完整的理论体系。

美国市场营销学家菲利普·科特勒将 20 世纪五六十年代称为市场营销理论发展的"黄金时代"。这一时期，西方市场营销学家提出了许多重要的概念。

1950 年，尼尔·鲍顿提出了具有划时代意义的"市场组合"概念，同年，乔尔·迪安提出了"产品生命周期"概念。1956 年，温德尔·史密斯提出了"市场细分"的理论，即一个市场的顾客是有差异的，他们有不同的需求，寻求不同的利益，这就要求企业对市场进行细分，而不仅仅停留在产品差异上。1957 年，美国通用电气公司约翰·麦克基里特提出了"市场营销观念"的理论，即当一个组织脚踏实地地从发现顾客需求出发，然后给予各种服务，到最后使顾客得到满足，便是以最佳方式满足了组织自身的目标。从"以产定销"到"以销定产"的观念转变是企业经营观念或市场观念的一次重大飞跃。同年，美国哥伦比亚大学教授约翰·霍华德的《市场营销管理：分析和决策》一书出版，它提出市场营销管理的实质就是企业对于动态环境的创造性适应。1960 年，美国著名市场营销学家伊·杰·麦卡锡的《基础市场学》问世，他将市场营销组合的四个要素——产品、价格、渠道和促销概括为 4P，并以此为基础建立了管理导向的营销思想体系。1967 年，菲利普·科特勒的《营销管理：分析、计划与控制》出版，他指出市场营销管理理论就是通过创造、建立和保持与目标市场之间的互利交换和联系，为实现组织的各种目标而进行的分析、计划、执行与控制过程。

市场营销由从前的以产品为出发点，以销售为手段，以增加销售获取利润为目标的传统经营观念，到以顾客为出发点，以市场营销组合为手段，以满足消费者需求来获取利润的市场营销观念的转变，被公认为是现代市场营销学的"第一次革命"。这一革命要求企业把市场在生产中的位置颠倒过来，过去市场是生产过程的终点，而现在市场则成为生产过程的起点；过去是以产定销，而现在是以销定产，重视消费者需求并以之为起点开展市场营销活动，使消费者实际上参与企业生产、投资、开发与研究等计划的制订。这些新概念和新理论不仅导致了销售职能的扩大和强化，而且促使企业的组织机构也发生了相应的巨大变化，销售部门不仅从企业的职能部门中独立出来，而且成为企业市场活动的核心部门。

（四）现代市场营销阶段（20 世纪 70 年代至今）

进入 20 世纪 70 年代，社会问题对经济领域的影响日益加大，使得 60 年代开始萌芽的社会营销观念在这个时期得到迅速发展。市场营销学日益广泛应用于社会各领域，首先，市场营销观念和理论进入了生产领域；其次，从生产领域引入服务业领域，包括航空公司、银行、保险、证券金融公司等；然后，又被专业团体诸如律师、会计师、医生和建筑师所运用。随着工农业生产的迅速发展，特别是某些新兴工业的飞速发展，加速了生产的科学化、自动化、高速化、连续化，产品丰富多样，企业迫切要求开拓国内外市场。新的经济形势向市场营销学提出了许多新的课题，原有的理论已经不能完全适应市场的变化，经济学、哲学、心理学、社会学、数学、控制论、信息论及统计学等学科构成了市场营销学的重要内容。市场营销学成为一门综合性的边缘应用科学，并且出现了许多分支和市场营销新观念、新概念，如消费者行为学、工业企业市场营销学、商业企业市场营销学、服务市场营销学、社会市场营销学、政治市场营销学及国际市场营销学等。

20 世纪 80 年代，西方经济虽然发展速度缓慢，但市场营销理论却进入了一个新的发展时期，先后产生了许多重要概念和理论。经济领域最显著的趋势是跨国公司在全球的迅猛发展，使得竞争在不同层面上展开。在产品方面，异质产品之间的替代度大大提高，竞争在同质和异质产品等不同层面展开；在地域方面，经济全球化的趋势使地方企业同样不能逃脱国际化的竞争，而跨国公司则面临着地区适应性和全球标准化的矛盾选择。

1986 年，菲利普·科特勒提出了"大市场营销"理论，即企业为了成功地进入特定市场或在特定市场经营，在战略上综合运用经济的、心理的、政治的和公共关系的技巧，以赢得若干参与者的合作。由此市场营销研究从以战术营销为主，转向了对战略营销和战术营销两个层面的分析和研究，并且认为战略营销决定战术营销。同时，随着市场环境变化对企业营销活动影响的加深，企业和理论界更加关注市场营销环境，特别是宏观营销环境。这些方面的发展变化标志着市场营销学理论和应用都进入了一个新的阶段，标志着该学科的日趋完善和成熟。

进入 20 世纪 90 年代以后，由于现代加工制造技术的发展，信息产业的崛起以及日益全球化的竞争趋势，营销观念和方式又产生了新的变化。由于竞争的日益激烈，全面顾客服务将是企业致胜的终极武器。企业要研究如何创造顾客及满足顾客的需求，如何留住顾客，如何提高顾客的满意度，如何赢得顾客并建立顾客忠诚等诸多问题，为顾客服务将贯穿于企业经营活动的全过程。罗伯特·劳特朋提出的 4C 理论不但是对传统营销理论的革命，而且使"以顾客为中心"得以在营销中全面体现，这对长期占统治地位的 4P 营销理论产生了重大的冲击。以此为基础，整合营销、定制营销、网络营销、营销决策支持系统、营销工作站等新的营销理论和营销方式不断被推出和应用。

信息技术在 20 世纪 90 年代的蓬勃兴起将营销带进了定制营销的时代，使得企业"一对一沟通顾客"成为可能，出现了数据库营销。它能更好地了解顾客，加强了顾客的忠诚度。基于信息技术的"营销决策支持系统"使一个公司不仅可以锁定一个细分市场，还可以为每一个特定的顾客定制产品，以满足其个性化的需求。这种营销方式已不仅仅是展示未来趋势的美好愿望，而是能够在现实中成功地付诸实践的。

进入 21 世纪后，互联网的发展给人类社会的方方面面带来了革命性的变化，营销工作也不例外。互联网的交互式、动态性、即时性和全球无障碍等特性使其以一种全新的沟通方式成为一个最高效的营销工具。网络营销方兴未艾，可以预期它还将在更深层次上影响营销实践的方式和方法。

现代营销学是市场经济高度发展的产物，是买方市场全面形成和卖方激烈竞争的产物，是适应客观经济需要（卖方竞争的需要）而产生的一门应用科学。也就是说，它是一门为市场经济发展服务，特别是为卖方竞争服务的应用科学。它产生和应用的客观条件是：高度发达的市场经济、全面形成的买方市场、充分竞争的市场环境、统一的国内市场和日益扩大的世界市场。营销学是一门具有综合性、边缘性的应用科学，是一门研究经营管理的软科学，从某种意义上讲，它不仅是一门科学，而且是一门指导商战的艺术。

二、市场营销学在我国的引进和发展

市场营销理论从 20 世纪 70 年代末 80 年代初开始引入中国大陆,经过近 30 多年的学习、吸收,已从单纯的理论学习阶段步入需要全面创新和拓展的时代。市场营销学在我国的研究、应用和发展可划分为以下四个阶段。

（一）引进阶段（1978—1982）

市场营销于 20 世纪 70 年代末 80 年代初,从南（广东）、北（大连）两路进入我国。其中,世界著名的市场营销权威菲利普·科特勒的《市场营销原理》和《营销管理》两部著作引起了学者们的高度重视,对中国市场营销学的建立产生了重要影响。从 1979 年起,少数大专院校及对外经济贸易部开始聘请外籍教师来华讲授市场营销学。北京的部分教学、科研人员组成了市场学研究小组,组织了一些报告会,暨南大学率先开设了市场营销学课程。在之后几年里,全国有 300 余所高、中等院校开设了这门课程,翻译、编著的市场营销学图书达百余种。

在此期间,主要通过对国外市场营销学著作、杂志和国外学者讲课的内容进行翻译介绍,选派学者、专家到国外访问、考察、学习,邀请外国专家和学者来国内讲学等方式,系统介绍和引进了国外的市场营销理论。这是营销中国化非常重要的基础性工作,但由于当时社会条件的限制,参与研究者少,研究范围比较局限,对西方营销理论的认识也相对肤浅。然而,这一时期的努力毕竟为我国市场营销学的进一步发展打下了基础。

（二）传播阶段（1983—1985）

1984 年 1 月,中国高等财经院校综合大学市场学教学研究会在长沙正式成立。这一研究会的诞生标志着市场营销学在中国的正式学术地位的确立,大大促进了营销理论在更广阔范围内的传播,营销学开始受到高校教学的重视,有关营销学的著作、教材和论文在数量和质量上都有了很大的提高。自此以后,市场营销学的研究如火如荼,市场营销的理论迅速普及。各省、市、地区随后也相继成立了市场营销学会,并吸收企业界人士参加,力求使理论与实际紧密结合。在各省、市纷纷成立由学术界与企业界共同参加的市场营销学会的基础上,1991年 3 月,中国市场学会在北京正式成立。

（三）应用阶段（1986—1988）

伴随中国经济体制改革和经济发展的全面转型,市场环境的改善为企业应用现代营销理论指导自身经营创造了条件,在此期间,现代企业在经营活动中,运用市场营销理论和方法取得成功的实例比比皆是,市场营销理论的研究和应用越来越受到重视。

全国各地的市场营销学学术团体研究重点也由过去的单纯教学研究,改为结合企业的市场营销实践研究。"全国高等综合大学财经院校市场学教学研究会"也于 1987 年 2 月更名为"中国高等院校市场学研究会"。学者们已不满足于仅仅对市场营销一般原理的教学研究,而对其各分支学科的研究日益深入,并取得了一定的研究成果。在此期间,市场营销理论的国际研讨活动进一步发展,极大地开阔了我国学者的眼界。

（四）扩展阶段（1989—1994 年）

进入 20 世纪 90 年代以后,全国除了财经类院校及综合大学外,还在工科院校、农科院校、甚至军工院校普遍开设了市场营销学课程，并把它作为经济管理类专业的主要课程。许多高等院校还设置了市场营销专业，而且已成为最热门的专业之一。在企业界，越来越多的企业开始自觉地运用市场营销学的理论与方法来指导经营活动。很多企业通过聘请专家、学者进行学术讲课、举办培训班，派人去高等院校旁听、进修，招聘市场营销专业的毕业生等方式逐渐掌握了一些市场营销的基本理论和知识。人们越来越认识到，要使企业在市场竞争中取胜，必须依靠市场营销学的理论和方法。

1992年春，邓小平南巡讲话以后，学者们还对市场经济体制的市场营销管理，中国市场营销的现状与未来，跨世纪中国市场营销面临的挑战、机遇与对策等重大理论课题展开了研究，这也有力地扩展了市场营销学的研究领域。

（五）国际化阶段（1995年至今）

1995年6月22—25日，由中国人民大学、加拿大麦吉尔大学和康克迪亚大学联合举办的第五届市场营销与社会发展国际会议在北京召开。中国高等院校市场学研究会等学术组织作为协办单位，为会议的召开作出了重要的贡献。来自36个国家和地区的230名专家、学者就市场营销领域的重要问题进行了探讨和交流，与会学者对中国市场营销理论与实践的发展给予了高度评价。30多位中国学者撰写的论文被收入《第五届市场营销与社会发展国际会议论文集》（英文版），6位中国学者的论文荣获国际优秀论文奖。从此，中国市场营销学者开始全方位、大团队地登上国际舞台，与国际学术界、企业界的合作进一步加强。

到20世纪90年代末，中国已有一批在市场营销活动中取得显著成效的大型企业，它们富有创新意识的营销实践已经引起了海内外企业界和学术界的重视。例如，中国海尔集团的营销实践已被美国的哈佛大学商学院编成教学案例。但是，市场营销理论在应用过程中显示出了明显的不均衡，具体表现为不同地区、行业及机制中的企业在应用营销原理的自觉性和水平上表现出较大的差距，同时应用本身也存在一定的片面性。

第三节 市场营销哲学

市场营销哲学是指企业经营者在组织和策划企业的营销活动时所依据的指导思想和行为准则。

市场营销哲学是企业经营者对于企业市场活动的根本态度和看法，是企业拓展市场和提高市场营销效益的根本保证，同时也是一种商业哲学或思维方法。市场营销哲学的形成不是凭人们主观臆造出来的，而是随着社会生产的发展、生活水平的提高和市场供求状况的变化逐步形成并发展变化的。一定的市场营销哲学是一定社会经济发展的产物，它来源于经营实践，在实践中产生和发展，同时它的形成又会对企业的经营管理活动产生能动作用。纵观国内外商品经济发展的历史，市场营销哲学的演变大致经历了生产观念、产品观念、推销观念、市场营销观念、社会营销观念和大市场营销观念六个阶段。

一、生产观念

生产观念又称生产导向，是市场营销学形成时期企业营销的指导思想，也是指导企业的最古老的理念之一。这是一种以生产为中心的市场观念，是在 19 世纪末到 20 世纪初逐步形成的。在这种观念的指导下，生产者认为消费者是以商品的质量与价格为基础来购买商品的，对定价合适的优质商品企业无须作多大的经销努力就可轻而易举地销售出去。企业把全部精力用在抓生产上，并且主要是抓增加产量和降低成本两个方面，不太重视产品质量，更不注重产品品种和推销。企业管理的中心问题是如何提高生产效率、提高产量、降低成本，重心在于生产管理，不考虑市场需求问题，销售工作不受重视，对于市场状况及消费者的需求与愿望根本不关心。这种观念的实质是"我生产什么，消费者就来购买什么"，也就是我们常说的"以产定销"。

生产观念的产生有其历史的客观原因。20 世纪 20 年代前，在资本主义国家，由于社会生产力水平较低，相对于社会对商品的需求而言，整个市场呈现出供不应求的状况，形成"卖方市场"，卖方在市场中占主导地位，只要商品质量好、价格合理，产品一生产出来便能在市场上找到销路，消费者甚至主动找上门来，企业能获得比较理想的利润。这时市场上的竞争，主要是生产企业之间争夺原材料的竞争和消费者之间为占有商品而产生的竞争。这时的企业不注重销售，只注重生产，采取"以生产为中心"的管理方法，在如何使生产越多越好的目标上下工夫。

例如，汽车大王福特就曾宣称："不管顾客需要什么汽车，我的汽车就是黑的。"福特汽车公司当时开发的车，采用流水线生产组织形式，生产效率大幅度提高，成本大大降低，从而使售价大大降低，尽管只具有单一功能、单一车型、单一颜色，照样卖得出去而且供不应求。我国古代也有"酒香不怕巷子深"的营销观念。

以生产观念为导向的企业基本上处于三种市场竞争环境条件下：①产品明显供不应求；②价格竞争是市场竞争的基本形态；③实行计划经济体制。显然，在市场经济条件下，当产品的供应已经相当丰富时，生产观念的各种弊端就会显现出来。

二、产品观念

产品观念也称为产品导向观念，是生产观念的延续和发展，也是一种陈旧的营销观念。这种观念认为，消费者会喜欢高质量、好性能和多功能的产品，只要产品做得足够好，消费者就会购买。产品观念产生的背景是：市场已开始由卖方市场向买方市场转变，社会生活水平已有较大提高，消费者已不再仅仅满足于产品的基本功能，而开始追求产品在功能、质量和特点等方面的差异性。这样，企业的中心任务是致力于生产优质产品，并不断精益求精。企业在设计产品的过程中，相信自己的工程师能够设计出合适的产品，经常不让或很少让消费者参与。他们认为只要产品好消费者就会上门，因而经常迷恋自己的产品，而未看到市场需求的变化。这种观念本质上还是"生产什么销售什么"，但它比生产观念多了一层竞争的色彩，并且考虑了消费者对产品质量、性能、特色和价格方面的愿望。奉行产品观念会导致"营销近视症"，即在市场管理中缺乏远见，只迷恋于自己的产品，而看不到市场需求的变化。

"营销近视症"是美国著名市场营销学者——哈佛大学教授西奥多·莱维特于 1960 年提出的一个新概念，它主要表现在以下两个方面。

（一）经营方向的狭隘性

经营方向的狭隘性是指企业将自己的经营方向定得过于狭隘，常常把企业的经营方向限制在一个特定的形式上。如果一个企业只将自己的产品定位在一个方向上，如生产柴油机的企业，如果仅认为企业的经营方向是柴油机，而不是动力机械，那么一旦市场情况有所变化，企业就只能束手无策。

（二）经营观念的目光短浅性

经营观念的目光短浅性是指企业将注意力集中在现有产品上，并集中主要技术、资源进行现行产品的研究和大规模生产，而看不到消费者需求的不断变化以及对产品提出的新要求，以不变的产品去应市场之变。这样的企业在短期内可能会获得一定的利润，但最终必然会遭受严重的打击。

三、推销观念

推销观念又称销售观念，是一种以商品推销为中心的企业经营指导思想，它是在第一次世界大战后到第二次世界大战结束这段时间形成的。该观念认为，消费者一般不会根据自身的需要和愿望主动选择和购买商品，只有通过推销产生的刺激，诱导其产生购买商品的行为。企业的任何产品，只要努力地进行推销，都是可以销售出去的。推销部门的任务就是采用各种可能的手段和方法，去说服和诱导消费者购买商品，至于消费者的满意程度如何，那都不是重要问题。这种观念可以概括为："我们生产什么，就努力推销什么，就让消费者购买什么。"这里生产什么仍然是由企业决定的，企业将主要精力用于抓推销工作，且主要是抓推销员管理、商品广告与销售渠道方面的工作，目的是引诱或促进消费者购买，使企业已有产品得到社会的承认。

当时，西方资本主义国家已经完成了工业革命，商品生产迅速发展。市场的主要特征是：商品日益丰富多彩，有的还出现了供过于求的现象。于是，市场由"卖方市场"逐步向"买方市场"转变，市场竞争越来越激烈，特别是1929年以后，经济危机的阴影一直笼罩着资本主义世界。1929年爆发的震动资本主义世界的经济大危机，使得大批工人失业，社会有支付能力的需求日益下降，商品供过于求，企业转产，甚至停产倒闭。在这种产和销的尖锐矛盾下，企业只埋头于生产而不顾销售的经营方式行不通了，企业所担心的不再是如何扩大生产，而是如何提高推销技巧，尽快把商品卖出去，以减少损失，争取获得微利，免于破产。竞争给企业以压力，赢利和生存则给企业以动力。为了求生存、求发展，企业不得不把精力由生产观念和产品观念转向推销观念。在20世纪20—50年代间，发达国家的企业大多奉行推销观念，强化推销、促进销售，为企业获取更多利润。尤其是社会生产力大大提高，市场已经开始转向买方市场时，市场中的产品过剩，很多企业为争夺消费者，甚至不顾消费者利益，强行兜售，促成交易。

推销观念的立足点是对已经产出的产品进行强力推销，它和生产观念的特点有相同之处，即都是先有产品，后有消费者。所以，推销观念在本质上还是在生产观念的基础上形成并延伸的经营思想，并未脱离以生产为中心，以产定销的范畴。只是从生产观念发展到推销观念，提高了销售工作在企业经营管理中的地位，并使企业更多地了解市场情况，为企业转变为市场营销观念创造了条件，是经营指导思想的一个进步。

四、市场营销观念

市场营销观念也称市场导向，是以消费者为中心，采取整体营销方式在满足消费者需求和利益的基础上获取企业利润。市场营销观念是在第二次世界大战以后，特别是 20 世纪五六十年代逐步形成和发展起来的。当时，以美国为首的西方企业的市场营销观念发生了重大转变，由传统的"以产定销"观念向"以销定产"的市场营销观念转变，由此进入了市场营销观阶段。市场营销观念认为，要达到企业目标，关键在于确定目标市场的需求，并比竞争者更有效率地满足消费者的需求。

第二次世界大战结束后，第三次科学技术革命日益深入，社会化大生产迅速发展，经济迅速增长，消费品日益充裕，经济发达国家中的消费已由解决温饱问题转变为解决好坏问题。市场上商品不断增多，品种日新月异，竞争更加激烈。同时，资本主义国家相继推行"三高政策"，即高工资、高消费、高物价政策，加快了消费者的需求变化。这段时间的市场特点为：①市场商品不断增多，日益丰富，买方市场的特征越发显著；②消费者随着收入的增加，消费水平相应提高，保护消费者运动逐步兴起，社会舆论也要求保障消费者的利益。

在新的市场条件下，企业只有适应市场，服从用户，取得用户信任，才能在竞争中求得发展。于是企业不得不把以"生产为中心"的生产观念和"以推销为中心"的推销观念，迅速转变为"以消费者为中心"或"以市场需要为中心"的市场营销观念，营销的核心是满足用户的需求，即"消费者需要什么，我就生产什么"，因此营销不再是单纯的销售，而是以市场为中心来组织企业的全部经济活动。

市场营销观念与推销观念有很大的差别：①市场营销观念是以市场为出发点的，而推销观念则以企业为出发点；②市场营销观念以消费者需求为中心，推销观念则以产品为中心；③市场营销观念以协调市场营销策略为手段，推销观念则以推销术和促销术为手段；④市场营销观念是通过满足消费者需求来创造利润，推销观念则通过扩大消费者需求来创造利润。可见，市场营销观念的四个支柱是：市场中心、以消费者需求导向、协调的市场营销和利润。

市场营销观念是商品经济发展史上的一种全新的经营指导思想。它不是将产品制造出来后再设法将其推销出去，而是发现消费者需要再设法满足他们；它也不是推销已经生产出来的产品，而是制造满足消费者需求的产品。

市场营销观念的出现，是企业营销观念发展史上的一次革命，其基本特征如下。

（一）企业经营以满足消费者需求为中心

以满足消费者需求为中心是市场营销观念的本质特征。在市场日趋激烈的竞争环境下，以企业为中心的推销必然会受阻。真正成功的销售并不取决于推销的力度，而取决于企业满足消费者需求的程度。

市场营销观念要求企业重视消费者的需求，把了解消费者的需求、欲望和行为作为营销活动的起点，发展能满足消费者需要的产品和服务，并以积极的方式说服消费者购买这些产品和服务，有时甚至需要采用种种有效的营销手段去唤起需求，以便实现企业的营销目标。因此，企业必须要对消费者进行研究，认识消费者的不同需求，并根据消费者的不同需求对市场进行细分，然后根据选定的目标市场的特点进行有针对性的营销活动，最终使消费者满意，并在消费者满意的基础上实现企业的经营目标。

（二）企业注重长远的发展和战略目标的实现

持有市场营销观念的经营者认为，不顾及企业的长远发展目标而进行的盲目生产或倾力推销对企业不仅无利而且有害，因此一些营销学者认为，对于企业来说，稳定的市场份额比高额的短期利润更为重要。

（三）市场营销是一种整体营销活动

市场营销观念强调企业的营销活动是一个整体，要求企业不同职能部门之间必须在增加企业利益的前提下进行协调和协作。企业在营销中需要将产品、价格、渠道、促销四大营销策略进行有效的组合，通过发挥四大营销策略的整体效应，实现企业整体经营目标。

一般来说，市场营销观念只有在市场经济发展比较成熟、市场竞争十分激烈的市场环境下，才容易被企业所接受。这是因为真正采用市场营销观念的企业会在原有基础上增加很多新的工作和投资。以赢利为目的的企业只有在其认为确实必要的情况下，才会接受市场营销观念并相应地增加这方面的投资。随着营销必要性的逐步增强，他们会不断提升营销在企业中的地位。

五、社会营销观念

社会市场营销观念是对市场营销观念的修改与补充，产生于 20 世纪 70 年代。社会营销观念认为，企业提供任何产品或服务时，不仅要满足消费者的需要并符合本企业的利益，而且要符合消费者和社会的整体利益和长远利益，即将企业利益、消费者利益与社会利益有机地结合起来，必须以维护全社会的公共利益作为企业经营的根本责任，并在此基础上实现企业利润。

近年来，随着社会经济环境的不断变化，人们认识到，单纯强调市场营销观念，可能忽视满足当前消费需要与全社会的整体利益和长远利益之间的矛盾，从而导致资源浪费、环境恶化、危害人类健康等诸多弊病。例如，餐饮业大量使用的一次性餐具和饮料业大量使用的一次性包装，固然迎合了消费者对方便、卫生的需要，但也造成资源的极大浪费，而且由于其中多数不能有效处理，被人们到处乱扔，严重污染了环境。又如，生产香烟固然能满足吸烟者的需要，但同时也损害了吸烟者和被动吸烟者的健康，对社会大众不利。

因此，一些有远见的企业家和学者提出了社会营销观念。对有害于社会或有害于消费者的需求，不仅不应该满足，还应该进行抑制性的反营销。现代企业的行为应该做到满足社会发展、消费者需求、企业发展和员工利益四个方面的需求。企业不仅要追求最大的经济效益，而且必须兼顾社会效益，要力求做到企业效益服从社会效益。企业通过协调社会发展利益、企业利益和消费者利益，使市场营销观念日益完善。

六、大市场营销观念

大市场营销观念是 20 世纪 80 年代美国营销学家菲利普·科特勒提出的观点，目的在于研究企业如何在全球市场上进行营销的问题。他将大市场营销定义为：企业为了成功地进入特定的市场，并在那里从事业务经营，在策略上就必须综合地、协调地施用经济的、心理的、政治的和公共关系等手段，以博得外国和地方的各有关方面的合作和支持，也就是在贸易保护主义条件下的企业市场营销策略。

大市场营销是对传统市场营销组合策略的不断发展。大市场营销在原有 4P 的基础上再加上 2P，即权力（Power）和公共关系（Public Relations），以及市场营销战略上的 4P，即探查（Probing）、分割（Partitioning）、优先（Prioritizing）和定位（Positioning），最后加上人（People），形成 11P 理论。以 11P 为特征的大市场营销组合理论在 1984 年正式确立，它将营销组合从战术营销转向战略营销，具有十分重大的意义，被称为营销学的第二次革命。市场营销活动是没有止境的，企业树立大市场营销观点，在现代市场营销中具有重要意义。

大市场营销组合主要包括如下要素。

（一）市场营销战术 4P

如果企业生产出适当的产品（Product），制定出适当的价格（Price），利用适当的分销渠道（Place），并辅之以适当的促销活动（Promotion），那么该企业就会获得成功。这已经成为一个有用的公式。这 4P 被称为市场营销的战术。但如何确定适当的产品、价格、渠道和促销，这就要由市场营销战略来解决了。

（二）市场营销战略 4P

战略性营销计划也是一个 4P 过程，只有在搞好战略营销计划过程的基础上，战术性营销组合的制定才能顺利进行。

战略 4P 的第一个 P 是探查（Probing）。这是一个医学用语。医生检查病人时就是在探查，即深入检查。因此，4P 的第一个 P 就是要探查市场，市场由哪些人组成，都需要些什么，竞争对手是谁，以及怎样才能使竞争更有成效。真正的市场营销人员所采取的第一个步骤，就是要调查研究，即市场营销调研。

第二个 P 是分割（Partitioning），即把市场分成若干部分。每一个市场上都有各种不同的人，人们有许多不同的生活方式，消费者的需求和偏好不同，要求也不同。分割的含义就是要区分不同类型的消费者，即进行市场细分。

第三个 P 是优先（Prioritizing），即目标市场的选择。一个企业不可能满足所有消费者的需要，必须选择那些能最大限度满足其需要的消费者。哪些消费者最重要，哪些顾客应成推销产品的目标，企业必须优先考虑或选择能够满足其需要的那类消费者。

第四个 P 是定位（Positioning），即必须在消费者心目中树立某种形象。每个企业都必须明确想要在消费者心目中为自己的产品树立什么样的形象。一旦决定了如何定位，便可以制定出战术上的 4P。

（三）权力和公共关系

大市场营销者为了进入某一市场并开展经营活动，必须得到具有影响力的企业高级职员、立法部门和政府官僚的支持。为了成功地进入特定市场，并在那里从事业务经营，在策略上协调地运用经济的、心理的、政治的和公共关系等手段，以博得外国或地方的各有关方面的合作与支持，从而达到预期的目的。权力（Power）是一个"推"的策略，公共关系（Public Relations）则是一个"拉"的策略。

（四）以人为本

最后一个 P 是人（People）。这个 P 是所有 11P 理论中最基本的一个，它的意思是理解人、了解人，这一点对所有营销人员来说都至关重要。对企业内部员工的培训教育，并满足内部员工的需要，叫做内部营销（Internal Marketing）；满足消费者的需要，叫做外部营销（External Marketing）。

大市场理论的提出，开阔了营销人员的思路，对发展市场营销理论有重大的意义。首先，大市场营销理论扩大了处理多方面关系的市场营销策略。大市场营销理论提出，一方面要求营销人员要花精力培养消费者对产品的偏好，并使目标消费者得到满足；另一方面要求营销人员必须同时对来自各方面的阻力进行研究,如银行、政府、工会等。制定出争取这些方面支持的战略,至少使他们由反对立场转变为中立立场。

其次,大市场营销理论打破了环境因素与可控因素之间的分界线。传统营销理论认为,企业可控变数是否与外部不可控变数相适应,是成功与否的关键。而大市场营销理论认为,企业不仅必须服从和适应外部环境,而且应当采取适当措施影响外部环境,不是消极被动地适应消费者的需要,而是必须主动积极地创造或改变目标消费者的需要。这些才是企业营销能否成功、能否生存和发展的关键。

再次,大市场营销理论使企业市场营销的目标有所不同。传统营销组合目标是,千方百计调查研究、了解和满足目标市场消费者的需要。而大市场营销的目标是,为了满足目标市场的需要,采取一切手段打开和进入某一市场,或创造或改变目标市场的需要。

以上六种市场营销观念是营销观念演变的六个阶段,从这个演变过程可以看出,从推销观念到市场营销观念的发展是至关重要的一环,在此之前是旧式的营销观念,以生产者为中心,不考虑消费者的需求和欲望;在此之后是新式的营销观念,以市场(消费者)为中心,企业以满足消费者的需求作为其生存的基础条件,市场营销观念、社会营销观念、大市场营销观念是对以市场为中心的市场营销观念的完善和发展。

第二次世界大战以后,西方各发达国家的企业营销观念大体上完成了上述各个阶段的转变。市场营销观念对于企业的行为有着重要的指导作用,企业经营在新、旧不同观念的指导下,其工作的目标、方针、措施和手段都截然不同,从而导致不同的经营效果。

我国企业要适应日趋激烈的市场竞争环境,必须尽快实现营销观念的转变,树立现代市场营销观念。这种现代市场营销观念,总结起来包括以下四个方面内容。

1)企业营销行为应以市场(消费者)为中心,竭尽全力满足消费者的需要。

2)利用企业资源和一切优势条件,做到企业内部条件与外部环境的动态协调平衡。

3)企业要加强内部管理,努力降低成本,增加产品销售,以取得尽可能多的利润。

4)企业要立足长远利益,克服短期行为,使社会利益、消费者利益和企业利益三者协调一致。

第四节　顾客满意和顾客价值

当今社会,越来越多的企业日益认识到保持现有顾客的重要性。特别是随着中国市场竞争的日趋白热化,企业间的较量已开始从基于产品的竞争转向基于顾客资源的竞争。现在的顾客面对许多竞争者提供的趋于同质化的产品,有了更多的选择和更强的价格意识,能够提出更多的要求。因此,企业必须努力做到让顾客满意,充分挖掘顾客价值。

一、顾客满意

(一)顾客满意的定义

顾客满意是指顾客对一件产品满足其需要的绩效与期望进行比较所形成的感觉状态。

菲利普·科特勒认为:"顾客满意是指一个人通过对一个产品的可感知效果与他的期望值相比较后,所形成的愉悦或失望的感觉状态。"满足程度是实际效果与期望效果之间比值的函数。实际效果大于期望，很满意；实际效果等于期望，满意；实际效果明显小于期望，不满意。满意感在很大程度上取决于期望，而期望既包含顾客以往的经验、相关群体的影响，又在很大程度上取决于市场营销者的刺激，如广告等各种信息和市场营销者的承诺。市场营销者也常常处在两难境地，通过刺激提高顾客的欲望和期望吸引顾客购买；但把顾客期望提得过高，又会使顾客失望，从而影响顾客持久的购买，企业也就很难有持久竞争的优势。所以，营销者必须仔细地设定准确的期望标准。如果期望设定得太低，则不能招徕足够多的顾客；如果期望设定得太高，购买者就会感到失望。

企业的长期利益建立在顾客满意的基础上。要做到使顾客满意，企业在方式方法上应注意以下四个方面。

1．帮助而非取悦

帮助顾客真正解决问题，而不是在表面上取悦顾客，即企业营销者不仅要笑脸迎人，更重要的是企业的产品和服务能使消费者真正得到帮助。

2．价格要能真正满足顾客需要

企业营销者的行为必须是既有利于顾客又有利于企业，而不要采取"唯利是图型"或"过分热心型"的作风。

3．进行市场研究

通过营销人员、研究部门以及其他渠道，调查竞争者的行动、顾客对企业和产品的印象以及顾客对市场的观感，以此作为企业衡量顾客满意度的依据。

4．企业利益和社会利益的统一

企业的利益不仅应建立在顾客的即时满足上，也应建立在社会大众的长期利益上。目前，不少企业已把顾客满意作为营销管理体系的核心，像全面质量管理一样，建立全面顾客满意体系，包括顾客满意度监测系统、顾客抱怨与建议系统、顾客满意保证系统等。

（二）顾客满意的重要性

长期以来，许多学者和企业管理人员都认为，顾客满意是顾客关系管理中的一个重要概念，是顾客与企业建立、保持、发展长期关系的必要前提。顾客只有对自己以往在企业的消费经历感到满意，才可能与企业建立、保持、发展长期关系。一般来说，不满意的顾客是不会再光顾该企业的。顾客满意的重要性主要体现在以下两个方面。

1．顾客满意与否会影响他们对企业的口碑宣传

如果对企业的产品或服务感到满意，顾客会将他们的消费感受通过口碑传播给其他顾客，影响他人的购买决策。这样就扩大了企业产品的知名度，提高了企业形象，将为企业的长远发展不断地注入新的动力。

如果某一次的产品或服务不完善，顾客对该企业就会产生不满情绪，不满意的顾客往往会对企业作负面的宣传，损害企业的利益。即使顾客还未购买该企业的产品或服务，他人对企业的负面宣传也会影响其他顾客的看法。如果不满意的顾客很多，他们对企业的负面宣传将会在很大程度上影响企业的公众形象。互联网的普及，更是方便了顾客对企业的口碑宣传，而且宣传范围也更广了。

2．顾客满意将有利于企业的长远发展

一方面，顾客满意将影响顾客的重复购买行为。许多管理人员发现，顾客如对自己以往的购买经历感到满意，他可能会继续购买该企业的产品或服务。另一方面，虽然企业实施顾客满意策略并不能增加企业的短期利益，有时甚至会减少企业的短期利益，但从长远来看是有利于企业的发展的。大量研究表明，企业为老顾客服务的成本更低，企业往往不需要组织大量的广告和促销活动来吸引老顾客，而且为老顾客服务获得的收益远远大于为新顾客服务的收益。

（三）顾客满意度

顾客满意度是指顾客对其明示的、通常隐含的或必须履行的需求或期望已被满足的程度的感受。满意度是顾客满足情况的反馈，是对产品或服务性能，以及产品或者服务本身的评价。给出（或者正在给出）一个与消费的满足感有关的快乐水平，包括低于或者超过满足感的水平，是一种心理体验。

顾客满意度是一个变动的指标，能够使一个顾客满意的产品，未必会使另外一个顾客满意；能使得顾客在一种情况下满意的产品，在另一种情况下未必能使其满意。只有对不同的顾客群体的满意度因素非常了解，才有可能实现100%的顾客满意。

从20世纪90年代中期开始，顾客满意度调查在我国大陆的跨国公司中得到迅速而广泛的应用。原因之一是跨国公司总部要求按照本部的模式定期获得大中国区市场的顾客信息，以应对全球化进程中的计划与挑战；二是日趋激烈的竞争中，优秀的服务成为企业获得并保持竞争优势的重要诉求；三是主管需要对员工的工作绩效进行量化评估，这需要来自顾客的评价。

经济发展使企业不得不更加重视顾客满意度，因为：①顾客满意是经济发展的必然；②顾客满意是以人为本观念普及的必然结果；③顾客满意是企业永恒追求的目标。

顾客满意度是一种心理状态和自我体验。对这种心理状态也要进行界定，否则就无法对顾客满意度进行评价。心理学家认为情感体验可以按梯级理论进行划分成若干层次，相应地，可以把顾客满意程度分成七个级度或五个级度。

七个级度为：很不满意、不满意、不太满意、一般、较满意、满意和很满意。

五个级度为：很不满意、不满意、一般、满意和很满意。

满意虽有层次之分，但毕竟界限模糊，从一个层次到另一个层次并没有明显的界限。之所以要进行顾客满意级度的划分，是因为企业要进行顾客满意程度的评价。

二、顾客价值

（一）顾客价值的含义和特征

顾客价值是由于供应商以一定的方式参与到顾客的生产经营活动过程中而能够为顾客带来的利益，即顾客通过购买商品所得到的收益和顾客花费的代价（购买成本和购后成本）的差额。企业可以从潜在顾客价值、知觉价值、实际实现的顾客价值等层面对顾客价值进行考察。顾客价值有如下三个基本特征。

1）顾客价值是顾客对产品或服务的一种感知，是与产品和服务挂钩，它基于顾客的个人主观判断。

2）顾客感知价值的核心是顾客所获得的感知利益与因获得和享用该产品或服务而付出的感知代价之间的权衡，即利得与利失之间的权衡。

3）顾客价值是从产品属性、属性效用到期望的结果，再到客户所期望的目标，具有层次性。

（二）顾客价值模型——顾客让渡价值

美国著名营销学者菲利普·科特勒从顾客让渡价值角度来阐述顾客价值。所谓顾客让渡价值，是指整体顾客价值与整体顾客成本之间的差额。整体顾客价值就是顾客期望从某一特定产品或服务中获取的一系列利益，包括产品价值、服务价值、人员价值和形象价值等；而整体顾客成本是指顾客为购买某一产品所付出的代价，包括货币成本、时间成本、精力成本和体力成本等。

与传统营销的概念相比，顾客价值的创新之处在于企业站在顾客的角度来看待产品或服务的价值，这种价值不是由企业来决定的，而是由顾客感知的。从这个意义上来讲，顾客价值是顾客感知价值与感知利失之间的权衡。顾客往往把总价值最高、总成本最低的产品作为优先选择的对象，顾客让渡价值理论为企业实施顾客满意及顾客忠诚战略提供了实践指导，很好地解释了顾客在购买产品或服务时所考虑的种种因素。

1. 顾客总价值

顾客总价值是指顾客购买某一产品或服务所期望获得的一组利益，它主要包括四个方面。

（1）产品价值

产品价值即产品的性能、特征、质量、式样等所产生的价值，这是顾客需要的中心内容，也是顾客选购商品的首要因素。所以，它是决定顾客总价值大小的主要因素。要提高产品价值，就必须把产品创新、创造产品价值放在企业经营工作的首位。

（2）服务价值

服务价值即伴随产品实体的出售，企业向顾客提供的各种附加服务。一般来说，服务项目越多越周到，服务价值就越高。从竞争的基本形式看，服务可分为追加服务与核心服务两大类。服务是决定实体商品交换的前提和基础，实体商品流通所追求的利益最大化应首先服从顾客满意的程度，这正是服务价值的本质。

（3）人员价值

人员价值即企业员工的经营思想、知识水平、业务能力、工作效率以及应变能力等所产生的价值。只有企业所有部门和员工协调一致地成功设计和实施卓越的竞争性的价值让渡系统，营销部门才会变得卓有成效。由此可见，人员价值对企业甚至对顾客的影响都是巨大的。

（4）形象价值

形象价值即企业及其产品在社会中形成的总体形象所产生的价值，如企业产品形象、人员形象、广告形象等产生的价值。任何一个内在要素的质量不佳都会使企业的整体形象遭受损害，进而影响社会公众对企业的评价，因而塑造企业形象价值是一项综合性的系统工程，涉及的内容非常广泛。显然，形象价值与产品价值、服务价值、人员价值是密切相关的，在很大程度上是上述三方面价值综合作用的反映和结果。所以，形象价值是企业知名度的竞争，是产品附加值的组成部分，是服务高标准的竞争，说到底是企业含金量和形象力的竞争，它使企业营销从感性化走向了理性化的轨道。

2. 顾客总成本

顾客总成本是指顾客在购买某种产品或接受某种服务时的总支出。顾客总成本主要由以下四个方面构成。

（1）货币成本

货币成本即购买商品或服务时所支付的货币额，这是总成本的主要部分。

（2）时间成本

时间成本即顾客在购买过程中所耗费的时间价值，如等候时间、路途时间、服务时间等。时间成本是顾客满意和价值的减函数，在顾客价值和其他成本一定的情况下，时间成本越低，顾客购买的总成本越小，而顾客让渡价值则越大；反之，让渡价值越小。

（3）精神成本

精神成本即顾客在购买过程中的精力支出。在顾客总价值与其他成本一定的情况下，精力与精神成本越小，顾客为购买商品所支出的总成本越低，而让渡价值则越大。

（4）体力成本

体力成本即顾客在购买过程中耗费的体力。

由于顾客在购买产品时，总希望把有关成本，包括货币、时间、精神和体力等降到最低限度，而同时又希望从中获得更多的实际利益，以使自己的需要得到最大限度的满足。因此，顾客在选购产品时，往往从价值与成本两个方面进行比较分析，从中选价值最高、成本最低的产品，即以顾客让渡价值最大的产品作为优先选购的对象。

菲利普·科特勒将顾客总价值与顾客总成本进行了上述具体的细分，因此，企业为了在竞争中战胜对手，吸引更多的潜在顾客，就必须以满足顾客的需要为出发点，或增加顾客所得利益，或减少顾客消费成本，或两者同时进行，从而向顾客提供比竞争对手具有更多顾客让渡价值的产品，这样才能使自己的产品引起顾客的注意，进而购买企业的产品。企业在以顾客让渡价值最大化为理念开展市场营销工作的过程中应当注意以下几点。

第一，顾客是把购买总价值和总成本的各个要素作为整体看待的，其中的某一项价值最大或成本最低不一定能吸引顾客。因此，企业必须把购买总价值和总成本的各要素作为一个整体来对待，不能只从购买总价值和总成本的单个要素着手，要着眼于总价值最大或总成本最低。

第二，顾客让渡价值的大小受顾客总价值和顾客总成本两个因素的影响，因此，企业必须从两个方面努力，以增加顾客让渡价值。

第三，不同顾客对顾客总价值和总成本中各因素的重视程度不同，不同时期的顾客对产品价值的要求也不一样。因此，企业应区别对待，针对不同顾客群体的特点，有针对性地设计出增加顾客总价值、降低顾客总成本的产品或服务。

第四，追求顾客让渡价值最大化会导致企业成本增加、利润减少。因此，企业在实际运营中应掌握一个合理的界限，不要片面追求顾客让渡价值最大化。

3. 研究顾客让渡价值的意义

顾客让渡价值概念的提出为企业经营方向提供了一个全面的分析思路，具体意义如下。

首先，企业要让自己的商品能为顾客接受，必须全方位、全过程、全纵深地改善生产管理和经营，绩效的提高不是行为的结果，而是多种行为的函数，以往我们强调营销只是侧重于产品、价格、渠道、促销等一些具体的经营性要素。而让渡价值却认为顾客价值的实现不仅包含了物质的因素，还包含了非物质的因素；不仅需要有经营的改善，而且还必须在管理上适应市场的变化。

其次，企业在生产经营中创造良好的整体顾客价值只是企业取得竞争优势、成功经营的前提。一个企业不仅要着力创造价值，还必须关注消费者在购买商品或服务中所倾注的成本。由于顾客在购买商品或服务时，总希望把有关成本，包括货币、时间、精力和精神降到最低限度，而同时又希望从中获得更多实际利益。因此，企业还必须通过降低生产与销售成本，减少顾客购买商品的时间、精神与体力耗费，从而降低货币和非货币成本。

显然，充分认识顾客让渡价值，对于指导企业如何在市场经营中全面设计与评价自己产品的价值，使顾客获得最大限度的满意，进而提高企业竞争力具有重要意义。

本章思考题

1. 什么是市场？
2. 市场的构成要素是什么？
3. 市场营销的含义及作用是什么？
4. 推销观念和市场营销观念有什么区别？
5. 什么是大市场营销？
6. 什么是顾客满意与顾客满意度？
7. 简述顾客让渡价值。

第二章　市场营销环境

学 习 目 标

学完这章后，希望你能够掌握：
1. 宏观营销环境和微观营销环境的构成及主要内容
2. 微观营销环境的主要因素对企业的影响
3. 宏观营销环境的主要因素对企业的影响
4. 分析、评价市场机会和环境威胁的基本方法及企业面对市场营销环境变化应采取的措施

 引导案例

"到中国去，这个市场充满了商机"

美国商务部官员发起"总动员"——"到中国去，这个市场充满了商机"，并提醒美国企业"要注意文化差异，要有足够的耐心"。

长着一张典型的西方人的脸，身材高大，微微泛黄的头发，非常整齐地梳往头的左侧——这是美国商务部国际纺织服装组负责人 John Schmonsees 给人的第一印象。

2006 年 8 月 29 日，深圳新世界集团在此间举办的 ASAP 服装展上开展了专门的项目推介会及主题演讲，John Schmonsees 专程前来参会并登台演讲。在演讲中，他动员美国的纺织服装企业"到中国去，这个市场充满了商机"。

"中国的消费市场增长得非常快"

John Schmonsees 向美国企业家们介绍说："中国消费市场增长得非常快。中国人口众多，一个城市有百万人口是很普遍的，但这在美国并不多见。因此，在中国有许多生意可以做。中国也有许多不同的种族和语言，每年有 1 000 万人从农村转到城市来。中国 9 个大省的人口占总人口的 80%~90%。美国人口接近 3 亿，那么，中国 9 个城市的人口，就是美国人口的好几倍。另外，中国的中产阶层成长非常快，现在大概有 2 亿。按现在的增长速度计算，再过两年，中产阶层可能就会有 7 亿人口。今天，中国几乎每一个家庭都有彩电了，80%的家庭拥有洗衣机。可见，中国的市场成长得多快呀！"

"在中国做生意要注意文化差异"

John Schmonsees 接着说："在中国做生意要注意文化差异。从历史角度看，中国有 5 000 年文明历史，美国只有 200 年的历史。因此，有许多不一样的地方。比如，西方对个人财务保障看得很重，东方却不一样；西方对合约非常注重，但东方人要合作时，两方面的信任与了解，比合约还重要。"

"因此，在中国任何机会都是有可能的，可以说是机会无穷。但在中国也没有一件事是容

易的，要有耐心，这是你成功的秘诀。比如，当中国人说没有问题的时候，并不代表真的没有任何问题；当他说，你好像还不太了解，很可能就是不同意的意思；当你准备签约的时候，往往才是真正讨论合约的开始。但是，当你觉得很沮丧的时候，要想想中国是个很大的市场。"说到这，John Schmonsees 自己也忍不住笑了。

"到中国去，要选好合作伙伴"

有美国企业发出疑问："中国这么大，人口这么多，经济发展也不均衡，到底应该怎么样去做生意？"对此，John Schmonsees 的回答是："选好合作伙伴"。

他接着介绍说："中国有 20 多个服装或纺织产业聚集的城市。举例来讲，安徽龙桥就有400 多家袜子制造厂，全美加起来都没有这么多。虎门是中国国内最大的服装品牌集散中心。不管你想与中国做什么生意，都很容易找到合作的伙伴，不过，简单的途径是找到一个产业集群。中国拥有这么多的产业集群，所以中国的生意特别好做。"

关于如何选择一个好的合作伙伴，他分析说："合作伙伴要对当地的风俗习惯非常了解，对各种制度非常了解，与政府官员的关系也非常重要，对中国的劳工法也要了解，等等。"

（资料来源：中国服装人才网，http://www.cfw.cn/news/2006/09/20/1572-1.htm）

讨论题：

1. 为什么说中国市场商机无限？
2. 为什么国外企业在中国发展要了解中国的文化传统？

第一节　市场营销环境概述

企业的营销活动是在一定的环境下进行的，要受到各种各样环境因素的影响。任何企业都是在不断变化着的社会经济环境中运行的，都是在与其他企业、目标顾客和社会公众的相互关联（合作、竞争、服务、监督等）中开展市场营销活动的。营销环境中各种外部力量的变化，既可以给企业带来新的市场机会，也可以形成某种环境威胁。因此，全面、准确地认识市场环境的现状和未来趋势，监测、把握各种环境力量的变化，对于企业审时度势、趋利避害地开展营销活动具有重要意义。

一、市场营销环境的概念及分类

（一）市场营销环境的概念

按现代系统论，环境是指系统边界以外所有因素的集合。何谓市场营销环境？菲利普·科特勒认为，一个企业的营销环境由企业营销管理机能外部的行动者与力量所组成，这些行动者与力量冲击着企业管理当局发展和维持同目标顾客进行成功交易的能力。也就是说，市场营销环境是指存在于企业营销系统外部，影响企业市场营销能力，并决定其能否有效地维持和发展与目标顾客的交易及关系的所有不可控制或难以控制的因素和力量的集合。

（二）分类

市场营销环境的内容比较广泛，可以依据不同的标准加以分类。

1. 根据企业的营销活动受制于营销环境的紧密程度分类

市场营销环境可分为微观营销环境和宏观营销环境。微观营销环境也称直接营销环境，是指直接影响和制约企业营销活动的各类行为主体，包括企业自身、供应商、顾客、营销中介、竞争者、社会公众等。宏观营销环境也称间接营销环境，是指既能影响企业的营销活动，同时又影响微观经济环境中其他行为主体的一些大范围的社会力量，包括人口、经济、政治法律、社会文化、自然物质和科学技术等。

2. 根据其对企业营销活动影响的性质分类

市场营销环境可分为不利环境和有利环境，即形成威胁的环境与带来机会的环境。前者是指对企业市场营销不利的各项因素的总和，后者是指对企业市场营销有利的各项因素的总和。

3. 根据其对企业营销活动影响时间的长短分类

市场营销环境可分为长期环境与短期环境。前者持续时间较长或相当长，后者对市场的影响比较短暂。

二、市场营销环境的特征

（一）客观性

市场营销环境作为一种客观存在，是不以企业的意志为转移的，有着自己的运行规律和发展趋势。一般来说，企业无法摆脱和控制营销环境，特别是宏观环境，企业难以按照自身的要求和意愿随意改变它，如企业不能改变人口因素、政治法律因素、社会文化因素等。

（二）差异性

不同的国家和地区之间，宏观环境存在着广泛的差异；不同企业之间，其所具有的微观环境也千差万别。正因为营销环境有差异，为适应不同的环境和变化，企业必须采取各种具有针对性的营销策略。不仅如此，环境的差异性还表现为同一环境的变化对不同企业的影响也不同。例如，人口出生率下降这一环境变化，对从事儿童服务的企业来说是威胁，但对于从事旅游、休闲业的企业来说，就是机会。这是因为孩子数量的减少使父母的闲暇时间增多了。

（三）多变性

市场营销环境是一个动态系统。构成市场营销环境的因素是多方面的，每一个因素又随着社会经济的发展而不断变化。20世纪60年代，中国处于短缺经济状态，短缺几乎成为社会经济的常态。改革开放20多年后，中国已遭遇"过剩"经济，不论这种"过剩"的性质如何，仅就卖方市场向买方市场转变而言，市场营销环境已经发生了重大变化。营销环境的变化既会给企业提供机会，也会给企业带来威胁。企业应该通过建立预警系统，监测不断变化的市场环境，及时调整营销策略。

（四）相关性

营销环境诸因素间是相互影响、相互制约的关系。某一环境因素的变化会引起其他因素的互动变化。例如，在第十届全国人民代表大会上，国家提出了解决农业、农村、农民的"三农"问题，相继制定了加强农业建设的一系列方针政策，这些政策的实施，势必影响农业产业结构的调整，拉动农业投资，并为农业的发展提供新的机遇，也为以农产品为原料的生产企业提供了开发产品、调整产品结构的契机。同时，企业的营销活动不仅仅受到单一环境因素的影响，而是受多个环境因素的共同制约。例如，企业开发产品，就要受到国家环保政策、技术标准、消费者需求特点、竞争者产品、替代品等多种因素的制约。

（五）层次性

从空间概念来看，营销环境因素是个多层次的集合。第一层次是企业所在的地区环境，如当地的市场条件和地理位置。第二层次是整个国家的政策法律、社会经济因素，包括国情特点、全国性市场条件等。第三层次是国际环境因素。这几个层次的外界环境因素与企业发生联系的紧密程度是不相同的。其中，政治法律因素的影响较为广泛，经济因素的影响较为直接，其他因素往往是通过经济环境因素来影响和制约企业营销活动的。

（六）相对稳定性

事物的发展在大多数情况下是稳定的，尤其是宏观环境，在年度之间的变化是缓慢的。因此其对企业市场营销的作用就具有相对稳定性，这就为企业认识环境变化的规律，并据此作出科学的预测，制定恰当的市场营销组合去适应市场，提供了可行性前提。

（七）不可控制性

相对于企业内部管理机能，如企业对自身的人、财、物等资源的分配使用来说，其他营销环境是企业外部的影响力量，是企业几乎无法控制的。面对复杂多变的市场营销环境，在多数情况下，企业只能主动去监测、把握环境，并适应环境的变化，积极与环境保持动态的平衡，否则就很可能遭受环境变化的无情打击。

三、研究市场营销环境的意义

随着社会经济的发展，企业营销成败的关键越来越取决于企业能否适应复杂多变的营销环境，因此，全面、正确地认识市场营销环境，监测和把握各种环境力量的变化，对于企业的意义十分重大。

1）营销环境研究是市场分析和研究的出发点和首要内容，是企业制定营销战略的基础和前提，也是企业实现营销目标、满足顾客需要的客观要求。任何企业的营销活动都是在一定的环境下进行的，企业营销者的任务是要适当地调整和运用市场营销组合，使之与不断变化的环境相适应。企业的营销目标是在满足顾客需要的基础上获得满意的利润，而顾客的需求是随环境的变化而变化的，企业只有掌握环境变化的动态，分析环境变化对需求的影响，才能把握需求变化，进而引导需求，满足需求。

2）研究营销环境能使企业从市场环境的变化中发掘新的机会，从而抓住机遇，获得更好的发展。环境变化中对企业有影响的第一类因素就是机遇因素。所谓机遇，就是环境中能给企业发展带来正面影响的因素。机遇具有偶然性和时效性，不是随时都有的，如果不能及时把握，机遇就会稍纵即逝。同时，机遇具有意识性，必须经过人的主观认识后才能真正转化为现实中的有利因素。

3）研究营销环境有助于企业及时发现环境给企业带来的威胁，尽快采取积极措施，避免或减轻环境威胁可能给企业造成的损失。环境变化中对企业有影响的第二类因素就是威胁因素，环境威胁将会给企业的营销活动带来很大的负面影响，必须予以重视，并通过有针对性的市场营销行为来化解环境威胁。

四、营销环境与企业营销的关系

企业的市场营销环境其实就是企业的生存环境。对市场营销环境与企业营销的关系而言，需要具体注意以下四个方面的问题。

(一)营销环境对企业营销发生影响的因素是多方面、多层次、连锁的

在一般情况下，环境因素对企业营销发生影响的特点是，由外部到内部、由间接到直接、由宏观到微观，逐步地发生影响。鉴于此，企业要特别注意各种环境因素对企业营销活动发生影响时传导的途径、作用的方面、作用的性质、力度的大小以及可能导致的结果等问题。

(二)企业面对的各种环境因素并不是固定不变的，而是经常处于变动之中的

营销环境的发展变化，可能给企业带来可利用的市场机会，也可能给企业造成一定的环境威胁。因此，企业不仅要了解静态的环境，而且要监测和把握环境因素的发展变化。弄清营销环境的现状及发展变化的趋势与特点（如会发生什么性质的变化、变化的程度如何、发生的时间与概率等），善于从中发现并抓住有利于企业发展的机会，避开或减轻不利于企业发展的威胁，是企业营销管理的首要问题。

(三)企业的市场营销活动，实际上就是对变化着的环境作出积极反应的动态过程

虽然从一般意义上说企业不能从根本上控制其外部环境的发展变化，但企业的营销活动除了适应和利用外部环境外，也在影响着各种外部环境（尤其是微观环境）的形成与发展。在现代社会经济条件下，企业的营销活动如果仅是被动地适应和利用环境，忽视凭借有效的手段和措施主动地影响并在一定程度上改善环境，是难于取得长足发展的。

(四)所有的环境条件都对企业的营销活动发生影响，但在企业发展的不同阶段，内外环境对企业的影响程度很不一样

当企业处于成长期时，较多地受内部环境因素的影响。如果企业的领导机构不健全、管理组织不完善、基础工作薄弱、生产秩序混乱，企业只有着重抓好内部管理工作，营销活动才有可能获得发展。当企业进入高速成长期之后，产品性能和质量达到了一定的水平，各项规章制度基本健全，内部管理已经建立起良好的秩序，这时企业主要应考虑的是如何去适应外部环境的变化，因此外部环境因素就成了影响企业营销活动的主要方面。

第二节　市场营销宏观环境分析

宏观营销环境也称间接营销环境，是指既能影响企业的营销活动，同时又影响微观经济环境中其他行为主体的一些大范围的社会力量，包括人口、经济、政治法律、社会文化、自然物质和科学技术等。它们共同作用构成了一个影响企业营销活动的系统。在这个大环境中，有些因素对企业来讲是根本无法控制的，它们的影响力不容忽视。

一、人口环境

市场是由具有购买欲望与购买能力的人构成的，因而人口是构成市场的第一位因素。人口

的数量、地理分布、结构以及所在地区间的移动等人口统计因素，形成了企业市场营销活动的人口环境。人口环境及其变动对市场需求有着整体性、长远性的深刻影响，制约着企业营销机会的形成和目标市场的选择。企业必须重视对人口环境的研究，密切关注人口特性及其发展动向，不失时机地抓住机会，当出现威胁时，应及时、果断地调整营销策略以适应人口环境的变化。

人口规模即总人口的多少，是影响基本生活资料需求、基本教育需求的一个决定性因素。虽然人口规模的大小与市场购买力水平的高低并无必然联系，但是，由于人们的购买力总是首先投向基本生活消费品的，人口越多，这部分基本消费需求及其派生出来的产业用品需求的绝对量就会越大，因而，人口规模首先会对市场需求结构产生明显影响。

首先，人口数量是决定市场规模和发展潜力的一个基本要素，人口越多，如果收入水平不变，对食物、衣着、日用品的需要量就越多，那么市场也就越大。因此，按人口数目可大略推算出市场规模。我国人口众多，无疑是一个巨大的市场。其次，人口的迅速增长促进了市场规模的扩大。因为人口增加，其消费需求也会迅速增加，那么市场的潜力也就会很大。例如，随着我国人口增加，人均耕地减少，粮食供应不足，人们的食物消费模式将发生变化，这就可能对我国的食品加工业产生重要影响；随着人口增长，能源供需矛盾将进一步恶化，因此研制节能产品和技术是企业必须认真考虑的问题。

1. 人口结构

人口结构主要包括人口的年龄结构、性别结构、家庭结构、社会结构以及民族结构。

（1）年龄结构

不同年龄的消费者对商品和服务的需求是不一样的。我国人口年龄结构的显著特点是：现阶段，青少年比重约占总人口的一半。反映到市场上，在今后 20 年内，婴幼儿和少年儿童用品及结婚用品的需求将明显增长。按照国际通行标准，中国人口年龄结构已经开始进入老年型。统计显示，目前中国 60 岁以上的老年人口为 1.34 亿，占总人口的 10% 以上；65 岁以上的老年人口超过 9400 万，占总人口的 7% 以上；80 岁以上的老年人口达 1300 万。反映到市场上，老年人的需求呈现高峰。这样，诸如保健用品、营养品、老年人生活必需品、老年人文化生活需求等市场将会兴旺。

（2）性别结构

性别差异会给人们的需求带来显著的差别，反映到市场上就会出现男性用品市场和女性用品市场。两个市场的需求不同，购买习惯也有所不同。例如，由于女性多操持家务，所以女性多喜欢逛家庭日用品市场；女性一般较男性更喜欢打扮，所以女性服装、化妆品等成为女性市场的重要商品；男性一般比较重视物品的使用价值，并负责家里大件商品的购买，所以他们是耐用品市场、家具市场、计算机市场等的重要消费者。

（3）家庭结构

家庭是社会的组成细胞，也是商品的主要采购单位。一个国家和地区家庭单位的多少，直接影响许多消费品的市场需求量。目前，世界上普遍呈现家庭规模缩小的趋势，越是经济发达地区，家庭规模就越小。欧美国家的家庭规模基本上户均 3 人，亚非拉等发展中国家则户均 5 人。在我国，"四代同堂"现象已不多见，"三位一体"的核心家庭则很普遍，并逐步由城市向乡镇发展。家庭数量的剧增必然会引起炊具、家具、家用电器和住房等需求的迅速增长。随着单亲家庭以及成年后独自居住的人群不断增加，简易家具、小型号家用电器等产品受到欢迎。

（4）社会结构

我国仍有很大一部分人口在农村，因此农村是个广阔的市场，有着巨大的潜力。同时，目前城市竞争激烈，农村市场相对薄弱，这一社会结构的客观因素决定了日用消费品企业在国内市场中，应当以农民为主要营销对象，市场开拓的重点也应放在农村。尤其是一些中小企业，更应注重开发价廉物美的商品以满足广大农民的需要。开拓农村市场目前是我国的一大热点，有很多家电产品已经纷纷涌入农村市场。

（5）民族结构

我国是一个拥有 56 个民族的多民族国家。民族不同，其生活习性、文化传统也不相同，具体表现为：饮食、居住、服饰、礼仪等方面的消费需求各有特点，都有自己的风俗习惯。这些不同的消费需求和风俗习惯会影响他们的消费特征和购买行为。因此，企业营销者要注意民族市场的营销，尊重民族习惯，开发适合各民族特性、受其欢迎的商品。

2．人口的地理分布及区间流动

地理分布指人口在不同地区的密集程度。由于自然地理条件以及经济发展程度等多方面因素的影响，人口的分布绝不会是均匀的。居住在不同地区的人群，消费需求的内容和数量也存在着差异。从我国来看，人口主要集中在东南部，约占总人口的 94%，而西北地区人口仅占总人口的 6% 左右，人口密度由东南向西北递减。另外，城市人口比较集中，尤其是大城市人口密度很大，上海、北京、重庆等城市的人口都超过 1 000 万，而农村人口则相对分散。人口的这种地理分布表现在市场上，就是人口的集中程度不同，即市场大小不同；表现在消费习惯上，就是市场需求特性不同。例如，南方人以大米为主食，北方人以面粉为主食；江浙沪沿海一带的人喜甜食，而川湘鄂一带的人喜食辣味。

随着经济的活跃和发展，人口的区域流动性也越来越大。在我国，人口的区间流动主要表现在农村人口向城市或工矿地区流动；内地人口向沿海经济发达地区流动。另外，经商、观光旅游、学习等活动也使人口流动加速。对于人口流入较多的地区而言，一方面由于劳动力增多，就业问题突出，从而加剧了行业竞争；另一方面，人口增多也使当地的基本需求量增加，消费结构也都发生一定的变化，继而给当地企业带来了较多的市场营销机会。在发达国家除了国家之间、地区之间、城市之间的人口流动外，还有一个突出的现象是城市人口向农村流动。

二、经济环境

（一）宏观经济环境

1．经济体制

世界上存在着多种经济体制，有计划经济体制，有市场经济体制，有计划-市场经济体制，也有市场-计划经济体制。不同的经济体制对企业营销活动的制约和影响不同。例如，在计划经济体制下，企业是行政机关的附属物，没有生产经营自主权，企业的产、供、销都由国家计划统一安排，企业生产什么、生产多少、如何销售，都不是企业自己的事情。在这种经济体制下，企业不能独立地开展生产经营活动，因而，也就谈不上开展市场营销活动。而在市场经济体制下，企业的一切活动都以市场为中心，市场是其价值实现的场所，因而企业必须特别重视营销活动，通过营销实现经济效益。

2. 经济发展阶段

企业的市场营销活动要受到一个国家或地区所处的经济发展阶段的制约。美国经济学家罗斯在《经济发展联合体论》一书中把经济发展划分为五个阶段：①传统社会经济发展阶段；②经济起飞前的准备阶段；③经济起飞阶段；④迈向经济成熟阶段；⑤大量消费阶段。凡属于前三个阶段的国家称为发展中国家，处于后两个阶段的国家称为发达国家。

居民的收入不同，对产品的需求也不一样，从而会在一定程度上影响企业的营销。以消费者市场来说，经济发展水平比较高的地区，在市场营销方面，强调产品款式、性能及特色，品质竞争多于价格竞争；而在经济发展水平低的地区，则较侧重于产品的功能及实用性，价格因素比产品品质更为重要。在生产者市场方面，经济发展水平高的地区着重投资能节省劳动力的先进、精密、自动化程度高、性能好的生产设备；在经济发展水平低的地区，其购买的大多是一些投资少、消耗劳动力多、操作简单、性能较为落后的机器设备。因此，对于不同经济发展水平的地区，企业应采取不同的市场营销策略。

3. 地区与行业发展状况

我国地区经济发展很不平衡，逐步形成了东部、中部、西部三大地带和东高西低的发展格局。同时在各个地区的不同省市，还呈现出多极化发展趋势。这种地区经济发展的不平衡，对企业的投资方向、目标市场以及营销战略的制定等都会有巨大影响。我国行业与部门的发展也有差异。今后一段时间，我国将重点发展农业、原料和能源等基础产业。这些行业的发展必将带动商业、交通、通信、金融等行业和部门的相应发展，将给市场营销带来一系列影响。因此，企业一方面要处理好与有关部门的关系，加强联系；另一方面，则要根据与本企业联系紧密的行业或部门的发展状况，制定切实可行的营销策略。

4. 城市化程度

城市化程度是指城市人口占全国总人口的百分比，它是一个国家或地区经济活动的重要特征之一。城市化是影响营销的环境因素之一。目前我国大多数农村居民消费的自给自足程度仍然较高，而城市居民则主要通过货币交换来满足需求。此外，城市居民一般受教育较多，思想较开放，容易接受新生事物；而农村相对闭塞，农民消费观念较为保守，故而一些新产品、新技术往往首先被城市所接受。企业在开展营销活动时，要充分注意到这些消费行为方面的城乡差别，相应地调整营销策略。

（二）消费者收入水平

消费者收入是指消费者个人从各种来源中所得的全部收入，包括消费者个人工资、红利、退休金、馈赠等收入。消费者的购买力来自消费者收入，所以消费者收入是影响社会购买力、市场规模大小以及消费者支出多少和支出模式的一个重要因素。消费者收入的变化，不仅对生产经营消费资料和服务的企业的营销活动有直接影响，而且会间接地对生产经营生产资料和服务的企业的营销活动产生重大影响。在研究消费者收入时，要注意以下五点。

1. 国民生产总值

它是衡量一个国家经济实力和购买力的重要指标。从国民生产总值的增长幅度，可以了解一个国家的经济发展状况和速度。一般来说，工业品的营销与这个指标有关，而消费品的营销则与此关系不大。国民生产总值增长越快,对工业品的需求和购买力就越大;反之则越小。

2．人均国民收入

这是用国民收入总量除以总人口的比值。这个指标大体反映了一个国家人民生活水平的高低,也在一定程度上决定商品需求的构成。一般来说,人均收入增长,对消费品的需求和购买力就大;反之就小。

3．个人可支配收入

这是在个人收入中扣除各项应交税款和其他非商业性费用等后的余额。个人可支配收入是影响消费者购买力和消费者支出的决定性因素。

4．可任意支配的个人收入

可任意支配的个人收入是指从可支配的个人收入中减去消费者用于维持基本生活所必需的支出和其他固定支出后的余额,如减去房租、保险费、分期付款、抵押贷款后所剩下的那部分个人收入。可任意支配个人收入一般都用来购买奢侈品、汽车、大型器具及度假等,所以这种消费者个人收入是影响奢侈品、汽车、旅游等商品销售的主要因素,是消费者可以任意决定其投向的,是影响消费需求构成的最活跃的经济因素。这部分收入的数额越大,人们的消费水平就越高,企业的营销机会也就越多。

5．家庭收入

家庭收入的高低会影响很多产品的市场需求。一般来讲,家庭收入高,对消费品需求大,购买力也大;反之,需求小,购买力也小。

(三)消费者支出模式与消费结构

消费者收入的变化不仅影响购买力,而且对消费者支出模式和消费结构有着直接影响,并使其发生具有一定规律性的变化。德国经济学家和统计学家恩斯特·恩格尔在 1857 年对英国、法国、德国、比利时等国不同收入家庭的调查基础上,发现了关于家庭收入变化与各种支出之间比例关系的规律性,提出了著名的恩格尔定律。后来,恩格尔的追随者们对恩格尔定律的表述又作了修改。目前,西方经济学对恩格尔定律的表述如下。

1)随着家庭收入的增加,家庭用于购买食品的支出占家庭收入的比重(恩格尔系数)就会下降。

2)随着家庭收入的增加,家庭用于住宅建筑和家务经营的支出占家庭收入的比重大体不变(燃料、照明、冷藏等支出占家庭收入的比重会下降)。

3)随着家庭收入的增加,家庭用于其他方面(如服装、交通、娱乐、卫生保健、教育)的支出和储蓄占家庭收入的比重会上升。

消费者支出模式除了主要受消费者收入影响外,还受以下两个因素的影响。

1．家庭生命周期的阶段

有孩子与没有孩子的年轻人家庭的支出情况有所不同。没有孩子的年轻人家庭负担较轻,往往把更多的收入用于购买家电、家具、陈设品等耐用消费品。而有孩子的家庭收支预算会发生变化。十几岁的孩子不仅吃得多,而且爱漂亮,用于娱乐、运动、教育方面的支出也较多,所以,在家庭生命周期的这个阶段,家庭用于购买耐用消费品的支出会减少,而用于食品、服装、文娱、教育等方面的支出会增加。等到孩子独立生活以后，父母就会有大量的可随意支配收入，就有可能把更多的收入用于医疗保健、旅游、购置奢侈品或储蓄，因此这个阶段的家庭收支预算又会发生变化。

2．消费者家庭所在地点

所在地点不同的家庭用于住宅建筑、交通、食品等方面的支出情况也有所不同。例如，住在中心城市的消费者和住在农村的消费者相比，后者用于交通方面的支出较少，用于住宅、建筑方面的支出较多；前者用于食品方面的支出较多。

对许多国家有关情况的调查分析表明，恩格尔定律的基本方面是符合客观实际的，是对家庭各类消费支出随收入增长而发展变化的一般性规律的概括。恩格尔系数常被作为判断一个国家经济发展水平以及一个家庭生活水平的重要参数之一。从我国的情况来看，在计划经济时代，由于政府在住房、医疗、交通等方面实行福利政策，从而引起了消费结构的畸形发展，并且决定了我国居民的支出模式以食品、衣服等生活必需品为主。随着我国社会主义市场经济的发展以及国家在住房、医疗制度方面改革的深入，人们的消费模式和消费结构都发生了明显的变化，这无疑会影响恩格尔系数的变化。企业要重视这些变化，尤其应掌握拟进入的目标市场中支出模式和消费结构的情况，输送适销对路的产品和劳务，以满足消费者不断变化的需求。

（四）消费者的储蓄和信贷

在实际生活中，消费者并不是也不可能将其全部收入都用于购买产品或劳务，大多数家庭都有一些"流动资产"，即货币及其他能迅速变成现款的资产，包括银行储蓄存款、债券、股票等。储蓄来源于消费者的货币收入，其最终目的还是消费。当收入一定时，储蓄越多，现实消费量就越少，但潜在消费量越多；反之，储蓄越少，现实消费量就越多，但潜在消费量越少。

西方国家广泛存在的消费者信贷对购买力的影响也很大。所谓消费者信贷，就是消费者凭信用先取得商品使用权，然后按期归还贷款，以购买商品。这实际上就是消费者提前支取未来的收入，提前消费。西方国家盛行的消费者信贷主要有：①短期赊销；②购买住宅分期付款；③购买昂贵的消费品分期付款；④信用卡信贷。

信贷消费允许人们购买超过自己现实购买力的商品，从而创造了更多的就业机会、更多的收入以及更多的需求；同时，消费者信贷还是一种经济杠杆，它可以调节积累与消费、供给与需求的矛盾。当市场供大于求时，可以发放消费信贷，刺激需求；当市场供不应求时，必须收缩信贷，适当抑制，减少需求。消费信贷把资金投向需要发展的产业，刺激这些产业的生产，带动相关产业和产品的发展。

企业营销人员应当全面了解消费者的储蓄情况，尤其是要了解消费者储蓄目的的差异。储蓄目的不同，往往影响到潜在需求量、消费模式、消费内容、消费发展方向的不同。这就要求企业营销人员在调查、了解储蓄动机与目的的基础上，制定不同的营销策略，为消费者提供有效的产品或劳务。

三、自然环境

营销学上的自然环境主要是指自然物质环境。自然环境会对产品的策略、分销渠道策略、物流策略的形成产生重要的影响，而且自然环境本身也处于不断的发展变化之中。关于自然环境，当前最主要的动向有以下四个方面。

（一）某些自然资源十分短缺

总的来说，地球上的资源可分为三大类。

1. 取之不尽、用之不竭的资源，如空气、水等

近几十年来世界各国尤其是现代化城市用水量增加很快（估计世界用水量每 20 年增加 1 倍），另一方面，世界各地水资源分布不均，而且每年和各个季节的情况各不相同，所以目前世界上许多国家都面临缺水的情况，不仅影响了人民生活，而且对相关企业也是一种环境威胁。

2. 有限但可以再生的资源，如森林、粮食等

我国森林覆盖率低，仅占国土面积的 12%；人均森林面积只有 1.8 亩，大大低于世界人均森林面积 13.5 亩。我国耕地少，而且由于城市和建设事业发展快，耕地面积迅速减少，近 30 年间我国的耕地平均每年减少 810 万亩。由于粮食价格低，农民不愿种粮食，转向种植收益较高的其他农作物，这种情况如果持续发展下去，我国的粮食和其他食物（如猪肉等）供应问题将会越来越严峻。

3. 有限且不能再生的资源，如石油和煤、铀、锡、锌等矿物

近十几年来，因为这类资源供不应求或在一段时期内供不应求，有些国家需要这类资源的企业正面临着或曾面临过威胁，所以必须寻找替代品。在这种情况下，企业就需要研究与开发新的资源和原料，这样又给某些企业带来了新的机会。

（二）环境污染严重

在许多国家，随着工业化和城市化的发展，环境污染程度日益增加，公众越来越认识到环境污染的危害性，因而对这个问题也越来越关心，纷纷指责环境污染对社会造成的危害。这种动向对造成环境污染的企业是一种环境威胁，一方面，它们在社会舆论的压力和政府的干预下，不得不采取措施控制污染；另一方面，这种动向也给控制污染、研究与开发不致污染的包装类企业带来新的机会。

（三）政府对环境保护干预加强

随着经济的发展和科学的进步，许多国家的政府都对自然资源管理加强了干预。但是，政府为了社会利益和长远利益而对自然资源加强干预，往往与企业的经营战略和经营效益相矛盾。例如，为了控制污染，政府往往要求企业购置昂贵的控制污染的设备，这样就可能影响企业的经营效益。又如，目前中国最大的污染制造者是工厂，如果政府按照法律和合理污染标准来严格控制污染，有些工厂就要关、停、转，这样就可能影响工业的快速发展。因此，企业要统筹兼顾地解决这种矛盾，力争做到既能减少环境污染，又能保证企业发展，提高经济效益。此外，由于公众对自然环境日益关心，促使许多国家的政府加强了环境保护工作，加强了对自然环境的管理。企业不仅是生产经营单位，而且是良好环境的制造者和受益者，因此营销人员必须注意有关法令的限制，严格守法，同时注意环境保护所提供的营销机会。

（四）广大公众开始积极投入到保护环境的行列

在西方，"绿色运动"汹涌澎湃，声势很大。广大群众不光是呼吁政府和国际社会采取行动，而且开始从自身做起。联合国对 15 个发达国家和发展中国家的民意测验表明，大多数被抽查者都声称：如果他们所缴纳的税款能用于保护环境，他们将乐于缴纳更多的税款。西欧的

调查表明，每四个欧洲人中就有三个表示为了保护环境，愿意交付额外的费用。可见，维护环境已经越来越成为新的公共道德。

四、科技环境

科学技术是影响人类前途和命运的最大力量，技术进步对企业生产和市场营销的影响也更为直接和显著。现代科学技术是社会生产力中最活跃和最具决定性的因素，它作为重要的营销环境因素，不仅直接影响企业内部的生产和经营，而且还同时与其他环境因素相互依赖、相互作用，影响企业的营销活动。科技发展对企业营销活动的作用主要表现在以下四个方面。

（一）科学技术的发展直接影响企业的经济活动

在现代，生产率水平的提高，主要依靠设备的技术开发（包括原有设备的革新，改装以及设计、研制效率更高的现代化设备），创造新的生产工艺、新的生产流程。同时，技术开发也扩大和提高了劳动对象利用的广度和深度，而且科技进步可以不断创造新的原材料和能源。这些都不可避免地影响到企业的管理程序和市场营销活动。科学技术既为市场营销提供了科学理论和方法，又为市场营销提供了物质手段。每一种新技术都会给某些企业带来新的市场机会，因而会产生新的行业；同时，也会给某个行业的企业造成环境威胁，使其受到冲击甚至被淘汰。例如，激光唱盘技术的出现，无疑会夺走磁带的市场，给磁带制造商以毁灭性的打击。据美国《设计新闻》报道，由于大量启用自动化设备和采用新技术，将出现许多新行业，包括新技术培训、新工具维修、计算机教育、信息处理、自动化控制、光导通信、遗传工程、海洋技术等。如果企业高层富于想象力，及时采用新技术，从旧行业转入新行业，就能求得生存和发展。

（二）新技术引起的企业市场营销策略的变化

新技术给企业带来巨大的压力，同时也改变了企业生产经营的内部因素和外部环境，从而引起以下企业市场营销策略的变化。

1．产品策略

由于科学技术的迅速发展，新技术应用于新产品开发的周期大大缩短，产品更新换代加快。在世界市场的形成和竞争日趋激烈的今天，开发新产品成了企业开拓新市场和赖以生存与发展的根本条件。因此，企业要求营销人员不断寻找新市场、预测新技术，时刻注意新技术在产品开发中的应用，从而开发出给消费者带来更多便利的新产品。

2．价格策略

科学技术的发展及应用，一方面降低了产品成本，使价格下降，另一方面使企业能够通过信息技术，加强信息反馈，正确应用价值规律、供求规律、竞争规律来制定和修改价格策略。

3．分销（渠道）策略

由于新技术的不断应用，技术环境的不断变化，人们的工作及生活方式发生了重大变化。广大消费者的兴趣、思想等差异性扩大，自我意识增强，从而引起分销渠道的不断变化，大量的特色商店和自我服务商店不断出现，如20世纪30年代出现的超级市场，40年代出现的廉价商店，六七十年代出现的快餐服务、自助餐厅、特级商店、"左撇子"商店等。新技术的出现还引起了分销实体的变化，运输实体的多样化，提高了运输速度，增加了运输容量及货物储存量，使现代企业的实体分配出发点由工厂变成了市场。

4．促销策略

科学技术的应用引起促销手段的多样化，尤其是广告媒体的多样化和广告宣传方式的复杂化，如人造卫星成为全球范围内的信息沟通手段。信息沟通的效率、促销组合的效果、促销成本的降低、新的广告手段及方式将成为今后促销研究的主要内容。

（三）科学技术的发展促使消费者购买行为的改变

由于新技术革命迅速发展，出现了电视购物这种足不出户的购物方式。消费者如果想买东西，可以在家里打开连接各商店的终端机，各种商品信息就会在电视荧屏上显示出来。消费者可以通过电话订购电视上所显示出来的任何商品，然后按一下自己的银行存款账户号码，把货款自动传给有关商店，订购的商品很快就会被送到消费者手中。此外，人们还可以在家里通过计算机、电话系统订购车票、飞机票和影剧票。企业也可以利用这种系统来进行广告宣传、营销调研和推销商品。社会主义制度为科学技术的运用和发展开辟了极其广阔的前景，使科学技术对发展生产力和推动社会进步的作用得到更充分的发挥。

（四）科学技术的发展为提高营销效率提供了更新更好的物质条件

首先，科学技术的发展，为企业提高营销效率提供了物质条件。例如，新的交通工具的发明或旧的运输工具的技术改进，使运输的效率大大提高；信息、通信设备的改善，更便于企业组织营销，提高效率。其次，科学技术的发展可使促销措施更加有效。例如，广播、电视、传真等现代信息传媒技术的发展，可使企业的商品和劳务信息及时、准确地传送到全国乃至世界各地，这将大大有利于本国和世界各国消费者了解这方面的信息，并起到刺激消费、促进销售的作用。再次，现代计算技术和手段的发明运用，可使企业及时对消费者的需求及动向进行有效的了解，从而使企业的营销活动更加切合消费者需求的实际情况。科技的发展推动了消费者需求向高档次、多样化方向变化，消费者消费的内容更加纷繁复杂。因此，生产什么商品、生产多少商品去满足消费者需求的问题，靠传统的计算和分析手段是无能为力的，而现代计算和分析手段的发明，提供了解决这些问题的方法。

总之，科学技术的发展必将会使社会经济、政治以及社会生活等各个方面发生深刻的变化，这些变化也必将反过来影响企业的营销活动，给企业造成有利或不利的影响，甚至关系到企业的生存和发展。因此，企业应特别重视科学技术这一重要的环境因素，以便能够抓住机会、避免风险，求得生存和发展。

五、政治法律环境

政治与法律是影响企业营销的重要宏观环境因素。政治因素像一只无形之手，调节着企业营销活动的方向，法律则为企业规定了商贸活动的行为准则。政治与法律相互联系，共同对企业的市场营销活动发挥影响和作用。

（一）政治环境

政治环境指企业市场营销活动的外部政治形势和状况以及国家方针政策的变化对市场营销活动带来的或可能带来的影响。

1．政治局势

政治局势是指企业营销所处的国家或地区的政治稳定状况。一个国家的政局稳定与否会给企业营销活动带来重大的影响。如果政局稳定，生产发展，人民安居乐业，就会给企业造成良好的营销环境。相反，政局不稳，社会矛盾尖锐，秩序混乱，这不仅会影响经济发展和人民的购买力，而且对企业的营销心理也有重大影响。战争、暴乱、罢工、政权更替等政治事件都可能对企业营销活动产生不利影响，迅速改变企业环境。因此，社会是否安定对企业市场营销影响极大，特别是在对外营销活动中，一定要考虑东道国政局变动和社会稳定情况可能造成的影响。

2．方针政策

国家在不同时期，会根据不同需要颁布一些经济政策，制定经济发展方针。这些方针、政策不仅影响本国企业的营销活动，而且还会影响外国企业在本国市场的营销活动。例如，我国在产业政策方面制定的《关于当前产业政策要点的决定》，明确提出了当前生产领域基本建设领域、技术改造领域、对外贸易领域各主要产业的发展序列。还有诸如人口政策、能源政策、物价政策、财政政策、金融与货币政策等，都给企业研究经济环境，调整自身的营销目标和产品构成提供了依据。目前，国际上各国政府采取的对企业营销活动有重要影响的政策和干预措施主要有如下五个方面。

（1）进口限制

它包括两类：①限制进口数量的各项措施；②限制外国产品在本国市场上销售的措施。政府进行进口限制的主要目的在于保护本国工业，确保本国企业在市场上的竞争优势。

（2）税收政策

政府在税收方面的政策措施会对企业的经营活动产生影响。例如，对某些产品征收特别税或高额税，则会使这些产品的竞争力减弱，给经营这些产品的企业效益带来一定影响。

（3）价格管制

当一个国家发生了经济问题时，如经济危机、通货膨胀等，政府就会对某些重要物资，甚至所有产品采取价格管制措施。政府实行价格管制通常是为了保护公众利益，保障公众的基本生活，但这种价格管理直接干预了企业的定价决策，影响企业的营销活动。

（4）外汇管制

外汇管制是指政府对外汇买卖及一切外汇经营业务所实行的管制。外汇管制对企业营销活动特别是国际营销活动有重要影响。例如，实行外汇管制，使企业生产所需的原料、设备和零部件不能自由地从国外进口，企业的利润和资金也不能或不能随意汇回母国。

（5）国有化政策

国有化政策是指政府由于政治、经济等原因对企业所有权采取的集中措施。例如，为了保护本国工业避免外国势力阻碍等原因，将外国企业收归国有。

3．国际关系

国际关系是指国家之间的政治、经济、文化、军事等关系。发展国际间的经济合作和贸易关系时要了解市场国的法律制度，还要了解和遵守市场国的法律制度和有关的国际法规、国际惯例和准则。这方面因素对国际企业的营销活动有深刻影响。例如，一些国家会对外国企业进入本国经营设定各种限制条件。日本政府曾规定，任何外国企业进入日本市场，必须要找一家日本企业同它合伙；也有一些国家利用法律对企业的某些行为作特殊限制。美国《反托拉斯法》规定不允许几家企业共同商定产品价格，一家企业的市场占有率超过 20%就不能再合并同类企业。

除上述特殊限制外，各国法律对营销组合中的各种要素，往往也有不同的规定。例如，有些产品由于其物理和化学特性事关消费者的安全问题，因此，各国法律对产品的纯度、安全性能有详细甚至苛刻的规定，目的在于保护本国本民族的生产者而非消费者。美国曾以安全为由，限制欧洲制造商在美国销售汽车，以致欧洲汽车制造商不得不专门修改其产品，以符合美国法律的要求；英国也曾借口法国牛奶计量单位采用的是公制而非英制，将法国牛奶逐出本国市场；而德国以噪声标准为由，将英国的割草机逐出德国市场。

各国法律对商标、广告、标签等都有特别的规定。例如，加拿大的产品标签要求用英、法两种文字标明；法国却只使用法文产品标签。广告方面，许多国家禁止电视广告，或者对广告播放时间和广告内容进行限制。这些特殊的法律规定，是企业进入国际市场时必须了解和遵循的。

（二）法律环境

法律环境指国家主管部门及省市自治区颁布的对企业营销活动有影响的法律、法规、条例、法令等。市场经济是法制经济，各国都在极力通过立法来规范企业的市场行为。法律环境保障企业的正常经营，保证企业之间公平竞争，保护消费者的合法权益，维护国家和社会的整体利益和长远利益。法律法规比方针政策具有更大的稳定性和强制性。今天，针对企业的立法越来越多，企业必须熟悉自己所处的法律环境，规范自己的营销行为，既能保证自身严格依法经营，又能用法律手段保护自己的合法权益。

与企业营销有关的法律主要分为以下三类。

1. 维护企业公平竞争的立法

这类立法主要是为了避免不正当竞争，维护整个市场经济运行的秩序和效率，如《中华人民共和国合同法》、《中华人民共和国公司法》、《中华人民共和国商标法》、《中华人民共和国专利法》、《中华人民共和国反不正当竞争法》等。

2. 保护消费者权益的立法

这类立法的原因在于市场信息获得的不对称性。保护消费者权益的法律涉及很广，包括企业的产品、价格、促销、渠道决策的各个方面，如产品责任法、反暴力法、广告法、产品质量法、食品卫生法、消费者权益保护法等。

3. 保护社会利益的立法

这类立法主要是关于环境保护、资源开发利用、承担社会责任等方面的法律等，目的是避免出现"外部不经济"，如《中华人民共和国环境保护法》、《中华人民共和国城市规划法》、《中华人民共和国环境噪声污染防治法》等。

六、社 会 文 化 环 境

与其他环境因素相比较，社会文化环境对企业营销的影响不是那么显而易见，但其却在更加深刻的层面上时时影响着市场营销。社会文化是指一个社会的民族特征、价值观念、生活方式、风俗习惯、伦理道德、教育水平、语言文字、社会结构等的总和。它主要由两部分组成：①全体社会成员所共有的基本核心文化；②随时间变化和外界因素影响而较容易改变的社会次文化或亚文化。人类在某种社会中生活，必然会形成某种特定的文化。不同国家、不同地区的人民，不同的社会与文化，代表着不同的生活模式，对同一产品可能持有不同的态度，直接或间接地影响产品的设计、包装和信息的传递方法、产品被接受的程度、分销和推广措施等。社会文化因素是影响人们欲望和行为的基本因素之一。它通过影响消费者的思想和行为来影响企业的市场营销活动。因此，企业在从事市场营销活动时，应重视对社会文化的调查研究，并作出适宜的营销决策。这里主要分析以下典型的文化因素。

（一）教育水平

教育是按照一定目的要求，对受教育者施以影响的一种有计划的活动，是传授生产经验和生活经验的必要手段，反映并影响着一定的社会生产力、生产关系和经济状况，是影响企业市场营销的重要因素。教育状况对营销活动的影响，可以从以下几个方面考虑。

1. 对企业选择目标市场的影响

处于不同教育水平的国家或地区，对商品的需求不同。

2. 对企业营销商品的影响

文化不同的国家和地区的消费者，对商品的包装、装潢、附加功能和服务的要求有所差异。通常文化素质高的地区或消费者要求商品包装典雅华贵，对附加功能也有一定要求。

3. 对营销调研的影响

企业的营销调研在受教育程度高的国家和地区可在当地雇用调研人员或委托当地的调研公司或机构完成具体项目；而在受教育程度低的国家和地区，企业开展调研要有充分的人员准备和适当的方法。

4. 对经销方式的影响

企业的产品目录、产品说明书的设计要考虑目标市场的受教育状况。如果经营商品的目标市场在文盲率很高的地区，就不仅需要文字说明，更重要的是要配以简明图形，并要派人进行使用、保养的现场演示，以避免消费者和企业的不必要损失。

（二）价值观念

价值观念是指人们对社会生活中各种事物的态度和看法。在不同的文化背景下，价值观念差异很大，影响着消费需求和购买行为。价值观念不同的消费者对事物的评价标准、追求与偏爱往往极不相同。企业向市场推出的商品和服务只有与目标消费者的价值观念相一致，才能被消费者接受。

（三）宗教信仰

宗教信仰是人类社会的一个突出的文化现象，它影响着人们的消费行为、社交行为、穿着举止、价值观和处理事务的方式，因而会带来特殊的市场需求和特殊的禁忌。这与企业的营销活动有着密切的联系。不同的宗教信仰有不同的价值观和行为标准，从而影响着人们的购买决策和购买行为。因此，企业的广告、商标、包装的设计和服务的方式等都要充分考虑人们的宗教信仰，以免触犯禁忌。

（四）消费习俗

消费习俗是人类各种习俗中的重要习俗之一，是人们历代相传的消费方式，也可以说是人们在长期经济与社会活动中所形成的一种消费风俗习惯。不同的消费习俗具有不同的商品需要，研究消费习俗，不但有利于组织好消费用品的生产与销售，而且有利于正确、主动地引导健康的消费。了解目标市场消费者的禁忌、习俗、避讳、信仰、伦理等是企业进行市场营销的重要前提。

（五）审美情趣

人们在市场上挑选、购买商品的过程，实际上就是一次审美活动。近年来，我国人民的审美观念随着物质水平的提高，发生了明显的变化。

1. 追求健康的美

体育用品和运动服装的需求量呈上升趋势。

2. 追求形式的美

服装市场的异军突起，不仅美化了人们的生活，更重要的是迎合了消费者的求美心愿。在服装样式上，青年人一扫过去那种多层次、多线条、重叠反复的造型艺术，追求强烈的时代感和不断更新的美感，由对称转为不对称，由灰暗色调转为鲜艳、明快、富有活力的色调。

3. 追求环境美

消费者对环境的美感体验，在购买活动中表现得最为明显。

因此，企业营销人员应注意以上三方面审美观的变化，把消费者对商品的评价作为重要的反馈信息，使商品的艺术功能与经营场所的美化效果融合为一体，以更好地满足消费者的审美要求。

在研究社会文化环境时，还要重视亚文化群对消费需求的影响。每一种社会文化的内部都包含若干亚文化群。因此，企业市场营销人员在进行社会和文化环境分析时，可以把每一个亚文化群视为一个细分市场，生产经营适销对路的产品，满足消费者需求。

第三节　市场营销微观环境分析

微观营销环境也称直接营销环境，是指直接影响和制约企业营销活动的各类行为主体，包括企业自身、供应商、顾客、营销中介、竞争者、社会公众等。这些因素与企业存在着服务、协作、竞争、监督等关系，影响着企业对目标市场的服务能力和服务效果。

一、企业

微观环境中的第一个因素是企业本身。企业内部的微观环境可以分为两个层次。第一层次是高层管理部门，营销部门必须在高层管理部门所规定的职权范围内作出决策，并且所制订的计划在实施之前必须得到高层领导部门的批准；第二层次是企业的其他职能部门，包括财务、研究与开发、采购、制造、会计等部门。企业营销部门的业务活动是和其他部门的业务活动息息相关的。例如，财务部门负责寻找和使用实施营销计划所需的资金，研究与开发部门研制安全而满足人们需要的产品，采购部门负责供给原材料，制造部门负责产品的生产，会计部门负责核算收入与成本以便管理部门了解是否实现了预期目标。企业内部各个部门各个管理层次之间的分工是否科学，协调是否和谐，营销部门与内部其他部门的配合是否默契，目标是否一致，都影响着企业营销活动的顺利进行。营销部门在制订和实施营销计划时，必须考虑其他部门的意见，处理好与其他部门的关系。

二、供应商

供应商是为企业进行生产所需而提供原材料、能源、设备、劳动力、资金等资源的企业或个人。这些资源的变化直接影响着产品的产量、质量以及利润，进而影响企业营销计划和营销目标的完成。供应商是能对企业的营销活动产生巨大影响的力量之一，主要表现在以下三个方面。

（一）供货的及时性和稳定性

原材料、零部件、能源及机器设备等货源的保证供应，是企业营销活动顺利进行的前提，供应不足就可能影响企业按期完成交货任务。从短期来看，损失了销售额；从长期来看，损害了企业的信誉。因此，企业必须与供应商保持密切的联系，及时了解和掌握供应商的变化和动态，使货源的供应在时间上和连续性上得到切实的保证。

（二）供货的价格变动

毫无疑问，供货的价格变动会直接影响产品的成本。如果供应商提高原材料价格，必然会使企业产品成本上升，生产者被迫提高产品价格，这势必会影响产品的市场销路，由此可能影响企业的销售额和利润。为此，企业必须密切关注和分析供应商的货物价格变动的趋势，使企业应变自如，不致措手不及。

（三）供货的质量水平

供应货物的质量直接影响到企业产品的质量。针对上述影响，企业在寻找和选择供应商时，应特别注意以下两点。

（1）企业必须充分考虑供应商的资信状况

要选择那些能够提供品质优良、价格合理的资源，交货及时，有良好信用，在质量和效率方面都信得过的供应商，并且要与主要供应商建立长期稳定的合作关系，保证企业生产资源供应的稳定性。

（2）企业必须使自己的供应商多样化

企业过分依赖一家或少数几家供应商，受到供应变化的影响和打击的可能性就大。为了减少对企业的影响和制约，企业就要尽可能多地联系供应商，向多个供应商采购，尽量注意避免过于依靠单一的供应商，以免与供应商的关系发生变化时，使企业陷入困境。

三、顾客

顾客是企业的目标市场，是企业的服务对象，也是营销活动的出发点和归宿。企业的一切营销活动都应该以满足顾客需求为中心。因此，顾客是企业最重要的环境因素。顾客可以从不同的角度以不同的标准进行划分。按照购买动机和类别，顾客市场可以分为以下五种。

1. 消费者市场

消费者市场也称生活资料市场，主要由购买商品或服务供自己消费的个人和家庭组成。

2. 工业品市场

工业品市场也称生产资料市场，是指通过购买商品和劳务，投入生产经营活动过程以赚取利润的组织。

3. 中间商市场

中间商市场有两种形式，即经销商和代理商，是指通过购买商品和服务，经过加价出售获得利润的组织或个人。

4. 政府和非营利性组织市场

政府和非营利性组织市场是由为提供公共服务或转赠给有需要的人而购买商品或劳务的政府和非营利性组织构成的。

5. 国际市场

国际市场主要指国外的采购商，包括国外的消费者、生产者、中间商和政府机构等。企业要参与国际市场的竞争就必须在国际市场上开展营销活动，吸引国外用户并满足其需要。

四、营销中介

营销中介是指协助企业推广销售和分配产品给最终买主的那些企业和个人，包括中间商、实体分配公司、营销服务机构、金融机构等。营销中介对企业营销产生直接影响，只有通过有关营销中介所提供的服务，企业才能把产品顺利地送到消费者手中。

（一）中间商

中间商是协助企业寻找顾客或直接与顾客进行交易的商业组织或个人。按其在交易过程中是否拥有产品所有权，中间商可分为两类——代理中间商和经销中间商。代理中间商包括代理人、经纪人、制造商代表，他们专门介绍客户或与客户协商交易合同，但不拥有商品的所有权。经销中间商包括批发商、零售商和其他再售商，他们购买商品，拥有商品的所有权，再出售商品。中间商履行"专门媒介商品交换"，即组织商品运行的职能，是渠道功能的重要承担者，在提高分销渠道效率和效益中有重要作用。此外，中间商由于与目标顾客直接打交道，因而它的销售效率、服务质量就直接影响企业的产品销售。因此，企业必须选择合适的中间商，在与中间商建立合作关系后，要随时了解和掌握其经营活动，并采取一些激励性合作措施，推动其业务活动的开展。

（二）实体分配公司

实体分配公司是帮助企业储存产品和把产品从原产地运往销售地的专业组织，包括仓储公司、运输公司等。仓储公司是货物运往下一个目的地前专门储存和保管商品的机构。运输公司包括从事铁路运输、汽车运输、航空运输、轮船运输和其他搬运货物的公司，他们负责把货物从一地运往另一地。实体分配公司的主要作用在于使市场营销渠道中的物流畅通无阻，为企业创造时间效益和空间效益。企业应该从成本、运输速度、安全性、方便性等因素进行综合考虑，确定选用成本最低而效益更高的运输方式。

（三）营销服务机构

市场营销服务机构指市场调研公司、广告公司、各种广告媒介及市场营销咨询公司，它们协助企业选择最恰当的市场，并帮助企业向选定的市场推销产品。但是，大多数公司都与专业公司以合同方式委托办理这些事务。一个企业决定委托专业公司办理这些事务时，需谨慎选择，因为各个公司都各有自己的特色，所提供的服务内容不同，服务质量不同，价格也不同。企业还得定期检查它们的工作，倘若发现某个专业公司不能胜任，则须另找其他专业公司来代替。为此，企业往往需要比较各个专业公司的服务特色、服务质量和价格，从而找到最适合自己的有效服务。

（四）金融机构

金融机构是企业营销活动中进行资金融通的机构，包括银行、信用公司、保险公司以及其他协助融资或保障货物的购买与销售风险的公司。金融机构的主要功能是为企业营销活动提供融资及保险服务。在现代经济生活中，企业与金融机构有着不可分割的联系，如企业间的财务往来要通过银行账户进行结算，企业的财产和货物要通过保险公司进行保险等。同时，银行的贷款利率上升或保险公司的保险金额上升，会使企业成本增加；信贷资金来源受到限制，会使企业经营陷入困境。因此，企业必须发展与金融机构的密切关系，以保证融资及信贷业务的稳定和渠道的畅通。

五、竞　争　者

一个企业很少能单独包揽某一市场的服务，其营销系统总会受到一群竞争对手的包围和影响。即使是在高度垄断的市场上，只要存在着需求的替代品和替代可能性，就可能出现潜在的竞争对手。所以，市场营销的成功，不仅需要企业满足顾客的需求，而且需要比竞争对手更有效地满足顾客的需求。认识自己的竞争对手，时刻关注他们并随时作出相应的对策是企业营销成败的关键。从消费者需求的角度看，竞争者可分为以下五种类型。

（一）欲望竞争者

欲望竞争者是指提供不同的产品以满足不同的需求的竞争者。消费者在同一时刻的欲望是多方面的，但很难同时满足，这就出现了不同的需求，即不同产品的竞争。如何促使消费者更多地首先购买本企业的产品，而不是其他产品，这就是一种竞争关系。

（二）属类竞争者

属类竞争者是指提供不同的产品以满足同一种需求的竞争者，是消费者在决定需要的类型之后出现的次一级竞争，又称平行竞争。例如，近几年我国航空部门不断降价，铁路部门不断提速，一个重要的原因就是由于我国高速公路不断发展，与之争夺客源，迫使他们不得不通过降价或提高服务等级等手段来稳住原有市场。

（三）产品形式竞争者

产品形式竞争者是指满足同一需求的产品的不同形式之间的竞争者。消费者在决定了需要的属类之后，还必须决定购买何种产品。例如，消费者选择购买自行车，自行车又分为男式、女式、山地车、赛车等多种产品，这些形式都可以满足消费者对自行车的需求。

（四）品种竞争者

品种竞争者是指满足消费者某种愿望的产品品种之间的可替代性产品的供应者。例如，消费者决定购买大屏幕彩色电视机，而市场上有晶体显像管彩色电视机、背投彩色电视机、等离子彩色电视机和液晶彩色电视机等不同品种，消费者还要决定到底选择其中的哪一种。

（五）品牌竞争者

品牌竞争者是指满足同一需求的同种形式产品不同品牌之间的竞争者。例如，每一种大屏幕电视机都有许多家不同的厂商生产，这些厂商就是品牌竞争者。

后三种竞争者属于同行业竞争者。在同行业竞争中，卖方密度、产品差异、进入难度是三个值得重视的方面。卖方密度指同一行业或同一类商品经营中卖主的数目。这种数目的多少，在市场需求相对稳定时，直接影响企业的市场份额和竞争的激烈程度。产品差异指同一行业中不同企业生产同类产品的差异程度。差异使产品各有特色而相互区别，这实际上就存在一种竞争关系。进入难度指某个新企业在试图进入某行业时所遇到的困难程度，特别是技术难度和资金规模。不同的行业，企业进入的难易程度是不同的。

六、社会公众

企业市场营销工作所面对的社会公众，是指对实现本企业营销目标有实际或潜在利害关系和影响力的一切团体和个人。社会公众可能有助于增强企业实现目标的能力，也可能妨碍这种能力。因此，企业要认真处理好与周围各种社会公众的关系，遵纪守法，开展力所能及的公益活动，树立良好的企业形象，争取社会公众对企业的理解和支持。

企业所面对的社会公众包括以下七类。

（一）金融公众

金融公众指影响企业融资能力的金融机构，包括银行、投资公司、证券公司、保险公司等。企业可以通过提高自身资金运作质量，确保投资者合理的回报以及不断提高自身信誉，在金融公众中树立良好的形象。

（二）媒介公众

媒介公众主要是指报纸、杂志、广播、电视和网络等具有广泛影响的大众媒体。企业要争取同这些媒体建立友好关系，力求得到更多、更好的有利于企业的新闻、特写、评论等。

（三）政府公众

政府公众包括各种负责管理企业业务和经营活动的有关政府机构。任何企业营销计划的制订都必须了解政府相关政策状况及未来发展趋势，以增强其实施的可行性。营销管理者在制订营销计划时除了必须充分考虑政府的发展政策外，还必须向律师咨询有关产品安全卫生、广告真实性、商人权利等方面可能出现的问题，以便同有关政府部门协调关系。

（四）社团团体

社团团体指那些有可能影响企业营销活动开展的消费者组织、环境保护组织及其他群众团体。这类公众对企业产品和企业自身形象的态度，直接影响着企业对目标市场的定位与选择。企业的营销活动关系到社会各方面的切身利益，必须密切注意来自社会公众的批评和意见。

（五）社区公众

社区公众指企业所在地附近的居民和社区组织。企业在营销活动中，必须重视保持与当地公众的良好关系，要避免与周围公众利益发生冲突，同时还应注意对社区的公益事业作出贡献，积极支持社区的重大活动。

（六）一般公众

一般公众不能以有组织的方式对企业采取行动，但是企业的形象会影响其是否惠顾。企业可通过资助慈善事业、设立消费者投诉系统等方式树立良好的企业形象。

（七）内部公众

企业的内部公众包括董事会、经理、员工等。企业的营销计划需要全体员工的充分理解、大力支持和具体执行。企业应经常向员工介绍企业发展的有关情况和制度，并采取各种方式激励内部员工，发动员工出谋划策。同时，企业也要关心员工福利，增强内部凝聚力。

第四节　环境的分析和评价

企业的生存和发展既与其生存的市场营销环境密切相关，又取决于企业对环境因素及其影响所持的对策。市场营销环境的特点决定了企业不可能去创造、改变营销环境，只能主动去适应环境、利用环境。为此企业应运用科学的分析方法，随时掌握其发展趋势，从中发现市场机会和威胁，有针对性地制定和调整自己的战略与策略，不失时机地利用营销机会，尽可能减少威胁带来的损失。

一、SWOT 分析法

SWOT 分析法是将宏观环境、市场需求、竞争状况、企业营销条件进行综合分析，得出与企业活动相关的优势、劣势、机会和威胁。它是营销环境分析中运用较多的一种方法。

（一）企业优势

企业优势是企业较竞争对手在某些方面具有的不可匹敌、无法模仿的独特能力，即企业相对竞争对手而言所具有的优势资源、技术、产品以及其他特殊实力。核心竞争力是企业的优势，另外，充足的资金来源、良好的经营技巧、良好的企业形象、完善的服务系统、先进的工艺设备、成本优势、市场领先地位、与买方或供应方长期稳定的关系、良好的雇员关系等，都可以形成企业优势。

（二）企业劣势

企业劣势是企业较竞争对手在某些方面存在的缺点与不足，即影响企业经营效率和效果的不利因素和特征，它们使企业在竞争中处于弱势地位。一个企业潜在的弱点主要表现为：缺乏明确的战略导向、设备陈旧、赢利较少甚至亏损、缺乏管理和知识、缺少某些关键技能或能力、内部管理混乱、研究与开发工作落后、企业形象较差、销售渠道不力、营销技巧较差、产品质量不高、成本过高等。

（三）市场机会

市场机会是外部环境变化趋势中对本企业营销有吸引力的、积极的、正面的因素。它是企业经营环境中重大的有利形势，环境的变化、竞争格局的变化、政府控制的变化、技术的变化、企业与客户或供应商的关系的改善等因素，都可视为机会。环境机会是指环境中出现的一种对企业富有吸引力的变化趋势，通过抓住并顺应这种趋势，企业将拥有竞争优势。捕捉市场机会、判断机会大小，可从一个机会获得成功的可能性与市场吸引力的大小两个角度进行，由此形成四种状况：①成功可能性高而吸引力大；②成功可能性低而吸引力大；③成功可能性高而吸引力低；④成功可能性低而且吸引力也低。机会无处不在，但能否被企业利用，取决于企业自身是否具备利用机会的能力，即企业的竞争优势是否与机会一致。

（四）市场威胁

市场威胁是指外部环境变化趋势中对本企业营销不利的、负面的影响。例如，新竞争对手的加入、市场发展速度放缓、产业中买方或供应方的竞争地位加强、关键技术改变、政策法规变化等因素都可能成为对企业未来成功的威胁。环境威胁是指环境中出现的一种对企业不利的发展趋势，企业如果不及时洞察这种趋势并及早采取行动，将会导致企业生存与发展的危机。洞察环境威胁、分析其发展趋势，可从环境威胁的严重性及环境威胁出现的可能性两个角度进行，由此便会出现四种情况：①出现的可能性高而且严重性程度亦高；②出现的可能性高而严重性程度低；③出现的可能性低而严重性程度高；④出现的可能性低而且严重性程度亦低。企业通过环境分析，应及时察觉存在的环境威胁，准确判断环境威胁出现的可能性及造成危害的严重程度，相应地调整企业的营销策略。

一般来说，运用 SWOT 分析法研究企业营销决策时，强调寻找四个方面中的与企业营销决策密切相关的主要因素，而不把所有的关于企业能力、薄弱点、外部机会和威胁逐项列出和汇集。通过 SWOT 分析法，可以结合环境对企业的内部能力和素质进行评价，弄清企业相对于其他竞争者所处的相对优势和劣势，帮助企业制定竞争战略。

二、市场机会和威胁的分析

任何企业都面临着若干营销机会和环境威胁，企业的营销战略工作是从分析企业的市场环境开始的。企业在制订和调整营销战略和计划时，要根据其掌握的市场信息，进行市场机会和市场威胁分析。市场营销环境的变化对企业造成的影响主要有三种：①导致新的市场机会的产生；②对企业营销造成环境威胁；③给企业同时带来市场机会和威胁。因此市场机会和威胁的分析方法主要有以下三种。

（一）机会分析

环境机会是营销环境中对企业市场营销有利的各项因素的总和，在该市场领域里，企业将拥有竞争优势，可将市场机会转为营销机会，获取营销成功。分析、评价环境机会主要从两方面考虑：①考虑机会给企业带来的潜在利益的大小；②考虑成功可能性的大小。

机会分析矩阵如图 2-1 所示。在图中，处于 A 位置的机会的潜在吸引力和成功的可能性都大，有极大可能为企业带来巨额利润，企业应把握战机，全力发展；处于 D 位置的机会，不仅潜在利益小，成功的可能性也小，企业应改善自身条件，注意机会的发展变化，适时开展营销活动。处在 B 位置的机会的潜在的吸引力大而成功的可能性小；处在 C 的机会的潜在的引力小而成功的可能性大。B、C 两类机会是出现最多的情况，企业应认真分析情况，不断使自身条件与之相协调，以有效地利用这些机会。

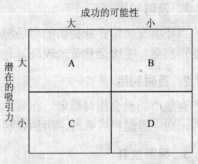

图 2-1 机会分析矩阵

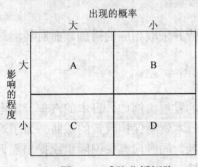

图 2-2 威胁分析矩阵

（二）威胁分析

环境威胁是营销环境中对企业营销不利的各项因素的总和。营销者对环境威胁的分析也主要从两方面来分析，并将两者结合起来：①分析环境威胁对企业的影响程度；②分析环境威胁出现的可能性的大小。

威胁分析矩阵如图 2-2 所示。在图中，处于 A 位置的威胁，出现的概率和影响程度都大，企业要高度警惕，制定相应的对策；处于 D 位置的威胁，出现的概率和影响程度都小，企业不必过于担心，但要经常注意其发展变化；处在 B 位置和 C 位置的威胁，或者影响程度大，或者出现的概率大，企业都应该充分重视。

（三）机会／威胁分析

在实际的客观环境中单纯的威胁环境与单纯的机会环境都是极少的，通常总是机会与威胁同在，风险与利益共存。所以，企业实际面临的是综合环境。

根据环境中威胁水平和机会水平的高低不同，形成如图 2-3 所示的机会／威胁分析矩阵。企业处在 A 区的环境为理想环境，处于 B 区的环境为冒险环境，处于 C 区的环境为成熟环境，处于 D 区的环境为困难环境。

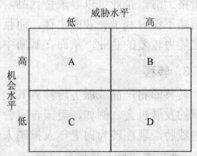

图 2-3 机会／威胁分析矩阵

三、企业应对营销环境影响的对策

环境机会并非对所有企业都具有同等程度的吸引力，环境威胁也并非对所有企业都会造成同等程度的压力。企业应结合实际情况权衡利弊，以便有的放矢地采取相应的营销对策。

（一）对市场机会的对策

面临客观的市场情况，企业应该给予足够的重视，制定适当的对策。企业常用的对策有以下三种。

1. 及时利用

当环境变化给企业提供的市场机会与企业的营销目标、资源条件相一致，并能享有竞争的差别利益，能给企业带来较高赢利时，企业要充分利用市场机会，求得更大的发展。

2. 适时利用

有些市场机会相对稳定，在短期内不会变化，而企业暂时又不具备利用环境机会的有利条件，则应等时机成熟时，再加以利用。

3. 果断放弃

有些市场机会对企业而言十分具有吸引力，但企业缺乏有利的条件，不能加以利用。这时企业应该果断放弃而不应该优柔寡断导致错过其他有利机会。

（二）对市场威胁的对策

环境变化对企业的影响是客观的，企业必须正确对待并采取相应的措施。面对环境对企业可能造成的威胁，企业常用的对策有三种。

1. 促变

促变即通过自身的努力，试图限制或扭转不利因素的发展。例如，日本的汽车、家电等工业品源源不断地流入美国市场，而美国的产品却受到日本贸易保护政策的威胁。为了对抗这一严重的环境威胁，美国政府多次与日本政府开展谈判，同时向有关国际组织提出起诉。美国最终通过这些促变性策略扭转了不利的对日贸易处境。

2. 减轻

减轻即通过调整市场营销组合来改善环境适应，以减轻环境威胁的严重性。例如，原材料价格上涨，企业可以寻求替代品，也可以采用改进设备和工艺等措施节约原材料。这种减轻策略不仅有利于企业的生存，而且有可能在激烈的市场竞争中击败那些对原材料价格上涨消化能力较差的企业，从而在威胁中发展壮大。

3. 转移

转移即将产品或服务转移到其他赢利更多的行业或市场中去，以回避不利环境因素，寻求新的发展机会。例如，美国吉宝公司过去经营婴儿食品，由于面临出生率低、儿童数量减少的威胁，现在转为向老年人推销人寿保险等赢利较多的行业。

（三）面对综合环境的对策

1. 面对理想环境应采取的策略

理想环境是机会水平高而威胁水平低，利益大于风险的环境类型。面对理想环境，企业应该抓住不放，立即制订发展计划并付诸行动，因为理想环境来之不易，机不可失，失不再来，一旦错过机会，就很难弥补。

2. 面对冒险环境应采取的策略

冒险环境是机会水平高而威胁水平大的环境，如一些高新技术产业领域。面对此类环境，企业应审时度势，慎重决策，既可以决定进入，也可以决定不进入，要在对客观环境和企业自身条件进行全面分析之后再作决策。此种决策是企业决策类型中最难的一种，既可能丢掉很好的机会，也可能要冒极大的风险。所以，面对此种环境时，企业容易犯两种错误：①丢弃的错误，即面对机会，由于害怕风险而不敢进入，从而错失大好机会；②冒进的错误，即对可能出现的风险考虑不足，仓促进入，结果或是大败而归，或是骑虎难下。

3．面对成熟环境应采取的策略

成熟环境是比较平稳的环境，机会与威胁都处于较低的水平，如果经营得法，企业可以获得平均利润。该类环境可作为企业的常规经营环境，利用它来维持企业的正常运转，并为进入理想环境和冒险环境提供资金。

4．面对困难环境应采取的策略

如果企业所处的环境已经转变为困难环境，则可以考虑以下两种做法。

（1）设法扭转

如果困难环境是由于企业的某些工作不力或失误造成的，则有可能通过努力来扭转局面。

（2）立即撤出

对于大势所趋、无法扭转的困难环境，企业应该及时采取果断的决策，撤出在该环境中的经营项目，另谋发展。

本章思考题

1．市场营销环境包括哪些内容？
2．市场营销环境有哪些特点？
3．市场营销宏观环境包括哪些内容？
4．市场营销微观环境包括哪些内容？
5．结合我国的实际情况说明法律环境对企业市场营销活动的重要影响。
6．消费支出结构变化对企业营销活动有何影响？
7．试用机会/威胁矩阵法分析你所熟悉的某个企业。

第三章　消费者购买行为

学 习 目 标

学完这章后，希望你能够掌握：

1. 消费者市场的特点及购买行为模式
2. 有哪些因素影响消费者购买行为，是如何影响的
3. 消费者市场上购买决策的参与者以及消费者购买行为的类型
4. 消费者购买决策的过程以及在不同阶段应采取的营销策略

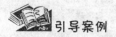引导案例

迎接"80后"消费时代，您准备好了吗？

"80后"被广泛地作为1980年1月1日至1989年12月31日出生的人群代名词。他们在今后一段时间里将成为我国消费市场上一支必须给予充分关注的群体。

这一代人经历了市场经济、全球化、互联网进程的洗礼，消费观念和消费行为呈现出与其父辈迥然不同的特征，对社会消费结构的影响越来越大。与上一代相比，他们突破了传统的节俭保守的消费理念，融入了近年来愈加风行的开放式和超前式的消费观念，具有鲜明的自我消费意识。这些变化，都将在不远的未来改变中国社会的消费结构和消费习惯。他们喜欢上网聊天、打电子游戏、不停换手机、吃洋快餐和穿新潮服饰。他们追求自由自在的生活，渴望体验"酷"的感觉，追求时尚、个性，标榜"我就喜欢"，崇尚"我有我风格"。他们还比较青睐小巧玲珑的商品，如MP3、精美小巧的笔记本、流行服饰等。

有研究人员分析认为，"80后"的消费信心来自两个方面：一方面来自家长们的默默奉献，很多"80后"即使走上了工作岗位，在生活上还是依赖父母，家里还要贴补他们零用钱，不少"80后"属于拿着父母的钱去购物、娱乐、享受的"啃老族"；另一种信心来自他们对自己未来收入的确信，认为自己有能力在将来赚到足够多的钱。

因此，深入了解、分析"80后"一代的消费行为与心理特征，对于了解中国社会消费趋势和把握这个潜力巨大的消费市场有着重要的意义。

由于"80后"喜欢多变、刺激、新潮的生活方式，他们对商品的忠诚度一般不高。广告策划特别是广告创意一定要注意新潮独到，广告宣传要做到有时代感和渲染力。广告中设置他们喜欢的传播议题可以引起他们的兴趣；将广告产品与流行音乐、影视明星、体育明星等联系在一起就是针对这一群体进行广告宣传的有效方式。

"80后"强烈的求新、求异思维将可能终结品牌忠诚度的年代。"80后"追求品牌但又往往不会死守一个品牌。他们选择产品或品牌的准则不再基于"好"或"不好"这一传统的理性认知观，而是更基于"喜欢"或"不喜欢"的感性情感态度观。他们对现实世界中的新

兴事物抱有极大的兴趣，渴望更换品牌体验不同的感受。而且，随着互联网技术的发展和商品的极大丰富，这种改变又是非常容易的。所以，企业要不断地变换产品包装和广告形式，以保持品牌的活力。

同时，产品要突出个性。"80后"对时尚和潮流的追求，促使企业在新产品开发上投入更多的精力，产品更新换代迅速。而新产品在功能和品质方面并不一定是要全新，企业可以根据消费者求新、求奇、求异的特点，对产品的外包装加以改进，或者赋予其新的价值，这样也可以使产品以不同的形式展现于消费者面前。

讨论题：

1. 面对"80后"的消费特点，你觉得企业和商家还要注意哪些方面？
2. 为什么"80后"更加喜欢网络购物等新型购物方式？

第一节　消费市场概述

前面我们分析了营销环境，本章将具体研究市场。从商品卖方的角度看，市场就是未满足需求的现实的和潜在的购买者的集合，市场营销的核心是如何最好地满足购买者的需求。因此，市场营销学对市场进行研究的核心是买主及与买主购买活动相关的一系列问题，这是企业制订营销计划、确定营销组合策略的出发点。

一、市场的分类

不同的市场由于购买者的构成及购买目的不同，需求和购买行为也有所不同，这些显然对企业的营销管理至关重要，是企业制定各种营销战略及营销策略的依据。为进一步研究市场，我们有必要对市场进行分类。市场的本质是某种未满足需求的购买者，因此，市场营销学主要是根据谁在市场上购买，而不是根据他们在市场上购买商品或服务的种类来对市场进行划分。遵循这一原则，营销学将市场分为以下两大类。

（一）个人消费者市场

个人消费者市场是由那些为满足家庭成员或自身的生活消费而购买商品或服务的个人组成的。在社会再生产的循环中，个人消费者的购买是通向最终消费的购买，这一市场庞大而分散，同时又是所有社会生产的终极目标。

（二）组织市场

组织市场是由为维持经营活动，对产品进行再加工或转售，或为向社会提供服务而购买商品或服务的工商企业、政府机构或其他非营利性团体组成的。根据购买目的的不同，组织市场通常被分为产业用户市场、中间商市场和非营利性组织市场三类。

比较产业用户市场和个人消费者市场，它们在以下三方面存在显著的区别。

1）购买目的不同。前者为维持经营活动，有明确的赢利目标；后者为生活消费，不谋求赢利。

2）从社会再生产看，前者位于再生产的中间环节，是一种生产性消费；后者位于再生产一次循环的终点，属于最终消费。

3）购买者不同。前者是有专业人员参与的有组织的购买，后者是非专业的个人购买。

二、消费者市场的概念和特点

消费者市场是指所有为了满足生活消费而购买物品或服务的个人和家庭所构成的市场，其购买特点可归纳为以下九点。

（一）购买者多而分散

消费者市场购买者人数众多、市场广阔、分布地域广，从城市到农村无处不在，潜力巨大。每个人、每个家庭都是消费者，由于其所处地理位置不同，闲暇时间不一致，造成了购买地点和时间的分散性。

（二）多样性

由于地理位置、民族传统、宗教信仰、文化水平、兴趣爱好、生活习惯、年龄性别等的方面存在不同程度的差异，消费者的需求复杂，供求矛盾突出。消费者对产品和服务的需求无论是从对象本身还是满足方式上都是不一致的，从而决定了消费者需求的多样性。

（三）购买的周期性

从消费者对商品的需求来看，有些商品消费者需要常年购买、均衡消费，如食品等生活必需品；有些商品消费者季节购买或节日购买，如一些时令服装、节日消费品；有些商品消费者需要等商品的使用价值基本消费完毕才重新购买，如家用电器等。由此可见，消费者的购买有一定的周期性可循，从而使消费者市场呈现一定的周期性。

（四）发展性

随着社会生产力和科学技术的不断进步，新产品层出不穷，消费者收入水平也不断提高，人们的需求不会停留在一个水平上，消费者需求正处于由少到多、由粗到精、由低级到高级的发展过程之中。

（五）易变性

由于消费者需求具有求新、求异的特征，受此影响，消费者会对不同的商品或同种商品产生多种多样的要求，购买的行为方式也有所不同。此外，随着社会经济的发展、消费水平的提高、消费观念的更新以及消费与生活的交互影响，消费需求不仅在总量上不断扩大，结构上也在发生变化。

（六）地区性

同一地区的消费者在生活习惯、收入水平、购买特点和商品需求等方面存在很大的相似性，不同地区的消费者的消费行为则有较大的差异性，如四川人喜欢辛辣食品，上海人喜欢甜食。

（七）替代性

消费品种类繁多、专业性不强，大多数商品有较大的替代性，可互换使用，因而导致消费者的购买力在不同的产品、品牌和企业之间转移。

（八）伸缩性

消费者市场的需求量是由内外多种因素决定的，只要这些因素发生了变化，消费者市场的需求就会发生相应的变化。这种变化可能是需求增加，也可能是需求减少，从而表现出较强的伸缩性。一般来说，生活必需品的伸缩性小一些，而非生活必需品，尤其是高档耐用消费品的伸缩性大一些。

（九）非理性

消费者对所购买的商品大多缺乏专业知识，只能根据个人好恶和感觉作出购买决策，因而受情感因素影响较大，属于非理性购买。

三、消费品的分类

消费品，即消费者市场的购买对象，是供最终消费者用于家庭或个人消费使用的，产品种类繁多，且有不同的性质和用途，需要按一定的标准进行分类，以便企业制定不同的营销策略。消费品的分类方法主要有如下三种。

（一）按消费品在使用过程中寿命周期的长短与消费品的可触性分类

1. 耐用消费品

耐用消费品的使用寿命较长，一般可以重复使用。消费者购买此类产品的次数少，购买行为和决策也较慎重，如各种家用电器、家具等都属于耐用消费品。对于耐用品，企业营销的重点应该是做好促销宣传和销售服务，从生产企业来说，要提高产品质量、降低成本。

2. 易耗消费品

易耗消费品的使用次数较少，或者只能供一次性使用，如食品、燃料、纸张、牙膏、墨水等。由于这类商品使用寿命较短，营销活动的重点应该是既保证产品质量，又保证不断增加供应，用满足供应来占领更大的市场。

3. 劳务

劳务是指为消费者提供无形服务的经营活动，如理发、旅馆、娱乐、修理等。随着商品经济的不断发展，这类市场的迅速发展将是一个必然的趋势。企业营销活动要紧紧抓住这一趋势，不断开辟和发展新的市场。同时由于这类商品是无形的，看不见摸不着，具有不可触性，因此企业在营销中要讲究信誉、提高服务质量。

（二）按产品的性质和用途分类

消费品通常分为吃、穿、用、住、行、医药、燃料等大项，各大项又可分为若干小类。例如，吃的消费品分为主食品和副食品；穿的消费品可分为棉织品、麻织品、化纤品、呢绒、绸缎等。此种分类的好处是能够与消费者的消费构成、消费水平及发展变化规律相联系，从而掌握购买力的投向。

（三）按消费品的用途和购买行为分类

1. 日用品

此类产品均为消费者日常生活的必需品及日用小商品。日用品范围很广，如粮食、副食品、饮料及日用百货（肥皂、毛巾、牙刷、卫生用纸等）。这类产品的购买特点如下。①由于日常需要，因而购买次数多，一般不受时间影响，每时每刻都有可能购买。对这类商品，消费者总是希望就近购买，以便节约时间。②由于经常使用和经常购买，消费者都具有一般的消费知识和消费习惯，因此，只要品质和价格没有太大区别，用户不想多作挑选，多属于习惯性购买。但也有些商品属于冲动性购买，即买主不作事先计划，看到商品的颜色、味道、形状才引起购买欲望。③由于日用消费品价格低，人们不大重视商品的牌号和商标。但是，由于日用消费品的购买频率高，有时也会建立牌号偏好，如买牙膏时总是喜欢购买某种牌号，而牌号信誉一旦建立后可以简化交易过程，不用再挑挑拣拣，一到商店就可请售货员取出特定的牌号。根据日用品的这些特点，企业需要采取相应的营销策略，如广设销售网点，保证消费者随时随地能购买到商品。

2. 选购品

较日用品而言，选购品是指消费者在购买以前一般要经过挑选、比较后才购买的那些价格较高、使用时间较长的消费品，如服装、家具、鞋帽、床上用品、布匹等。这类消费品的特点是：①购买频率较低，没有固定的消费习惯，有的消费者喜欢式样新颖的商品，而不太注重和考虑商品的价格；②有的消费者特别注重商品的牌子和商标；③有的消费者注重价廉物美。消费者购买商品时，除了内在的质量要求外，对外观质量的要求也较高，因此在购买商品时往往要货比三家，对商品进行质量、价格、花色品种、式样的反复比较，经过慎重考虑后才决定购买。根据选购品的特点，从生产企业来说，要了解市场信息，掌握市场动态，增加花色品种，生产价廉物美的商品，并提高产品质量，注意创名牌；从商业部门来说，要使商业网点相对集中设立同类产品一条街或商店相对集中在某一区域或某一条街，如服装一条街、食品一条街等。同时，在中间商的声誉高于生产者时，应主要由中间商承担宣传推广义务。

3. 特殊品

这类消费品一般都是高档产品，包括价值较高的耐用品、珍贵的工艺美术品和一些具有特殊需要的产品，还有某些性能、用途或品牌、商标独特的产品等。因为此类产品用途比较特殊，使用与保养技术性较强，要求有更好的售后维修服务，故消费者在购买前都要经过一番调查研究，或经过试用，或对其品质、性能有较多的了解后，经过慎重考虑才决定购买。同时，消费者一般不轻易购买其他代用品或其他品牌的产品。对特殊品的经营，企业应使分销渠道集中，宜在大中型或专营商店经营；要特别注意做好售后服务工作，及时供应零配件。特殊品经营效益的高低对产销双方影响较大，因此应共同做好宣传推广工作。

4. 非渴求品

非渴求品指的是消费者目前尚不知道，或者知道而通常不打算购买的产品，如微型 DVD、某些特效新药，在尚未大作广告之前，或消费者未看到这些广告之前不知道这种产品，就是非渴求品。至今已经知道而一般情况下不打算购买的产品，最典型的例子是人寿保险、墓地、墓碑等，由于这些产品非常特殊，所以要求通过广告及人员推广等方式，作出大量的市场营销努力，扩大产品的销量。

四、消费者的购买行为模式

（一）购买行为

消费者购买行为是指消费者个人、家庭为满足自己生活而获取、购买、使用、评估和处置预期能够满足其需要的商品或服务的各种活动。消费者的购买行为由购买者、购买对象、购买目的、购买组织、购买方式、购买时间、购买地点七个方面共同构成。企业营销人员在研究消费者的购买行为时，需要了解以下七个方面，即试图回答"6W1H"。

1. 市场由谁（Who）构成，即购买者

购买者是购买产品的主体。购买某个产品，似乎只是某个人的行为，但实际上，参与购买决策的人有倡议者、影响者、决定者、购买者和使用者等。到商店来购买商品的人，可能本身是决定者，也可能只是一个购买者而不是决定者。研究购买主体的目的，在于分析和找出在消费者家庭中谁是购买的决定者。例如，家庭日用品、化妆品、摆设品等，决定者通常是妻子；而耐用消费品的决定者通常是丈夫；文体用品的决定者则多是子女。找出购买的决定者，从而采取有针对性的广告宣传和销售服务，以诱导、影响消费者，争取决定者，促使购买行为的实现。美国学者曾对家庭购买新轿车的情况进行过研究，发现在买与不买的问题上，主要是夫妻双方的共同决定。但在决策的不同阶段，角色扮演有所变化。进一步分析，我们还可发现，在购买决定者究竟是谁的问题上，还存在着名义决定者与实际决定者之分。例如，在我国，独生子女被尊为家庭的"小皇帝"，不少产品的购买，其实就是由不谙世事的孩子充当了实际决定者，而父母长辈只是名义决定者。

2. 购买什么（What），即购买对象

商品有成千上万，同一商品又有不同质量、不同价格、不同式样、不同花色、不同包装，等等。购买的商品不同，消费者的动机和购买行为也不同，一般说来，消费者总是喜欢买物美价廉、式样新颖、有特色的商品。

3. 为何（Why）购买，即购买目的

购买目的就是购买者的主导动机或真正动机的反映，或是消费者的兴趣爱好、生活必需，或是收入增加、商品调价，或是出于新奇，或是馈赠亲友的需要，等等。

4. 谁（Who）参与购买，即购买组织或执行个人

消费者所购买的商品不同、商品的类型不同，所需解决的问题也不同。参与购买行为的人，即购买组织也总是不尽相同的。

5. 怎样（How）购买，即购买行动或购买方式

由于消费者的经济条件不同，在购买产品时对价格反映的灵敏程度往往也不同。有的特别重视价格，有的则重视品牌而不特别计较价格。例如，对于高档电器、汽车等耐用消费品，由于这些产品价格一般较高，收入较多的家庭可以一次付清价款进行购买，而收入相对较低的家庭则往往愿意采用分期付款的方式进行购买。

6. 何时（When）购买，即购买的时机

消费者的购买时间受产品性质、季节、假日和消费者闲忙等因素的影响，有一定的习惯和规律。一般说来，日用消费品的购买多发生在工作之余和休息日，而季节性产品的购买则比较集中在当季。研究和掌握消费者对本企业经营产品的购买时间的习惯和规律，据以适时投放产品，集中销售服务的力量，既可满足消费者需要，又可以提高企业的营销效果。

7. 在何地（Where）购买，即购买地点

消费者在何地购买可从两方面进行研究：①消费者在何处决定购买；②消费者在何处实际购买。这两者可以在同一地方，也可以在不同的地方。一般来说，日用消费品，大多在购买现场决定并进行实际购买，如男性消费者需要的烟、酒等，大多由消费者本人现场决定，现场购买；而耐用消费品和高档消费品，如电视机、电冰箱等，大多在家庭集体研究决定后再去商店购买。营销者应该根据本企业经营产品的性质，采取不同的策略。例如，日用消费品应加强对售货现场的布置和陈设，以吸引消费者现场决定购买；而对一些需由家庭作出决定的产品，则应做好广告宣传，扩大企业产品的影响，并建立方便消费者的分销网点和设施，以促使消费者家庭事先作出对本企业有利的决定并方便消费者购买。

一般来说，企业对于目标顾客购买行为中的"6W1H"了解得越清楚，就越能掌握市场需求和消费者偏好的变化规律，越能设计出有效的营销战略和营销组合。所有企业必须了解消费者的购买行为规律，充分了解消费者的购买行为。

（二）购买习惯

购买习惯是指消费者购买商品在时间、地点及方式等方面形成的规律性，购买习惯的分析可从下述三方面进行。

（1）购买时间可分为季节品购买时间与日用品购买时间

季节品购买时间一般在季节来临前，如春季购买夏季商品，秋季购买冬季商品，节日前购买节日商品。日用品购买时间一般在上班前、下班后和假日。不同的商品有不同的购买时间，如蔬菜副食品，消费者习惯于早晨或傍晚购买，水果习惯于下午或晚上购买；一周之内，周末是购买高峰；一月之内，发工资后几天是购买高峰；一年之内，几大节日是购买高峰；而元旦到春节是购买最高峰。根据消费者的购买时间习惯，企业就可以灵活调整产品的生产和推销。

（2）购买地点的选择与购买商品的不同种类密切相关

对于可挑选性强、价格较高、需要提供售后服务的商品（特别是高档消费品），消费者一般习惯到大中型商店或专业商店购买；对于可挑选性不强、价格低廉的日用品或小商品，则习惯就近购买。因此，生产企业在选择经销商时，必须充分考虑消费者购买本企业产品时在购买地点上有什么习惯选择消费者习惯购买的商店来经销。

（3）购买方式上的习惯

我国消费者购买一般商品时，习惯于先看货后买货，一手交钱，一手交货。人们对邮购、预付货款或分期付款等购货方式一般都采取较谨慎的态度。

当然，消费者的购买习惯不是固定不变的，它会随着生产方式、收入水平、生活习惯等因素的变化而改变。同时，企业的营销活动可以影响消费者的购买习惯。

（三）消费者购买行为模式

经济学家对消费者购买行为进行分析时，往往把消费者看成"经济人"，把他们的购买行为看做是完全理性的购买——根据充分的市场情报，购买对自己最有价值的商品，并追求最大效用。但随着市场经济的发展、消费者收入的大幅增加，市场上商品和服务日益繁多，消费者的选择越来越多，此时，仅仅用经济因素已经很难解释消费者需求选择的多样化了。事实上，人的行为是受心理活动支配的，消费者的消费行为自然也会受到消费者心理活动的支配。那么，心理活动是如何起作用的呢？为了研究消费者购买行为，专家们建立了一个"刺

激—反应"模式来说明外界营销环境刺激与消费者反应之间的关系，如图 3-1 所示。

图 3-1　消费者购买行为模式

1. 输入刺激

人的心理过程是客观现实的反映。人们接受了客观事物的信息刺激，才可能产生各种心理现象，形成心理活动过程。客观事物的信息刺激是一种输入，这种刺激变量有两类：①企业安排的市场营销的刺激，即产品、价格、渠道、促销刺激；②其他方面的刺激，包括经济、社会、政治、文化、技术等的刺激。前一类刺激是企业可以控制的，后一类刺激属于间接环境因素刺激，企业不能控制，只能进行研究和利用。

2. 心理变换

心理变换即消费者以购买并满足需求为目标的心理活动过程。这个过程是一个"黑箱"，不易完全洞察，难以直接描述，一般只能通过消费者外在的行为、表现来观察和了解。外界刺激进入消费者"黑箱"，并同消费者本身的特征相结合。这些特征包括消费者的文化特征、社会特征、个人特征及心理特征等，然后经过一定的心理过程，变换成消费者的输出反应。这个过程就是消费者作出购买决策的过程，包括认识需要、搜集信息、选择评价、决定购买、购后的感受等阶段。消费者的心理过程是研究消费行为的核心和难点，企业必须努力设法了解和研究消费者"黑箱"中所发生的内容，以便采取相应的对策。

3. 输出反应

外界输入的刺激因素，经过消费者"黑箱"的操作和处理，变换成消费者的反应输出。消费者决定满足何种需要和欲望，并作出一系列选择，包括选择产品，选择品牌，选择购买时间、地点、数量、价格，等等，消费者行为由此开始从观念形态进入现实之中。消费者经过复杂的购买决策过程完成购买之后，就会产生购后感受。购后感受对是否重复购买有重要的影响，构成下一轮购买行为的刺激变量。

需要指出的是，支配和影响消费者购买行为的消费者特性因素中有些是企业难以控制和施加影响的，如消费者的年龄、性别、职业、个性、经济状况、生活方式、民族等，但了解这些因素可以为企业进行市场细分、选择目标市场提供必要的线索，有助于企业采取适应性的营销措施；有些消费者特性因素是易于受到企业营销活动影响的，如消费者的购买动机、认识、信念等，在了解这些因素的基础上企业可以制定相应的营销对策，以便在一定程度上诱导消费者的购买行为。

第二节　影响消费者购买行为因素分析

一、文化因素

(一)文化

文化一般是指人类在社会发展过程中所创造的物质财富和精神财富的总和，表明了人类所创造的社会历史的发展水平、程度和质量的状态。这里的文化，主要是指观念形态的文化（精神文化），包括思想、道德、科学、哲学、艺术、宗教、价值观、审美观、信仰、风俗习惯等方面的内容。一个人在社会中成长，受家庭及社会组织的各种影响，会形成基本的价值观、风俗习惯和审美观，这些因素会对他的购买行为产生重要的影响。

1. 价值观念

价值观念是人们对社会生活中的各种事物的态度和看法。不同的文化背景下，人们的价值观念相差很大。一家美国公司在日本市场上推销自己的产品时，采用的是曾经风靡美国市场的鼓动性口号"做你想做的"，却没有达到预想的效果。经市场调查后方知，日美文化在价值观念上存在很大差异，日本人并不喜欢标新立异、突出个性，而是非常强调和谐、克己。于是，这家公司将口号更改为"做你应做的"，市场反应良好。

2. 风俗习惯

风俗习惯是人们根据自己的生活内容、生活方式和自然环境，在一定的社会物质生产条件下长期形成并世代相传，成为约束人们思想、行为的规范。它在饮食、服饰、居住、婚丧、节日、人际交往各个方面，都表现独特的心理特征，并影响消费者的购买行为。

3. 审美观

审美观通常指人们对事物的评价，如好坏、美丑、善恶等。不同的消费者往往有不同的审美观。审美观不是一成不变的，往往受社会舆论、社会观念等多种因素的影响，并制约着消费者欲望和需求的取向。例如，由于审美观的不同，中国人喜欢的、认为很美的商品，外国人则不一定喜欢，甚至可能表现出不以为然的态度。

文化是影响人们欲望和行为的基本因素。大部分人尊重他们的文化，接受他们文化中共同的价值观和态度，遵循他们文化的道德规范和风俗习惯。所以，文化对消费者购买行为具有强烈和广泛的影响。例如，计算机以使用者具有系统的专门知识、一定的价值观为先决条件，它只有在以先进技术为基础的文化环境中才能引起消费者的兴趣。再如，标有"老年人专用"字样的产品在美国等西方国家并不受老年人欢迎，因为这种宣传违背了这些国家中人们忌讳衰老的价值观。

(二)亚文化群

文化是整体的概念，但在一个大文化背景中，往往还存在许多在一定范围内具有文化同一性的群体，被称为亚文化群。亚文化是指存在于一个较大社会中的一些较小群体所特有的特色文化，表现在语言、价值观、信念、风俗习惯等方面。人类社会的亚文化群主要分为以下四大类。

1．民族亚文化群

几乎每个国家都存在不同的民族，我国是一个多民族国家，除了汉族以外，还存在 55 个少数民族。各民族经过长期发展形成了各自的语言、风俗、习惯和爱好，他们在饮食、服饰、居住、婚丧、节日、礼仪等物质和文化生活方面各有特点，这都会影响他们的需求和购买行为。

2．种族亚文化群

种族是不同肤色的人类群体，如白种人、黄种人、黑种人等。不同种族有着不同的文化传统与生活习惯。例如，黄种人用餐时多用筷子，而白种人则多用刀叉。

3．宗教亚文化群

宗教是人类社会发展一定阶段的历史现象，自有其发生、发展和消亡的过程。即使是同一个国家，也往往信奉好几种不同的宗教。我国居民有信教或不信教的自由，客观上存在着信奉佛教、道教、伊斯兰教或天主教等宗教的群体。不同宗教具有不同的文化倾向和忌讳，不同宗教的文化偏好和禁忌，会影响信仰不同宗教的人们的购买行为和消费方式。

4．地域亚文化群

同一民族，居住在不同的地区，由于各方面的环境背景不同，也会形成不同的地域亚文化，表现出语言、生活习惯等方面的差异。例如，我国汉族人口众多，且都讲汉语，但由于居住地域辽阔，又形成各自居住地的方言。

鉴于文化对人们价值观念、生活方式及购买行为的影响，企业在营销中应当密切注意和研究社会文化，以便选择目标市场，制定出相应的营销策略。

文化也不是固定不变的，它随着社会生产的发展而变化，且各种不同的文化也在互相影响和渗透。例如，我国人民过去在婚庆之日总是张灯结彩、张贴红喜字、穿红衣，现在受西方文化影响，很多年轻人在结婚之日穿白纱。只有认识文化的发展与变迁，企业才能在动态中使自己的营销活动与消费者的需求保持一致。

（三）社会阶层

社会阶层是一切社会都会存在的客观现象。它是社会学家根据职业、收入来源、教育文化水平、居住区域等对人们进行的一种社会分类，是按层次排列的、具有同质性和持久性的社会群体，即指同一社会集团成员之间态度以及行为模式、价值观等方面具有相似性，不同集团成员存在差异性。每一阶层的成员具有类似的价值观、兴趣爱好和行为方式。社会阶层具有以下特征。

1）同一个社会阶层的成员要比两个社会阶层的成员在行为模式上有更多的相似性。

2）人们以自己所处的社会阶层来判断各自社会中占有的高低地位。

3）一个人的社会阶层归属要受到职业、收入、教育、居住区域等各种因素的制约。

4）社会阶层的内涵会变动，一个人能够在一生中改变自己的社会阶层归属，既可以迈向高阶层，也可以跌到低阶层。这种移动变化的程度取决于社会阶层的稳固程度。

企业依据社会阶层进行市场细分，进而选择自己的目标市场，安排市场营销组合，可以大大增强市场营销活动的有效性。

二、社会因素

每一个消费者都生活在一定的社会中，因而，其购买行为会受到价值观及社会因素的影响。社会因素主要包括相关群体，家庭和角色、地位。

（一）相关群体

相关群体指直接或间接影响消费者购买行为的个人或集团。相关群体可分为直接相关群体和间接相关群体。一个人的消费习惯和爱好，并不是出生就有的，往往是受外界环境的影响而逐渐形成的。影响消费者购买行为的直接相关群体包括家庭成员、朋友、邻居和同事等，这一群体尽管不是正式组织，但与消费者发生面对面的关系，因而对消费者购买行为的影响也最直接。影响消费者购买行为的间接相关群体包括社会团体、职业团体等，如工作单位、消费者参加的各种团体，这一群体属正式组织，消费者归属其中，虽然对消费者的影响不如直接相关群体那样直接，但也间接发生作用。

间接相关群体又可分为崇拜群体和隔离群体。崇拜群体是指一个人希望从属或加入的群体，如电影、电视、体育明星等常常是崇拜群体。隔离群体则是指价值观和行为方式被一个人拒绝接受的群体。一个人总不愿意与隔离群体发生任何关系，在各方面都希望与其保持一定的距离。

除了隔离群体外，消费者通常都与其相关群体具有某些相似的态度和购买行为。群体结合得越紧密、交往过程越有效、个人对群体越尊重，群体对个人的购买行为影响就越大。相关群体对消费者购买行为的影响，可以概括为以下三个方面。

1）相关群体为每个人提供各种可供选择的消费行为或生活方式的模式，使消费者改变原有的购买行为或产生新的购买行为。

2）相关群体引起的仿效欲望，使消费者肯定或否定对某些事物或商品的看法，从而决定其购买态度。

3）相关群体促使人们的行为趋于某种一致化。相关群体的存在，影响了消费者对某种商品品种、商标、特性的选择。所以，在市场营销中，企业不仅要具体地满足某一消费者购买时的要求，还要十分重视对相关群体购买行为的影响。同时，企业要充分利用这一影响，选择同目标市场关系最密切、传递信息最迅速的相关群体，了解其爱好，做好产品推销工作，以扩大销售。

需要指出的是，相关群体对个人的影响因商品不同而有所区别，如对使用时不易为他人觉察到的商品影响就小，对使用时十分显眼的商品影响就大。相关群体对个人的影响因产品所处生命周期阶段的不同也有很大差别，如在导入期只对产品选择影响较大，在成长期对产品选择和品牌选择都有较强的影响，在成熟期只对品牌选择有较强的影响，在衰退期对产品选择和品牌选择的影响都很小。

在利用相关群体影响人们的购买行为这一点上，企业应着重于设法影响有关的相关群体的意见领导者，即相关群体中有影响力的人。意见领导者可能是首要群体中在某方面具有专长的人、次要群体的领导人或向往群体中人们仿效的对象。由于意见领导者的建议或行为影响力较大，他们一旦夸奖或使用了某一产品，就会对其起到有力的宣传和推广作用，引导相关群体中的其他人购买该产品。

（二）家庭

家庭是以婚姻、血缘和继承关系的成员为基础的社会生活的基本单位。家庭是社会的细胞，对人的影响最大，人的价值观、审美观、爱好和习惯多半是在家庭影响下形成的。家庭对消费者购买行为的影响不仅是直接的，而且是潜意识的。不管自觉或不自觉，也无论在什么场合，家庭对消费者购买行为的影响总会体现出来。一个人在其一生中一般要经历两个家庭，第一个是父母的家庭，在父母的养育下逐渐长大成人，然后又组成自己的家庭，即第二个家庭。当消费者作出购买决策时，必然要受到这两个家庭的影响，其中，受原有家庭的影响比较间接，受现有家庭的影响比较直接。

家庭购买决策大致可分为三种类型：①一人独自做主；②全家参与意见，一人做主；③全家共同决定。这里的全家虽然包括子女，但主要还是指夫妻二人。夫妻二人购买决策权的大小取决于多种因素，如各地的生活习惯、妇女就业状况、双方工资及教育水平、家庭内部的劳动分工以及产品种类等。孩子在家庭购买决策中的影响力也不容忽视，尤其在中国，独生子女在家庭中受重视的程度越来越高，随着孩子的成长、知识的增加和经济上的独立，他们在家庭购买决策中的影响力会逐渐加大。

家庭对购买行为的影响主要取决于家庭的规模、家庭的生命周期及家庭购买决策方式等方面。首先，不同规模的家庭有着不同的消费特征与购买方式。我国传统的三代或四代同堂的大家庭，消费量很大，但是家中高档耐用消费品却不一定多；现代的三口之家人数虽少，但对生活质量要求较高。家庭规模的变化，会直接影响产品需求的类型与结构。其次，家庭生命周期不同，其消费与购买行为也有很大的不同。在家庭生命周期的不同阶段，消费者对商品的兴趣和需求会有明显的差异，其购买行为也呈现出不同的特点。

（三）角色、地位

一个人在一生中会参加许多群体，如家庭、俱乐部及其他各种组织。每个人在不同群体中的位置可用他在群体中所扮演的角色和地位来确定。角色是周围的人对一个人的要求，指一个人在各种不同场合中应起到的作用，每个角色都伴随着一种地位，这一地位反映了社会对他的总评价。例如，某人在父母面前是女儿，在丈夫面前是妻子，在儿子面前是母亲，在公司则是员工。每一种身份都附有一种地位，反映社会对他的评价和尊重程度。消费者往往会结合考虑自己的身份和社会地位作出购买选择，许多产品和品牌由此成为一种身份和地位的标志或象征。但是，人们以何种产品和品牌来显示身份和地位，往往会因社会阶层和地理区域而有所不同。

三、个人因素

（一）性别和年龄

不同性别的消费者，因生理和心理上的差异在消费需求方面存在着明显的不同，在接触的媒体、信息来源、购买方式等方面也存在着一定的差别。

不同年龄的消费者对商品有着不同的需要，他们消费或购买的许多商品在种类上存在着明显的区别。不同年龄的消费者对商品的式样、风格等也有所偏好，如青少年喜欢新奇、有趣，中老年人注重端庄、朴素。此外，不同年龄的消费者在购买方式上也各有特点，如青少年易于接受新事物，容易在各种信息的影响下凭感觉冲动性地购买，购买行为的理性度较低；

中老年人则较为保守，往往不大倚重于广告等商业性信息，主要依据习惯和经验来购买，购买行为的理性度较高。

（二）职业和受教育程度

消费者的职业不同，其工作性质、工作环境和生活方式也不同，因而其对商品的爱好与需求往往不尽一致。因此，市场营销人员有必要调查和识别那些对其产品和服务感兴趣的职业群体，从中选择产销或专门提供某一特定职业群体所需要的产品或服务。

受教育程度不同，消费者的审美观、价值观和消费观念就会存在很大区别。受教育程度较高的人，欣赏能力较高，对精神产品的需求也较多，他们一般选择高雅、朴实且与社会风俗道德相一致的商品和消费方式；受教育程度较低的人则多喜爱通俗的精神产品，较多地选择华丽、醒目的风格与消费方式。另外，在购买决策方面，受教育程度较高的人往往比较理性，善于利用非商业性来源的信息，考虑问题比较周全。

（三）经济状况

经济状况对购买行为的影响更为直接。一个人的经济状况包括其可支配的收入、存款、资产、借贷能力等方面，以及其对未来消费和当前消费的态度。个人经济状况及其对开支和储蓄的态度，决定了他的消费能力和消费结构，影响着他对商品价格、数量、档次、品牌的选择，是消费者购买行为最重要的约束条件。消费者一般都在可支配收入的范围内考虑以最合理的方式安排支出，以便更有效地满足自己的需要。消费者的经济状况较好，就易于作出购买决定，新产品也容易推广，非生活必需品的消费量也比较大；经济状况较差，在支出方面就较为慎重，偏重于满足生活必需品的需要，选择商品时更注意经济性和实用性。此外，对开支和储蓄的态度，不仅受收入水平、消费习惯和传统风尚的影响，也受利率高低、物价稳定程度和商品供求状况等因素的影响。由于一些商品的销售很容易受到消费者经济状况的影响，因此生产经营这类商品的企业应密切注意消费者个人收入、储蓄、利率等的动向，以便根据实际情况及时调整营销策略，保持商品对目标消费者的吸引力。

（四）生活方式

近年来，生活方式对消费行为的影响越来越受到营销人员的重视。生活方式是社会因素、文化因素、经济因素、个人心理等作用于个人之后所形成的综合模式。一个人的生活方式可由其活动、兴趣和看法表现出来。生活方式不同的人，对产品或品牌往往有着不同的需求和偏好。一个人的生活方式确定以后，就可以勾画出完整的行为模式，而这些行为模式会对其消费需求产生深刻的影响。因此，了解目标消费者的生活方式、确定其行为模式对营销人员来说很有意义。在对某一产品制定营销策略时，营销人员要研究他们的产品和品牌与具有不同生活方式的各群体之间的相互关系，并作出相应的决策，努力使该产品适应消费者各种不同生活方式的需要。

为了便于认识和把握各种不同生活方式的影响，可对生活方式进行分类。例如，美国学者阿诺德·米切尔根据价值观念的不同，把人的生活方式群体划分为九种类型，即求生者、维持者、顺应者、竞争者、成功者、自我主义者、体验者、有良知者和完美者。

（五）个性和自我形象

个性是个人在多种情境下表现出来的具有一致性的反映倾向，是带有倾向性的、本质的、相对稳定的心理特征的总和。它包括消费者的气质、性格、能力等方面，导致对他或她所处的环境的相对一致和持续不断反应。不同个性的消费者在购买行为中表现出的特征有很大的差异。例如，外向型消费者在购买商品时热情高，喜欢提问，情感体现于面部，愿意与营业人员交流信息；而内向型消费者在购买商品时比较稳重，喜欢自己体验、自己判断，不愿与人交流，不轻信于人。个性可以直接或间接地影响消费者的购买行为。例如，喜欢冒险的消费者容易受广告的影响，成为新产品的早期使用者；自信和急躁的人购买决策过程较短；缺乏自信的人购买决策过程较长。

自我形象又称自我观念，是指消费者对自己的认识评价，包括希望把自己塑造成什么样的人，或者在社会交往中企图使别人把自己看成什么样的人。不同的人具有不同的自我形象，不同的自我形象又会造成购买行为的差异性。由于人们总是希望保持、增强、改善自我形象，并把消费和购买行为作为表现和塑造自我形象的一种重要手段。因此，在现实生活中，消费者往往购买与自己的形象相一致的商品。在很多情况下，消费者购买产品并不仅仅是为了获得产品所提供的功能效用，而是要获得产品所代表的象征价值。企业研究目标市场上消费者的自我形象，有助于更好地满足消费者上述方面的特定需要。

四、心理因素

消费者心理是指消费者在满足需求过程中的思想意识和内心活动。支配和影响消费者行为的心理因素主要包括动机、感觉和知觉、学习、信念和态度四个方面。这些因素不仅影响和在某种程度上决定消费者的购买决策，而且它们对外部环境与营销刺激的影响有放大或抑制作用。

（一）动机

动机是指人们为了满足某种需要而引起产生某种活动的压力。心理学认为，人的行为是由动机支配的，而动机是由需要引起的。所谓需要，就是客观刺激通过人体感官作用于人脑所产生的某种缺乏状态，如人有饥饿感的时候会产生进食的需要，天气变冷会产生加衣服的需要等。而一种尚未满足的需要会在心理上产生一种紧张感，驱使人们采取某种行为以消除这种紧张感。行为科学认为，一般来说，最缺乏的需要往往是行为的主要动机。因此，关于消费者的动机研究主要集中在对需要的研究上。关于需要的研究，理论成果非常丰富，实践经验也很广泛，最流行的有三种，即弗洛伊德理论、马斯洛理论和赫茨伯格理论。这些理论对消费者行为分析和制定市场营销策略具有一定的参考价值。这里着重介绍马斯洛的需要层次论。

马斯洛按需要的重要程度排列，把人类的需要分为五个层次，即生理需要、安全需要、社会需要、尊重需要和自我实现需要。

1. 生理需要

生理需要是指人在衣、食、住、行方面的需要。生理需要是人们最原始、最基本的需要，若不满足，则有生命危险。也就是说，生理需要是最强烈的、不可避免的最底层需要，也是推动人们发生购买行动的强大动力。

2. 安全需要

这是与人们为免遭肉体和心理损害有关的需要，最主要的是保障人身安全和生活稳定。其表现形式为保护人身不受损害、医疗保健、卫生、保险以及防备年老、失业等需要。

3. 社会需要

社会需要即有所归属和爱的需要，是指个人渴望得到家庭、团体、朋友、同事的关怀爱护理解，是对友情、信任、温暖、爱情的需要。社会的需要比生理和安全需要更细微、更难捉摸。它与个人性格、经历、生活区域、民族、生活习惯、宗教信仰等都有关系，这种需要是难以察悟、无法度量的。

4. 尊重需要

尊重需要即自尊和被别人尊重的需要，具体包括威望、成就、自尊、被人尊重、有身份名誉、地位和权力等需要。这些具体不同的需要，同样也会从不同的侧面影响人们的行为。例如，威望这种需要，既可能鼓舞人去好好完成有益的事业，也可能导致人作出破坏性的、反社会利益的行为。

5. 自我实现需要

这是最高层的需要，它是指希望充分发挥个人的能力及获得成就的需要。人们一般都会有这样的经验，当个人完成一件工作或达到一项目标时，都会感到内心的愉悦。

马斯洛需要层次理论的出发点在于：①人具有需要和欲望，随时有待于满足；②人的需要从低级到高级具有不同层次，只有当低一级的需要得到基本满足时，才会产生高一级的需要。人都潜藏着这五种不同层次的需要，但在不同时期表现出来的各种需要的迫切程度是不同的。人最迫切的需要才是激励人行动的主要原因和动力。一般说来，需要强度的大小和需要层次的高低成反比，即需要的层次越低，其强度越大。马斯洛的需要层次理论有助于企业设计市场营销组合，进行有效的市场营销决策。

不过，马斯洛的这种需要层次结构不是刚性的，在不同人、不同社会、不同时代，需要层次的顺序也许不同，或缺少某一层次的需要。马斯洛的理论在营销学上的应用，主要有两方面。①这个理论提供了一个有效的方法，使市场营销人员能够区别不同消费者可能需要购买的产品。例如，在生产力水平很低的地方，人们还在为获取基本生存条件而奋斗，那里的消费者最重要的需求是基本的食物、衣着、住房及其他得以生存的基本生活资料；而在生产力水平较高的发达地区，高层次的需求就占突出的地位，人们所需要的就不是聊以果腹的食物和聊以御寒的衣服了。根据购买者不同的需要层次向他们提供不同的产品，这是促进销售的一条基本原则。②这个理论启发我们，消费者的需要不是一成不变的，随着时间的推移、生产力的提高，原有的需要得到满足以后，消费者就会追求高一层次的需要，因此必须不断地开发新产品、改进原有产品，以满足未被满足或新产生的需要。

消费者的需要引起购买动机，由于消费者的需要是千差万别的，因此消费者的购买动机也是多种多样的。

（1）求实动机

这是消费者以追求商品的使用价值为主要特点的最普遍、最基本的购买动机。这类消费者在购买商品时，主要追求商品的实惠、使用方便，不大考虑商品的外形是否美观，不容易受社会潮流和各种广告的影响。

（2）求安全动机

这是消费者以追求商品使用安全为前提的购买动机。这类消费者购买商品时首要考虑的是该商品在使用过程和使用以后，保证生命安全或身体健康，如购买交通工具、家用电器、食品、药品等。

（3）求廉动机

这是消费者以追求价廉物美为主要特点的购买动机。这类消费者在购买商品时，特别重视商品价格的高低，对商品的花色、款式、包装及质量不大挑剔。有的消费者还会专门购买一些低档品或处理品等。

（4）求新动机

这是消费者以追求商品的时尚和新颖为特点的购买动机。这类消费者在购买商品时特别重视商品的款式新颖、格调清新和社会流行，如在服装上讲究时髦，在家庭摆设上讲究装饰，而对商品的实用程度及价格高低不大注意。

（5）求美动机

这是消费者以重视商品的欣赏价值和艺术价值为主要特点的购买动机。这类消费者购买商品时，重视商品的造型、色彩和艺术美，重视对人体的美化作用。

（6）求名动机

这是消费者以追求名牌产品、特点产品的购买动机。这类消费者在购买商品时，十分注意商品的商标、牌号、产地、名声及购买地点。

（7）从众心理

作为社会的人，总是生活在一定的社会圈子中，有一种希望与他应归属的圈子同步的趋向，不愿突出，也不想落伍。受这种心理支配的消费者构成后随消费者群，这是一个相当大的顾客群。许多厂家在广告中所宣传的"产品销量第一"就是要利用消费者购买的从众心理，激发更多人的购买欲望。

总之，消费者的购买动机是纷繁复杂的，同一购买行为可能是多种动机错综复杂交织在一起的结果，有的消费者甚至弄不清何种购买动机促使了购买行为。但是，企业必须重视分析和研究购买动机，因为购买动机对企业营销活动有深刻的影响。消费者购买商品的动机是由需求推动形成的，而需求的形成又是比较复杂的。它既可以由内在的因素激起，也可以由外在因素唤起。现代市场营销学理论认为，从心理学角度看，绝大多数的购买行为是受后天经验影响的。

（二）感觉和知觉

消费者有了购买动机后，就要采取行动。至于怎样采取行动，则受认识过程的影响。消费者的认识过程，是对商品等刺激物和店容店貌等情境的反应过程，由感性认识和理性认识两个阶段组成。感觉和知觉是指消费者的感官直接接触刺激物和情境所获得的直观、形象的反映。这种认识由感觉开始，刺激物或情境的信息，如某种商品的形状、大小、颜色、声响、气味等，刺激了人的视、听、触、嗅、味等感官，使消费者感觉到它的个别特性。随着感觉的深入，各种感觉到的信息在头脑中被联系起来进行初步的分析综合，使人形成对刺激物或情境的整体反映，就是知觉。

知觉具有以下特性。

1. 选择性

消费者不可能对作用于感觉器官的商品全部清楚地感知到，也不可能对所有商品都有反应，而是只能有选择地以少数品牌的商品作为知觉对象。

2. 整体性

消费者在认识商品的过程中，经常会根据消费对象各个组成部分的组合方式进行整体性知觉，并对消费对象的各种特征进行联系与综合。例如，消费者经常把商标、价格、质量、款式、包装等联系在一起，形成对某种商品的整体印象。

3. 理解性

消费者往往根据自己的知识、经验对感知对象进行加工。由于知识经验的差异性，消费者之间在知觉的理解力与理解程度上也有所差异。

受动机驱使的人准备采取行动。但是，一个人的行动会受到这个人对环境知觉的影响。在同一情况下，具有相同动机的人会采取完全不同的行动，原因就是他们对外界环境的知觉不同。知觉是具有个人化特征的。人们会通过混合以下三种心理因素对同一对象产生知觉。

（1）选择性注意

人们每天都面临大量的刺激，而人的知觉能力是有限的。当外部刺激量超过其接受能力时，一部分刺激就要受到排斥，人一般只注意那些与其当时需要有关的、与众不同的或反复出现的刺激。一个普通人每天面临的广告也许超过 1 500 条，不可能对所有这些广告都保持关注，只能选择其中的部分加以注意，这种过程便被称为选择性注意。选择性注意意味着营销人员必须努力吸引消费者的注意。

1）人们更倾向于关注与当前需求有密切联系的刺激。

2）人们更倾向于关注他所希冀的注意。

3）人们可能更关注那些相对于普通广告在折扣方面更优惠的广告。

（2）选择性曲解

面对客观事物，人不一定都能正确认识、如实反映，往往会按照自己的偏见或先人之见来曲解客观事物，即人们有一种把外界输入的信息与头脑中原有信息相结合的倾向。这种按个人信念曲解信息的倾向，叫做选择性曲解。例如，对同一减价销售的广告，有的消费者认为这是属于季节性减价，是有质量保证的实惠；有的消费者则认为这是一种推销残次伪劣产品的手法，是一种骗术。

（3）选择性保留

人们会遗忘他们所得到的大部分信息，只倾向于保留能支持他们态度和信仰的信息。选择性保留能够解释为什么营销人员在向目标市场传送信息时要使用大量戏剧性的手段以及为什么要一遍遍地重复发送。

感觉和知觉是消费者认识事物的第一阶段，即感性认识阶段。消费者在购买商品时，都会通过自己的感觉器官，对商品或服务以及与之相应的营销手段如广告宣传、商品品牌、价格、橱窗布置、商品陈列等产生第一印象。而第一印象的好坏直接决定着消费者的购买决策。因此，为使消费者对本企业的产品和劳务产生最佳感受，企业就必须采取适当的营销手段把商品的外观、色泽、气味、结构、功能等充分而恰当地展现给消费者，以刺激感觉和知觉。

（三）学习

人类的有些行为是与生俱来的，但大多数行为是从后天经验中得来的，这种通过实践并由经验而引起的行为变化的过程，就是学习。消费者的行为绝大部分是后天习得的。通过学习，消费者获得了丰富的知识和经验，提高了对环境的适应能力。同时，在学习过程中，其行为也在不断地调整和改变。

消费者的学习大致有四种类型。

1. 行为学习

人们在日常生活中，不断学到许多有用的行为，也包括学习各种消费行为。行为学习的方式就是模仿，而模仿的对象首先是父母，然后是老师和周围其他的人。

2. 符号的学习

借助外界的宣传、解释，消费者了解了各种符号，如语言、文字、音乐的含义，从而通过广告、商标、招牌与经销商和制造商进行沟通。

3. 解决问题的沟通

人们通过思考和见解的不断深化来完成对解决问题方式的学习，消费者经常思考如何满足自身的需要，思考的结果常被用于指导消费者行为。

4. 情感的学习

消费者的购买行为带有明显的感情色彩，这是消费者自身的实践体会和外界宣传、刺激的结果。消费者这种感受的积累和定型便是情感学习的过程。从心理学上说，学习是驱动力、刺激物、诱因、反应和强化诸因素相互影响和相互作用的过程。驱动力是一种需要或不满足的感觉，如人的食欲，它是引发行为的内在动力。刺激物是能消除或减缓驱动力紧张程度的事物。诱因是影响人们在何时、何地及如何行动的次要刺激物。反应是人们对刺激物和诱因所作出的反射行为。强化是对刺激—反应模式的强化，它与人们对反应的满意程度有关。如果反应使人获得了满足，那么以后在相同的条件下，人们会作出相同的反应和选择。

假设某消费者具有提高外语听说能力的驱动力，当这种驱动力被引向一种可以减弱它的刺激物时，就成为一种动机，在这种动机的支配下，他将作出购买该刺激物的反应。但是，他何时、何处和怎样作出反应，常常取决于周围的一些较小的或较次要的刺激，即提示物。当消费者购买了某个刺激物且使用后感到满意，就会经常使用并强化对它的反应。以后若遇到同样的情况，就会作出相同的反应，甚至在相似的刺激物上推广他的反应。反之，如果消费者使用后感到失望，以后就不会作出相同的反应。

学习主要是指经验影响消费者的购买行为。营销人员研究消费者的这种学习心理，主要是为了强化本企业产品的驱动力，使消费者对产品产生良好的印象，促使消费者产生多次购买的需求。

（四）信念和态度

消费者在购买和使用商品的过程中形成了信念和态度，这些信念和态度又反过来影响其购买行为。

信念是指人们对某事物所持有的自己认为可以确信的看法。它是一种描述性的看法，没有好坏之分，如相信某种空调省电、噪声小、价格合理等。消费者对产品的信念，可能是科学的，也可能是偏见的，但都会影响其购买决策，因为产品信念实际上就是产品或品牌在消费者心目中的形象。

态度是指一个人对客观事物或观念的相对稳定的评价、感觉及倾向，是信念的外在表现。态度使人们产生喜欢或不喜欢某些事情、接受或回避这些事情的固定想法。对某商品的肯定态度可以使之长期畅销，而否定态度则可使之长期滞销。人们几乎对所有事物都持有态度，如宗教、政治、衣着、音乐、食物等。态度模式一旦形成便具有一定的稳定性,将长期影响人们的购买行为。一个人具有的态度形成某个模式后,要改变其中的某个态度还需相应改变许多其他的态度。因此,企业在经营过程中要注意树立良好的品牌及企业形象,使消费者对产品和企业产生信赖感。

由于态度模式的稳定性,营销人员不要试图改变消费者的态度,而要改变自己的产品以迎合消费者已有的态度,最好使企业的产品与消费者既有的态度相一致;如果企业非要改变目标市场消费者的态度,那是需要时间的,并要为此付出高昂的费用与艰辛的努力。

第三节　购买决策过程

企业管理者和营销人员不仅必须研究消费者行为模式和影响消费者的各种因素,而且还必须研究消费者是如何作出购买决策的。消费者作出购买决策是一个极为复杂的过程,存在众多的可变因素和随机因素,只有进行全面分析才有可能把握其中的规律。

一、消费者参与购买决策的角色

在我们日常购买的大多数产品中,很容易判断出谁是购买者,如香烟的购买者通常是男性,化妆品的购买者通常是女性。但在许多情况下,购买决策并不是由一个人单独作出的,而是有其他成员参与的一种群体决策过程。因此了解哪些人参与了购买决策,他们各自在购买决策过程中扮演怎样的角色,对于企业的营销活动是很重要的。人们在一项购买决策过程中可能充当以下角色。

1)倡议者:首先想到或提议购买某种产品或服务的人。

2)影响者:其看法或意见对最终决策具有直接或间接影响的人。

3)决定者:能够对买不买、买什么、买多少、何时买、何处买等问题作出全部或部分决定的人。

4)购买者:实际采购的人。

5)使用者:直接消费或使用所购产品或服务的人。

了解每个购买者在购买决策中扮演的角色,并针对其角色地位与特性,采取有针对性的营销策略,就能较好地实现营销目标。例如,购买一台空调,提出这一要求的是孩子,是否购买由夫妻共同决定,而丈夫通常会对空调的品牌作出决定,这样空调公司就可以对丈夫作更多有关品牌方面的宣传,以引起丈夫对本企业生产的空调的注意和兴趣;妻子通常在空调的造型、色调方面有较大的决定权,因此空调公司可设计一些在造型、色调等方面受妻子喜爱的产品。只有这样了解了购买决策过程中的参与者的作用及其特点,企业才能够制订出有效的生产计划和营销计划。

二、消费者购买行为的类型

消费者购买决策随其购买决策的类型不同而变化。较为复杂和花钱较多的决策往往凝聚着购买者的反复权衡和众多人的参与决策。消费者在购买商品时,会因商品价格、购买频率的不同，投入购买的程度也不同。例如，购买房地产和购买一把牙刷的购买决策行为会大不相同，前者属于大件商品，需要广泛搜集信息，反复比较选择；而后者可以考虑较少，随时购买。

（一）根据购买过程中参与者的介入程度和品牌间的差异划分

1. 习惯性的购买行为

消费者介入程度不高同时品牌之间的差异也不大时，消费者在购买这类产品的时候并不需要按照决策过程一步一步地实施计划最后完成购买活动，而是以一种不假思索的方式直接采取购买行动。消费者在以往购买的基础上，对某些商品往往只偏爱和信任其中一个或数个品牌。购买商品时，多数人习惯于选取自己熟知的品牌，其中兼有理智和情感型购买的特点。研究表明，习惯性购买的心理活动相对稳定，购买活动表现为顾客忠诚。当然，消费者的习惯不是不可改变的。因此，一个精明的生产企业或商业企业，就应针对这一类型的消费者，努力提高产品质量，加强广告推销宣传，创名牌、保名牌，在消费者心中树立良好的产品形象，使其成为消费者偏爱、习惯购买的对象。

2. 寻求变化的购买行为

消费者介入程度很低而且品牌间的差异很大时，消费者就会经常改变对品牌的选择。这种购买行为的产生往往不是因为对原有品牌不满意，而是因为同类产品有很多品牌可供选择，而且由于这类产品本身价格并不昂贵，所以消费者在求新、求异的消费动机下就会经常不断地在各品牌之间进行变换，达到常换常新的目的。对于这类商品的营销，市场领先者可通过保证供应以及反复提醒的广告来促进消费者形成习惯型的购买行为；而市场挑战者则可通过降低价格、强调新产品特色的广告以及各种营业推广活动来刺激消费者进行产品品种选择。

3. 减少失调的购买行为

当消费者高度介入某项产品的购买，但又看不出各个品牌有何差异时，对所购产品往往产生失调感。因为消费者购买一些品牌差异不大的商品时，虽然他们对购买行为持谨慎的态度，但他们的注意力更多地是集中在品牌价格是否优惠、购买时间和地点是否便利，而不是花很多精力去搜集不同品牌的信息进行比较，而且从产生购买动机到决定购买之间的时间较短。因而消费者在购买商品之后，或因产品自身的某些方面不称心，或得到了其他产品更好的信息，从而产生不该购买这一产品的后悔心理或心理不平衡，使消费者产生一种购后不协调的感觉。为了改变这样的心理，追求心理平衡，消费者广泛地搜集各种对已购产品的有利信息，以证明自己当初的购买决策是完全正确的，以减少购买后的失调感。

4. 复杂的购买行为

一般来说，在购买贵重物品、大型耐用消费品、风险较大的商品、外露性很强的产品以及其他需要消费者高度介入的产品时，多数消费者对欲购商品的属性不太了解，甚至全然不知。因此，消费者需要有一个学习过程，以对欲购商品形成信念和态度。他们往往广泛搜集与欲购商品有关的各种信息，了解商品的属性，对各种可供选择品牌的重要特性进行比较、评价，先建立对每种品牌的各种特性水平的信念，然后形成对品牌的态度，再慎重作出购买决策。这种复杂的购买行为，是一种广泛地解决问题的行为。例如，购买一辆汽车，如果购买者对汽车不具备专业技术知识，那么他们在购买之前首先要了解汽车的性能特点，逐渐树立起对产品的看法，经过比较权衡，最后才作出购买决策行为。在介入程度高且品牌差异大的产品经营中，企业应该设法帮助消费者了解与该产品有关的知识，并设法让他们知道并确信本产品在比较重要的性能方面的特征及优势，使他们树立对本产品的信任感。这期间，企业要特别注意采取必要的营销策略，针对购买决定者设计多种形式的介绍本产品特性的广告，向消费者提供有利信息，协助消费者学习，以影响消费者的购买选择。

（二）按照购买准备状态划分

1. 完全确定型

完全确定型是指消费者在进入商店前就已经有明确的购买目标，对于产品、商标、价格、型号、款式等都有明确的要求。因此，他们在进入商店后可以毫不犹豫地买下某件商品。

2. 部分确定型

部分确定型是指消费者在进入商店前已有大致的购买目标，但具体要求还不太明确，对于产品、品牌、价格、款式等还都有考虑和商量的余地。因此，这部分消费者一般难以清晰地说出他们对所需商品的具体要求，希望得到销售人员或其他信息的指导。

3. 不确定型

这类消费者常常抱着"逛商店"的态度，没有非常明确的购买目标，也没有比较迫切的购买任务。因此，他们在进入商店后，经常表现为漫无目的地东走西看，顺便了解某些商品的销售状况。当然，如果碰到满意的商品也会购买，甚至常常满载而归。

（三）按购买者的心理状况划分

1. 习惯型

这类消费者往往习惯使用一种或几种商品。由于经常使用，他们对这些产品或品牌十分熟悉、信任，体验较深，从而形成一种习惯性的态度。当再次购买时，他们往往根据过去的购买经验和使用习惯，不加思索地进行购买活动，或长期使用某种产品，或长期使用某种品牌，或长期惠顾某个商家，不轻易改变购买习惯，从而能迅速形成重复购买。

2. 理智型

这类消费者头脑冷静、行为慎重，在购买商品前，注意搜集商品信息，了解市场行情，进行较为周密的研究比较，以对商品特性心中有数。他们善于控制自己的感情，很少受广告宣传和推销人员的影响，往往是先对商品作一番细致的分析、比较，反复权衡利弊，再作购买决策；而且他们在作决策时，一般也不动声色。

3. 经济型

这类消费者对商品的价格非常敏感，并以价格作为选购商品的主要依据。他们又分为两类：一类偏爱高价高档商品以求其质，另一类偏爱低价商品以求其廉。当然，后一类消费者之所以侧重于从经济角度作购买决策，在很大程度上与其经济状况和心理需要有关。

4. 冲动型

这类消费者的个性特征是心理反应敏捷，容易受外部刺激的影响。他们的这种个性特征导致其容易受商品的外观、包装、商标或促销方式的刺激而产生购买行为。他们对商品的选择以直观感受为主，从个人兴趣或情绪出发，喜欢新奇的产品和时尚产品，而不太计较商品的实际效用。他们一般对所接触到的第一件合适的商品就想买下，而不愿作反复比较选择，因而购买决策迅速。

5. 感情型

这类消费者的感情、想象力和联想力特别丰富。因此，他们在购买商品时容易受感情的影响，也容易受促销宣传诱导。商品的外观、造型、颜色甚至命名往往都能引起他们丰富的联想。他们常常以自己的联想去衡量商品的价值，只要符合其感情需要，他们就乐意购买。因此，这类消费者在购买商品时，注意力容易转移，兴趣也容易变换。

6. 疑虑型

这类消费者性格内向，观察细微，多疑，行动谨慎且迟缓。他们在购买商品时总是疑虑重重，三思而后行；他们挑选商品费时较多，购买决策迟缓，还常因犹豫不决而中断；甚至在购买后他们还会疑心上当受骗。

三、消费者购买决策过程

消费者的购买决策过程是指消费者购买行为或购买活动的具体步骤、程度、阶段。由于影响消费者购买行为的经济因素、心理因素、社会因素在不同消费者之间的程度不同，因而消费者的购买决策过程也大有差异。有的购买商品过程只需几分钟，有的购买商品过程则需几个月甚至几年。但不管哪种购买决策过程，消费者在为满足需要而采取购买行为之前，必然发生一系列心理活动过程，因此必须首先分析消费者购买心理活动过程。

（一）消费者购买心理活动过程

消费者在消费需要的基础上产生购买动机，在动机的支配下采取购买行为。尽管各人的购买行为有很大的差异，但购买商品时的心理活动基本相同，包括以下四个过程。

1. 对商品的感知过程

消费者对商品的认识，首先从感觉开始。所谓感觉，是人脑对直接作用于感觉器官的当前客观事物个别属性的反映。任何消费者购买商品，都要通过自己的五官感觉（视觉、听觉、嗅觉、味觉和触觉），使他们感觉到商品的个别特性，从而产生感觉。感觉是最基本的心理现象。消费者在对商品感觉的基础上，把感觉到的个别商品的特性有机地联系起来，形成对这种商品的整体反映，这就是对商品的知觉过程。必须指出，消费者对商品的感觉和知觉，都是作用于他们感觉器官的反映，但感觉反映商品的个别特征，而知觉则反映商品的整体。消费者感觉到的商品个别特征越丰富，对商品的知觉也越完整。消费者对商品的感知过程给市场营销的启示是：企业必须重视商品的外观、包装和装潢、橱窗陈列，以引起消费者的注意。

2. 对商品的注意过程

对商品的注意过程是指消费者购买商品心理活动过程对商品的集中性和指向性。消费者在同一时间内不能感知太多商品，只能感知其中少数商品。消费者对商品的指向性，显示他们对商品的选择。消费者对商品的集中性，是指他们的心理活动较长久地保持在所选择的商品上。对商品的注意，强化了消费者对商品的认识过程。消费者对商品的注意过程给市场营销的启示是：企业必须注意商品橱窗的陈列，注意营销人员的仪表、风度、气质，以引起消费者的注意力。

3. 对商品的思维过程

消费者认识和感觉到了商品的客观存在，并不马上作出购买决策，他们还要根据自己掌握的知识、经验和其他媒介，对注意到的商品进行分析、判断和概括，这就是对商品的思维过程。消费者通过思维过程，对商品的价格、质量、外观、颜色、功能等进行全面的认识，从感性阶段上升到理性阶段，这时消费者已接近作出购买与否的行动决定了。对商品的思维过程给市场营销的启示是：企业既要重视商品质量，还要降低产品成本，注意产品的设计与造型。

4. 对商品的情绪过程

一般来说，消费者购买商品，有一个从感性到理性的认识过程。但是，在现实生活中，并不是所有的购买行为都是理智思维的结果，在许多场合都是情感在起作用。如果消费者对商品采取肯定的态度，这时就会产生满意、喜欢、愉快的情绪。如果消费者对商品采取否定态度时，就会产生不满意、不喜欢、不愉快甚至愤怒的情绪。因此，消费者对商品的情绪也影响他们的购买行为。消费者对商品的情绪过程给市场营销的启示是：企业不仅要提高产品质量，而且要讲究信誉，注意服务态度，给消费者留下良好的深刻的印象，通过影响其情绪促使他们购买。

（二）消费者的购买决策过程

消费者的购买决策过程包括需求唤起、搜集信息、比较选择、购买决策、购后行为五个既相互联系又相对独立的阶段，如图 3-2 所示。

图 3-2　购买过程的五个阶段

1. 需求唤起

消费者的购买过程是从引起需求开始的。需求是购买行为的原动力。一般来说，消费者需求是由两种刺激引起的：一种是人体内部的刺激，如饿、冷、渴等刺激；另一种是人体外部的刺激，如周围环境、广告宣传、商品外观等的刺激。

需求唤起这一阶段对营销人员有两方面的意义。①营销人员必须了解本企业产品实际上或潜在地能引起消费者哪些需要，以作为设计触发诱因的根据。例如，人们对服装的需求，爱美是一种驱策力，在社会交往过程中尊重和显示身份地位的需要也是一种驱策力。如果企业生产的服装能同时满足以上两种需求，就能引起消费者的购买动机。②消费者对某种商品的需求强度会随时间的推移而变动，并且被一些诱因所触发。例如，消费者对夏令用品的需求强度，会随着夏季的临近而加强，正当夏季达到最大，随后就会减弱以至消失。需求唤起是消费者购买行为的起点，因此，营销人员一方面要掌握引起需要的时机；另一方面要善于安排适当的诱因，促使消费者对本企业所生产经营的产品需求变得很强烈，并转化为购买行动。

2. 搜集信息

如果唤起的需求很强烈，或者可满足需求的商品易于得到，消费者就会希望马上满足他的需求。但在多数情况下，消费者的需求并非马上就能获得满足。这种尚未满足的需求所造成的紧张感，使消费者比较容易接受有关能够满足需求之事物的信息，甚至促使其主动地搜集有关信息，以便尽快作出购买决定。消费者获得信息的来源一般有以下四个。

1）经验来源：消费者在对某种产品购买、使用的基础上所形成的有关该产品的知识。

2）人际来源：从亲戚、朋友、邻居、同事或其他消费者推荐介绍中获得信息。

3）商业来源：从商家的广告宣传、商品陈列、商品包装、促销活动中获取商品或服务的信息。

4）公众来源：从报刊、广播、电视等大众传播媒介及有关消费者团体了解社会舆论对商品或服务的评价或描述。

各种信息来源对消费者的购买决策有着不同的影响。例如，商业信息一般只起着告知的作用，而人际信息和公众信息则具有评价作用。通过了解与商品有关的各种信息，消费者的购买打算会逐渐趋于明朗。营销人员应努力通过各种渠道传播有关本企业产品信息，以利于消费者了解企业的产品。

3. 比较选择

比较选择是指消费者对搜集到的有关待购商品的信息进行处理的过程，即消费者通过对信息进行整理、分析，对各种可供选择的产品和品牌进行比较、评价和选择，从中确定自己所偏爱的品牌。不同的消费者，其比较选择的标准和方法存在着很大差异，但其比较选择的基本过程大体相同。消费者得到的有关商品信息，可能是重复的，甚至是互相矛盾的，因此还要进行分析、评价和比较，才能作出正确的选择。消费者对不同品牌的评价比较，通常都是建立在自觉和理性基础之上的。消费者在对商品进行评价比较时主要考虑以下因素。

（1）产品属性

这是产品能够满足消费者需要的特性。例如，计算机的储存能力、图像显示能力、软件的适用性等，手表的准确性、式样、耐用性等，都是消费者感兴趣的产品属性，但消费者不一定认为产品的所有属性都同等重要。营销人员应分析本企业产品具备哪些属性，不同类型消费者分别对哪些属性感兴趣，以便进行市场细分，对不同需求的消费者提供具有不同属性的产品。

（2）属性权重

这是消费者对产品有关属性所赋予的不同的重要性权数。消费者给予产品各种属性的权重是不同的，它反映了消费者对产品的印象。消费者给予权重最大的属性叫做产品的特色属性，特色属性不一定是最重要的属性，但往往是消费者记忆最深刻的属性。营销人员应注意了解产品各种属性在消费者心目中的权重，通过产品设计、信息沟通使消费者了解企业的特色属性。

（3）品牌信念

这是消费者对某品牌的印象和态度。消费者由于其主观兴趣、需求、个性的差异，以及不同品牌特征的差异，不同的消费者对同一品牌会形成不同的信念。这种品牌信念可能与产品真实属性并不完全一致。

（4）效用函数

这是描述消费者所期望的产品满足感随产品属性的不同而有所变化的关系。消费者在评价不同品牌时，常常根据其属性决定自己对产品的预期，效用函数则表明消费者要求产品某一属性达到何种水平他才会接受。

（5）评价程序

这是消费者依据上述标准对不同品牌进行评价比较的过程和方法，从而形成消费者对不同品牌的态度和行为倾向。

消费者首先会分析商品的各种属性，特别是与其消费需要密切相关的那些属性；其次根据自己的需要和偏好，确定各属性的重要性权数；再次，根据消费者对品牌的信念，分别对不同品牌的各个属性给出一个评价值，如进行评分；最后，根据各属性的重要性权数及其评价值，采用合适的方法对每一个品牌给出总评价值。这个总评价值的优劣，将决定各品牌在消费者购买选择时的优先顺序。

4. 购买决策

这是消费者整个购买过程的中心环节，消费者的购买决定通常有三种情况：①消费者认为商品质量、款式、价格等符合自己的要求和购买能力，决定立即购买；②消费者认为商品的某些方面还不能完全满意而延期购买；③消费者对商品质量、价格等不满意而决定不买。

一般来说，从购买意向转化为购买行为，还有一个时间过程。这是因为：①购买意向转化为购买行为必须具备一定的条件，如消费者有足够的支付能力，商家有现货供应，并且购物环境好、服务态度佳等；②购买决策除了品牌选择，还要确定何时买、何处买、由何人去买等。只有各种条件都已具备，各种决策都已作出，购买意向才能转化为购买行为。一般而言，购买活动越复杂或越重要，需要的条件越多，购买意向转化为购买行为所需的时间就越长。

另外，与消费者关系密切者的态度、预期风险的大小以及一些意外情况的出现，也可能影响购买意向向购买行为的转化，如造成消费者修改、推迟或取消购买决定等。这往往是受到可觉察风险的影响。可觉察风险的大小随着冒这一风险所支付的货币数量、不确定属性的比例以及消费者的自信程度的变化而变化。营销人员必须了解引起消费者有风险感的那些因素，进而采取措施来减少消费者的可觉察风险。

消费者经过信息评估将会产生购买意图并不一定实施购买，但是这时有两个因素将会影响购买决策。

（1）别人的态度

别人的态度对消费者作出决策的影响力，取决于态度的强烈程度和与消费者的亲近程度。

（2）意外情况

属于意外情况的如购买者可能没有谈妥购买的条件，可能对营销人员的态度产生强烈反感，也可能是发生了意外的开支等，以致并没有实施购买。

由此可见，购买意图并不能成为预测实际购买行为的完全可靠的因素。购买意图可以显示购买行为的方向，但却不可能把很多可能临时发生的意外情况和别人的态度等中间介入因素包括在内。企业在这个阶段的营销重点是：①加强广告宣传活动，增强消费者购买本企业产品的信心；②加强销售地点的促销活动。

5. 购后行为

购买商品以后，消费者在消费商品过程中，会对商品满足其需要的情况产生一定的感受，这种感受一般表现为满意、基本满意和不满意三种情况。消费者购后感受的好坏，会影响到消费者是否重复购买，还将影响到他人的购买行为，对企业的信誉和形象关系极大。那么，如何使消费者获得满意的购后感受呢？消费者的满意程度取决于消费者对产品的预期性能与产品使用中的实际性能之间的对比。也就是说，如果购后在实际消费中符合预期的效果，则感到基本满意；超过预期，则很满意；未能达到预期，则不满意或很不满意。实际同预期的效果差距越大，不满意的程度也就越大。因此，一方面，企业应努力保持产品优良的质量和性能，使消费者在消费过程中获得满意感，另一方面，企业在产品的广告宣传中，要实事求是，以使消费者建立合理的产品预期。有些企业对产品性能的宣传甚至故意留有余地，正是为了增加消费者购后的满意感。反之，不满意感则可能使消费者要求退货或放弃该品牌，并对该品牌作反宣传。这种反宣传对其他消费者的影响巨大，将会在很大程度上抵消企业的各种促销努力。因此，营销人员必须十分注意消费者的购后评价，并以此为依据改进企业的营销活动，以提高消费者的购后满意度。

复习思考题

1. 消费者市场有何特点？
2. 消费品主要有哪些类型？它们的购买特点是什么？
3. 影响消费者购买行为的因素主要有哪些？
4. 消费者购买行为有哪些不同的类型？
5. 消费者购买决策的主要内容是什么？
6. 简述消费者作出购买决策的一般过程。

第四章　组织市场购买行为

学 习 目 标

学完这章后，希望你能够掌握：

1. 组织市场的主要类型及特点
2. 影响生产者购买行为的主要因素
3. 生产者购买行为类型和生产者购买决策过程
4. 中间商购买决策的内容
5. 政府采购制度对企业市场营销的影响

 引导案例

沃尔玛的全球采购秘密

在 2002 年 2 月 1 日之前，沃尔玛还未从海外直接采购商品，所有海外商品都由代理商代为采购。沃尔玛要求刚刚加盟的沃尔玛全球副总裁兼全球采购办公室总裁崔仁辅利用半年时间作好准备，在 2 月 1 日这一天接过支撑 2 000 亿美元营业额的全球采购业务。结果，他不但在紧张的时间里在全世界成立 20 多个负责采购的分公司，如期完成了全世界同步作业的任务，而且使全球采购业务在一年之后增长了 20%，超过了整个沃尔玛营业额 12% 的增长率。那么沃尔玛全球采购业务的秘密何在？

全球采购的组织

在沃尔玛，全球采购是指某个国家的沃尔玛店铺通过全球采购网络从其他国家的供应商进口商品，而从该国供应商进货则由该国沃尔玛公司的采购部门负责采购。举个例子，沃尔玛在中国的店铺从中国供应商进货，是沃尔玛中国公司的采购部门的工作，这是本地采购；沃尔玛在其他国家的店铺从中国供应商采购货品，就要通过崔仁辅领导的全球采购网络进行，这才是全球采购。这样的全球采购要求在组织形式上作出与之相适应的安排。

企业活动的全球布局，当今比较成熟的组织形式有两种：一是按地理布局，二是按业务类别布局。区域事业部制有助于企业充分利用该区域的经济、文化、法制、市场等外部环境的机会，不利之处在于各业务在同一区域要实现深耕细作需要付出很大的成本。而业务事业部的利弊则刚好相反。

崔仁辅的全球采购网络首先由大中华及北亚区，东南亚及印度次大陆区，美洲区，欧洲、中东及非洲区等四个区域所组成。然后在每个区域内按照不同国家设立国别分公司，其下再设立卫星分公司。国别分公司是具体采购操作的中坚单位，拥有工厂认证、质量检验、商品采集、运输以及人事、行政管理等关系采购业务的全面功能。卫星分公司则根据商品采集量的多少来决定拥有其中哪一项或几项功能。

全球采购的流程

在沃尔玛的全球采购流程中，其全球采购网络就像是一个独立的公司，在沃尔玛的全球店铺买家和全球供应商之间架起买卖之间的桥梁。

"我们的全球采购办公室并不买任何东西。"崔仁辅解释说，全球采购网络相当于一个"内部服务公司"，为沃尔玛在各个零售市场上的店铺买家服务——只要买家提出对商品的需求，全球采购网络就尽可能在全球范围搜索到最好的供应商和最适当的商品。全球采购网络为店铺买家服务还体现在主动向买家推荐新商品。沃尔玛全球采购的流程分为重复采购和新产品采购两种。所谓新产品，就是买家没有进口过的产品。对于这类产品，沃尔玛没有现成的供应商，就需要全球采购网络的业务人员通过参加展会、介绍等途径找到新的供应商和产品。由于沃尔玛的知名度很高，许多厂商也会毛遂自荐，把它们的新产品提供给全球采购网络。然后，全球采购网络就会把这些信息提供给买家。

供应商伙伴关系

在全球采购中，全球采购网络不仅要服务好国外的买家，还要在供应商的选择和建立伙伴关系上进行投入。"不管是哪个国家的厂商，我们挑选供应商的标准都是一样的。"崔仁辅介绍说，第一个标准是物美价廉，产品价格要有竞争力，质量要好，要能够准时交货。第二个标准是供应商要遵纪守法。"沃尔玛非常重视社会责任，所以我们希望供应商能够像我们一样守法，我们要确定他们按照法律的要求向工人提供加班费、福利等应有的保障。"

还有一点就是供应商要达到一定规模。"我们有一个原则，就是我们的采购不要超过任何一个供应商50%的生意。"崔仁辅解释说，虽然从同一个供应商采购的量越大，关于价格的谈判能力就越强，但是供应商对采购商过分信赖也不完全是好事。如果供应商能够持续管理和经营，那还可以；如果供应商在管理和经营上出现波动，那就不仅仅是采购商货源短缺的问题。一旦采购商终止向该供应商采购，该供应商就会面临倒闭的危险，由此也会产生较大的社会问题。"这是我们不愿意看到的。"

（资料来源：中国物流行业协会网，http://www.cla.gov.cn/html/200711/30/200711308424.htm）

讨论题：

1. 沃尔玛公司的采购秘密体现在哪些方面？
2. 沃尔玛的采购属于组织市场中的哪种类型，与消费者购买行为有哪些不同的特点？
3. 沃尔玛的采购过程受哪些因素的影响，供应商应采取哪些营销对策？

第一节 组织市场概述

企业的市场营销对象不仅包括广大消费者，也包括各类组织机构，这些组织机构构成了原材料、零部件、机器设备、供给品和企业服务的庞大市场。因此，研究组织市场营销具有十分重要的理论价值及现实意义。而组织市场与消费者市场存在着明显的差异，组织营销从其发源之时起，就一直因其市场的特殊性而独立于消费者营销而存在。由于组织市场的购买主体的性质和购买的目的与消费者市场有很大的不同，在探讨组织市场营销策略的时候，企业必须根据组织市场的特点，制定适合企业的组织市场营销策略，因此对其购买行为有必要进行特定的分析和研究。

一、组织市场的概念及分类

（一）组织市场的概念

组织市场即组织机构市场，又称为非个人用户市场、非最终用户市场，是与消费者市场相对应的市场体系的重要子系统。从广义的观点看，组织市场泛指一个组织向其他组织推销商品或服务的任何市场，它包括除组织同最终消费者进行交易的市场以外的所有市场。具体来说，组织市场是指为进一步生产、维持机构运作或转卖的目的而购买产品或服务的各种组织消费者。各种组织及其举例如表4-1所示。

表4-1   多种多样的组织

组 织 名 称	举 例
原材料加工商	如矿石的开采、发电、石油精炼、供水的组织
农产品及海洋产品生产者	如农业、林业、养花业、渔业、水产品加工业
产品及零部件制造商	如汽车、家具、油漆、装配机、引擎、电子产品、服装制造商
商业和专业服务机构	如银行、会计事务所、建筑商、咨询机构、清洁公司、培训公司、园艺公司
专销商和分销商	如零售商、批发商、运输商、商业船运、进出口代理商
租赁机构	如商业性工厂和机器出租、财务租赁、汽车出租、人才中心
政府部门、代理机构和权力机构	如海关、所得税征收机构、社会保险机构、外交事务机关、立法机构、仲裁机关
武装力量和辅助军事组织	如海陆空三军、警察局、监狱、执行代理机构、保安公司
非营利性组织	如学校、医院、慈善机构、社会俱乐部、专业性团体

（二）组织市场的类型

基于对购买者的分析，即根据目标市场的不同，通常将组织市场进一步划分为生产者市场、中间商市场、非营利组织市场和政府市场，其中最重要的是生产者市场，如图4-1所示。

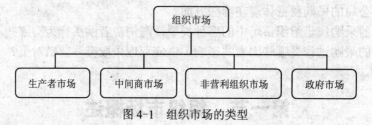

图4-1   组织市场的类型

1. 生产者市场（Industrial Market）

生产者市场又称为产业市场、工业品市场或生产资料市场，是指购买产品或服务用于制造其他产品或服务，以供销售、租赁或供给他人以获取利润的组织和个人所构成的市场。它既包括生产企业，也包括服务企业。组成生产者市场的主要产业有：农业、林业、渔业、矿业、制造业、建筑业、运输业、通信业、公共事业、银行业、金融业、保险业和服务业等。在组织市场中，产业市场是最庞大和多样化的组织市场，产业市场的购买行为最为典型。

2. 中间商市场（Reseller Market）

中间商市场也称转卖者市场，是指通过购买商品或服务用于转售或租赁，以获取利润的单位或个人所构成的市场。中间商市场由各种批发商和零售商组成，批发商与零售商在市场中既是商品购买者，又是商品出卖者。批发商、零售商购买商品主要是用于转卖，只有极少数的商品用于本身的经营管理。在现代商品流通体系中，大多数商品是由中间商经营的，只有少数商品采取了直销形式。

3. 非营利组织市场（Non-profit Organizational Market）

非营利组织市场也称机构市场，是指为了维持正常运作和履行职能，而购买产品或服务的各类非营利组织所构成的市场。非营利组织不以赢利为目的，是旨在推进社会公共利益的事业单位或民间团体，是介于政府与企业以外的第三种组织，主要由学校、医院、慈善机构、国际组织、宗教组织、社会团体和其他机构组成，如消费者协会。

4. 政府市场（Government Market）

政府市场又称政府机构市场，是指为了执行政府职能而购买或租用产品和服务的各级政府单位。具体而言，在一个国家的政府机构市场上的购买者是这个国家各级政府的采购部门。各级政府用财政收入的一部分用于购买政府机构运转、公共工程建设、国防建设、文化教育科研等所需产品和服务。政府机构往往是市场活动最大的买家，其购买量占市场 20%～30%的份额。政府采购的产品和劳务门类广泛，如武器、计算机、家具、电器、被服、办公用品、卫生设施、通信设备、交通工具、能源等。

二、组织市场的特征

组织市场与消费者市场相比，具有一些鲜明的特征。

（一）组织市场的市场结构特征

1. 购买者少，购买规模大

一般来说，组织营销人员面对的顾客比消费品营销人员面对有顾客要少得多。例如，美国固特异轮胎公司的订单主要来自通用、福特、克莱斯勒三大汽车制造商，但当固特异公司出售更新的轮胎给消费者时，它就要面对全美 1.71 亿汽车用户组成的巨大市场了。组织市场通常只有少量易于辨认的顾客，所以比较容易确定谁不是潜在顾客。

虽然组织市场的购买者相对较少，但是组织市场的规模要比消费者市场要大得多，并且每次采购交易的规模和价值相对比较大。上亿元甚至更大余额的订单在组织市场上并不稀奇，而采购者往往只是一人或数人，一个公司或几个公司。这种现象在生产比较集中的行业里更为明显，通常少数几家大企业的采购量就占该产品总销售量的大部分。

2. 购买者在地域上相对集中

由于资源和区位条件等原因，产业组织在地理区域分布上相对集中，形成了产业集群。因此，组织市场的购买者往往在地域上也相对集中，以至于这些区域的业务用品购买量在全国市场中占据相当的比重。例如，中国的重工产业大多集中在东北地区，汽车产业多集中在长春、上海、十堰及周边地区。地理区域集中有助于降低产品的销售成本，有利于组织购买者辨认、比较，吸引更多的客户。

（二）组织市场的需求特征

1. 派生性

组织市场的需求是一种派生需求，最终往往取决于消费者市场的需求。派生需求是指对消费品的需求不仅影响这些产品的供应，而且影响与制造产品相关的原材料、零部件、设备和服务等的供应。例如，汽车公司之所以采购钢材是因为消费者有对汽车的需求。因此，在营销过程中，要重视对消费者市场需求的分析和研究。

2. 相关性

组织市场需求还表现为相关需求或复合需求的特点。组织市场的购买者为完成最终产品需要采购多种原材料、零配件及其相关或配套产品，因此，组织市场需求具有相关性。例如，汽车公司的需求就是钢材、玻璃、轮胎等一组相关产品的需求，并且它们的需求是密切联系在一起的。

3. 缺乏弹性

组织市场的需求一般不会受到价格变动的影响，特别是在短期内更是如此。由于产品结构、工艺流程与技术水平在一定时期相对稳定，单位价格往往不是决定购买与否的主要因素，因此，组织市场需求量的变化与其价格变化相比，幅度小、速度慢，即组织市场需求价格弹性小。

4. 波动性

组织市场的需求一般有较为明显的波动性。由于组织市场需求的派生性，消费者需求的微小变动将会对组织市场需求产生巨大的影响。如果消费者市场对汽车需求出现小幅上升，那么汽车公司对钢材的需求可能会大幅增加。

5. 需求受宏观环境因素影响大

组织市场需求受价格影响较小，受国家发展国民经济总方针、总政策的影响较大。例如，当国民经济处于繁荣期，国家对基本建设的投资增长规模扩大，对大小成套设备的需求也会增长。因此，企业要关注宏观环境的变化，抓住机会，规避风险。

（三）组织市场的购买行为特征

1. 购买人员的专业性

由于组织市场通常专业性较强、技术含量高、对产品要求严格，因此，组织市场上的购买人员都是专业购买者。购买者往往对自己所需购买的商品有比较充分的了解，并具备丰富的专门知识，其采购过程往往是由具有专门知识的专业人员负责。相比之下，消费者市场上的购买者一般不具备相应的专业知识。

2. 购买行为的理智性

由于组织市场购买者的专业性，其购买行为一般比较理性。一般企业都有采购计划，从计划到采购都经过比较详细的审批和讨论，很少受到广告宣传及促销的影响。因此，组织营销者要求具备专业知识，实行专家推销。

3. 购买决策的多元化

由于组织市场的购买规模较大、价值较高，因此，采购决策一般都不是由个人作出的，而是由采购部门作出并对其负责。与消费者市场相比，组织市场上参加购买决策的人较多，并多为受过专门训练的专业人员，决策一般由技术专家集体作出。

4. 购买目的的复杂性

不同的组织市场购买者的采购目的有很大的差异，同时，企业中不同部门的发展目标也有所不同，因此，购买目的具有多样性的特点。例如，生产企业的采购目的是产品的效用和企业获利；而政府机构购买产品是用于行使政府职能，增加社会福利。

5. 购买决策过程的规范化

组织市场购买者的决策，通常比消费者的购买决策复杂，往往需要反复讨论，因此要求购买决策过程规范化。组织大规模的购买通常要求有详细的产品规格、成文的购买清单，同时要对供应者进行认真调查，还要通过正式的审批程序。

6. 购买关系的密切性

由于购买人数比较少，大买主对供应商来说更为重要，在组织市场上，买卖双方往往倾向于建立长期客户关系，相互依托。经验研究表明，组织市场买卖双方关系的建立需要较长时间，通常保持稳定，形成一种长期的互惠互利的伙伴型关系。

7. 租赁购买方式

由于组织市场中的一些产品价值很高，许多组织购买者日益转向大设备租赁，以取代直接购买。租赁对于承租方和出租方有诸多好处，出租方可以进一步拓展市场，而承租方可以节省资金发展生产。目前，租赁分为金融性租赁、服务性租赁、综合租赁等形式。

（四）组织市场的营销特征

组织市场与消费者市场有不同的市场特点，区别主要在于产品的预期购买者及购买者对产品的预期使用。因此，组织市场营销必须采取与消费者市场营销不同的营销策略。组织市场与消费者市场营销的区别表现在以下几个方面，如表 4-2 所示。

表 4-2　组织市场营销与消费者市场营销比较

营 销 策 略	组 织 市 场	消 费 者 市 场
产品策略	产品更专业，服务很重要	标准化形式，服务因素重要
价格策略	多采用招标方式决定	按标价销售
渠道策略	较短，多采用市场直接接触	多通过中间商接触
促销策略	强调人员销售	强调广告
顾客关系	长久而复杂	较少接触，关系浅
决策过程	多采用群体决策	个人或家庭决策

1. 产品策略

组织市场中的产品一般专业性较强、技术含量高、购买规模大、价值高，因此，购买者对服务更为注重，尤其是产品的售前咨询和售后服务。同时，企业要关注产品开发，可以让关键客户参与到产品开发流程中来。

2. 价格策略

在组织市场中，买卖双方经常使用投标竞价方式来确定成交价格，有时也采用双方协商的方式。一般来说，价格不是组织购买的最重要因素，因此价格相对稳定，很少被用做促销手段。

3. 渠道策略

由于组织市场中产品的特殊性，组织市场的分销渠道一般短于消费者市场，直接销售是组织市场常见的销售方式。同时，相比消费者市场，分销渠道较窄。在组织市场营销中，物流管理更为重要，更适合应用网络营销。

4. 促销策略

由于组织市场购买者少和购买的专业性，企业一般更多地使用人员推销的方式，宣传其优惠政策也不是通过广告，促销活动相对消费者市场也较简单。同时，在现代组织营销中，电话销售和电子网络促销应用越来越多。

第二节　生产者市场购买行为分析

生产者市场由那些为了生产用于销售、租赁或供给他人的产品和服务，并从中获取利润而从事购买活动的企业组成。在组织市场中，生产者市场是最为重要的组成部分，生产者市场的购买行为与购买决策具有最典型的意义。因此，研究组织市场首先要研究生产者市场购买行为的影响因素及其购买决策过程。

一、生产者市场的购买对象

生产者市场的购买对象，即购买品，是组织购买者为生产、再销售、维修设备等目的而进行购买的产品或服务，所购买的产品或服务直接或间接地以最终消费品的形态存在。简而言之，生产者市场的购买对象，就是在生产者市场上购买的各种产品，主要是生产资料。生产资料错综复杂，根据生产程序和产品价值的转移状况，可将生产者市场的购买对象分为三大类产品，即成为成品的产品、间接进入成品的产品和无形产品。

（一）成为成品的产品

成为成品的产品指的是直接进入产品生产过程构成产品，并直接计入产品成本的产品，主要包括初级原材料、二级原材料和零部件。

1. 初级原材料

初级原材料是指处于未被加工的在自然状态下被出售的产品。也就是说，初级原材料是在自然界中存在的，在生产中用做劳动对象的没有加工过的原始产品，如矿产中的原煤、原油、矿石，海产品中的鱼、贝类，森林产品中的木材等。大部分初级原材料需要经过进一步的加工，一部分初级原材料直接进入组织的生产活动。初级原材料通常有一定的质量标准，定价也是按质定价。在销售过程中，应视不同的原料产品，选择不同分销渠道及储运手段。

2. 二级原材料

二级原材料是指在构成最终产品前被部分加工过的产品，也就是在生产中用做劳动对象的已经加工过的产品，如钢材、木材、棉纱、轮胎等。二级原材料虽然是在初级原材料的基础上形成的，但在构成最终产品前通常还需要进一步加工，而其价值也将得到大大提升。二级原材料大都分散于众多的生产者手中，一般都有明确的等级、规格、型号，但质量差异不大，因此，分销环节较多，价格、交货时间和采购费用等是买方考虑的主要问题。

3．零部件

零部件是指直接组装进入成品内或略作加工便进入成品的部件。零部件也是已经过部分加工程序的产品，但是还需要装配之后才能成为产品的一部分，完全参加生产过程，如紧固件、集成电路块、电机等。零部件虽不能独立发挥生产作用，但它却直接影响生产的正常进行。这类产品成交时，主要取决于产品的质量和价格能否符合购买者的要求，并且要求交货及时，所以企业在营销中要注意价格合理、质量优良，并为用户提供各种服务。

（二）间接进入成品的产品

间接进入成品的产品指的是进入产品生产过程但不构成产品，并间接计入产品成本的产品，主要包括辅助材料、设备和系统。

1．辅助材料

辅助材料也称为消耗品，是指易耗品或用于维护、修理、使用产品时的辅助产品，如催化剂、添加剂、染料、包装材料、润滑油、照明设备等。辅助材料是维持企业经营活动所必需的，但其本身并不能转为实体产品的一部分，但价值完全进入产品成本。这类产品价格低、替代性强、寿命周期短，多属重复购买，购买者较注重购买是否方便。因此，营销策略是通过广泛的分销渠道出售，而且竞争集中于价格上。

2．设备

设备是指用来满足生产或其他工作需要的资产。设备直接影响企业的产品质量和生产效率，包括主要设备和附属设备两大类产品。它们参加生产过程，但不构成产品实体，其价值以折旧的形式部分地计入产品成本。

主要设备是在各种类型的生产企业中起主要作用的机械装置，如厂房建筑、大型成套设备、大中型电子计算机等。这类产品价值高、使用周期长、体积大、销售对象少、产品技术复杂，因而一般采取直接销售。同时，营销人员要掌握专门的技术知识。

附属设备指在生产过程中处于辅助地位的各种设备，机械工具、办公设备等均属附属设备。这类设备对生产的重要性程度相对较低，使用寿命一般比较短，价值也比较小，且又属于标准化、通用化产品。附属设备一般不属于投资决策范畴，可以通过间接销售途径购买，需要有广大的销售网点、较多的中间商。

3．系统

系统是指复杂的多功能的资产性商品，如生产制造系统、计算机控制系统、通信系统、EOS系统等。系统能够提高企业的生产效率，提升产品和服务质量，有利于形成企业的竞争优势。系统一般具有价格昂贵、技术复杂和使用时间较长等特点，因此，购买生产装备是生产者的重大投资，其决策对生产者至关重要。企业需要根据购买者的需求进行设计与制造，要求开展良好的销售与服务工作。对于系统的购买多采用集体决策方式，往往需要较长时间的协商与谈判，由企业高层管理人员作出购买决策。

（三）无形产品

无形产品即工业服务，是指为销售而进行的活动，以使用户在购买中得到利益和满足。

工业服务既可以与实体产品一起购买，如在设备购买合同中附带的服务项目，如培训服务、维修服务等；也可单独购买，如运输、仓储、保险、审计、调查、设计、广告以及各种咨询服务等。生产者市场的部分产品技术含量较高、价值较大，对服务需求高，需要制造企业为购买者提供培训操作、维修工人的服务，因此，加强服务人员技术能力培养、强化责任，是组织营销的一个关键环节。

以上几类产品由于特性及对生产的重要程度不同，在使用过程中，其损耗和更换周期也不同，因此，其购买方式和要求也就有所不同。购买者必须根据各类产品和服务的特点和使用要求来进行购买，不可一概而论。

二、生产者市场购买决策的类型

生产者和消费者一样，在购买过程中，须进行一系列的购买决策，而不是作单一的购买决策。用户购买生产资料是为了满足生产需要，由于各行业生产状况各异，从而引起生产资料购买行为类型的差别。20 世纪 60 年代，罗宾逊、弗雷斯和温德依据购买的新奇度将生产者市场购买行为分为三种类型：新购、修正重购和直接重购。其中，直接重购是一种极端情况，基本上属于惯例化决策；新购是另一种极端情况，需要作大量的调查研究；修正重购介于两者之间，也需要作一定的研究。

1. 新购（New Task）

新购指产业用户第一次采购某种产品或劳务。这是最复杂的采购，成本、风险也相对较大。生产者制造新的产品或进入新的目标市场，往往需要采购新的设备与原材料。由于是第一次购买，购买者对产品知之甚少，没有购买经验，也没有熟悉的供应商，因此在作出购买决策前，要搜集大量的信息，制定决策所花时间也相应较长。首次购买的成本越大，风险就越大，参加购买决策的人员就越多，最重要的购买可能会有十几人甚至几十人参加决策，但是最重要购买的相关决策往往由企业高层作出。

在新购中，购买决策的内容甚为繁多，生产者要对采购品种、规格、价格、交货条件和时间、服务要求、付款条件、订购数量、寻找和选择供应者等一一作出决策。新购一般要经过知晓、兴趣、评价、试用和采用五个阶段，而不同阶段对营销工作的挑战重点也不同。在知晓阶段，大众媒体最重要；在兴趣阶段，销售人员影响最大；在评价阶段，技术要求最重要；在试用阶段，产品质量、性能最重要。这就为营销人员开展营销工作提供了线索。

新购对于供应者是最好的竞争机会，因此供货企业必须妥善运用整体营销组合战略，解决其中复杂的营销问题，以抓住有利的市场机会。企业应采用有效的促销手段，加深对购买决策者的影响，向潜在顾客提供必要的市场信息，帮助顾客解决疑难问题，达到使自己成为供货商的目的。企业应将最优秀的推销人员组成一支庞大的营销队伍，尽可能向买主提供其所需信息及其他服务，加强与客户的沟通，致力于形成长期的、信任的伙伴型关系。

2. 修正重购（Modified Rebuy）

修正重购也称为变更购买，是指购买者为了更好地完成采购工作任务，修订采购方案，适当修改产品规格、价格、其他条件或供应商的购买类型。企业在新的条件下，由于实施新的营销策略，或者由于生产的改进，或原供应商没能满足购买需要，或其他供应商推出了更好的新产品等原因，就需要调整或修订采购方案，包括增加或调整决策人数。因此，修正重购的购买行为较为复杂，参与决策过程的有关人员也比较多，决策时间也会延长。

修正重购会给原有的供应商带来威胁，同时给其他供应商提供机会，导致产品供应商之间的竞争。在这种情况下，原来的供应商要清醒认识面临的挑战，企业应及时了解顾客的需求动向和对工作、服务的满意度，积极改进产品规格和服务质量，大力提高生产率，降低成本，采取有力措施以保持现有的顾客。新的供应商则应注意把握和利用这个机会，可通过更优惠的条件争取买主，积极开拓市场，争取更多的业务。

3. 直接重购（Straight Rebuy）

直接重购也称为连续的再购买，指产业用户按一贯的需要和原有的供应关系进行重复性的采购。当企业存货水准降到一定程度时，采购部门按照过去的供货单位，向他们连续订购采购过的同类生产用品，而不作任何修正。由于直接重购有惯例可循，有现成的供货关系可以利用，所以是一种程序化的购买决策，甚至可以由计算机订货系统自动完成。这种购买是例行性的、最简单的，基本上不需要作新的决策，是采购部门的日常工作，采购部门的负责人就能作出决定。这种购买类型所购买的都是低值易耗品，花费的人力较少，无须联合采购。

直接重购是建立在购买者和供应商之间良好关系的基础上的。采购部门根据以往和许多供应商打交道的经验，按购买的满意程度实际上形成了一份供应商名单。在这种情况下，已入选的供应商关键是要以高质量的产品和服务保住现有顾客。原有的供应者应当努力使产品和服务保持一定的水平，并尽量简化买卖手续，节省购买者的时间，确保顾客满意；同时要与老顾客保持经常联系，提升顾客忠诚度，建立长期稳定的供货关系。未入选的供货商要采用多种公关手段和促销手段，提供新产品或开展某种满意的服务，以便使采购者考虑从他们那里购买产品。通常，新的供应者竞争机会较少，可先设法取得小额订货，然后逐步扩大订货额。

以上三种购买类型中，直接重购情况下，生产者所要作的购买决策最少；而在新购情况下，生产者所要作的决策最多，通常要对产品规格、价格幅度、交货条件和时间、服务和信誉、支付条件、订购数量、可接受的供货商等进行决策。生产者市场购买决策三种类型的比较如表 4-3 所示。

表 4-3　生产者市场购买决策类型的比较

购买决策类型	复杂程度	时　间	供应商数量
新　购	复杂	长	多
修正重购	中等	中等	少
直接重购	简单	短	一个

三、生产者市场购买决策的参与者

生产者市场购买决策的一个重要特点就是集体行动，除了极少数情况是由组织机构内个别人员作出购买过程中的所有决策外，大多数情况是许多来自不同领域和具有不同身份的人员直接或间接参与产业采购过程的有关决策。因此，对于生产者市场的营销人员来说，必须弄清楚用户购买决策参与者的情况，才能确定推销的具体对象，并针对不同参与者在采购中的地位与权力及其个人特征制定具体的推销方案。

（一）采购中心

采购中心是一个非正式的跨部门组织，通过获取、传递、分享和处理有关组织购买的信息来运作，共同决策并共同承担决策带来的风险，最终作出购买决策并实施。也就是说，在产业采购中作出决策的是一个团体，由所有参与购买决策的人员构成，包括技术专家、高级管理人员、采购专家、财务主管等。采购人员具有共同的购买目标，都经过专业训练，对所购产品的技术细节有充分了解。

采购中心的规模和组成，因购买者单位大小不同、购买任务重要程度不同而差异很大。一般来说，在作产品选择决策时，工程技术人员的影响最大；而在选择供应商时，采购代理人的影响最大。采购中心的大小也随企业的规模而有所不同，小企业购买中心的成员可能只有一两个人，大企业则可能由一位高级主管率领一批人组成采购部门。另外，根据所购产品不同，采购中心的组成也不同。通常采购对象的价值越大、技术含量越高，参与决策的人员越多。采购人员的权限也各有不同，通常采购人员对小的产品有决定权，对大产品则只能按照决策机构的决定行事。

（二）生产者采购决策的角色类型

采购中心一般包括六种角色，包括发起者、使用者、影响者、决策者、购买者和控制者。但并不是说任何产品的采购都必须要求这六种成员参加，在极个别情况下，这六种角色可能由同一个人执行。生产者市场的营销者必须了解谁是主要决策参与者，以便采取适当营销手段和措施，达到营销的目的。

1. 发起者

发起者指根据生产过程需要和产品技术标准，首先发现需求缺口并提出购买的人员。发起者是购买决策的先导，通常为组织的计划人员。在通常购买中，发起者往往是采购过程中的使用者，甚至在很多情况下就是提出购买某种生产资料的一些技术专家。

2. 使用者

使用者指企业内具体使用拟购买的生产用品的人员。属于使用者的人员包括业务经理、职工、工程师、研究开发部门工作人员、办公室人员、公司管理人员、会计及销售和市场营销管理人员。他们是供需双方协议与企业购销计划的来源者，也是购买的主要评价者。因此在决策单位中他们被赋予一定的行政权力，并受到其他同事的尊重。

3. 影响者

这是从企业的内部和外部直接或间接参与购买过程并在采购中心发挥一定行政威力的人员。影响者可以自己的技术知识施予压力，属于影响者的有采购经理、采购部门中的采购员、总经理、生产人员、办公室人员、研究发展工程师、工程技术人员、使用者、推销员、供应商等。他们通常协助确定产品的规格，为购买决策提供信息。在众多的影响者中，企业外部的咨询机构和企业内部的技术人员影响最大。

4. 决策者

决策者指机构中具有正式和非正式权力决定产品要求和供应商的人员，对采购中心的其他成员具有否定权。由于企业不同以及所需的生产资料不同，因此决策者也不完全相同。在常规采购决策中，购买者往往就是决策者。但是，在重大和复杂的购买活动中，决策者一般是企业高层管理者。企业必须针对决策者的需要，采取相应的营销对策。

5. 购买者

购买者指企业中具体执行采购决定的人。购买者通常是有权并具有相应知识组织采购工作的正式职权人员，他们的主要任务是选择供应商、确定购买条件并与供应商进行交易谈判。购买者在常规产品采购中，要比技术性强的产品的采购中发挥的作用大，这时采购者就是决策者。在较复杂的采购工作中，采购者还包括企业的高层管理人员，以便采购到企业生产所紧缺的原材料和设备等。

6. 控制者

控制者是指能够控制信息流向参与购买决策的人员。他们可控制外界与采购有关的信息，有权阻止销售商或其信息流向采购中心的成员，如采购代理商、技术人员、秘书、接待员、电话接线员等，他们可以阻止推销员与使用者或决策者接触。

综上所述，参与生产资料购买决策的上述各类人员，由于在实际生产中衡量采购的标准不同，所以在具体决策中的作用和影响也是不同的。上述六种角色类型在每个企业采购工作中的比重，取决于采购产品的多少和采购物品的种类。

四、生产者市场购买决策的影响因素

生产者购买商品或服务的动机与消费者购买自用商品或服务的动机有很大差别，因此影响生产者市场购买的因素与消费者市场有所不同。按照影响的范围，影响生产者市场购买的主要因素可以分为以下四大类：环境因素、组织因素、人际因素和个人因素（见图 4-2）。研究生产者市场购买决策的影响因素，是为了方便供应商分别不同情况，区别对待，创造条件，引导买方购买行为，促成购买行为的实现，更好地满足生产者对工业用品的需要。

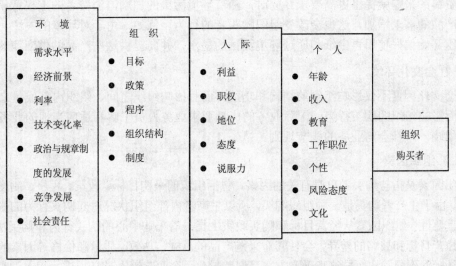

图 4-2　生产者市场购买决策的影响因素

（一）环境因素

环境因素是指制约产业市场购买行为的不可控的宏观环境因素，包括经济环境、政治法律环境、科学技术环境、社会文化环境等。任何企业的生产和经营都是在一定的社会环境中进行的，因此必然要受到特定社会的环境因素的制约。环境因素在宏观上起到调节市场供求的作用，也是影响企业购买决策的最重要的因素。任何一个采购决策者在作出采购决策之前，必须熟知环境因素的变化，以便作出正确的购买决策。而供货企业的营销人员必须善于利用环境因素的变化，采取适当的营销策略，达到营销目的。

1．经济环境

生产者的购买受外部环境因素的影响最大，其中最主要的是经济环境。一个国家在不同的时期，经济发展的政策是不同的。组织购买者必须密切关注经济环境因素，同时预测经济环境变化，包括经济状况、生产水平、投资、消费开支和利率等，从而在不同的经济发展状况下，组织能合理地安排投资结构，以及进行有效的存货管理。例如，假设国家经济前景看好或国家扶植某一产业的发展，有关生产者用户就会增加投资，增加原材料采购和库存，以备生产扩大之用。在经济衰退时期，产业购买者就会减少对厂房和设备的投资，并极力减少存货。

2．政治法律环境

企业的生产经营活动必须严格遵守国家各个时期的方针、政策和法令，企业的采购活动更要考虑政府的有关政策法规。国家政治局势的变化必然会影响企业的生产经营活动，采购活动也会受到影响。同时，国家产业政策的调整或相关政策法规的出台也会极大地影响组织的采购行为。例如，企业想要引进一条冰箱生产线以扩大生产规模，但国家已限制生产使用氟利昂的冰箱，即使企业有利可图，购买这种产品生产线显然也是不行的。

3．科学技术环境

科学技术的发展直接影响企业现有产品的前景和企业新产品开发的速度和方向。随着科学技术的日新月异，企业创新能力增强，产品生命周期不断缩短，产品升级换代的速度提升，对生产资料的采购就提出更高要求。同时，随着环境污染的加剧，消费者的主权意识增强，对绿色产品的需求增加，这也会改变组织购买者的行为。例如，由于对环境的关注，新闻界许多组织开始偏好使用再生纸和通过环境测试的墨水，并向提供这些产品的供应商购买。

4．社会文化环境

社会文化因素不仅影响组织的结构和功能，而且影响组织之间、组织内部成员之间的关系，从而影响组织的购买行为。国际业务的成功要求业务人员了解和适应当地的业务文化和标准，知晓一些社会与业务的礼节规则。

（二）组织因素

组织因素是指与购买者自身有关的因素，包括组织的采购目标、政策、程序、制度和组织结构等。由于生产者购买是一种组织购买，所以生产者内部组织状况对其购买行为的影响有着特殊的重要性。组织因素从经营目标和购买政策上指导着采购中心的购买行为和购买决策。各组织的经营目标和战略的差异，会使其对采购产品的款式、功效、质量和价格等因素的重视程度、衡量标准不同，从而导致其采购方案呈现差异化。企业营销人员必须进行深入调查，了解采购单位的组织因素，从而采取适当措施，影响采购决策者的购买决策和行为。

1．组织的采购目标

组织的采购目标将直接影响购买人员的工作行为方式，因此了解生产者的采购目标是开展组织营销工作的首要步骤。而采购目标需要考虑企业的发展战略计划和整体目标，在其指导下进行购买决策。不同企业的采购目标有所不同，同一企业在不同发展时期的采购目标也有所差异。生产者购买产品和服务通常是为了通过降低成本和提高收入来增加利润。所以，采购人员在采购中就要考虑所购生产资料的质量、价格、型号、标准化等因素。

2．组织的采购政策

不同企业的采购政策不同，同一企业在不同生产时期的采购政策也不尽相同。购买者长期形成的一些成文或不成文的采购政策，对购买行为影响很大。因此，营销人员要分析、研究不同企业的采购政策，采取针对性的营销策略，才能有效地推销生产资料。例如，有的企业倾向于购买某一特定厂商的产品，签订长期合同；有的企业建立采购激励政策，促使采购人员致力于寻找对企业最有利的供货条件，从而改变原有订购情况。及时生产系统的出现也极大地影响了生产企业的采购政策，这些都增加了营销人员的压力。

3．组织的采购程序

采购程序是指企业采购生产资料的整个过程。由于企业的生产经营过程及生产资料本身不同，其采购过程也不同。例如，采购重大设备，由于其价值较高、技术性较强且使用时间较长，所以采购过程相对复杂且较长；相反，对于一些低值易耗品，属于经常性采购，采购过程相对简单且较短。

4．组织的采购制度

各个企业的内部组织结构不同，它们的采购制度也有所不同。由于采购制度的差异导致采购组织人员构成及其权限有很大区别，因此采购人员的工作行为方式不同。组织内部采购制度的变化会给采购决策带来很大影响。供应商应适时调整其销售模式、营销政策及营销人员的组成结构。生产者的采购制度一般包括集中采购、分散采购和网上采购。通常，集中采购有利于降低成本，形成规模经济效益；分散采购有利于调动员工的积极性，具有较强的灵活性；而网上采购具有高效、低成本、规范和国际化等优点，发展前景广阔。

5．组织结构

组织的规模及组织内部人员的构成也会影响购买决策过程。大规模的组织购买决策过程相对比较复杂，倾向于集体决策；而小规模的组织则可能由个人作出购买决策。同时，组织成员的结构会影响组织文化，进一步影响采购人员的购买行为。近年来，随着采购部门升级，有的企业提高了采购部门的规格并起用高学历人员，此时，企业采购组织就会发生变化，采购组织内人员的权限也有所扩大，这对供应商营销提出了新的挑战。

（三）人际因素

人际因素是指购买中心的各种角色间的不同利益、职权、地位、态度和相互关系。生产者的购买活动倾向于集体决策，最终都是要由人来完成的，即由购买决策参与者来作出购买决定和采取购买行动，因此，生产者的采购工作往往受到正式组织以外的各种人际因素的影响。由于购买中心有不同类型的参与者，他们具有不同的地位、职权、知识和兴趣等个人特征，生产者的购买行为也会表现出强烈的人性化倾向。一些决策行为会在这些参与者中产生不同的反应，在共同决策中难免会发生冲突。随着采购中心规模的扩大，这种人际关系也会相应变得越来越复杂。供应商的营销人员应尽量了解购买中心的各种角色类型及其相互关系，采取相应的解决冲突的办法，采取针对性的营销策略。解决采购中心人际冲突一般可以采用如下方法。

1．解释问题

由于采购中心各种角色的地位、职权等个人特征不同，采购决策中掌握的信息量有所差异，同时专长各有不同，难免发生冲突。企业应该在作购买决策前，积极对相关问题作必要的解释和说明，向采购组成员提供他们所需要的详实的信息资料。

2．说服

一般来说，购买中心在作出购买决策时，最合理的建议将会得到各种角色的认可。但是，采购成员的辩论水平和沟通能力也很重要，具有较高辩论能力的成员往往能驳倒别人的意见，从而说服别人。

3．相互妥协

当不能说服其他成员时，可能会达成一定的妥协。采购组各成员经过协商，相互采纳对方不同的建议，不管其是否最具有优势。例如，一方同意一个成员所选择的采购项目供应商，反过来他则同意另一成员所选择的下一个采购项目的供应商。

4．公共关系活动

采购组各成员设法说服外部关系人员和上级的支持，加强与之沟通，密切双方关系，争取从意见冲突的外围施以影响，在权力角逐中最后获胜。

（四）个人因素

个人因素是指购买决策中每个参与者的个人动机、感知、个性和偏好等。虽然生产者市场的采购行为是比较理性的，但是生产者的采购任务最终还是由具体的采购人员来完成的。每个参与采购决策的人，总难免受个人感情因素的影响，而这种个人因素又因个人的年龄、职务、个性、教育水平和对风险认识的不同而各异，从而影响他们的采购决策和行为。例如，理智型购买者选择供应商之前一般要经过周密的竞争性方案的比较，强硬型购买者会同供应商反复较量。

当供应品的质量、价格、服务等相类似时，采购人员个人偏好将起到决定作用。也就是说，产业购买者进行采购时，除了理智需要即满足机构的需要外，还要满足其个人感情上的需要。所以注意研究组织购买行为中的个人因素，它对有的放矢地开展营销活动是十分重要的。组织购买者的感情需要主要包括以下四个方面。

1．心理需要

心理需要主要指的是采购者有自我尊重、社交和实现自我价值的需要。他们希望自己显得重要、被人赏识、具有权力、受到尊重以及获得愿意倾听他们倾诉的听众的注意。因此，营销人员应加强与采购者的沟通，表现出倾听的意愿，尊重对方。

2．回避风险

采购人员在作采购决策时，一般要考虑决策的成本和赢利可能性，规避由此给企业带来的风险。尤其当采购人员面对新的供应商或新产品时，不确定性增强，回避风险意识也会增强。营销人员应加强信息的提供，以促成交易。

3．身份和回报

采购人员从事采购工作都想获得他人的认同，拥有一定的社会地位和良好的发展前途。因此，营销人员应针对采购员的这一双重需要，在不同场合用不同方式满足采购人员对称赞、承认、归属感及自尊等的需要。

4．友谊

在生产者市场上，买卖双方往往倾向于建立长期客户关系，这依赖于相互信任和尊重的友谊。这种友谊一旦形成，对推销业务一般会有很大促进作用。因此，明智的供应商通常都会力争与自己客户的采购人员结成长期友谊的关系。

五、生产者市场购买决策过程

1967 年，罗宾孙、费雷斯、温德通过观察研究提出了购买格子模型（Buy Grid Model），将购买类型与八个购买阶段联系起来。生产者市场购买决策过程相对比较复杂，生产购买者在购买商品的决策过程中要经过详细计划和市场调研，最后才能过渡到现实购买。具体来说，购买过程可分成一系列连续的相互关联的八个阶段，即识别需求、确定需求、描述需求、寻找供应商、征求供应信息、选择供应商、正式订购和绩效评估等八个阶段，如图 4-3 所示。

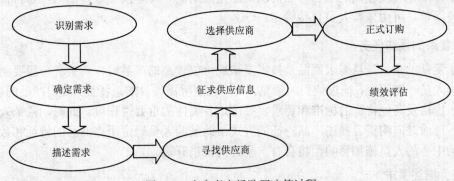

图 4-3　生产者市场购买决策过程

（一）识别需求

识别需求是指生产者认识到需要购买某种产品，以解决企业经营中的某一问题或满足企业的某种需要。识别需求是生产者用户采购过程的开始阶段，往往能够导致一项采购活动。在新购和修正重购情况下，需求通常是企业面对各种机会和挑战而引起的。这种机会和挑战来自于企业内部因素和外部因素的刺激。

1．内部刺激

内部刺激主要是企业的发展新规划、新上项目、新产品或改进老产品等因素引起的，这些因素变化使人们产生对零部件或材料、设备的需要。内部因素包括下列一些最常见的情况。

1）企业决定推出某种新产品或新服务，因而需要新设备和各种原材料。

2）企业原有的设备发生故障、设备报废或零部件损坏，需要更新或需要购买新的零部件。

3）原有的供应商在产品质量、服务、送货情况或价格等方面不能让人满意，已购买的生产资料不能满足需求，生产商希望能够寻找新的供应商。

2．外部刺激

有时候，组织内部人员可能并没有意识到需求或问题之所在，但一些外在的刺激可能会导致其对需求的认识。在企业外部，需求主要是由外部环境的改变或采购者受到的营销刺激引起的。采购人员通过参观展销会、浏览广告，或接到某一能提供价廉物美产品或服务的销售代表的电话，便可能产生一些新的需求。可见，组织市场的供应商应主动推销，经常开展广告宣传，派人访问用户，展示自己产品的优越性，激发组织对需求的认识，以发掘潜在需求。

（二）确定需求

确定需求是指购买者要确定欲购产品的特性与数量。购买者的某些需求在内部因素和外部因素的刺激下被认识之后，采购者便开始确定所需产品的品种、特性和数量等。营销人员应该设法参与购买者这一阶段的活动，帮助购买者确定需求，并提供有关产品特点的信息。由于采购任务的复杂程度不同，企业的采购决策过程也有所差异，主要考虑以下两种情况，区别对待。

1．简单的采购任务

对于标准化程度较高的项目，当需求商品是通用的、简单的一般产品时，总特征的确定相对比较简单，可由采购人员直接确定。

2．复杂的采购任务

对于复杂的项目，当需求商品是技术复杂或价值较高的产品时，购买者一般要同购买中心的有关人员一起研究，征求他们的意见，共同决定所需项目的总特征，提出产品的可靠性、耐用性、价格及其他特征的标准和要求，并确定各属性的重要性程度。此时，营销人员应抓住时机，可通过向购买者描述产品特征的方式帮助采购人员确定所需商品的特征和数量，适时对采购中心的人员施加影响，将会有一个好的推销开端。

（三）描述需求

描述需求是指企业通过价值分析确定所需产品的品种、性能特征、数量和服务，作出详细的技术说明。在确定了需求要项之后，就要确定产品具体的规格、型号，以作为采购的依据。该阶段是第二阶段的延伸，这个阶段对以后供应商的选择有着非常关键的影响作用。对于简单的产品，这一阶段同上一阶段是合二为一的；对于复杂的产品，这一阶段则要做许多工作。

（四）寻找供应商

寻找供应商是指采购人员根据产品技术说明书的要求寻找最佳供应商，即通过工商企业名录、电话簿、广告、展销会等各种途径，广泛搜集供应商信息，调查供应商所能提供的产品及其质量、价格、信誉、售后服务等情况，把那些能够提供自己所需产品且信誉良好的供应商列为备选对象。采购人员首先要将一些无法满足购买需求或信誉不好的供应商排除在外，然后进行进一步的分析和选择。对合格的供应商，采购者还要登门拜访，查看他们的生产设备，了解其人员配置。最后，采购人员会归纳出一份合格供应商的名单。

（五）征求供应信息

征求供应信息就是购买者请那些被列为备选对象的供应商为其提供产品说明书和价目表。买方通常要求候选供应商对自己的产品情况作出说明，然后针对各供应商的建议进行分析，从中挑选出最合适的供应商。供应商应根据购买者的要求，将有关产品的技术性能、报价、相关服务、自身生产能力和资源条件等情况以口头或书面的形式传递给购买者，力求有说服力。鉴于此，供应商就须利用这个有利时机，提出与众不同的令采购者感到满意的建议，在建议书中应强调本企业的相对竞争优势，如此，才能引起采购者的注意和信任，以便在竞争中脱颖而出。

（六）选择供应商

选择供应商就是在对供应商提供的报价和申请材料进行分析、比较及对供应商各方面情况进行综合考察的基础上，选择一个或几个最具吸引力的供应商作为交易谈判对象，通过谈判最终确定供应商。这是采购中心评价和选择供应商的最后阶段。在选择供应商时，不仅要考虑供应商的技术能力，还要考虑它是否能按期供货及能否提供优质的售后服务等。采购中心将有意愿的供应商的某些属性定为评估指标，并规定它们的相关重要性，而后针对这些属性对供应商加以评分，找出最具吸引力的供应商（见表4-4）。

表4-4　供应商评估标准（举例）

属　　性	权　　数	评 分 标 准			
		差（1）	一般（2）	良（3）	优（4）
价　格	0.3				+
产品可靠性	0.2		+		
服务可靠性	0.2			+	
供应商信誉	0.1			+	
供应商灵活性	0.1				+
供应商产能	0.1		+		

总分：$0.3\times4+0.2\times2+0.2\times3+0.1\times3+0.1\times4+0.1\times2=3.1$

在这一阶段，还涉及供应商数目的确定问题。比较合适的供应商数目不能太多，也不能太少。许多采购者喜欢多种渠道进货，这样，一方面可以避免自己过分地依赖一个供应商，以免受制于人；另一方面也使自己可以对各供应商的价格和业绩进行比较，以达到增加供货渠道、降低产品价格和减少风险的目的，并促使供应商展开竞争。同时，采购中心在作出最后选择之前，还可能与选中的供应商就价格或其他条款进行谈判。营销人员应制定策略以应对买方压价和提出过高要求。

（七）正式订购

购买者一旦选择了供应商，就要履行常规的购货手续，即采购人员要与供应商进行具体洽谈，为供应商准备购买目录表，提出产品技术质量要求、购买数量、期望供货期、提供保险单及付款保证，最后签订购货合同，合同中要注明违约条款及仲裁事项。采购中心可以根据企业的需要，采用"定期采购交货"形式或者是"一揽子合同"全承包的长期供货合同形式。就保养、维修和经营项目来说，采购人员越来越多地倾向于签订长期有效的合同以代替定期购买订单。

（八）绩效评估

绩效评估就是购买者对所购产品的使用情况、供应商履行合同等情况进行检查和评估。对于供应商的反馈和评价，可能在期中或者期末，既可通过正式渠道，也可通过非正式渠道。而且这一过程不仅仅涉及采购部门，也涉及营销、生产等部门。这一阶段，购买者必须做到：①定期对合同履行情况进行检查；②向使用者了解情况，了解其对购进产品是否满意。通过绩效评估，采购者将决定延续、修正或停止向该供应商采购。所以对于营销人员来说，特别要注意这一阶段的工作。供应商应密切关注购买者及最终使用者的购后评价，保持良好的联系和沟通，及时了解对方需求的变动情况，以保证自己能让客户满意。

上述八个阶段是一个典型的购买程序。对于不同购买类型，购买过程是不同的。并非每次采购都要经过这八个阶段，这要依据采购业务的不同类型而定。其中，新购要经过每一个阶段，修正重购和直接重购则可以省略其中某些阶段（见表4-5）。随着信息技术日益广泛应用于控制库存、计算经济的订货量、要求供应商报价等供应管理工作，产业购买者购买过程也出现新的变化。对于营销者来说，了解产业购买的全过程，明晰购买不同阶段的特点，才可以采取有针对性的营销策略。

表4-5　购买格子模型

购买阶段	购买类型		
	新　购	修正重购	直接重购
1. 识别需求	是	可能	否
2. 确定需求	是	可能	否
3. 描述需求	是	是	是
4. 寻找供应商	是	可能	否
5. 征求供应信息	是	可能	否
6. 选择供应商	是	可能	否
7. 正式订购	是	可能	否
8. 绩效评估	是	是	是

第三节　中间商市场购买行为分析

中间商购买行为是指中间商在寻找、购买、转卖或租赁商品过程中所表现出的行为。由于中间商处于流通环节，是制造商与消费者之间的桥梁，在市场中发挥了沟通产销的媒介作用，因此，中间商具有生产者和最终消费者所不能代替的特殊作用，中间商市场也是一个相当大的不容忽视的市场。

一、中间商市场的特点

中间商市场也叫转卖者市场，是指购买商品的目的是把商品出卖或出租给别人，从中获得利润的组织和个人。因此，中间商市场的特点是转手买卖，贱买贵卖，据此可以把它与其他各类市场区别开来。中间商介于生产者和消费者之间，这就决定了中间商市场与消费者市场及生产者市场相比既有相同点，也有其独特之处。概括起来，中间商市场有以下五个特点。

（一）衍生需求与原生需求的一致性

中间商市场的需求也是派生的，受最终消费者的影响，需求波动不一。但是，中间商购买是为了直接转卖，中间商的需求更为直接地反映消费者的需求，即消费者需要什么，中间商就购买什么，经营什么。因此，在中间商市场，衍生需求和原生需求是一致的、统一的；而在生产者市场上，购买是为了生产产品或提供服务来满足消费者需求，衍生需求和原生需求是分离的，相互区别的。

（二）中间商对购买价格更为重视

中间商购买属批量购买，购买目的是转手买卖、贱买贵卖，以"好卖"作为主要的购买决策标准。虽然中间商关心商品的质量与款式，但他们对购买价格更敏感。中间商市场的需求受价格因素影响极大，购买价格的高低往往直接影响最终消费者的购买量，从而影响中间商的购买量。因此，营销人员应视其购买或销售的业绩给予恰当的回报。

（三）中间商对交货时间特别重视

由于中间商本身是"转手买卖"，决定他们对选购时间要求苛刻，对市场变化反应更加灵敏。中间商市场的需求应该与原生需求的时间保持某种一致性（不一定完全同步），以抓住市场机会，满足消费者购买的需要。因此，中间商一旦发出订单，就要求尽快到货，以避免库存积压和失去时效。

（四）中间商需要供应商提供配合和协助

由于中间商往往财力有限以及不只是销售个别厂家的产品，无力对所有产品进行推广，因此常常需要生产厂家协助其作产品推广，帮助其销售。另外，中间商一般自己不制造产品，对产品技术不擅长，通常需要供应商协助其为最终消费者提供技术服务、产品维修服务和退货服务。技术复杂、知识含量大的产品需要供应商提供培训专业推销员的服务。

（五）购买者地区分布的规律性强

中间商在整体市场中的分布状态较生产者分散，但比最终消费者集中。更值得注意的是，中间商及其类型的地域分布很有规律，而中间商与中间商之间彼此又构成竞争关系。因此，供应商寻找中间商是比较容易的，营销人员应注意中间商经营商品的搭配。

二、中间商市场的购买类型

中间商是最终消费者的采购代理人，它必须按照最终消费者的需求来制订采购计划。中间商的购买决策和具体采购业务会随着购买情况的变化而变化。中间商的购买情况可分为以下四种类型。

（一）新产品采购

新产品采购是指中间商对是否购进某种以前未经营过的新产品作出的决策。在这种情况下，中间商就要对该品种产品的销售市场进行调查研究以决定是否经营，同时要了解供货来源并选择供应商。此外，还要考虑和决定交易条件等方面一系列问题，因此中间商的购买决策过程与具体的采购业务是最复杂的。

中间商新产品采购的决策过程与生产者市场的新购有相同之处，其主要步骤也分为识别需求、确定需求、描述需求、寻找供应商、征求供应信息、选择供应商、正式订购和绩效评估八个阶段。但是，中间商的新产品采购和生产者的新购又有所不同。生产者对新产品如有需要，非买不可，只能选择供应商，主要就"向谁购买"作出决策；而中间商对新产品购进主要根据新产品的市场前景的好坏、买主需求强度、产品获利的可能性等多方面因素决定是否购买，主要是在"买"与"不买"之间作出决策，然后再考虑"向谁购买"。

（二）最佳供应商选择

最佳供应商选择是指中间商在确定需要购进的产品后寻找最合适的供应商。

1）由于经营能力及经营空间有限，中间商不能经营所有供应者的产品，因此，为了提高赢利他们会从多个现实和潜在的供应商中选择货源充裕、价格优惠、提供服务与支持力度大的名牌产品的最合适的供应商。

2）实力雄厚的中间商有自己的品牌，当其想要扩大自有品牌的影响时，必须寻找具有一定水平又愿合作的供应商为其定制品牌产品，这就需要物色愿意供应非品牌化产品的供应商。

3）当直接重购的产品难以买到时，中间商便要重新寻找货源，选择其他合适的供应商。

（三）改善交易条件的采购

改善交易条件的采购是指中间商希望现有供应商在原交易条件上再作出一些让步，使自己得到更多的利益。面对同类产品的供应商增多或其他供应商提出了更具诱惑力的价格和供货条件时，由于转换成本问题，中间商并不打算更换供应商，但是会把这作为施加压力的手段。中间商希望现在的供应商在交易条件等方面给予更多的优惠，如加大折扣、增加服务、信贷优惠、促销支持等。想要改善交易条件，就要与供应商重新谈判。

（四）直接重购

直接重购是指中间商的采购部门按照过去的订货目录和交易条件继续向原有的供应商购买产品。在这种情况下，中间商的购买决策过程及具体的购买业务是非常简单的。中间商会对以往的供应商进行评估，选择感到满意的作为直接重购的供应商。当日常经营的标准品或销路好的产品库存下降到一定水平时，中间商按照原供货条件继续向原供应商发出订货单进行采购。

随着网络经济的发展，信息技术已日益广泛应用于中间商的采购管理，大大改进了中间商的采购业务，对企业营销提出了新的挑战。因此，供应商的营销人员必须了解自己供货对象的购买类型，这样才能有针对性地采取相应的促销措施。

三、中间商购买过程的参与者

中间商市场购买决策的参与者往往因中间商的规模、决策重要程度和涉及金额而有所不同。不同规模的中间商的采购人员多寡不一，专职程度各异。在不同行业和不同类型的商业企业里，采购组织形式有所不同。小型的中间商一般不配备专职的采购人员，商品的选择与采购，可能由店主（经理）自己负责，也可能由熟悉业务的雇员负责，负责采购工作的人员通常是兼职的；大型的中间商一般都有专门的采购部门履行采购职能，采购员是一项专职工作，他们负责对有关商品和供应商进行比较、评价和筛选，当然，对购买决策最有权力和影响的仍是商店经理。为了简便起见，下面以美国连锁超市为例，介绍参与购买过程的主要人员和组织。

1．商品经理

商品经理是连锁超市公司总部的专职采购人员，分别负责各类商品的采购工作。在多数连锁店里，商品经理无权马上作出决定，只是负责对商品的审查和甄别，听取供应商推销员对新品牌、新产品的介绍，然后向公司采购委员会提出采购或拒购某种商品的建议。但是，某些连锁店的商品经理在采购工作中具有很大的权力，可以自由决定接受或拒绝某一新产品。因此，商品经理的偏好对决定新供应商的产品是否被购买起到直接的作用，供应商应予以重视。

2．采购委员会

采购委员会是由公司总部的部门正副经理和商品经理等人组成的，负责审查商品经理提出的新产品采购建议，作出是否购买的决定。采购委员会每周召开一次会议，逐一审查各商品经理提出的关于采购新产品的建议。实际上，采购委员会对新产品购买决策起间接作用，只是在发挥平衡各方面意见的作用，真正起决策和控制作用的还是商品经理。因此，供应商只有充分了解采购委员会的构成及其影响力，才能有的放矢地采取相应的营销对策。

3．分店经理

分店经理是连锁店下属的各零售店的负责人，决定分店实际购买产品，是掌握最终采购权的人。据调查，在全美国连锁超市和独立超市中，分店经理掌握了分店近70%的产品采购权。因此，供应商营销人员应把分店经理作为主要的公关对象，关注分店经理的需求，采取有效措施，促成交易。据美国尼尔逊公司的研究，分店经理是否采购新产品主要决定于以下三个因素：新产品是否适销对路、供应商的促销支持和优惠措施。

四、影响中间商购买行为的主要因素

中间商的购买行为与购买决策，与生产者市场一样，同样受到环境因素、组织因素、人际因素以及个人因素的影响，在此不再赘述。但是，中间商购买行为与决策还有一些独特之处，往往会对其进行购买决策产生不同的影响。

（一）采购人员的采购风格

美国的研究人员通过对中间商采购者抽样分析后，得出一个结论：中间商的采购人员可分为如下七种类型。

1．忠实采购者

这类采购者长年忠实于同一货源，不轻易更换供应商及其相关条件。双方通过物质利益和情感利益的双重纽带联系在一起，形成了长期合作关系。如果采购组织中的采购决策者是这一类型的采购者，则此中间商的采购大都属于直接重购。

2．机会采购者

这类采购者善于从备选的几个符合其长远利益和发展前途的供应商中，随时挑选最有利的资源，而不固定于任何一个。

3．最佳交易采购者

这类采购者专门选择在一定时间内与能给予最佳交易条件的供应商成交，而不是限定在事先选定的供应商候选名单内。

4．创造型采购者

这类采购者向供货商提出其所要求的产品、服务和价格，希望以自己的条件成交。创造性购买者一般不接受供应商的任何推销条件，而以企业的条件与人交易，要供应商来迁就自己。

5．广告型采购者

这类采购者在每一笔成交的交易中都要求供应商补贴广告费用。这种广告补贴必须作为每一交易协议的首要目标及每一交易的一部分。

6．悭吝型采购者

这类采购者在交易中总是要求供应商给予价格折扣，并且只与给予最大折扣的供应商成交。

7．精明干练采购者

这类采购者也称琐碎购买者，其选择的货源都是最物美价廉的。每次购买的总量不大，但品种繁多，重视不同品种的搭配，力图实现最佳产品组合。

上述七类采购者中，除第一类以外，其余几类采购决策人或采购人员都可能导致变更购买和新购。

（二）采购人员的需求特点

为他人购买是中间商的一个显著特点，因此，中间商市场的营销者应该了解中间商采购需求的特点，因地制宜，促成交易。中间商在决定是否采购某种新产品或选择某家供应商时，通常要考虑如下因素。

1．价格因素

中间商购买是为了转售，以赢利为目的，一般采取批量购买、贱买贵卖的方式从中获利。因此，中间商在采购某种商品时特别注重价格谈判，因为商品价格的高低直接影响其利润收益。

2．产品因素

中间商非常关注商品的独特性和受消费者欢迎的程度。商品的独特性使得中间商能够形成经营特色，有利于塑造相对竞争优势，降低竞争风险，加大其经营利润；而商品的受消费者青睐程度，会影响商品流通速度，缩短经营周期，也将给其带来好处。因此，畅销商品不仅受消费者喜爱，同时也受中间商青睐。

3. 存货管理

储存是中间商的基本职能之一，储存什么、储存多少是影响中间商购买行为的一个重要因素。中间商的存货管理将直接影响商品的成本和市场经营风险，以及满足最终消费者需求的能力，影响中间商的市场表现和经营业绩。因此，中间商的存货管理政策会对其购买行为产生一定的影响。

4. 供应商的策略

供应商营销策略的良好效果，会促进中间商的经营积极性和采购量的提高。通常，供应商的产品市场定位准确会吸引消费者和中间商购买；供应商为该产品提供的广告或促销补贴，能提高中间商对该产品的经营兴趣，促进其大量采购；同时，供应商的声誉和企业形象，也会影响消费者的需求和中间商的购买意向。

因此，营销人员应充分掌握中间商需求的多变性，针对中间商的需求采取相应的营销策略，积极帮助中间商更好地满足最终消费者的需要，提供良好的服务。

五、中间商市场购买决策的内容

中间商的购买决策是中间商购买行为的一个重要方面。研究中间商的购买决策，可以掌握其购买行为的特殊性和规律性。中间商的购买决策和具体采购业务会随着其购买类型的变化而变化。一般来说，中间商会作出以下四项购买决策。

（一）进货决策

进货决策是指供应商对进货的时机和数量作出判断。中间商根据库存水平、市场前景、买主需求强度、产品获利的可能性以及自身财务状况等多方面因素决定是否进货。供应商必须明确中间商的订购意图，以便采取相应的推销策略。

1. 选择购买时间决策

中间商的"转手买卖"的特点，决定了他们对购买时间要求严格，以便更好地满足消费需求并避免库存过多的风险。例如，在市场前景看好和财务状况良好的情况下，中间商应该抓住时机补充库存，保证货源的充足。

2. 选择购买数量决策

由于中间商经营产品的单位利润较小，因此购买数量通常都比较大，他们通过多购和薄利多销来获得利润。中间商采购一般包括偶然地大量订购和经常性的较少量订购两种方式，通过成本收益分析，作出有利于自己的购买决策。但多购的程度还要依据中间商现有的存货水平和预期的需求水平来决定。

（二）配货决策

配货决策是指确定所经销产品的花色品种，即中间商的产品组合。配货决策是中间商购买决策中最基本、最重要的内容，直接影响中间商的供应商组合、营销组合和顾客组合。产品的花色品种通常被称为货色，它决定了中间商在市场中的位置。从既能体现本身的经营特色又能吸引众多买主的角度出发，中间商的货色搭配可以选择以下四种形式。

1. 独家货色

独家货色即中间商只代理或经销某一生产厂家的产品。这类产品多属于专利商品、具有技术诀窍的商品、特殊商品、工商联营合作企业的产品以及中间商所处地区市场从未有过的新产品等。例如，某一零售商只经销格力空调，就属于独家货色。

2. 专深货色

专深货色即中间商经销多家制造商生产的同类产品。这类产品品质大体相同，只是规格、型号及品牌等有所不同。例如，某一零售商除了经销格力空调，还同时经营海尔、海信、科龙和奥克斯等品牌空调，该零售商的货色搭配就属于专深货色。

3. 广泛货色

广泛货色即中间商经销多家制造商的多种种类的产品。这些种类的产品并没有超出中间商的经销范围，往往有一定的关联性，不影响其原有的企业经营方向和经营特色。例如，某一零售商同时经营空调、冰箱、洗衣机、电视机等多种家电产品，就属于广泛货色。

4. 杂乱货色

杂乱货色即中间商不加选择、不受限制地经销不同的制造商生产的许多互不相干的产品。这些种类的产品无连带关系、彼此无关，中间商经营范围比广泛搭配更广。例如，某一零售商除了经销家电产品，还经营服装、鞋帽、箱包、文具等商品，就属于杂乱货色。

（三）供应商组合决策

供应商组合决策是指中间商决定与之从事交换活动的各有关供应商，即中间商根据经营的实际情况和经营战略，选择一个最佳供应商。中间商的购买多属于理性购买，对供应商及其产品的选择比较慎重。当中间商拟用自有品牌销售产品，或由于自身条件限制不能经营所有供应商产品时，就需要从众多的供应商中选择最优者。中间商通常根据供应商提供的产品销售前景、广告宣传等促销手段措施、提供的优惠条件、经营的能力、合作的诚意、本身的经营风格以及当时所处的市场营销环境等各方面来选择合适的供应商。因此，供应商应满足中间商不断变化的特殊需求，采取针对性的营销策略，成为中间商满意的供应商。

（四）供货条件决策

供货条件决策是指确定具体采购时所需要的价格、交货期、相关服务以及其他交易条件。购买条件的优劣直接影响中间商的经营效益，因为中间商是以赢利为目的的经济组织（个人），巨大的经营风险逼使他们力争在供应商方面得到尽量多的优厚条件。由于转换成本问题，中间商并不是总想更换供应商，但总是试图向现有供应商争取更有利的交易条件。在购买条件选择上，供应商必须从价格、价格折扣、广告津贴、交货时间、卖方信用保证等方面综合考虑。其中，价格是一个极其重要的条件，而且中间商在价格问题上甚为敏感。

六、中间商采购方式

（一）大量采购

大量采购是指中间商为了节省采购费用、降低采购成本，采用订货次数较少、每次订货量较大的方法，一次性把某种商品大批量地采购进来。这种方法适用于供货不稳定、市场需求量巨大、产品特性比较稳定的商品。这种订货方法的优点是可以减少采购工作量和单次采购成本，并能获得数量及资金等方面的优惠；缺点是每次采购所占用的资金较多，资金周转慢，商品库存量较大，在储存库存商品的过程中要支付较多的费用。大量采购的商品数量一般无规律性可循，主要依据中间商的经营需要、仓储条件和供应商的优惠条件等情况而定。

（二）适量采购

适量采购是指中间商对市场销售均衡的商品，在保有适当商品库存的条件下，采用订货次数较多、每次进货量较少的方法，采购适当数量的商品。这种方法适用于一般性普通商品，采购条件比较便利，货源比较充足的情况下。这种方法的优点是可以减少商品库存，加速资金周转，降低经营费用；缺点是采购工作量和采购费用会相应增加，进货成本较高，进货优惠较少。适量采购的关键是确定适当的采购数量，即经济采购批量，避免出现商品脱销和商品积压两种经营失控的现象。

针对以上两种采购方式，中间商在决策时必须综合比较，权衡利弊，确定适当的"订货点"，以降低经营费用，增加赢利，提高经营效果。

第四节　政府购买行为

政府市场又称政府机构市场，由那些为执行政府主要职能而采购或租用货物的各级政府机构组成。也就是说，在一个国家的政府机构市场上的购买者是这个国家各级政府机构的采购部门。目前，我国的政府顾客基本可分为三类：中央政府、省级政府和地方政府。各级政府机构为了行使政府职能需要购买或租用产品，形成了庞大的商品和服务需求市场，为许多企业提供了大量的营销机会。但政府市场与其他市场相比，存在着较大区别。因此，营销管理者必须深入研究政府市场购买行为。由于种种非营利的社会集团（如学校、医院、博物馆、群众团体及其他社会公益组织）的购买行为与政府的购买行为大致相同，因而我们也把非营利团体列入政府市场范围内。

一、政府采购的含义及特点

（一）政府采购的含义

政府采购是指各级政府为了开展日常政务活动或为公众提供服务，在财政监督下，以法定的方式、方法和程序，通过公开招标、公平竞争，由财政部门以直接向供应商付款的方式，从国内外市场上为政府部门或所属团体购买货物、工程和劳务的行为。政府采购是市场经济的产物，最早形成于 18 世纪末的西方国家。近年来，随着我国经济体制的改革，政企逐渐分开，政府作为组织市场顾客的身份也就日益突出。

（二）政府采购的特点

政府采购市场是一个巨大的、充满潜力的、机会与挑战并存的市场。政府市场在一些方面与生产者市场有相似之处，如购买者数量较少，每次购买量大，同为理智型购买、直接购买等。但是政府市场作为一个特殊的需求者，在许多方面又有其特殊性。分析和研究政府市场的特点，对于准备向政府市场出售商品和提供劳务的生产者或供应商是非常必要的。

1．非营利性

非经济标准在政府采购中的作用日益加强。政府与社会团体的采购主要是为了行使一定的国家或社会职能，不谋求赢利，因而其采购什么及采购多少要更多地考虑全社会的利益。同时，政府往往受政治、道义等因素影响，采购时也更注重社会效益。

2．行政性

政府采购决策是一种行政性的运行过程，要严格遵守行政决策的程序和过程，要代表政府的意志，遵循组织原则，受政府现行政策的影响较大。政府采购往往带有指令性计划性质，采购主管部门应当根据经批准的预算和其他财政性资金的使用计划编制和公布采购计划，尤其体现在对一些关系国家安全的商品与劳务（如国防用品、基础类产品等）的采购过程中。

3．政府采购市场相对稳定

政府采购一般是按照年度预算进行的，年度预算具有法律效应，不会轻易变动。因此，各级政府的需求要受到预算的约束，在预算期内具有较强的刚性，政府在一个财政年度内的采购规模基本上是固定不变的。政府市场的需求相对缺乏弹性，这一点与生产者市场完全相反。

4．购买目标的多重性

由政府部门独特的社会职能决定，各级政府在购买商品时除了考虑质量、性能、价格等经济性因素外，还要追求政治性、军事性、社会性目标。政府购买决策必须兼顾社会效益和经济效益。一方面，政府购买决策作为经济行为，要讲究经济性；另一方面，政府购买决策要受政治、道义等非经济因素的影响。

5．购买方式多样

政府采购往往通过竞争性的招标采购、议价合约选购和日常性采购等方式来选择合适的供应商。政府采购的方式方法相当灵活，明显区别于消费者市场、生产者市场和中间商市场。政府对价格昂贵的大宗商品，如飞机、汽车等，采用公开招标的方式竞购；对日常办公用品，采用直接重购或修正重购的方式；对公共福利品，则容易受到推销商的影响。当参与竞标的供应商数量很少或产品不能仅从价格方面来判断差别的时候，政府机关往往采取议价合约选购的方式来确定最终供应商。

6. 购买程序复杂

政府市场需求品种繁多，并在公众的监督下，其采购往往比生产者或中间商更为慎重，因而政府采购要经过许多部门签字盖章，受许多规章制度约束，需要准备大量的文件，填写大量的表格，遇有官僚气息严重的采购员则更加难办。政府采购对供应商提出了较为严格的标准和细则。所以，供应商应根据政府采购部门的商品需求和购买程序来开展营销活动。已经被政府机关列为政府采购的准供应商，其所提供的产品或服务必须要完全符合政府采购的标准和细则，才有资格进入竞标阶段。

7. 购买须受到社会公众的监督

政府采购可以理解为政府受纳税人的委托，代表纳税人采购公共产品。因此，政府采购行为本身也要接受社会公众的监督，政府采购应遵循公开、公平、公正和效益的原则，维护社会公共的利益。同时，政府采购的对象、程序和操作都必须用法律形式加以规定并严格执行；对其实行法制化的管理，可以使其受到必要的监督与控制，促进和保障国家有关法律、法规和社会经济政策的贯彻执行。

8. 国内采购优先

政府采购一般都具有保护本国产业的倾向性。在满足政府日常政务需求的前提下，政府类顾客出于保护本国产业的目的更倾向于采购本国供应商而非外国供应商的产品或服务。许多国家通过立法的形式，强制要求政府购买本国产品，这在一定程度上可起到保护国内企业和扶持民族产业发展的作用。因此，许多跨国企业总是与东道国的供应商联合投标。

二、政府购买过程的参与者

政府市场的采购者一般包括国家（我国称为中央）、地方（省、市、县）和单位三个不同的层次，但由于各国政府机构没有统一的模式，三个层次机构的名称和分工以及职权范围也不一样。实际上，并没有一个统一的机构为政府各部门统一采购，而是由各部门自行采购自己所需要的物资，特别是专用设备。因此，各类政府都是企业的潜在顾客，营销人员应该研究各种机构的采购模式和需求特点。比起其他市场，政府市场的购买决策要复杂得多，参加这个决策过程的主要机构或成员如下。

（一）购买预算制定决策的参与者

由于政府采购受到国家预算的控制，所以，国家预算编制的参与者在政府总需求方面起着决策作用，他们决定了政府市场的购买范围和数量。

1. 编制预算的行政官员

编制预算的行政官员包括各级政策决定者，如各级行政长官、预算委员会官员等，他们是直接编制预算的人员，因而对预算支出规模具有重大影响。

2．各利益集团的代表

在我国主要是指各级人民代表大会代表；在西方各国，主要是指议会。他们负责审查并批准预算，对预算安排具有较大的影响力。

3．各利益集团的院外活动人员

他们代表各利益集团对各级政府官员、政策决定者以及预算编制者进行游说活动，以使预算安排符合自己所代表集团的利益。这种情况在西方各国非常普遍。

4．社会舆论控制者

他们往往通过控制各种主要舆论工具，以影响民意或表达民意的方式来影响政府部门的行为。

（二）具体购买决策的影响者

1．采购人

采购人即具体执行采购任务的人员。采购人一般由政府采购机构工作人员担任，由他们使用财政性资金采购物资或服务。

2．政府采购机构

政府采购机构是指政府设立的负责本级财政性资金的集中采购和招标组织工作的专门机构。在集中采购的情况下，由他们负责代理采购人履行采购业务。

3．采购相关人员

采购相关人员即在政府采购过程中进行中介、参与评标或谈判的有关人员，与欲购商品有关的专家或技术人员，也包括提供有关信息的机构和人员。

4．招标代理机构

招标代理机构是指依法取得招标代理资格，从事招标代理业务的社会中介机构。政府采购通常采用公开招标方式进行。对于招标事宜，政府采购机构有可能委托招标代理机构进行。

5．使用人

使用人即货物、工程或服务的需要机构，往往是国家各级政府部门。

6．政府采购监督管理部门

政府采购监督管理部门属于政府的职能部门，负责对政府采购活动依法实施监督和管理。政府财政部门是政府采购的主管部门，负责管理和监督政府采购活动。

通常，政府采购是由采购人提出采购申请，由专门的政府采购代理机构向有关供应商进行采购，采购相关人员参与采购活动，政府采购监督管理部门对采购全过程实施监督。

三、政府采购行为的影响因素

政府市场与生产者市场和中间商市场一样，同样受到环境因素、组织因素、人际因素和个人因素的影响，但政府采购也有其独特之处，还会受到以下因素的影响。

（一）社会公众

尽管每个国家的政治经济制度不同，但政府机构的采购工作都要受到监督。政府购买行为深受社会关注，外界公众的监督会使其购买行为趋于合理、高效。一般来说，政府支出要受到公众审查，政府机构在采购前要做许多文案工作，如填写系列表格和正式的审批等。在这种情况下，政府机构的采购业务就必须慎之又慎，需要不厌其烦地填写许多表格，经许多人签署，层层核转，发订单时间也比较慢。政府的采购工作主要的监督者如下。

1．国家权力机关

国家权力机关即国会、议会或人民代表大会、政治协商会议。政府的重要预算项目必须提交国家权力机关审议通过，经费使用情况也要受到监督。

2．行政管理和预算办公室

有的国家成立专门的行政管理和预算办公室，审核政府的各项支出并试图提高使用的效率。

3．社会媒体

报纸、杂志、广播、电视等传播媒体密切关注政府经费使用情况，对于不合理之处予以披露，起到了有效的舆论监督作用。

4．公民和民间团体

国家公民和各种民间团体对于自己缴纳的税赋是否切实地用之于民也非常关注，常通过多种途径表达自己的意见。

（二）国内外政治、经济形势

由于政府采购受到国家预算的制约，因此，政府采购还受国内外政治、经济形势的影响。

1．政府采购要受到国内外政治、政策变化的影响

国内外政治形势的变化会影响政府采购结构和支出预算。例如，在国家安全受到威胁或出于某种原因发动对外战争时，军备开支和军需品需求就大；和平时期用于建设和社会福利的支出就大。

2．受到国内外经济环境的影响

国家经济形势不同，政府用于调控经济的支出也会随之增减。经济疲软时，政府会缩减支出；经济高速发展时，则增加支出。

（三）社会发展水平

一个国家的社会发展水平，一方面为政府采购提供了条件（包括财力和产品），另一方面又向政府提出了要求。任何一个国家或地区，社会发展水平越高，采购条件就越优越。例如，北京作为我国的首都，因其社会发展水平较高，政府就有强大的实力进行规模宏大的市政建设和改造，有实力兴办更多的公共事业。同时，社会、经济发展水平越高，人们对政府采购会提出更高的要求。为了紧追世界科学技术发展的步伐，各国政府加大科研投资，加大

对国外技术专利购买资金的投入。随着文化水平的提高，人们要求兴建更好的公共设施，加强环境保护和改善市容市貌。

（四）自然因素

政府采购也会受到自然因素的影响。各种自然灾害会使政府用于救灾的资金和物资大量增加。例如，2008 年我国汶川地震，各级政府和社会团体纷纷援助，大大增加了对于救灾物资的需求和购买力度。

（五）非经济目标

政府采购为非商业性采购，非经济标准在政府采购中的作用日益加强。政府采购是向社会提供公共利益，扶持弱势群体，实现分配正义和实质公平的有力宏观调控手段，具有较强的福利性、政策性和公共性。例如，要求政府采购者支持不景气的工商企业和地区、小型工商企业和那些废除了种族、性别、年龄歧视的工商企业。

四、政府采购方式

政府采购是组织购买者中比较特殊的市场，政府采购行为有其独有的特点，购买方式较为特殊。政府市场的采购方式主要有以下四种。

（一）公开招标采购

所谓公开招标采购，就是政府的采购机构在报刊上刊登广告或发出函件，说明要采购商品的品种、规格、数量等具体要求，邀请供应商在规定期限内投标。如果某企业有条件并有意向投标，应在规定期限内填好标书（其格式通常由招标人规定），标书中标明可供商品的名称、品种、规格、数量、交货日期、价格和服务等项目。当到达规定日期时，政府就会在公开场合开标，选出报价最低、服务最好、最有利又符合要求的供应商，并接受社会监督。这种采购方式一般适应于大型工程的采购，适用于货源比较充足、卖方竞争激烈的产品。政府在采用这种方式采购时，处于较主动的地位，不需和卖方反复磋商，也可节约采购费用。但供应商之间的竞争往往很激烈，在同等信誉和供货条件下，价格往往是能否中标的关键。

一般而言，有下列情况之一的，可以不实行招标。

1）涉及国家安全和机密的。

2）采购项目只能从某一特定的供应商获得，或者供应商拥有对该项目的专有权，并且不存在其他合理选择或者替代物。

3）采购项目的后续维修、零配件供应，由于兼容性或者标准化的需要，必须向原供应商采购的。

4）因发生不可预见的急需或者突发事件，不宜采用投标方式的。

5）经公告或者未邀请到三家以上符合投标资格的供应商参加投标，或者供应商未对投标文件作出实质性响应而导致招标无法进行的。

（二）议价合约选购

议价合约选购指政府采购机构和一个或几个供应商接触，就某一采购项目的价格和有关交易条件展开谈判，在洽谈、比较的基础上，最后只和其中一个符合购买条件的供应商签订合同，进行交易。如果供应商的利润过多，可以重新议价，直至价格合理又无损双方根本利益。一旦情况有变，可对合同履行情况展开复审，重新谈判。

议价合约的定价方式多种多样，如成本加成定价法、固定价格法、固定价格和奖励法。一般而言，议价合约选购方式往往用于风险较大、技术要求较高的复杂购买项目，涉及巨大的研究和开发费用及风险的项目，或者用于非标准性产品、缺乏有效竞争市场的产品。因此，政府的采购活动往往会产生连锁反应，大企业取得合同后，常把一部分合同转包给小企业，从而引起产业市场上的引申需求。

（三）日常性采购

日常性采购是指政府为了维持日常办公和组织运作的需要而进行的采购。政府部门对维持日常政务正常运转所需的办公用品、易耗物品和福利性用品，如购买办公桌椅、纸张文具、小型办公设备等，多为经常性、常规性连续购买，花色、品种、规格、价格、付款方式等都相对稳定，大多采取日常性采购的方式，向熟悉和有固定业务联系的供应商购买。这类采购金额较少，一般是即期付款、即期交货，类似于生产者市场的直接重购或中间商市场的最佳供应商选择。

（四）政府网上采购

政府网上采购也就是电子化政府采购，即政府部门通过互联网，借助计算机实现其采购行为。供方和买方直接通过计算机系统，传送查询、订单、发票、支付等。网上采购不仅是政府采购未来发展的必然趋势，而且作为政府推动企业电子商务发展的重要举措的新型的采购方式，具有非常重要的战略意义。政府网上采购改变了传统采购的操作流程，通过互联网和专业电子采购系统将政府采购移植到了新的平台，从而解除了地域和时间造成的物理障碍，使得信息能够更透明、更有效地流动，解决了传统采购因重复性和烦琐性造成的资源浪费，不仅节约采购成本，而且具有降低采购风险、缩短采购周期等优点。因此，政府网上采购能够更好地体现公平、公正、公开、高效益的原则。我国的政府网上采购工作起步较晚，虽然已经受到重视，但还受法律环境、技术手段、观念意识等因素的制约。

五、政府采购的程序

政府采购的基本程序是表现政府采购工作顺序、联系方式以及各要素之间相互关系的一种模式，是实施政府采购的行为规范。政府采购者的决策过程通常是相当复杂的，但是，政府采购过程具有规范性。实际上各种政府采购方式的基本程序还是相类似的，所不同的只是在发出信息和接受信息的方式和对象上有所不同。按照国际惯例，结合我国国情，政府采购的基本程序如下。

（一）采购单位填报政府采购申请表

采购单位根据政府采购计划填报政府采购申报表，确定采购单位的现实需要和采购项目，这是整个政府采购过程的起点。政府采购申报表由采购单位根据政府批准的采购计划编制，每次具体采购都要求采购单位填报采购申报表。政府采购申报表是采购机关组织实施集中采购、制定政府采购方案的依据。其中明确了采购单位实施政府采购项目的具体要求（如性能、规格、技术参数、用途及采购时间和售后服务等）及采购预算。采购单位在填报政府采购申报表时应注意以下问题。

1）采购单位在填报政府采购申报表时必须按采购计划所确定的项目及资金预算提出具体要求，不能超越计划提出其他要求。

2）在填报采购要求时，在行政事业单位的配备标准尚未制定之前，采购单位应本着从实际工作需要出发及适度超前的原则填报政府采购申报表，不要过分追求高、大、全。在配备标准制定之后，就要严格按配备标准填报。

3）为了维护政府采购市场的公平、公正和效率，政府采购不能指定具体采购品牌。采购单位可以参照某一品牌的规格、技术参数提出自己的具体要求，避免指定某一供应商的品牌。

4）采购预算必须以市场价为基础，政府采购计划的采购预算审定也是按市场价核定的，而政府采购价具有不确定性。

（二）制定政府采购实施方案

采购机关在收到采购单位的采购申报表后，要根据采购内容及资金规模制定具体的政府采购实施方案。方案制定后要报政府采购管理机关审批，只有经过审批的采购方案才可付诸实施。

1．采购政策

采购机关提出实施采购的政策依据，必须符合现行的政府采购法律、法规及相关规定。

2．采购要求

明确通过实施政府采购所要达到的目的、要求，包括时间要求和效率要求。

3．采购方式

这是制定方案的主要内容，决定着政府采购的工作效率。政府采购的主要方式有公开招标采购、议价合约选购、日常性采购和网上采购。由于采购项目不同特点及各种采购方法的利弊不同，因此采购时应根据不同的情况灵活选择不同的采购方式。

4．采购的程序及组成人员

这是指采购的工作步骤及人员分工。采购步骤可分为准备阶段、实施阶段和履行合同阶段。采购组成人员不仅包括代表各政府采购主体利益的代表，还要包括技术、经济、法律、供应方面的专家，并在方案中明确具体提出三个阶段的具体工作及人员分工，落实责任。

5．采购规则

为防止采购过程中营私舞弊而制定的采购机关、采购单位及供应商应共同遵守的行为规范。

6．采购费用预算

采购费用预算是开展政府采购活动的经济基础。每次采购的费用预算原则上以年度预算为基础，一般不能突破年度预算所确定的采购费用预算。如确实因客观原因需要突破原预算，必须按《中华人民共和国预算法》的要求，按法定程序申报追加预算。

（三）发布政府采购信息

发布政府采购信息是指通过新闻媒体或其他途径向所有潜在供应商发出的广泛通告。政府采购实施方案一经批复，就应着手发布政府采购信息，这是采购工作中的一个重要步骤。通过发布信息，可以让尽可能多的潜在供应商了解项目概况，并积极参与采购项目，促进供应商之间的竞争，从而达到降低采购成本、提高采购质量的目的。政府采购信息的发布方式主要有三种：采购公告（总公告）、投标邀请函、资格预审公告或对合格供应商名单更新公告。采购中心在财政部指定媒体、中国政府采购网发布招标公告或向投标单位发布投标邀请函，网上发布公告公示时间不少于 5 个工作日。

一般情况下，政府机构的采购业务很复杂，供应商要和政府取得联系，通过政府发布的各种信息渠道，如"日报"、"指南"、"协会"等，以获得政府的需求动向和购买程序，从而达到签订合同的目的。

（四）对供应商进行资格审查

资格审查是指由政府采购机关对参加政府采购的潜在供应商进行技术、资金、信誉、管理等多方面的评估审查。资格审查可以在采购发生之前进行，称资格预审；也可以在发出采购通告以后进行，叫资格后审。资格预审是确定政府采购方式的重要手段，可以提高政府采购的运作效率，降低采购成本，保证采购项目保质保量地完成。资格后审是在确定候选供应商后，对供应商是否有能力合法履行合同义务进行的资格审查。资格审查的评审工作由政府采购机关按供应商管理的有关规定组织实施。资格预审的内容和重点包括：①供应商过去完成合同情况、经验、人员、设备、综合技术能力；②供应商的财务状况；③供应商是否属于国家产业政策重点扶持的行业。

（五）编制政府采购文件

政府采购文件是指政府相关部门制定的采购单位与供应商双方都必须共同遵守的具有法律效力的采购规则及采购合同条款。政府采购文件要尽可能详细地介绍整个采购过程中的有关条件、要求和标准，其中包括完整的采购程序、具体的技术标准和交易条件，对双方具有同等的法律约束力。政府采购文件可以根据政府采购的具体内容和选择的采购方式制定不同的条款。目前，最主要的政府采购文件是招标文件，它是政府采购机关向投标人提供的进行投标工作所必需的文件。政府采购文件的编制可以借鉴招标文件格式，把政府采购的法律、法规及有关管理制度融合进去，形成政府采购所用的格式。依据《中华人民共和国政府采购法》的规定，应妥善、完整地保存采购文件，采购文件的保存期限为从采购结束之日起至少 15 年。

（六）组织实施政府采购

在售出招标文件后，采购机关就应按照事先制定的采购方案所确定的采购方式和程序着手组织实施政府采购工作，也可以委托有政府采购业务代理资格的社会中介机构组织实施。采购方式不同，采购机关具体组织实施的工作也不一样。但不管采用哪种方式，采购机关都必须在采购活动中充分体现政府采购的原则，遵守政府采购的法律、法规和有关制度，自觉接受政府采购管理机关和社会的监督，以确保政府采购目标的实现。

（七）履行与管理合同

合同的履行是整个采购过程的决定性阶段，合同履行情况的好与坏决定着整项采购的成败。对合同的管理指采购单位与供应商签订合同后，采购机关随时关注双方合同履行的进展情况，对合同履行进行监督，当出现某些新情况时，应及时进行协调处理。因此，在供应商履行合同的过程中，必须对合同进行管理。对合同的管理包括有关对合同修改、中止、取消和终止的规定以及如何处理等内容。对合同进行调整处理，如修改、中止、取消和终止合同等，应本着在双方充分协商达成共识的基础上进行的原则，以保护政府采购双方的利益。

六、面向政府市场的营销工作

政府采购是组织购买者中比较特殊的一个市场，也是十分重要的一个市场。企业的营销人员应深入分析和研究政府采购的特点，选择相应的目标市场，采取针对性的营销策略。

（一）转变营销观念

由于政府采购的特殊性，政府采购受国家预算的控制，营销人员往往认为政府市场的拓展与营销努力关系不大，因此，许多面向政府部门销售的公司并没有表现出市场营销的倾向。但政府市场是一个巨大的市场，面对政府市场的发展，企业必须转变营销观念，加强对政府市场的营销管理。供应商的营销人员应熟悉政府采购的特点，积极了解政府部门的需求，把政府市场作为一个独立的目标市场，采取针对性的营销策略满足其需求。同时，政府组织大都是社会服务性的组织，政府采购要兼顾经济效益和社会效益。因此，营销企业须树立高度的社会责任感，把社会公众利益放在第一位，特别注意树立良好的企业形象。

（二）产品策略

由于政府采购过程的规范性，对供应商制定了较为严格的标准和细则，政府采购产品的各项特征已被严格设定，供应商应严格按照政府采购要求的产品和服务标准竞标，因而产品差异不是市场营销工作的可利用因素。但是，政府组织一般对所购商品的技术、性能等了解不深，政府采购属于非专家型购买。因此，营销企业应提供质量保证的商品和更为完善的售后服务，通过服务塑造竞争优势；同时积极地向各级政府的采购组织提出适合政府需要的项目建议，主动促其购买；还可以通过强大的信息网向政府显示公司实力，以争取更多的政府订货。

（三）价格策略

政府采购一般遵循勤俭节约的原则，社会公众的监督也促使政府采购必须廉洁、高效。因此，政府机构采购较注重价格，在正常情况下，他们总是向那些能提供符合规格而标价又较低的供应者购买商品。政府部门一般在采购政策中已强调了价格标准，要求供应者投资用于技术改造，并会引导供应商在降低成本方面作出努力。因此，供应商应采取适宜的价格策略和价格优惠措施，促成政府采购。

（四）促销策略

由于产品的特征被加以详细规定，广告和人员推销对于政府采购的影响作用不大。而公共关系策略在政府采购中效果明显，因此确立适当的市场推广关系对于面向政府部门销售的企业显得非常重要。营销部门平时要加强与政府采购组织的联系，同各级政府采购管理机构和信息披露机构保持合作，注意搜集政府采购组织的各种信息和竞争性情报，以获得政府的需求动向和购买程序；对外应加强沟通和联系，以树立和强化企业形象及信誉。

（五）渠道策略

大多数政府机构都相对缺少资源，靠组织或机构自身无法完成渠道计划，因此，他们必须求助于人，以获得其他机构的支持与协助，使少量的资源能够充分发挥作用。

（六）营销组织管理

为了更好地开展政府市场的营销工作，企业应建立相应的营销组织并加强营销管理。通常企业可采用两种营销组织类型。①针对具体的政府采购项目，采用跨部门和跨地区的项目团队方式。例如由公关部、销售部、销售大区及其他部门联合组成项目组，各自负担一部分职能，采购任务完成后项目组即告解散。②成立专门的政府采购部，统领企业的政府采购事务，包括政府关系处理、信息搜集等。采用何种方式，视企业的性质、政府采购目标、内部组织管理方式等因素而定。

现在，许多企业已经开始建立专门针对政府部门的营销机构，营销部门设置专职小组和人员，专门与政府采购组织打交道，通过各种各样的途径和方式，争取政府的采购项目。

本章思考题

1. 什么是组织市场？它包括哪些种类？
2. 组织市场同消费者市场相比，有哪些主要特征？
3. 生产者市场购买决策的参与者有哪些？
4. 生产者市场购买决策的类型有哪几种？
5. 生产者市场的购买决策过程包括哪几个阶段？
6. 什么是中间商市场？它有哪些特点？
7. 中间商采购商品的方式有哪些？
8. 中间商作出购买决策应考虑哪些因素？
9. 什么是政府采购？政府机构采购商品通常采用哪些方式？
10. 影响政府购买行为的主要因素有哪些？

第五章　市场营销调研

引导案例

卡西欧成功的奥秘

闻名世界的日本卡西欧公司，自公司成立起便一直以新、优取胜，其新、优主要得力于市场调查。卡西欧公司的市场调查方式主要是销售调查卡，调查卡只有明信片一般大小，但考虑周密、设计细致，调查栏目中各类内容应有尽有。第一栏是对购买者的调查，其中包括性别、年龄、职业，分类十分细致。第二栏是对使用者的调查，使用者是购买者本人、家庭成员，还是其他人。每一类人员中又分年龄、性别。第三栏是购买方法的调查，是个人购买、团体购买，还是赠送。第四栏是调查如何知道该产品的，是看见商店橱窗布置、报纸杂志广告、电视台广告，还是朋友告知、看见他人使用等。第五栏是调查为什么选中了该产品，拟选答案有：操作方便、音色优美、功能齐全、价格便宜、商店的介绍、朋友的推荐、孩子的要求等。第六栏是调查使用后的感受，选择有非常满意、一般满意、普通和不满。另外几栏还分别对机器的性能、购买者所拥有的乐器、学习乐器的方法和时间、所喜爱的音乐、希望有哪些功能等方面作了详尽的调查。这些调查为卡西欧提高产品质量、改进经营方式，开拓新的市场提供了可靠依据。

（资料来源：畅享网，http://portal.vsharing.com/ShowArticle.aspx?id =456808）

讨论题：为什么市场调查如此重要？卡西欧公司成功的奥秘给我们什么启示？

第一节　市场营销调研概述

市场营销的关键是发现和满足消费者的需求。为了认识和理解消费者的需求，制定和改进市场营销决策，选择最佳的满足消费者需求的可获利性的营销方案，企业管理者就必须对消费者、竞争者、相关群体以及企业所处的环境有相当的了解。市场营销调研是现代市场营销学中的一个重要组成部分，是企业了解市场和把握消费者需求的重要手段，是企业进行正

确预测与决策的基础，因此企业必须重视市场营销调研的作用。

一、市场营销调研的定义

（一）狭义的定义

市场营销调研是指对与营销决策相关的信息数据进行计划、搜集和分析，并把分析结果和管理者沟通的过程。

（二）广义的定义

市场营销调研就是使用科学的方法、客观的态度，以人们的意见、观念、习惯、行为和态度为调查研究的主要内容，有目的、有计划地系统而客观地搜集、记录、整理与分析有关市场营销的现状和历史资料，从而为管理决策部门制定有关的战略和策略提供科学依据的过程。

本书采用这个定义。这个定义包含以下六层含义。

1）市场营销调研的目的是为管理决策部门提供参考依据。市场调查的主体不仅可以是企业、公司等营利机构，还可以是政党、政府、机关、学校、医院、团体等非营利机构。

2）市场营销调研的对象是人群或民众，可以是广泛的民众，也可能是具有某些特征的民众群体。

3）市场营销调研的内容可以是具体的习惯或行为，如常见的媒介接触的习惯、对商品品牌的喜爱、购物的习惯和行为等；也可以是抽象的观念，如人们的理想、观念、价值观和人生观等。凡有关民众的意见、观念、习惯、行为和态度的任何问题，都可纳入调研的范畴。

4）市场营销调研是客观性活动。市场营销调研人员在履行职责时必须尽量客观，不带任何感情色彩。科学方法的显著特征是数据的客观搜集、分析和解释，市场营销调研作为市场学的科学方法也具有同其他科学方法一样的客观标准。

5）市场营销调研是一项科学的工作。在调查中，必须以科学的方法和观念为指导，首先表现为调查过程的设计是按照科学的程序进行的，即是运用一定的技术、方法、手段，遵循一定的程序，搜集加工市场信息，为决策提供依据；其次表现在研究的方法中，必须选择最恰当的分析问题和解决问题的方法，如采用统计的方法，运用 SPSS、SAS 等先进统计软件进行分析；最后表现在调查报告的撰写是基于前面的科学前提以及排除主观偏见而进行的。

6）市场营销调研的结果是经过科学方法处理分析后的基础性数据和资料，可以用各种形式的调查报告向社会或委托人公布（如有合同或协议，应根据文件的要求执行），调查中发现的问题，受到的启示以及有关建议都应该在报告中提出，以帮助管理决策部门利用这些信息，并作出相应的反应或行为。

二、市场营销调研的功能

（一）描述功能

描述功能是指通过信息资料的搜集实事求是地进行陈述。例如，某产品的历史销售变化情况、某产品的市场销售增长趋势等。

（二）诊断功能

诊断功能是指对某种信息、现象和行为的解释，或者说为了达到某种目的，应采取哪些必要措施，如降低产品的价格会对消费者行为产生什么影响，改变产品的包装或名称会对产品销售产生什么影响等。

（三）预测功能

预测功能是指通过对所搜集的信息资料的整理和研究，发现在外部环境中存在哪些有利于企业发展的机会，企业如何才能更好地利用和把握这些正处于变化中的机会。这是市场营销调研最重要的一个功能。

三、市场营销调研的原则

经济活动的复杂性，决定了营销调研是一项复杂、重要的工作。要保证市场营销调研系统地、准确地设计和搜集资料，需要遵循以下原则。

（一）全面性原则

市场营销调研是一项内容广泛而复杂的工作，要做好这项工作，必须搜集、整理有关的市场资料和信息。只要对企业的营销活动有影响的市场要素，都应该属于市场营销调研的内容。如果存在任何一方面市场资料或信息的遗漏，都可能导致企业作出错误的营销决策。

（二）客观性原则

市场营销调研者必须以中立的立场、实事求是的态度开展市场营销调研活动，尽量不带任何感情色彩或主观偏见，更不能歪曲事实或伪造数据资料。同时，营销者也应该提高自己的辨识能力，避免个人的主观偏见。

（三）科学性原则

在界定调研问题、确定调研对象以及运用抽样技术搜集和分析数据时，营销调研者都必须坚持以科学的态度，采用科学的方法，注重营销调研的每一个环节，保证调研活动有效地开展，切不可凭主观臆想，轻易作出判断。

（四）及时性原则

信息的时间性是信息的生命。市场瞬息万变，唯一不变的是变化。抓住机遇就可能获得发展，贻误战机就可能遭受损失。此外，信息的时间性还表明只有最新的、反应市场现状的信息才是有价值的。因此，营销调研必须及时进行，以保证为企业经营决策提供尽可能新的、准确的资料。

（五）相关性原则

搜集的资料必须与问题决策相关联，这是有效信息最重要的特征。获取的信息即使再准确无误，但倘若与决策问题不相关，也是毫无价值可言的。营销调研者可以放宽对信息的准确性、及时性、经济性、充足性的要求，但万万不能在相关性原则上打任何折扣，它对保证决策成功是最重要的。

（六）系统性原则

营销调研者所搜集的资料和信息必须是系统的，才能准确把握市场变化及其规律。企业要想对市场的研究建立在科学的基础上，就必须对较为系统的资料和信息进行分析。零星的、残缺不全的资料对企业的决策来说是没有多大价值的。

（七）经济性原则

经济活动是为了取得一定的经济效益，经济活动中的每一项工作都要尽可能地讲究经济性。营销调研也不例外，它是需要花费一定成本的，而营销调研的成本取决于所选择的调查方法、样本量、调查区域等诸多因素。所以，在制订营销调研计划时应进行成本效益分析，注意选用最科学合理的方法、最精干的调查人员，用最快捷的调查速度完成调查，尽可能节省经费。

四、市场营销调研的重要性

进行市场营销调研，尤其是对消费者需求的调查，已经越来越引起企业经营决策层的重视，尤其引起一些跨国公司高层的重视。市场营销调研对政府和企业的意义主要体现在如下四个方面。

（一）市场营销调研是企业进行战略决策的前提

管理的重心在于经营，经营的重心在于决策，企业的战略决策，涉及选择企业的下一步发展方向、确定目标市场、选择进入战略、选择目标市场经营方式、选择目标市场进入时机等一系列事关企业生存和发展的重大问题。要对这一系列重大问题进行决策，需要对企业的内部条件、外部环境和发展目标进行综合分析和平衡。最佳的决策要使企业的内部条件、外部环境和发展目标三者之间达到动态平衡。

一般来讲，企业内部条件是已知的，企业的发展目标一旦确定一般不会轻易变动，因而这两个因素是企业可以控制和调整的；而企业的外部环境都是随时变化的，是企业本身无法控制的。企业的内部条件必须不断服从和适应外部环境的变化，才能取得动态平衡和协调。所以，企业必须进行周密细致的市场调查，使内部条件与外部环境相适应。正确的战略决策首先取决于周密细致的信息搜集、有的放矢的市场调查。从决策的程序看，战略决策的过程首先是确定决策目标，然后再拟订各种可行方案，最后比较择优，而其中每一个程序都需要以市场调研的资料为依据，否则一旦战略决策失误，就如同错误地驶入了一条高速公路的快车道，等到发现错误再折回来，已远远落后于竞争对手。

由此可见，市场营销调研是企业正确地进行战略决策的前提，没有正确的市场调查做基础，其决策将是盲目的、不可靠的。

（二）市场营销调研是企业进行经营决策的前提

市场是企业经营活动的起点和终点。在市场竞争机制下，经济效益是关系到企业兴衰存亡的重大问题。而经济效益的取得除了依赖于企业正确的战略决策外，还依赖于正确的经营决策。但正确的经营决策不是凭空产生的，它只能建立在符合客观现实的信息和预测的基础上。任何企业，不论是制造业企业还是服务性企业，要开张经营，首先应该具备的就是信息资源。如果不能获得系统的、持续不断的信息，企业所作出的决策必然缺乏坚实的基础，甚至可能与客观现实背道而驰，从而导致经营失败甚至企业破产。调查消费者的需求是企业经营决策的前提，是企业经济活动和工作运转过程的第一道工序，是最重要、最基础的一个环节，也是决定市场胜负的一个环节。

因此，获取市场信息是企业的当务之急，是企业作出经营决策的前提。通过市场调研，企业可以了解消费者对本企业经营的产品品种、数量、质量、价格、规格等方面的具体要求，企业可以掌握市场供求状况，分析市场变化趋势，由此制定新旧产品的经营策略，以适应复杂多变的市场状况。

（三）市场营销调研是企业进行营销决策的前提

市场营销是企业实现利润和效益的关键环节。在市场竞争日益激烈的今天，如果只有质量优异的产品和服务，而没有强有力的市场营销活动，企业也很难获得经营成功。通过市场营销调研，企业可以了解市场总的供求情况、市场的大小和走势，不断发现新需求和新市场，找到最有利的市场营销机会。企业生产或经营什么新产品、在什么时间用什么样的新产品以什么方式来代换老产品等，都要由市场需求决定。所以企业只有通过市场调研，分析产品处于生命周期的哪个阶段，才能确定何时研制、生产和经营何种新产品，以满足消费者的需求。通过市场营销调研，企业可以对日益复杂的分销渠道进行筛选，确立最有效的分销途径和分销方式，以尽量减少流通环节、缩短运输路线、降低仓储费用、降低销售成本。

由此可见，企业生产什么产品，开发怎样的市场，采取何种价格，选定哪些销售渠道，运用哪些促销手段等，这些必须依据市场情况确定并要灵活运用。市场营销调研是企业制订售销计划和策略的基础工作。所以，市场营销调研有助于企业针对市场情况制订相应的市场营销计划和营销策略，并且可以对企业已实行的营销策略的效果进行比较分析，修订效果不佳的策略。

（四）市场营销调研有利于增强企业的竞争能力，提高经济效益

市场营销调研是企业经营管理活动的前提和经营过程中必不可少的工作环节，企业经营管理工作的好坏可以通过市场反映出来。通过市场营销调研可以了解企业竞争对手各方面的情况，知己知彼，取长补短，发挥企业生产、经营、管理各方面的优势，综合运用各种营销手段，正确制定企业的市场营销策略，使产品适销对路，在市场竞争中占据优势，取得良好的经济效益。可见，市场营销调研是一项收益最大、最值得进行的投资，是关系到企业生存和发展的大事，应该引起企业领导者的高度重视。

总而言之，在市场经济环境下，对于国家或者企业而言，进行市场营销调研不是可有可无的事，也不仅仅是"有利于"的问题，而是决策的前提、基础和必须。搞好市场营销调研，对于企业科学地进行战略决策、制定发展规划、确定经营目标、决定分销渠道、制定市场价格、改善企业经营、提高管理水平、提高经济效益、求得企业发展，都具有十分重要的作用。

五、市场营销调研的内容

市场营销调研是与现代市场营销观点相适应的新概念。我们知道，运用现代市场营销观点作为企业经营的指导思想，营销管理的职能不仅仅是如何把已经生产出来的产品卖出去，更重要的是以满足消费者或用户的需求为中心，参与企业供产销全部活动的决策。市场营销调研就是搜集、记录、分析影响需求的外界因素，以及与企业供产销活动有关的全部情报资料，对市场环境、营销机会以及营销战略提出可供选择的建议性报告，供企业上层管理人员作出判断、决策。市场调查就是及时发现内与外、供与求之间的不平衡，为调整两者之间关系提供客观依据的过程。

市场营销活动涉及面广，因而市场营销调研的内容也非常广泛而繁杂。概括起来说，市场营销调研的内容一般包括以下七个方面。

（一）市场营销环境调研

任何企业的营销活动都是在一定的市场营销环境中进行的，因此，企业必须对目标市场的市场营销环境的现状及未来的可能变化情况进行调查了解，包括对目标市场的政治、经济、

社会、文化、法律、科技、教育等环境因素的现状进行研究和分析，并预测和估计其发展的趋势，判断目标市场诸环境变化的规律性及其变动的特点。市场营销环境是企业开展市场营销活动的不可控因素，通过调研可以使企业的市场营销活动适应环境的需要，为企业选择和创造一个良好的营销环境。

1. 政治和法律环境调研

政治和法律环境调研是指对企业目标市场所在地目前的政治形势和未来的发展趋势，正在执行的方针政策、法律体制、各种法规和各种强制性规章制度等能够对企业经营活动产生影响的环境因素进行调研。

2. 经济环境调研

经济环境调研主要包括对各种重要经济指标的调研，如全国及各主要目标市场的人口数量及构成；国民经济发展状况，即国民生产总值、工农业生产总值、国民收入、发展速度、基建规模、主要产品产量等；社会商品零售总额；消费者收入水平，即个人收入、家庭收入、人均收入、个人可支配收入、个人可任意支配收入等；消费者储蓄水平与现金持有水平以及消费者信贷状况；消费结构与消费者支出模式及支出水平；币值是否稳定及价格水平；重要输入品、输出品及数量、余额；气候及其他重要自然条件；能源及其他资源情况。

3. 社会文化环境调研

社会文化环境调研主要是指在一定时期、一定范围内，对消费者的教育、职业、社会地位、家庭组织规模及其人员构成情况、文化水平、宗教信仰、审美观、价值观、生活习惯、道德风俗等因素进行调研。

4. 科技环境调研

科技环境调研主要包括以下五方面的调研：①国家有关科研、技术开发的方针政策；②基础研究、应用研究和开发研究的水平及其趋势；③新技术、新工艺、新材料的发展情况和趋势以及它们的应用、推广情况；④新产品的技术现状及更新换代的速度；⑤技术引进与技术改造的现状与发展速度。

5. 自然地理环境调研

自然地理环境调研是指对地理位置、气候条件、地形地貌、交通运输、通信、各种基础设施、资源状况、能源状况以及环境污染程度等重要的自然地理环境的调研。

6. 竞争环境调研

竞争环境调研包括：①生产或输入同类产品的竞争者数目与经营规模；②同类产品各重要品牌的市场占有率及未来变动趋势；③同类产品不同品牌所推出的型号与售价水平；④用户乐意接受的品牌、型号及售价水平；⑤竞争产品的质量、性能与设计；⑥主要竞争对手所提供的售后服务方式，用户及中间商对此类服务的满意程度；⑦竞争对手与哪些中间商的关系最好及其原因；⑧竞争对手给经销商或推销人员报酬的方式及数量；⑨主要竞争对手的广告预算及所用的广告媒体。

（二）市场需求调研

市场需求调研是指企业通过调查研究，估计市场需求情况，把企业产品的市场需求情况用数量反映出来。估计市场需求主要是"量"的分析。企业经过调查研究，把市场需求以数量表示出来，作为可以衡量的定量资料。研究和分析市场需求状况，主要目的在于掌握市场需求容量、市场规模、市场占有率以及如何运用有效的营销策略和手段。

市场需求调研是市场调查的核心，具体来说主要就以下六方面内容进行调研。

1）现有市场对某种产品的需求量和销售量，是供不应求还是供过于求。

2）某种产品在市场上可能达到的最大需求量有多少。

3）不同市场对某种产品的需求情况，以及各个市场的饱和点及潜在能力。

4）本企业某产品的销售额与市场上同行业、同类产品的销售额之比率。

5）本企业市场营销策略的变化，以及对产品销售量和竞争单位销售量的影响。

6）分析研究国内外市场的需求动向，现有的和潜在的需求量、社会拥有量，整个行业的同类产品在市场上的销售量和市场占有率。

（三）消费者行为调研

消费者行为调研主要是指对消费者的购买行为进行调查和分析，包括消费者的基本人文特征和购买行为两个方面。首先，通常需要了解以下八个方面的信息，即所谓的"6W+2H"：购买什么（What）、购买者是谁（Who）、何时购买（When）、何地购买（Where）、为什么购买（Why）、信息来自何处（Where）、购买多少（How Much）、如何决策购买（How）。其次，还要分析不同消费群体之间购买行为的差异以及生活习惯和生活方式的特点。

（四）顾客满意度调研

如今，顾客满意度调研越来越受到企业的重视，企业通过顾客满意度研究、了解顾客满意度的决定性因素，测量各因素的满意度水平，从而比竞争对手更好地满足消费者提供建议。

在顾客满意度调研中，需要调查、了解和分析以下六个方面的问题。

1）顾客对有关产品或服务的整体满意度。

2）顾客对特定品牌或特定商店产生偏好的因素、条件和原因。

3）顾客的购买动机是什么，包括理智动机、情感动机和偏好动机，以及产生这些动机的原因。

4）顾客对各竞争对手的满意度评价。

5）顾客对产品的使用次数和购买次数，以及每次购买的数量。

6）顾客对改进产品或服务质量的具体建议。

（五）市场营销组合调研

市场营销组合调研是对企业可控因素的调研。对市场营销组合的各个因素包括产品、价格、渠道和促销对于产品销售情况的影响，需分别进行调研。通过对市场营销组合的调研，可以掌握有关商品销售的各种信息，帮助企业正确地使用这些基本的市场营销工具，根据企业实际需要制定正确有效的市场营销策略，促进消费者购买和新市场的开发，从而实现企业的市场营销目标。

1．产品调研

产品或服务是一个企业向市场提供和传递价值的最基本的载体和最关键的要素。产品调研包括对现有产品改进和新产品研制与开发的调研。对现有产品改进的调研主要包括改进性能、扩大用途和创造新市场等；对新产品研制与开发的调研主要包括产品测试研究，其中涉及消费者对产品概念的理解、对产品各个属性的重要性评价、新产品的市场前景以及新产品上市的相关策略等。对品牌的调研是一个相对独立的调研领域，其主要内容有品牌的知名度、美誉度以及消费者对品牌的认知途径、评价标准和忠诚度等。

2. 价格调研

价格是市场营销组合中最敏感的要素，是市场竞争的重要手段。价格调研主要包括相关产品的比价研究、差价研究以及消费者的价格敏感度研究和新产品定价研究等。

1）在比价研究中要分析和确定同一市场和时间内相互关联产品之间的价格关系，包括原料和半成品的比价、制成品与零配件的比价、进口产品与国内产品的比价以及原产品与替代品的比价等。

2）在产品差价研究中，要分析和研究产品之间的质量差价、地区差价、季节差价、购销差价、批零差价和数量差价等。

3）价格敏感度研究和新产品定价研究能为企业制定和改进价格策略提供依据。

3. 渠道调研

渠道的基本功能是能够更加有效地推动产品和服务迅速而广泛地渗透于目标市场。因此分销渠道的选择与控制是企业能否成功进入市场的关键。分销渠道的选择是否合理，产品的储存和运输安排是否恰当，对于提高销售效率、缩短交货期和降低销售费用有着重要的作用。

4. 促销调研

促销活动多种多样，在产品处于不同的生命周期或不同季节的情况下，采用哪种促销形式，需要依据调查资料来进行决策。促销调研主要包括以下内容。

1）如何正确地运用促销手段，以达到刺激消费、创造需求、吸引消费者竞相购买的效果的调研。

2）对企业促销的目标市场进行选择的调研。

3）企业促销策略是否合理的调研。

4）企业的促销效果如何，是否被广大消费者接受的调研。

（六）品牌或企业形象调研

品牌或企业形象是指企业及其产品在社会公众心目中的地位和形象。品牌或企业形象调研主要包括以下内容。

1. 企业理念形象调研

企业理念形象调研包括：了解企业高层领导的经营观念、经营风格和信条，了解企业组织的文化氛围、员工素质。通过调查和分析，为企业形象的理念精神系统的设计及企业的社会风格定位提供依据。

2. 企业行为形象调研

企业行为形象调研包括：了解企业的经营现状、发展战略、同行业及同类产品的竞争态势和特色，了解企业的社会责任、公益活动、公共关系活动的实施状况及其效果。通过调查和分析，为企业经营行为的规范化系统设计和企业的市场定位提供依据。

3. 企业视觉传递形象调研

企业视觉传递形象调研包括：了解企业的知名度及宣传措施，了解社会公众对企业的印象，了解和征询企业标志系统。通过调查和分析，为企业的象征图案、文字、色彩等标志系统的设计，以及包括大众媒体和非大众媒体在内的视觉传递系统的策划提供依据。

（七）竞争对手调研

市场经济社会是一个竞争激烈的社会。企业要想在竞争中取胜，必须知己知彼。竞争状况是直接影响企业销售的不可控因素，需要认真调查研究。每个企业要想出色地完成组织目标，必须充分地掌握、分析同行业竞争者的各种情况，认真分析自身优势和劣势，扬长避短，发挥竞争优势，比竞争者更好地满足消费者的需求。因此，企业不仅要全面深刻地了解消费者的需求，还要时刻掌握竞争者的动向，以便制定恰当的竞争战略和策略。竞争者调研的主要内容如下。

1）市场上的主要竞争对手及其市场占有率情况的调研。

2）竞争对手在经营、产品技术等方面的特点的调研。

3）竞争对手的产品、新产品水平及其发展情况的调研。

4）竞争对手的分销渠道、产品价格策略、广告策略、销售推广策略等情况的调研。

六、市场营销调研的类型

在市场经济运行过程中，无论是国民经济宏观管理还是企业微观管理，都离不开市场营销调研。不同的管理有不同的市场调研目的与要求，涉及的市场范围、信息、时间等也就有所不同，形成了多种类型的市场营销调研。按照不同的标准，可以把市场营销调查划分成不同的类型。

（一）按照市场营销调研的主体划分

按照调研主体不同，可以把市场营销调研分为政府部门、企业、社会组织和个人进行的市场营销调研活动。

1．政府部门的市场营销调研

政府部门在社会经济活动中承担着管理者和调节者的职能。在很多情况下，还从事某些直接经营活动。一般情况下，因为政府有相对比较充足的资源和足够的权威，政府从事的调查研究活动往往涉及的内容比较多、范围比较广，对于国计民生的意义也比较重大。所以，政府部门进行的市场营销调研活动及其结果，对于市场经济条件下的各种主体，尤其是对企业有指导意义。企业应善于利用政府的市场调查信息资料，如从政府网站下载各种信息、到职能部门索取信息资料等。

2．企业的市场营销调研

企业是市场营销调研活动的主要主体。在市场竞争比较激烈，且消费者的自主意识和消费者素质逐步提高的情况下，企业只有积极进行市场营销调研，才能作出各种经营活动的决策。

尽管我国市场营销调研机构发展很快，但是这些机构的客户中，外资企业或合资企业占据了99%，我国本土企业只占1%。

3．社会组织的市场营销调研

不少社会组织，如各种学术团体、各种中介组织、事业单位、群众组织、民主党派等，也会因为各种原因进行市场营销调研活动。例如，有的为了向政府提出建议，有的为了进行学术研究，有的因为接受委托等。因为受功利因素的影响比较少，因此，社会组织的市场营销调研活动往往具有专业性比较强、调查结果比较可信、调查和研究结果参考价值比较高的特点。

4．个人的市场营销调研

个人也是一类市场营销调研的主体。最近，个人（自然人）进行的市场营销调研活动越来越多。例如，有人为了求知，有人为了研究，有人为了进行报道，有人为了兴趣，有人为了消费，也有人为了生存等，都会进行一些关于市场营销的调研活动或各种不同内容、不同方式的信息资料搜集工作。

个人的市场营销调研活动因为各方面的原因而导致范围小、内容少、历时短和不规范，但是有时也会发现一些企业难以挖掘出的信息，特别是在一些内容和方法都具有隐蔽性特点的调研活动中。

（二）按市场营销调研的目的和不同要求来划分

1．探测性调研

探测性调研是在情况不太清楚时，为了找出问题的症结和明确进一步深入调研的具体内容和重点而进行的非正式的初步调研。它所要回答的问题主要是"是什么"，用于探询企业所要研究的问题的一般性质。研究者在研究之初对所欲研究的问题或范围还不很清楚，不能确定到底要研究些什么问题，这时就需要应用探测性研究去发现问题、形成假设。至于问题的解决，则有待进一步的研究。探测性调研的资料来源，可以从第二手资料中研究取得，也可向对此问题有专门知识和经验的推销人员、销售经理、中间商或专家咨询，了解所要调研问题的重点内容。探测性调查一般不必制定严密的调查方案，只需采取一些简便的方法，以便很快得出结论。

2．描述性调研

描述性调研是企业针对需要调研的问题，采用一定的方法，对市场的客观情况进行如实地描述和反映。描述性调研主要是通过对实际资料的搜集、整理，了解问题的历史和现状，从中找出解决问题的办法和措施，着重回答消费者"买什么"、"什么时候买"、"怎么买"等方面的问题。例如，社会购买力、市场占有率、市场需求容量、推销方法与销售渠道、消费者行为的调研等，都属于描述性调研。企业可以通过加强基础信息工作的管理、培训工作人员等方法，或者设计各种软盘程序等，对一些必需的信息、各种基础数据，进行定期的搜集、跟踪和处理，以便对企业的日常经营活动实施执行、监督、反馈、控制等管理职能。例如，企业可以通过建立数据库组建企业的情报网络并建立企业的信息资料系统。

这种调研的目的主要是为了了解市场的过去和现状，搜集反映市场信息的客观资料。在描述性调研中，可以发现其中的关联因素，但是，此时我们并不能说明两个变量哪个是因、哪个是果。它比探测性调研要深入细致，研究的问题更加具体，所以需要细致地研究制订调研计划和搜集资料的步骤。一般采用询问法和观察法搜集资料。

3．因果性调研

因果性调研也称为深层次性市场调研，是指针对目前企业市场营销活动中出现的一些现象和问题，对深层次动因进行的研究性调研活动，目的是了解事物发展变化的深层次原因，并寻找解决问题的方法。一般情况下，企业在进行了描述性调研后，为了更好地确定事物发展和变化的根本原因，确定引起变化的影响因素等，都会进行因果性调研。因为描述性调研和因果性调研有在顺序上的前后关系，也有实质上的因果关系，因此经常一并进行。

因果性调研可分为定性调研和定量调研。定性调研就是在各种因素之间，分析到底是哪一因素起决定作用；定量调研则是要研究各原因与结果之间的函数关系，一般采用实验法搜集资料。

4．预测性调研

预测性调研是指为了预测未来市场变化趋势而进行的调研，即在前三种调研所取得的各种市场信息资料的基础上，经过分析研究，运用科学的方法和手段，预测未来一定时期内市场对某种产品的需求量及其变化趋势的调研。因为企业只有了解未来的需求状况，才能制订切实可行的营销计划，更好地组织生产；才能避免产品滞销积压、资金冻结、产销不对路造成的损失；才能避免由于供不应求、失去时机所造成的机会损失。所以，进行预测性调研对企业来说是极为重要的，也是不可缺少的。

（三）按调研方法来划分

1．文案调研

文案调研是指利用企业内部和外部现有的各种信息、情报资料，对调研内容进行分析研究的一种调研方法。文案调研以搜集文献性信息为主，侧重于搜集反映市场变化趋势的历史和现实资料，所搜集的信息是已经加工过的第二手信息。文案调研不受时空限制，可以获得实地调研难以取得的大量历史资料。

2．实地调研

实地调研就是运用科学的方法，系统地现场搜集、记录、整理和分析有关市场信息，了解商品或劳务在供需双方之间转移的状况和趋势，为市场预测和经常性决策提供正确可靠的信息。具体方法包括访问法、观察法和实验法等。

（四）按调研对象来划分

1．全面调研

全面调研是对要研究的整个范围进行无一遗漏的调研，如人口普查。这种方法的优点是可以获取有关总体全面情况的准确信息，缺点是工作量大、时间长、费用高。

2．重点调研

重点调研只对总体中具有举足轻重地位的个体进行调研，以获得总体的基本情况。

3．典型调研

典型调研是对总体中具有代表性的少数个体进行调查。这种方法的特点是调研对象少，可以对调研对象进行细致透彻的了解，因而可以获得极其详尽的资料。使用这种方法的关键是要选好典型。

4．抽样调研

抽样调研就是从总体中按一定方法抽取部分个体进行调研，从而分析、判断总体的情况。

第二节　市场营销调研过程

一、市场营销调研过程的特点

市场营销调研是一个系统搜集和分析各种有关信息的过程。市场营销调研过程就是有关这一研究活动过程各个环节如何相互联系的工作步骤的流程。它是根据科学活动的特点，在实践的基础上总结出来的工作方式。市场营销调研过程的特点有以下两个。

（一）严格的规定性

市场调研程序是市场调研活动的工作模式，是调研活动高质量和高效率的保证，因而有严格的规定性，即必须在完成上一个环节工作的基础上，才能转入下一环节的工作，任何一个环节的失误，都将导致调研质量下降或调研工作的失败。无数事实说明，一项活动是否属于科学活动，并不在于其研究对象是什么，而在于这项活动所采取的方法和所依循的工作方式。市场调研程序严格的规定性是防止各种虚伪骗术的有力保证。

（二）相对的灵活性

在市场调研中，有时会发现某项调研并没有进行"实验性调研"或"探索性调研"，然而该项调研结果却是准确的。这说明市场调研过程具有灵活性，即有时可以省略某个环节的工作。需要指出的是，市场调研过程的这种灵活性是相对的、有条件的。首先，这种灵活性只能发生在几个限定的环节内，如"实验性调研"、"探索性调研"以及"资料整理调研"环节中，其他环节尤其是搜集资料环节是不能灵活的。其次，这种灵活性（省略）有严格的条件，即调研人员很熟悉该项目，或该项目本身比较简单，具体内容明确。因而，这不是简单的省略或回避，而是在对以上工作确保准确无误的基础上的省略，是一种实现高效率市场调研的省略。总之，市场调研程序的灵活性是建立在严格的规定性的基础上的，是以严格的规定性为条件的，是以不降低调查质量为前提的。

二、市场营销调研的过程

市场营销调研工作涉及面广，是一项复杂、细致的工作。为了确保不同类型市场调研的质量，使整个调研工作有节奏、高效率地进行，必须加强组织工作，合理安排调研的程序。不同类型的市场营销调研，虽然程序有所不同，但都有如下主要步骤：确定调研问题、设计调研方案、数据采集、数据分析、拟写调研报告、实施反馈追踪调研。

（一）确定调研问题

明确调研目的是进行市场调研必须首先解决的问题，主要是要明确为什么要进行此项调研，通过调研要了解哪些问题，调研结果的具体用途等。

1. 先期调研或交流

为了更科学、准确地确定市场调研问题，先期的调研或交流工作是必要的。波士顿咨询集团的副总裁安东尼·迈尔斯说，他在确定调研问题时力图回答以下三个问题。

（1）为什么要寻求这些信息

即考虑决策要用到什么信息，或利用这些信息要制定什么决策。要求调研问题提出者把所有的问题排出优先顺序，这有助于选出需要迫切解决的核心问题。用不同方式反复表述问题，提出基本调研项目和样本数据，并考虑这是否有助于回答问题。

（2）这些信息是否已经存在

如果现有的数据能够回答调研问题，便没有必要再进行调研。向专家咨询有助于对市场调研问题的认识和了解。

（3）问题确实能够回答吗

即通过调研能够为当前决策提供信息吗？也就是要弄清调研的可行性。二手资料的分析可以为解决当前问题提供有价值的信息。当从决策者、有关专家和二手资料来源获得的信息仍不足以确定调研问题时，可以通过定性调研获得对问题和潜在因素的理解。

调研者还必须认识到以下三点：①市场营销调研能为管理者提供决策所需的信息；②定义的调研问题不能过于狭窄，否则会遗漏重要资料，无法满足决策的需要，同时也不能过于宽泛、漫无边际，要排除不必要的问题；③有些问题如只需要作文献调研或实地考察，就没必要采用耗费较高的问卷调研。

2．分析问题的背景

任何问题或机会都产生于一定的背景之中，了解这些背景有助于对问题和机会的认识和把握。首先，要掌握与企业和所属行业相关的各种历史资料和发展趋势，包括有关的销售量、市场份额、利润状况、技术水平和人口统计等。其次，要分析决策者的目标，包括团体的目标和决策者个人的目标。团体的目标有时比较概括和抽象，对它的描述通常是笼统的、不准确的。决策者个人目标是指通过调研要达到的个人目的。再次，为了将调研问题确定在适当的范围内，还要分析企业的各种资源（如资金和研究能力）、面临的制约条件（如成本和时间），任何调研策划都必须考虑调研经费支持的限度。此外，还要了解消费者的购买行为、经济环境和文化背景，以及进行市场调研所需具备的技术条件等。

3．明确决策问题和调研问题

由于企业的生产经营过程相对稳定而目标市场却千变万化，因此，企业营销与市场需求往往不相适应，这种不相适应性在营销过程中会逐渐显现出来，营销人员必须找出造成这种不适应性的原因，这就是要调研的问题。企业营销人员如果不亲自调研，而是雇用专门调研机构的调研人员，就必须与调研人员紧密配合，共同确定问题。市场营销人员相对比较了解制定决策所需要的信息，而市场调研人员则比较了解市场调研和如何获取信息。有经验的市场调研人员也能够了解营销经理的意图，必要时还应加入到决策行列中来。确定问题往往是整个调研过程中最为困难的一步。营销人员可能知道问题，但是却不了解问题确切出在哪里。仔细确定要调研的问题可以节省调研的时间及费用。在仔细确定了调研问题之后，营销人员与调研人员就必须设定调研目标。同时，调研问题与目标表述的主题指导整个调研过程，营销人员和调研人员将这些主题做成书面材料，以确保他们对调研目的和预期结果看法相一致。

（二）设计调研方案

市场营销调研的第二阶段是要设计一个搜集所需信息的最有效的调研方案。营销经理在批准计划以前需要估计该调研计划的成本。在制订一个调研计划时，要求根据调研目的恰当地确定调研内容、调研对象，选择合适的调研方式和方法，确定调研时间，确定人员和经费预算，并制订具体的调研组织计划。

1．明确调研目的

明确调研目的是市场调研首先要解决的问题。总的来说，调研目的是提供市场信息、研究市场发展和经营决策中的问题，为企业制定经营决策服务。但是，每一次市场调研的具体目的又不完全相同，所以在市场调研之初，要明确三个问题：①为什么要作调研？②通过调研要了解哪些情况？③调研结果有什么具体用途？

市场调研人员设想的市场调研开始往往涉及面宽，提出的问题也比较笼统。因此，应先进行初步调研，通过初步调研找出市场的主要问题，明确调研目的。这是市场调研的第一步，也是至关重要的一步，因为以后的整个调研过程都围绕着这个目标展开。如果找不到主要问题，将会导致整个市场调研无的放矢，调研工作也将成为无效劳动。这一阶段是为正式调研作准备的，又称为预备调研阶段。

2．确定调研内容

调研目的确定以后，要根据目的的要求，确定具体的调研内容。调研内容是表明调研对象特征的各项标志，如调研对象是消费者，可供选择的调研项目有收入、职业、文化程度等。调研内容可以有多种选择，选择的原则取决于调研目的，也就是说，依据调研目的来选择调查内容。

拟订调研提纲、设计调研表是将调研内容进一步具体化的关键。为提高调研工作的成效，应先准备好要调研哪些具体问题、搜集哪些基本数据。为便于对调研资料进行统计分析，应设计一套调研表格。对调研表格的设计要遵守一定的规则，力求简练、明确、便于填写。

3．确定调研对象和调研地点

选择调研对象主要是指确定调研对象应具备的条件。调研对象是根据市场调研目的选定的市场活动的参与者。选择调研对象是从市场整体中选出被调研的个体。同时，还要确定调研对象样本的数量。样本数量要根据市场调研目的、范围、时间等因素综合考虑。

选择调研地点要从市场调研范围出发，考虑是在一个地区还是在几个地区调研，被调研对象是集中还是分散。

4．确定调研方法

调研方法是指取得资料的方法。它包括在什么地点、找什么人、用什么方法进行调研。确定用什么方法进行调研，主要应从调研的具体条件出发，以有利于搜集到符合需要的第一手原始资料为原则。一般来讲，如果直接面对消费者作调研，直接搜集第一手材料，可以分别采取访问法、观察法和实验法；如果调研内容较多，可以考虑留置问卷法。每种方法的适用面不同，究竟采用哪种方法，要视调研的目的、性质以及调研经费的多少而定。

5．安排调研进度

调研时间是指调研在什么时间进行，需要多少时间完成。不同的调研课题、不同的调研方法有不同的最佳调研时间。例如，对于入户调研，最好的调研时间是在晚上和周末休息日，这样家中有人的概率较大，成功率高。只有对调研时间进行精心设计，才能有科学、合理的推断结果。

另外，调研的方法和规模不同，调研工作的周期也不同。例如，邮寄调研和大规模的入户调研的周期较长，而电话调研的周期较短。

6．确定人员与经费预算

确定调研人员主要是指确定参加市场调研人员的条件和人数，包括对调研人员的必要培训。由于调研对象是社会各阶层的生产者和消费者，思想认识、文化水平差异较大，因此要求市场调研人员必须具备一定的思想水平、工作能力和业务技术水平，能正确理解调研提纲、表格、问卷内容，能比较准确地记录调研对象反映出来的实际情况和内容，能作一些简单的数学运算和初步的统计分析。

每次市场调研活动都需要支出一定的费用，因此在制订计划时，应编制调研费用预算，合理估计调研的各项开支。编制费用预算的基本原则是：在坚持调研费用有限的条件下，力求取得最好的调研效果；或者是在保证实现调研目标的前提下，力求使调研费用支出最少。

7. 制订调研组织计划

调研的组织计划是指为了保证调研实施的具体工作计划，主要包括调研的组织管理、调研项目组的设置、人员的选择和培训、调研的质量控制等。对于规模较大的调研机构，调研的组织计划要体现并处理好以下三种关系：①方案设计者、数据采集者、资料汇总处理者及资料开发利用和分析者的相互关系；②调研中的人、财、物各因素的相互关系；③调研过程中的各环节、各程序、各部门之间的相互关系。处理好这些关系，调研工作的安排才能做到科学、合理、平衡和有效。

（三）数据采集

数据采集是指按照调研设计的要求，向被选中的调研单位搜集信息的过程，也就是调查实施的过程。数据采集是关系到市场调研成功与否的关键一步，而数据采集的关键又在于调查实施过程中严格的组织管理和质量控制。

1. 第二手资料

第二手资料来源于内部资料和外部资料。内部资料是企业内部的会计系统所经常搜集和记录的资料，如客户订单、销售资料、库存情况、产品成本、销售损益等。外部资料是从统计机构、行业组织、市场调研机构、科研情报机构、金融机构、文献报纸杂志等获得的资料。

2. 第一手资料

获取第一手资料的方法有访问法、观察法和实验法等。每种方法都有自己的优缺点和适用范围，企业可以根据实际情况进行选择。如果采用访问法搜集第一手资料，就必须做好下列工作。①设计调查表。调查表是整个调研工作的重要工具，调查表设计直接影响调研效果。②组织安排好调研力量。现场调研要做好调研人员的分工工作，并掌握进度，保证质量。

数据资料的采集过程涉及数据采集人员选择、培训和管理，现场工作核实，现场工作人员评估。

（四）数据分析

1. 数据的准备

数据的准备是把调研中采集到的数据转换为适合于汇总制表和数据分析的形式，它是整个调研过程中的一个重要环节。例如，对于纸质问卷，数据准备的过程主要包括问卷检查、数据编辑、编码和录入。

2. 数据的分析

在搜集了大量数据之后，市场营销调研人员还必须借助多变量统计技术将数据中潜在的各种关系揭示出来。

多变量统计技术包括分析两个或两个以上变量间关系的各种技术，可归纳为两大类：①为综合评价服务的方法，即对某一事物分析其各种特性以及这些特性之间的相互关系，并将有关数据归纳为少数几个综合特征值的方法，包括因素分析。主要成分分析、聚类分析、多维尺度分析、潜伏结构分析等；②为预测服务的方法，即把列举出的特性区分为说明变量和基础变量，根据从说明变量中得出的信息来预测基础变量的方法，包括多元回归分析、方差分析、协方差分析、虚变量多元回归分析、自动干扰探测分析、判别分析、虚变量判别分析、联合测定分析、规范关联分析、多元方差分析等。

（五）拟写调研报告

调研报告是通过文字的表达形式对调研成功的总结，它反映了调研的内容、质量，决定调研结果的有效程度。编写调研报告，是市场调研工作的最终成果，也是制定营销决策的重要依据。

1．调研报告的类型

根据客户对内容要求的不同，调查报告可以分为三大类。

（1）数据型报告

它的特征是在报告中只提供调研所获得的数据，这是调研报告最主要的形式。数据型报告一般以表格形式提供统计结果，并要求对表格进行说明。一次调研的问题可能不多，但采用不同的调研方法，统计结果可能有许多种，怎样取舍要根据客户的需求。

（2）分析型报告

它是在数据型报告的基础上对数据所反映出的情况作进一步分析，分析型报告除了有表现常规性统计结果的表格外，还有对数据的进一步分析，并将这种分析用文字表述出来。对调研项目中的重要变量，需要利用更多的统计方法进行挖掘，使得对数据的分析更有层次，更系统和深入。

（3）咨询型报告

它是在分析型报告基础上进一步的扩展和延伸，其内容除了对调研结果进行分析外，还包括对市场的分析，并在此基础上提出进行决策、采取行动的咨询方案。这种报告需要由不同专长的分析人员协作完成。

2．报告的内容

在市场调研报告中，分析型报告具有典型意义，它包括如下内容。

（1）封面

封面包括报告题目、研究人员或组织的相关信息、委托单位的名称和报告完成日。

（2）目录

目录包括内容目录、表目录、图目录和附件目录。

（3）概要

概要中应简要描述调查的目的，调查的时间、地点，调查的主要结果和建议等。

（4）引言

引言提供调查项目的背景信息，如项目来历、研究目标、方法简述以及本报告的目的。

（5）数据分析

报告应描述数据分析方案并证实所采用的数据分析策略和技术是合理的。

（6）研究结果

报告中要阐述调查的主要结果，根据不同的内容划分章节。

（7）结论和建议

根据所研究的问题，在研究结果和结论的基础上，向决策制定者提出建议。

（8）附录

附录中要提供一些必要的细节信息。

3．调研报告应注意的问题

（1）调研报告不是流水账或数据的堆积

市场营销调研报告需要概括整个调研活动，但绝不是将调查方案、质量控制方案等原始文件重抄一遍，而是要说明这些方案执行落实的情况，特别是要认真分析实际完成的情况对调研结果的影响。这样才能有利于阅读者分析调研报告的真实性和可信度。

在市场调研报告中，资料、数据十分重要，占有很大比重。用准确的数据证明事实的真相往往比长篇大论更能令人信服，但是运用数据要得当，过多地堆砌数据只会让人眼花缭乱、不得要领。正如在理论分析中所说的，数据本身并不能说明什么，其意义在于为理论分析提供客观依据。因此，市场调研报告必须以明确的观点统帅资料、数据，通过定性分析与定量分析相结合达到透过现象看本质、认识市场现象发展变化的目的。

（2）市场调研报告必须真实、准确

以实事求是的科学态度准确而又全面地总结和反映研究成果，是写好市场调研报告的最重要的原则。真实性首先表现在一切结论来自客观事实，从事实出发，而不是从观点出发。凡是与事实不符的观点，都应该舍弃；凡是暂时还拿不准的应如实写明或放在附录中加以讨论。

市场调研报告的真实性还表现为所采用的数据必须正确。只有建立在精确数据上的论点才真实可信，因此，调研报告所提供的资料必须经过认真核实，数据应当经过反复检验，以提高报告的可信度，增强读者的信任感，为调查结果的应用提供可信的参考依据。

总之，市场调研报告是一次调研活动的最终产品，是全部调研人员的劳动结晶，应该认真完成。市场调研报告应该真实，应该易于理解和阅读，文字简练，文风朴实，再现所调研现象在市场运行中的真实状态和客观规律。

（六）实施反馈追踪调研

通过市场营销调研提供的信息制定决策，在决策实施过程中，应该继续注意市场情况的变化，以检验所提供资料是否正确有效，并搜集新的信息保证决策的正确性，从而经过不断的信息反馈发现市场新的趋势，不断总结经验提高市场营销调研水平。

第三节　市场营销调研的方法

市场调研方法选择得合适与否，会直接影响调研结果。所以，选择市场调研方法是市场营销调研的重要环节。市场调研按调研方法不同可划分为文案调研法和实地调研法，下面将对这两种方法进行具体的阐述。

一、文案调研法

（一）文案调研法的含义

文案调研法也称为间接调研法、室内调研法、桌面调研法，是指通过查阅、阅读、搜集历史和现实的各种资料，并经过甄别、统计、分析得到各类资料的一种调研方法。市场调研人员可以通过对二手资料的搜集，使企业迅速了解有关信息、把握市场机会，也可以帮助市场调研人员对要了解的市场有初步的认识，为进一步的直接调研奠定基础。

（二）文案调研资料来源

1．内部资料

通过对企业内部文件资料的整理与分析，可以了解企业的经营状况、生产状况、人力资源结构、财力状况和研发水平等。内部资料主要包括如下四种。

（1）业务资料

它包括与企业业务经济活动有关的各种资料，如订货单、进货单、发货单、合同文本、销售记录等。

（2）统计资料

它包括各类统计报表，企业生产、销售、库存等各种数据资料，各类统计分析资料等。

（3）财务资料

它反映了企业生产劳动和物化管理占有和消耗情况及所取得的经济效益，通过对这些资料的研究，可以确定企业的发展前景，考核企业经济效果。

（4）企业积累的其他资料

它包括平时剪报、各种调研报告、经验总结、顾客意见或建议等。

内部资料虽然是现成的，但在统计的口径与调研的要求方面有一定差异，在运用时要注意区分。

2．外部资料

外部资料由组织或机构外部产生或提供，主要包括以下内容。

1）各种经济信息中心、专业信息咨询机构、各行业协会和联合会提供的市场信息和有关行业情报。这些机构的信息系统资料齐全、信息灵敏度高，为了满足各类用户的需要，它们通常还提供资料的代购、咨询、检索和定向服务，是获取资料的重要来源。

2）各种国际组织、外国使馆、商会所提供的国际市场信息。

3）国家统计部门公布的统计资料。国家统计局和各地方统计局都会定期发布统计公报等信息，并定期出版各类统计年鉴，这些都是很有权威和价值的信息。

4）图书馆保存的各种信息。图书馆除了可以提供贸易统计数据和与市场有关的基本经济资料外，它们还可以提供各种产品、厂商的更具体的资料。出版机构提供的书籍、文献、报纸杂志等也常常刊登一些市场行情和分析报道。此外，银行的咨询报告、商业评论期刊等也往往都是非常有用的外部资料，而且很容易得到。

5）互联网上的信息。在互联网上，各地区的有关市场供求趋势、消费者购买行为、价格情况、经济活动研究成果、科技最新发明创造等，都可以及时传递给企业。

6）研究机构的调研报告。许多研究所和从事营销调研的组织除了受各委托人完成研究工作外，为了提高知名度，还常常发表市场报告和行业研究论文。

（三）文案调研的优缺点及应用

与实地调研法相比，文案调研法有以下优点：成本相对较低、资料比较容易找到、搜集资料所用的时间相对较短。鉴于以上优点，文案调研法常常是市场调研的首选方法，几乎所用的市场调研都可以始于搜集二手资料，只有当二手资料不足以解决问题时，才进行实地调研。所以文案调研可以作为一种独立的调研方法来运用，它有助于确定问题、更好地定义问题、拟订问题的研究框架、阐述恰当的研究设计、回答特定的研究问题、更深刻地解释原始数据。

同时，文案调研法也存在一定的局限性，具体表现为：①较多依赖于历史资料，难以适应和反映现实中正在发生的新情况、新问题；②搜集的资料往往与调研目的不能很好地吻合，数据对解决问题不能完全适用；③要求调研人员有广泛的理论知识和较深厚的专业技能，否则将感到无从下手；④难以把握文案调研搜集资料的准确程度。

在市场研究中，市场供求趋势分析、相关和回归分析、市场占有率分析、市场覆盖率分析等经常用文案调研法进行研究。

（四）文案调研资料的评估

1. 数据的搜集方法

搜集数据时使用的具体要求或方法应该经过严格审查，以便发现可能存在的偏差。方法方面的标准包括样本的大小和性质、回答率和质量、问卷设计和填写、现场工作程序、数据分析和报告程序。这些审查为数据的可靠性和有效性提供了保障，有利于判断二手数据是否符合要求。

2. 数据的准确性

研究人员必须判断数据对于目前的研究是否足够准确。二手资料会有许多误差，但是评价二手数据的准确性是很困难的。如果可能的话，同种资料应该从多种信息源取得，以便相互印证、核实。

3. 数据的及时性

二手数据可能不是当前的数据，数据搜集和公布之间的时滞较长。另外，随着信息时代的到来，知识更新速度加快，资料适用的时间不断缩短。因此只有反映最新市场活动情况的资料才是价值最高的资料，过时的二手数据的价值会降低。

4. 数据搜集的目的

搜集数据总有一定的目的，需要了解的最根本的问题是：当初是出于什么原因和目的搜集这些数据的？搜集数据的目的最终决定信息的用途。与某一目的相关的信息也许在另一情形下并不适用。

5. 数据的性质

检验数据的性质，要注意关键变量的各种相关问题。如果没有掌握这些，那么数据的用途将会受到限制。

6. 数据的可靠性

通过对二手数据来源的检验，可以获得对数据可靠性的总体认识。这些信息可以通过与已使用此来源的信息产生数据的人进行核实来获得。应该用怀疑的眼光来看待促销、吸引人的或进行宣传而公布的数据。对于匿名的或者以一种隐蔽数据搜集方法和程序细节的形式公布的数据，也应该采取怀疑的态度。

二、实地调研法

实地调研法可分定性调研法和定量调研法。

（一）定性调研法

定性调研法可以分为焦点小组访谈法、深层访谈法、德尔菲法、头脑风暴法等具体方法。

1．焦点小组访谈法

（1）焦点小组访谈法的定义

焦点小组访谈法又称小组座谈法，就是采用小型座谈会的形式，挑选一组有代表性的消费者或客户，在一个装有单面镜或者录音、录像设备的房间内，在训练有素的主持人的组织下，就某个专题进行讨论，从而获得对有关问题的深入了解。

焦点小组访谈法的特点是：①不是一对一调研，而是同时间访问若干个被调研者；②不是一问一答式的面谈，而是讨论。

（2）焦点小组访谈法的实施

1）准备工作：选择一个能够让调研对象感到轻松的访谈室，安装有闭路电视、话筒和可以放东西的桌子和家具，有观察室和记录设备；选择主持人，编写访谈提纲，确定访谈次数；征选目标市场具有代表性的消费者群体参与小组访谈。

2）把握访谈的主题：为避免访谈的讨论偏题，主持人应善于将小组成员的注意力引向所讨论的主题上，使访谈始终都有一个焦点。

3）做好小组成员的协调工作：在现场访谈过程中，可能会遇到各种情况，如冷场、跑题等。遇到上述情况，主持人应引导、协调小组成员，以保证访谈顺利进行。

4）做好记录工作：访谈一般有专门负责记录的人员，还常常通过录音、录像等方式进行记录。

（3）焦点小组访谈法的优缺点

1）优点。①有比较好的收获。一是参加人员可以互相启发，可以迸发出比较多的看法，使调研能够有比较好的结果；二是可以进行比较深入的讨论，可能会获得最需要的令人欣喜和激动的建议；三是集体的压力可以使偏激者变得比较现实，调查结果有更大的使用价值。②比较节省。如果市场调研人员有比较好的组织能力和对调研对象的引导能力，小组调研比一对一的调研更省时、省事、省力。③调研结果是比较好的员工教育材料。通过录音、录像资料，一方面能对访谈过程进行监控，另一方面可以使更多的企业员工直接接触消费者，了解消费者的意见和需求。

2）缺点。①对主持人的要求较高，挑选理想的主持人往往较困难。②未知性。一是可能出现询问内容或者讨论的内容偏离主题的现象；二是有的调研对象会受调研人员的误导而进行非自愿的回答；三是焦点小组调研法受调研人员个人素质高低的影响程度比较大。③对调研对象的依赖性大。一是调研对象的选择如果与企业的目标市场不一致，调研的结果可能对企业的经营决策没有帮助；二是不同调研对象的气质和性格也很难进行协调；三是调研对象的思考能力、知识水平等都会对访谈结果产生影响。④误导性。焦点小组访谈法比较容易对调研机构产生误导。⑤局限性。焦点小组访谈法只适宜进行定性调研，而不适宜进行定量调研。

（4）焦点小组访谈法的应用

在市场研究中，常用焦点小组访谈法研究的领域有：①理解消费者关于某一产品种类的认知、偏好和行为；②得到新产品概念的印象；③产生关于旧产品的新观点；④为广告提出有创意的概念和文案素材；⑤获得价格印象；⑥得到有关特定项目的消费者的初步反应等。

2. 深层访谈法

（1）深层访谈法的定义和特点

深层访谈法是指调研人员和一名调研对象在轻松自然的氛围中围绕某一问题进行深入讨论，目的是让被调研者自由发言，充分表达自己的观点和情感。这种方法的特点是无结构的、直接的、一对一的访问。

（2）深层访谈法的实施

1）准备：①选择被调研者；②选择调研员；③预约访谈时间；④准备访谈计划；⑤准备访谈用品。

2）实施：首先应准备好提纲并选择恰当的方式接近被调研者，调研员要详细地介绍此次访谈的目的、意图，应告知被调研者的回答对其自身无任何不良影响，并尽量营造一种热情、友好的气氛。在访谈中，调研员应始终保持中立，当被调研者对所提问题不理解或误解、回答有所顾忌、漫无边际闲谈时，调研员要有礼貌且有技巧地加以引导，而当被调研者回答含糊不清、过于笼统时，调研员要适当地追问，以便访谈顺利进行。此外，调研员应该讲文明、有礼貌，用语要准确，在被调研者回答问题或陈述观点时，调研员要认真倾听。

（3）深层访谈法的优缺点

1）相对于焦点小组访谈法来说，深层访谈法的优点在于：①消除群体压力，能更自由地交换信息，提供更真实的信息；②一对一的交流使被调研者感到自己是被注意的焦点，使被调研者更乐于表达自己的观点、态度和内心的想法；③便于对一些保密性、隐私性的话题进行调研；④能将被调研者的反应与其自身相联系，便于评价所获资料的可信度。

2）深层访谈法的缺点在于：①只有一个被调研者，无法产生被调研者之间观点的相互刺激和碰撞；②成本较高，在实际中使用受到限制；③调研无结构性，使调研易受调研员自身素质高低的影响；④访谈的结果和数据常常难以解释和分析。

（4）深层访谈法的应用

深层访谈法主要用于获取对问题的理解的探索性研究，常用于详细探究被调研者的想法，了解一些复杂行为，讨论一些保密的、敏感的话题，访问竞争对手，访问专业人士，访问高层领导，调研比较特殊的商品。

3. 德尔菲法

（1）德尔菲法的定义和特点

德尔菲法是指通过函询的方式，征求每个专家的意见，经过客观分析和多次反复征询，逐步形成统一的调研结论。它也是一种专家调查法，但它用背对背的判断代替了面对面的会议，使被调研的专家能够充分地表达自己的看法，最后取得较为客观、实际的调研结论。

（2）德尔菲法的实施

1）拟订意见征询表，作为专家回答问题的主要依据。需要注意的是：①问题要简单、明确，且数量不宜过大；②问题要接近专家所熟悉的领域；③尽量提供背景资料。

2）选择征询专家。尽量选择业务精通的专家，专家人数一般为 8~20 人，专家彼此之间不联系。

3）轮回反复征询专家意见。第一轮，将意见征询表和现有的背景资料寄给专家，要求专家明确回答里面的问题，调研人员对各个问题的结论进行归纳和讨论；第二轮，将第一轮汇总的专家意见及新的调研要求寄给专家，再次将专家寄回的资料进行统计，并提出新的要求。如此反复征询，使专家的意见逐步趋于一致，最后得出调查结论。

（3）德尔菲法的优缺点

1）优点。①匿名性。整个过程中专家都是匿名地发表意见，有助于专家们独立思考、充分发表意见。②反馈性。在调查过程中多次向专家反馈汇总的意见能帮专家修正考虑不周的判断，有利于提高调查结论的全面性和可靠性。③对调查结果定量处理，提高了调查的科学性。

2）缺点。①具有局限性和主观性，调查结果主要凭专家判断，缺乏客观依据；②轮回次数较多、持续时间长，有的专家可能因为种种原因而中途退出，影响调查的准确性。

（4）德尔菲法的应用

德尔菲法适用于缺乏资料和未来不确定因素较多的调研场合。

4．头脑风暴法

（1）头脑风暴法的定义

头脑风暴法是一种专家小组访谈法，一个小组由一位主持人和几位专家组成，在主持人的主持下小组成员按一定的顺序依次发言。这里的小组指集聚比较多的人（20人或更多）组合成一个组，进行更加激烈的、开放空间更大的讨论。

讨论的规则：①有压力；②只要求发言数量而不要求发言质量，鼓励多讲，鼓励荒诞，在有压力的情况下，希望获得更多的发言；③只讲不评。

（2）头脑风暴法的优缺点

这种方法的优点是：可以在极短的时间内获得意外收获，可以使参与者的头脑掀起"思考的风暴"。

其缺点是：①实施的效果受参加者素质的影响；②邀请的专家人数受到一定的限制，如果挑选不适当，可能导致失败。

（3）头脑风暴法的应用

这种方法可以就新产品的用途和定位、新技术的应用、产品的结构和功能、广告创意和主题等进行讨论。如果调研的内容属于寻找灵感的话，使用头脑风暴法进行调研和搜集信息资料更加合适。

（4）头脑风暴法与焦点小组访谈法的区别

1）焦点小组访谈法是自由发言，而头脑风暴法是按某种顺序依次发言。自由发言使小组成员之间的思想碰撞比较激烈，因此焦点小组访谈的结果一般要比头脑风暴法的结果深刻、全面。另一方面，头脑风暴法由于采用按顺序依次发言的方式，其实施过程比焦点小组访谈法更容易。

2）焦点小组访谈法中主持人发挥着至关重要的作用，而头脑风暴法中主持人的作用要小得多，这使得头脑风暴法比焦点小组访谈法更容易实施，因为挑选合格的焦点小组访谈的主持人很难，而头脑风暴法对主持人没有太高的要求；另一方面，没有主持人的适时追问、鼓励和激励，头脑风暴法的效果可能要比焦点小组访谈法差一些。

（二）定量调研法

定量调研法可以分为调查法、观察法和实验法。

1．调查法

调查法是市场营销调研中使用最普遍的一种调研方法，也是搜集描述性信息的最佳方式，即按预先准备好的提纲或调查表，通过口头、电话、书面方式或通过互联网提问，向被调研者了解情况搜集资料。如果想要了解人们的知识、态度、偏好和购买行为，可以把调研人员事先拟定的调查项目或问题以某种方式向被调研者提出，要求给予答复，由此获取被调研者或消费者的动机、意向、态度等方面的信息。

根据调查问卷的填写方式不同，调查法可以分为面谈访问法、邮寄访问法、电话访问法、网上调查法和留置问卷法。

（1）面谈访问法

面谈访问法是由调研者直接与被调研者接触，通过当面交谈获取信息的一种方法。其具体形式有很多种，既有派员工走出去，也有把被调研对象请进来；既有个别交谈，也有开座谈会等形式；既有企业自身人员调研，也有聘请或委托他人调研；既有在家庭、单位调研，也有在购物场所、公共场所随机调研。要根据具体调研目的、特点和需求来决定采取何种方式比较合适。面谈访问法的主要方式有以下六种。

1）上门访谈。上门访谈是指市场调研人员主动登门拜访，对事先确定的调研对象进行座谈式的访谈调查方法。

2）闹市有奖调查。闹市有奖调查是指调研人员在热闹的市场上或者街区内通过分发奖品的方式鼓励人们回答问题的调查方法。

3）汽车调查。汽车调查是指调研人员把开着冷气（暖气）的汽车开到预定的调查地点，邀请劳累而忍受酷暑（寒冷）的过客上车稍作歇息，并且接受询问的调查方法。

4）展销现场调查。展销现场调查是指在产品的展销现场进行询问的市场调查方法。

5）歇息场所调查。歇息场所调查是指在人们比较集中的地方和比较清闲的场所，利用人们的休息时间，与潜在的消费者进行聊天式调查或问卷式调查。

6）计算机辅助面访调查。计算机辅助面访调查是指让调研对象坐在计算机前，用键盘、鼠标或触摸屏回答屏幕上显示的问卷的调查方法。

面谈访问调查的优点：①简单、灵活，可随机提出问题；②被调研者可充分发表意见，利于获取较深入、有用的信息；③调研表回收率高，可提高调研结果的可信度。

面谈访问调查的缺点：①成本高、时间长、范围有限；②调研结果容易受到调研者的素质、调研问题的性质和被调研者的合作态度的影响。

（2）邮寄访问法

邮寄访问法又称通信询问法，是将事先设计好的问卷或调查表，通过邮件的形式寄给被调研者，他们填好以后按规定时间寄回来。

该法的优点有以下几个。①调查范围不受限制，可以在全国范围内选取样本，减少了调研人员的劳务费，免除了对调研人员的管理。②调研对象有比较充裕的时间来考虑答复的问题，使问题回答得更为准确。③匿名性。调研对象能避免与陌生人接触而引起的情绪波动，调研对象有充足的时间填写问卷，可以对较敏感或隐私问题进行调查。④不受调研人员在现场的影响，得到的信息资料较为客观、真实。⑤不必对调研者进行特别的培训，可以省去很多的时间和工作量。

该法的缺点是邮件回收率很低（一般只有1%～5%）、信息反馈周期长，各地区寄回的时间不同、比例也不一样，影响调研的代表性。调研者无法判断邮回信件的人与不邮回信件的人的态度到底有什么区别。如果简单地用邮回信件的人的意见代表全体被调研者的意见，就会冒很大的风险。为了提高邮寄访问问卷的回收率，往往还需采用一些辅助性的手段，如问卷发放后发跟踪信、打电话跟踪、附加一点"实惠"物品作为激励等。

（3）电话访问法

电话访问法是由调研人员根据抽样要求在样本范围内借助电话向被调研者询问预先拟定的问题而获取信息资料的方法。要做好电话访问，也需要首先设计好问卷调查表，挑选和培训调研人员，要求调研人员表达上口齿清楚、语气亲切、语调平和，而且要注意调研访问时间的选择，因为白天很可能无人在家，而晚上或周末在家时乐于与家人的团聚，对待访问没有耐心。

目前在国内，电话访问主要应用于以下情况：①热点问题或突发性问题的快速调查；②关于某特定问题的消费者调查；③企业调查；④特殊群体调查。

电话访问法的优点：①辐射面广，可以短时期内调查较多对象；②成本比较低；③能以统一的格式进行询问；④有些面谈会感到不自然的问题，电话中可获得坦白的回答；⑤所得信息、资料便于统计处理。

电话访问的缺点：①调研结果代表性有限；②不易得到调研对象的合作，拒答率高；③由于时间限制，电话调查的问题只能比较简单，调查难以深入（如果调查的问题比较复杂，这种方法就难以奏效）。

（4）网上调查法

网上调查法是指在网络上广泛发布问卷，在一定的时间内，征询一切调研对象的回答，而后通过预先设定的程序进行调研对象的意见回收和统计的市场调研方法。具体实施方法主要有 E-mail、CATI 系统和互联网 CGI 程序调查方法。

它的主要优点：比较快捷，能够引人注意，有比较好的调查回收率。

它的缺点：①很难对调研对象进行分类，往往不能满足企业市场营销决策的需求；②利用网络进行市场调查，往往只能提问一些比较简单的问题，而不适宜进行深入访谈。

网上调查法适用于一些不需要很多时间和精力就可以完成答卷工作的调研，适用于令调研对象感兴趣的问题的调研；适用于不需要进行市场细分的调研。所以，它对一些把全体消费者都作为潜在购买者的产品或者把网民作为调研对象的调研，可以取得比较好的调研效果。

（5）留置问卷法

留置问卷法就是由调研人员将事先设计好的问卷或调查表当面交给被调研者，并说明回答问题的要求，留给调研对象自行填写，约定时间后再登门取回填写好的问卷或等待直至被调研者填写完毕后将问卷当面收回。还有一种做法是通过某些单位或组织，间接地向被调研者发送问卷，然后再通过它们集体回收或附上回邮信封要求被调研者将填写好的问卷直接寄回。为了感谢被调研者合作，一般都会有小礼品相赠。

留置问卷法的优点是回收率高，被调研者可以当面了解填写问卷的要求、澄清疑问，避免由于误解提问内容而产生的误差，并且填写时间充裕，便于思考、回忆，被调研者的意见不受调研人员的影响。其主要缺点是调研地域范围有限，调研费用较高。

2. 观察法

观察法是由被调研人员直接或通过仪器（如使用录音机、照相机、摄影机或某些特定的仪器）在现场观察被调研者的行为并加以记录而获取信息的一种方法。使用观察法进行调查，调研人员不许向被调研者提问题，也不需要被调研者回答问题，只是通过观察他们的行为、态度和表现，来描述、推测、判断其对某种产品或服务是欢迎还是不欢迎、是满意还是不满意等。

观察法可分为以下四种具体方法。

（1）直接观察法

直接观察法就是通过调研人员现场直接察看了解市场的方法。例如，市场调研人员想了解某种果酱罐头的商标对消费者的吸引力问题，他可到出售各种牌子果酱罐头的各个商店去观察。如果同类果酱罐头有三种牌子，价格接近，他可观察消费者到底会挑选哪一种。有时企业也派调研人员到自己的商店或门市部去观察柜台情况，倾听消费者选购时的谈话内容，并统计成交率。在调研中，观察者可以采取隐蔽或非隐蔽的方式。由于完全的隐蔽性很难做到，而非隐蔽的观察容易造成"实验反应"，引起被观察者的不安、反感等情绪，从而使获取的信息资料失真，这需要观察者做好必要的解释说明工作，并辅以一定的工作技巧。使用这种方法进行调查，要确定是定期观察还是不定期观察，确定观察的次数等。

（2）亲身经历法

亲自经历法就是调研人员亲自参与某种活动来搜集有关的资料，如调研人员可扮做销售人员，直接了解消费者的爱好等。通过这种办法搜集的资料一般是非常真实的，但应注意不要暴露自己的身份。

（3）痕迹观察法

痕迹观察法是观察被调研者留下的实际痕迹来了解市场的方法。例如，美国的汽车经销商同时经营汽车修理业务，他们为了了解在哪一个广播电台做广告的效果最好，对开回来修理的汽车，要干的第一件事情，就是派人看一看汽车里收音机的指针是在哪个波段，从这里他们就可以了解到哪一个电台的听众最多，下一次就可以选择这个电台做广告。

（4）行为记录法

行为记录法是通过录音机、录像机、照相机及其他一些监听、监视设备来进行市场调研的方法。美国有一个如何测试电视台收视率的例子：某广告公司搞抽样调查，找了一些家庭作为调查样本，把监听器装入他们的电视机里，记录他们电视机的开关时间、收看电视台名称、收看时间长短以及是在哪一段时间里收看的。一段时间后搜集监听记录，广告公司便可知道，哪一类电视节目、在什么地方、在什么时间收看的人最多。然后，他们可以根据以上记录研究如何安排电视广告节目，使之收效最好。

但是这种方式也有一定的局限性，一是它只反映了事物的现象，无法深入探究事件发生的原因、态度和动机等问题；二是此种方式调研面窄，花费时间较长，费用较高；三是调研者必须具备较高的业务水平和敏锐洞察力，能及时捕捉到所需的资料。

调研人员在运用观察法进行调研时，应注意以下事项。

1）为使观察结果具有代表性，能反映某类事物的一般情况，应设计好抽样方案，以使观察的对象和时段具有代表性。

2）实际观察时，最好不让被调研者有所察觉，否则就无法得到其自然反应、行为以及感受。

3）在实际观察时，必须实事求是、客观公正，不得带有主观偏见，更不能歪曲事实真相。因此，要对调研人员进行有效的培训，提高调研人员的业务素质。要求调研人员遵守有关法律和道德准则，不能对涉及国家机密和个人隐私的内容进行观察，除非得到允许。

4）调研人员的记录用纸和观察项目最好有一定的格式，以便尽可能详细记录调研内容。

5）为了观察客观事物的发展变化过程，进行动态对比研究需要作长期反复的观察。

观察法的优点：①能客观地获得准确性较高的第一手资料，调研情况比较真实，因为被调研者的活动没受干扰，处于自然的活动状态；②可以避免许多由于调研人员及询问法中的问题结构所产生的误差因素；③简便、易行、灵活性强，可随时随地进行观察。

观察法的缺点：①只能观察到被调研者的表面活动，往往不能了解市场内在因素、被调研者心理变化及市场变化的原因和动机；②被调研者的公开行为并不能代表未来的行为；③调研时间长，费用支出大；④对调研人员的业务技术水平要求高。

3. 实验法

实验法在搜集市场信息资料中应用很广，特别是在因果关系调研中，实验法是一种非常重要的工具。例如，将某一种产品改变设计、改变质量、改变包装、改变价格、改变广告、改变销售渠道以后，对销售量会产生什么影响，都可以先在一个小规模的市场范围内进行实验，观察消费者的反应和市场变化的结果，然后再决定是否推广。如果我们把实验本身视为一个由许多投入影响主体并导致产出的系统，则可对实验法有一个更清楚的认识。

常用的实验调查方法有以下四种。

（1）实验室实验调查法

它是在人工的、"纯化的"的环境下进行实验，实验者对实验的环境可进行严格的有效控制。这在研究广告效果和选择广告媒体时常被使用。例如，某企业为了了解什么样的广告信息最吸引人，就可以找一些人到一个地方，每人发一本杂志，让他们翻看一遍，问他们每一本杂志里，哪几个广告对他们吸引力最大，以便为本企业设计广告信息提供一些有用的参考资料。

（2）现场实验法

它是在自然的、现实的环境下进行的实验，实验者只能部分地控制实验环境的变化。现场实验最常用的方式是构建"实验市场"，即该市场中的消费者日流量、地理位置、试验期间的天气状况、营业时间、商品陈列方式均选择尽可能地与企业产品即将走向的市场条件相类似，实验者只人为地改变商品的包装这一个实验条件，检验什么样的新包装能使产品畅销。由于这种实验所处的环境，都是自然的现实的环境，其调研结论较易推广应用。

（3）销售区域实验调查法

它是把少量产品先拿到几个有代表性的市场去试销，看一看那里的销售效果，得到一些资料。然后再分析把产品推销到全国可能有多大的市场占有率，判断值不值得在全国推销等。

（4）模拟实验

这种实验的基础就是计算机模型。模拟实验必须建立在对市场情况充分了解的基础上，它所建立的假设和模型，必须以市场的客观实际为前提，否则就失去了实验的意义。模拟实验的好处是，它可以自动地进行各种方案的对比，这是其他实验难以做到的。

实验法的优点：①可以探索不明确的因果关系；②实验的结论有较强的说服力。

实验法的缺点：①成本较昂贵；②保密性差；③管理、控制困难。

第四节　问　卷　设　计

问卷是调研人员根据调研目的和要求，按照一定的理论假设设计出来的，由一系列问题、调查项目、备选方案及说明组成。它是我国近年来推行最快、应用最广的一种调研手段。调研问卷是通俗易懂的调研方式，且不需要直接面对被调研者。一份设计科学、完整的问卷可以大量节省调研过程中的人力、物力、成本和时间，提高信息搜集的效率。问卷设计的好坏在很大程度上决定着调研问卷的回收率、有效率，甚至关系到整个市场营销调研活动的成败。

设计一份合理、完善的问卷不是一件容易的事，问卷设计者除了要具备统计学、社会学、心理学、经济学、计算机软件等多方面的知识，还需要有一定的经验和技巧。

一、问卷设计的原则

（一）可信原则

可信原则是指问卷设计能使被调研者讲真话，不产生误导。

信度是指调查问卷和搜集的信息资料反映实际情况的可信、可靠程度。信度的高低可反映出问卷设计水平的高低。信度可区分为再测信度、复本信度和折半信度。相应地，提高和确定信度的方法也有三个。

1. 再测信度

再测信度是指用同一种测量方法对同一群被调研者进行前后两次测量，然后根据两次测量的结果计算相关系数，根据相关系数确定再测信度。具体做法如下。

1）同一问题，用同样的语言，分两次询问同一被调研者，中间相隔一定的时间间隔，一般不低于3周，然后比较两次调研的结果。

2）若两次结果吻合，或数据一致性高，则认为再测信度高。

2. 复本信度

复本信度是指同一问题，使用不同的表达方式或调研形式，间隔一定时间，分两次询问同一调研对象，比较两次调研的结果。

1）如果结果比较近似，则认为相关系数大，问卷的复本信度比较高。

2）若有较大差距，应该对差距大的部分进行修改，以提高复本信度。

3. 折半信度

折半信度是指将测量项目按奇偶项分成两半，分别记分，测算出两半分数之间的相关系数（实际应用 Excel 软件），再据此确定整个测量的信度系数。折半信度属于内在一致性信度，强调的是组成量表的一组测量项目内部的一致性，测量的是两半项目间的一致性。这种方法不适合测量事实性问卷，常用于态度、意见式问卷的信度分析。

折半信度是测量内部一致性最简单的方法。相关系数（如克朗巴哈 X 系数）高，则说明量表内部一致性高。在问卷调查（非量表）中，只对一份问卷、对被调研者只进行一次询问时使用。但并非所有问题都可拆为两半，所以它的应用范围受限制。

（二）有效原则

效度即调查结果的有用程度。问卷设计必须考虑实效性。对于时间过久的问题，除非有记录，否则人们将很容易忘记。在设计问卷时，要深入了解调研的根本目的和具体要求，使问卷设计有比较高的针对性。

1. 内容效度

内容效度指的是问卷内容对调查研究是否有用及有用程度的高低。它只能凭借评定者对内容概念的理解和逻辑推理进行。

2. 准则效度

准则效度指的是用几种不同的测量方式或不同指标对同一变量进行测量时，将其中的一种方式或指标作为准则，其他的方式或指标与这个准则作比较。如果其他的方式或指标与准则的方式或指标具有相同的效果，则其他方式与指标就具有准则效应。

对相同的调研内容使用两种以上的调研方法同时进行调研活动，是调研机构常用的、保证工作质量的方法。

（三）适度原则

适度原则是指调查问卷对企业问题的解决与调研成本的适宜程度。它具体包括调研问卷的内容及范围，即问题数量、问卷的数量、样本的数量等。

二、问卷的一般结构

问卷在形式上是一份由提问和备选回答项目构成的调查表格，一份完整的问卷通常包含以下结构。

（一）标题

问卷的标题表明了这份问卷的被调研者和调研主题，使被调研者对所要回答的问题有一个大致的了解。标题要简单、明确，易于引起被调研者的兴趣，一般不超过 15 个字。

（二）说明信

这主要是向被调研者说明情况的简短声明。说明信一般放在问卷开头，篇幅宜小不宜大，主要包括引言和注释。引言应包括调研目的、意义、主要内容、调研的组织单位、调研结果的使用者、保密措施等，目的在于引起被调研者对问卷的重视和兴趣，并请求支持和配合。注释是问卷的填写说明，包括问卷的填写方法和填答要求以及有关注意事项，有时也包括某些概念的解释。注释一般出现在自填式问卷中，放在引言之后。需注意的是不能提一些私人性的问题，以免引起反感。

（三）指导语

它主要是用来指导调研人员的调研作业，或指导被调研者如何填写问卷。其目的在于规范调研人员的调研工作，通常要特别标注出来。

（四）基本信息

它主要是指与市场营销调研有关的调研项目，它是按确定的调研目标设计的。在问卷调查中，调研项目是由一系列的提问和备选回答项目组成的。

（五）被调研者的背景资料

当以个人为被调研者时，背景资料涉及性别、年龄、民族、职业、文化程度、单位、收入、所在地区等。当以企业为被调研者时，背景资料涉及名称、地址、所有制、员工人数、商品销售情况等。

（六）致谢

在访问调研完成后，要记得感谢被调研者的友好配合与帮助。

（七）编码

它是将问卷中的调研项目赋予代码的过程，即要给每个提问和备选回答项目赋予一个代码（数字或字母），使用代码能够方便地录入数据。

（八）记录调研过程

在问卷的最后，要求注明调研人员的姓名、调研开始和结束的时间等事项，以利于对问卷质量的检查控制。如有必要，还可注明被调研者的姓名、单位或家庭住址、电话等，供复核或追踪调研之用。

三、问卷问题的类型

（一）自由题

自由题也称为开放题，是指没有设定答案，由被调研者用自己的语言自由进行回答，或者说由被调研者按照自己的形式自由发表意见的问题。

例如：

"您通常在什么环境下最想喝茶？"

自由题的优点：①可使被调研者尽量发表自己的意见，制造一种活跃的调研气氛，消除调研者和被调研者之间的隔阂；②可搜集到一些为调研者所忽略或意想不到的答案、资料或建设性意见。

它的缺点：①答案由调研者当场记录，由于理解不同，记录可能失实，出现偏差；②因是自由回答，答案往往很多且不相同，给资料整理分析工作造成很大困难。

（二）封闭式问题

封闭式问题是指在调查问卷上已经事先设定了答案，被调研者只能在已经设定的答案中进行选择性回答的问题。它具体包括是非题、单选题、多项单选题、多项限选题、多项排序题、等距量表题、矩阵式题、对比题、品牌语意差别题。由于封闭式问题的答案都是事先拟定的，标准化程度高，便于资料的整理分析和统计，也便于被调研者选择，节省了调查时间。它的缺点是：①限制了被调研者的自由发挥，给出的选项可能对其产生诱导；②当被调研者的答案不在备选答案中时，就可能随意选择一种不太确切的答案，并非真正代表自己的意见，从而影响答案的真实性；③被调研者处于被动状态，封闭式问题很难挖掘出他们的意见和建议。

1. 是非题

是非题又称二项选择法，是指问题只给出规格答案且答案意思相反，回答者只能选择其中一个。常见答案有：是或不是、有或没有、会或不会等。

例如：

（1）您家里是否购买了 25 英寸或者以上大尺寸电视机？（　　　）

A. 是　　　　　　　　　　B. 不是

（2）如果把购买计算机和上网的初始价格降到 3000 元，您会购买计算机并上网吗？（　　　）

A. 会　　　　　　　　　　B. 不会

是非题是在民意测验的问卷中使用最多的一种，其特点是回答简单明了，可以严格地把回答者分为两类不同群体。但其缺点是得到的信息量太小，两种极端的回答类型不能了解和分析回答者中客观存在的不同层次。

2. 多项单选题

例如：

您购买商品房的最主要的原因是什么？只可以从以下答案中选择一个答案。（　　　）

A. 解决目前居住紧张状况　　　B. 改善居住环境

C. 进入上流社会过高级生活　　D. 实现自己的人生理想

E. 退休后颐养天年、享受生活　F. 追求美好景色

G. 改善儿女教育环境　　　　　H. 作为投资、保值增值

I. 说不清楚的其他原因

多项单选题对于了解被调研者最关注的问题、调研产品属性权重的问题等，都有很好的效果。问题在于设计问卷时，应该把初步调研时获得的可能的答案，尤其是回答概率比较高的答案都尽可能地写在调查问卷上，避免因为被调研者找不到心目中的答案而放弃回答。

3. 多项限选题

例如：

请问您认为在节假日或者休闲时间最愉快的事情是什么？（　　　　　）（请最多选择三项）

A. 投入到大自然中　　　　　B. 与家人或朋友欢聚

C. 听音乐或看电视　　　　　D. 完全放松或睡觉

E. 品茶或小酌　　　　　　　F. 长途旅游

G. 逛街购物　　　　　　　　H. 上网或玩游戏机

J. 其他（请注明）

多项限选题比多项单选题更能反映被调研者的实际情况，但是无法从答案中看到被选择的顺序，无法区分选项间的程度差别。

4. 多项排序题

在所列举的多个答案中，选择两个以上的答案，并且要求被调研者为自己的答案排序。

例如：

你最喜欢看哪一类电视节目？（请将答案填在横线上）

第一_____　第二_____　第三_____

A. 新闻节目　　　　　B. 电视剧　　　　　C. 体育节目

D. 歌舞节目　　　　　E. 教育节目　　　　　F. 少儿节目

G. 其他（请注明）

5. 等距量表题

它用来测量调研对象对某事物的态度、意见和评价等，能看出被调研者的行为、态度、评价的深浅程度与复杂程度。

例如：

您认为东风风神汽车的减震效果如何？（　　　　　）

A. 很好　　　　　B. 较好　　　　　C. 一般　　　　　D. 较差

E. 很差

6. 矩阵式题

这是一种将同一类型的若干问题集中在一起，用一个矩阵来表示的表达方式。

例如：

您对中国电信提供的服务看法如何？（请在所选的方框内打勾）

	很满意	满意	基本满意	不满意	很不满意
A. 装机移机服务	□	□	□	□	□
B. 话费查询服务	□	□	□	□	□
C. 电话障碍修复	□	□	□	□	□
D. 公用电话服务	□	□	□	□	□

7. 对比题

（1）一对一的品牌对比题

一对一的品牌对比题是顺序题的一个特例，是指由调研人员列举出若干个一对一的产品例子，多是指品牌名称、竞争对手的产品、多种方案的选举，多个同类事物等，让被调研者进行对比。

例如：

在以下品牌空调器的对比中，您认为那个更好？请在您认为更好的那个品牌的后面□内打个"√"符号。

A. 美的□　与　　科龙□　　B. 松下□　和　　索尼□
C. 海尔□　与　　科龙□　　D. 日立□　与　　格力□
E. 海尔□　与　　格力□　　F. TCL□　与　　万家乐□
G. 大山□　与　　北冰洋□　　H. 格力□　与　　美的□

（2）属性对比题

属性对比题可以罗列关于产品的各种功能、被调研者可能考虑的各种因素以及其他方面的属性，然后两两对称进行对比。

例如：

在空调以下各种属性的对比中，您认为哪个更重要？请在您认为更重要的那个属性的后面的□内打个"√"符号。

A. 制冷□　和　　安静□　　B. 性能□　和　　外观□
C. 价格□　与　　服务□　　D. 形象□　与　　方便□
E. 舒适□　和　　价格□　　F. 制冷□　与　　体积□
G. 名牌□　与　　价格□　　H. 容量□　与　　功能□

8. 品牌语意差别题

品牌语意差别题也称为印象调查题，是指用有语意差别的词语调查消费者对于某个事物的印象。用有语意差别的词语调查消费者对某个品牌印象的方法叫做品牌印象调查法，提出的问题称为品牌语意差别题。

例如，谈到茅台酒，人们会想起一些有关的词语，如国酒、历史悠久的酒、在国际上获得过金奖的酒等。这些与茅台酒品牌有关的文字联想和词语，都是对茅台酒的印象。印象（尤其是主要印象）是品牌在消费者心中的客观定位，消费者往往是通过对品牌的印象进行购买决策的。因此，了解消费者的印象并且通过产品的改进与促销活动，使产品在消费者心目中与他们的理想品牌接近，可以有效地确定和提高产品的市场定位，增加产品的市场销售量。

（1）印象调查法

多用于产品品牌、产品包装、商标、CI 设计等方面的调研。

例如：

在您心目中，您认为珠江啤酒的特点是什么？请在答案旁边的□内打"√"符号表示回答。

A．非常普通□   B．稍有特色□

C．非常有特色□   D．与众不同□

E．非常美妙□   F．无任何特别之处□

H．很有品位□   I．一旦饮用令人难以忘怀□

（2）多品牌差别语意联系法

例如：

下面列举了五种品牌的空调和多个差别的语意句子，请您按照您的判断和意见，把您认为合适的用线连接起来。如果您认为没有合适的也可以不进行连接。

家用电器的名称

万宝空调   冷清

TCL空调   舒适

大山空调   洁净

海尔空调   省电

格力空调   安静

                                美观

                                质量好

                                净化空气

四、问卷设计时应注意的问题

（一）提问内容要尽可能短而明确

例如：

您单位对上海大众汽车公司生产的桑塔纳轿车是否满意？

这样的问题不够具体、明确，也不易达到所要调研的目的。到底是对桑塔纳汽车的质量还是售后服务或是其他方面是否满意，问题没有说清楚。

（二）明确问题的界限和范围

例如：

请问您最近一段时间使用什么品牌的化妆品？

"一段时间"不够明确，这样的提问不符合要求。可改为：

请问您最近一个月使用什么品牌的化妆品？

（三）一项提问只包含一项内容

例如：

您觉得这种新款轿车的加速性能和制动性能怎么样？

这项提问中涉及了两个问题，这种提问不合适。

（四）避免诱导性提问

例如：

您喜欢美的空调吗？

这样的问题容易将答案引向喜欢或不喜欢，从而造成偏差。应改为：您家里使用的是什么品牌的空调？

（五）避免直接提出敏感的问题

对于年龄、收入等私人生活问题最好采用间接的提问方式，不要直接询问"您今年多大年纪了？"而应给出一定的年龄范围让调研对象选择。

（六）避免否定式提问

例如：

您觉得这种产品的外观不美观吗？

这种提问也给受访者带来了一些困惑，不够直接、明了。

（七）注意问题的排序

在设计问卷时，要讲究问题的排列顺序，使问卷条理清楚，提高回答效果。以下几点可供参考。

1）最初的提问应当是被调研者容易回答且较为关心的内容。

2）提问的内容应从简单逐步向复杂深化。

3）对相关联的内容应进行系统整理，使被调研者不断增加兴趣。

4）作为调研核心的重要内容应该在前面提问。

5）专业性强的具体、细致问题应尽量放在后面。

6）敏感性问题尽量放在后面。

7）封闭式问题放在前面，开放式问题放在后面。

本章思考题

1. 什么是市场营销调研，其主要功能有哪些？
2. 市场营销调研需要遵循哪些原则？
4. 市场营销调研的重要性体现在哪里？
3. 市场营销调研的主要内容有哪些？
5. 简述市场营销调研的过程。
6. 市场营销调研的主要方法有哪些？
7. 以你身边的一家餐馆为例，设计一份调查问卷，了解一下该餐馆的经营情况。

第六章 目标市场营销战略

 引导案例

中药牙膏为什么选"田七"？

中国牙膏工业的新锐品牌——"田七"，通过精准的 STP 战略取得了巨大的成功。田七牙膏 2005 年勇夺国产牙膏销量第一，跻身中国知名商标、名牌产品行列，在国内牙膏市场形成与高露洁、佳洁士、中华三大外资及合资品牌四强博弈的局面。"田七"商标在东南亚、欧美地区的四十多个国家注册，"田七"品牌也因之成为全球中药牙膏的新锐力量，引起人们越来越多的关注。

2002 年底，刚刚完成由国营企业向民营企业转换的广西奥奇丽股份有限公司还是一个地区性中型企业，但是基于对"田七"价值的判断及对其未来的乐观预测，国内著名的哈尔滨晓声广告传播机构将其收购，2003 年度"田七"系列产品整体销售收入全面上涨，几乎是在一夜之间，"田七"奇迹般地完成了由区域品牌向全国品牌的历史性跨越。到 2005 年，以标准支计算，"田七"一年卖出了 4 亿支牙膏。因此，在某种意义上，可以说"田七"牙膏是中国传统中药文化价值商业化运作结出的硕果。

按照不同的利益诉求，可将牙膏市场细分为洁白牙膏、防蛀牙膏、坚固牙齿牙膏、含VC 牙膏、水果味牙膏、中药牙膏等。"田七"选择偏爱中药功效的消费者作为目标市场，从中药丰富资源沉淀中深入挖掘并发扬光大出本草、植物等中国传统中药文化，并进行草本、植物概念的定位与传播，从而使"田七"品牌迅速在牙膏市场立足，并成功改写了消费者印象中各品牌牙膏的排序。

2003 年，"田七"首先推出了"拍照喊'田七'"版本的广告，让中国传统中药文化成为时尚符号，在二三线城市和中低端市场一举成功。2005 年，"田七"战略性地推出"田七草本"系列牙膏，以《本草纲目》经典护齿配方、中国人的牙齿护理智慧，在弘扬中国传统中药文化的同时，使中药牙膏从此拥有了挺进高端市场，与外资品牌牙膏产品同台竞技的利器。

2006 年，"田七"再推出第二个子品牌——"田七娃娃"，在中国儿童牙膏市场开辟新的成长空间。由此，"田七"成为中国传统中药文化全球化进程的推动者和受益者。

讨论题：田七牙膏是如何细分市场来满足不同消费者需求的？

市场是一个极其庞大和复杂的整体，任何一个企业，不论其规模有多大，实力有多雄厚，面对一个大市场，绝无可能提供足以满足整个市场所有消费者需求的商品和劳务，企业应选择它能有效提供服务，对其最具吸引力的那一部分市场。正确地选择目标市场，明确企业特定的服务对象和服务内容，是制定企业营销战略的首要内容和基本出发点。

目标市场营销战略包括三个方面的内容：①市场细分（Segmenting），即将整个市场分为若干个不同的购买者群，它们各需要不同的产品和营销组合。企业必须找出细分市场的多种方式，然后剖析细分后的各市场。②目标市场选择（Targeting），即企业选定一个或多个细分市场作为自己的目标市场。③市场定位（Positioning），即决定产品的竞争定位和详细的营销组合策略。所以目标市场营销战略又被称为 STP 战略。

第一节　市　场　细　分

市场细分是 20 世纪 50 年代才出现的概念。在此之前，企业往往把消费者看做是具有同样需求的整体市场，所以大量生产单一品种的产品，用普遍广泛的分销方式、同样的广告宣传方式进行销售。但是，由于消费者的需求是有差异的，这样的销售方式最终只会令他们不满。20 世纪 50 年代，美国宝洁公司发现消费者由于洗涤不同的纤维织物的需要，不满足于单一品种的肥皂，于是生产了三种不同性能、不同牌子的洗衣肥皂：一种是洗涤软性纺织品的碱性小的肥皂，一种是洗涤较脏衣服的强碱肥皂，一种是多种用途的全能肥皂。由于这些肥皂满足了不同消费者的需求，使其在肥皂市场上获得了最大的市场份额。营销专家总结了这一实践经验，提出了市场细分这一概念。

一、市场细分的概念与作用

（一）市场细分的概念

"市场细分"这个概念是由美国市场营销学家温德尔·史密斯（Wendell R . Smith）于 20 世纪 50 年代中期首先提出来的一个新概念。市场细分（Market Segmentation），又称市场区隔、市场分片、市场分割等，就是企业在对市场调查研究的基础上，依据影响消费者需求、欲望与购买行为的有关因素，将某一产品的整体市场划分为若干个具有不同需求倾向的消费者群的市场分类过程。其中，每一个从整体市场中划分出来的消费者群体就是一个细分市场，也称为子市场、亚市场、分市场或市场部分。

每一个细分市场都是由具有类似需求倾向的消费者构成的群体，所有细分市场之总和便是整个市场。由于在一个消费者群体内，大家的需求、欲望大致相同，企业可以用一种商品和营销组合策略加以满足；但在不同的消费者群体之间，其需求、欲望各有差异，企业需要以不同的商品，采取不同的营销策略加以满足。因此，市场细分实际上是一种求大同、存小异的市场分类方法，它不是对商品进行分类，而是对需求各异的消费者进行分类，是识别具有不同需求和欲望的购买者或用户群的活动过程。

【案例6-1】

宝洁公司通过细分市场占领了美国洗衣粉市场份额的 55%以上，成为世界一流的大公司。洗涤用品（包括洗衣粉）市场是与人们生活密切相关的消费品市场，使用洗衣粉的主要用途当然是使衣服清洁。但是，人们对洗衣粉还有以下这些要求：比较便宜、能够漂白、能使丝织物更加柔软、有清新的气味、有泡沫或无泡沫以及多泡沫等。虽然每一个用户都有上述的要求，但每个人的偏好是不一样的。这样，整个洗衣粉市场实际是由有差异的一些细分市场所组成的。宝洁公司正是根据消费者的需求差异，开发生产了9种品牌的洗衣粉。

（二）市场细分的作用

市场细分的理论可以帮助企业更好地研究市场、分析市场，并为选择目标市场提供可靠的依据，对增强企业在市场中的应变能力和竞争能力，避免人、财、物的浪费，更好地满足消费者的需要，给企业带来更大的经济效益和社会效益，都具有重要的意义。具体地说，其作用主要表现在如下五个方面。

1．有利于企业分析、发掘新的市场机会

通过市场细分，企业可以清楚地了解某类产品的需求状况和目前的满足程度，以及细分市场上的竞争情况，发现那些尚未得到满足或满足得还不够的细分市场，在这些细分市场上就可能存在着新的市场机会。抓住这样的市场机会，结合企业的资源状况，从中形成、确立宜于自身发展的目标市场，并以此为出发点设计出相应的营销战略，就有可能赢得市场主动权，取得市场优势地位，提高市场占有率。

2．可以更好地满足消费者的需求

市场是非常庞大的，消费者的需求是复杂而多样化的，一个企业的生产不可能满足所有市场的需要。如果从满足一切市场需要出发进行毫无特色的产品生产，那么只会哪一个细分市场的需要也满足不了。因此，将整体市场按一定标准分成若干个细分市场，从中选定某一个或几个细分市场作为本企业的目标市场，并拟定进入该细分市场的最优市场策略，可以更好地满足消费者需求。

3．有利于中、小企业开发和占领市场

中、小企业一般资源、能力有限，在整体市场上缺乏竞争力，但它们具有转向灵活的特点，可通过认真研究消费者的需求、分析市场，运用自己的长处有针对性地选择目标市场，就有可能在浩瀚的商海中找到绿洲。

4．有利于企业制定市场营销组合策略

在市场细分的情况下，企业为不同的消费者提供不同的商品，制定特定的营销策略，每个市场变得小而具体，细分市场的规模、特点显而易见，消费者需求清晰明了，一旦市场情况发生变化，企业有比较灵活的应变能力，可及时调整营销策略，使营销组合策略适应消费者变化了的需求。

5．有利于企业提高经济效益

市场细分对提高经济效益的作用主要表现在两个方面。①通过市场细分，确立目标市场，然后把企业的人力、物力、财力集中投入目标市场，形成经营上的规模优势，取得理想的经济效益。②在市场细分之后，企业可以面对自己的市场，组织适销对路的商品。只要商品适销对路，就能加速商品周转，提高资金利用率，从而降低销售成本，提高企业经济效益。

二、市场细分的依据

（一）消费者市场细分的依据

消费者市场细分的依据因企业不同而各具特色。一般说来，主要有地理环境标准、人口状况标准、消费者心理标准和购买行为标准，每个标准又有一系列的细分变量因素，如表 6-1 所示。

表 6-1　消费者市场细分的一般标准

细 分 标 准	细 分 变 量 因 素
地理环境	区域、地形、气候、交通运输条件、人口密度等
人口状况	年龄、性别、家庭人口、家庭收入、职业、教育、文化水平、信仰、种族、国籍、家庭生命周期等
消费者心理	生活方式、社交、态度、自主能力、服从能力、领导能力、成就感
购买行为	购买动机、购买状况、使用习惯、对市场营销因素的感受程度

1．地理环境标准

地理环境细分是指按消费者所处的地理区域、地形、气候等来细分市场。不同地理环境下的消费者对同一类产品往往会有不同的需求与偏好，以至于对企业的产品、价格、销售渠道及广告等营销措施的反应也常常存在差别。例如，防暑降温、御寒保暖之类的消费品按不同气候带细分市场是十分有意义的。

【案例 6-2】

美国雷诺公司的地理环境细分

美国雷诺公司将芝加哥分成三个小型香烟市场。

北岸地区市场：这里的居民大多受过良好的教育，关心身体健康，因此公司就推销焦油含量低的香烟。

东南部地区市场：该地区是蓝领工人居住区，他们收入低并且保守，因此公司就在此推销价格低廉的云丝顿香烟。

南部地区市场：该地区是黑人居住区，因此公司就大量利用黑人报刊和宣传栏促销含薄荷量高的沙龙牌香烟。

2．人口状况标准

人口细分就是按人口统计资料所反映的内容，如年龄、性别、家庭规模、收入、职业、文化水平、宗教信仰等因素来细分市场。由于消费者的欲望、偏好及使用率等均与人口因素有极大的关系，而且人口因素比其他因素更容易测量，因此，人口因素一直是细分市场的重要因素。

在人口因素中，不同年龄、不同教育程度的消费者会有不同的价值观念、生活情趣、审美观念和消费方式，因而对同一产品必定会产生不同的消费需求。

下面是美国根据人口因素对市场进行的细分。

性别：男，女。

年龄：6 岁以下，6～11 岁，12～17 岁，18～24 岁，25～34 岁，35～44 岁，45～54 岁，55～64 岁，65～74 岁，75 岁以上。

种族：非洲，美洲，亚洲，白种人，其他。

人生阶段：婴儿，幼稚园，小孩，青年，大学生，成人，老人。

家庭人口：1，2，3，4，5 或更多。

居住环境：自己的房子，租赁的房子。

婚姻状况：未婚，已婚，分居，离婚，寡妇。

【案例 6-3】
日本资生堂分身有术

日本资生堂公司是一家主要生产化妆品的公司。1982 年，公司为了进一步扩大产品销路，提高市场占有率，尤其是日本妇女化妆用品这一具有广阔前景的市场的占有率，专门对日本妇女化妆品市场进行了调查研究。

公司根据研究发现：化妆品的消费与妇女的年龄有密切的关系，不仅消费量而且消费品种、消费目的、习惯皆有不同。根据这一研究，公司将妇女消费者分为四类。

第一类：15～17 岁的少女消费者。她们正当妙龄，注重展示她们的美丽，讲究打扮，爱好时髦，对化妆品需求意识强烈，但是她们购买的往往是单一的化妆品。

第二类：18～24 岁的女青年消费者。她们是真正踏入成熟的一族。她们或是出于礼仪需要、工作需要，或是感情需要、爱美的需要，对化妆品更关心，并且采取积极的消费行动，只要是中意的化妆品，价格再高也在所不惜。而且她们往往购买整套化妆品，需求量大，购买频繁。

第三类：25～34 岁的妇女消费者。她们大多数人已经结婚，对化妆品的需求心理和购买行为也有所变化，虽不如第二类妇女那样主动，但化妆也是她们的日常生活习惯。

第四类：35 岁以上的妇女消费者。她们可分为积极派（仍力图保持形象的年轻，竭力化妆）和消极派（感觉即将步入晚年，化妆只是应付一下），但她们都显示了对单一化妆品的需求。

资生堂主要依据人口因素中的年龄变量，将妇女化妆品市场合理化地划分为四块，从而可以有针对性地进行产品设计和广告诉求。

3. 消费者心理标准

心理细分是指根据消费者所处的社会阶层、生活方式、个性特点等对市场进行细分。心理因素包括社会阶层、生活方式及个性等。市场需求受心理因素的影响很大，有时甚至比地理因素、人口因素的影响还深，即使消费者处于相同的人口细分市场，他们在消费心理上也可能有极大的差异。因此，企业要进行深入的调查研究，随时了解消费者复杂的心理变化，及时改变企业的市场营销策略。

（1）社会阶层

每个人都客观地生活在不同的社会阶层中，不同的社会阶层具有不同的价值观念、不同的生活方式及不同的兴趣爱好，因而具有不同的购买心理和购买行为。社会阶层对人们在汽车、服装、家具、休闲活动、阅读习惯等方面的偏好有较强的影响。许多企业都针对特定的社会阶层来设计产品、提供服务。

（2）生活方式

生活方式是指一个人或群体对消费、工作和娱乐的特定习惯和倾向性。生活方式影响了人们对各种产品的兴趣，而他们所消费的产品也反映出他们的生活方式。甚至可以说，消费者的消费行为就是其生活方式的写照。企业可根据消费者的不同生活方式划分出各种不同的细分市场。

（3）个性

个性是指个人特性的组合，通过自信、支配、自主、顺从、交际、保守和适应等性格特征来表现出一个人对其所处的环境相对持续稳定的反应。企业可使用个性来细分市场，它们可赋予其产品"品牌个性"，以吸引相对应个性的消费者。女性化妆品、香烟、保险及酒类等产品或服务都可以采用个性来细分市场。

4．购买行为标准

行为细分是根据消费者对产品的认识、态度、使用与反应等因素，将市场细分为不同的群体。许多营销人员认为行为因素是进行市场细分的最佳出发点。行为因素包括购买时机、追求的利益、使用者情况、使用量、忠诚程度、待购阶段和态度七个方面。如果购买动机不同，那么消费者追求的利益就不同。例如，同样是买牙膏，有的人注意防蛀，有的人追求洁白光亮，有的人对牙膏的味道很讲究，有的人则强调经济实惠，所以经营牙膏就可以根据购买动机来细分市场。另外，对本企业产品的经常使用者、信赖者一般无须多作广告等宣传，对不曾使用或不常使用本企业产品的消费者则应采取必要的促销手段。

总之，市场细分是一个以调查研究为基础的分析过程。对每种产品细分时，可以循序渐进，越分越细。可以根据消费者或用户对商品的潜在需求，取几个对消费者或用户需求影响可能较大的因素作为细分标准。

【案例 6-4】

1962 年担任福特汽车公司分部总经理的艾柯卡从调研中发现，未来 10 年是年轻人的世界，今后汽车市场的主要消费者是年轻人。针对年轻人的爱好，福特公司把轿车设计得像一辆运动车，鼻子长尾部短，满足了喜欢运动和爱刺激的心理，同时价格也不贵，使年轻人都买得起。最后，福特公司还为这款车起了一个令年轻人遐思的名字——"野马"，有广阔天空任君游的味道，十分适合年轻人。这款汽车推出后，一年内便销售了 41 万辆，创下了全美汽车制造业的最高记录。

（二）生产者市场细分的依据

消费品市场细分的一些依据，如行为因素、心理因素中的某些变量（使用动机、追求利益、品牌忠诚等）是可以作为生产者市场细分的依据的。当然，生产者市场和消费品市场虽然密切相关，但还是有很大的差别，细分生产者市场的依据即使可以与消费品市场细分的一些依据共用，但运用上还是有区别的。生产者市场细分的依据主要有产品最终用户、用户地点、用户规模点以及购买者追求的利益，如表 6-2 所示。

表 6-2　生产者市场细分的一般标准

细分标准	具体细分标准
产品最终用户	军用、民用、商用等
用户地点	地区、交通、气候等
用户规模	企业资金、规模、销售额等
购买者追求的利益	质量、价格、服务等

1．产品最终用户

产业用品是满足各行各业生产需要的，企业可根据产品的最终用户对产业用品生产进行细分。有些企业生产的产品可满足许多行业生产的需要，这样的企业以产品的最终用户为依据细分市场很有价值。例如，地毯厂可根据地毯的最终用途不同，将用户细分为客车汽车制造厂用户、建筑公司用户等。

2．用户地点

每个国家或地区都在一定程度上受自然资源、气候条件和历史传统等因素的影响，形成若干工业区（如江苏、浙江两省的丝绸工业区，山西的煤炭工业区等）。因此，生产者市场往往比消费者市场更为集中。一般来说，企业会选择用户较集中的地区和目标市场，这样有很多优点，如联系方便、节省运费、充分利用销售力量等。

3．用户规模

用户经营规模的大小是生产者市场细分的重要标准。产业用品市场相对于消费品市场来说，用户购买产品次数少、数量大，用户之间购买数量的差别也很大。这是一个重要特点，以用户规模为依据细分市场很有必要。有些产品几个大用户的需求量就等于几百个中小用户，有时几个大用户会占到营销者总销售额的 30%～50%，有的甚至达到 80% 以上。企业要选择几个大用户作为目标市场当然很好，但也有风险，一旦用户不需要该产品，企业就会马上陷入困境。如果企业实力较强，可以同时选择与大小不同的用户打交道，采用不同的营销组合策略，这样既可充分发挥企业潜能，又能减少经营风险。

4．购买者追求的利益

生产者市场购买者在购买产品时，所追求的利益往往不同，有的要求价格低廉，有的强调售后维修服务，有的强调产品质量，因此，对生产者市场可按购买者追求利益的不同进行细分。

三、市场细分的原则

市场细分有很多方法，但就营销而言，并非所有的细分都是有效的。例如，食盐生产企业按消费者的年龄、性别、肤色等进行市场细分就毫无意义，因为这些因素与食盐的购买并不相关。有效的市场细分必须遵循以下原则。

（一）可区分性原则

能分别描述、说明各个子市场的清晰轮廓，明确子市场的概貌和基本情况，将整体市场真正区分开来，首先必须确定市场细分的产品的确存在着购买与消费上明显的差异性，足以成为细分依据。例如，肉食品、糕点等产品有必要按汉族和回族细分，而大米、食盐就没有必要按民族细分。

（二）可进入性原则

细分出来的市场，企业的人力、财力、物力和营销组合因素必须能够达到，可以有效地使这些细分市场的消费者了解自己的商品，并且可以通过分销渠道买到这些商品。否则市场细分就没有意义。

（三）可营利性原则

子市场的消费者数量和购买能力要足以使企业有利可图，能够获得满意的销售额，达到预期的销售目标。如果细分市场的范围太小、发展的潜力不够，就不值得进入。

（四）相对稳定性原则

划分出的子市场应能在一定时期内保持相对稳定，足以使企业在其稳定的时期内实现经营的阶段性目标。

（五）符合伦理性原则

市场细分还必须在法律和道德允许的范围内进行。有些市场需求如迷信用品、赌具、毒品等虽有厚利可图，但为法律或道德所不许，也不得作为细分依据，不得选为目标市场。

市场细分的依据很多，凡是能影响消费者需求的因素都可以成为细分市场的依据，但还是要遵循市场细分的原则。企业可根据自己经营的产品、市场状况及企业的特点，灵活选择。

【案例 6-5】

细分不一定出市场

儿童手机属于典型的没有需求的细分市场。尽管细分市场是一个趋势，但是从投资人角度来说，最重要的是利润。因此，只有能够赢利的细分才是值得关注的。什么是能够赢利的细分？企业人为地将某个产品品类细分出来，这并不代表需求的存在，也不代表消费的存在。儿童手机看似是一个很好的细分产品，但目前在市场上几乎难觅踪影。虽然各大手机产商都曾开发概念性的儿童手机，但是关于儿童是否需要手机以及手机辐射的问题一直还存在争论，所以儿童手机在市场上并没有形成真正的需求。

四、市场细分的程序与方法

（一）市场细分的程序

市场细分是一项复杂、细致的工作，它要求有科学的程序，有条不紊地按一定步骤进行。一般来说，市场细分的程序可分为以下七个步骤。

1. 正确地选择市场范围

正确地选择市场范围是指企业根据自身的经营条件和经营能力确定进入子市场范围，即经营什么商品、提供什么服务、服务于哪类市场客体。例如，企业确定经营粮食，那么粮食市场就是本企业的市场范围，粮食消费者就是该企业市场细分的对象。

2. 列出市场范围内所有顾客的全部需求

对企业市场范围内的整体市场进行分析、估价，认清该市场的规模、需求特征及发展趋势。特别要在调查研究的基础上，掌握市场范围内所有消费者的潜在需求，以便进一步列出细分的客体。

3. 确定市场细分标准

企业将所列出的各种需求，交由各种不同类型的消费者挑选他们最迫切的需求，最后集中起来，选出两三个作为细分标准。

4．为各个可能存在的细分子市场确定名称

以粮食市场为例，可按品种细分子市场，定名为大米市场、玉米市场、大豆市场等。

5．确定本企业开发的子市场

企业在各类子市场中，应选择与本企业经营优势和特色相一致的子市场。

6．进一步对自己的子市场进行调查研究

通过调研本企业所开发的细分市场的规模、潜在需求、竞争状况、发展趋势等，确定本企业在细分市场上的占有份额。

7．采取相应的营销组合策略开发市场

企业选择能够获得有利机会的目标市场以后，着重寻求营销商品、价格、分销渠道、促销手段等营销策略的最佳组合，使企业在选定的目标市场上能够不断扩大，从而不断提高企业的竞争能力。

以上七个步骤在具体应用时，可根据具体情况进行简化或合并。

（二）市场细分的方法

在进行市场细分的时候，既可以选择一个变量标准，也可以选择两个甚至更多。市场细分的方法是多种多样的，但通行的方法有以下三种。

1．单一因素法

只选用一个因素来细分市场，如儿童玩具市场可根据年龄细分为若干个子市场。

2．综合因素法

选用两个或两个以上的因素，同时从各个角度进行市场细分。例如，某个企业根据性别（男、女）、收入水平（假设为 1 000～2 000 元，2 000～5 000 元，5 000～1 万元，1 万元以上）、年龄（假设为儿童、青年、中年、老年），可将市场细分为 32 个子市场（2×4×4=32）。综合因素法的核心是并列多因素加以分析，所涉及的各项因素都无先后顺序和重要与否的区别。

3．系列因素法

当细分市场所涉及的因素是多项且各项因素之间有先后顺序时，可由粗到细、由浅入深、由简至繁、由少到多地进行市场细分，这种方法叫做系列因素法。图 6-1 是以皮鞋为例的系列因素法示意图。

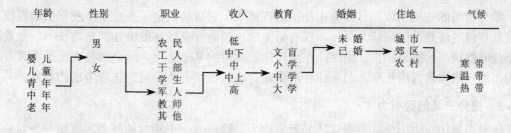

图 6-1　系列因素法示意图（以皮鞋为例）

【案例 6-6】

宝洁公司的多品牌市场细分策略

始创于 1837 年的宝洁公司是世界最大的日用消费品公司之一，2002—2003 财政年度的销售额为 434 亿美元。宝洁公司所经营的 300 多个品牌的产品畅销 160 多个国家和地区，产品包括洗发、护发、护肤、化妆、婴儿护理、妇女卫生、医药、食品、饮料、织物、家居护理及个人清洁等用品。宝洁公司的成功主要得益于其多品牌的市场细分策略。

宝洁公司推出针对不同细分市场的多个品牌的产品，追求同类产品不同品牌之间的差异，包括功能、包装、宣传等诸方面的差异，形成每个品牌的鲜明个性。每个品牌都有自己的发展空间，市场就不会重叠，从而满足不同消费者的不同需求。在中国市场上，香皂品牌有"舒肤佳"、"玉兰油"、"激爽"，牙膏品牌有"佳洁士"，卫生巾品牌有"护舒宝"，洗发水品牌有"飘柔"、"潘婷"、"海飞丝"、"沙宣"、"伊卡璐"，洗衣粉品牌有"汰渍"、"碧浪"，等等。

第二节　目标市场选择

目标市场就是企业决定要进入的市场，即企业拟投其所好为之服务的消费者群体。企业的整个营销活动都是围绕目标市场进行的，因此正确地选择目标市场、明确企业具体的服务对象关系着企业任务和目标的落实，是企业制定营销策略的首要内容和基本出发点。

市场细分是企业选择和确定目标市场的前提和基础，但这并不是说在任何情况下企业选择和确定目标市场之前都要实行市场细分。

一、影响目标市场选择的因素

（一）必须依托于企业的资源和实力

企业细分市场的目的是从中找出有利可图的市场。无利可图的细分市场，当然不应被企业选做进攻的目标。那么，是不是任何有利可图的市场都是企业应当选做进攻的目标呢？回答是否定的，企业是否进入这样的市场，还必须考虑企业自身的资源和实力。

（二）必须建立在对细分市场的充分评估基础上

在细分市场的基础上，企业还应对细分了的市场再次进行认真的评估，找出各细分市场的市场规模、增长率和市场吸引力等方面的差异。

1．细分市场的规模和销售增长率

细分市场的规模也就是该细分市场的潜在需求，它直接决定了企业生产或营销的规模大小及其规模经济效益的高低。另外，仅有适度的规模而没有较高的潜在销售增长率，企业同样不能取得较高的投资回报。因此，在依托企业实力的基础之上，一个细分市场是否具有适度的市场规模和销售增长率，是企业在决定是否进入该细分市场时首先应考虑的要素。

2．细分市场的吸引力

细分市场的吸引力主要是指它的长远吸引力，这也是一个相对的概念。假如一个细分市

场对所有生产者来说都有很强的吸引力，那么，对于某个企业来说它就没有长远吸引力。

二、目标市场选择的五种模式

目标市场是企业打算进入的细分市场，或打算满足的、具有某一需求的消费者群体。企业在选择目标市场时，有五种可供参考的市场覆盖模式，如图 6-2 所示。

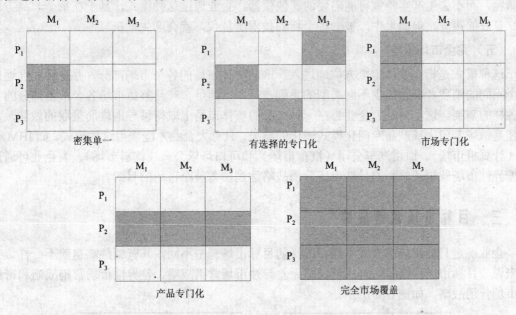

图 6-2 目标市场选择的五种模式

（一）密集单一

这种模式是指企业决定只生产一种类型的标准化产品，并且只将其供应给一产品整体市场中的某一个消费者群体，满足其一种特定的需要。较小的企业通常采用这种策略。例如，大众汽车公司集中经营小汽车市场，而保时捷则专门经营运动车市场。此模式的论据是它能更了解细分市场的需要，树立企业的信誉，巩固市场地位，获得经济效益。但应用此模式风险较大，如果市场出现一蹶不振的情况，企业就会亏损严重。

（二）有选择的专门化

这种模式是指企业决定有选择地同时进入一产品整体市场中的几个不同的市场部分，并有针对性地向各个不同的消费者群体提供不同类型的产品，以满足其特定的需要。例如，一制鞋企业选择生产青年胶鞋、中年皮鞋和老年布鞋。这一般是生产经营能力较强的企业在几个市场部分均有较大吸引力时所采取的对策。此模式的前提是这些市场都能使企业获取利润。

（三）市场专门化

这种模式是指企业决定生产多种不同类型的产品，只将其供应给一产品整体市场中的某一个消费者群体，满足其多种需要。例如，企业可为大学实验室提供一系列的产品，包括显微镜、示波器、化学烧瓶等。企业专门为这个消费者群体服务，从而获得良好的声誉并成为这个消费者群体所需各种新产品的销售代理商。使用这种模式，企业容易打开产品的销路，但如果这个消费者群体的购买力下降，就会减少产品的购买数量，企业利润就会有滑坡的危险。

（四）产品专门化

这种模式是指企业决定生产一种类型的系列产品，并将其供应给一产品整体市场的各个消费者群体，满足其对一种类型产品的各不相同的需要。例如，显微镜生产商向大学实验室、政府实验室和工商企业实验室销售显微镜，企业还准备向不同的消费者群体销售不同种类的显微镜，而不去生产实验室可能需要的其他仪器。企业通过这种模式，易于在某个产品方面树立良好的声誉，但如果生产被一种全新的技术所替代，就会产生危机。

（五）完全市场覆盖

这种模式是指企业决定全方位地进入一产品整体市场的各个市场部分，并有针对性地向各个不同的消费者群体提供不同类型的系列产品，以满足一产品整体市场各个市场部分的各种各样的需要。这主要是大企业为在一种产品的整体市场上取得领导地位而采取的做法，它往往是市场专门化或产品专门化模式演化的结果。只有大企业才能采用这种模式，如 IBM 公司（计算机市场）、通用汽车公司（汽车市场）和可口可乐公司（饮料市场）。大企业可通过无差异性市场营销战略和差异性市场营销战略达到覆盖整个市场的目的。

三、目标市场营销战略

企业确定目标市场的方式不同、选择的目标市场范围不同，其营销战略也就不一样。一般来说，目标市场营销战略有三种，即无差异性市场营销战略、差异性市场营销战略和密集型市场营销战略，如图 6-3 所示。

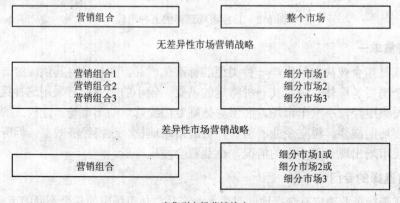

图 6-3 密集型市场营销战略

（一）无差异性营销战略

当企业面对的是同质市场或同质性较强的异质市场时，便可以采用这一战略开展市场营销活动，即企业把整个市场看做一个大的目标市场，不细分市场，只推出一种产品，试图吸引尽可能多的消费者，为整个市场服务。

这一战略的最大优点是：①由于大批量生产和经营，有利于企业降低成本，取得规模效应；②由于不需要对市场进行细分，可相应地节省市场调研和宣传费用，有利于提高利润水平。这一战略的缺点是：难以满足消费者的不同需求，不能适应瞬息万变的市场形势，应变能力差。因此，一般说来，选择性不强、差异性不大的"大路货"商品、供不应求的商品、具有专利权的商品等宜于采用此种战略。在生产观念和推销观念盛行的时期，它是大多数企业选择的营销战略。随着消费者需求向多样化、个性化发展，生产力和科技水平进一步提高，其适用范围逐步缩小。

【案例 6-7】

可口可乐是世界上最畅销的饮料之一，自 1886 年问世以来一直奉行无差异性市场营销战略，其广告语"请喝可口可乐"使用至今。

百事可乐公司比可口可乐公司晚 12 年创建，为了争夺市场份额，百事可乐公司对可口可乐公司发起了激烈的挑战。除了强调便宜（其广告语是"一样的价格，可饮两倍量"）、争取年轻人（广告歌"今天生龙活虎的人们一致同意，年轻人就喝百事可乐"）外，还执行了差异性市场营销战略，即推出了七喜汽水，争取"非可乐"细分市场，开展一场"无咖啡因"广告运动，对可口可乐造成了巨大的冲击。可口可乐在此打击下，不得不放弃无差异性市场战略，也相继推出了雪碧、芬达、雪菲力等各种风格和口味的饮料，以满足不同市场的需求。

（二）差异性市场营销战略

这是企业把整个大市场细分为若干个不同的市场群体，依据每个小市场需求上的差异性，有针对性地组织经销商品和制定促销策略，即生产不同的商品，根据不同的商品制定不同的价格，采用不同的分销渠道，应用多种广告设计和广告宣传，满足不同消费者的需求。

差异性市场战略的优点在于：①全面满足消费者的不同需求；②一个企业经营多种商品，实现营销方式和广告宣传的多样性，能适应越来越激烈的市场竞争，有利于扩大市场占有率、增加企业销售额、提高企业信誉。其缺点在于：销售费用和各种营销成本较高，受企业资源和经济实力的限制较大。因此，差异性市场战略适用于选择性较强、需求弹性大、规格等级复杂的商品营销。

【案例 6-8】

海尔的差异市场营销战略

海尔集团产品从 1984 年的单一冰箱发展到拥有白色家电、黑色家电、米色家电在内的 96 大门类 15 100 多个规格的产品群，并出口到世界 160 多个国家和地区。2003 年，海尔全球营业额实现 806 亿元，主要业务领域包括家电、信息产品、家居集成、工业制造、生物制药等多个产业。

海尔集团在开拓西南市场时，发现许多农民用洗衣机洗红薯，结果泥沙堵塞了排水管，于是开发出一种大排水管的"大地瓜"洗衣机，深受当地农民欢迎。

据统计，在中国洗衣机行业的新产品、新技术及专利技术申报中，仅海尔洗衣机就占 60% 左右。海尔洗衣机产品品种从 1.5 kg 到 12 kg，平均每 0.2 kg 就有一款，可满足不同用户的各种需求。2003 年 9 月，海尔洗衣机又应对健康、环保问题推出了首台真正不用洗衣粉的"环保双动力"洗衣机，引领了行业未来发展新趋势。2003 年，海尔集团还推出了"盘不转波转"微波炉、"复式"冰箱、"双能源风管式"中央空调等。

（三）密集型市场营销战略

密集型市场战略也称集中型市场战略，是企业把整个市场细分化后，选择一个或少数几个细分市场为目标，实行专业化经营，即企业集中力量向一个或少数几个细分市场推出商品，占领一个或少数几个细分市场的战略。

密集型市场战略的主要优点在于：可准确地了解消费者的不同需求，有针对性地采取营销策略，可节约营销成本和营销费用，从而提高企业投资利润率。这种市场战略的最大缺点在于：风险性较大，最容易受竞争的冲击。因为目标市场比较狭窄，一旦竞争者的实力超过自己，消费者的爱好发生转移或市场情况发生突然变化，都有可能使企业陷入困境。因此，密集型市场战略经常被资源有限的中、小企业所采用，因为它们所追求的不是在较大市场上占有较小的份额，而是要在较小的细分市场上占有较高的份额。

三种可供选择的目标市场营销战略比较如表 6-3 所示。

表 6-3   三种目标市场营销战略比较

	追 求 利 益	营销稳定性	营 销 成 本	营 销 机 会	竞 争 程 度	管理难度
无差异性战略	经济性	一般	低	易失去	强	低
差异性战略	销售额	好	高	易发展	弱	高
密集型战略	形象和市场占有率	差	低	易失去	强	低

【案例 6-9】

100 多年前日本京都成立了一家生产纸牌的小店，以汉语"尽人事，听天命"的寓意取名为"任天堂"。100 多年来，任天堂始终抱着"玩具"这一细分市场，从扑克牌、塑料扑克牌、魔术扑克牌、电子游戏机到计算机玩具，坚持不懈使其产品畅销全球。"任天堂"抱着一棵"树"不放，这棵"树"虽然不大，但不低头、拼命开发创新，最终成为了一棵"摇钱树"。

四、选择目标市场战略的条件

无差异性市场战略、差异性市场战略和密集型市场战略各有利弊，各自适合不同的情况。一般说来，在选择目标市场战略时要考虑以下五个因素。

（一）企业资源

企业资源主要包括资金、物质技术设备、人员、营销能力和管理能力等。如果企业资源丰富、实力雄厚（包括生产经营规模、技术力量、资金状况等）、具有大规模的单一流水线，拥有广泛的分销渠道、产品标准化程度高、内在质量好、品牌商誉高，可以采用无差异性市场战略；如果企业具有相当的规模、技术设计能力强、管理素质较高，可实施差异性市场战略；反之，如果企业资源有限、实力较弱、难以开拓整个市场，则最好实行密集型营销战略。

（二）产品特点

对于同质产品，如钢铁、大米、盐、糖等，其品质、功能、形状都是类似的，差异性较小，购买者并不重视其区别，竞争集中在价格上，比较适采用无差异性市场营销战略。反之，对于异质性产品，消费者对这类产品特征感觉有较大差异，如服装、家具、化妆品等，其需求弹性较大，可采取差异性或密集性战略。

（三）商品市场生命周期

一般来说，商品从进入市场到退出市场要经过四个阶段，商品处于不同的阶段应采取不同的市场营销战略。产品处在导入期、成长期时宜采取无差异性市场营销战略，因为消费者初步接触新产品，对其不甚了解，消费需求还停留在初浅层次。另一方面，企业由于种种原因也难以一下子推出多种品种。产品在成熟期、衰退期时宜采取差异性战略和密集性战略。这是由于企业生产已定型，消费已成熟，需求向深层次多样化发展，竞争也日趋激烈。采取差异性战略可以开辟一个又一个新市场；采取密集型战略则可以稳固市场地位、延长产品生命周期。

（四）市场特点

市场特点是指各细分市场间的区别程度。当各个细分市场的类似程度较高，即消费者的需求、爱好较为接近，每个时期购买的数量也大致相同，对市场促销因素的反应也相同，就可采用无差异性市场营销战略；反之，当市场差异程度较高时，则宜于采用差异性市场营销战略或密集型市场营销战略。

（五）竞争状况

企业采取何种目标市场营销战略通常还要取决于竞争对手的营销战略。如果竞争对手采用无差异性市场营销战略，企业则应考虑差异性市场营销战略以提高竞争能力。如果竞争对手采用差异性营销战略，企业则应进一步细分市场，实行更有效的密集型战略，使自己产品与竞争对手有所不同。

第三节　市场定位策略

一、市场定位的概念与作用

企业进行市场细分和选择目标市场后，还会面临如下问题：如何进入目标市场？以怎样的姿态和形象占领目标市场？这就是市场定位。

（一）市场定位的概念

市场定位（Marketing Positioning）又称产品定位或竞争性定位，是根据竞争者现有的产品在细分市场上所处的地位和消费者对产品某些属性的重视程度，塑造出本企业产品与众不同的鲜明个性或形象并传递给目标消费者，使该产品在细分市场上占有强有力的竞争地位。市场定位的实质是使本企业与其他企业严格区分开来，使消费者明显感觉和认识到这种差别，从而在消费者心目中占有特殊的位置。

工商企业进行目标市场定位是通过创造鲜明的商品营销特色和个性，从而塑造出独特的市场形象来实现的。这种特色可表现在商品范围和商品价格上，也可表现在营销方式等其他方面。科学而准确的市场定位是建立在对竞争对手所经营的商品具有何种特色、消费者对该商品各种属性重视程度等进行全面分析的基础上的。为此，企业需掌握以下信息：①目标市场上的竞争对手提供何种商品给消费者？②消费者确实需要什么？③目标市场上的新消费者是谁？企业根据所掌握的信息，结合本企业的条件，适应消费者一定的要求和偏好，在其心目中为本企业的营销商品创造一定的特色、赋予一定的形象，从而建立一种竞争优势，以便在该细分市场吸引更多的消费者。

（二）市场定位的作用

市场定位的概念提出来以后受到企业界的广泛重视，越来越多的企业运用市场定位参与竞争、扩大市场。总的看来,它主要在两个方面为广大商家提供了制胜的法宝。

(1)市场定位有利于建立企业及产品的市场特色,是参与现代市场竞争的有力武器

在现代社会中,许多市场都存在严重的供大于求的现象,众多生产同类产品的厂家争夺有限的顾客,市场竞争异常激烈。为了使自己生产、经营的产品获得稳定的销路,防止被其他厂家的产品所替代,企业必须从各方面树立起一定的市场形象,以期在消费者心目中形成一定的偏爱。美国摩托罗拉公司在世界电信设备市场上成功地塑造了质量领先的形象,从而在激烈的市场竞争中居于领先地位,在不到 10 年的时间内由一家小公司上升为世界十大名牌公司之一。

(2)市场定位决策是企业制定市场营销组合策略的基础

企业的市场营销组合要受到企业市场定位的制约。例如,某企业决定生产、销售优质低价的产品,那么这样的定位就决定了产品的质量要高、价格要低、广告宣传的内容要突出强调企业产品质优价廉的特点,要使消费者相信产品是货真价实的,低价也能买到好产品;分销储运效率要高,保证低价出售仍能获利。也就是说,企业的市场定位决定了企业必须设计和发展与之相适应的市场营销组合。

二、市场定位的方式

市场定位是一种竞争性定位,它反映市场竞争各方的关系,是为企业有效参与市场竞争服务的。定位方式不同,竞争态势也不同。下面分析三种主要的定位方式。

(一)避强定位

避强定位是指企业回避与目标市场上的竞争者直接对抗,将位置定在市场"空白点",开发并销售目前市场上还没有的产品,开拓新的市场领域。

避强定位的优点是:能够迅速地在市场上站稳脚跟,并在消费者心目中尽快树立起一定形象。由于这种定位方式市场风险较小、成功率较高,常常为多数企业所采用。

(二)迎头定位

这是一种与在市场上居支配地位的竞争对手"对着干"的定位方式,即企业选择与竞争对手重合的市场位置,争取同样的目标消费者,彼此在产品、价格、渠道、促销等方面少有差别。在世界饮料市场上,作为后起之秀的百事可乐进入市场时,就采用这种方式与可口可乐展开了面对面的较量。

实行迎头定位,企业必须做到知己知彼,应该了解市场上是否可以容纳两个或两个以上的竞争对手,自己是否拥有比竞争对手更多的资源和能力,是不是可以比竞争对手做得更好。否则,迎头定位可能会成为一种非常危险的战术,将企业引入歧途。当然,也有些企业认为这是一种更能激发自己奋发向上的定位尝试,一旦成功就能取得巨大的市场份额。

(三)重新定位

重新定位通常是指对那些销路少、市场反映差的产品进行二次定位。重新定位策略是指企业改变产品特色,改变目标消费者对其原有的印象,使目标消费者对其产品新形象有一个重新认识的过程。

市场重新定位对于企业适应市场营销环境、调整市场营销战略是必不可少的。企业产品在市场上的定位即使很恰当,在出现下列情况时也需考虑重新定位:①竞争对手推出

的产品市场定位在本企业产品的附近，侵占了本企业品牌的部分市场，使本企业品牌的市场占有率有所下降；②消费者偏好发生变化，从喜欢本企业某品牌转移到喜爱竞争对手的品牌。

【案例6-10】

万宝路的重新定位

尽管世界的控烟浪潮汹涌澎湃，但是"万宝路"在美国《商业周刊》和纽约国际名牌公司联合推出的2003年全球100大品牌排行榜上仍然高居第9位，其品牌价值为221.8亿美元。它的成功得益于万宝路的市场定位。20世纪20年代的美国青年被称做"迷惘的一代"，时髦女郎们更是信奉及时行乐主义，致使女烟民的数量激增。菲利普•莫里斯公司决定生产一种适合女性嗜好的香烟，于是万宝路于1924年问世了。但一直到20世纪50年代，万宝路始终默默无闻。公司逐渐意识到了问题的症结所在：对女性脂粉气的附和，使广大男性烟民对其望而却步，而女性难以形成固定的"瘾君子"群。于是，1954年，公司对万宝路香烟的形象进行了崭新大胆的改造：产品品质不变，改变产品包装，使之更富有男子汉气息；广告不再以妇女为主要对象，而转为铁骨铮铮的男子汉。1955年，万宝路香烟在美国香烟品牌中销量一跃排名第10位，之后便扶摇直上。

三、市场定位的步骤

（一）确定产品定位的依据

产品定位的依据有很多，如产品的质量好坏、价格高低、技术水平、服务水准、规格大小、功能多少等，通常可以用定位图来进行分析。根据定位因素的不同组合，可以绘出不同的定位图。例如，以电视机生产企业为例，采用功能与价格两个不同的变量组合，就可以绘出目标市场产品平面定位图，如图6-4所示。

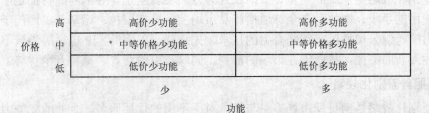

图6-4 目标市场产品平面定位图

（二）明确目标市场的现有竞争状况

企业要进入的目标市场往往早已有竞争对手在经营，因此产品定位的第二个步骤就是要在调查、分析的基础上，把现有竞争对手的情况在定位图上标示出来，以便下一步的定位操作。还是以电视机生产企业为例，假如现在市场上已有三家企业生产电视机，则可以用三个圆圈分别表示三家竞争对手，圆圈的大小表示各竞争对手产品销售量的多少，圆圈的位置则表示竞争对手在市场上的实际区位，如图6-5所示。A企业生产的是中等价格较少功能的电视机，它的规模最大；B企业生产的是高价多功能的电视机；C企业生产的是低价少功能的电视机，它的规模最小。这样，目标市场的竞争状况便可一目了然。

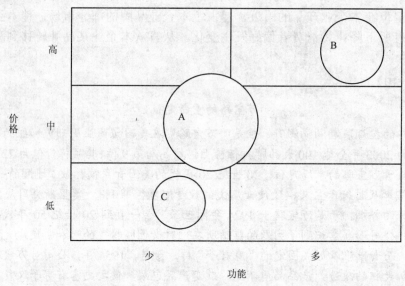

图6-5　产品定位示意图

（三）确定本企业产品在市场中的位置

了解了现有竞争对手的状况，企业便可以根据竞争状况和本企业的条件来确定本企业产品在市场中的位置，并据此制定相应的市场营销策略。

四、市场定位战略

差别化是市场定位的根本战略，具体体现在以下四个方面。

（一）产品差别化战略

产品差别化战略是从产品质量、产品款式等方面实现差别。寻求产品特征是产品差别化战略经常使用的手段。例如，在全球通信产品市场上，摩托罗拉、诺基亚、西门子、飞利浦等颇具实力的跨国公司通过实行强有力的技术领先战略，在手机、IP电话等领域不断地为自己的产品注入新的特征，从而走在市场的前列，同时吸引消费者、赢得竞争优势。

（二）服务差别化战略

服务差别化战略是向目标市场提供与竞争对手不用的优质服务。企业的竞争力越能体现在对手服务水平上，市场差别化就越容易实现。如果企业把服务要素融入产品的支撑体系，就可以在许多领域建立其他企业的进入障碍。因为服务差别化战略能够提高消费者的购买总价值，保持牢固的客户关系，从而击败竞争对手。

（三）人员差别化战略

人员差别化战略是指通过聘用和培训比竞争对手更为优秀的人员以获取差别优势。

（四）形象差别化战略

形象差别化战略是在产品的核心部分与竞争对手类同的情况下塑造不同的产品形象以获取差别优势。企业或产品想要成功地塑造形象，需要具有创造性的思维和设计，需要持续不断地利用企业所能利用的所有传播工具。成功地运用视觉设计（Visual Identity，VI）在实现形象差别化战略中非常重要。

【案例 6-11】

太太口服液的功能定位

20 世纪 90 年代中期，深圳市的太太药业集团推出了太太口服液，起初公司曾决定用"除斑、养颜、活血、滋阴"等作为产品的多种诉求，但这样与其他保健品无多大区别。1996 年后，该公司重点强调产品含有 F.L.A（Ferulic Acid，阿魏酸），能够调理内分泌，令肌肤重现真正天然美的纯中药制品，并在广告中宣传"十足女人味，太太口服液"，从而成功地实现了重点功能定位。

五、市场定位策略

企业在具体探索定位策略时，大致有以下六种定位策略可供选择。

（一）比附定位

比附定位就是比拟名牌、攀附名牌来给自己的产品定位，以借名牌之光而使自己的品牌生辉。比附定位的主要办法有三。①甘居第二。明确承认本行业中另有最负盛名的品牌，自己只不过是第二而已。这种策略会使人们对企业产生一种谦虚诚恳的印象，相信企业所说是真实可靠的，这样自然而然地使消费者能记住这个通常不易进入人们心中的品牌。②攀龙附凤。其切入点亦如上述，首先是承认同一行业中早已卓有成就的名牌，本品牌虽自愧弗如，但在某地区或在某一方面还可与这些最受消费者欢迎和信赖的品牌并驾齐驱、平分秋色。例如，内蒙古的宁城老窖，以"宁城老窖，塞外茅台"的广告诉求来定位，就是一个较好的例子。③奉行高级俱乐部策略。企业如果不能取得第一名或攀附第二名，便退而采用此策略，借助群体的声望和模糊数学的手法，打出入会限制严格的俱乐部式的高级团体牌子，强调自己是这一高级群体的一员，从而提高自己的地位形象。例如，可宣称自己是某行业的三大企业之一、驰名商标之一等。

（二）属性定位

属性定位就是根据特定的产品属性来定位。例如，广东客家娘酒总公司生产的客家娘酒把其定位为"女人自己的酒"，突出这种属性，对女性消费者来说就很具吸引力。因为一般名酒酒精度都较高，多数女士无口福享受，客家娘酒宣称为女人自己的酒，就塑造了一个相较于男士之酒的强烈形象，不仅可在女士心目中留下深刻的印象，而且还会成为不能饮高度酒的男士选择。

（三）利益定位

利益定位是指根据产品所能满足的需求或所提供的利益、解决问题的程度来定位。例如，中华、白玉牙膏定位为超洁爽口牙膏；洁银牙膏定位为疗效牙膏，宣称对牙周炎、牙龈出血等多种口腔疾患有显著疗效。这些定位都各能吸引一大批消费者，分别满足他们的特定需求。

（四）与竞争对手划定界线的定位

这种定位是指与某些知名而又属司空见惯类型的产品作出明显的区分，给自己的产品定一个相反的位置。美国的七喜汽水之所以能成为美国第三大软性饮料，就是因为采用了这种定位策略，宣称自己是"非可乐"型饮料，是代替可口可乐和百事可乐的消凉解渴饮料，突出其与两"乐"的区别，吸引了相当部分的两"乐"品牌转移者。

（五）市场空档定位

企业寻找市场上尚无人重视或未被竞争对手控制的位置，使自己推出的产品能适应这一潜在目标市场需求的策略。作出这种决策，企业必须对下列问题有足够的把握：①制造这种新产品在技术上是可行的；②按既定价格水平在经济上是可行的；③喜欢这种产品的消费者足够形成一个购买群体。如果上述问题的答案是肯定的，则可在这个市场空档进行填空补缺。

（六）质量／价格定位

质量/价格定位即结合、对照质量和价格来定位。产品的这两种属性通常是消费者在作购买决策时最直观和最关注的要素，而且往往是相互结合起来综合考虑的。但这种综合考虑，不同消费者在这两个因素上会互有侧重。例如，某种选购品的目标市场是中等收入的理智型的消费者，则可将产品定位为"物有所值"，作为与"高质高价"或"物美价廉"相对立的定位。

本章思考题

1．为什么要进行市场细分？市场细分的标准是什么？
2．消费者市场细分和生产者市场细分的依据各是什么？
3．目标市场的三种营销战略各有什么特点？各适用于哪种环境条件？
4．进行目标市场选择时主要考虑哪些因素？
5．市场定位的概念是什么？如何进行准确的市场定位？
6．目标市场定位的策略有哪些？各适用于哪种情况？

第七章 竞争性市场营销战略

　　🤴👑👑👑
　　学 习 目 标

学完这章后，希望你能够掌握：

1．竞争者分析的内容

2．竞争者的特点以及如何确定竞争对象和竞争战略

3．竞争性地位的分析思路以及市场领导者、市场挑战者、市场跟随者、市场利基者的战略

 引导案例

旷日持久的可乐战

　　美国亚特兰大可口可乐公司和纽约百事可乐公司是美国软饮料市场上的两支生力军。这两支大军之间持续进行了数10年的"可乐战"。

　　可口可乐是具有100多年历史的老牌软饮料，它的发明者是药剂师约翰·史蒂斯·彭伯顿先生。可口可乐刚上市时根本不是什么软饮料，只是一种含有古柯叶可卡因和可乐树子咖啡因的让人感到好奇的专卖药物。1903年，可口可乐公司剔除了可乐中的可卡因成分，改变了配方，从昂贵的古柯叶中摆脱了出来。在广告活动和戒酒风潮的支持下，可口可乐公司日益壮大，该公司及时地提出了"这是无酒精的高级国民饮料"的广告口号，迎合了当时消费者的喜好。1915年，印第安纳州的设计师特里·赫特设计出了一种6.5盎司（1盎司≈0.028kg）容量的新瓶，为可口可乐赢得了独特性。在整个20世纪20年代，可口可乐几乎没有真正的竞争对手。

　　20世纪30年代的大萧条帮助了百事可乐公司的起飞。百事可乐的主要形象是那个容量为12盎司的瓶子。同样是5美分，只能买到6.5盎司的可口可乐，却能买到12盎司的百事可乐。百事可乐公司利用了电台广告，其中一首叫《约翰·皮尔》的歌中唱道："百事一瓶消困觉，12盎司实在多；只要5分便宜不？快购理想的可乐！"这一策略击中了目标市场，赢得了广大的青年消费者。在萧条年代，年轻人在糖果和可乐的消费中，他们更看重数量而不是质量。

　　第二次世界大战期间，由于百事可乐的推销精明有术，对可口可乐的进攻频频得手，因而其营业额迅速超过了众多的同行，一跃成为仅次于可口可乐的美国第二大软饮料公司。

　　此时，可口可乐才意识到竞争对于的威胁。针对百事可乐推出更大的可乐瓶策略，可口可乐公司发起了一场闪电战：突然同时推出10盎司、12盎司和26盎司容量的可乐瓶，并接二连三地推出应战广告：1956年提出"本公司推出更美味的可乐"，1957年提出"可乐是美味的象征"，1958年提出"清凉醒脑的可口滋味"，1959年又提出"名符其实的清凉提神可

乐"。遗憾的是他们心态不稳，年年更新广告，使消费者对可口可乐的印象莫衷一是，发挥不了广告的作用，而且它的内容只是词语的变动，并没有超出首次推出的广告，也就没有时代感、没有创新，更不用说运用心理学的技巧了。

百事可乐技高一招，他们于1961年推出"现在，是百事可乐在为那些自觉年轻的人们提供服务。""现在"一词向消费者暗示顾客现在是百事可乐的时代，接着的"为……人们提供服务"易获得消费者的好感，而"自觉年轻"巧妙地将青年人和中老年人都包括在它的消费群中。事隔三年后，百事可乐公司又推出"雀跃吧，属于百事可乐的一代！"加强了1961年那个广告的气氛。20世纪70年代中期，百事可乐又推出竞争新招，发起一场"百事可乐的挑战"运动。他们将两种未提名的可乐交给消费者进行蒙眼品味，结果爱喝"百事"与爱喝"可口"的品尝者之比为3:2。据此，百事可乐公司在新闻媒体上大加宣传，并抓住百事可乐的甜度比可口可乐高约9%，攻击可口可乐的弱点。

为了有效防御百事可乐的进攻，若干年后可口可乐公司突然宣布改变配方，推出"新可口可乐"，以此与百事可乐的甜度斗法。"新可口可乐"上市不到三个月，公司又宣布：正宗的"可口可乐"改名为"一流可口可乐"。在数10年的可乐战中，由于百事可乐公司的不断努力，它逐步侵蚀着可口可乐的领导地位。1960年，可口可乐的销量是百事可乐的2.5倍，到了1985年，仅有1.5倍，只剩下微弱的竞争优势。可口可乐与百事可乐之战仍在进行着，鹿死谁手，尚难预料。

讨论题：

1. 百事可乐公司是怎样向可口可乐公司发起进攻的？它采用了什么竞争战略？

2. 你认为21世纪百事可乐公司能否取代可口可乐公司而成为市场领导者？如果百事可乐公司要夺得市场领导者地位应采取怎样的竞争战略？可口可乐公司又应采取怎样的竞争战略来维持市场领导者的地位？

第一节　竞争者分析

长期以来，企业的决策者容易忽略对竞争者的分析，他们会认为对每天都在竞争着的竞争者已经有了足够的了解，或是认为竞争者的细节根本不可能了解到，而只要本公司的绩效还不错，就很少愿意花费时间和精力去作竞争者分析。然而，现实的情况是：竞争者代表着一个主要的决定因素，决定着本公司经营策略能否成功，如果不去仔细考虑竞争者的优势、劣势、战略和易受攻击的弱点，很可能导致公司的业绩下降，还会使公司受到不必要的、意外的攻击。了解竞争对手主要是要知道：谁是我们的竞争者？他们的战略和目标是什么？他们的优势和劣势是什么？他们的反应模式是什么？

一、识别竞争者

（一）从产品的替代性分析竞争者

对竞争者的界定，按从窄到宽的角度可划分为四个层次，如表7-1所示。

表 7-1　竞争者层次的划分

竞争者层次划分	别　称	说　明	举　例
1. 品牌竞争者		满足同一需求的同种形式产品不同品牌之间的竞争	可口可乐与百事可乐 麦当劳与肯德基
2. 属类竞争者	行业竞争者	行业内提供不同产品以满足同一种需求的竞争	单门与双门冰箱 黑白电视与彩色电视
3. 形式竞争者	一般竞争者	满足同一需求的产品的各种形式间的竞争	家用小汽车、摩托车和自行车的竞争
4. 愿望竞争者	广义竞争者或通常竞争者	提供不同产品以满足不同需求的竞争	旅游与购买计算机的竞争

【案例 7-1】

哈雷·戴维斯及其对竞争的感知

哈雷·戴维斯作为最后留下来的美国摩托车品牌被视为自由和冒险的象征，它的拥有者的社会经济地位与其他摩托车拥有者有很大不同。骑哈雷·戴维斯的人是一群"富有的城市骑车人"，在他们眼中，哈雷不是交通工具而是一种生活态度及方式。因此，在美国，哈雷·戴维斯与其他摩托车生产商仅有非常间接的竞争，与它竞争的是那些"富有的城市人"同样热衷的产品——温室和游泳池。

（二）从行业角度识别竞争者

1. 影响行业竞争的因素

在同行业竞争中要特别重视以下三个因素。

（1）卖方密度

卖方密度是指同一行业或同类产品生产经营者的数目，直接影响企业市场份额的大小和竞争的激烈程度。

（2）产品差异

产品差异是指不同企业生产同类产品的差异程度，这种差异使产品各具特色而互相区别。

（3）进入难度

进入难度是指企业试图进入某行业时所遇困难的程度。

2. 决定行业结构的主要因素

（1）销售商数量及产品差异程度

依据销售商数量及产品差异程度，可以对行业结构进行划分，如表 7-2 所示。

表 7-2　依据销售商数量及产品差异程度对行业结构的划分

	一个销售商	少数销售商	许多销售商
无差别产品	完全垄断（行业内只有一个公司）	完全寡头垄断	完全竞争
有差别产品		不完全寡头垄断	垄断竞争

1）完全垄断：指在一定地理范围内某一行业只有一家公司供应产品或服务。

2）寡头垄断：指某一行业内少数几家大公司提供的产品或服务占据绝大部分并相互竞争。寡头垄断又可分为完全寡头垄断和不完全寡头垄断两种形式。

完全寡头垄断也称为无差别寡头垄断，指某一行业内少数几家大公司提供的产品或服务占据绝大部分并且消费者认为各公司产品没有差别，对品牌无特殊偏好。寡头企业之间的相互牵制导致每一企业只能按照行业的现行价格水平定价，不能随意变动，竞争的主要手段是改进管理、降低成本、增加服务。

不完全寡头垄断也称为差别寡头垄断，指某一行业内少数几家大公司提供的产品或服务占据绝大部分且顾客认为各公司的产品存在差异，对某些品牌形成特殊偏好，其他品牌不能替代。消费者愿意以高于同类产品的价格购买自己所喜爱的品牌，寡头垄断企业对自己经营的受顾客喜爱的名牌产品具有垄断性，可以制定较高价格以增加赢利。竞争的焦点不是价格，而是产品特色。

3）完全竞争：指某一行业内有许多卖主且相互之间的产品没有差别。完全竞争大多存在于均质产品市场，如食盐、农产品、水泥等。买卖双方都只能按照供求关系确定的现行市场价格来买卖商品，都是价格的接受者，而不是价格的决定者。企业竞争战略的焦点是降低成本、增加服务并争取扩大与竞争品牌的差别。

4）垄断竞争：指某一行业内有许多卖主且相互之间的产品有差别，消费者对某些品牌有特殊偏好，不同的卖主以产品的差异性吸引消费者，开展竞争。企业竞争的焦点是扩大本企业品牌与竞争品牌的差异，突出特色。对于客观上不易造成差别的同质产品或不易用客观和主观手段检测的产品，企业可以运用有效的营销手段，如款式、商标、包装、价格和广告等，在购买者中造成本品牌与竞争品牌的心理差别，强化特色，夺取竞争优势。

【案例 7-2】

行业竞争结构的变化

行业竞争结构会随着时间的推移而变化。例如，吉列公司发明了安全剃刀，由于掌握独有的生产技术并享有专利保护，独家供应市场，这时的市场结构是完全垄断。随着专利保护权限过期和生产技术的普及，其他公司受高额利润吸引，纷纷进入这一市场，生产同类安全剃刀与吉列公司竞争。不同品牌产品的功能大体相同，但是质量、样式、效果、价格等有些差别，形成垄断竞争的市场结构。当产品生命周期进入成熟期，市场需求的增长速度减缓时，一些销售量小、产品成本高、未形成规模效益、品牌知名度低的企业被淘汰；销售量大、产品成本低、具有规模效益、品牌知名度高的少数大企业迅速占有大部分市场份额，并且力图突出特色，如吉列公司先后生产出蓝色刀片、带两个刀片的安全剃刀等，市场结构逐步形成不完全寡头垄断。随着生产技术的进一步提高，各垄断企业的产品在质量、性能和效果方面的差距缩小，乃至消失，消费者也把不同品牌的安全剃刀看做是同质产品，行业结构就变成了完全寡头垄断。由于垄断企业之间的相互牵制，谁也不敢降低产品价格，谁也不能通过提高产品价格而获取超额利润。为了夺取竞争优势，各垄断企业又下大力气开发新产品。新产品又与竞争品牌拉开了差距，并通过大量广告宣传为广大消费者认识，扩大了市场份额，市场结构又会循环到差别寡头垄断或完全垄断。

（资料来源：吴健安主编《市场营销学》，第 169 页，北京，高等教育出版社）

（2）进入与流动障碍

进入与流动障碍主要包括：①缺乏足够的资本；②未实现规模经济；③无专利和许可证；④无场地；⑤原料供应不充分；⑥难以找到愿意合作的分销商；⑦产品的市场信誉不易建立等。

其中，一些障碍是行业本身固有的；一些障碍则是先期进入并已垄断市场的企业单独或联合设置的，以维护其市场地位和利益。即使企业进入了某一行业，在向更有吸引力的细分市场流动时，也会遇到流动障碍。各个行业的进入与流动障碍不同，如进入粉笔制造业十分容易，进入飞机制造业则极其困难。某个行业的进入与流动障碍高，先期进入的企业就能够获取高于正常水平的利润率，其他企业只能望洋兴叹；某个行业的进入与流动障碍低，其他企业就会纷纷进入，使该行业的平均利润率降低。

（3）退出与收缩障碍

如果某个行业利润水平低甚至亏损，已进入的企业就会主动退出，并将人力、物力和财力转向更有吸引力的行业。但是，退出一个行业也会遇到退出障碍，主要包括：①对消费者、债权人或雇员法律和道义上的义务；②政府限制；③专业化或设备陈旧导致资产利用价值低；④未发现更有利的市场机会；⑤高度的纵向一体化；⑥感情障碍。

即使不完全退出该行业，仅仅是缩小经营规模也会遇到收缩障碍。由于存在退出与收缩障碍，许多企业在已经无利可图的时候，只要能够收回可变成本和部分收回固定成本，就会在一个行业内维持经营。它们的存在降低了行业的平均利润率，打算在该行业内继续经营的企业出于自身的利益考虑应设法降低它们的退出障碍，如买下退出者的资产、帮助承担消费者义务等。

（4）成本结构

在每个行业里从事业务经营所需的成本及成本结构都不同。例如，轧钢业所需成本大而化妆品业所需成本小，轧钢业所需的制造和原材料成本大而化妆品业所需分销和促销成本大；轧钢厂将主要成本用于建立现代化的工厂比用于广告宣传更有利，化妆品制造商将主要成本用于建立广泛分销渠道和广告宣传比投入生产更有利。

（5）纵向一体化

在许多行业中，实行前向或后向一体化有利于取得竞争优势。汽车公司可以将橡胶林种植、汽车轮胎制造、汽车玻璃制造、汽车制造和汽车专卖店都作为自己的经营范围。实现纵向一体化的企业可以降低成本、控制增值流，还能在各个细分市场中控制价格和成本，在税收最低处获取利润，使无法实现纵向一体化的企业处于劣势。其缺点是价值链中的部分环节缺少灵活性，维持成本比较高。

（6）全球经营

有些行业局限于地方经营，如理发、浴室、影院、歌舞厅等；有些行业则适宜发展全球经营，如飞机、计算机、电视机、石油等，可称为全球性行业。在全球性行业从事业务经营必须开展以全球为基础的竞争，以实现规模经济和赶上最先进的技术。

【案例 7-3】

差异化竞争打造乳业新格局

进入 2002 年四五月份，种种市场举动表明，光明、三元、伊利这一乳业三巨头格局正在遭遇挑战，颠覆行动同时来自三巨头内外两个方面。

新势力切入

外力即是新势力的介入。新势力的特征是资金雄厚、企业经营规模巨大、有着成熟的资本运作能力和相关大产业管理能力，以大手笔资本运作整合优质中小地方乳业品牌。

新希望堪称新势力的代表之一。从2001年10月到2002年4月底，短短的半年时间内，"饲料大王"刘永好三次出手，先是入主四川阳坪、重庆天友，继而斥资2750万元收购了安徽白帝乳业55%的股权，更有传言刘永好正与年初在成都倒奶的华西乳业密谈合作。新希望集团在2001年度年报中透露，要把乳业做成饲料之外的第二大产业平台。有报道称，已经有南京、武汉、合肥、青岛、郑州、重庆、哈尔滨、西安等地九家乳品企业与新希望接触并有意合作，这九家企业的年总产量加起来达到了30万吨。排名中国乳业第一的光明乳业，2001年生奶收购量为45万吨。

另一些不容小觑的势力是饮料大王娃哈哈与豆奶大王维维集团。虽然娃哈哈今年以乐酸乳和茶饮料为市场运作重点，但携其资金与销售网络优势进入纯牛奶市场的娃哈哈，产品已经卖到了伊利的家门口，产品价格还只有伊利的一半。维维集团则直接将目光选定广东珠江三角洲地区的市场，在中山、珠海等地控股了数家乳品企业，其中最惹眼的一次是其控股珠海市场牛奶公司。

奶源竞争升级

巨头格局颠覆的内部力量来自光明与三元。2002年4月，上海光明乳业公开加入到此前一直为北京三元乳业及个别国外品牌在华东华南倡导的"无抗奶"阵线。

所谓"无抗奶"，就是用不含抗生素的牛奶源生产的各类牛奶。在发达国家，"无抗"是一条基本标准，而在我国牛奶的国家标准中，虽然理化、卫生等指标均与国际标准接近或相当，但"无抗"却未写入其中。

深圳海王实业刚刚以牛初乳切入乳品市场。海王实业总经理杨利认为，"无抗奶"的提出表明乳业巨头的奶源竞争从谁拥有的奶牛多开始转向谁家奶牛好的阶段，有助于推进国内乳源品质的整体上升。

在中国加入WTO前后，伊利、三元、光明、完达山、蒙牛等国内著名企业纷纷在中国北方草原和传统牧区瓜分了有限的奶源，伊利的三大奶源基地在呼伦贝尔、黑龙江和津京唐地区，三元则控制了北京周边各大奶牛场的10万头奶牛的60%以上，而上海市的7万头奶牛有70%以上都供应光明乳业。有部分业内人士认为，在国内现有条件下，只有自有的、稳定的现代化奶牛场才可以确保无抗奶源，光明与三元在此时打出"无抗奶"的概念，在某种意义上也是挟大规模饲养的奶源基地优势向伊利公司加农户形式的奶源基地发出的挑战，乳业竞争的底牌已经亮出。

期待差异化竞争

事实上，市场决定竞争的格局。有关方面的数据表明，在公认的相对成熟的市场上，北京与上海的人均年奶类消费量已经超过25kg，而在广东，人均消费量仍然不到20kg。

当一线品牌资金与品牌优势，以奶源战、收购战、价格战在全国市场上攻城略地之际，二线品牌更多的是突出自己的个性与差异。

事实上，随着加入WTO后牛奶进口关税的逐年降低，国内牛奶的价格优势将逐步丧失，在深圳、上海的一些超市中，已经有澳大利亚的冻鲜奶在出售，差异化产品细分的竞争是一个成熟产业的基本特征和必然趋势，牛奶行业也是一样。消费者欣喜地看到，"忽如一夜春风来"，牛初乳、卡式奶、芦花奶、调制鲜奶……各种各样的特色产品在不同乳业新军的运作下，不断给市场增添亮点，传递着健康营养的新概念，一个差异化与个性化竞争的乳业新格局正在来临。

（资料来源：柯斌著《差异化竞争打造乳业新格局》，载《消费日报》，2002-05-30）

（三）从业务范围识别竞争者

每个企业都要根据内外条件确定自身的业务范围，并随着实力的增加而扩大业务范围。

1．产品导向与竞争者识别

企业业务范围的产品导向定义如表 7-3 所示。

表 7-3　企业业务范围的产品导向定义

公 司 名 称	产品导向定义
铅笔公司	我们生产学生铅笔
自行车公司	我们生产加重自行车
灯具公司	我们生产白炽灯泡
酒厂	我们生产低档白酒

（1）产品导向是企业业务范围限定为经营某种定型产品，在不从事或很少从事产品更新的前提下设法寻找和扩大该产品的市场。

1）竞争者：实行产品导向的企业仅仅把生产同一品种或规格产品的企业视为竞争对手。

2）战略：当原有产品供过于求而企业又无力开发新产品时，主要营销战略是市场渗透和市场开发。

3）适用：①市场产品供不应求，现有产品不愁销路的情况；②企业实力薄弱，无力从事产品更新的情况。

2．技术导向与竞争者识别

企业业务范围的技术导向定义如表 7-4 所示。

表 7-4　企业业务范围的技术导向定义

公 司 名 称	技术导向定义	产 品 种 类
铅笔公司	我们生产铅笔	学生铅笔、绘画铅笔、绘图铅笔、办公铅笔、彩色铅笔……
自行车公司	我们生产自行车	加重车、轻便车、山地车、赛车……
灯具公司	我们生产灯具	白炽灯、日光灯、吊灯、壁灯、落地灯、医用灯、剧场照明灯……
酒厂	我们生产白酒	低档酒、中档酒、高档酒、家用酒、礼品酒、宴会酒……

技术导向是指企业业务范围限定为经营用现有设备或技术生产出来的产品。

1）竞争者：技术导向把所有使用同一技术、生产同类产品的企业视为竞争对手。

2）战略：产品改革、一体化发展。

3）适用：某具体品种已供过于求，但不同花色品种的同类产品仍然有良好前景的情况。

3．需要导向与竞争者识别

企业业务范围的需要导向定义如表 7-5 所示。

表 7-5　企业业务范围的需要导向定义

公 司 名 称	技术导向定义	产 品 种 类
书写用品公司 （原铅笔公司）	我们满足书写需要	铅笔、钢笔、圆珠笔、墨水笔、毛笔、打字机……
短程交通工具公司 （原自行车公司）	我们生产自行车	自行车、助力车、摩托车……
照明用品公司 （原灯具公司）	我们生产灯具	灯具、发光涂料、夜视镜……
佐餐饮料公司 （原酒厂）	我们生产白酒	白酒、红酒、啤酒、黄酒、果汁、可乐……

需要导向是指企业业务范围确定为满足消费者的某一需求，并运用可能互不相关的多种技术生产出分属不同大类的产品去满足这一需求。

1）竞争者：实行需要导向的企业把满足消费者同一需求的企业都视为竞争者，而不论他们采用何种技术、提供何种产品。

2）战略：新产品开发、多角化（进入与现有产品和技术无关但满足消费者同一需要的行业）。

3）适用：商品供过于求，企业具有强大的投资能力、运用多种不同技术的能力和经营促销各类产品的能力的情况。

4. 消费者导向与竞争者识别

企业业务范围的消费者导向定义如表 7-6 所示。

表 7-6　企业业务范围的消费者导向定义

公 司 名 称	技术导向定义	产 品 种 类
学生用品公司 （原铅笔公司）	我们满足中小学生的学习需要	铅笔、钢笔、圆珠笔、墨水笔、毛笔、打字机、学生电脑、练习簿、书包、绘图尺、笔盒、实验用品、其他用具……
婴幼儿用品公司 （原玩具公司）	我们满足婴幼儿的成长需要	玩具、连环画、服装、食品、日用品……

消费者导向是指企业业务范围确定为满足某一群体的需要。

1）优点：能够充分利用企业在原消费者群体的信誉、业务关系或渠道销售其他类型产品，减少进入市场的障碍，增加企业销售和利润总量。

2）缺点：要求企业有丰厚的资金和运用多种技术的能力，并且新增业务若未能获得顾客信任和满意将损害原有产品的声誉和销售。

3）适用：企业在某类消费者群体中享有声誉和销售网络等优势并且能够转移到企业的新增业务上的情况。换句话说，该消费者群体出于对企业的信任和好感而乐于购买企业增加经营的与原产品生产技术上有关或无关的其他产品，企业也能够利用原有的销售渠道促销新产品。

5. 多元导向与竞争者识别

多元导向是指企业通过对各类产品市场需求趋势和获利状况的动态分析确定业务范围，新发展业务可能与原有产品、技术、需要和消费者群体都没有关系。

1）优点：可以最大限度地发掘和抓住市场机会，撇开原有产品、技术、需要和消费者群体对企业业务发展的束缚。

2）缺点：新增业务若未能获得市场承认将损害原成名产品的声誉。

3）适用：企业有雄厚的实力、敏锐的市场洞察力和强大的跨行业经营能力的情况。

二、判定竞争者的战略和目标

（一）判定竞争者的战略

各企业采取的战略越相似，它们之间的竞争就越激烈。在行业中根据各自所采取的战略不同，可将竞争者分为不同的战略群体。一个企业最直接的竞争者是那些处于同一行业同一战略群体的对手。企业在进入某一战略群体之前，首先，要考虑进入的难易程度；其次，要明确谁是主要的竞争者，谁是次要的竞争者。在想要进入的战略群体中，一定要有自己的战略优势，否则不能吸引目标消费者。另外，竞争不仅存在于同一战略群体之中，而且还可能存在于不同战略群体之间。企业必须时刻关注市场的变化，认真分析自己与环境的关系，找准自己的竞争者，做到有的放矢。

战略群体指在某特定行业内推行相同战略的一组企业。需要注意的问题有：①同一战略群体内的竞争最为激烈；②不同战略群体之间存在现实或潜在的竞争；③不同战略群体的进入与流动障碍不同。

（二）判定竞争者的目标

识别出主要竞争者后，还需进一步判断：①每一个竞争者在市场上追求的目标是什么？②每一个竞争者的行为推动力是什么？③竞争者是否有进攻新的细分市场或开发新产品的意图。

通常认为所有竞争者都是最大限度地追求利润并相应地选择其行动，每一个竞争者并不是追求单一的目标，而是目标的组合，但侧重点有所不同。竞争者不同的目标会影响他们在市场中的行为。而每个竞争者都可能同时有多个目标。企业需要了解竞争者们对每个的目标的侧重程度，以便对他们的市场行为作出正确的判断及反应。企业还必须监视和分析竞争者为达成目标而采取的行动，如果发现竞争者开拓了一个新的子市场，那么，这可能是一个市场营销机会；或者发觉竞争者正试图打入属于自己的领地，那么，就应抢先下手予以回击。

三、评估竞争者的实力和反应

（一）评估竞争者的优势与劣势

企业需要估计竞争者的优势与劣势，了解竞争者执行各种既定战略的情报以及是否达到了预期目标。在市场营销实践中，企业经常要面对一个或一群强大的竞争者，它们可能拥有雄厚的资金、绝对领先的技术、完美的管理体系、强大的品牌影响、良好的社会关系以及一流的人才队伍，在这种情况下，更需要研究竞争者的优势和劣势，并利用其劣势，开展有效的进攻。

1. 搜集信息

企业应该监测每个竞争者的市场份额、心理份额、情感份额、销售量、毛利、投资收益率、现金流量、新投资、新设备能力、生产能力的利用等。

调查途径：二手资料（行业报告、公司年度报告、管理者言论、公司公开发表的文件或信息、竞争者参展资料、公司网站、通过互联网搜索、商业媒体的评论）；向消费者、供应商、中间商、前雇员进行调研。

调查信息中的前三项如表 7-7 所列。一般来说，心理份额和感情份额能够实现稳定增长的企业，必然会在市场份额和赢利上有所收获。

表 7-7　测量竞争者的优势和劣势

分 析 基 础	说　　明
1. 市场份额	竞争者在目标市场中的份额
2. 心理份额	当被要求"举出在这个行业中首先想到的公司"时，提名竞争者的消费者所占的百分比
3. 情感份额	当被要求"举出你愿意购买其产品的公司"时，提名竞争者的消费者所占的百分比

2. 分析评价

根据所得资料综合分析竞争者的优势和劣势，如表 7-8 所示。

表 7-8　竞争者优势和劣势分析

品　牌	消费者对竞争者的评价				
	产品知名度	产品质量	情感份额	技术服务	企业形象
A	5	5	4	2	3
B	4	4	5	5	5
C	2	2	2	1	2

注：5、4、3、2、1 分别表示为优秀、良好、中等、较差和差。

在表 7-8 中，企业要求消费者在五个属性上对三个主要竞争者进行评价。评价结果是：竞争者 A 的产品知名度和质量都是最好的，但是在技术服务和企业形象方面逊色一些，导致情感份额下降，竞争者 B 的产品知名度和质量都不及 A，但是在技术服务和企业形象方面优于 A，使情感份额达到最大；竞争者 B 在技术服务和企业形象方面可以攻击品牌 A，在许多方面都可以进攻品牌 C，竞争者 B 的劣势不明显。

3. 定点超越

定点超越是 20 世纪 90 年代初由西方管理学发展起来的一个新理论，是试图了解某些企业怎么样和为什么在执行任务时比其他企业做得更出色的一种艺术。定点超越是一种模仿，但又不是一般意义上的模仿，它是一种创造性的模仿。它以别人的成功经验或实践为基础，通过定点超越获得有价值的观念，并将其付诸于企业的实践。它是一种"站在别人肩上再向上走一步"的创造性活动。

定点超越是企业将其产品、服务和其他业务活动与自己最强的竞争对手或某一方面的领先者进行连续对比衡量的过程。定点超越的内涵可以归纳为四个要点：①对比；②分析和改进；③提高效率；④成为最好的。正因为如此，定点超越又称为"比学赶超"。

定点超越包含七个步骤：①确定定点超越项目；②界定测量关键绩效指标；③确定最佳级别的竞争者；④衡量最佳级别对手的指标值；⑤测定本企业指标值；⑥制订缩小差距的行动计划；⑦执行和监测结果。

【案例 7-4】

用游击式的营销调研智胜竞争者

行业目录、年报、手册和其他出版物都是获得数据的重要途径。然而，如果一个企业希望和一个刚推出新产品的企业竞争，那么，这些获取信息的途径是远远不够的。专家指出，采用如下八种技能能使一个企业保持竞争优势。

（1）密切关注你所在行业的一些小公司及相关行业。许多真正的革新常来自于规模小且不起眼的公司。

（2）追踪专利权的运用。专利运用的信息可从网络或光盘数据库中获得。

（3）追寻行业专家的工作变化或其他活动。思考以下问题的答案：竞争对手最近招聘了哪些人？新雇员有何新的论文或在会上有何新的发言？专家对竞争对手有何价值？如果竞争对手得到了这个专家，是否会影响你所在公司的竞争地位？

（4）了解新的特许经营协议。这些协议可以提供一些新产品在何时、何地、怎么销售的有用信息。

（5）监视商业合同或商业联盟的缔结。

（6）找出一些有助于竞争且能降低成本的商业活动。如果一家与你竞争的保险公司购买了若干台式或便携式打印机，那么，它将意味着什么？很有可能是该保险公司要求其理赔员在处理每件理赔条件时节省时间和费用。

（7）追踪价格的变化。如果奢侈的物品变得足够便宜以至于大众都能消费时，它们将取代一些价格昂贵的物品。

（8）了解一些能改变商业环境的社会变化、消费者的品位和偏好的变化。

（资料来源：菲利普·科特勒著《营销管理》（新千年版），第 273～274 页，北京，中国人民大学出版社）

（二）评估竞争者的反应模式

评估竞争者在遇到攻击时可能采取什么行动和作出何种反应，有助于企业正确地作出应对。竞争者的反应可能受到其各种假设、经营思想、企业文化、心理状态等因素的影响。从竞争者心理的角度分析，一些常见的竞争者的反应类型如表 7-9 所示。

表 7-9　几种常见的竞争者反应模式

反应模式	说　明	举　例
从容型竞争者	对其他企业的某一攻击行动采取漫不经心的态度，可能是源于对其顾客忠诚的深信不疑，也可能是伺机行动，还可能是缺乏攻击能力等	米勒公司 20 世纪 70 年代后期引进达啤酒，而行业领袖——安达斯·布希公司不予理睬，使其日益壮大，最终占领了 60% 的市场份额
选择型竞争者	对某些方面的进攻作出反应，而对其他方面的进攻则无反应或反应不强烈	海尔电器对竞争对手的价格战一般不作强烈反应，而是强调它在服务与技术上的优势
凶暴型竞争者	对向其所拥有的领域发动的任何进攻都会作出迅速而强烈的反应，这类竞争者多属实力强大的企业	万家乐与神州之战
随机型竞争者	对某一些攻击行动的反应不可预知，他可能采取反击行动，也可能不采取反击行动	

【案例 7-5】

万家乐与神州之战

前几年，万家乐与神州打起了广告战，相持不下，其结果是双方的品牌知名度都得到了提升，市场份额增长。最初的时候，神州燃气热水器的广告词是"神州热水器，安全又省气"。万家乐从广东本地媒体上看到这则广告后，气不打一处出，设计了一则广告语："万家乐岂止是安全又省气"予以反击。后来，广告宣传战不断升级，打到了中央电视台。万家乐请香港明星汪明荃作为形象代言人，大肆宣传其产品；而神州也不甘示弱，借调整产品线之机，从意大利引进新产品生产线，同时打出以沈殿霞为形象代言人的招徕广告，吸引了更多的消费者。再到后来，神州又出新招，设计了"款款神州，万家追求"的富有竞争性的广告词。万家乐得知这一信息后，岂能善罢甘休，同样制作了很有喻意的广告语反唇相讥："万家乐崛起神州，挑战海外"。

（三）竞争平衡的影响因素

竞争平衡状态指同行业竞争的激烈程度，即各企业是和平共处还是激烈争斗。如果是和平共处，则视为竞争的相对平衡；反之视为相对不平衡。布鲁斯·亨德森认为，竞争平衡状态取决于影响竞争的因素。

1）如果产品、经营条件、竞争能力均同，则竞争不平衡。

2）如果竞争胜负的关键因素只有一个，则不易实现竞争平衡。

3）如果竞争胜负的关键因素有多个，则比较容易实现竞争平衡，能够共存的竞争数量就越多。反之则越少。

4）任何两个竞争者之间的市场份额之比为 2:1 时可能是平衡点。任何一个竞争者提高或降低市场份额可能既不实际也无利益，增加促销和分销成本会得不偿失。

四、竞争者分类和竞争的总体战略

（一）竞争者的分类

1. 强竞争者与弱竞争者

攻击弱竞争者在提高市场占有率方面所耗费的资金和时间较少，但能力提高和利润增加也较少。攻击强竞争者可以提高自己的生产、管理和促销能力，更大幅度地扩大市场占有率和利润水平。

2. 近竞争者和远竞争者

多数企业重视同近竞争者对抗并力图摧毁对方，但是竞争胜利可能招来更难对付的竞争者。美国的战略专家波特举了两个毫无意义的"胜利"的例子。

（1）鲍希和隆巴公司曾积极同其他软镜头生产商对抗并且取得了很大的成功，然而导致失败者纷纷把资产卖给露华浓、强生和谢林·普洛夫等较大的公司，从而使自己不得不面对更强大的竞争者。

（2）一家橡胶特种用品生产商把另一家橡胶特种用品生产商当做不共戴天的仇敌来攻击并抽走股份，给这家公司造成很大损失，结果几家大型轮胎公司的特种用品部门乘虚而入，很快打入了特种橡胶制品市场，并倾销其产品。

3. "好"竞争者与"坏"竞争者

"好"竞争者的特点：①遵守行业规则；②对行业增长潜力提出切合实际的设想；③按照成本合理定价；④喜爱健全的行业，把自己限制在行业的某一部分或某一细分市场中；⑤推动他人降低成本，提高差异化；⑥接受为他们的市场份额和利润规定的大致界限。

"坏"竞争者的特点：①违反行业规则；②企图靠花钱而不是靠努力去扩大市场份额；③敢于冒大风险；④生产能力过剩仍然继续投资。

须注意的是，竞争者的存在也会给企业带来某些战略利益，如增加总需求、导致产品更多的差别、为效率低下的生产者提供成本保护伞、分摊市场开发成本、服务于吸引力不大的细分市场、减少违反反垄断相关法律法规的风险等。

（二）企业市场竞争的总体战略

1. 创新取胜

企业要在市场竞争中取胜，就须了解消费者需求变化，开发适销对路的新产品。其中，适销是指适合消费者某种需要；对路则是指适当的时候、便利的地点、合理的价格、完善的服务。

2. 优质取胜

把提高产品质量作为加强竞争能力的主要手段。

3. 廉价取胜

降低成本、薄利多销。

4. 快速取胜

依靠速度取得竞争胜利。

5. 服务取胜

以优质服务来争取消费者。

6. 关系取胜

塑造企业形象，开展公关活动。

7. 宣传取胜

运用各种方式宣传企业和产品，提高企业和产品的知名度和美誉度。

五、竞争性地位分析及市场竞争策略

（一）竞争性地位分析

根据企业在目标市场上所起的作用，可将企业竞争性地位划分为市场领导者、市场挑战者、市场跟随者和市场利基者，如表 7-10 所示。

表 7-10　竞争性地位的分析

地　　位	市场领导者	市场挑战者	市场跟随者	市场利基者
作　　用	40%	30%	20%	10%

1. 市场领导者

市场领导者指在相关产品的市场上占有率最高的企业。一般来说，大多数行业都存在一家或几家市场领导者，他们处于全行业的领先地位，其一举一动都直接影响到同行业其他企业的市场份额，他们的营销策略成为其他企业挑战、仿效或回避的对象。

2. 市场挑战者

市场挑战者指在相关产品市场上处于次要地位但又具备向市场领导者发动全面或局部攻击的企业。这种类型的竞争者并不甘心居于第二位，一旦条件、时机成熟，就会向市场领导者发起进攻，力求扩大市场占有率，并试图成为领导者。

3. 市场跟随者

市场跟随者指在相关产品市场上处于中间状态，并力图保持其市场占有率不至于下降的企业。这种类型的竞争者安于现状，愿意与领导者、挑战者在共处状态下求生存。他们之所以愿意共处，是由他们的资源条件、竞争力决定的。他们如果向市场领导者、挑战者发动进攻，只会遭到惨败，使自己的市场占有率下降甚至被淘汰。

4. 市场利基者

市场利基者指专心关注相关产品市场上大企业不感兴趣的某些细小部分的小企业。这种类型的竞争者通过专业化的生产，经营那些大企业不屑一顾的细分市场来求得生存，对满足消费者需求起到拾遗补缺的作用，通常是在大企业的"缝隙"中求得生存与发展。

（二）市场竞争策略

市场竞争策略是指企业依据自己在行业中所处的地位，为实现竞争战略和适应竞争形势而采用的各种具体行动方式。企业在行业中所处的地位可具体分为四种类型，如表 7-11 所示。

表 7-11　企业在行业中所处地位及相应的市场竞争策略

行业地位	市场竞争策略
市场领导者	扩大总需求：开发新用户、寻找新用途、增加使用量
	保护市场份额：阵地防御、侧翼防御、先发制人、反击防御、运动防御
	扩大市场份额
市场挑战者	正面进攻：完全正面进攻、局部正面进攻
	侧翼进攻：地理性侧攻、细分市场侧攻
	包围进攻：产品围攻、市场围攻
	迂回进攻：发展新产品、多元化经营
	游击进攻
市场追随者	紧密跟随
	距离跟随
	选择跟随
市场利基者	专业化

第二节 市场领导者战略

市场领导者指在相关产品的市场上占有最大的份额，在价格变化、新产品开发、分销渠道建设和促销战略等方面对本行业其他企业起着领导作用的企业。

占据着市场领导者地位的企业常常成为众矢之的。要保持竞争优势、击退其他对手的进攻，市场领导者有以下几种战略可供选择，如图 7-1 所示。

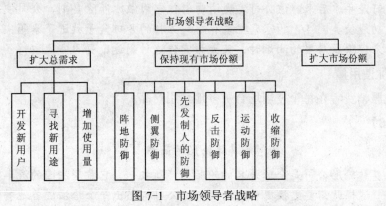

图 7-1 市场领导者战略

一、扩大总需求

市场领导者占有的市场份额最大，在市场总需求扩大时受益也最多。扩大总需求的途径如表 7-12 所示。

表 7-12 扩大总需求的主要途径

途 径	说 明
开发新用户	市场渗透战略、新市场战略、地理扩张战略
寻找新用途	为产品不断发掘出更多的新用途
增加使用量	说服人们在每个场合更多地使用产品

（一）开发新用户

在确定新用户时，营销方案应该吸引那些原先不知道该产品，或者由于价格或性能原因而拒绝该产品的购买者。一家企业能够在那些可能使用但还没有使用该产品的消费者中寻找新用户（市场渗透战略），在那些从未用过该产品的消费者中寻找新用户（新市场战略），或者在那些仍在其他地方的消费者中寻找新用户（地理扩张战略）。

【案例 7-6】

向成人推销婴儿洗发精

庄臣公司是美国一家著名的专门生产婴儿日用产品的公司。20 世纪 60 年代以后，美国的出生率下降，使婴儿用品市场逐步萎缩。为摆脱困境，庄臣公司决定针对成年人发动一场广告攻势，向成年人推销婴儿洗发精。在周密的营销策划及强大的广告宣传下，婴儿洗发精在成年人市场上的销量很好，不久以后，该品牌的婴儿洗发精就成为了整个洗发精市场的领导者。

（二）寻找新用途

企业应该通过发现和推广产品的新用途扩大市场。例如，如果麦片制造商使人们在早餐之外的其他时间吃麦片——就像吃零食一样——他们便可获益。

【案例7-7】

艾玛-汉默公司的"多用"苏打

艾玛-汉默（Arm & Hammer）公司是一个专门生产苏打的企业，它的焙烤苏打的销售量已连续下降了好几年。后来，该公司发现消费者把它用做冰箱除臭剂，公司便着力宣传这种用途，并且成功地使美国1/2的家庭把装有焙烤苏打的开口盒子放进了冰箱。当该公司又发现消费者用它来擦除厨房里的油烟时，又大力宣传这种用途，并再一次取得了巨大成功。

（三）增加使用量

企业应说服消费者在每个使用场合更多地使用产品。

【案例7-8】

米其林轮胎的高招

法国的米其林轮胎公司是全球著名的轮胎生产商之一。它希望法国的汽车车主每年行驶更多的里程——这样就需要更换更多的轮胎。该公司构思出一个给法国各地餐馆排名次的主意。它刚一开始宣传法国南部的许多著名餐馆，巴黎人就在周末驱车到普罗旺斯和里维埃拉。米其林公司还出版了带有地图和沿途景点名单的导游书，以鼓励更多人的驾驶汽车。

二、保持现有市场份额

占据市场领导地位的企业在努力扩大市场总需求的同时，还必须时刻提高警惕，保护自己已有的业务免遭竞争者入侵。最好的防御就是不断创新、不断提高、掌握主动，使企业不断加强和巩固自己的竞争优势，在新产品开发、成本控制、顾客满意度提高等方面，始终处于行业领先地位。一个占据市场领导地位的企业可以采用以下六种防御战略。

（一）阵地防御

这种方法需要建立超强的品牌力量，使得其他品牌几乎无法战胜。例如，亨氏任凭亨特斯对其番茄酱市场进行成本很高的攻击而不回击。最后亨特斯成本高昂的战略失败了，亨氏继续占有美国50%以上的市场，而亨特斯的市场份额仅为17%。

（二）侧翼防御

市场领导者还应该建立一些前哨阵地以保护薄弱的前沿或作为进行反攻的出击基地。例如，某公司的A品牌烈性酒占有美国伏特加市场的23%，它受到了另一公司B品牌的攻击，后者每瓶的定价要低1美元。公司决定将A品牌的售价提高了1美元并增加广告投入；同时，它又推出了一个定价比B低的C品牌来竞争，这样就保护了自己公司的A品牌。

（三）先发制人的防御

更为积极的防御策略是在对手开始进攻前先向对手发动攻击。可以在此处打击一个竞争对手，在彼处打击另一个竞争对手，使每一个对手都不得安宁；或者可以尽力包围整个市场。采用的其他做法有开展持续的价格攻击或者发出市场信号警告竞争者不要发动进攻。

（四）反击防御

大多数的市场领导者在受到攻击时都会进行反击。反击战略主要有以下五种。

1．正面反击

与对手采取相同的竞争措施，迎击对方的正面进攻。

2．攻击侧翼

选择对手的薄弱环节加以攻击。

3．钳形攻势

同时实施正面攻击和侧翼攻击。

4．退却反击

在竞争者发动进攻时我方先从市场退却，避免正面交锋的损失，待竞争者放松进攻或麻痹大意时再发动进攻收复市场，以较小的代价取得较大的战果。

5．围魏救赵

在对方攻击我方主要市场区域时攻击对方的主要市场区域，迫使对方撤消进攻以保卫自己的大本营。

一个有效的反击方式是入侵攻击者的主要市场，使它不得不防卫自己的领地。另一个方法是利用经济或政治打击来阻碍攻击者。

（五）运动防御

在运动防御中，市场领导者采用市场拓宽和市场多元化的做法，把它的范围扩展到能够作为防守和进攻中心的新领域。

（六）收缩防御

有时候一些企业认识到它们不再有能力防守所有的领域，这时最好的行动方针将是有计划地收缩（战略撤退），放弃较薄弱的领域，把资源重新分配到较强的领域。这种行动巩固了企业在市场上的竞争实力，并将大量兵力集中在重要市场上。

三、扩大市场份额

一般而言，如果单位产品价格不降低且经营成本不增加，企业利润会随着市场份额的扩大而提高。但是，并不是只要市场份额提高就会自动增加利润，还应同时考虑经营成本的控制、营销组合的合理搭配及反垄断法的限制。

第三节　市场挑战者战略

一、确定战略目标与竞争对手

大多数市场挑战者的目标是增加市场份额和利润，减少对手的市场份额。战略目标与所要进攻的竞争对手直接相关。

1．攻击市场领导者

这一战略风险大，潜在利益也大。当市场领导者在其目标市场的服务效果较差而令消费者不满或对某个较大的细分市场未给予足够关注的时候，采用这一战略带来的利益较为显著。

2．攻击规模相同但经营不佳、资金不足的企业

应当仔细调查竞争者是否满足了消费者的需求、是否具有产品创新的能力，如果竞争者在这些方面有缺陷，就可将其作为攻击的对象。

3．攻击规模较小、经营不善、资金缺乏的企业

这种情况在我国比较普遍，许多实力雄厚、管理有方的外国独资和合资企业一进入市场，就击败了当地资金不足、管理混乱的弱小企业。

二、选择挑战战略

选择挑战战略应遵循密集原则，即把优势兵力集中在关键的时刻和地点，以达到决定性的目的。

（一）正面进攻

集中全力向竞争对手的主要市场发动进攻，即进攻对手的强项而不是弱点。在这种情况下，进攻者必须在产品、价格、渠道、促销等主要方面大大超过对手才有可能成功。发动正面进攻需要大量人力、物力、财力的支持。正面进攻具体可采用以下策略方式。

1．完全正面进攻

进攻者模仿竞争对手，追求同样的产品和市场，在产品、价格、渠道、促销等方面进行直接较量。由于是向市场领导者的强项发起直接挑战，因此这种策略有可能两败俱伤或是失利。例如，美国无线电公司、通用电气公司和施乐公司都曾向国际商用机器公司发动完全正面进攻，然而防御者强大的实力反而使进攻者陷入被动。

2．局部正面进攻

在营销组合诸要素中，选择一个或少数几个因素进行正面进攻，只要在某一方面优于竞争对手，便可取得相对强者的地位，增加取胜的机会。例如，录像机技术是由索尼公司首先发明的，该公司的产品在市场上占有领先地位。松下公司后来了解到消费者更想要放映时间长的录像机，于是设计出了一种容量大、体积小的录像机，性能更可靠，价格也较索尼公司的产品便宜一些。这些优势终于压倒了对手，松下公司占有当时日本录像机市场 2/3 的份额。

（二）侧翼进攻

集中优势力量进攻竞争对手的弱点。寻找竞争对手的薄弱地区或未进入的子市场。这是一种最有效也最经济的战略形式，比正面进攻有更多成功的机会。它可以分为以下两种策略类型。

1．地理性侧攻

进攻者选择竞争对手实力薄弱或尚未涉足的地区市场进行进攻。例如，日本制药和医

疗器械公司为了进入美国市场，并没有直接与美国公司硬拼，而是选择了美国公司的薄弱环节——南美洲为基地确立自己在该市场的地位，并以此为突破口登陆美国市场。

2. 细分市场侧攻

进攻者选择竞争对手未能满足消费者需求的细分市场为攻击目标，针对被忽略的消费者的需求，推出竞争对手所没有的差异性产品。例如，德国和日本的汽车公司知道美国市场主要经营大型、豪华、耗油高的汽车，所以并不以此和美国公司竞争，而是专攻节油小型汽车的细分市场。结果，美国人对节油的小型汽车的爱好不断增长，并发展成为一个广阔的市场。

（三）包抄进攻

包抄进攻是全方位、大规模的进攻战略。挑战者拥有优于竞争对手的资源，并确信围堵计划的完成足以打垮对手时，可采用这种战略。包抄进攻大多是以产品线的深度和市场的广度围攻竞争对手，意图非常明确：进攻者从多个方面发动攻击，迫使竞争对手同时进行全面防御，分散力量。包抄进攻可采用以下两种策略类型。

1. 产品围攻

进攻者推出大量品质、款式、功能、特性各异的产品，加深产品线来压倒竞争对手。

【案例 7-9】

耐克撼动阿迪达斯的霸主地位

阿迪达斯是一家德国鞋业公司，在耐克问世之前几十年的时间里曾独领风骚，稳居世界运动类鞋业霸主地位。

20 世纪 60 年代末到 70 年代初，跑鞋业呈现出一派繁荣的景象。人们对自己的身体健康状况越来越关心，从前数百万不参加运动的人也开始寻找锻炼的方法。与此同时，制鞋商的数量也增加了。而此时的阿迪达斯却未充分把握跑鞋销售的大好时机，一方面它低估了美国市场（在世界其他地方的鞋业市场上，它仍占据统治地位）；另一方面它低估了美国竞争者对市场的介入和攻势，这些竞争者都是 20 世纪 70 年代初崛起的新兴企业。

耐克公司是由运动员出身的菲尔·奈特和他的教练比尔·鲍尔曼于 1972 年创立的。在公司成立之前，他们只是帮助制鞋公司生产鞋底。1972 年终于开发出一种鞋，并决定自己制造。他们把制作任务承包给劳动力廉价的亚洲工厂，给这种鞋取名为"耐克"——希腊胜利之神的名字。同时，他们还发明出一种独特标志 Swoosh（意为"嗖的一声"），极为醒目、独特，每件耐克公司制品上都有这种标记。1975 年，鲍尔曼在烘烤华夫饼干的铁模中摆弄出一种脲烷橡胶，制成一种新型鞋底。这种"华夫饼干"式鞋底上的小橡胶圆钉，比市场上流行的其他鞋底的弹性更强。这种鞋一上市便大受欢迎，并于 1976 年创造出 1400 万美元的销售额。

精心研究和开发新样式鞋的工作使得耐克在制鞋领域处于领先地位，到 20 世纪 70 年代末，耐克公司研究和开发部门雇用的研究人员将近 100 名。公司生产出 140 多种不同式样的产品，其中某些产品是市场上样式最新颖和工艺最先进的。这些跑鞋是根据不同脚型、体重、跑速、训练计划、性别和技术水平设计的。

到 20 世纪 70 年代末 80 年代初，市场对耐克公司的需求已十分巨大，其市场份额已接近 50%，远远超过了阿迪达斯。

2．市场围攻

市场围攻是指进攻者努力扩大销售区域来攻击竞争对手。例如，日本本田公司一方面采用产品围攻策略推出轻型高质量的摩托车，增加三级变速、自动变速装置，向哈雷公司的豪华、重型车发起围攻；另一方面又采用市场围攻策略，以洛杉矶的销售子公司为基地，逐步从西部向东部扩大销售区域，建立包括钓具店、运动器材商店、汽艇销售店在内的广泛销售网络，努力做好维修、零配件等供应工作，终于使本田摩托车顺利登陆美国市场，继而一跃成为世界驰名的产品。

（四）迂回进攻

迂回进攻是最间接的进攻战略，是完全避开竞争对手的现有阵地而进行的进攻。具体做法有以下几种。

1．发展新产品

进攻者以新产品超越竞争对手，而不必在现有产品上进行竞争。采用这一策略要求进攻者拥有雄厚的实力和卓越的科技创新能力。

2．多元化经营

进攻者努力摆脱对单一业务的依赖，转而进入新行业，在更为广阔的市场空间寻求立足点。

（五）游击进攻

这是规模较小、力量较弱的企业较多采用的一种战略，目的在于以小型的、间断性的进攻干扰对手的士气。游击进攻的具体行动几乎没有固定模式，往往是针对特定的竞争对手进行的。例如，在某一市场突然降低产品价格，在某一时期采取强烈的促销活动、吞并竞争对手的渠道成员、挖走竞争对手的高级管理人员等都具有游击进攻的特点。

【案例 7-10】

米勒啤酒攻城略地

20 世纪 70 年代，美国啤酒业为少数大公司所把持，市场领导者是安修索·布希公司的百威啤酒和麦可龙啤酒，约占 25%的市场份额，佩斯特蓝带啤酒约占 15%的市场份额。虽然竞争激烈，但是各啤酒公司的营销手段仍很低级，把消费者笼统地看成没有差别的整体，用一种产品和一种广告向所有的消费者推销。

市场份额仅占 6%、排名第八的美国米勒啤酒公司通过市场调查发现，按照使用率可将啤酒饮用者分为轻度使用者和重度使用者两类，轻度使用者人数众多，总的饮用量只有重度使用者的 1/8。米勒公司的首要产品海雷夫啤酒虽然在消费者中有"精品啤酒"的美誉，但是仅限于妇女和高收入者等轻度使用者购买。为了扩大市场份额，他们决定把销售重点转向重度使用者。他们研究了重度使用者的特征：多属蓝领阶层、年龄在 30 岁左右、每天看电视 3.5 小时以上、爱好体育运动。根据这些特征米勒公司设计了一些年青人喜爱的紧张刺激的广告画面，并请来著名篮球明星作广告。几年之后，这种啤酒在美国的市场份额已经升至第二位。米勒啤酒公司还开发了一个被整个啤酒行业忽视然而有巨大潜力的品种——淡啤酒，这种适应了保护健康、减少热量、追求清淡的世界性潮流的啤酒一经问世就取得极大的成功，成为米勒公司的主要产品。

（资料来源：吴健安主编《市场营销学》，第 184 页，北京，高等教育出版社，2000 年）

第四节　市场追随者与市场利基者战略

一、市场追随者战略

市场追随者指那些在产品、技术、价格、渠道和促销等大多数营销战略上模仿或跟随市场领导者的企业。在很多情况下，追随者可让市场领导者和挑战者承担新产品开发、信息搜集和市场开发所需的大量经费，自己坐享其成，减少支出和风险，并避免向市场领导者挑战可能带来的重大损失。当然，追随者也应当制定有利于自身发展而不会引起竞争者报复的战略。

（一）紧密跟随

这种战略是指在各个子市场和市场营销的全方面尽可能仿效主导者。这种跟随者有时好像是挑战者，但只要它不从根本上侵犯领导者的地位，就不会发生直接冲突，有些甚至被看成是靠拾取领导者的残余谋生的寄生者。

（二）距离跟随

这种跟随者是在主要方面如目标市场、产品创新、价格水平和分销渠道等方面都追随领导者，但仍与领导者保持若干差异。这种跟随者可通过兼并小企业而使自己发展壮大。

（三）选择跟随

这种跟随者在某些方面紧跟领导者，而在另一些方面却自行其是。也就是说，它不是盲目跟随，而是择优跟随，在跟随的同时还发挥自己的独创性，但不进行直接的竞争。这种跟随者有可能发展成为挑战者。

二、市场利基者战略

在现代市场经济条件下，每个行业几乎都有些小企业，它们专心关注市场上被大企业忽略的某些细小部分，在这些小市场上通过专业化经营来获取最大限度的收益，在大企业的夹缝中求得生存和发展。这种有利的市场位置在西方被称为"Niche"，即补缺基点，故市场利基者也叫市场补缺者。

（一）理想利基市场的特征

理想利基市场的特征如下：

1）具有一定的规模和购买力，能够赢利。

2）具备发展潜力。

3）强大的企业对这一市场不感兴趣。

4）具备向这一市场提供优质产品和服务的资源和能力。

5）在消费者中建立了良好的声誉，能够抵御竞争对手的入侵。

（二）市场利基者战略选择

企业必须随市场、消费者、产品或市场营销组合来确定一个行得通的专业化形式，表7-13

中所列的 11 个"专家"角色可供市场利基者选择。

表 7-13　专业化的市场利基者

专 家 专 长	说 明
最终用户专家	企业专门为某一类型的最终使用顾客服务
纵向专家	企业专长于生产——分销价值链上的一些纵向层次
顾客规模专家	企业集中力量向小型、中型、大型的顾客进行销售
特定顾客专家	企业把销售对象限定在一个或少数几个顾客
地理区域专家	企业把销售只集中在某个地方、地区或世界的某一个区域
产品或产品线专家	企业只拥有或生产一种产品线或产品
产品特色专家	企业专长于生产某一类型的产品或产品特色
定制专家	企业为单个客户定制产品
质量—价格专家	企业选择在低端或高端的市场经营
服务专家	企业提供一种或多种其竞争对手无法提供的服务
渠道专家	企业专门只对一种分销渠道服务

（资料来源：菲利普·科特勒著《营销管理》（第 2 版），北京，清华大学出版社，2003 年）

市场利基者是弱小者，它面临的主要风险是当竞争对手入侵或目标市场的消费习惯发生变化时有可能陷入绝境。因此，它主要有三大任务：创造利基市场、扩大利基市场、保护利基市场。

本章思考题

1．竞争者分析包括哪些方面的内容？
2．市场竞争战略有哪些？
3．市场领导者策略主要有哪些？

第八章 产品策略

 引导案例

格兰仕空调异军突起的奥秘

在新千年的中国家电市场，空调这个进入一般家庭较晚的需求成长性产品已然成为竞争的焦点，一时间无论是白色家电还是黑色家电的生产商，纷纷举资挺进空调业。2001年，在近400家企业的轰击下，中国空调市场在继彩电、微波炉大战后也走进了前所未有的白热化竞争阶段。在急剧膨胀的竞争压力下，许多抱着极高投资期望值而来的制造商甚至都没能让消费者记住自己的名字便被淹没在混战大军中。然而，有一个品牌却让广大消费者眼前一亮，各地空调经销商更对它在 2002 年度的进取充满期待，它就是为中国市场带来不锈钢室外机豪华空调的格兰仕。关于格兰仕空调的迅速崛起，业内外在赞叹之余更好奇不已。

在格兰仕决定投身空调产业时，首先摆在它面前的严峻问题是如何抢在对手之前生产出品质一流、性价比更优越的产品。欧美制造业的外移给格兰仕带来了契机和灵感。20世纪初鲁迅先生发表了一篇脍炙人口的《拿来主义》，新世纪开端"拿来主义"作为中国名企格兰仕的一条突围妙策给全球造成了轰动：借欧美跨国公司向中国等亚洲发展中国家转移制造业之机，格兰仕大胆吸纳对方成熟的技术、先进的生产线和装备，以低成本构建起别人花几年、十几年时间才可能建立起来的一流生产基地。

业内有关专家透露，此前格兰仕在全球微波炉产业链上成功地扮演了"全球制造者"的角色，实现了以欧美同行几分之一甚至十几分之一的价格供应高品质产品，因此当格兰仕将这种经营模式再向空调产业推广时，它花极低的代价就让许多跨国公司将生产线搬了过来，这令它很轻松地摆脱了固定资产投资的风险，20亿的首期投资基本上集中在新技术、新产品的开发和营销网络的完善上。

购买空调这样的耐用家电，绝大多数消费者首要考虑的都是产品质量。对生产企业而言，过硬的产品品质也是其进入市场的一张通行证。现在我们看到，格兰仕不但成功地跨入了全

国空调市场，而且已被业内视为最有竞争力的品牌之一。

据中国保护消费者基金会公布的对 24 个流通较广的品牌壁挂式空调器的抽查公告，格兰仕空调显示出了较好的整体质量水平，其中制冷量比国家标准高出 68.9W，比平均值高出 90.2W，能效比超过国家标准 0.36，室内外噪声分别比国际规定值小 11.2dB（A）、12.0dB（A），各项指标均名列前茅。中国技术监督情报协会向外界透露，格兰仕壁挂式空调经国家质量监督检测合格，与海尔等被评为"全国壁挂式空调质量过硬（制冷、能效、噪声）八家放心品牌"。据了解，同时入选的品牌中格兰仕是最年轻的品牌。

日前，中国中轻产品质量保障中心再对格兰仕空调的质量作出肯定，将格兰仕牌空调列为"质量保证产品"。

瞄准高端市场大胆技术创新，准确把握市场也是格兰仕得以在群雄混战的空调市场中制胜的根本法宝之一。

对于市场的把握，格兰仕也显得较大多数竞争对手清醒。据了解，虽然国内的空调生产厂家在最近几年间增加到数百家，但大多数都聚集在中低档产品上，而且产品的同质化现象愈演愈烈，而在高端产品的开发上却一直不尽如人意，近年来的价格大战也是纠结在低端产品上的局部战争。硬件上的迅速完善，坚定了格兰仕"一步到位直取高端市场"的决定。在全球化产业链分工中赢得先机的格兰仕乘机锁定高档市场，集中人力、财力进行技术攻关。因此，在许多品牌早早地陷入价格战时，擅打价格战的格兰仕却按兵不动。

当外界还在揣测 2001 年夏天的空调主题是不是一场全面的价格战时，格兰仕推出了首创的不锈钢室外机空调，整个市场顿时为之振奋，许多被价格战弄得举棋不定的消费者如潮水般地涌向这支生力军。据中怡康统计，在 2001 年空调销售最火爆的 7 月份，格兰仕以强势竞争品牌的实力活跃在全国市场，其不锈钢室外机豪华空调以高效、节能、环保、寿命长等优势在许多市场出现供不应求的热销景象，特别是在浙江、福建等一些成熟市场，格兰仕空调的销量大大超出了一些名牌老企业而成为领军品牌。

有关专家指出，表面上看国内的空调市场近年来新品、新技术层出不穷，但真正有个性、高性能的产品并不多，格兰仕作为一个新的品牌能快速切入市场，与其在关注实际需求、技术创新等方面的努力密不可分。

（资料来源：搜狐新闻网，http://news.sohu.com/38/51/news147215138.shtml）

讨论题：

1. 格兰仕空调成功的奥秘在哪里？
2. 要成功研发一种新产品，我们需要作哪些努力？

第一节　产品的整体概念

企业的市场营销活动以满足市场需求为中心，而市场需求的满足只能通过提供某种产品或服务来实现。产品是企业市场营销组合中的重要因素，产品策略直接影响和决定着其他市场营销组合因素的管理，对企业营销决策的成败关系重大。在现代市场经济条件下，每一个企业都应致力于产品质量的提高和组合结构的优化，以更好地满足市场需求，提高企业产品竞争力，取得更好的经济效益。

一、产品的概念

传统意义上的产品常常指实物产品或物质产品，其实这只是狭义的产品。市场营销学关于产品的概念要广阔得多，它是指向市场提供的能满足人们某种需要的一切东西，包括实物、服务、软件、意识等各种形式。市场营销学关于产品的概念具有两方面的特点：①并不是具有物质实体的才是产品，能满足人们某种需要的服务也是产品；②对企业而言，产品不仅是具有物质实体的实物本身，还包括随同实物出售时所提供的服务。广义的产品概念引申出整体产品概念。这种概念把产品理解为由五个层次所组成的一个整体，如图8-1所示。

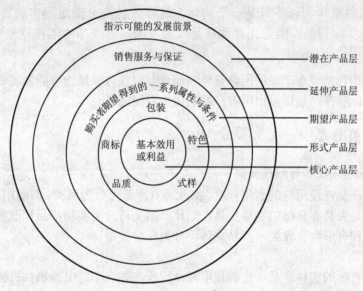

图 8-1 整体产品概念的五个层次

1. 核心产品

核心产品是指向购买者提供的基本效用或利益。用户购买某项产品并不是为了占有或获得产品本身，而是为了满足某种需要，这是产品的核心内容。营销活动所推销的是产品的基本效用或利益，而非产品的表面特色。购买者之所以愿意付出一定的代价购买该产品，是因为产品所具有的能满足某种需要的效用，而不是该产品具有的表面特色。

2. 形式产品

形式产品是指核心产品借以实现其效用的形式。形式是向市场提供的实体或劳务的外观，任何产品总具有确定的外观。有形或无形只是指产品是否具有可触摸的实体，而不是指是否具有外形。产品的外观指产品出现于市场时，可以为顾客识别的面貌。市场营销学将形式产品归结为由五个标志构成，即品质、特色、式样、商标、包装。即使是纯粹的劳务产品，也具有相类似的形式上的特点。由于产品的基本效用必须通过某些形式才能实现，因而市场营销人员应该首先着眼于对顾客能产生什么样的实际利益，以求更完善地满足顾客需要。企业应从这点出发去寻求实际利益得以实现的形式，进行产品设计。

3. 期望产品

期望产品是指购买者在购买该产品时期望能得到的东西，实际上是指一系列属性和条件。例如，旅馆的住宿客人，期望得到清洁的床铺、肥皂、浴巾、电话、衣柜和相当程度的安静。由于一般旅馆均能满足顾客这些最低的期望，所以顾客在选择投宿哪家旅馆时常常不是选择哪家旅馆能提供期望产品，而是根据哪家旅馆就近和方便而定。

4．延伸产品

延伸产品是指顾客购买形式产品和期望产品时所能得到的附加服务和利益。延伸产品的观念来源于对顾客消费需要的深入认识。由于顾客购买某项产品是为了满足某种需要，因而他们购买时希望能得到和满足该项需要有关的一切事物。可见，顾客的某项消费需要实际上是一个系统，认识到这点就会理解企业所出售的也必须是一个系统，即由有关实物和服务组成的整体，而不只是一个物体，这样才能充分满足顾客的需求。只有向顾客提供具有更多实际利益、能更完善地满足其需要的延伸产品才能在竞争中获胜。

5．潜在产品

潜在产品是指包括现有产品的所有延伸和演进部分在内，最终可能发展成为未来产品的潜在状态的产品。潜在产品指示出现有产品的可能发展前景。

二、产品的分类

1．按产品的耐久性和有形性分类

耐久性是指产品在使用时的耐用程度，据此所有产品可分为两类，即耐用品和非耐用品。有形性是指产品是否具有有形的物质实体，据此产品又可分为实物产品和服务两类。总之，按产品的耐久性和有形性来分类，产品总体可分为三种类型。

（1）耐用品

耐用品属于有形的实体产品，它的使用寿命较长，如汽车、电冰箱、机械工具等。耐用品由于能在较长时期内被使用，或者价格较昂贵，或者体积较大，需要提供更多的销售服务和销售保证。同时，由于生产、经营耐用品的投资较大，必须有较高的利润率。

（2）非耐用品

非耐用品也属于有形的实体产品，它通常只能使用一次或数次，如糖果、信封、信纸、肥皂、啤酒等。非耐用品因耗用快，需要频繁购买，因而适当的非耐用品的营销策略应该是：①广设零售网点，以便于购买；②成本加成数较低，以实现薄利多销；③大量利用广告宣传，以广泛吸引顾客加以试用，并加深顾客试用后的印象。

（3）服务

服务是指供出售的活动、效益或满足感。服务是非物质实体产品，它的特点有：①服务基本上是无形的，虽然有些服务项目的营业额中也包括一些物质产品（如电视机修理服务中包括一些被替换的零部件），但服务的中心内容是向顾客提供效益，而非转移某一实体产品的所有权；②服务很难实现大批量生产，服务的内容不易标准化；③服务的提供是和消费同时进行的，所以服务的交易必须在适当的时间与地点进行才能有效满足需要。基于这些特点，服务产品的营销策略通常都包括如下一些重要因素：①加强服务的质量管理；②密切销售者与购买者的联系；③提高销售者的信誉和技能以及对顾客的适用性，如对不同的顾客提供不同的服务。

2．按产品的用途分类

所有产品按其用途可划分为消费品（消费资料）和工业品（生产资料）两大类。消费品是直接用于满足最终消费者生活需要的产品。工业品则由企业或组织购买后用以生产其他产品。消费品与工业品之间不仅购买者的目的有区别，而且购买数量、方式亦有很大不同。因此，对这两类不同的产品，企业的营销策略具有明显的差别。

生产资料和消费资料是传统的产品基本分类。随着产品概念的扩大，服务进入产品范畴，实际上前述两种分类方法已经结合起来，两者的关系如图 8-2 所示。

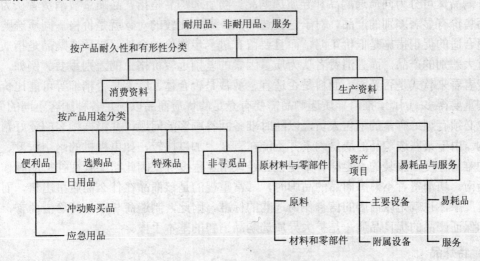

图 8-2 产品分类关系图

三、消费资料的分类及各类消费资料的营销特点

个人及家庭生活所需要的消费品种类繁多，通常按消费者的购买习惯划分为四类，即便利品、选购品、特殊品及非寻觅品。

1. 便利品

便利品是指消费者经常购买，而且不愿意花时间进行比较的物品和服务。根据消费者特定的购买态度和购买时所处的环境加以分类，便利品还可以细分为日用品、冲动购买品和应急用品三类。

（1）日用品

日用品是指价格较低，经常使用和购买的商品。消费者购买日用品的一个突出要求就是需要随时可以买到，所以往往愿意接受任何性质相同或相似的代替品，并不坚持特定的牌子。为此，广泛开辟销售渠道、遍设销售网点对扩大日用品的销售是至关重要的。

（2）冲动购买品

冲动购买品是消费者事先并未计划购买，因视觉、嗅觉或其他感官直接受到刺激而临时决定购买的商品。冲动购买品作为一种便利品除了也需要广设零售网点外，尽量把冲动购买品对感官的刺激传达给消费者是其销售推广的一个重要手段。如果消费者的感官没有直接受到刺激的话，并不会想到去购买它们。

（3）应急用品

应急用品是消费者紧急需要时所购买的便利品，如下雨时的雨伞、陡坡前对人力运输车的拖曳服务。应急用品的制造者有必要广设销售点，而且应急用品和冲动购买品一样，商品布置上的可见度对销售的影响也很大。

2．选购品

选购品是消费者在购买过程中，对商品的式样、适用性、耐用性和价格等进行比较以后才购买的产品，如家具、衣服、家用电器等。在服务方面，美容美发、电视节目等也都是选购品。

选购品又可分为同质选购品和异质选购品。同质选购品是指产品质量被消费者认为完全相同而售价有显著差别的产品。对于这类选购品，顾客比较的对象就是价格，同质选购品制造厂商合适的促销措施是低价策略，而且要留有进一步削价的余地。异质选购品是指质量因素有重大差别的产品，而且消费者认为质量因素的差别远较价格上的差别重要。例如，时装在消费者看来款式是否新颖、面料是否适宜、剪裁是否合体、缝工是否精细等可能比价格上的差别重要得多。因此，推销异质选购品需要有充足的优质商品以满足各种顾客不同的爱好，而且也必须有训练有素的销售人员，以随时准备回答顾客的问题，并根据顾客的爱好帮助他们选购。由于某些选购品的质量因素并不能在直观上加以比较，如电视机的耐用程度、维护保养的难易程度，服装的不走样、不褪色、经久耐穿程度等，因此购买者往往把品牌作为选购的指南。当消费者不熟悉商品的品牌时，常常重视的是该商品在什么商店里出售，而不重视制造厂家，也就是以商店的信誉作为选购的标准。因此，制造商与零售商珍惜商誉，努力提高和保证产品的优良品质，是扩大异质选购品销售的基本手段。

3．特殊品

特殊品是指具有特殊效益及（或）特定品牌，拥有一批购买者，并且购买者愿意特别花费精力认定其品牌而购买的产品。特殊品的显著特点就是消费者坚持认定品牌购买，从而排除竞争。属于特殊品的有特定品牌和特色的装饰品、定制的服装、昂贵的组合音响、专业俱乐部、畅销小说和著名的体育比赛入场券等。

由于顾客认定品牌购买，因此为节省销售成本，特殊品的销售并不需要广设销售点。一般情况下，一个城市有一两家经销店就可以了。特殊品在相当程度上排除竞争，使经营者获得较大的利益，因此选购品的经营者力图使其经营的选购品改变为特殊品。要实现这种改变，关键在于以第一流的产品质量提高其品牌知名度。

4．非寻觅品

非寻觅品是指消费者目前尚不知道，或虽知道而尚未有兴趣购买的产品。典型的非寻觅品有人寿保险及殡葬用品，这些产品顾客虽然知道，但是并无兴趣购买。广告宣传和人员推销是非寻觅品至关重要的营销手段，对顾客无兴趣购买的产品，通常在更大程度上依靠有能力的推销员来说服可能购买的顾客。

四、生产资料的分类及各类生产资料的营销特点

生产资料亦称工业品，是用于制造其他产品或者满足业务活动需要的物品和服务。生产资料的种类大大超过消费品的种类，而且通常较消费品复杂得多，因此开展生产资料市场营销活动比消费品需要更多的技术知识和专业知识。由于生产资料购买者的购买规模、使用方式、业务性质均有很大的不同，因此生产资料的分类就不能套用消费品按照顾客的购买习惯或选购特性加以划分，通常是根据生产资料进入生产过程的程度以及它们的相对成本来划分的。这种分类把生产资料分为原材料与零部件、资产项目、易耗品与服务三类。

1. 原材料与零部件

（1）原料

原料是指从未经过加工，但是经过加工制造就可以成为实际产品的物品。原料可分为天然产品和农产品两大类。

1）天然产品。煤、原油、铁矿石、原木等都属于天然产品，这类原料供应量有一定的限度，而且没有其他完全可以代替的产品，通常由少数规模巨大的生产者向市场提供。其营销方式的特点有：①营销的效果基本上取决于运输条件的组织安排；②适宜采取最短的销售路线；③严格按照合同如期交货是最基本的营销手段，广告及其他促销活动意义不大；④价格是最主要的选购因素。因此，该类产品应根据标准加以分级。

2）农产品。小麦、棉花、烟叶、水果、皮张、羊毛、肉类等都属于农产品。其营销方式的特点有：①必须有很多中间商和很长的销售渠道；②集中力量解决好储存问题；③广告及其他促销活动的作用不大。因此，对农产品的分级也不能忽视。

（2）材料和零部件

材料是已经经过部分加工，尚需继续深加工才能成为成品的物品，如棉纱、面粉、生铁、橡胶等。零部件是已经过部分加工程序的产品，通常不再需要作进一步的加工，但是还需要装配于产品上才能成为产品的组成部分的物品。

材料和零部件一般均按事先的订单大量供货，中间商所起的作用较小，经营成败最关键的因素是：在质量符合使用要求的前提下价格和出售者提供的服务。

2. 资产项目

资产项目是指在生产过程中长期发挥作用，其价值是逐渐、分次地转移于所生产的产品中去的劳动资料。资产项目分为主要设施和附属设备两类。

（1）主要设施

主要设施是生产资料购买者投资的主要支出，包括建筑物（如厂房、办公室等）和固定设备（如锅炉、汽轮机、发电机之于发电厂，纺纱机、织布机之于纺织厂等）。

主要设施由于价值大、使用时间长，且在生产过程中起举足轻重的作用，因此通常由供需双方的高层管理人员直接谈判，通过购销合同形式成交，一般不经过中间商。主要设施的销售和提供修理、补充配件等技术服务关系很大，远较价格因素重要。主要设施的供应者给购买者以不同形式的财务上的支持，已被证明为一种对买卖双方均为有利的促销方式。

（2）附属设备

附属设备是指协助生产资料的购买者完成生产经营活动所需要的各种产品，如各种手工工具、手推货车、小型马达、办公室家具、打字机、复印机、计算器以及各种衡器量具等。附属设备通常价值较低、使用时间较短，对整个企业的生产经营活动的影响较小。因此，附属设备一般不需由高层管理人员作出决策，而且由于其通用程度高，用户广泛，大多经过中间商出售给使用者。广告或其他传播手段的采用对促进销售有明显的影响。

3. 易耗品与服务

易耗品与服务是维持企业生产经营活动所必需，但其本身完全不进入生产过程的产品。易耗品又分为使用易耗品（如润滑油、燃料、打字纸、铅笔等）和维修易耗品（如油漆、扫帚等）。由于单价低、顾客众多、地区分散，易耗品通常都通过中间商销售。易耗品大多已相当标准化，因此用户对品牌的忠诚度不高。价格和供应者提供的销售服务是顾客选购时的主要考虑因素。

作为生产资料的服务包括维修服务（如擦洗窗户、修理打印机等）和咨询服务（如法律顾问、管理顾问、广告策划等）。维修服务通常需要签订合同，除维护工作常由小型专业公司提供外，修理服务则大多由原设备的制造商提供。咨询服务是纯粹的非实体产品，购买者选购时主要考虑的因素是咨询者的声誉及所拥有人才的业务与技术水平。

上述关于产品分类的分析，说明消费品和工业品两类产品由于购买对象、购买目的、购买方式和购买组织均不相同，所以在购买行为、市场范围、销售渠道、促销方法等方面都有很大的差异，从而影响市场营销策略的制定。值得注意的是，产品分类的特点并不是影响市场营销策略的唯一因素，市场营销策略的制定还要取决于产品的生命周期、竞争者动态、市场细分的程度以及整个市场的经济情况等因素。

第二节   产品组合策略

一、产品组合的有关概念

一个企业可能只生产一种产品，也可能生产多种产品。产品组合是指一个企业所经营的全部产品的结构或构成。产品组合通常由若干条产品线组成。产品线是指一组密切相关的产品，它们有类似的功能，满足顾客同质的需要，只是在规格、档次、款式等方面有所不同。每条产品线又由若干个产品项目组成，而产品项目是可以依据规格、档次、款式或其他属性加以区分的明确的产品单位。

产品组合具有一定的宽度、长度、深度和关联性。以图8-3所示的宝洁公司的产品组合为例可说明这些概念。

	宽　度			
清洁剂	牙膏	条状肥皂	纸尿布	纸巾
象牙雪 德来夫特 汰渍 快乐 奥克 雪多 德希 博尔德 圭尼 伊拉 索洛	格利 佳洁士 登奎尔	象牙 科克斯 洗污 洁美 香味 保洁净 海岸	帮宝适 露肤	媚人 白云 粉扑 旗帜

（长度标注于左侧）

图8-3   宝洁公司产品组合的宽度与长度

（1）产品组合的宽度

产品组合的宽度是指一个企业所拥有的产品线数量，产品线数量多者为宽，它反映了一个企业市场服务面的宽窄程度。例如，图8-3中宝洁公司的产品组合中有清洁剂、牙膏、条状肥皂、纸尿布和纸巾5条产品线，所以其产品组合宽度为5。

（2）产品组合的长度

产品组合的长度是指产品组合中所包含的产品项目总数，即所有产品线长度之和，据此可以计算产品线的平均长度。例如，宝洁公司产品组合中共有产品项目27个，所以其产品组合的长度为27，其产品线的平均长度为总长度（27）除以产品线数（5），结果为5.4。

（3）产品组合的深度

产品组合的深度是指产品线中每一产品项目包含的品种数，品种数多者为深。它反映企业在同类细分市场中满足顾客不同需求的程度。例如，假设宝洁公司的佳洁士牌牙膏有3种规格和2种配方，则佳洁士牌牙膏的深度为6。

（4）产品组合的关联性

产品组合的关联性是指产品组合中各条产品线在最终用途、生产条件、销售渠道以及其他方面相互关联的程度。

二、产品组合的类型

产品组合的宽度、长度、深度和关联性不同，可以形成不同类型的产品组合。产品组合主要有以下五种类型。

（一）全线全面型

全线全面型产品组合是指尽可能地增加产品组合的宽度、长度和深度，以全面满足整个市场的需要。整个市场又有广义和狭义之分，广义的市场是指不同行业产品市场的总体，狭义的市场则是指某个行业的各个细分市场的总体。广义的全线全面型产品组合就是尽可能向整个市场提供各方面的产品或服务，不受产品线之间关联性的约束。狭义的全线全面型产品组合就是提供属于某一个行业的全部产品，也就是产品线之间有密切关联性。

（二）市场专业型

市场专业型产品组合是指企业向某个专业市场（某类顾客）提供其所需的各种商品。这种产品组合是以满足同一类用户的需要而联系起来的。例如，旅游公司向旅游者提供他们所需要的各种产品和服务，如住宿、餐饮、交通以及其他旅游产品。

（三）产品线专业型

产品线专业型产品组合是指企业专门经营某一类产品，并将其产品提供给各类顾客。例如，某服装厂专门生产各类服装，如男装、女装、童装、中老年人服装等。

（四）有限产品线专业型

有限产品线专业型产品组合是指企业根据自己的专长，集中经营有限的或单一的产品线，以满足有限的或单一的市场需要。例如，有的服装厂只生产童装，而不生产成人服装。

（五）特殊产品专业型

特殊产品专业型产品组合是指企业根据自己的专长，经营某些满足特定需要的特殊产品项目。例如，一家制药厂专门生产治疗某种疾病的特效药。由于产品特殊，所以市场开拓范围有限，但是竞争威胁也较小。

三、产品组合调整策略

企业的产品组合状况应该与企业内部条件和外部环境相适应。因此，企业应根据自身条件和环境因素的变化，适时地调整产品组合，使其保持最佳的组合状态。常见的调整策略有以下五种。

（一）扩展产品组合

扩展产品组合是指扩展产品组合的宽度，在现有的产品组合中增加一条或几条产品线，以扩大企业经营范围。扩展产品组合有两种方式：①关联扩展，即增加与现有产品线相关的产品线，如肥皂厂在肥皂产品线之外增加洗衣粉、清洁剂等产品线；②无关联扩展，即增加与现有产品线无关的产品线，如化妆品生产企业增加珠宝首饰产品线。

适当的扩展产品组合，不但可以充分利用企业的资源和生产能力，而且能够分散企业投资风险，增强企业的竞争能力。

（二）缩减产品组合

缩减产品组合是指减少产品组合的宽度，从现有的产品组合中剔除那些微利甚至亏损的产品线，缩小企业经营范围，以便集中企业资源发展利润高的产品线。在市场不景气、原料和能源供应紧张时，采取这种策略反而有利于提高企业总利润。另外，这种策略有利于中小企业集中力量发展自己的优势产品线，以较少的资源取得较高的效益。

（三）延伸产品线

延伸产品线是指不增加产品线，而是增加产品线的长度。它包括向上延伸、向下延伸、双向延伸和水平延伸几种。

1．向上延伸

向上延伸是指在现有的产品线中增加高档产品，以提高产品和企业的知名度和声誉。当高档产品销售增长潜力大、利润率高，而且企业具有经营高档产品的资源能力和营销能力时，企业可考虑采取这种策略。

2．向下延伸

向下延伸是指在现有的产品线中增加低档产品，使产品线趋向大众化，以扩大市场份额。当高档产品市场竞争激烈或增长缓慢时，企业可以利用自己经营高档产品所建立的市场声誉增加低档产品，以吸引购买力水平较低的顾客。

3．双向延伸

双向延伸是指同时向上下两个方向延伸，在现有的产品线中既增加高档产品，又增加低档产品，以扩大产品市场范围。

4．水平延伸

水平延伸是指在现有的产品线中增加同档次的并且与现有产品有适当差异的产品项目。

当企业生产能力过剩，或者经销商有增加产品品种的要求，或者市场上还存在着尚未填补的空缺，或者企业希望成为产品线内容丰富的领导者时，可考虑采取这种策略。

（四）更新产品线

如果产品线长度适宜，但其产品已经老化，造成销售量和利润不断下降，企业就必须更新产品线，即设计采用新技术的设备来更新现有的产品线，以保持和增强自己的竞争力，吸引顾客转向购买升级换代型的产品系列。

更新产品线的关键是要把握更新的最佳时机，更新过早会影响现有产品的销售，更新过迟则可能会被竞争对手抢占先机。

（五）缩短产品线

缩短产品线是指在现有产品线上削减那些资金占用多而赢利能力差，或者市场需求急剧下降没有发展前途的产品项目。企业应定期考虑产品线的缩短问题。如产品线中含有滞销的、疲软的产品，就会影响整个产品线的赢利能力。另外，当企业生产能力不足时，应该分析各个产品项目的获利情况，集中生产利润率较高的产品项目，削减微利或亏损的项目。

第三节　产品生命周期

一、产品生命周期的概念

（一）产品生命周期基本概念

产品的生命周期是指产品从试制成功，经过批量生产投放市场，到市场饱和，至最后被市场淘汰的全部变化过程。换言之，即产品从投入市场开始到退出市场为止所经历的全部过程。产品的生命周期不是指产品的使用寿命，而是指产品的市场寿命。产品的生命周期一般可分为四个阶段：导入期、成长期、成熟期及衰退期，常用产品生命周期曲线来表示（见图 8-4）。

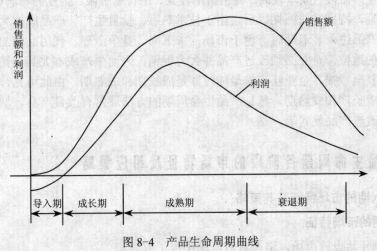

图 8-4　产品生命周期曲线

1. 导入期

导入期是指产品引入市场时销售缓慢增长的时期。在这一阶段，因为产品引入市场需要支付巨额费用，所以几乎没有利润。

2. 成长期

成长期是指产品被市场迅速接受和利润大量增加的时期。在这一阶段，产品在市场上被广大顾客所接受，成本大幅度下降，销售量大幅度增加，利润也迅速增长，但竞争开始加剧。

3. 成熟期

成熟期是指因为产品已被大多数潜在顾客所接受而造成的销售增长减慢的时期。为了对抗竞争、维持产品的地位，企业营销费用日益增加，利润稳定或下降。

4. 衰退期

衰退期是指销售下降的趋势增强和利润不断下降的时期。在这一阶段，因为市场需求下降、竞争激烈、代用品增加、促销费用增加，致使利润下降甚至亏损。

（二）讨论产品生命周期时应注意的问题

1）产品生命周期和产品使用寿命是两个完全不同的概念。产品使用寿命是指产品自然使用的寿命，或称耐用程度，是一个具体的变化过程。而产品生命周期是指产品的市场寿命。产品的使用寿命是由消费过程中的使用时间、使用强度、维修保养等因素决定的；产品生命周期则是由各种市场因素决定的。

2）产品生命周期针对某类产品的具体品种而言，是指一特定品种产品的经济寿命，而不是指整个这一类产品。从理论上讲，产品生命周期概念能够用于分析一个产品种类（酒）、一种产品形式（白酒）、其中的一种形式（伏特加）或一种品牌（斯米诺夫）。但在实践中，就产品种类而言，人们往往无法预见其生命周期，它可能无限延长下去，但作为某一种产品形式在竞争中则会不断地被新品牌所代替而结束产品生命周期。

（三）产品生命周期与成本、价格及利润的关系

产品生命周期与成本、价格、利润之间有着极其密切的关系。在导入期，产品处于试产试销或小批量生产阶段，成本较高、促销费用较大、销售量有限，企业的利润很小或是负值；产品进入成长期，特别是成熟期以后，由于技术熟练、批量生产、产品成本大大降低，利润大幅度增加；产品进入衰退期时，由于市场需求下降、竞争激烈、代用品增加，为了维持该产品在市场上的地位，企业必须改进产品并大力促销，因而生产成本尤其是销售成本增加，致使利润下降甚至亏损。企业获利的最佳时期是成长期和成熟期。由此可见，延长产品生命周期是要延长成长期和成熟期。延长产品生命周期的方法通常有改良产品、增加服务、增加产品功能以及改进产品款式等。

二、产品生命周期各阶段的市场特征及相应策略

（一）导入期的市场特征及其策略

1. 导入期的市场特征

1）产品刚开始投放市场，消费者对产品不很了解。

2）销售量增长缓慢，一般无利润可言，甚至要亏损。

3）由于新产品性能、质量、价格、分销渠道和服务等不能适应广大消费者的需求，所以在竞争中易失败。

形成上述三方面特征的原因很多，归纳起来有成本高、设计没定型、分销渠道未沟通、新产品在市场上需要一个被认识的过程、促销手段不力等。

2．导入期的市场策略

导入期的基本策略如下。

1）注重产品的品质和产品给消费者的第一印象。实践证明，在导入期，产品品质较高，销售量会有明显增长；反之，如果产品给消费者的第一印象不佳，轻则使产品的导入期延长，重则使产品不得不被迫退出市场。

2）借助现有产品提携支持，如将新产品与原有产品一起出售，随同现有受消费者欢迎的相关产品免费赠送，或将新产品与现有受消费者欢迎的相关产品合并陈列。

3）建立有效的分销渠道，搞好试销，千方百计地打开销路。

4）利用各种促销手段宣传产品。

只考虑价格和促销两个因素，导入期的市场策略可归纳为以下四种。

1）快速撇脂策略。该策略的特点是高价格、高促销费用，以高价格配合大规模的促销活动先声夺人，首先占领市场。其优点是能迅速引起消费者的兴趣，增加购买的冲动性，从而尽快收回投资。

企业采取这种策略的条件是：①市场需求潜量很大，大多数潜在购买者都不知道有这种产品；②购买者求新意识较强，急于购买这种产品并愿意为此付出高价；③企业面临竞争的威胁，须尽快培养顾客的品牌偏好。

2）缓慢撇脂策略。该策略的特点是高价格、低促销费用，采用该策略企业可获得丰厚利润。企业采取这种策略的条件是：①产品市场规模不大，竞争较少；②大多数潜在的购买者对产品已有所了解；③适当的高价顾客可以接受。

3）密集性渗透策略。该策略的特点是低价格、高促销费用，即以低价配合大规模的促销活动，达到最快的市场渗透，有重点地占领某一市场。这是一种大刀阔斧和放长线、钓大鱼的做法。该策略如获成功，企业会迅速发展；但风险较大，一旦失败，亏损将难以弥补。

企业采用这种策略的条件是：①产品的市场规模大；②潜在购买者对产品不了解；③大多数顾客对价格很敏感；④潜在竞争的威胁大；⑤企业可以通过扩大销售量获取规模效益。

4）缓慢渗透策略。该策略的特点是低价格、低促销费用，即以低价配合较少促销活动的姿态进入市场。

企业采用这种策略的条件是：①产品的市场规模大；②潜在购买者了解这种产品；③产品的价格弹性很大，促销弹性很低；④有潜在竞争者的威胁。

（二）成长期的市场特征及其策略

1．成长期的市场特征

成长期的市场特征如下。

1）产品有很大吸引力并被消费者接受，销量增加迅速。

2）产品已基本定型，规模生产能力形成，成本下降，利润增加。

3）分销渠道已经建立，有利的营销局面已经打开。

4）市场竞争日趋激烈，但激烈的竞争尚未出现。

2. 成长期的市场策略

成长期的市场策略如下。

1）改良产品品质，对产品质量、性能、式样、色彩及包装都应该有相应的改进，以满足和适应消费者的要求，增强竞争力。

2）加强营销调研，不断开发新的市场。

3）完善分销系统，向中间商提供促销支援，积极开发新的营销渠道和新的市场，努力扩大产品在市场上的覆盖面。

4）强化品牌认知，促销重点应由建立产品知名度转向增强产品信任感。具体做法是宣传公司名称和品牌，培养消费者的选择性偏好。

上述策略的采取会增加一定的成本和促销费用，同企业利润的获取有一定的矛盾。但是，产品的成长期是决定一个企业的产品能否在以后维持并获得发展的关键阶段，一般来说，如果注意运用上述四点策略，同时具有良好的财务基础，则企业获得成功的可能性较大。

（三）成熟期的市场特征及其策略

1. 成熟期的市场特征

成熟期的市场特征如下。

1）由于规模化、集约化生产全面形成，产品供应量进一步增加，销售量和利润额都达到高峰。

2）市场竞争最为激烈，企业与企业之间的价格战、广告战层出不穷，越演越烈。

3）单位产品利润减少，利润额趋于下降。

4）相对其他阶段而言，成熟期的持续时间较长。

2. 成熟期的市场策略

成熟期的市场策略如下。

1）从广度和深度上进一步开辟新市场或扩充原有市场。从广度上开辟或扩充市场，即把市场从城市拓展到农村，从国内拓展到国外；从深度上开辟或扩充市场，即将产品原来只适应顾客一般要求，有针对性地转变为能够适应顾客的特殊要求，还可以发掘产品新的用途。

2）进行产品改革，使产品多样化、差异化。例如，改善产品的耐用性、可靠性、安全性和方便性，或者改变产品的性能、规格、款式、设计和材料等。其目的在于使消费者感受到产品新出现的吸引力，以突破销售量增长减缓或停滞不前的困境。

3）调整市场营销组合手段，即调整某种营销组合的因素。例如，通过改进包装、降低价格、加强服务、改进广告宣传等方式，刺激销售量的增加。

4）在促销过程中，要强调品牌差异和产品给消费者带来的利益和好处。

（四）衰退期的市场特征及其策略

1. 衰退期的市场特征

衰退期的市场特征如下。

1）销售量下降，利润下降甚至亏损。

2）由于新产品的出现，原有产品将被取代，转向销售萎缩阶段，特别是新一代产品出现以后，增加售后服务、让利销售等促销手段已毫无吸引力。

3）竞争者数量减少。

2. 衰退期的市场策略

衰退期的市场策略如下。

1）有计划地逐步淘汰疲软产品，减产、转产或将产品转让给别的企业生产。

2）促销减至最低水平，即减少到保持坚定忠诚者需求的水平。

3）对分销系统进行选择，逐步淘汰无赢利的分销网点。

第四节 新产品开发策略

在科技迅猛发展、消费需求变化快、市场竞争激烈的当代社会，企业要发展壮大就必须不断开发新产品，把开发新产品作为关系企业生死存亡的战略重点，以适应市场需求发展变化及产品生命周期日益缩短的趋势。

一、新产品的分类

市场营销学中新产品的含义同科学技术发展所创造出来的新产品并不是完全相同的概念。市场营销学中新产品的含义要广泛得多，它不但包括产品的有形部分，还包括产品的无形部分，既可以是产品实体的创新，也可以是产品形象的改进。市场营销学中的新产品按照新颖程度划分，一般有如下四种类型。

（一）全新产品

全新产品是指采用新材料、新工艺、新技术，运用新原理制成的前所未有的产品。它是应用现代先进的科学技术取得的最新成果。全新产品是极为难得的，因为任何一项科技创造和发明，从理论到实践，从实验室到工业化生产，都要花费大量的人力、物力、财力，一般企业难以提供这类新产品。

（二）换代型新产品

换代型新产品主要是指在原有产品的基础上，采用部分新技术、新材料或新元件，在性能方面有重大突破或显著提高的产品。例如，将普通车床改制为数控车床，黑白电视机发展为彩色电视机都属于这一类新产品。

（三）改进型新产品

改进型新产品就是对原有产品作某些改进，使其结构更趋合理，或增加某些功能，或提高精密度和强度，或美化其外观形状和色彩，或增加花色品种等。例如，药物牙膏、花粉食品、人参酒等产品，就是在原有产品的基础上派生出来的改进型新产品。

（四）地域性新产品

某些产品在某一个市场上属于老产品，而对于另外一些市场而言又属于新产品，这种具有区域性特征和消费阶梯性特征的产品就是地域性新产品。

二、新产品开发的原则和方法

（一）新产品开发的原则

为了使新产品尽可能成功地进入市场，避免陷于失败的境地，企业开发新产品应该遵循以下原则。

1．创新原则

新产品必须具有新的性能、新的用途和新的特点。新产品如果不具备优于旧产品的性能和用途，即新产品和旧产品相比没有多大足以吸引消费者的差别，这种所谓的新产品对消费者来说是没有意义的。

2．适销对路原则

开发新产品时，要深入、细致、彻底地了解顾客需求，扎扎实实地做好市场调研工作，作出深入的分析和预测，力争新产品适销对路，适应市场的需要。

3．量力而行原则

企业开发新产品必须具备一定的人力、物力、财力资源，因而要量力而行，否则，研究、开发、生产和营销成本太高容易使企业难以支持，结果是半途而废、前功尽弃。

4．效益原则

企业开发新产品应尽量考虑充分利用原有生产能力，力求降低成本。同时，还要为新产品进入市场制定出一个合理的价格，既要被消费者所接受，又要保证能获得预期的利润。

（二）新产品开发的方法

1．企业自行研制

这种方法是指企业独立进行产品的全部开发工作，一般适用于技术、经济力量雄厚的大型工商企业，有的中小型企业也可以用这种方式开发不太复杂的新产品。

2．实行技术引进

这是一种行之有效的新产品开发方式，能够节约研制费用，赢得时间，缩短与其他企业的技术差距，经济效益比较明显。现代社会把一项先进的科学构思变成产品大约要花 10 年左右的时间，但把一项先进的技术专利用于生产，一般只需 2～3 年时间。例如，日本的合成尼龙生产技术是从美国引进的，美国杜邦公司用了 11 年时间耗资 2 500 万美元才试制成功，而日本东洋人造丝株式会社通过贸易协定，花费 700 万美元购买了这项专利，仅用了 2 年时间就投入了生产。据统计，日本从 1960—1970 年的 10 年间，用于进口国外技术专利的费用及其推行费用约 60 亿美元，但是，发明这些技术专利的科研、设计、试验等直接费用和间接费用需要 1 800 亿～2 000 亿美元。日本只用了发明这些专利的经费的 1/30 左右，就得到了这些专利的全部成果。可见，技术引进的效益是十分明显的。

3．研制与引进并重

这种方法是指既重视引进先进生产技术，又不放弃独立研究制造的手段，是现代工商企业最常用的一种新产品开发方式。这一方式汇集了独立研制和技术引进的优点，又避免了研制费用过高，受别人技术封锁的缺点。只要有可能，任何企业都应该首先采用这一方式开发新产品。

三、新产品的开发程序

新产品开发过程包含着成功和失败两种可能性，根据国外有关资料记载，开发新产品的失败率高达 80%～90%。彼德·德鲁克提出："任何企业只有两个——仅仅是两个基本职能，就是贯彻营销观点和创新，因为它们能创造顾客。"他认为创新是当代企业的特征之一，创新活动的成败直接关系着企业的成败。为了提高新产品开发的成功率，必须遵循科学的新产品开发管理程序。

（一）新产品构思阶段

研制新产品首先必须提出符合市场需求的产品设计，而产品设计是建立在新产品构思基础上的。所谓构思，就是为满足一种新需求而提出的设想，把比较现实的有代表性的种种设想加以分析、结合，就逐渐形成了比较系统的新产品的概念。

（二）新产品构思筛选、评价阶段

该阶段也可称为可行性分析阶段，主要应做好以下几项工作。

1）根据企业的利润目标、销售稳定目标、销售增长目标、企业形象目标等评价新产品构思是否符合企业目标。不同的企业追求的目标是不相同的，因此，评价新产品构思可选择企业侧重的目标，不一定用全部的企业目标去评价新产品的构思。

2）根据企业资金状况评价新产品构思，以此衡量企业是否有实力生产这种新产品。

3）根据企业的技术和设备状况评价新产品构思能否得到合理的成本。

4）根据企业的效益目标评价新产品构思将会给企业带来的经济效益和社会效益。根据对新产品构思的综合评价，选择最佳的构思方案。

（三）新产品试制阶段

根据已选择的最佳构思方案进行新产品试制。企业研制部门一方面要制作一个实体样品，并且要做好对新产品性能、外观、加工、价值等方面的分析工作；另一方面还要研制出不同的模型，供正式投产选择。企业的销售部门应采取多种方式进行消费试验。主要消费试验的方式有以下三种。

1）实验室试验，即通过研究部门的技术处理和检验鉴定新产品的功能和质量等。

2）消费者试验，即以所谓试用的形式鉴别新产品的外观以及其他方面的质量。

3）样品征询试验，即把样品交给消费者评价，测定消费者对新产品的需求偏好。

（四）新产品试销阶段

试销阶段既是对新产品进行全面考察的阶段，也是决定新产品命运的阶段。如果新产品经过试销，受到消费者的好评，销售量较大，即可正式投产、全面上市；如果新产品试销时无法得到消费者的认可，则要停止上市，或经过修改后再试销上市。

（五）商品性投产阶段

商品性投产阶段也称为批量生产阶段。经过试销合格的新产品即可批量生产，这是新产品开发的最后一个程序，也是产品生命周期的投入期。为促使新产品尽快地度过投入期，要做好新产品的促销工作、销售工作以及售后服务工作。

第五节　品牌和包装策略

一、品牌策略

1．品牌的作用

品牌又称厂牌，是生产者或销售者为其产品所规定的商业名称。品牌可以是名词、术语、符号或设计，或是四者的组合，用于识别一个或一群卖主的产品，并用以区别不同的竞争者。

品牌是一个包括许多名称的总名词，它包括品牌名称、品牌标志和商标。品牌名称是指品牌中可以用语言称谓表达的部分，如凤凰、飞鸽、索尼、日立、可口可乐等。品牌标志是指品牌中可以被认出但不能用语言称谓的那部分，如"凤凰牌"自行车的品牌标志是用凤凰鸟的图案来表示的。商标不能与品牌等同，它是经过政府有关部门注册的品牌，是受法律保护的品牌，有专门的使用权，具有排它性。

商标与品牌既有联系又有区别。一种品牌企业将其图案化作为商品的记号，经过注册登记以后就是商标，它与品牌的不同之处是受到法律保护，防止他人仿效。由此可见，所有商标都是品牌，或品牌的一部分。而在实际生活中，两者往往交替使用或被当做一回事。例如，人们习惯把商标称为牌子，如"永久牌"自行车、"容声牌"电冰箱等。另外，所谓名牌或名牌产品，也是把品牌与商标看做同一概念。在我国商标法中没有品牌与商标之分，只有注册与未注册之分。所以，所有的注册商标都是品牌，但所有的品牌不一定都是商标。

品牌能起到以下的作用。

1）就产品策略而言，品牌是整体产品的一部分，因此，品牌有助于在市场上创造产品形象，成为新产品投入市场的重要媒介，有助于产品组合的扩张。

2）就价格策略而言，提高品牌的知名度对定价有利。品牌已成为产品差异化的一种手段，知名品牌的产品比无品牌产品的价格弹性小。

3）就分销渠道策略而言，因品牌具有辨识作用，有助于增加产品的市场份额。知名品牌的产品容易渗透到各种经营渠道。

4）就产品推销而言，品牌是广告与商品陈列的基础。广告作为促销的有力武器，可以创造不同的产品形象，但产品形象多属于抽象、缥缈的概念，很难形成具体的影响作用，而通过品牌，则可以使这种形象凝结为实实在在的标志，使广告更好地发挥促销作用。

5）就消费者购买而言，品牌是商品来源的主要标记，是消费者购买商品的主要识别手段。市场上的商品有了品牌，消费者就易于辨认所购买的商品，并根据品牌或商标的声誉来判断产品的质量。否则，在市场存在许多同类商品的情况下，仅以外形是很难辨认的，更难判断产品质量的优劣。

注册商标是依法登记而受到法律保护的品牌，具有上述品牌的所有作用。除此以外，商标还有以下两种作用。

1）保护企业信誉。使用注册商标能维护企业正当权益，保护企业信誉。现代商标已作为一种财产权维护着企业权益和信誉。注册商标在国际上也受到以《巴黎公约》为基础的国际工业产权制度的保护。对企业经营者来说，提高自己企业的商标信誉就等于扩大了企业财富。

2）监督企业产品质量。《中华人民共和国商标法》规定，所有商标使用人都必须对使用商标的商品质量负责，不得有欺骗消费者的行为。因此，注册商标不仅能增强对产品质量的责任，而且也便于企业相关部门和消费者监督产品质量，起到保护消费者利益的作用。

2. 品牌决策

企业为产品规定一个商业名称，正确地设计一个商标，向有关部门申请注册商标，这些活动无论对企业还是对社会、消费者都会带来一些益处，但同时，它本身也增加了开支，提高了成本。这就要求企业在制定和实施品牌策略时，结合具体情况，作出以下决策：①使用品牌与不使用品牌；②使用制造者品牌还是销售者品牌；③使用统一品牌还是个别品牌。因此，企业品牌决策可选策略有如下六种。

（1）无品牌策略

无品牌策略即不采用品牌。一般来说，品牌在产品销售中可以起到很好的促销作用，但并非所有的产品都必须使用品牌。对于以下几种情况的产品，可采取无品牌策略：①产品本身并不具有因生产者不同而形成不同的特点，如电力、煤炭、木材等品质均一的产品；②消费者需求差异不大，习惯上并不是认品牌而购买的产品，如粮食、食用油、纸张等；③生产简单，没有一定技术标准，选择性不大的低价商品，如品种繁多的日用百货；④试制、试销中尚未定型的产品；⑤临时性、一次性出售的产品。

上述几种情况，由于产品本身的性质决定其不可能形成特点，不易或没必要同其他同类产品相区别，为其设计品牌只会徒增费用支出，一般不设计品牌或商标，但企业仍应尽可能地标明厂名、厂址，以对消费者负责。

（2）生产者品牌策略

生产者品牌策略即生产者对本企业生产的产品采用自己的品牌，也叫制造者品牌策略。生产者使用自己的品牌，除使企业享有品牌所带来的利益以外，还可以为企业带来如下好处：当本品牌打响以后，可建立全国性的企业形象和产品形象，提高企业和产品的知名度，一方面能争取经销商推销其产品；另一方面可通过品牌提高企业和产品的声誉，便于新产品问世。

（3）经销者品牌策略

经销者品牌策略即产品使用销售者的品牌。使用这种策略的原因来自生产者和销售者两个方面：①一些规模较小的生产企业或新成立的生产企业由于资金能力薄弱，市场营销经验不足，难以用自己的品牌打入市场，所以他们愿意采用经销者品牌，只集中精力去搞好生产；②如果使用自己的品牌能给企业带来利益，销售者也愿意自己设立品牌。

（4）家族品牌策略

当生产企业决定各种产品全部采用自己的品牌时，企业的品牌决策有以下四种可选的策略。

1）个别品牌策略。企业决定各种不同的产品分别采用不同的品牌名称，如广州铝制品工业公司就使用了"三角牌"、"双菱牌"、"海鸥牌"、"钻石牌"分别作为电茶壶、电水壶、铝高压锅、铝刀架等产品的品牌名称。采取这种策略的好处是：①可以适应不同消费对象的不同需要，争取更多的消费者；②企业的整体声誉不会受某种产品的不良影响，即一种产品失败了不至于影响整个企业的形象与声誉。其缺点是采取多种品牌在管理上较为困难，广告宣传和商标设计等费用支出也较高。

2）统一品牌策略。企业决定所有产品都统一使用一个品牌名称，如北京同仁堂制药厂生产的各种药品均以"同仁堂"为商标。采用统一品牌策略可以使企业节省宣传和介绍新产品的费用开支，因为企业不必再花费大量的广告费用来宣传、介绍新产品的品牌名称，而且如果企业声誉好，其产品必然畅销。但当企业投放市场的各种产品在质量和服务内容上有显著差别时，使用统一品牌就会影响品牌信誉，特别是有损于较高质量产品的信誉。

3）各大类产品单独使用不同品牌名称的策略。生产或经营很多种类产品的企业，为避免统一使用一个品牌名称而使不同类别产品相混淆，往往采取此策略。

4）企业名称与个别品牌名称并用策略。企业决定各种不同产品分别使用不同的品牌名称，而且各种产品的品牌名称前面还冠以企业名称。采用这种策略，可以借企业声誉提携不同的新产品品牌，便于新产品打开销路；而各种不同的产品分别使用各自的品牌，又可使各种新产品各具特色。

（5）品牌扩展策略

品牌扩展策略是指企业利用其成功的品牌名称的声誉推出改良产品或新产品。例如，北京日化三厂在推出"奥琪"增白粉蜜、"奥琪"抗皱美容霜使品牌名称打响之后，又利用其声誉推出了"奥琪"牙膏、"奥琪"香皂。企业采取这种策略，可以使新产品迅速、顺利地打入市场。

（6）多品牌策略

多品牌策略即企业决定在一种产品上同时采用两种或两种以上互相竞争的品牌。这种策略是美国宝洁公司首创的。在第二次世界大战以前，该公司的"汰渍"牌洗涤剂很畅销，1950年该公司又推出"洗好"牌洗涤剂。新品牌的洗涤剂虽然抢了一些老品牌的顾客，导致老品牌的洗涤剂销售额有所下降，但是这两种品牌的洗涤剂销售总额却大于只经营一种老品牌洗涤剂的销售额。由于这种策略很成功，许多生产者都竞相采用此种策略。

3．品牌设计中应注意的问题

1）品牌或商标的设计不远离商品属性，能显示商品的优点，应包括用途、特性与品质。例如，"黑又亮"皮鞋油、"北冰洋"电冰箱、"娃哈哈"果奶等，既显示了产品的用途特性，又符合消费心理。所以，设计品牌名称时，要根据产品特点、销售对象等因素进行周密分析，慎重选择。

2）不与其他企业的品牌雷同。品牌要有鲜明的特点，便于消费者识别。

3）品牌设计要与时代相谐调，赋予某种意义，具有启发性，容易引起联想。例如，新中国成立前，在全国上下抵制洋货的时代背景下，温州吴自亨先生创办炼乳厂，生产"擒鹰牌"炼乳，使人联想到要击败英国的"鹰牌"炼乳；天津的"抵羊牌"毛线寓意是抵制洋货；"回力牌"球鞋，不仅寓意有回天之力，而且商标图案是一个武士弯弓射日，暗指抵制日货。

4）商标造型应优美别致，图案要鲜明形象，增强对消费者的艺术感染力。通过优美的造型使图案形象鲜明地呈现在消费者面前，在刹那间抓住消费者的视觉，使其乐于欣赏，满足其审美心理的需要，从而对品牌或商标所代表的产品产生好感，促进其购买。

5）品牌名称要简短，易于拼读、发音、辨认和记忆。品牌应尽量减少不合谐意调，并且应只有一种发音方法，以便于传播。

6）品牌设计要尊重和注意不同民族、种族、宗教和地域的风俗习惯，特别是出口产品的商标，更应有意识地采用当地人喜爱与吉利的标志，避免采用被当地人忌讳的物品作商标。否则，即使产品质量再好也难以受到当地消费者的欢迎。

7）品牌名称要雅俗共赏、有持久性，不会因日久而过时。

二、包装和包装策略

1．包装的作用

产品的包装在现代经济生活中已成为商品生产不可缺少的组成部分。由于产品包装直接影响商品的价值和销路，除了少数属于原材料类型的商品外（如黄沙、碎石、砖瓦、煤炭等），一般商品都需要不同方式的包装。包装技术已发展成为专门的学科，包装也成为一个独立的工种或行业。包装之所以为经营者所重视，是因为它起着如下四方面的作用。

（1）保护商品

产品从出厂起到使用者手上为止的整个流通过程中都要涉及运输和储存。即使到使用者手中，从开始使用到使用完毕，也还有存放的需要。商品在运输中会遇到震动、挤压、碰撞、冲击以及风吹、日晒、雨淋等损害；在储存时也会受到温度、湿度和虫蛀、鼠咬、尘埃等损害或污染。包装就起着防止各种可能的损害，保护商品使用价值的作用。对某些商品来说，包装的作用特别明显，如感光器材、化工产品、药物、食品、饮料等，如果没有一定的包装，它们的使用价值就不可能存在。

（2）便于运输、携带和储存

商品有气、液、固、胶等不同形态，它们的理化性质也各异，可能是有毒的、有腐蚀性的或易挥发、易燃、易爆等，外形上可能有棱角、刃口等危及人身安全的形状。凡此种种只有加以合适的包装，才便于运输、携带和存放，或保证储运中的安全。

（3）便于使用

适当的包装有便于使用和指导消费的作用。根据商品在正常使用时的用量加以包装，如瓶装酒有一斤装、半斤装，味精有一斤装（适用于食堂）、一两装（适用于家庭），药品有一千片装（适用于医院）、十片装（适用于个人）等。另外，适当的包装结构也起着便于使用的作用，如拉环式、掀扭式易开罐头。

（4）美化商品，促进销售

商品采用包装以后，首先进入消费者视觉的往往不是商品本身而是商品的包装。能否引起消费者的兴趣、触发其购买动机，在一定程度上取决于商品的包装，因而包装成为了"无声的推销员"。一般说来，商品的内在质量是商品市场竞争能力的基础。但是一个优质产品如果不和优质包装相配合，在市场上就会削弱竞争能力，降低"身价"，这在国际市场上特别明显。

2．包装的策略

（1）类似包装策略

类似包装策略是指一个企业所生产的各种不同产品，在包装上采用相同的图案、色彩或其他共同的特征，使顾客极易发现是同一家企业的产品。类似包装具有与采用统一商标策略相同的好处，即节省包装设计费用、增加企业声势、有利于介绍新产品，但是如果采用类似包装的产品的质量相差悬殊，优质产品将蒙受不利影响。

（2）多品种包装和附赠品策略

多品种包装是指把使用时互有关联的多种商品，纳入一个包装容器内，同时出售，如家用药箱、针线包、工具箱等，既便于使用，也扩大了销路。附赠品包装借赠物引来消费者，是外国厂商多乐于采用的策略，如在香烟或糖果盒附上连环图画、彩色人物照片、历史故事等。

（3）再使用包装策略

这种策略亦称为双重用途策略，即原包装的商品用完后，空的包装容器可移作其他用途，如果酱、酱菜采用杯形包装，空的包装杯可以作旅行杯；糖果、饼干的包装盒还适合作文具盒、针线盒；罐头的包装还可用做饭盒、水杯等。这种包装策略能引起顾客的购买兴趣，同时还能起到广告的作用。

（4）改变包装策略

商品包装上的改进如产品本身的改进一样，对销售有重大意义。当某种产品与同类产品内在质量近似，而销路却打不开时，就应注意改进包装设计。当一种产品的包装已采用较长时间，也应考虑推陈出新，变换包装。当然，采用这种策略是有条件的，就是商品的内在质量达到使用要求。如果不具备这个条件，商品的内在质量不好，那么即使在包装上作了显著改进也无助于销售量的增长。

（5）包装标志语策略

在商品包装容器上加写标志语是国外商品推销中流行的一种做法。包装上的标志并非厂牌与商标，也不是品名，而是针对消费者所做的一种宣传努力。别看只有寥寥数字，却有很大功能。标志语有以下几种。①指标性标志语，在包装的中心部位或四角加上一个标记，如火花形、星形、大圆点、椭圆点、斜条等，以最强的红、黄、白作底色，标上"新鲜"、"软"、"特优"等提示性标志语，以最精练的文字，表明商品的特点。②解释性标志语，是为消除消费者对商品所含成分的顾虑，进行解释。例如，日本快速面包袋上标明无漂白，德国的速溶咖啡上标明无咖啡因，法国的花生酒瓶上标明绝无胆固醇、不含黄曲霉，我国出口的水仙牌蘑菇罐头上也标明生产中从不使用漂白剂的标志语。③鼓动性标志语，如洗发剂瓶上标出"啊！你的头发好香呀"。商品包装上的标志语必须文字精练、抓住要害、容易识记，以起到刺激购买欲望的作用。

第六节　产品支持服务与担保策略

一、产品支持服务的概念

产品支持服务是指以实物产品为基础的行业，为支持实物产品的销售而向顾客提供的附加服务。如果用整体产品的概念来解释，产品支持服务就是指整体产品中的延伸部分。

产品支持服务的内容非常广泛，如以提供服务的时间来分类，可分为售前服务、售中服务和售后服务三类。售前服务是指产品销售之前向顾客提供的服务，如设计、咨询、产品介绍、迅速报价、容易联系等；售中服务是指销售过程中提供的服务，包括热情接待、为顾客精心挑选产品、进行操作使用的示范表演等；售后服务指产品售出后向顾客提供的服务，包括送货上门、安装、调试、维修、培训、提供信贷以及保证更换、实行三包等。

二、产品支持服务的策略

整体产品概念强调了服务是产品的组成部分。如果产品的实体部分性能类似，而随同实体提供的服务有明显的差别，在顾客看来就是两种不同质量水平的产品，因此提高服务质量成为决定产品销路的关键因素。

服务策略的制定，总地来说就是要在如下三方面作出决策：①应该向顾客提供哪些服务项目；②所提供的服务应达到何种水平；③应以什么形式来提供服务。

1. 服务项目决策

服务项目对不同行业的顾客来说，其相对重要性是不同的，如免费送货上门和维修服务这两个服务项目对家具和计算机的购买者来说，重要性就有显著差别。企业需要通过调查，对顾客要求的服务项目按重要性的大小加以排列，然后作出决定，至少要在本行业顾客认为最重要的服务项目上能使顾客得到充分满意。加拿大的工业仪器制造商把顾客所要求的服务项目按重要性作了如下排列：①运送的可靠性；②迅速报价；③技术上指导；④折扣；⑤售后服务；⑥容易与企业接触；⑦更换的保证；⑧其他。这些服务项目的重要性顺序提示企业至少要在顾客认为很重要的前五个服务项目上能与竞争者相匹敌，否则就不能令顾客满意。

不仅要根据其重要性确定服务项目，而且需要判断其决定性。例如，某企业研究本行业顾客对若干家主要同行企业服务工作的意见，顾客认为所有这些企业在运送的可靠性、容易与企业接触等方面都很满意，但是在技术指导方面却做得不够，这样，技术指导对该企业来说就是决定性的服务项目，着重抓住这个项目，就会使顾客得到其他企业所不能提供的满意服务。

2. 服务水平决策

在一般情况下，较高的服务水平将使顾客得到较大的满足，因此就有较大的可能实现重复购买，但是服务水平与销售量之间并不是无条件地成线性关系，如图 8-5 所示。

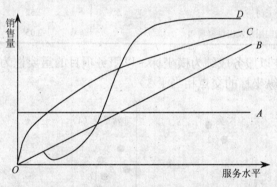

图 8-5　销售量和服务水平的关系

图中 A 所表示的是某服务项目的水平与销售量无关或影响很小的情况。例如，食品上附加标签注明营养成分的服务非常好，但对大众所熟知的食品如红烧牛肉、油炸鱼块等，或许并不能因而增加销售量。B 表示服务水平与销售量成线性关系，如礼貌和文明的服务态度会相应地吸引更多顾客。C 表示销售量对服务水平改变的反应非常迅速，但当服务水平已经很高时，销售量的增加将呈递减趋势。例如，门市部中增加一名营业员，将会在销售量的增加上出现很大的差别，增加第二名营业员，差别将会减少，继续增加，差别将越来越小。D 表示在一定的范围内提高服务水平对销售量的影响很大，服务水平未达到一定程度时则影响很小，服务水平超过某一界限继续提高，对销售量的影响又呈递减趋势。例如，向电视机购买者提供一个月的保修期，它可能不会给顾客以多大的影响，如果提供 6 个月至 1 年的保修期，影响就很大了。但是如果保修期继续延长，增加的销售量将越来越少。

可见，提高服务水平，不能笼统地指全部服务项目，需要根据顾客的要求与各服务项目已达到的成绩加以分类，才能明确应着重提高服务质量的项目。

常用的方法是定期进行调查顾客，搜集顾客对本行业应有服务项目的重要性和服务工作成绩的评价。各服务项目的重要性可用四个等级来评价，即非常重要、重要、稍重要、不重要；服务成绩也请顾客用四个等级评价，即特优、良好、尚可、不良。这两方面的评价都相应地以 4、3、2、1 给出分数，然后以平均值作为顾客的综合评价值。例如，某电视机厂通过抽样调查，综合各用户对该厂提供的各项服务工作的重要性及工作成绩的评分值，获得的数据资料如表 8-1 所示。

表 8-1 某电视机厂服务项目的顾客评分

编 号	服 务 内 容	重要性平均分	工作成绩平均分
1	保修期半年	3.83	2.63
2	对用户意见的迅速处理	3.63	2.73
3	上门维修服务	3.60	3.15
4	为用户安装室外天线	3.56	3.20
5	提供详细说明书	3.41	3.05
6	文明礼貌服务	3.41	3.21
7	分期付款	3.29	3.31
8	各主要城市设立特约维修站	3.20	3.05
9	送货上门	2.52	2.45
10	定期向用户发出维修通知	2.05	3.33

把这份资料描在以服务成绩为横坐标、以服务项目的重要性为纵坐标的平面上，得到图 8-6（图中横坐标与纵坐标的交点相当于 3）。

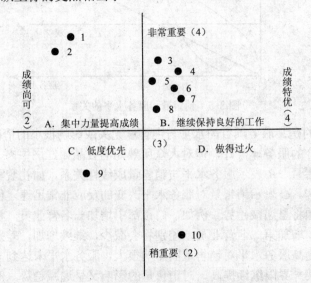

图 8-6 服务水平决策象限图

此图被坐标轴划分为四个区：A 区所表示的是很重要的服务项目（重要性评分在 3 分以上），而服务成绩未令顾客满意（工作成绩评分在 3 分以下），如编号为 1 和 2 的项目。企业应集中力量提高这些服务项目的水平，以提高顾客的满意程度。B 区表示重要性很高，而服务成绩也令人满意的项目，企业应继续努力保持良好的服务水平。C 区表示服务成绩一般，而其重要性也不高的项目，所以不必过于重视，一般来说可维持现有水平，如有余力则可稍作加强，故称低度优先。D 区表示不太重要的服务内容，工作却做得有声有色，显得太过火。企业应该从落入 D 区的服务项目中抽出力量加强 A 区的服务项目。

3．服务形式决策

以什么形式向用户提供服务的问题主要包括两个方面：①服务要素如何定价；②有关修理服务如何提供。

服务要素的定价方式常有多种，现以电视机的维修服务为例作以说明。

1）在规定时期（保修期）内，提供免费修理服务。

2）对本企业产品的用户实行优惠价格。

3）由用户自行决定是否需要购买本企业所提供的各种服务。

4）按市场上流行的价格收费。

有关修理服务提供的方式主要有以下三种。

1）企业培训一批修理服务人员，派到分布在各地的修理服务站去。

2）维修服务工作委托经销商提供。

3）委托专业修理店为特约修理点。

选择以上何种服务形式很大程度上取决于顾客的需求和竞争者的策略，应由企业灵活把握。

三、担保策略

产品担保是卖方向买方提供的对产品质量的承诺，即保证消费者对购买本企业产品的期望效用的实现，如果发现产品的功效达不到规定的要求，买方有权要求退换或卖方负责修理。产品担保往往是受到政府强制的行为，但从营销角度来讲，担保是一种促销工具，它可使买方消除承担产品质量风险的顾虑，增强对产品的信心，从而产生购买行为。产品担保的内容会因企业、产品、市场的差异而有所不同，但通常应担保产品的基本效用、产品进行维修的方法和地点、产品零部件的保证期限等。这些保证可以包含在广告里，或者包含在产品的担保书里。保证条款的陈述应该十分清晰且没有漏洞，使顾客感到简单易行。

企业为消费者提供良好的担保不仅能达到促销效果，也是现代企业竞争的一个强有力的工具。例如，某家不知名的公司开发了一种清洁剂，声称可以去掉地毯上最顽固的污渍。那么，一个"如不满意，就可退款"的保证就可以给买主在购买此产品时增加信心。

产品担保策略包括最低担保策略和附加担保策略。最低担保策略是对目标市场提供法律所要求的最低限度的产品担保。附加担保策略是指企业除提供最低担保以外，还额外提供更为苛刻的担保条件，让消费者的利益得到更大限度的保护。在竞争激烈的市场中，提供额外担保可以吸引更多的顾客。例如，伊莱克斯就是通过额外担保策略，提供比竞争对手更长的担保期，在竞争激烈的中国家电市场取得了一席之地。

本章思考题

1. 如何理解产品的整体概念？
2. 什么是产品组合？产品组合有哪些类型？如何使企业的产品组合保持最佳状态？
3. 在产品生命周期的不同阶段应分别采取什么样的市场营销策略？
4. 什么是新产品？可供选择的新产品开发策略有哪些？新产品开发的程序是什么？
5. 品牌策略有哪些？如何创立和保护名牌？
6. 包装的作用是什么？包装应考虑哪些因素？
7. 产品服务的特点是什么？产品服务包括哪些内容？提供产品服务可采取哪些策略？

第九章　价　格　策　略

学 习 目 标

学完这章后，希望你能够掌握：

1. 影响定价的主要因素及其含义
2. 企业的定价目标和定价的程序
3. 定价的基本方法和策略
4. 企业的价格调整策略与企业面对竞争者调价时的应对措施

 引导案例

手表价格大战

20世纪80年代后期，中国市场上发生了一场史无前例的手表价格大战。

1988年春季，全国百货钟表订货会在山东济南召开。当时，全国机械手表大量滞销、积压，连续三次降价市场仍不见好转。看来，手表市场萎缩已成定局。因此，很多厂家都担心这次订货会会出现手表"大放血"甩卖的价格战。上海厂家是全国钟表行业的"老大"，各地厂家代表自然都盯着上海，纷纷探听上海是否会降价。上海的回答是："不降，不降，阿拉上海表降价要市委批，侬放心。"大家看上海不降，悬着的心都放了下来，挂出了自己的老牌价。

订货会开了两天，商家在会上转来转去，只是询问价格，就是不订货，也难怪使厂家们发愁。大家还没愁完，第三天一大早就被一块牌子给弄蒙了："所有上海表降价30%以上"。有的沪产表竟降价一半。30%！谁掉得起！销售科长、处长们纷纷打电话回厂请示。厂长也不敢贸然做主，又是开会研究，又是请示报告。待研究、请示完毕，决定降价时，已时隔两三日。晚了，上海人早把生意给做完了。

订货会上，厂家们一声声叫"惨"，都责怪上海不够义气。订货会毕，厂家无不感到手表生意难做，各家智囊团不服输，纷纷商量着对策。青岛厂家认为，此时降价实在不是时候，因为顾客会认为便宜无好货。青岛生产的铁锚手表，每块原价80元。该厂家智囊人物徐某、陈某帮助算了一笔账：如果降价，一块表顶多只能赚1~2元钱，即使如此，要将100多万块表售出也并非易事；如果不降，每块表可赚30来元，这样，若售出6~7万块表，基本可将100多万块表的利润拿回。青岛厂家选择了后者，并有意让电视台作了不降价的广告，效果果然不错。

很多厂家都步上海的后尘，结果大亏，如重庆钟表公司，一年下来就亏损了600多万元。与此同时，深圳的天霸表却爆出冷门：每块表从124元上涨到185元。他们不断在质量上求精，在式样上求新，"求"一次涨一次。天霸在国内以地毯式轰炸进行广告宣传。他们不仅在国内消费者中树立了商品优质的形象，而且还将手表销往澳大利亚等国。那年他们究竟赚了多少，只有天霸内部清楚，但从市场上看，天霸表相当走俏。他们的办法是："人降我涨，

制定'天霸'的价格，走自己的路!"

是的，在常规情况下，商品价格升高，需求将降低；而价格降低，则可刺激需求。但在特殊时期，人们反其道而行之却能收到意想不到的效果。瑞士表在我国价格高达 600 多元，是否一块瑞士表真正相当于 15 块上海表的价值，谁也讲不清楚，但购买者纷纷。

当然，如果仅以价格策略去参与市场竞争，而不配合产品质量、式样、销售渠道和积极的促销等，则注定是要失败的。

讨论题：

1. 天霸表为何反其道而定高价？在当时，你认为我国哪类手表可避免价格损失？
2. 你如何评价上海、青岛、重庆、深圳等钟表公司的市场经营？作为手表公司的负责人，你在当时情况下，会像哪家公司一样行事？

第一节　影响定价的因素

价格是企业拟定市场营销策略的重要因素，产品价格是否适当，往往直接影响企业的经济效益及竞争对手的市场行为。价格策略与企业的市场占有率、市场接受新产品的快慢、企业及其产品在市场上的形象，都有着密切的关系。定价策略的正确与否对企业营销计划的成败至关重要。面对复杂的市场环境，企业在制订经营计划时，应十分重视价格这个因素，搞好定价工作。

企业为实现其经营目标，需要制定适当的价格，使自己的产品被消费者接受。企业在定价时常常受到多方面因素的影响。

一、成本因素

通常情况下，成本是企业制定价格的最低界限，能收回成本的价格是企业能够接受的最低价格。虽然不排除企业由于特殊原因在短期内将某些商品以低于成本的价格出售，但从长远来看，价格必须能够补偿产品生产及市场营销的所有支出，并补偿商品的经营者为其所承担的风险支出。这样，企业的再生产才能正常进行，企业才能维持生存。

市场营销中所涉及的成本主要有如下五种。

（1）固定成本

固定成本是指在一定限度内不随产量的增减而增减，具有相对固定性质的各项成本费用，如固定资产折旧费、房租、地租、办公费用等。

（2）变动成本

变动成本是指随着产品产量的增减而增减的各项费用，如原材料消耗、储运费用、员工工资等。

（3）总成本

总成本是指固定成本与变动成本之和。一般来说，产品价格的最低限度是要收回产品的总成本。

（4）边际成本

边际成本是指每增加或减少一个单位产量所造成的成本变动数。边际成本的变动与固定成本无关，在产量增加初期，边际成本呈现出下降趋势，低于平均成本，导致平均成本下降；当产量超过一定限度，边际成本则高于平均成本，将导致平均成本的上升。

（5）机会成本

机会成本是指企业为了经营某一种商品或项目只好放弃另一项目经营的机会。被放弃的另一项目所取得的收益即为现在经营项目的机会成本。

二、供求状况因素

价格与供求是一对互为因果又互相影响的因素。企业在进行定价时，应对市场的供求状况进行认真的判断和分析，充分考虑供求状况对定价的影响。总的来说，产品供不应求时价格可以定得较高，产品供过于求时则相反。

在分析供求状况对价格的影响时，还应考虑到不同产品的价格弹性。在正常情况下，市场需求会按照与价格相反的方向变动，即价格升高，需求量下降；价格下降，需求量上升。但是价格变化对各种商品需求量变化的影响程度是不同的。需求弹性就是研究因价格变动而引起的需求量的变动率，反映需求变动对价格变动的敏感程度，也称为需求弹性系数，用 E 表示。

$$E = \frac{需求量变动的百分比}{价格变动的百分比}$$

由于价格变动与需求变动相反，因此，需求弹性系数小于 0。为方便起见，常用绝对值来表示 E。

当 $E>1$ 时，反映出需求量变动的百分比大于价格变动的百分比，即需求弹性强。对这类商品，价格的下降会引起需求量较大幅度的增加，因此在定价时，应通过降低价格、扩大销售量来达到增加赢利的目的。

当 $E<1$ 时，反映出需求量变动的百分比小于价格变动的百分比，即需求弹性弱。对这类商品，价格上升所引起的需求量减少幅度较小，因此在定价时，较高的价格能达到赢利的目的。

当 $E=1$ 时，说明价格与需求量等比例变化。对于这类商品，由于价格的上升或下降引起需求量等比例减少或增加，因此价格变化对赢利影响不大，可选择市场通行的价格。

三、市场竞争因素

市场价格是在市场竞争中形成的。按市场竞争的程度，竞争可以分为完全竞争、完全垄断、垄断竞争和寡头垄断竞争四种情况。不同竞争状况对市场营销人员制定价格会产生不同的影响。

（一）完全竞争

完全竞争是指没有任何垄断因素的市场情况，同种商品有多个卖主和买主，生产要素可以自由流动，产品同质，任何一个卖主或买主都不可能单独左右该种商品的价格，价格完全由供求关系决定，买卖双方都是价格的接受者。在完全竞争的市场条件下，企业几乎没有定价的主动权，只能随行就市，接受市场价格。但完全竞争只是一种理想状态，在现实中并不存在。

（二）完全垄断

完全垄断是指一种商品完全由一家或几家企业所控制的市场状况。在完全垄断的市场条件下，由于一家企业或几家企业联合控制市场，缺乏竞争对手，因而可以完全控制市场价格。

它们可以在国家法律允许的范围内，通过垄断高价来获取高额利润。完全垄断只有在特殊的条件下才能形成，如企业拥有资源垄断、专营专卖权、专利权等。

（三）垄断竞争

垄断竞争是指市场上的卖主和买主的数量比较多，卖主之间存在激烈的竞争，各个卖主所提供的同种商品存在质量、包装、花色、式样、品牌、售前售后服务及对顾客的心理刺激等方面的差别，垄断即由差别产生。在这种市场条件下，企业要不断创新，生产出独特的产品。在定价过程中，要对产品整体概念中所包含的每一个因素都加以考虑，使其具有鲜明的特色；同时广泛利用心理因素，加强广告、宣传等促销活动，使消费者相信本企业的产品与众不同，从而接受价格上的差异。

（四）寡头垄断竞争

寡头垄断竞争是指只有少数几家企业供给该行业的大部分产品，所以它们有能力影响和控制市场价格。寡头垄断企业之间互相竞争且密切相关，一家企业价格的变动马上会引起竞争对手的强烈反应。因此，任何一家寡头企业在定价时都要密切注意竞争对手的态度。在这种竞争条件下，整个行业的市场价格比较稳定，一般只在广告、促销等方面展开竞争。

四、消费者的收入水平因素

市场需求是消费者有购买能力的需求，而购买力来自消费者的收入，收入水平高的消费者购买力强，反之则购买力弱。市场营销人员应通过对消费者的收入水平进行调查研究，以制定适合目标消费者收入水平的价格。

五、法律和政策因素

企业在对产品定价时，常常会受到有关政府法令的制约。各国政府对市场价格都有一些政策、法令、法规，如美国的《反垄断法》和日本的《维护消费者利益》以及我国的《反暴利法》、《反不正当竞争法》及《消费者权益保护法》等，企业在定价时必须予以研究。除此之外，企业在定价过程中还应密切关注货币政策、财政政策、贸易政策、法律和行政调控体系对市场流通和价格的管制措施。产品出口时，还必须了解进口国对进口货物管理的有关政策、法规，在制定出口价格时予以参考，防止由于低价出口而致使出口货物在进口国被征收反倾销税的现象发生。

六、消费者的心理因素

消费者的心理因素即消费者对产品价值与价格的心理感受。产品价值可以分为实际价值和感受价值，二者有时并不一致。消费者的心理行为随机性较大，一般根据某种产品能为自己提供的效用大小来确定一个期望价格，期望价格表现为一定的价格范围。如果企业定价高于消费者心理期望值，就很难被消费者接受；反之，低于期望值，又会使消费者对商品的品质产生误解，甚至拒绝购买。期望价格的形成在很大程度上取决于消费心理，随着收入结构的多层次化，消费心理日趋复杂，表现为低收入阶层的求实、求廉心理，中等收入阶层的求美、求安全心理，高收入阶层的求新、求名心理等。

消费者的心理因素是企业定价必须考虑的重要因素之一。有些产品不能只根据实际价值和成本来定价，而必须考虑市场需求的强度和消费者心理因素。那些能够满足消费者求名、求安全和炫耀心理需求的产品和作为礼品的产品等，定价如果太低或太高，都会影响销售。价格偏低会降低产品"身价"，使消费者不屑于购买；价格偏高，消费者会认为脱离实际价值或无力购买，也不会大量购买。只有按照不同档次定出适当的价格，才能使产品畅销并保证企业获得最大限度的收益。需要说明的是，消费者心理因素是营销管理者制定价格时最不易考察的一个因素，需要营销管理者根据经验和智慧作出正确的评价。

七、产品生命周期因素

在产品生命周期的不同阶段，市场需求、竞争状况、企业的内部条件存在着显著差异，这些差异都影响着产品定价。企业必须区分导入期、成长期、成熟期及衰退期的不同特点，制定不同的产品价格。

八、营销组合市场因素

企业的市场营销组合因素对产品定价的影响很大。首先是产品策略，企业的产品与竞争者的产品差别越大，特色越突出，定价的自由度就越大；其次是分销渠道，企业要根据销售环节多少、渠道的长短来合理定价。另外，企业要考虑促销因素，要根据促销活动中所花费的广告费、推销费的多少来确定价格。企业定价的目标不同，市场竞争状况不同，因而定价方法和策略也有所不同。

第二节 定价的目标

企业对其生产经营的产品或劳务事先确定所要求达到的目的和标准，即企业的定价目标。科学地确定定价目标是选择定价方法和确定价格策略的前提和依据，是企业整体营销战略在价格上的反映和实现，是企业制定价格策略的指导思想和总体方向。只有确定定价目标才能确定价格水平。企业可以通过定价来实现以下七大目标。

一、利润目标

利润是企业生存的必要条件，也是企业发展的原动力，因此，许多企业将利润作为其定价目标，主要有四种情形。

1. 当期利润最大化

此目标是指企业置长远的财务绩效与营销影响于不顾，希望能够在当前获取最大限度的销售利润。追求当期利润最大化并不是说将产品的价格定得越高越好，因为较高的价格虽然会带来较高的利润，但也会吸引更多的资本进入本行业，带来更多的竞争者，也会引起消费者的不满，甚至政府干预，其结果必然使价格回落、利润空间减小，直至保持一个合理利润甚至赔本赚吆喝。

从经济学角度讲，考虑当期利润最大化，在定价时一定要符合"边际收入等于边际成本"的极值定律，同时还要考虑企业是否具备以下几个条件：①市场容量大、前景好；

②产品处于成长期或成熟期前期；③产品在市场上具有一定的垄断性或明显的某方面优势；④企业迫切需要实现短期的经济利益最大化。显然，当期利润最大化是企业的一种短期行为，常常会忽略其他营销组合变量、竞争对手的反应、法律及价格的限制等影响因素。企业若想基业常青，就应该在新产品、新技术和新市场上下工夫，才能获得长时间的利润最大化。

但是，利润最大化这一财务目标有其不可避免的缺点：①没有考虑投入资本的多少，只追求回报的绝对量，而不关心投入资本的赢利率如何；②随着竞争的加剧，企业经营风险越来越大，而利润最大化没有考虑预期利润的风险因素；③利润最大化往往会使企业财务决策带有短期化行为，经营者可能以牺牲后期收益为代价而求取任期内利润的最大化，这对企业的长远发展是不利的。

2. 预期利润

此目标是指企业以投资某项产品或服务的销售利润率或投资利润率作为定价目标。预期利润就是长期的平均利润值，也就是用所出现的概率加权以后的各种可能的利润水平之和，常常根据预期利润率计算出单位产品的利润额加上产品成本作为产品的出售价格。新产品的开发、新技术的研制和新市场的开拓，都需要企业增加投资，而企业投资与否主要取决于投资者对未来利润率的预期，或如凯恩斯所说，取决于资本边际效率与利息率的比较。显然，市场消费需求状况是决定企业投资与否的主要因素。如果市场需求旺盛，企业生产的产品容易销售，投资的预期利润率较高，企业就愿意投资；如果利息率较低，但企业纳税负担小，投资的法律、政策、文化环境好，企业也愿意投资。所以，企业投资与否，无非是有两个考虑因素：一是投资的利益大小，二是投资所面临的不确定性和风险的大小。

一般而言，企业采用预期利润定价目标，还要具备以下两个条件：①企业实力雄厚，具有较强的竞争力，且能够在行业中占据领导者地位；②适用此目标定价的产品为新产品、专利产品或物美价廉的产品。

3. 满意利润

此目标是指在当期利润最大化和预期利润之下，企业所获得的适当利润。由于市场竞争激烈，各种内外部因素不断变化，企业要获得最大利润或预期利润并不是一件很容易的事情，因此许多企业为了减少风险、求得持续发展，常常会根据企业的实际情况，以适当的利润为满意利润，并作为企业的定价目标。

追求满意利润，不仅可以规避由于追求利润最大化被其他竞争对手淘汰的风险，而且由于价格适中，消费者容易接受，还可以使企业在获得发展所必需的适当利润的同时获得长期利润，此定价方法对那些本身生产规模达不到利润最大化的企业较为合适。

追求满意利润，企业可以按照成本加成的方法计算价格，只要加成的比例适度、合理，就可以实现满意利润。但要注意随着产销量的变化、投资者要求的变化、竞争对手的变化、市场需求量的变化和消费者心理的变化，对加成的比例进行调整。

4. 市场利润最大化（最大市场撇脂）

此目标是指企业首先制定尽可能高的价格来快速撇取市场上具有较强价格支付能力的利润，使得单位产品获利最大化。通过层层撇取，就可以获得利润最大化。

通常在以下情况企业会采用此种定价方法：①高价格代表高质量和优秀的企业形象；②较高的价格不会迅速吸引大量的市场跟进者；③购买者众多且在短期内有极大的需求量。

但须注意：①采用此方法首先要对消费者可能承受的最高价格有准确的定位，过高会影响销售量，过低不仅降低了利润而且易吸引竞争者；②必须考虑市场实际能够达到的购买数量。二者共同决定了市场总的销售收入是否最高，利润是否最大化。

二、销量目标

获取市场占有率、提高销量可以为企业获得长远利益创造良好的条件，现在已经被许多企业证明是一种成功的定价方法，并且主要为美国和日本企业所推崇。

1. 维持或扩大市场占有率

市场占有率是指某企业或某产品在某一市场上的销售额或销售量相对于该行业同一时期在这一市场的总销售额或销售量之比。它反映着企业的经营状况和企业产品在市场上的竞争力。通常认为，市场占有率高说明企业的产品认同度较高，企业的形象较好，必然会带来较丰厚的利润，企业的地位也会加强；反之，企业的产品不具有竞争力，企业的地位也会下降。所以，许多企业将维持或扩大市场占有率看得比利润更加重要。因为虽然有些企业的投资利润率较高，但市场占有率下降，实际上企业已经有潜伏的危机；再者，市场占有率比最大利润容易测定、容易实现得多。因此，不仅许多资本雄厚的大企业将扩大市场份额作为自己的定价目标，一些中小企业也想在细分市场占有更大的市场份额。但要注意的是，维持或扩大市场份额首先是假定市场上的消费者对价格特别敏感，然后才能够以一些低价等诱导手段来实现。为此，企业不仅有牺牲利润换市场的风险，而且有竞争对手以同样的方法进行反击的风险。另外，市场份额的扩大并不一定总会带来利润的增加。

2. 增加销量

销量最大化不仅可以提高企业在市场上的知名度，而且可以有效地降低单位成本，实现长期利润最大化。销量的增长与利润的变化有一定的相关性。对于价格弹性较大的产品，降低价格而导致的利润损失，可以由销售量的增加而获得补偿。因此，许多企业常常以销量最大化作为定价目标。而大量销售又常常采用薄利多销的方式来实现以下目标：①使产品广泛进入市场，获得较高的知名度；②使产品获得较广泛的认可，获得较好的美誉度与知名度，提升企业形象；③大量销售，实现规模效应，降低生产与流通等各个环节的成本。

企业在采用此办法时一般还需要考虑以下问题：①市场容量与市场潜力究竟有多大？②低价格是否能够减少实际的竞争者，打击潜在的跟进者？③市场是否对价格高度敏感，低价格是否确实能够带来大销量？④大销量是否能够带来成本的实际降低？⑤是否是以亏损为代价？因此，企业在将销量最大化作为定价目标时一定要考虑销量与利润的关系，最大化并不是要牺牲利润，而是更加看中企业的长远经济利益。

三、竞争目标

此目标是指企业根据市场竞争的需要制定价格的目标。也就是在制定商品价格之前，广泛搜集有关信息，认真研究竞争对手的营销策略，分析企业自身实际情况，将本企业产品的特点、质量、成本以及服务等与对手进行比较权衡后，用针锋相对的方式与对手抗衡定价，以便占领市场或保护既得市场。众所周知，企业定价不只是为了利润和销量，更是为了在激烈的市场竞争中获胜。依据竞争目标定价，一方面是同实际的竞争者竞争，将其击败，扩大己方的市场占有率；二是阻止潜在的竞争者进入，巩固和扩大现有的市场份额。基于这种定价目标，企业往往采用低于竞争对手的价格，甚至是成本价来进行竞争。当然，如果企业在产品质量、技术创新或者是售后服务等方面具有明显的优势，也可以采用高于竞争者的价格销售产品来实现竞争。这种定价目标容易导致价格大战，风险较大。

四、生存目标

此目标是指企业置长远的利润于不顾，而只是考虑以尽可能低的成本进行定价以保证生存的目标。这种定价方法通常在以下情况使用：①企业遇到了严重的经营问题，如产品过剩、大量积压、资金周转严重不灵等；②企业在市场上遇到了异常激烈的竞争，如竞争者突然发动价格大战或其他进攻；③消费者的需求发生了变化，出现不可预料的倾斜等。此时，企业生存的目标远远超过获取利润，为此，企业假定市场是价格敏感型的，为了实现库存周转，维持企业的继续生产，就会制定一个尽可能低的价格，即销售价仅仅可以弥补可变成本和部分固定成本，甚至连固定成本的抵偿都不考虑，以维持企业简单再生产，实现生存目的。但是，生存只是企业走出危机、渡过难关的权宜之计，这种定价目标也只能在企业面临困难时临时使用。任何一个企业都必须以利润为中心，追求长远经济利益，否则终将破产倒闭。

五、稳定目标

此目标是指维护市场、避免竞争、价格相对稳定的定价目标。众所周知，价格大战虽然能够给消费者带来短期的利益，但从长远的角度看也是不利的，对于企业更是常常以两败俱伤为代价。为此，企业为了避免价格竞争带来的风险、保证长远利益，常常会以一个相对比较稳定的价格销售自己的产品，而此价格又是由本行业中一些具有领导地位，能够影响市场的企业所决定的，故又称为领导者价格。紧紧追随在这些企业之后的中小企业的价格称之为追随者价格。领导者价格具有较大的影响力且相对稳定，中小企业的价格与之保持一定的比例，随领导者价格的变动而变动。因此，行业常常通过领导者价格来获得收入与利润，这种利润是长久而稳定的。当然，领导者价格也不是一成不变的，当成本、需求或者市场领导者地位发生变化时，将会导致领袖企业重新拟定价格目标。

六、质量领先目标

此目标是指企业依据其产品或服务质量的领先地位确定价格的目标。以此定价目标一般要求具有以下条件：①有一些企业由于采用了新技术，生产出的产品形象较好；②市场上的消费者对产品质量的关注超过价格；③企业希望树立产品领先形象。在这种情况下，企业提供给市场超过平均质量水平的产品，也采用与其质量相当的超过平均定价水平的价格。由于消费者优质优价的观念，于是在市场上久而久之就会形成此产品质量领先理应高价的定位。

七、顾客满意目标

长期以来，企业定价目标被主要界定在利润最大化和提高市场占有率等目标内，现如今这些定价目标已不能完全适应现代企业营销。在现代营销策略体系中，一个企业如果不能利用联系顾客的最终手段——价格，使顾客得到最大限度的满意，那么企业的其他营销努力将可能付诸东流。顾客满意既是顾客的根本要求，也是企业营销行为追求的根本目标。作为营销战略反映和实现的企业定价目标，理应将此作为定价目标体系的核心。

顾客满意最根本的表示是价值与成本的比值，比值的大小构成了顾客满意的梯度变化。顾客购买价值是产品价值、服务价值、员工价值的综合反映和结果，而顾客购买时的总成本包括了货币成本、时间成本、精神成本和体力成本，提高顾客满意度的途径无非是价值提高或成本下降。从价值决定价格这一基本经济规律来看，不论是顾客购买到的总价值提高，还是购买时的总成本下降，客观上都要求在价格上有所体现，即总价值能够与总成本保持吻合，或者略高于总成本，这样，才能保持顾客的满意度。

以此为定价目标必须注意以下几个问题：①建立一整套的监控系统，以便随时测算总价值与总成本对顾客的影响程度；②顾客购买的总价值和支付的总成本是一个相对指标，不同的顾客在不同的产品、不同的环境条件下，其满意度的构成因素、重视程度有差异；③以企业潜在利益和长期利益增长、企业要求与整体市场条件相适应为其控制原则；④由于顾客购买是一个整体消费体系，因此要随时测算总成本中各种因素的变化。总之，以顾客满意度作为企业的定价目标，是企业在市场条件下可选择的一种行之有效的模式，更有利于企业将价格制定的科学性与艺术性完美结合，它赋予了企业新的活动空间。

第三节 定 价 方 法

企业为了在目标市场实现定价目标，就必须给产品制定基本价格和浮动的合理区间。在选择定价方法时，企业要充分考虑产品成本、市场需求和竞争形势这三大影响企业定价的最基本因素，并使价格适应这些因素。但在实际定价过程中，企业往往只能侧重于考虑某一类因素，选择某种定价方法，并通过一定的定价政策对计算结果进行修订。与之相对应，就形成了以成本、需求、竞争为导向的三大类基本定价方法。

一、成本导向定价法

成本导向定价法是指企业以产品的成本为基础，再加上一定的利润和税金而形成价格的一种定价方法。成本导向定价法简便易行，是我国现阶段最基本、最普遍的定价方法。作为定价基础的成本分类繁多，因此以成本为基础的定价方法也多种多样，主要包括以下四种。

（一）成本加成定价法

它是指在单位成本的基础上，加上一定百分比的利润来制定产品销售价格。加成的含义就是在成本上加一定比率的利润。所以成本加成定价公式为

$$P=AC(1+U)$$

式中　P——单位产品售价；

　　　AC——单位产品成本；

　　　U——成本加成率。

【例9-1】某单位生产的某种产品单位成本为100元，加成（预期利润）率为30%，则该产品的售价为

$$100×（1+30\%）=130（元）$$

采用这种方法，关键是要确定预期利润率，不同的产品由于性质、特点、市场环境不同，加成比率也不一样。

这一定价方法的优点是：①计算简便易行，极大地简化了定价程序，也不必常常依据外界变化调整价格；②企业和消费者都有公平感；③引起价格竞争的可能性会减至最低限度。这种定价方法的不足在于：①忽视了供求状况和竞争状况，有可能与市场需求脱节，并难以适应竞争的变化；②由于事先很难准确预测在该价格水平上的销售量，导致固定成本的分摊难以确定；③忽略现行价格弹性的定价方法难以确保企业实现利润最大化。这种定价方法一般只适用于卖方市场条件下的产品。

（二）盈亏平衡点定价法

这是一种较为通用的定价方法，是其他定价方法的基础。由于这种定价法可以在产量和成本既定的情况下，按照预期利润要求来确定价格，故又称为目标利润定价法。

它的基本原理如图9-1所示。

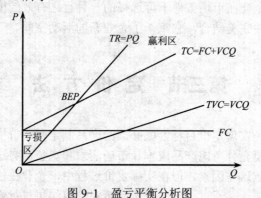

图9-1　盈亏平衡分析图

图中　P——价格；

　　　Q——产量或销售量；

　　　TR——总收入；

　　　TC——总成本；

　　　FC——固定成本；

　　　VC——变动成本；

　　　BEP——盈亏平衡点。

在产品销售量一定的情况下，当价格增加到一定界限时，产品生产的固定成本和变动成本才能为销售收入所抵偿，即达到盈亏平衡点。如果价格低于这一平衡点（BEP），就会发生亏损；只有当价格高于此点，企业才会获得赢利。

盈亏平衡时的定价公式为

$$P=（VCQ+FC）/Q$$

获得利润R的定价公式为

$$P=（VCQ+FC+R）/Q$$

【例9-2】某企业生产某种产品，企业的年固定成本为100万元，每件产品的变动成本为5元/件，当年的预期销售量为50万件，目标利润要求为200万元，问如何定价？

解：盈亏平衡时 $P=(1\,000\,000+5\times500\,000)/500\,000=7$（元/件）

获得目标利润时的 $P=(1\,000\,000+5\times500\,000+2\,000\,000)/500\,000=11$（元/件）

所以，保本定价为7元/件，获得目标利润定价为11元/件。

按盈亏平衡点定价，就是在一定的预测销量下，利用盈亏平衡点先求出保本时的价格，保本价格再加上预期利润，即为实际价格。但是，这种赢利也不能无限度地扩大到任何数量。当产量增加到一定程度后，原来的"固定成本不变"这一条件不再成立，企业必须追加新的固定资本时，应当在新的固定成本基础上重新进行平衡分析。

应用这一定价方法应具备的前提条件：①产品为单一品种的大批量产品；②虽然品种繁多，但品种结构稳定；③收支平衡点产量的总成本能准确地计算出来；④预期销售任务必须能够全部完成。这种定价方法虽然易于采用，但需要预先确定销售量。由于销售量常常是与定价结合在一起使用，难以准确预测，所以这种定价方法一般适用于销路不好的产品，在制定确保不亏损的价格时采用。

（三）边际成本导向定价法

边际成本是指每增加或减少单位产品所引起成本的变化量。该定价法是指抛开固定成本，仅计算变动成本（由于边际成本和变动成本接近，而变动成本容易计算，所以常用变动成本代替边际成本），并以预期的边际贡献补偿固定成本以获得收益的定价方式。边际贡献是指企业增加一个产品的销售，所获得的收入减去边际成本后的数值。如果边际贡献不足以补偿固定成本，则出现亏损。基本公式如下

单位产品价格=单位产品变动成本+单位产品边际贡献

利润=边际贡献−固定成本

边际成本导向定价法的目的是不求赢利，只求减少亏损。因为当市场供应过于旺盛时，如果坚持以完全成本价格出售，不仅难以为消费者所接受，而且会出现滞销、积压，甚至导致停产、减产，不仅固定成本无法补偿，就连变动成本也难以收回；若舍去固定成本，尽力维持生产，以高于变动成本的价格出售商品，则可用边际贡献来补偿固定成本。因此，此法适用于竞争十分激烈的市场、生产能力过剩的市场和产品组合中的招徕定价等情况。

（四）目标收益定价法

目标收益定价法也叫投资收益率定价法，它是企业在确定目标利率的条件下，根据事先估计未来可能达到的销售量和总成本，在保本分析（收支平衡）的基础上，加上预期的目标利润额（或投资报酬额），然后再计算出具体的价格。计算公式如下。

投资报酬额=总投资额/投资回收期

单位产品价格=（总成本+投资报酬额）/预计销售量

【例9-3】某企业总投资额为60万元，投资回收期为5年，总成本为30万元，产品预计销售量为50 000件，该产品的售价为

目标投资报酬额=60/5=12（万元）

单位产品价格=（30+12）/5=8.4（元）

这种方法简便易行，可提供获得预期利润时最低可能接受的价格和最低的销售量，也有

利于加强企业管理的计划性，较好地实现投资回收。它常为一些大型企业劳务工程和公用事业单位所采用。

但使用这种方法定价要求企业有较高的管理水平，能够正确地测算价格与销量之间的关系；其缺点与盈亏平衡点定价法相同，都是以销售量倒过来推算出价格，而价格却又是销售量的重要影响因素之一。

二、需求导向定价法

需求导向定价法又称顾客导向定价法，是指企业根据市场需求状况和消费者对商品价值的理解及需求强度的不同反应，分别确定产品价格的一种定价方式。其特点是平均成本相同的同一产品价格随需求变化而变化。需求导向定价法一般是以该产品的历史价格为基础，根据市场需求变化情况，在一定的幅度内变动价格，若产品需求强度大则定价较高，需求强度小则定价低，需求强度中则定价适中，总之，使得同一种商品可以按两种或两种以上价格销售。需求导向定价法具体包括理解价值定价法、需求差异定价法和逆向定价法。

（一）理解价值定价法

理解价值定价法就是企业根据消费者对产品价值的认知和可接受程度，而不是根据企业生产商品的实际价值来确定价格。消费者对商品价值的认知和理解程度不同，会形成不同的价格上限，如果价格刚好在这一限度内，就既能实现消费者的购买，也能够实现企业的稳定获利。

研究表明，消费者根据自身需要的迫切程度和支付能力等，通常会对其所想购买的商品有一个价值判断，此价值判断与企业产品的价格之间的关系在很大程度上决定着消费者的购买决策。当产品的市场价格高于消费者的价值判断时，消费者就不会购买该商品；当实际市场价格等于或低于消费者的价值判断时，消费者就会产生购买商品的愿望。因此企业要研究该种商品在不同消费者心目中的价格标准，以及在不同价格水平上的不同销售量，并作出恰当的判断，进而可以通过实施产品差异化和适当的市场定位，突出企业产品特色，再辅之以整体的营销组合策略，塑造企业和产品形象，有针对性地运用市场营销组合中的非价格因素去影响消费者，使消费者形成一定的价值观念，制定出符合消费者需求的期望价格。

（二）需求差异定价法

需求差异定价法是指根据需求方面的差异来制定产品的价格，主要有以下四种情况。

（1）以目标消费者为基础定价

因为不同消费者为了满足自己不同的消费心理要求，会对同一商品产生不同的需求弹性。有些消费者属于实惠型，对价格敏感，所以要从价格上适当给予优惠，诱其购买；有些消费者属于优越型，对价格不敏感，就可以照价收款甚至高价出售；有些消费者属于时尚型，就可以从观念上进行诱导。

（2）以产品为基础进行定价

因为对同一商品的不同款式、包装与颜色等，消费者的偏好程度不同，需求量也不同。因此，采用不同的定价可以吸引不同需求的消费者。

（3）以时间为基础进行定价

同一种商品或劳务因时间不同，其需求量也不同，企业可据此制定不同的价格，争取最大销售量，获得最大利润。例如，一些季节性较强的产品，反季销售通常价格较低。

（4）以地理为基础进行定价

不同的地理位置常常会产生不同的需求，也就会对商品的售价产生不同的影响，如商业黄金口岸的价格一般要高于位置偏僻地区的价格。

总之，需求差异定价法能反映需求差异及变化，有助于提高企业的市场占有率和增强企业产品的渗透率，但这种定价法不利于成本控制，而且需求差异不易精确估量。

（三）逆向定价法

此定价法主要是根据市场可接受价位来进行定价。这种定价不是单纯地考虑产品的生产成本，而是经过科学的市场调查，在充分考虑市场的竞争和需求状况之后，再确定产品的最终零售价格，并由此倒推出产品的出厂价格。

此定价法的优点是：①价格灵活，反映市场需求，具有可操作性；②保证了中间商的利益，有利于加强与中间商的联系；③能够迅速向市场渗透，占领市场。其不足之处在于：价格采用逆向倒推，忽略了成本的因素，可能会出现销售额与利润不成正比的现象。

三、竞争导向定价法

竞争导向定价法是以竞争状况和竞争对手的同类产品价格为主要依据的定价方法。对于一些市场竞争十分激烈的产品，其价格的制定不能依据成本和需求，只能以竞争对手的价格水平为基础进行定价。这种方法的特点是：①只要竞争对手价格不发生变化，即使成本或需求有所变化，产品价格也不变；②一旦竞争对手的价格有了变动，无论如何价格都要及时作出调整。竞争导向定价法主要有以下三种。

（一）行业价格定价法

行业价格定价法是根据同行业平均价格或者同行业领导者的产品价格来制定本企业产品价格的一种定价方法。采用此方法的条件是：①测算成本有困难；②竞争者不确定，很难了解购买者和竞争者对本企业价格的反应；③企业打算与同行业和平共处。

行业价格定价法的优点是：可为企业定价人员节省时间、减少风险，避免竞争的加剧，也有利于同行企业获得平均利润，实现共赢。此定价法所定的价格也不是固定不变的，当市场价格或某一主要竞争对手的价格发生变化时，本企业的产品价格也将随之改变。这种定价方法为现代许多企业特别是中小型企业广泛采用。

（二）密封投标定价法

密封投标定价法是企业根据竞争对手的报价来制定自己的投标价格的一种方法，常用于批量采购、大型机械设备制造或建筑工程项目投资等。一般是由买方公开招标，卖方竞争投标，密封递价，买方按质优价廉的原则到期公布中标者名单，中标企业与买方签约成交。企业参加投标的目的在于赢得合同，所以它的报价应低于竞争对手（其他投标人）的报价，这种定价方法叫做密封投标定价法。

投标价格是投标企业根据对竞争者的报价估计确定的，而不是按照投标企业自己的成本费用或市场需求来制定的。一般来说，报价高，利润大，但中标机会就小；反之，报价低，虽然中标机会大，但利润低，企业可能得不偿失。因此，企业应同时考虑企业目标利润和中标概率，以求确定投标的最佳报价。

（三）主动竞争定价法

主动竞争定价法不是追随竞争者的价格，而是根据本企业产品的实际情况和竞争对手的产品差异状况，以及市场的需求状况等来确定产品的价格。这种方法一般为实力雄厚或产品独具特色的企业所采用，他们可能出于竞争的考虑或者是产品、技术及市场具有领袖地位，不受其他竞争厂家的价格牵制，不再维持其原有的价格水准，而是主动变更进行竞争。

第四节　定价策略

采用前面所述方法确定产品价格的大致水平以后，企业还要根据影响价格的各种不同因素，采用灵活的定价策略确定产品的最终价格。

一、新产品定价策略

新产品定价关系到新产品能否顺利进入市场、占领市场，是企业价格决策中至关重要的问题。新产品定价一般有以下三种策略。

（一）撇脂定价策略

撇脂的原意是在饮牛奶时，先把浮在表面上的奶油喝掉，即先取其精华。撇脂定价策略又称高价厚利策略，就是将新上市产品的价格定得较高，使单位价格中含有较高的利润，以便在短期内获取尽可能多的利润。

撇脂定价策略的优点是：①新产品初上市时，竞争者尚未进入，利用顾客求新、求异的心理以较高的价格刺激消费，有助于开拓市场；②由于价格较高，因而可以在短期内获取较多利润，有利于尽快收回投资；③由于开始定价较高，当大批竞争者进入市场时，可以主动降价，增强自身的竞争能力；④这种先高价后低价的策略顺应了顾客"接受降价容易接受涨价难"的心理。

撇脂定价策略的缺点是：①在新产品尚未建立起声誉时，高价策略不利于打开市场；②如果新产品上市以后销售旺盛，则高价厚利将很快引来众多竞争者，从而导致价格下降，好景不长。

由于消费者对价格昂贵的产品往往望而却步，所以采用撇脂定价策略的风险较大，搞不好会导致产品难以打开销路。因此，运用撇脂定价策略需要具备一定的条件，如产品为独家生产，或者产品需求价格弹性较小，或者市场机会极好。

例如，20 世纪 40 年代，美国雷诺公司曾对其新推出的圆珠笔采用这种定价策略，并取得了巨大成功。当时每支圆珠笔的生产成本只有 0.5 美元，而出厂价却高达 10 美元，零售价则高达 20 美元。在一般情况下，这种价格是无人问津的，但圆珠笔投放市场后，却被抢购一空，原因就在于：①圆珠笔当时为雷诺公司独家生产，该公司居于绝对垄断地位；②圆珠笔是书写工具的革新性产品，与铅笔和钢笔相比有其独特的优点；③雷诺公司推出圆珠笔这种新产品时，第二次世界大战刚刚结束，美国市场上老产品供应紧张，新产品极易受到消费者青睐；④该公司将圆珠笔投放市场的时间选在圣诞节前夕，很多消费者将其作为圣诞礼物，因而对价格并不计较。

（二）渗透定价策略

渗透定价策略又名薄利多销策略，它与撇脂定价策略恰好相反，就是将新上市产品价格定得较低，以利于为市场所接受，迅速打开销路和占领市场，等到占领市场以后，再逐步提高价格。因此，它谋求的是长期稳定的利润。

渗透定价的优点是：①在产品进入市场初期，实行低价策略能给消费者以"价廉物美"的感觉，迎合顾客求实、求廉的消费心理，从而刺激消费，扩大销售，迅速占领市场；②低价薄利使竞争者感到无利可图，故能有效地阻止竞争者进入市场，有利于企业在市场中取得支配地位。

渗透定价的主要缺点是：①投资回收期长，见效慢；②一旦不能像预期的那样迅速占领市场，或是遇上了强有力的竞争对手，则可能遭受重大损失。

采用渗透定价策略也要具备一定的条件：①对于竞争者容易进入的产品市场，或者技术已经公开的新产品，或者易于仿制的新产品，或者市场已有类似替代品的新产品，可以采取低价策略以阻止竞争者进入；②对于产品需求弹性较大的产品，如果企业拥有较大的生产能力，也可以采用低价策略以扩大销售，降低成本，从而形成规模效益。

（三）温和定价策略

温和定价策略是指为新上市的产品确定一个适中的价格，使消费者比较满意，生产者也能获得适当的利润。多数企业对新产品采用此种定价策略。温和定价的具体做法一般是采用反向定价，即通过调查或征询分销渠道的意见，估计消费者容易接受的零售价格，然后反向推算出厂价。

温和定价策略适用于产销比较稳定的产品。它既可避免撇脂定价策略因价格过高带来的风险，又可避免渗透定价策略因价格过低造成的财务困难。其不足之处是有可能造成高不成、低不就的状况，对消费者缺乏吸引力，难以在短期内打开销路。

二、心理定价策略

心理定价策略是指把消费者的心理需求作为定价的重要依据，以激发和强化消费者的购买欲望。

（一）尾数定价策略

尾数定价是指在确定产品价格时，保留价格尾数上的零头，而不进位成整数。这种定价策略主要适用于价格较低的产品。例如，一双袜子标价 5.99 元，而不标价 6 元；一个闹钟标价 29.9 元，而不标价 30 元。这种定价一般并不是精确计算成本的结果，而是为了适应消费者心理需求所作的取舍。尾数定价一方面可使消费者觉得企业定价认真，计算精确，对企业定价产生信任感；另一方面，由于价格整数部分取低一位数，能使消费者产生便宜的错觉，迎合消费者的求廉心理。

（二）整数价格策略

整数定价是指在确定商品价格时，不保留价格尾数的零头，而是向上进位取整数。这种定价策略主要适用于价格较高的商品，如高档奢侈品、高档耐用品或礼品等。此类商品的定价可在一定范围内就高不就低。例如，一条金项链标价 1 000 元，而不标价 990 元；一台电视机标价 2 500 元，而不标价 2 499 元。因为购买这类商品的消费者一般收入水平较高，他们更为重视商品的质量和档次，所以实行整数定价，不但不会使他们因价格高几元钱而不愿购买，反而有利于提高商品形象，迎合消费者"价高意味着质优、档次高"的心理，强化他们的购买欲望。

另外，实行整数定价还能方便交易。例如，对一些交易时间集中或交易频率很高的商品，如公交客票、快餐、电影票、旅游景点门票等，实行整数定价不用找零，可以避免顾客排队、拥挤等，有利于节约顾客时间，也有利于提高企业经营效率。

（三）分级定价策略

分级定价策略就是通过对同一类商品的质量、花色、规格进行比较，将其分成几个档次，并分别确定不同的价格。分级定价的作用如下。

1. 便于定价

分级定价既可简化企业核算商品价格的过程，又便于对商品价格进行调整。

2. 方便交易

分级定价一方面便于消费者根据自己的经济条件、购物习惯选购商品；另一方面便于售货员记忆价格，提高销货效率。

3. 扩大销售

分级定价便于顾客按需购买，有利于满足不同消费层次的顾客需求，从而可以扩大商品销售量。采用分级定价策略，要注意合理划分商品档次的数目，要合理确定各档次之间的差价。

（四）声望定价策略

声望定价就是将一些名牌产品或名牌商店销售的商品定较高的价格，以迎合消费者的求名心理。声望定价特别适合于药品、饮食、化妆品、医疗等质量不易鉴别的产品或服务。由于消费者对名品、名店比较信任，可能宁愿出较高的价格，但对一般的商品则不宜采用声望定价。

（五）习惯定价策略

在市场上，有些产品的功能、质量、替代品等情况都已为消费者所熟悉，而且消费者对其价格已经习以为常，家喻户晓，如火柴、肥皂、卫生纸等。对于这类产品，个别生产者将难以改变其价格。因此，企业在定价时要尽量顺应消费者的习惯价格，不能轻易改变，否则会引起消费者的不满。即使当生产成本大幅度提高，企业确实无法维持时，也不能轻言提价。但在这种情况下，企业可以采用降低质量或减少份量的办法以变相提价；也可以生产新的花色品种或改进包装后再重新定价。

三、地 理 定 价 策 略

地理定价策略是指当企业把产品在不同地区销售时，决定是否实行地区差价。

（一）产地价格

产地价格又叫离岸价格，是指顾客在产地按出厂价购买产品，卖主负责将产品运至顾客指定的运输工具上。交货前的运费和保险等费用由卖方承担，而交货后的运输、保险等费用则由买方负担。

这种价格策略对于卖方来说是最简单和方便的价格策略，但它对距离产地较远的买主不利。

（二）统一运送价格

统一运送价格是指不论买主所在地路程远近，都由卖主将货物运送到买主所在地，并收取同样的运费。这种策略适用于重量轻、运费低廉且占变动成本比重小的商品。它可能使买方误以为运送是一项免费服务而乐意购买，有利于卖方扩大产品辐射地区，提高市场占有率。

（三）分区运送价格

分区运送价格是指卖方把整个市场划分为几个区域，根据这些区域的距离远近及运费不同，对不同的区域采用不同的价格，但在同一个区域内则实行统一价格。

（四）基点价格

基点价格是指卖方选定一些城市作为定价基点，按离买主最近的基点到买主所在地的运费加上产地价格形成产品定价，而不管货物实际上是从哪个城市起运的。

（五）运费补贴价格

运费补贴价格是指以产地价格为标准，卖方对距离较远的买主给予适当的运费补贴，也就是给予运费折让。这种策略有利于抢占距离较远的市场区域，提高市场占有率。

四、折扣折让策略

折扣和折让是降价的特殊形式，折扣是指比原定价格少收一定比例的价款；折让则是比原定价格少收一定数量的价款。采取折扣和折让策略，有助于吸引顾客，扩大销售。

（一）数量折扣

数量折扣是指企业对大量购买某种产品的顾客予以一定的价格折扣。一般来说，购买量越大，折扣越大，以鼓励顾客大量购买或集中向一个供应商购买。

数量折扣又分为两类。一类是累计数量折扣，即规定在一定时期内（如一个月、半年或一年等），同一顾客购买产品累计达到一定数额时，按总量给予一定折扣。这种办法在批发及零售业务中都经常采用。它有利于稳定顾客和与顾客建立长期交易关系。另一类是非累计数量折扣，即在顾客一次购买达到一定数量或金额时所给予的价格折扣。采用这种价格策略，有利于鼓励顾客一次性大量购买，减少交易次数，从而减少销售费用。

（二）现金折扣

现金折扣也叫付款期折扣，就是对在约定付款期内以现金提前付款的顾客，给予一定的价格折扣。例如，对付款期限为 30 天的货款，立即付款给予 5%的折扣，10 天内付款给予

3%的折扣等。实行现金折扣，可以加速企业资金周转。

实行现金折扣的关键是要合理确定折扣率。一般来说，折扣额不能高于企业由于加速资金周转所增加的赢利，同时，折扣率应比同期银行存款利率稍高一些。

（三）同业折扣

同业折扣又称业务折扣，是生产企业给予中间商的价格折扣，根据各类中间商在市场销售中的不同职能，给予不同的折扣率。一般来说，给零售商的折扣要比给批发商的折扣小，因为批发商还要把商品转售给零售商。

实行同业折扣的做法有两种：①先确定商品的零售价格，然后再按照不同的比率对不同的中间商倒算折扣率；②先确定商品的出厂价，然后再按不同的差价率顺序相加，依次制定出各种批发价和零售价。

（四）季节折扣

季节折扣是指生产或经营季节性商品的企业，为了鼓励中间商和客户提早购买，对于购买非当令商品的顾客给予一定的价格折扣。采用这种策略可以鼓励顾客早进货、早购买，减轻企业的仓储压力，加速资金周转；还可以使企业的生产和销售不受季节变化的影响，保持相对稳定。

（五）促销折让

促销折让是指生产企业对为其产品进行广告宣传、布置专用橱窗等促销活动的中间商给予减价或津贴，作为对中间商开展促销活动的报酬，以鼓励中间商积极宣传本企业的产品。这种价格策略特别适用于新产品的投入期。

（六）以旧换新折让

以旧换新折让是指对在购买新产品时交回旧产品的顾客给予减让价格的优惠。例如，一台新的滚筒洗衣机的售价为 2 500 元，厂方规定如果购买者交回一台旧洗衣机，则可以用 2 000 元购买一台新的滚筒洗衣机，即给予顾客 500 元的价格折让。

以旧换新折让策略适用于进入成熟期的耐用品。它有利于鼓励顾客积极购买新型同类产品，促进企业产品的更新换代。

五、促销定价策略

企业为了促进销售，有时会把价格定得低于价目表，甚至低于成本，这种价格称为促销价格。

（一）招徕定价

招徕定价是指特意暂时大幅度降低少数商品的价格以招徕顾客，其目的在于吸引顾客到商店中来购买正常标价的商品。换言之，也就是利用消费者的求廉心理，牺牲少数商品的利润，促进正常标价商品的销售，所以也叫牺牲品定价。

（二）特别事件定价

特别事件定价是指在某些季节或节假日，利用特别事件实行促销定价，以吸引顾客到商店中来选购商品。例如，每年秋季开学之前，学生用品经销商就降低书包和文具的价格，以吸引顾客进入本店选购商品。

（三）现金回扣

这是一种生产者定价策略，即向在特定时间内从经销商处购买本企业产品的顾客提供现金回扣，并直接把回扣送给顾客，以鼓励他们购买自己的产品。这样做可以使生产者在不降低价格的情况下扩大销售。

（四）心理折扣

心理折扣是指企业故意先把商品价格定得很高，然后大幅度降价出售，使顾客心理上产生非常便宜的感觉。

六、需求差别定价策略

需求差别定价策略是指采用多种不同价格销售同一种产品或服务，但是，这种价格差异并非由成本差异所致，而是因目标顾客及顾客偏好不同所致。

（一）顾客定价

这种策略是指对于同样的产品，在卖给不同顾客时采取不同的定价。例如，电影院对学生和一般观众实行不同的票价；供水、供电部门对工业、农业、居民生活用水实行不同的水价、电价。

（二）产品形式定价

这种策略是指对不同型号、不同款式或不同包装的产品实行不同的定价。但是，这种价格差异与产品成本变化并不成比例。例如，带有一定纪念标志的产品往往比具有同样使用价值的普通产品的价格要高得多；包装精美别致的产品往往比普通包装的产品价格要高得多。

（三）时间定价

这种策略是指对于同样的产品，在不同季节、不同日期或不同时刻销售时采取不同的定价。例如，旅游景点门票价格在旅游旺季可定高一些，在淡季可定低一些。

（四）地点差别定价

这种策略是指对于相同的产品，因其所处位置不同而采取不同的定价，即使它们的生产成本并无差异。例如，对于影剧院和体育馆内的不同座位可实行不同的票价。

实行需求差别定价需要具备以下条件。

1）市场能够根据消费者需求强度不同进行细分。

2）低价市场中的买主无法向高价市场中的顾客转售该产品。

3）竞争者不能在高价市场中进行低价竞销。

4）细分市场和控制市场的费用必须低于企业从差别定价中所获得的追加收入。

5）价格差异不会引起消费者的不满。

6）差别定价的形式应该是合法的。

七、产品组合定价策略

对于多品种生产经营的企业来说，要考虑产品组合中各种产品的需求、成本及相互关系，必须制定使整个产品组合获得最大赢利的价格策略，而不只是考虑如何确定个别产品的价格。

（一）产品线定价

由于一条产品线上的各个产品能够满足顾客类似的需要，所以在确定价格时，主要应考虑它们在生产成本、特色功能（主要从顾客角度评价）和竞争者价格等方面的差异，由此来确定各个产品之间的差价。

如果一条产品线上两种产品的差价不大，顾客就会宁愿购买性能较高的产品，此时，若这两种产品的成本差额小于价格差额，企业的利润就会增加；反之，如果价格差额较大，顾客就会愿意购买性能较低的产品。

（二）任选品定价

任选品是指企业在提供主要产品时，附带提供的任选产品。例如，顾客去饭店吃饭，除了要饭菜之外，可能还会要烟、酒、饮料等，这里的饭菜是主要产品，烟、酒、饮料则是任选品。

为任选品定价有两种策略可供选择：①为任选品定低价，借以吸引顾客购买主要产品；②为任选品定高价，使之可以独立赢利。

（三）连带产品定价

连带产品是指必须与主体产品一同使用的产品。例如，胶卷是照相机的连带产品，计算机软件是计算机的连带产品。

既生产主体产品又生产连带产品的企业，往往将主体产品价格定得较低，而将连带产品价格定得较高，主要靠出售连带产品来赢利，即以高价的连带产品获取高利，补偿因主体产品低价造成的损失。例如，柯达公司采取的就是这种策略，将照相机定低价，胶卷定高价，从而增强了其照相机产品在同行业中的竞争力。

（四）副产品定价

在肉类加工业、石油化学工业生产中常常会产生副产品。如果副产品没有利用价值，或者副产品的处理成本很高，就会影响主产品的定价。为此，企业应该尽量为副产品寻找市场，使副产品的收入至少能够补偿其处理费用。这样，企业就能够降低主产品价格，以提高竞争力。

第五节　调价策略

企业制定产品价格并不是一劳永逸的，随着市场环境的不断变化，还需要适时地进行价格调整。企业调整价格主要有两种情况：①适应市场供求环境的变化主动调价；②在竞争者调价行为的压力下被动调价。

一、降价策略

（一）降价原因

1）生产能力过剩需要扩大销售，而且通过改进产品、加大促销力度等其他营销方式难以扩大销售。

2）市场竞争加剧，迫使企业降价以维持和扩大市场份额。

3）企业相对于竞争者有成本优势，降价可以扩大销售，并可进一步降低成本。

4）经济不景气，消费需求减少，降价可以刺激需求。

（二）降价策略

企业既可以直接降低基本价格，也可以在基本价格不变的情况下，采取增加免费项目、改进产品性能和质量、增加折扣种类、提高折扣率以及馈赠礼品等策略来实际降低产品价格。

二、提价策略

（一）提价原因

1）成本上涨迫使企业提高价格。

2）企业产品供不应求，通过提价抑制部分需求。

3）为补偿改进产品的费用而提高价格。

4）出于竞争需要，将自己产品价格提高到同类产品之上，以树立高品质形象。

（二）提价策略

企业提价不一定都是提高基本价格，也可以在价格不变的情况下，通过采取以下策略来实现提价。

1）减少免费服务项目或增加收费项目。

2）减少价格折扣。

3）压缩产品份量。

4）使用便宜的材料或配件。

5）减少或改变产品功能以降低成本。

6）使用低廉的包装材料或推销大容量包装的产品，以降低包装的相对成本。

7）缩小产品尺寸和体积。

三、市场对企业调价的可能反应

企业调整产品价格，会对顾客、竞争者等产生影响。因此，企业在实施调价前后，必须调查和估计市场有关方面对企业调价的可能反应，以便减少调价给企业带来的不利影响，力争实现调价目标。

（一）顾客的反应

顾客的反应是判断企业调价是否成功的主要标准，因此应该加以认真分析和研究。分析顾客对调价的反应，不仅要看顾客购买量是否增加，而且要了解顾客的心理变化，研究顾客如何理解企业的调价行为，以便为企业采取恰当的营销策略提供依据。

1. 顾客对企业降价可能产生的心理反应

1）该产品质量有问题，卖不出去了。

2）该产品已经老化，将要被新产品所代替。

3）可能还要降价，等等再买。

4）企业可能经营不下去了，要转行，将来的售后服务没有保证。

2．顾客对企业提价可能产生的心理反应

1）该产品质量好。

2）厂家想多赚钱。

3）该产品供不应求，再不买就买不到了。

（二）竞争者的反应

竞争者的反应也是企业调价时要考虑的重要因素。企业在调价之前，必须了解竞争者当前的财务状况、近年来的生产和销售情况、经营目标及其顾客的忠诚度等，以便预测竞争者可能对本企业调价作何反应。

竞争者可能对本企业的降价行为有以下不同的理解。

1）该企业想与自己争夺市场。

2）该企业想促使全行业降价来刺激需求。

3）该企业经营不善，想改变销售不畅的状况。

4）该企业可能将推出新产品。

竞争者对本企业降价的不同认识将促使其采取不同的行动。

四、企业应付竞争者调价的策略

在市场竞争中，如果竞争者率先调整了价格，那么企业也应采取相应对策。

（一）了解与竞争者调价有关的问题

1）竞争者为何调价，是想充分利用其过剩的生产能力，或者是想提高市场份额，还是想促使全行业一起调价？

2）竞争者调价是暂时行为还是长期行为？

3）其他竞争者会作何反应？

4）竞争者调价对本企业有何影响？

5）如果本企业对该竞争者调价作出某种反应后，则该竞争者以及其他竞争者又会作何反应？

（二）应付竞争者调价的策略

1．应付竞争者提价的策略

一般来说，对竞争者提价行为可以采取的行动策略是：如果认为提价对全行业有好处，则跟随提价；否则就维持价格不变，以最终迫使发动提价的企业恢复原价。

2．应付竞争者降价的策略

1）维持原价。如果认为本企业的市场份额不会失去太多，而且以后能够恢复，则可采取这种策略。

2）维持原价，同时采取一些非价格竞争手段，以提高顾客对本企业产品的理解价值。

例如，企业可以提高产品质量、改善销售服务、加强营销沟通等，这样做可能比降价更合算。

3）跟随降价。如果认为不降价会丧失大量市场份额，将来很难东山再起，则可采取该策略。

4）提价的同时提高产品质量，树立本企业产品的高品质形象，以增强竞争力。

5）增加廉价产品项目进行反击。如果有可能丧失的细分市场对价格很敏感，则可以采取该策略。

本章思考题

1. 企业如何选择定价目标？
2. 影响企业定价的因素有哪些？
3. 对你所了解的某一种新产品进行定价决策。
4. 某企业生产某产品，投入固定成本 200 000 元，单位产品变动成本为 15 元，预计销售量 50 000 件，试求盈亏平衡点的产品价格。
5. 产品生命周期各阶段的定价策略有何不同？

第十章　分销渠道策略

学完这章后，希望你能够掌握：

1. 分销渠道的概念、功能及类型
2. 分销渠道的选择与管理方法
3. 各类中间商的特点及作用
4. 实体分配的内容、目标和原则
5. 渠道成员的特点及合作与冲突的关系，解决实际问题的方法与技巧

 引导案例

皇天饮品有限公司的渠道调整

皇天饮品有限公司把"随身酷"保健饮品推上东北市场伊始，就遇到了许多公司都感到苦恼的渠道决策问题。

皇天饮品有限公司决策层开始非常热衷于开拓多渠道分销，依靠高额的回扣在东北吸引了数十家一级批发商为其推销产品（实行密集分销）。刚开始经销商还能积极配合皇天公司的销售主张，在广告宣传、销售促进、市场监控、售后服务等方面认真开展工作，恪守皇天公司的销售规则。但没多久，巨大的销售利益驱动使得分销商之间展开了疯狂的竞争。各分销商的财力、商誉、分销网络以及经营能力都存在极大的差别，往往按自己的理解来实施皇天公司的计划，"随身酷"保健饮品投放市场3个月来，销售状况很不稳定。最大的经销商大连润泽经销有限公司负责的辽宁片区本来业务开展得非常好，但后来常常受到"窜货"、价格混乱和假冒伪劣产品的骚扰，业务员工作极不好开展，连"金牌"销售员的情绪都日益低落。

三个月后，皇天饮品有限公司决定修正渠道策略，在东北采用独家分销的方式选择一级批发商。在对东北三省一级批发商的调查摸底时，几乎所有的调查对象都异口同声地向皇天饮品公司推荐润泽公司。经深入调查分析后了解到：①润泽公司在东北三省同行中销售能力虽然位居第二，但是该公司拥有较强的分销网络，在东北各地有一批忠诚的二级分销商，能将产品迅速覆盖到整个东北市场；②润泽公司是一家民营企业，内部管理有序，员工热情高、业务能力强、能同心同德地开展工作，办事效率高，没有互相推诿、互相扯皮、久拖不决的官商作风；③润泽公司的老总为人正派、品德好、能力强，与皇天公司有合作的诚意；④润泽公司财力雄厚、流动资金充足，有能力及时结清货款，还可能为皇天公司开展广告、促销活动提供某些财力支持；⑤润泽公司商业信用好，过去在营销、货款回笼及维护厂商形象诸方面从未给厂商带来过不利影响；⑥润泽公司拥有较大的备用仓库和一定数量的运货车辆，能保证产品仓储和运输的需要。

从前期合作情况看，润泽公司与皇天公司配合得非常好。鉴于上述情况，皇天公司决定继续与润泽公司合作，由其独家经营"随身酷"保健饮品的一级批发业务。

润泽公司被定为"随身酷"保健饮品的独家经营一级批发商后，迅速在东北地区按"选择分销"的方式确定了 32 个经销商大户作为二级批发商，定点供货，对其他经销商不予供货，迅速按地区形成销售网络。对二级批发商，润泽公司采取了一系列行之有效的支持、管理措施：①按其销售能力和信誉给予适当（300~500 箱之间）的货物铺底，待其卖完第二次进货时再现金交易，铺底货款则在销售季节结束后分期收回，在资金上有力地支持了二级批发商的业务开展；②统一销售价格，对认真执行价格政策的经销大户按累计销量返还利润，对未按润泽公司价格政策销售产品的经销大户则不予返利，甚至停止供货、取消经销权；③实行密码管理，润泽公司规定各个下级经销商发货时都必须在包装箱上打上自己相应的密码，密码作为经销商的唯一销货身份证号码，掌握在公司决策层和情报部门手中。这一办法有效地扼制了"窜货"、价格混乱等现象，规范了经销商的行为，同时对及时发现假冒伪劣产品，维护皇天饮品声誉和消费者利益起到了重要作用。

分销渠道的调整使得皇天公司的销售业绩日益攀升，仅创办两年多时间，"随身酷"保健饮品已经占领东北保健饮品市场的 40%，一举成为保健饮品类首选品牌。

讨论题：

1. 皇天饮品有限公司为什么要进行渠道调整？
2. 皇天饮品有限公司的渠道调整策略为什么能够成功？

第一节　分销渠道的概念与类型

在现代商品经济条件下，大部分制造商都不是将自己的产品直接销售给最终顾客，而是由位于制造商和最终顾客之间的众多执行不同职能、具有不同名称的营销中介将产品转移到消费者手中，这些营销中介形成了一条条分销渠道。一个生产企业除了重视产品策略、定价策略，合理地制定分销策略外，选择配置中间商和有效安排商品的运输和储存，也是企业市场营销的重要工作，将直接影响企业的经济效益。

一、分销渠道的概念

分销渠道又称销售渠道或配销通路，是指商品和服务从生产者转移至消费者过程中，取得这种商品和服务的所有权或帮助所有权转移的所有企业和个人，即商品和服务所有权转移过程中所经过的各个环节连接起来形成的通道。其起点是生产者，终点是消费者或用户，中间环节是中间商，包括各种批发商、代理商、零售商、商业服务机构（交易所、经纪人等）。

从商品流通的角度来看，任何企业出售产品都是转手让渡的过程。产品在从生产者到消费者的转移过程中一般要发生两种形式的运动：一种是作为买卖结果的价值形式的运动，是所有权的一次或多次让渡，从一个所有者转移到另一个所有者，即商流；另一种是伴随商流而发生的商品实体的移动，即物流。商流和物流都有一定路线，而且可长可短、可宽可窄。这些路线从企业营销的角度上看就是分销渠道。

　　分销渠道的实体是购销环节，是由生产企业、中间商和消费者（或用户）组成的。中间商是介于生产者和消费者之间并独立于生产者之外的商业环节。中间商是社会分工和商品经济发展的产物，它存在的必要性在于生产和消费之间在数量、品种、时间、地点等方面的矛盾，为了解决这些矛盾并节约社会劳动，就需要经过中间环节。因此，中间商的存在不单是社会上一部分人追逐利润的结果，而且有其客观必要性（见图 10-1）。对于生产者来说，使用中间商必定有某些利益及必要性，具体来说主要有以下几个方面：①许多生产者在财务上缺乏直接营销的能力；②生产者若要直接将产品销售给最终顾客，势必要兼任其他相关产品生产者的中间商，以求大量销售的效率；③即使生产者有足够的资本可以自行发展分销渠道，但其报酬率往往不如其他投资；④使用中间商可以借助他们将产品销售到目标市场的能力。一般而言，中间商由于接触面广、经验多、专业化以及规模化经营，提供给生产者的好处往往比生产者自行经销多得多。

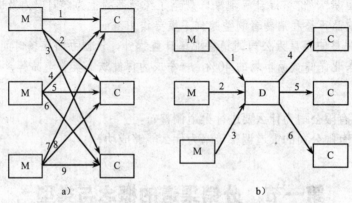

图 10-1　中间商所能产生的主要经济效益

a）交易次数（M×C=3×3=9）　b）交易次数（M+C=3+3=6）

M—生产企业　C—顾客　D—中间商

二、分销渠道的功能

　　现代社会中，任何企业的产品销售都面临着众多可供选择的渠道，对分销渠道的基本要求是能有效地弥合产品、劳务的生产者和使用者在时间上、空间上和所有权等方面的缺口，具有最大限度的目标市场覆盖面，能以最快的流通速度、最佳的服务质量、最省的流通费用，把产品连续不断地送到消费者手中。具体来说，分销渠道的成员一般执行下述一系列主要功能。

　　1）信息：搜集与传递有关营销环境中各种力量和因素的营销研究情况的信息以供规划与促成交易。

　　2）促销：发展与传播产品的说服性信息。

　　3）接触：寻找潜在的购买者并与之进行接触和沟通。

　　4）配合：使所供应货物符合购买者需要，包括制造、分级、装配以及包装等活动。

　　5）协商：为了转移所供货物的所有权，就其价格及有关条件达成最后协议。

　　6）实际分销：负责商品的运输、储存工作。

　　7）融资：安排资金的取得及周转，以满足销售工作的各项成本需要。

　　8）风险承担：承担与渠道工作有关的风险。

三、分销渠道的层次与宽度

1. 分销渠道的层次

分销渠道可根据渠道层次的数目来分类。在产品从生产者转移到消费者的过程中，任何一个对产品拥有所有权或负有推销责任的机构就叫一个渠道层次。因为生产者与最终消费者都执行某些渠道工作，所以他们均属渠道的一部分，但市场营销学却以中间机构层次的数目来确定渠道的长度，如图 10-2 所示。

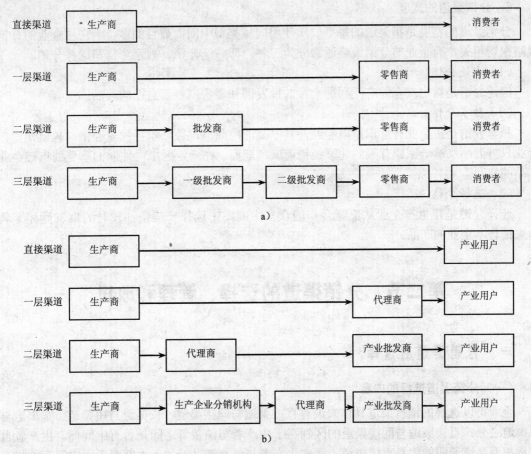

图 10-2 分销渠道的类型

a）消费者市场的分销渠道 b）生产者市场的分销渠道

（1）直接渠道

直接渠道也称为零层渠道，由生产企业直接将其产品销售给消费者或用户，没有中间商介入。直接销售有三种主要形式，即上门推销、邮购和生产企业开设自销商店。

（2）一层渠道

生产企业和消费者（或用户）之间含有一个营销中介机构。在消费者市场，这个中介机构通常是零售商；在产业市场，则可能是销售代理商或经纪人。

（3）二层渠道

生产企业和消费者（或用户）之间含有两个营销中介机构。在消费者市场，一般是批发商和零售商；在产业市场，通常是销售代理商与批发商。

（4）三层渠道

生产企业和消费者（或用户）之间含有三个营销中介机构。

以上四种模式是就分销渠道的长度不同而言的，依据不同的标准，分销渠道还可分为直接渠道和间接渠道两大类。

此外，还有层次更多的渠道，但不太常见。从生产企业的立场来看，渠道层次数越少越好控制；层次数越多，渠道就越复杂。

2．分销渠道的宽度

分销渠道的宽度是指渠道的每个层次使用同种类型中间商数目的多少。它与企业的分销策略密切相关，而企业的分销策略通常分为三种，即广泛分销、独家分销和选择分销。

（1）广泛分销

广泛分销是指生产企业广泛利用大量的批发商和零售商经销自己的商品。

（2）独家分销

独家分销是指企业有意识地限制经营其产品的中间商户数，实行独家经销。也就是说，企业只将商品买给一家或有限的几家经销商或代理商，在一定区域内使他们享受销售该企业产品的权利。

（3）选择分销

选择分销是指生产企业从愿意合作的众多中间商中选择一些条件较好的批发商和零售商来销售本企业的产品。

第二节　分销渠道的选择、管理和改进

一、分销渠道的选择

（一）分销渠道选择的内容

企业可以选择的销售渠道具体来说有直接渠道与间接渠道、长渠道与短渠道、宽渠道与窄渠道之分。直接渠道与间接渠道的区别在于生产者与消费者之间是否有中间商。生产者自己承担商品流通职能的是直接渠道；而在生产者与消费者之间加入中间商，由中间商承担商品流通职能的是间接渠道。长渠道与短渠道的区别在于中间环节的多少。只经过一道中间商的销售渠道叫短渠道；经过两道或两道以上中间商的渠道叫长渠道。宽渠道与窄渠道是从横向来看的，在销售渠道每一环节中使用中间商的多少构成渠道的宽窄，在一个环节上选择较多的中间商叫宽渠道，选择较少的中间商叫窄渠道。

分销渠道的选择包括确定渠道模式、确定中间商数目、规定渠道成员彼此的权利和义务三方面的内容。

1．确定渠道模式

确定渠道模式是指决定渠道的长度。企业分销渠道的选择首先是要决定采取什么类型的分销渠道，是选择直接渠道还是间接渠道，如果选择间接渠道，还要进一步决定采用长渠道还是短渠道，以及选择什么类型和规模的中间商。

2．确定中间商的数目

确定中间商的数目是指决定渠道的宽度。企业所使用的中间商数目应根据商品在市场上的地位和目标来决定，通常有三种形式，即广泛分销、独家分销和选择分销。

3．规定渠道成员彼此的权利和义务

在确定了渠道的长度和宽度之后，企业还要规定与中间商彼此之间的权利和义务。例如，对不同地区、不同类型的中间商和不同的购买量给予不同的价格折扣，以及提供商品质量保证，以促使中间商积极进货。另外，还要规定交货和结算条件以及为对方提供哪些服务。

（二）影响渠道选择的因素

企业要有效地选择销售渠道，必须对影响渠道选择的各种因素进行认真分析，然后再作出决策。一般来说，影响渠道选择因素主要有以下三个方面。

1．产品因素

（1）产品单价

一般来说，产品的单价越低，渠道越长；反之单价越高，渠道越短。例如，生产日用百货的企业常选择较长的渠道，即通过批发商、零售商将产品卖给消费者；而高级服装生产者，则会把自己的产品直接交给大百货公司或高级服装店出售给消费者，选择较短的渠道。

（2）产品的体积和重量

体积庞大而笨重的重型设备，运输和储存比较困难，一般选择的渠道较短；而体积小、重量轻的产品，由于储运比较便利、费用也较小，选择的渠道可以长一些。

（3）产品自然生命周期

对于一些易腐、易碎、易失效等自然生命周期短的产品，如海鲜、水果等，尽可能选择较短的销售渠道；而对于一些耐藏、耐碰、长效等自然生命周期长的产品，销售渠道可以长一些。

（4）产品的技术复杂程度和对服务的要求

技术复杂程度高或对服务要求多的产品，其销售渠道要短，尽可能直接销售给用户，以便用户了解产品和获得服务。

2．市场因素

市场因素主要指消费者、市场环境和竞争者对渠道选择的影响因素。

（1）市场容量及每次购买的数量

一般而言，市场容量大而每次购买数量少，应采用宽渠道、长渠道；市场容量大而每次购买数量大，可采用窄渠道、短渠道；市场容量小而每次购买数量大，可选择较窄的渠道；市场容量小而每次购买量亦小则应选用较宽的渠道。

（2）市场范围大小和顾客集中程度

商品销售的市场范围越大，则销售渠道越长。如果企业产品在全国范围销售或出口销售，则需要经过较多的中间环节；如果产品销售范围小或只在当地销售，可由企业直接销售；如果顾客较集中，可考虑设点直接推销。相反，如果顾客较分散，则适合于经过批发商、零售商销售。

（3）市场规模和发展趋势

市场规模虽小，但发展趋势大，销售渠道应有扩展和延伸的余地。而对于某些产品，市场现有规模虽大，但发展趋势将缩小，选择渠道应有缩小或转移的余地，如对一些进入衰退期的产品。

（4）竞争者使用的渠道

一般来说，企业应尽量避免与竞争者使用同一销售渠道，例如，竞争者如果选用百货商店，你可以选择超级市场或专营店，但是，对许多产品而言，由于消费者购买的习惯性，企业必须与竞争者使用同样的销售渠道，如食品等。

3. 企业自身因素

企业在选择渠道时，除了考虑产品、市场因素外，还要考虑自身的条件和需要。

（1）企业的实力和声誉

一般来说，实力强、资金雄厚、声誉高的企业对渠道选择的自由度较大，既可以建立自己的销售队伍，也可以直接向零售商供货；相反，一些不出名或实力弱的中小企业则必须依赖中间商来销售产品。

（2）企业自身销售能力的大小

如果企业拥有足够的销售人员并且具有丰富的销售经验和开拓精神，企业则可少用或不用中间商。否则，要依靠批发商和零售商。

（3）企业的产品组合

产品组合越广，越适合于选择较短的销售渠道；产品组合越深，越适合于选择较窄的销售渠道；关联性较强的产品组合则适合于选择同样的销售渠道。

（4）企业控制渠道的愿望

如果企业希望对渠道加以控制和管理，使其全力销售自己的产品，应该选择直接渠道或较短的渠道；相反，企业可选择较长的渠道。

二、分销渠道的管理

（一）渠道成员的选择

制造商对中间商的吸引力取决于制造商本身的声誉和产品销路。有些企业很容易找到合适的中间商，可能是因为他们的产品好销售或者是产品知名度高。而有些企业则难以找到合适的中间商，尤其是那些刚进入市场的产品。对一个有吸引力的制造商来说，主要的问题是如何选择中间商，根据哪些条件来选择。一般而言，中间商选择的标准主要有：①中间商经营时间的长短及其销售和获利能力；②中间商的信誉及协作态度；③中间商品市场覆盖范围；④业务人员的能力和素质；⑤经销经验及偿债能力；⑥顾客类型及需求特点。

（二）渠道成员的激励

生产者不仅要选择中间商，而且还要经常激励中间商，使之不断提高经营水平。必须指出，中间商和制造商所处的地位不同、考虑问题的角度不同，必然会产生矛盾，如何处理好产销矛盾，是一个客观存在的问题。因此，制造商要善于从中间商的角度考虑问题，因为中间商不是受雇于自己，而是一个独立的经营者，有他自己的目标、利益和策略。

制造商应尽量避免激励过分与激励不足两种情况。当制造商给予中间商的优惠条件超过他取得合作与努力水平所需的条件时，就会出现激励过分的情况，其结果是销量提高而利润下降。当制造商给予中间商的条件过于苛刻，以致不能激励中间商的努力时，则会出现激励不足的情况，其结果是销量下降、利润减少。因此，制造商必须认真确定合理的激励水平。一般来说，对中间商的合理激励水平应以保证交易关系为基础，主要体现在以下三个方面：①中间商能努力经营企业的产品；②中间商愿意并追求与企业的长期合作关系；③企业能够从这种长期合作中获得更大的利益。因此，企业往往视与中间商不同的合作关系确定不同的激励水平。

制造商与中间商的关系主要有三种形式，即合作、合伙和分销规划，它们的激励方式是不同的。

1．合作关系

多数制造商与他们的经销商建立合作关系，他们常采用两种措施：①利用高利润、特殊优惠、合作推销折让、销售竞赛等办法，激励中间商的推销热情和工作积极性；②对表现不好或工作消极的中间商，降低利润率、推迟发货，甚至与其终止合作关系。

2．合伙关系

比较成熟的制造商一般与他们的经销商建立合伙关系，签订协议。在协议中明确规定双方的权利和义务，如规定经销商的市场覆盖面、市场潜量以及应提供的市场信息和咨询服务等，根据协议执行情况对经销商支付报酬。

3．分销规划

分销规划是指把制造商和中间商的利益融为一体的"纵向营销系统"，统一规划营销工作，如拟定销售目标、存货水平、培训计划以及广告和营业推广方案等，使产销双方协调一致。分销规划相对前两者有较大的优势。

（三）渠道成员的评估

企业除了对渠道成员进行选择和激励外，还必须定期评估他们的绩效。如果发现某些经销商的绩效欠佳，就应采取一定的措施加以激励或要求该经销商在一定时期内有所改进。否则，就应取消与该经销商的合作关系，重新选择经销商。

要准确评估渠道成员的绩效首先要确定绩效标准。企业在与经销商合作时，特别是建立长期合伙关系时，应与之签订有关绩效标准与奖惩条件的契约。在契约中明确经销商的责任，如价格水平、销售努力程度、市场覆盖率、平均存货水平、送货时间、次品与遗失品的处理方法、对企业促销的合作程序以及应向顾客提供的服务等。

另外，企业还应定期发布销售配额，以明确目前的预期绩效。企业可以在一定时期内列出各经销商的销售额，并依销售额多少排出名次，这样可以促使经销商相互竞争、努力销售。

三、分销渠道的调整与改进

企业在确定了渠道系统后，不能放任其自由运行而不采取任何纠正措施。事实上，由于市场环境的不断变化，企业需要经常地对渠道系统加以调整和改进。例如，有一家庭设备制造商，过去通过特许代营商店实行独立性销售，自从采取特许代营方式以后，市场发生了一些新的变化：①家庭设备已逐渐在折扣商店出售；②越来越多的家庭设备，正以经销商牌号在百货公司出售；③大规模房产建商，已发展成为这类商品的新市场，他们愿意与制造商直接往来；④有些商家与竞争者采取挨户推销方式，并接受直接邮购。由于这些客观情况的变化，上述制造商相对失去了一些市场份额，这就不能不考虑调整渠道。

渠道调整主要有以下三种办法。

1．增减渠道对象

增减渠道对象就是增减渠道中的个别中间商。这时，企业要考虑的问题是，增加或减少这个中间商，对本企业赢利有何影响？如果这项调整会引起渠道中其他成员的反应，情况就会十分复杂。例如，一家汽车制造商若决定在某城市增加一家特许代营店，不仅要考虑这家新增特许店能做多少生意，还要考虑其他特许店营业量的增减。

2．增减某一个销售渠道

有的时候，生产者需要考虑增减一个销售渠道。例如，美国国际收割机公司本来通过一家特许代营店出售卡车、轻型卡车和娱乐型汽车，但是娱乐型汽车未受到特许店重视，销路不畅。为了改进娱乐型汽车的推销，这家公司只好决定另外增加一个新的销售渠道——娱乐型汽车特许代营店。

3．调整整个渠道

改变整个渠道系统是企业调整渠道决策最困难的一种。例如，汽车制造商可能考虑把使用独立零售商改为自办零售商零售店；一个软饮料制造商可能考虑把使用地方特许装瓶商改为集中装瓶直接出售。这种调整应该由企业最高管理层作出决定。因为这不仅要改变渠道，而且要调整企业已经习惯的销售因素组合和政策。

第三节 分销渠道中的中间商

一、中间商的作用

中间商是指在生产者与消费者之间参与交易业务、促使买卖行为发生和实现的经济组织和个人。中间商在分销渠道中的作用表现在以下四个方面。

（一）沟通生产者和消费者

中间商一头连接生产者，一头连接消费者，接触面广，熟悉市场。中间商可以把消费者的需求信息传递给生产者，同时把生产者的产品信息传递给消费者，从而把寻求某产品的购买者与生产该产品的厂商联系在一起。对于那些想要进入新市场的企业、向市场投放新产品的企业以及缺乏足够资金的企业来说，中间商的经验和地位特别有利用价值。

（二）减化交易过程、降低成本

中间商的存在有利于经济、合理地组织商品流通。如果没有中间商的介入，生产者将不得不采取直接销售的方式，则每一个生产者都必须直接和所有的消费者发生交易，流通过程将极为复杂，甚至难以实现商品交换。而中间商的存在则可以简化交易过程，从而降低交易成本和商品售价。

（三）行使产品的集中、平衡和分散职能

集中就是将分散于各地的制造商生产的产品汇集成比较大的批量，发挥蓄水池的作用。平衡就是指中间商可以调节产需双方在品种、数量、质量、时间、空间等方面的矛盾，起着平衡供求的作用。分散就是根据市场需求，将集中起来的成批大量的产品分解成为许多小批量，扩散到各地区、各部门和各商店中去，以方便消费者或用户购买。

（四）代替生产者行使市场营销职能

中间商可以代替生产者执行所有的市场营销职能。例如，进行营销调查、刊登产品广告、从事实体分配以及为消费者提供产品支持服务等。由于中间商具有执行某些市场营销职能的专门知识和技术，所以生产者将市场营销职能转由中间商来执行，以此降低市场营销费用，而且效果往往更好。

二、中间商的类型

（一）批发商

批发包括将商品或服务售予那些为了转售、进一步生产加工或从事其他商业活动而购买的组织或个人时所发生的一切活动。专门从事批发业务的组织或个人就是批发商。西方将批发商分为商人批发商、中间商和分销商。商人批发商拥有产品所有权，进销差额构成批发毛利。

工业企业为了避免中间商分享利润，消费者为了少受中间商的盘剥，都希望减少中间环节，主要指减少批发环节。20世纪二三十年代，由于集中和垄断的发展，市场竞争激烈，许多制造商自己设置销售机构，直接将产品出售给零售商甚至消费者，美国等西方国家的批发商地位逐渐下降。有人认为批发商赢利太多，"又懒又胖"，应该淘汰。然而事实上，批发商没被淘汰。自20世纪50年代起，人们重新认识到批发商在组织商品流通中所起到的提高效率、降低费用、调解产销矛盾等作用是谁也难以替代的，于是出现了"批发商业的复活"。通过反复实践和批发商业的自我完善，批发商的地位得到了恢复，批发销售额随国民产值的增长而逐年增长。

按经营商品的范围，批发商可分为三种基本类型。

1．专业批发商

专业批发商是指专门经营某类或有限几类商品的批发商业机构。它主要向某行业的各个生产企业进货，然后销售给其他批发商、零售商和工业用户。专业批发商经营的产品品种规格很多，品牌齐全，品种之间的消费替代性和连带性很强，同一产品和同一品种的进销批量都很大，为购买者提供了充分的比较、选择余地。专业批发商与本行业的生产企业联系广泛，有较多的专业知识，能为经营同类商品的专业零售商店和工业用户提供更多的技术咨询和服务。我国大中城市传统的专业批发公司和小城市的专业批发商店，都属此种类型。

2．综合批发商

综合批发商是经营多条产品线、多类产品的批发商业机构。综合批发商与许多生产行业有联系，经销对象主要是综合零售店及小商小贩。综合批发商店经营商品范围广，品种规格也较多，但不及专业批发商有深度。我国的工业品贸易中心、工业品批发市场、农副产品批发市场、小商品批发市场及传统的综合批发商店，都属综合批发类型。

3. 工业分销商

工业分销商是专门向制造商提供产业用品的批发经营机构。它们通常提供储存、信贷、送货等服务，可以经营范围较广的全线产品（称配售商），也可以经营专线产品。我国传统的物资公司、生产资料批发市场都属此种类型。

在西方，批发商又按其职能和提供服务的程度被分为完全服务批发商和有限服务批发商两大类。完全服务批发商执行批发商业的全部职能，包括预测市场需求、提供市场信息和适销对路的货源，还提供储存商品、运输送货、信贷援助及协助管理等服务。有限服务批发商只执行批发商业的一部分职能，对供应者和顾客只提供一部分有限的服务。根据所提供的服务不同，有限服务批发商又可进一步细分为以下几种类型。

（1）现购自运批发商

这种批发商既不赊销也不送货，顾客必须当时付清货款，并自备车辆将货物运回，因而其批发价格一般低于完全服务批发商，主要从事食品、杂货的批发。

（2）直运批发商

这种批发商接到订单就向制造商、矿商等生产者进货，并通知生产者将货物直运给客户，所以直运批发商不需要仓库，只要一间办公室就行了，因而也叫"写字台批发商"。直运可避免重复运输，减少了储运费用。这种批发商多经营煤炭、木材等笨重商品。

（3）卡车批发商

这种批发商从生产者那里把货物装上卡车后，立即运送给客户，或送到超市、小杂货店、医院、餐厅等，现货现卖，主要进行销售和送货业务，适合经营易腐商品。

（4）货架批发商

货架批发商也称专柜寄售批发商，他们在超级市场或其他食品杂货店设置自己的货架，展销其商品，实现销售后才向零售商开单收款。它们主要经营家用器皿、化妆品、玩具等，提供送货、陈列商品、储存商品和融通资金等服务。

（5）邮购批发商

全部批发业务都采取邮购方式，他们向零售商、工业用户寄送商品目录，订货配齐后，以邮寄、卡车等有效方式运送货物。他们主要经营化妆品、专门食品、小五金等小商品，主要顾客是边远地区的小零售商。

在现实经济生活中，还存在若干生产企业自愿组合的批发企业、生产企业和商业联合的经营批发企业。

批发商的存在，使整个社会营销关系大大简化，使社会规模的营销成本大大降低。

（二）代理商和经纪行

代理商和经纪行都不从事产品的实际买卖，不拥有产品所有权，主要通过促进买卖获取佣金。

1. 代理商

代理商是以代理卖方和买方销售产品或采购商品为主要业务，从中向委托方收取代理费。在发达国家常见的代理形式有四种。

（1）制造商代理商

制造商代理商即厂家代理，他们通常代表几家产品线互相补充的生产企业，在一定地区按厂方规定的销售价格和其他销售条件销售产品，制造商按销售额的一定比例付给佣金，鼓励其以最好的价格积极推销。这种代理商类似厂方的推销员，它们往往与厂方有相对固定的长期代理关系。

（2）销售代理商

销售代理商通常也受制造商委托代销商品。与制造商代理商不同的是，销售代理商具有销售制造商全部产品的权利，厂方不得再委托其他代理商或雇员推销其产品。销售代理商实际是厂方的独家全权销售代理商，对产品的价格、交易条件等有很大的影响力，而且也不受地区限制。销售代理商常见于纺织、木材、家具、食品、服装等竞争激烈的行业。这种委托关系也相对较持久。

（3）佣金商

佣金商或称商行，是一种临时为委托方销售产品，根据委托条件推销产品并收取佣金的代理机构。在西方国家，有一种从事农产品代销业务的佣金商，他们受托于那些不愿自己出售产品的农场主，用卡车将农产品运送到中心市场，以最好的价格出售，其所得减去佣金和各项开支，将余款汇给生产者。

（4）采购代理商

采购代理商是与买主保持较长期的关系，为买主采购商品，并提供收货、验货、储存、送货等服务的机构。例如，大规模服装市场上有一种常驻买客，专门物色适合于小城镇的一些小零售商经营的服装，他们经验丰富，可向委托人提供有益的市场情报，并为其采购到适宜的优良商品。

各种代理商的作用主要有两点：①弥补了生产企业和批发商业销售网点和销售能力的不足，有助于扩大产品销路，对新产品或滞销产品的推销更为适用；②委托他人代理销售可以减少许多与经销商在利益分配上的矛盾和争执。在现代经营活动中，代理商是一种比较理想的销售渠道。

2. 经纪行

经纪行俗称掮客，主要作用是为买卖双方牵线搭桥，协助谈判，促成买卖，由委托方付给佣金。它们不存货，不卷入财务纠纷，不承担风险，只是担任买卖双方的媒介，不承担其他责任。国外常见的有食品经纪行、保险经纪行和证券经纪行等。在我国，经纪行尚处起步阶段，随着经济的发展，经纪行也必将成为我国工商业营销活动的一条有效的渠道。

（三）零售商

所有面向个人消费者的销售活动都称为零售，从事这种销售活动的企业和个人就是零售商。

零售是商业流通的最终环节，也是商品分销渠道的出口。它的基本任务是直接为个人消费者服务，因此开设地点、营业时间、服务项目、购物环境等因素显得特别重要。

零售商数目众多，在所有商品经济发达的国家，零售都是一个庞大的行业，拥有远超过生产企业加批发企业之和的数量及众多的就业者。例如，在美国的全部商业企业中，零售商店占了20%，从业人员超过1 400万。

零售商的形式千变万化，新形式层出不穷。零售形式的划分标准很多，西方国家通常按商品经营范围的广度和深度不同，把零售商业划分成以下八种类型。

1. 专业品商店

专业品商品经营的产品线较窄，但花色品种齐全，特别适合购买频率不高的选购品，如常见的服装店、鞋店、家具店、体育用品商店、书店。由于市场细分化和产品专门化的趋势日增，专用品商店继续迅速发展，越分越细，并且在规模上也出现了超级专用品商店。实际上，任何一个大型商业中心都主要由大大小小的专业品商店组成。

2. 百货公司

百货公司通常规模较大，经营的产品面较宽，深度则取决于商店规模的大小，经营范围涉及消费者生活的各个方面，尤其是服装、家庭用品、美容化妆品等。百货商店起源于19世纪中后期的欧洲，20世纪30年代达到高峰，成为都市商业中心的核心。后随着城市中心交通的拥挤和居住条件恶化，郊区超级市场的发展，百货商店就逐渐失去其往日魅力。近年来，百货公司开始引进新的经营形式，如连锁、电话电视购物等，以图"东山再起"。

3. 超级市场

超级市场是大规模、低成本、低毛利、消费者自我服务的零售经营方式，主要经营食品、洗涤品及家庭其他日常用品。它的经营品种齐全，特别适合购买频繁、用量大的易耗类消费品。第二次世界大战后，超级市场在美国发展迅速，并传入日本、欧洲和新兴的发展中国家，其规模日趋庞大，经营范围也扩展到药品、运动用品、小五金、唱片，甚至照相机类高价值商品，以提高自身竞争力。现代美国的超级市场营业面积平均为2.5万平方英尺（1平方英尺≈0.0929平方米），经营品种达1.2万个，其中非食品类商品已占到超级市场总销量的25%。

4. 大型仓储式市场

大型仓储式市场包括超级商店和特级市场。超级商店较传统的超级市场更大，平均营业面积达3.5万平方英尺，目的在于满足消费者对日常购买的食品类商品的全部需要，甚至还提供洗衣、修鞋、快餐等服务。特级市场比超级商店还大，营业面积在10万～20万平方英尺之间，综合了超级市场、折扣商店和仓库商店的经营方式，范围超出了日常用品，包括家具、大小家用电器、服装和其他许多商品。其基本做法是将原装商品陈列，由消费者自行选择、搬运，对大型器具给予折扣。

5. 折扣商店

折扣商店指以薄利多销的方式出售标准化商品的商店。一个真正的折扣商店具有下列特点。

1）商店经常以低价销售商品。

2）商店突出销售全国性品牌，因此价格低廉并不说明商品的质量低下。

3）商店在自助式、设备最少的基础上经营。

4）选址趋向于租金低的地区，且能吸引较远处的顾客。

折扣商店之间、折扣商店与百货公司之间的竞争非常激烈，从而导致许多折扣商店走向高级化，经营品质高、价钱昂贵的商品。它们改善内部装修，增加新的产品线，如穿戴服饰；增加更多服务，如支票付现，以方便退货；在郊区购物中心开办新的分店。这些措施导致折扣商店成本增加，被迫提价。另外，百货商店经常降价与折扣商店竞争，使两者之间的差距日益缩小，区分越来越模糊。

6. 便利商店

便利商店一般接近居民生活区，旨在使消费者日常生活中购买方便的小商品，通常全年无休，从清早到深夜，甚至全天 24 小时营业。经营范围为人们日常生活中必需、基本的商品和服务，如加工食品、日用杂货、报纸杂志、快递服务等。近几十年来，由于大量发展特许加盟店，使得便利商店同样能获得规模效益而迅速成长。

7．连锁商店

连锁商店是在同一所有者集中控制下的若干个商店，实行统一店名、统一管理和集中采购所形成的零售商业组织。其特点是：对组织中的各家商店在经营范围、产品定价、宣传推广、销售方式，甚至店铺设计等方面都有统一规定，以便树立统一形象。

符合上述定义的连锁商店也称为正规连锁。有的学者又对连锁商店的概念进行了扩展和延伸，即认为连锁商店是由多个商店构成的、统一经营管理的零售商业组织，这里并没有强调成员商店属于同一所有者。按照这一定义，连锁商店可分为自愿连锁和加盟连锁。

（1）自愿连锁

自愿连锁是指一批所有权独立的商店（多为小型商店），自愿归属于一个采购联营组织和一个管理服务中心领导，目的是与正规连锁店进行竞争。

（2）加盟连锁

加盟连锁又称特许连锁，是指由一个特许人（生产商、批发商或服务组织等）和若干个特许经营者（购买了特许权的独立商人）形成的契约式联合组织。特许连锁的基础一般是独特的产品、服务、商标、技术和良好信誉等。

8．无店铺零售

无店铺零售涵盖的领域很广，是近年来兴起的一种零售方式。它主要有以下几种具体形式。

（1）直接销售

直接销售又称访问销售，是指直销公司派出推销人员上门直接向顾客推销产品或服务。其特点是：①产品随身携带，当面交易；②与店铺零售相比，交易地点由商店变为顾客的工作或生活场所。

（2）直复营销

直复营销是指直销公司利用一定的印刷媒体或通信媒体，如目录、报纸、杂志、电话、电视、广播等，向顾客传递商品或服务的信息，顾客一旦产生购买欲望，可以用信函、电话、传真等方式表达购买意愿，直销公司则通过邮寄、送货上门或顾客到指定地点自取等方式完成商品运送，最终达成交易。

（3）自动售货

自动售货是指利用通过硬币控制的自动售货机来出售一些方便人们随时购买的商品，它是第二次世界大战后出现的一种新型无门市零售方式。在发达国家，自动售货机已被广泛应用到许多商品上，美国就有上百万台自动售货机在运行。

自动售货机 24 小时服务，广泛用于方便购买或冲动性购买的商品，如饮料、糖果、香烟、报纸、化妆品、书籍、胶卷、袜子等。不过，自动售货较一般商店价格高 15%～20%，而且有机器易被损坏、不便退货、库存告罄等影响消费者购买的问题。

（4）购物服务公司

购物服务公司是一种会员制的中介组织，专门为某些特定的集团顾客（如学校、医院、政府机关等）服务。该组织与许多零售商订有契约，其会员向这些零售商购物，可享受一定的价格优惠。

以上对西方国家零售商业类型的介绍有些可供我们借鉴，但完全照搬是不行的。我国近年零售业的发展变化如下。

1）西方国家的零售商业形式被大量引进，超级市场、便利商店、仓储式商店、折扣商店、访问销售、电话订购、购物中心等均已出现，而且发展很快。

2）跨地区发展的连锁经营正在形成趋势，不但是专业商店连锁、超市连锁，大型百货公司也在发展连锁。

3）随着我国零售业经营形式和结构的现代化，管理的现代化和自动化也逐渐提到日程上来。显然，没有管理的电子化和现代化，现代化的经营方式就无法充分发挥其潜力和效率，零售业也难以生存和发展。

第四节　实体分配决策

一、实体分配的内容

从市场营销的角度来看，实体分配就是对发生在分销渠道中的产品实体转移所从事的管理活动。因此，实体分配也称为物流管理。实体分配的工作内容主要包括定单处理、包装、装卸搬运、运输、仓储、库存控制六个方面。

（一）定单处理

定单处理是指处理从接受订货到发运交货过程中所涉及的各种单据。它包括定单的接受、记录、整理、汇集、传递等工作。定单处理的效率及质量反映企业的服务水平，并直接影响实体分配的效率。

（二）包装

实体分配中的包装也叫运输包装或大包装，目的是保护货物，便于运输和储存。实体分配中包装形式、包装材料和包装方法的选择，都要与实体分配中的其他要素相适应。例如，产品特性、运输工具与运送距离、储存条件、装卸方式等不同，会对包装提出不同的要求。

（三）装卸搬运

装卸搬运工作主要包括产品的装上卸下、移动、堆码等。在产品实体移动过程中，装卸次数的多少和装卸质量的好坏，对于实体分配成本有很大影响。因此，装卸搬运合理化是实体分配合理化的重要内容。

（四）运输

运输就是借助于各种运力，实现产品实体空间位置的转移。运输决策包括两项内容：①选择合理的运输方式，如公路、水路、铁路、航空或管道等运输形式；②确定运输路线。

（五）仓储

仓储是利用一定的仓库设施与设备储存和保管产品的活动。在实体分配过程中，仓储起着储存和位移的双重作用，能够解决生产与消费在时间上或空间上的矛盾。对于需要储存的产品，企业应合理选择仓库地址和仓库类型。

（六）库存控制

保持合理的库存是为了在分销过程中保证产品销售能够连续进行。库存控制的内容包括确定产品的储存数量与储存结构、进货批量与进货周期等。库存过多或过少都会对企业经营造成不利影响，因此企业必须确定合理的库存水平。

二、实体分配的目标和原则

实体分配决策的目标是在达到一定顾客服务水准的前提下，尽可能降低实体分配的成本。为此，必须遵循以下原则。

（一）顾客服务原则

实体分配应以为顾客提供良好的服务为宗旨。因此，企业要研究各种服务项目对顾客的重要性以及竞争者的供货服务水平，以便确定一组符合顾客需要并有竞争力的服务项目。有助于提高企业竞争力的服务项目主要有：定点定时送货、实行货损担保、提供应急发货、代客户储存和保管商品、缩短订货周期等。企业一旦确定了顾客服务项目，就要设计一整套实体分配系统来保证它的实现。

（二）低成本原则

实体分配决策不仅要尽可能地满足顾客需要，而且要尽可能地降低成本以增加企业利润。据估计，实体分配成本占生产企业销售额的比重约为 13.6%，占再销售企业销售额的比重约为 25.6%，占企业全部营销成本的比重则高达 50%。这表明降低实体分配成本的潜力相当大。同时，现代决策技术也为合理确定库存水平、运输方式以及工厂、仓库和商店的位置等提供了条件。因此，企业要充分利用现代决策技术提高实体分配效率，以尽可能地降低成本并增加企业利润。

（三）整体优化原则

在实体分配中，提高顾客服务水平和降低实体分配成本之间往往是相互矛盾的，实体分配各个环节的成本也是此消彼长的。例如，为了提高顾客服务水平，势必要增加存货以及运输和仓储能力，这就必然会增加成本；反之，为了降低实体分配成本，就应减少库存、降低运费，这又势必会降低服务水平。又如，降低存货水平可降低储存费用，但却可能导致进货批量小、订货频繁，从而使订货费用和运输费用增加。

上述原则要求企业在进行实体分配决策时，要着眼于整体优化，即要力求降低实体分配的总成本。为此，要把实体分配中发生的各项费用作为整体来对待，善于权衡各项费用及其效果，而不只是着眼于个别项目费用的增减。为了维持或提高顾客服务水平，允许某些项目的费用有所增加，但对不能使顾客受益的费用应坚决压缩。

三、实体分配策略

在实体分配的总成本中，运输、仓储和库存管理三项费用高达 80% 以上，因此，运输决策、仓储决策和库存控制是实体分配决策最主要的内容。

（一）运输决策

1. 选择运输方式

可供企业选择的运输方式主要有铁路运输、公路运输、水路运输、航空运输和管道运输五种。

1）铁路运输：最重要的运输方式，其最大的优点是运费低、运量大、速度较快。它适用于长距离地运输大批量货物或笨重货物。

2）公路运输：主要是卡车运输。采用公路运输，能够灵活安排运输时间和运输路线，能够实现直接送货上门，而且速度较快，只是长距离公路运输成本较高。因此，公路运输多用于中、小批量商品的短途运输，或者用于要求抢时间的长距离运输。

3）水路运输：分远洋运输、近海运输和内河运输三种。其主要优点是运量大、运费低；缺点是时间长、速度慢。它适用于运送笨重或不易变质的大宗货物。

4）航空运输：最快的也是运费最高的运输方式。一般来说，它主要适用于价值高、体积小、易变质、精度高或时间性强的产品。

5）管道运输：一种特殊的运输方式，一般只适用于运输液体或气体商品。其主要优点是安全性强、运费低。

企业在选择运输方式时，应当根据对运输时间、运载能力、可靠性和运输费用的考虑，选择合适的运输方式。例如，如果以追求速度为主要考虑，则宜采用航空运输或公路运输；如果以降低运费为主要考虑，则宜采用水路运输或管道运输。

2. 选择运输路线

选择运输路线的原则如下。

1）运输里程最短。

2）商品在途时间最短。

3）当向众多客户运送货物时，要首先保证重要客户得到较好的服务。

具体确定运输路线时，可应用运筹学方法设计最佳运输路线。

（二）仓储决策

1. 选择仓库地址

（1）有利于降低运输费用

为此，要考虑客户的地址、订货量及购买频率。因为运输费用是由全部运输量乘以运输里程和单价确定的，所以仓库地址一般应尽量靠近运输吨公里最大的客户。

（2）有利于提高顾客服务水平

仓库地址选择对顾客服务水平影响最大的是交货时间。因此，仓库应设在有利于缩短交货时间、提高交货速度的地方。

（3）仓库选址要与仓库数量相配合

若仓库多，则仓库地址应分散，这样有利于满足各类用户的需要；若仓库少，则仓库地址应集中，首先满足主要用户。

2. 选择仓库类型

（1）自建仓库还是租赁仓库

自建仓库更适合企业自身的业务特点，日常存储费用较低，企业对仓库拥有完全的控制权，但一次性投资大。租赁仓库的最大优点是灵活，可根据客户地址、需求规模及企业经营范围的变化随时调整租赁仓库的位置、库容设施等。

（2）储存仓库还是中转仓库

前者适用于商品的中长期储存；后者适用于接受来自各生产企业或供应商的货物，然后根据客户定单，尽快编配和转送出去。

（3）单层仓库还是多层仓库

前者方便搬运商品，但占地面积大；后者占地面积小但商品搬运费用高。

（4）老式多层仓库还是新式自动化仓库

前者成本低，而后者效率高。

（三）库存控制

存货水平的高低与顾客的需求量密切相关。存货水平太低不能满足顾客的需求和保证供货；存货水平太高又会增加成本，影响经济效益。因此，为了保持适当的存货水平要作好两项决策：①何时进货（订货点）；②进多少货（进货量）。

1. 订货点的确定

库存水平随着不断销售而下降，当降到一定数量时就需要再进货，这个需要再进货的存量就称为订货点。订货点的确定取决于订货时间、顾客要求的服务水平和库存费用三个因素。订货时间是指从订货到正式收到货物所需要的时间。一般而言，订货时间越长，订货点相应越高；同时，顾客对交货时间和交货速度的要求程度越高，订货点也相应越高。但另一方面，订货点越高，平均库存量就越大，从而将导致库存费用上升和企业利润下降。因此应在提高顾客服务水平与降低库存费用之间进行权衡，以确定合理的订货点。

2. 订货量的确定

在库存控制中，订货费用和保管费用是一对矛盾的成本因素。订货费用，如采购人员差旅费、订货手续费、运费等，主要取决于订货次数的多少，与订货批量关系不大，因此从降低订货费用的角度来看，应当减少订货次数、加大订货批量。保管费用，如占用资金的储存损耗、仓库及设备的折旧费用等，主要取决于订货批量，与订购次数多少关系不大，从降低保管费用的角度来看，应当增加订货次数、减少订货批量。由此产生了使库存总费用（订货费用和保管费用之和）最小化的方法，即经济订货批量法。所谓经济订货批量，就是能使订货费用和保管费用之和最小化的订货批量。

经济订货批量的计算公式如下。

$$经济订货批量 = \sqrt{\frac{2 \times 每次订货费用 \times 年订货总量}{单位商品年平均保管费用}}$$

例如，某企业每年要订购某种商品 9 000 件，每次订购费用为 25 元，单位商品年保管费用为 5 元，则

$$经济订货批量 = \sqrt{\frac{2 \times 25 \times 9\,000}{5}} = 300（件）$$

本章思考与练习题

1. 什么是分销渠道？它承担着哪些功能？

2. 简述影响渠道选择的因素。分析服装与家用轿车的特点是如何影响其分销渠道的。

3. 中间商有哪些功能？批发商、代理商、零售商分别有哪些类型？

4. 分析广泛分销、选择分销和独家分销这三类分销渠道策略各自的优缺点。试分析纯净水、空调、运动鞋这三种商品在城市中采取哪种分销形式最好。

5. 如何对分销渠道成员进行有效的管理与控制？

6. 以我国著名的家电企业海尔、TCL、长虹为例，分析它们的分销渠道各有何特点。

7. 选择你熟悉的任意行业的某个企业，试为其制定合理的分销渠道方案。

第十一章 促销策略

学习目标

学完这章后,希望你能够掌握:

1. 促销与促销组合的含义、分销策略的基本概念
2. 沟通的过程与步骤
3. 影响促销组合决策的主要因素
4. 广告、人员推销、营业推广、公共关系的含义、特点及其策略的主要内容

 引导案例

屈臣氏的促销策略

今天,我们在很多的店铺里,都可以看到"换购"、"加1元多1件"等耳熟能详的促销活动。可是大家知道吗,这样的促销活动概念最初是屈臣氏的独创!

屈臣氏的促销活动每次都能让顾客获得惊喜,在白领丽人的一片"好优惠呦"、"好可爱啊"的赞美声中,商品被"洗劫"一空,积累了屈臣氏单店平均年营业额高达2 000万的战绩。在屈臣氏工作过的人应该都知道,屈臣氏的促销活动算得上是零售界最复杂的,不但次数频繁,而且流程复杂、内容繁多,每进行一次促销活动还需要花很多的时间去策划与准备。策划部门、采购部门、行政部门、配送部门、营运部门都围绕着这个主题运作。为超越顾客期望,屈臣氏所有员工都乐此不疲。

同时,为了取得供应商的支持和理解,屈臣氏在年初谈合同协议时,就会将本年度屈臣氏的主题促销活动计划与时间表分享给供应商,同时对其中的关键要求也会比较清楚地告知供应商,或者说供应商通过与屈臣氏的长期合作,很清楚屈臣氏的要求。在这样的计划下,供应商就能够很好地配合准备工作,包括商品准备、道具准备、人员准备等,一旦屈臣氏按计划执行促销活动时,所有的准备工作都已就绪,从而避免了促销活动开始时没商品、没道具、没人员的情况。另外,屈臣氏的采购部门和营运部门在促销活动执行前,对于准备工作的检查较细,从而能够提前发现不到位的地方,及时要求供应商解决。

这么多的促销是否会令效果越来越差呢?可事实是屈臣氏的每档主题式促销活动对于店铺的销售都很有帮助,最重要的是消费者很喜欢这样的促销氛围,而且会期待屈臣氏的每期促销。为什么这些主题促销活动能够起到好的作用呢?其实,关键因素是这样的主题促销活动避免了一些直接的价格折让、给消费者一种不断变化的、不断创意性的概念,这也是屈臣氏对消费者购买行为习惯和方式不断深入分析、研究与总结的结果。相反,很多零售店铺可能从来都没有真正地想过消费者到底喜欢什么?因此,有些店铺也"照葫芦画瓢"地推出

与屈臣氏一样的主题促销，并没有得到好的销售增长，这就是因为偶然性的促销活动并不会吸引消费者。

（资料来源：美容化妆品网，http://www.mrhzp.cn/look.asp?id=88737&pgid=1）

讨论题：

1. 屈臣氏促销成功的主要原因是什么？
2. 屈臣氏的成功促销对其他企业有什么借鉴意义？

第一节　促销和促销组合

现代市场营销不仅要求企业生产适销对路的具有竞争力的产品，制定出有针对性的价格，选择和确定理想的分销渠道，而且要求企业善于与目标消费者沟通，开展多种多样的促销活动。促销的方法和手段主要有人员推销、广告、公共关系和营业推广，它们构成了促销组合策略的重要内容。

一、促销的概念

（一）促销的定义

促销是指企业利用各种有效的方法和手段，使消费者了解和注意企业的产品，激发消费者的购买欲望，并促使其实现最终的购买行为。

促销是企业市场营销的一个重要策略，企业主要通过人员推销、广告、营业推广等活动把有关产品的信息传递给消费者，激发消费者的需求，甚至创造消费者对产品的新需求。通过这样的策略，向企业外部传递信息，与中间商、消费者及各种不同的社会公众进行沟通，树立良好的产品形象和企业形象，使消费者最终认可企业的产品，实现企业的营销目标。

（二）促销的实质

促销的实质是信息沟通。产品促销的过程就是企业与消费者的信息沟通过程。企业为了促进销售，把信息传递的一般原理运用于企业的促销活动中，在企业与中间商和消费者之间建立起稳定、有效的信息联系，实现有效的信息沟通。如何进行有效的信息沟通？企业营销人员在促销活动中必须做到下面几点。

1. 确立信息沟通的目标

一般来说，最理想的信息沟通应对消费者产生四方面的影响，即引起注意（Attention）、产生兴趣（Interest）、激发欲望（Desire）、促成行动（Action），这就是"AIDA"模式。企业之所以要开展促销活动，就是为了引起消费者的注意和兴趣并激发他们的购买欲望，从而达到扩大销售的目的。要做到这一点，沟通中信息的传播必须选择消费者公认的和有权威的传播者来发布消息，应根据消费者的爱好、特点、需要和商品的性能来确定沟通内容，否则就达不到沟通这一目标。

2. 沟通方式的综合运用

信息沟通的方式不是单一的。为了提高沟通的效果，企业必须将企业内部各种可利用沟通方式有目的、有计划地配合起来，综合运用，才能收到预期的效果。

3. 信息沟通障碍的排除

在企业的现实信息沟通中，存在着沟通对象不明、沟通目标不清、信息设计利用有误、沟通渠道选择不当和忽视沟通效果分析等障碍，对此应引起企业的高度重视。无数成功的企业促销实践证明，分析研究沟通障碍、及时排除沟通障碍对于企业有效开展促销活动具有十分重要的意义。

（三）促销的作用

1. 传递产品销售信息

在产品正式进入市场以前，产品销售的信息沟通活动就应开始了。企业必须及时向中间商和消费者传递有关的产品销售情报。通过信息传递，使社会各界了解产品销售的情况，建立起企业的良好声誉，引起他们的注意和好感，从而为企业产品销售的成功创造前提条件。

2. 创造需求，扩大销售

企业不论采用什么促销方式，都应力求激发潜在消费者的购买欲望，引发他们的购买行为。消费者的消费需求、购买动机具有多样性和复杂性的特点，因此，企业只有针对消费者的心理动机采取灵活有效的促销活动，诱惑或激发消费者某一方面的需求，才能扩大产品的销售。企业还可以通过促销活动来创造需求，发现新的销售市场，从而使市场朝着有利于企业销售的方向发展。

3. 突出产品特色，增强市场竞争力

随着社会经济的发展，市场竞争日趋激烈，不同的厂商生产经营许多同类产品，消费者对这些产品的微小差别往往不易察觉。这时，企业通过促销活动，宣传本企业的产品较竞争对手产品的不同特点以及能给消费者带来的特殊利益，使消费者充分了解本企业产品的特色，引起他们的注意，激发他们的购买欲望，进而扩大产品销售，提高企业的市场竞争能力。

4. 反馈信息，提高经济效益

企业只有把产品尽快地转移到消费者手中，才能实现产品的价值。如果产品卖不出去，产品的价值无法实现，消耗在产品上的劳动得不到社会的承认，那么企业的生产经营活动就会出现负效益。一般来说，产品价值的实现程度与经济效益是成正比例的。对于企业来说，在成本和价格既定的情况下，产品销售量越大，销售额就越高，效益越好；反之情况则相反。而要做到扩大销售、提高效益，就必须重视产品销售工作。通过开展有效的促销活动，使更多的消费者或用户了解、熟悉和信任本企业的产品，并通过消费者对促销活动的反馈及时调整促销策略，使企业生产经营的产品适销对路，扩大企业的市场份额，巩固企业的市场地位，从而提高企业的经济效益。

二、促销组合

（一）促销组合的定义

促销组合是一种组织促销活动的策略思路，主张企业运用广告促销、人员推销、公关宣

传、营业推广四种基本促销方式组合成一个策略系统，使企业的全部促销活动互相配合、协调一致，最大限度地发挥整体促销效果，从而顺利实现企业目标。

促销组合体现了现代市场经营理论的核心思想——整体营销。促销组合是一种系统化的整体策略，四种基本促销方式则构成了这一整体策略的四个子系统。每个子系统都包括了一些可变因素，即具体的促销手段或工具，某一因素的改变意味着组合关系变化，也就意味着一个新的促销策略。

（二）促销组合的方式

企业的促销活动种类繁多，但主要有广告促销、人员推销、公关宣传和营业推广四种形式。这四种形式各有其特点，既可单独使用，也可以组合在一起使用以达到更好的效果。

1. 广告促销

广告促销指企业按照一定的预算方式，支付一定数额的费用，通过不同的媒体对产品进行广泛宣传，促进产品销售的传播活动。

2. 人员推销

人员推销指企业派出推销人员或委托推销人员，直接与消费者接触，向目标顾客进行产品介绍、推广，促进销售的沟通活动。

3. 公关宣传

公关宣传指企业通过开展公共关系活动或通过第三方在各种传播媒体上宣传企业形象，促进与内部员工、外部公众良好关系的沟通活动。

4. 营业推广

营业推广指企业为了刺激消费者购买，由一系列具有短期诱导性的营业方法组成的沟通活动。

当然，随着营销理论和实践的不断进步，促销的方式也在不断地更新和变化。例如，企业赞助是企业广告和公共关系相结合的一种新的促销方式，企业赞助的范围也很广泛，在企业促销中起着越来越重要的作用。

（三）促销组合的决策因素

促销组合决策是指决定如何选择和组合应用以上这几种沟通方式，达到企业有效进行促销的目的。同 4P 一样，营销沟通组合应体现整体决策思想，形成一个完整的促销组合策略。促销组合决策需考虑的因素主要有如下五个。

1. 产品的属性

产品从其基本属性角度来看可分为生产资料和生活资料。生产资料适合以人员推销为主的促销组合，因为生产资料产品技术性较强，购买者数量较少，但购买数量大且金额较高；生活资料适合以广告为主的促销组合，因为生活资料市场购买者人数众多，产品技术性较简单，标准化程度较高。在生产者市场和消费者市场上，公关宣传和营业推广都处于次要地位。当然，也不能把问题绝对化。

2. 产品的价格

技术性能复杂、价格较高的产品销售，应以人员推销为主，辅以其他沟通方式的促销组合；一般的、价格较低的产品，应以广告促销为主，辅以其他沟通方式的促销组合。

3. 产品生命周期

在产品生命周期的不同阶段有不同的促销目标，因而应采取不同的促销组合策略。在产品投入阶段，新产品首次打入市场，应以广告促销为主的促销策略，重点宣传产品的性质、品牌、功能、服务等，以引起消费者对新产品的注意。在产品成长阶段，市场已经发生了变化，消费者已对产品有所了解，仍可采用以广告为主的促销组合，但广告宣传应从一般介绍产品转而着重宣传企业产品特色，树立品牌，使消费者对企业产品形成偏好。同时，应增加促销费用，并配合人员推销，以扩大销售渠道。在产品成熟阶段，产品已全部打入市场，销售从鼎盛转而呈下降趋势。这时，广告促销仍不失为一种重要方式。但其促销方式应配套使用，尤其应重视营业推广方式。在产品衰退阶段，同行竞争已到了白热化程度，替代产品已出现，消费者的兴趣已转移，这时企业应该削减原有产品的促销费用，少量采用提示性广告，对于一些老用户，营业推广方式仍要保持。

4. 目标市场特点

目标市场的特点是影响促销组合决策的重要因素之一。目标市场在销售范围大、涉及面广的情况下，应以广告促销为主，辅以其他沟通方式；目标市场相对集中，销售范围较小，需求量较大的应以人员沟通为主，辅以其他沟通方式。如果目标市场消费者文化水准较高、经济收入宽裕，应较多运用广告和公关沟通为主的组合；反之，应多用人员推销和营业推广为主的促销组合。

5. "推"或"拉"策略

在促销中，企业一般采用"推"策略或"拉"策略。"推"策略是把中间商作为主要的促销对象，把产品推进分销渠道，推上最终市场。"拉"策略是把消费者作为促销对象，引导消费者购买，从而拉动中间商进货。两者不同的促销策略采用的是不同的促销组合，"推"策略采用的是以人员推销为主的促销组合，而"拉"策略采用以广告为主的促销组合。不同企业对两种策略有不同的偏好，有些偏重"推"，有些偏重"拉"。

第二节　广　告　策　略

一、广告的概念与种类

（一）广告的概念

广告是企业通过媒体对广大用户介绍某产品或服务的一种促销方式。这种促销方式，客观上形成了商品信息的重要来源。"广告"源自拉丁文，有"注意"、"诱导"等意思。在汉语中，若将"广告"二字分别解释，"广"者阔也，广大也；"告"者语也，告知也，所以"广告"一语有"广而告知"的含义。

（二）广告的种类

1. 实物广告

实物广告在我国古代名著《诗经》中就有记载："氓之蚩蚩，抱布贸丝。"意为忠厚老实的男子抱着布来换丝。这种以商品实物示之于众的方式，就是实物广告。实物广告是最简单、最直观的广告形式，至今仍广泛采用。

出售工业品、工艺品和农副产品的商贩们或推一辆小车，或建一座小享，或开一间门市，有的干脆席地而坐铺一方油布，将待售的商品陈列出来，任人选购；大商场在临街一面设有大型玻璃橱窗，摆放精美商品，琳琅满目，令人流连忘返。这些以不同形式将商品展现在人们面前的广告形式均为实物广告。

2．音响广告

俗话说："卖什么，吆喝什么。"吆喝就是一种音响广告。农贸市场卖鲜鱼活虾、禽蛋蔬菜的，街头卖冰棍、冰糖葫芦、五香花生米、奶油瓜子的，都常常用响亮的吆喝声来招徕顾客。此外，卖冰棒敲击箱盖，卖酒、卖馄饨的敲竹梆，卖煎包、火烧和锅贴的敲击铁锅，也都是在用独具特色的音响，为自己的商品大作广告。

但是，旧中国一些商号吹号敲鼓或用留声机大放小曲以招徕顾客，则算不上音响广告。近些年一些中、小店铺装上了立体声音响设备，大音量、长时间地播放节奏强烈的流行音乐也不是音响广告。这种做法使不少顾客闻而却步，不仅不能增加营业收入，反倒有损营业员和顾客的身心健康，实不足效法。

3．标牌广告

《水浒传》里写道："武松在路上行了几日⋯⋯望见前面有一个酒店，挑着一面招旗在门前，上头写着五个字道：'三碗不过岗'。"这面招旗便是一种标牌广告，吸引着过往行人。

现代社会，街道两旁的广告牌比肩而立，铁路沿线也时有所见，商店内外、体育馆内也有许多广告牌。有的厂商还将广告绘制或张贴在公共汽车上，成了流动标牌广告，效果也很好。这类广告的特点是耗资少，存留时间长，因而乐于为广大厂商所采用。

4．年画（历画、画册）广告

此法是舶来的。鸦片战争以后，五口通商，"洋画"（月份牌）进口倾销。某洋商保险公司在"洋画"上印上保险公司的牌号，分送客户，以扩大影响。以后许多厂商如法炮制，年画广告风行一时。由于是免费赠送，加之大多印刷精细、色彩鲜艳、画面吉祥，许多人张挂家中，为厂商义务作了广告。此外，还有彩色精印、装帧漂亮的画册广告。

5．灯光广告

这种广告形式起源于古代客栈或酒家门前挂着的写有店名的灯笼。现代社会也有厂商在写有广告的毛玻璃后装上电灯，在夜间为自己的商品作广告，但使用最多的则是霓虹灯广告。内容健康、图案优美的霓虹灯广告能给城市增添光彩。将来，还可能出现用激光器在最大的天空银幕中打出耀眼的激光广告。

6．包装广告

商品生产高度发达的今天，商品的包装日趋美观实用。精明的厂商在包装上印上简单的产品介绍，就成了包装广告。其特点是不需另付费用，只需在印刷包装时，顺带印上广告，即可使之随流通渠道流向千家万户。近几年，许多厂商在商品的外包装（如提袋等）上加印自己生产或经营的主要商品，从而扩大了包装广告的作用。这种广告形式是主客两宜的，值得大力推广。

7. 馈赠广告

这种广告形式主要用于中、低档日用品或副食品。卖西瓜、水果和花生、瓜子及其他各类熟食的小商贩，往往热情地让顾客免费品尝，以此证明自己的商品的确可口。还有些厂商在闹市区向路人馈赠新问世的日用品以广为招徕购买者。日本西铁城制表公司就曾在美国空投手表，过路人拾取佩戴。只要商品质量的确过硬，得到馈赠的人大多都会代为传颂的。这种出自消费者之口的广告，对广大顾客来说，当然是更为可信。

8. 报刊广告

这种广告覆盖面最大，不仅在广播、电视事业不发达的发展中国家里有重要地位，在广播、电视早已普及的发达国家的作用也不可低估。美国新闻专业报《编辑人与发行人》近期的调查表明，美国现有1570家日报，美国人新闻的来源，报纸仍占57%。毫无疑问，报纸也是人们商品信息的重要来源。目前我国有上万种报刊，在我国报刊广告的作用也是非常大的。

9. 电视广告

自从电视机尤其是彩色电视机进入家庭以来，电视广告以其极大的优势风行一时。电视广告具有三大优点。①直观性。彩色电视图像清晰、色彩逼真，可以直观地显现商品；②趣味性。电视屏幕可供创作人员驰骋神思，竞奇斗胜。不少电视广告以其富于想象力的动画和奇特的配音效果，使观众兴趣盎然。③可容性。电视广告比广播广告更短，一般只有5至30秒钟。我国的电视事业正在蓬勃发展，电视广告的前景十分乐观。

10. 活体广告

在旧中国，街头常有一些卖跌打损伤丸和蛇药的人，摆个地摊，变个戏法，吸引了一部分观众之后，便以身试药。有的用拳脚棍棒击伤身体，有的吃下碎瓦片碎玻璃，有的让毒蛇把自己的臂膀咬得鲜血淋淋，然后敷药服丸，以示此药之神效。这就是活体广告。这些旧社会的产物在有些地方有所抬头，应属禁绝之列。

11. 明星广告

西方社会很流行利用艺坛和体坛明星的声望、形象为自己的商品作广告，近年来，国内商品利用明星作广告也很普遍。明星广告方式是多样的，有的是让明星长期使用或在某一重大比赛中使用某厂商提供的商品；有的将明星的姓氏或形象印在商品上；有的请明星在电视上露面，为某一商品美言几句。

除了前面介绍的广告种类之外，还有许多类似的产品宣传形式，如机械工业企业常用的产品目录、产品说明书等。

随着我国社会主义市场经济的发展，产品竞争日趋激烈，近年来，我国广告业有了迅猛发展。由于商品广告不仅有它的商业价值，还具有宣传文化、知识，指导人们消费方式和教育的功能，作广告要考虑到它的社会效果。刊登广告应该注意以下三点。

（1）要实事求是

对自己的产品有一说一，有二说二，不要言过其实，更不要说假话。弄虚作假、坑害顾客和用户，不仅不能使商品旺销，有损企业的信誉，还要受到工商行政管理部门的处罚。

（2）不要一般化

有的标牌广告粗制滥造，有的广告文理不通、语言不美，有的陈词滥调，失去了广告的吸引力。

（3）要力戒歪风邪气

旧社会的活体广告和西方世界的色情广告都是不能效仿的。我们需要的是符合中国国情和民族欣赏习惯，有利于社会主义物质文明和精神文明建设，健康、独具特色、丰富多彩的商品广告。

二、广告的目标和内容

（一）广告的目标

企业广告目标取决于企业的营销因素组合。在业务发展的不同阶段，企业要给广告确定具体的目标。广告的目标可以归纳为介绍、说服和提醒三个主要方面。

1．以介绍为目标

以介绍为目标的广告主要包括向市场介绍一种新产品，说明一项产品的新用途，告诉消费者价格已经调整，解释产品的使用方法，介绍本企业提供的各种服务，纠正消费者对企业和产品可能存在的误解，减少其顾虑，以及建立企业的声誉等。介绍性的广告属于开拓性广告，它的作用在于促进市场产生初步需求。

2．以说明为目标

说明的内容很广，如建立品牌偏爱，试图改变消费者对各种产品特色的理解，说服消费者接受推销员访问等。这类广告可称为竞争性广告。它的目的在于建立特定的需求，也就是建立对本企业品牌的需求。竞争性广告要着重宣传产品的用途，说明它的特色，突出比其他品牌产品优异之处。有些竞争性广告还把本企业产品与其他同类产品放在一个图面上进行比较，具体说明它的特点。除臭剂、牙膏、轮胎和汽车等商品往往采用这种广告。

3．以提醒为目标

提醒消费者可能在最近或将来需要这个产品，提醒他们何处出售；在商品遭受冷落之后，提醒消费者不要忘记这个商品。这类广告包括加强性广告，也就是让现有消费者感到他买这种商品的决定是正确的。例如，汽车公司往往登载一些广告说明买主买这种汽车后十分满意，就属于这种性质。

（二）广告的内容

1．广告内容的设计

确定广告目标之后，企业就要设计广告的具体内容。一般来说，产品广告内容主要包括产品特性、购买价格、购买地点、购买方式、服务项目及有关使用事项。

为使广告产生较好的效果，广告内容的设计主要应考虑以下几个问题。

（1）考虑传播对象

广告的内容往往根据传播对象不同而异。例如，在设计自行车广告时，针对城市或面对农村，其内容应有所不同。前者应强调美观、轻巧、款式新颖，后者则应突出载重能力和耐用程度。

（2）考虑产品生命周期的不同阶段

在产品导入阶段，宜采用开拓性广告，即主要介绍产品的出现，突出其产品功能、特点及新颖性，以引起消费者注意，产生购买欲望；在产品成长阶段，应突出介绍产品的优点以刺激消费者的选择性需求，产生偏好；在产品成熟阶段，应重点宣传品牌，突出产品的差异化，提高消费者的忠诚度；在产品的衰退阶段，大多采用提醒式广告，重点宣传产品牌子老、可信、质量可靠等。

（3）考虑企业采取的市场策略

企业市场策略不同，广告内容也应有所不同。在采用市场渗透策略时，广告侧重于介绍产品优良的性能、合理的价格、优良的服务，以利于树立消费者对产品品牌的偏好，扩大市场占有率；在采用市场开发策略时，宜强调产品的相对优点，以期进入市场，迅速打开销路；在采用多角化经营策略时，应主要介绍各种产品的适应性，以吸引不同类型的消费者。

（4）考虑广告的诉求方式

广告内容的诉求方式有理性诉求和感性诉求两种。理性诉求是借助理性因素，即通过说明产品质量、性能等各种资料使消费者信服，从而产生购买行为；感性诉求是求助于感情因素，即利用那些能把人们的认识转化为购买行为的各种刺激因素，将其作为一种手段来表现广告内容。感性诉求在日用商品广告中用得较多，而一些技术比较复杂的商品，则多用理性诉求。

2. 广告内容设计的步骤

企业广告内容的具体创作，可由广告代理人代为设计，一般说来，设计要经过以下三个步骤。

（1）创作广告内容

应当根据广告目标和企业或产品的预期市场地位，设计几种不同的广告内容。经验丰富的广告设计人员会使用不同的方法创作出一些吸引人的广告内容。他们通常与顾客、营销专家、销售人员和竞争者交谈，搜集素材，吸取精华，进行创作。

（2）对创作内容进行评估和选择

要在多种创作内容中选择最适当的内容，这就需要评估标准。曾有营销学家提出三项评估标准，即引人喜欢、具有特色、让人相信。

创作的内容首先要引人喜欢，使读者或听众感到有趣。但是，这还不够，因为其他品牌的广告也可能引人入胜。所以，内容还应具有独特性，也就是广告要能说明本企业的产品具有区别于其他品牌产品的特色。更重要的是广告内容要让人感到宣传不是虚构，而是可以确实可信的。

（3）广告内容的运用

广告的效果不但要看广告的内容，还要看如何运用其内容。对于一些同类的、差别不大的产品，如清洁剂、香烟、咖啡、啤酒等，广告的运用尤为重要。

三、广告媒体选择策略

广告媒体的选择过程包括确定所期望的送达率、频率和效果，选择主要媒体的种类，选择特定的媒体载体，决定媒体的使用时机，以及确定媒体的地域分配。

1. 确定送达率、频率和效果

送达率是指在特定的时间内，特定媒体计划一次最少能触及的个人或家庭数目；频率是指在特定的时间内，平均每个人或家庭触及到信息的次数；效果是指通过特定媒体的展露所产生的定性价值。

在给定的广告预算条件下，要确定送达率、频率和效果的最佳成本效益组合。例如，当企业推广新产品时，送达率最为重要；而当市场存在强大竞争者或消费者阻力较大时，频率最为重要。

2. 选择主要媒体的种类

选择媒体种类要考虑目标顾客的媒体习惯、产品的特点、传播信息的特点等因素。不同的广告媒体各有特点、各有长短。主要广告媒体的优缺点如表 11-1 所示。

表 11-1　主要广告媒体的优缺点

媒　体	优　　点	缺　　点
报纸	读者广泛，保存性、伸缩性好，改稿容易	读者看时匆忙，有时不留意图片
期刊杂志	选择目标读者容易，保存性、转读率高，伸缩性、彩色印刷、复制效果好	不易选择到销售量大的杂志
电视	利用视觉、听觉的效果，具有强大的影响力，理解程度高，具有示范作用，普及范围广，容易发挥创作力	费用高，目标观众的选择性较低
电台	听众广泛，费用较低	注意力不如电视
广告函件	选择特定购买对象，节省不必要的浪费，具有亲切感	购买者广泛，邮寄困难
户外广告	费用较低，具有一定持久性	无法选择目标对象，创作力受限制

3. 选择特定的媒体载体

确定了广告媒体种类，广告客户还将面临大量的选择。例如，企业产品选择作电视广告时，它还要选择在哪一级电视台、哪个频道作广告。选择特定的媒体载体时，还要考虑刊登广告实体单元的数量、接触媒体载体的人数、接触媒体载体且具有目标市场特征的人数、具有目标市场特征且实际看过广告的人数等因素。

4. 决定媒体的使用时机

广告客户要考虑何时投入广告。例如，有季节性的商品的广告，应安排在旺季还是淡季；投入模式是采用连续式广告还是集中式广告。

5. 确定媒体的地域分配

广告客户安排媒体时，不但要考虑时间问题，还要考虑地域问题。要根据产品的销售范围，确定在是国家级媒体作广告还是在地区级媒体作广告。

四、广告费用预算

为了控制广告费用，管理部门应编制年度广告费用预算。在编制与提出广告费用预算以前，企业市场营销经理应仔细计划可用于广告工作的资源。下面介绍几种常用的制定企业广告费用预算的方法。

1．随机分摊法

随机分摊法是指预算的制定并不采用仔细分析的方法，广告费用支出额简单地根据负责人的灵机或感情决定。目前应用这种方法的企业比前几年少多了，但仍有些企业的广告负责人未经仔细计划即决定广告费用分摊额。

2．销售额比例法

许多企业根据销售额（过去的、现行的或预计的）的一定比例来确定广告费用预算。例如，企业决定按来年预计销售额 500 万元的 2%分配广告费用，则广告预算为 10 万元。

销售额比例法是一种广泛使用的方法。它的特点是简单易懂，这种方法也是一种安全理论方法，因为广告费用的支出额直接关系着企业可获得的销售收入额。

虽然这种方法既简单又安全可靠，但也忽视了广告可以促进销售的作用。广告预算工作的特点是计算与分析为完成企业广告目标所需要的费用支出，而不能代之以一个武断的百分比。百分比法在完成广告目标上存有潜在的问题，即不是超支就是少支。使用这个方法还表示对广告的作用可能存在错误看法，即把广告费用看做销售的结果，而没有将其看做促进销售的原因。

3．投资报酬法

有些市场营销专家建议广告费用支出应视做企业投资，所以它也和企业其他投资（如厂房设备投资）一样，应作为企业资金的一个组成部分。

虽然这种方法在理论上有它的一定逻辑根据，但未能推广和被广泛接受。主要问题是这种方法还缺乏实践经验，管理人员很难估计所支出的广告费能收到多少报酬。同时，按照税务机关的观点，广告支出属于企业的年度经营费用，而不是企业的长期投资。

4．竞争平衡法

许多企业的广告费用预算是建立在与竞争企业的广告费用预算相平衡基础上的。各工业部门的广告费用预算资料可以很容易地从各种广告期刊和各种贸易杂志上取得。

采用竞争平衡法有许多理由。这种方法认为，竞争活动是任一企业从事经营所处外界环境的一个重要组成部分。采用竞争平衡法还可以防止企业之间的广告战。

但是，企业运用竞争平衡法存在着若干假设。它假设所有竞争者都具有同样的目标和资源，还假设各竞争者的每一元广告支出都发挥同等的效果。事实上，两个企业具有同等目标和资源的情况很少，因此这种假设实际上降低了这种方法的价值。

5．负担能力法

许多企业确定广告费用预算是根据企业可负担广告费用的能力，即能担负多少广告费用就担负多少费用。这种方法适用于确实需要将其广告的效果规定在达到最大可能范围的企业。

在确定企业广告预算时很少单独使用这种方法。因为只根据这种方法所制定的广告费用预算很难符合企业的广告目标，实施这种预算的结果，不是超支就是多余。

6．目标与任务法

为了正确地确定年度广告预算，企业应具体规定其广告目标和详细列出为完成目标所必须进行的各项工作，并计算完成各项工作所必需的费用。这种方法相较于其他五种方法更为科学可行，因为它清楚地把分配的预算与要做的广告工作密切地联系在一起。

应该注意，在运用这种方法时会产生许多困难。其中最主要的一个困难就是企业很难经常知道广告费用在完成广告目标上的具体效果，如每一元广告费支出能产生多少销售额。另外，对这些广告支出应完成什么目标和如何尽最大努力去达到这个目标，可能产生不同的看法。

第三节　人 员 推 销

一、人员推销的职能

人员推销是指企业派出推销人员直接访问潜在顾客，通过面谈说服顾客购买产品。推销人员在推销过程中应该履行以下职能。

（一）沟通信息

有效的信息沟通是推销工作成功的关键。一方面，推销人员要将企业及其产品的有关信息传递给顾客，以利于其作出购买决策；另一方面，推销人员在推销过程中要进行市场调查，及时向企业反馈市场信息，为企业经营决策提供依据。

（二）推销产品

推销产品是人员推销的中心任务，也是各种推销活动的最终结果。推销人员通过与顾客直接接触，向顾客推荐产品，引导消费，解除疑虑，说服顾客达成交易，从而达到销售商品的目的。

（三）提供服务

服务贯穿于人员推销的全过程。推销人员不仅要把产品推销出去，而且有责任为顾客提供各种服务。良好的服务有利于建立企业信誉，赢得顾客的信任，稳定企业与顾客的合作关系。

（四）分配货源

首先，推销人员要对顾客的需求潜力、信誉等情况作出评价，以指导企业的销售活动；其次，在企业产品供不应求时，推销人员要将有限的货源在顾客间进行合理的分配，并对顾客作好解释和安抚工作，帮助顾客解决困难，尽可能协调供需双方的利益。

二、人员推销的程序

为了有效地履行人员推销的职能，推销人员必须遵循一定的工作程序。推销工作程序一般包括以下几个步骤。

（一）寻找顾客

推销工作的第一步就是寻找产品的潜在购买者。潜在购买者应该对企业销售的产品有需要，而且有支付能力和购买决策权。寻找顾客的方法很多，可以通过推销人员个人观察、访问、查阅资料等方法直接寻找，也可通过广告吸引、他人介绍、会议寻找等方式间接寻找。

由于产品和推销环境的不同，推销人员寻找顾客的方式不尽一致，成功的推销人员往往有其独特的寻找方式。

（二）推销准备

在正式约见顾客之前，推销人员必须做好以下准备工作。

1）充分掌握信息，包括潜在顾客的情况及其可能提出的异议、自己所推销产品的情况以及竞争产品的情况等。

2）制订周密的推销计划，内容包括确定拜访顾客的步骤和议题、准备必要而充分的推销材料、选择合适的推销方式和策略、设计自己的推销形象以及做好约见的心理准备等。

（三）约见顾客

约见顾客是接近顾客的开始，可使对方做好见面准备。约见顾客既有利于接近顾客，又可引起顾客重视，为双方进入实际洽谈铺平道路。约见时要向顾客说明约见的内容、时间和地点。常见的约见方法主要有当面约见、信函约见、电信约见、广告约见和委托约见等。

（四）接近顾客

接近顾客是推销人员与推销对象正式接触的开始，是推销洽谈的前奏。在这一阶段，推销人员要注意自己的态度、表情和言行举止，争取给顾客一个好的第一印象，使其对自己进而对自己所推销的产品发生兴趣，以便为顺利进行推销洽谈创造条件。

（五）推销说明

推销说明是推销人员向顾客传递推销信息并运用各种方法说服顾客购买产品的过程。推销说明的目的是向顾客全面介绍企业及其产品的情况，使顾客能较好地了解、认识并喜爱产品。推销说明的方法可分为提示说明和演示说明两大类。提示说明就是利用语言艺术来传递推销信息；演示说明则是通过展示或操作产品、出示文字或图片、播放声音和图像等来传递推销信息。

（六）处理异议

异议是指顾客对推销人员所作的推销说明提出的不同意见和看法，是成交的障碍。推销人员必须认真分析异议的类型以及顾客持异议的理由，并采取恰当的方法处理顾客的异议，力求克服成交障碍。

（七）促成交易

成交并无确定的时间，在推销过程的各个阶段都可能存在达成交易的机会。因此，推销人员要善于识别和捕捉顾客发出的成交信号，依据成交信号当机立断地采取适当方法，促使顾客立即采取购买行动。成交越早，推销效率就越高。

（八）后续工作

成交以后，推销人员就应立即着手履行交易协定，如及时交货、收取货款、处理顾客投诉、为顾客提供各种售后服务等。此外，还应认真总结推销的经验教训，以便为开展新的推销工作提供指导。

三、人员推销的技巧

推销不仅是一种技术，而且是一种艺术，具有很强的技巧性。因此，推销人员必须掌握一定的推销技巧，才能争取顾客，促成交易。

（一）注意推销自己

在现代推销环境中，生产同样产品的厂家很多，顾客可以从不同的厂家或不同的推销人员那里购买产品。在这种情况下，顾客接受产品，往往是从接受推销人员开始的。因此，推销人员要注意塑造自己的推销形象，让顾客信赖自己、接受自己，从而接受自己所推销的产品。

（二）想顾客之所想

推销人员不应立足于推销自己的产品，而应立足于满足顾客的需要，要想顾客之所想，为顾客当好参谋，注意说明产品功能与顾客需要的一致性，促使顾客购买其"最需要的东西"。

（三）熟悉所推销的产品

推销人员对自己所推销的产品必须了如指掌，熟知其特性和优点，这样才能在推销洽谈中有针对性地进行推销说明，有效地处理异议，促使顾客采取购买行动。

（四）让顾客动手操作或试用

顾客动手操作和试用产品可以获得亲身体验，它比只听推销人员口头介绍所获得的印象要强得多。因此，在推销过程中，凡有可能都应让顾客亲自动手操作或试用产品，如让其摸一摸、尝一尝、用一用等，使之准确地了解产品的质量和性能。这比其他任何推销方法都更有说服力。

（五）要突出重点

推销说明无须面面俱到，而应突出重点。一方面，产品介绍要突出重点，如产品的功能、品质、价格等必须介绍清楚，使顾客对产品的主要情况有深入的了解；另一方面，要着重介绍顾客最感兴趣的东西，这样可以增加顾客的兴趣点在其全部记忆中所占的比重，有利于刺激顾客的购买欲望。

（六）注意倾听顾客的意见

注意倾听顾客对产品的意见是十分重要的。这样做可以使顾客感到你对他的尊重，更重要的是可以从顾客的谈话中获得有价值的行动提示。倾听顾客谈话时要聚精会神，注意理解顾客表达的意思，抓住其谈话的精神实质。

四、人员推销的管理

人员推销的管理主要包括对推销人员的招聘、训练、激励、评价、报酬五个方面的工作，目的是促使推销人员有效地履行人员推销职能。

（一）推销人员的招聘

推销人员素质的高低对扩大产品销售和实现企业目标有着举足轻重的影响。因此，企业必须十分重视推销人员的招聘工作。

理想的推销人员是否应该具备某些特质？一般认为推销人员应该富有自信、精力充沛、性格外向、能言善辩，但事实上也有许多成功的推销人员温文尔雅、性格内向、不善言辞，因此，关于推销人员的特质问题尚无定论。尽管如此，企业在招聘推销人员时总要根据工作要求制定一些选择标准，诸如年龄、身体、学历、口才、智商、能力、仪表等标准。

招聘的程序一般是刊登广告、申请应聘、面谈、测试、调查、体检、安排工作等。

（二）推销人员的训练

在新录用的推销人员上岗之前，必须对其进行系统的知识和技能训练。通过训练使推销人员明了企业各方面的情况，熟悉产品的有关知识以及必要的商务知识和法律知识，深入了解目标顾客的需求特点和竞争对手的情况，熟练掌握推销的程序与技巧。

训练可以采取课堂讲授、角色扮演、观看有关推销技术的录像，以及跟班实习和观摩等方式进行。在整个训练过程中，要特别强调理论与实践相结合，可以组织优秀的推销人员介绍经验，以提高训练的效果。

（三）推销人员的激励

对推销人员的激励包括物质激励和精神激励两个方面，物质激励主要通过报酬制度来实现，这里着重讨论精神激励。

为了激励推销人员，首先必须制定科学、合理的销售定额。销售定额不应高到难以完成，也不应低到轻易就能完成。要让推销人员参与制定销售定额，这样他们就更能接受销售定额，并积极地去完成定额。其次，要创造一个重视推销工作和推销人员的组织氛围。例如，企业领导者应对推销工作和推销人员给予极大的关心，要主动地与推销人员保持经常的沟通和联系，要重视推销人员的意见和建议等。同时，还应对推销人员采取公开的、正面的精神鼓励措施。例如，定期表扬表现突出的推销人员、每年评选最佳推销人员、开展销售竞赛、提供更多的晋升机会等。

（四）推销人员的评价

推销人员的评价工作是人员推销管理的重要环节，因为许多关于推销人员的重要决策都是以此为基础作出的，如推销人员的报酬、晋升、去留等。评价推销人员最主要的是考核其销售定额的完成情况，就是将其完成的销售量与销售定额相比较。其他评价标准还有实现毛利、推销访问次数、访问成功率、平均定单数、新定单数、丧失客户数、销售费用及费用率等。

为了正确地评价推销人员的工作，可采取多种方法，从不同角度进行评价。常用的评价方法主要有以下几种。

1．横向比较

横向比较就是对不同的推销人员在同一时期完成各种销售指标的情况进行比较。采用这种方法必须注意，不同推销人员的推销环境和推销条件应该具有可比性。

2．纵向比较

纵向比较就是对同一推销人员在不同时期完成各项销售指标的情况进行比较。这种比较能反映推销人员工作的改进情况。

3．素质评价

素质评价就是对推销人员的知识、技能、品行、工作态度、进取精神等方面进行评价。

（五）推销人员的报酬

推销人员的工作具有很大的独立性、流动性和自主性，难以对其进行日常控制；而且他们的工作环境很不稳定，风险较大。因此，推销人员报酬制度应当具有较大的灵活性。一般来说，推销人员报酬形式有以下几种。

1. 薪金制

薪金制即固定工资制，其优点是便于管理，能给推销人员以安全感。但薪金制使推销人员的业绩与其所得脱节，所以激励作用较差，容易导致推销效率低下。

2. 佣金制

佣金制也叫分成制，就是按一定的比例从销售额或利润中提取推销人员的报酬。其优点是能最大限度地调动推销人员的积极性，比较适合推销工作的特点。其缺点是：①容易导致推销人员为了追求高销售额而采用不恰当的手段推销产品，以致损害企业声誉；②推销人员的安全感相对较低。

3. 混合制

混合制就是将推销人员的报酬分为两部分，一部分是相对固定的薪金，包括基本工资、福利补贴等，另一部分是佣金，与推销人员的销售业绩挂钩。这种方式保留了薪金制和佣金制各自的优点，又尽可能避免了两者的缺点。采用这种报酬形式关键在于如何确定薪金和佣金的合理比例，以及如何准确考核推销的各项工作。

第四节　公共关系策略

一、公共关系的含义和功能

公共关系是促销组合的另一个重要组成部分，但与其他促销手段有所不同，并且其功能也不仅限于促销。究竟什么是公共关系，国内外学者对其有许多不尽相同的解释和定义。这里，我们采用菲利普·科特勒的定义："作为一种促销手段的公共关系是指这样一些活动：争取对企业有利的宣传报道，协助企业与有关的各界公众建立和保持良好关系，建立和保持良好的企业形象，以及消除和处理对企业不利的谣言、传说和事件。"良好的企业形象是企业一项巨大的、能发挥难以估价作用的无形资产。

公共关系不限于企业与顾客之间的关系，更不限于买卖关系，而是企业与整个公众的关系，是一种以长期目标为主的间接的促销手段。过去有人把市场营销的公共关系等同于宣传报道，即以非付费方式通过各种大众传媒来宣传企业及其产品，以达到促销的目的。事实上，公共关系除了宣传报道外，还包括许多其他活动。

公共关系主要是利用信息沟通的原理和方法进行活动。它比广告的成本少得多，而其结果往往能产生比广告更大的轰动效应。企业如果提供一个有趣的活动，传播媒体就会争相报道，企业还不用付费。因此公共关系是一种重要的促销手段。在西方，有些企业常利用公共关系激发顾客对某些产品已经减弱的购买欲望。

企业的公共关系人员与营销经理并不是总有共同语言的，营销经理比较关心的是广告和公共关系对销售和利润的促进作用，而许多公关人员仅把他们的目标看做是简单的信息沟通。但是，目前这种情况已有所改变。许多企业要求它们的公共关系部门在各种活动中改善企业的营销形势。为此，有些企业还专门建立了"营销公共关系"部门，直接支持产品的促销和企业形象的树立。美国微软公司一项对营销经理的调查表明，有75%的被调查者宣称，他们公司所开展的营销公关活动，对于建立品牌知名度和增加顾客对新产品的认识，十分有效，而且所用成本比广告少。

二、公共关系的主要方法

1. 创造和利用新闻

公共关系部门可编写有关企业、产品和员工的新闻，或举行活动，创造机会吸引新闻界和公众的注意，扩大影响，提高知名度。例如，剧院为残疾人举行义演，酒店开展拯救大熊猫的义卖活动等。企业也可组织新闻发布会，以争取新闻媒体对自己的产品和企业广为宣传。

2. 举行演讲会、报告会及纪念会等

演讲是提高企业及产品知名度的另一种方法，如美国克莱斯勒公司曾举行大规模生动的演讲会，促进了该公司的汽车销售，并刺激了投资者购买该公司的股票。须注意的是，在演讲或报告会之前，必须通过各种渠道搜集问题，以求针对性更强。

3. 开展有意义的特别活动

例如，举行企业产品的新闻发布会、产品和技术的展示会和研讨会、举办开幕式和闭幕式、放热气球、采用多媒体展示等活动，以吸引公众，提高企业及产品的知名度。

4. 编写书面和音像宣传材料

例如，编制公司的年度报告、业务通讯和期刊、论文集、综合小册子、录音带、幻灯片和电影等，内容可包含有关的历史典故、公司特色、产品特色、民间传说、神话故事等。这些材料在不同程度上可影响目标市场。

5. 建立企业的统一标志体系（CIS）

为了在公众心目中创造独特的企业形象和较高的认知率，企业可通过周密的策划和设计，确定一个统一的标志体系。这个体系一般包括三个层面，即理念标志、行为标志和视觉标志。理念标志浓缩了企业的经营宗旨、经营方针、价值观念和行为准则。例如，彩虹显像管厂的"敬人敬业、追求卓越"，长虹电器公司的"以产业报国、民族昌盛为己任"和雅戈尔公司的"装点人生，还看今朝"等。行为标志由企业完善的组织结构、制度、管理、福利和员工行为准则组成，体现了企业理念和独特的企业文化。视觉标志是由特定的字体、图案和色彩组成的企业名称的标准书法和企业标志等，常被印制在企业各类物品的外表上，如产品包装，经理名片、信笺、文具等办公用品，员工着装，车辆，用具，厂房和办公楼的指示牌及广告中。现代著名企业都有各自独特的标志体系，设计和实施统一标志体系，既是管理过程，也是一种公关宣传手段，需要全面规划和大量持续的投入。

6. 参与和赞助各种社会公益活动

通过参与社会活动可扩大企业在社会上的影响，树立良好形象。例如，我国大陆和海外的许多企业通过赞助希望工程树立了良好的形象。

三、公共关系的主要决策

企业公共关系主要有四个方面的决策，即确定公关目标、选择公关内容和方法、实施公关计划、评估公关效果。

1．确定公关目标

企业的公关决策，首先要确定公关目标。例如，美国一家酿酒公司制定的公关目标是：宣传饮酒不仅是一种享受，而且有利于健康。在这个目标指引下，公司撰写宣传自己产品的文章，并设法刊登在美国一流杂志《时代周刊》及主要报纸的有关专栏中，取得了理想的效果，提高了市场占有率。

2．选择公关内容和方法

确定了公关目标后，应按目标的要求选择适当的公关内容和方式。如上所述，可供选择的方法很多，应利用人际关系等方面的现有资源，选用投入适当、效应明显、切实可行的方法。

3．实施公关计划

企业公关计划付诸实施时常会遇到种种困难，如报纸杂志拒绝刊登已撰写好的公关稿件等。因此，公关人员必须与有关单位、人员建立良好的关系，以保证顺利实施。

4．评估公关效果

对公关效果进行评估是很困难的，因为公关往往同其他促销方式配合使用，很难确定公关究竟起了多大作用。如果公关是单独使用的，对其进行效果评估还是比较容易的。

评估公关效果的最简单方法是，计算宣传报道在媒体上的显露次数和时间。例如，据统计，某企业的稿件被登载在 12 种报刊上，共计 10 000 字，约有 2 000 万人读过；在 5 家广播电台合计播放了 45 分钟，约有 3 000 万人听过；在 5 家电视台播出，收看人数约为 7 500 万人。如果在上述各种媒体作广告，至少需 200 万元的费用，而效果还不如宣传报道。

但上述评估方法的缺点是：不能说明人们是否认真收看或收听了这些宣传报道，也不能说明公众的反应如何。

第五节　营业推广

一、营业推广的特征与类型

（一）营业推广的概念

营业推广是企业为刺激早期需求而采取的能够迅速扩大商品销售的促销措施。美国市场营销协会将营业推广定义为："那些不同于人员推销、广告和公共关系的销售活动，它能激发消费者购买并促进经销商的效率，诸如陈列、展出与展览、表演和许多非常规的、非经常性的销售尝试。"营业推广是促销因素组合中一种重要的促销手段。营业推广这种刺激迅速购买的方式暗含了一个基本的假设前提：消费者的购买欲望是可以通过强烈刺激而释放或提前释放的。以此为基础，营业推广可根据推广对象的特点，灵活地、有针对性地开展多种多样的活动，并能取得显著的短期效果，因此日益受到企业的重视。

（二）营业推广的特征

营业推广的范围广泛，形式多样，几乎包括了除人员推销、广告和公共关系以外的所有刺激顾客采取购买行动的措施，如赠送样品、发放优惠券、有奖销售、以新换旧、组织竞赛和现场展示。一般来说，人员推销、广告、公共关系等促销方式都带有持续性和常规性，而营业推广则常常是上述促销方式的一种辅助手段，用于特定时期、特定商品的短期特别推销。

与其他促销措施比较，营业推广的主要特点是以特殊的优惠和强烈的呈现为特征，给消费者以不同寻常的刺激，从而迅速吸引顾客的注意，激起购买行为，在短期内扩大销售。但该促销措施不能作为一种经常性的促销手段来使用，原因如下。

1）由于营业推广的强烈呈现特征，使消费者产生机会千载难逢的感觉，迅速消除顾客疑虑、观望的心理，达到即时促销的效果。

2）由于营业推广具有特殊优惠的特征，难免显出企业急于出售产品的意图，容易使消费者产生怀疑和逆反心理，有可能降低品牌声誉。

因此，运用营业推广的优点在于能刺激消费者需求，为消费者提供了特殊购买动机，对希望买到便宜货或得到奖励的消费者吸引力较大。其缺点是容易导致顾客怀疑产品质量低、价格高或企业急于销售积压产品。营业推广作为一种不经常的、无规则的促销活动，常常是人员推销和广告推销的一种辅助手段，主要适用于品牌声誉不高、价格弹性较大的产品促销。企业在开展营业推广活动时，尤其是对消费者开展营业推广活动时，要制订周密的推广计划，选择合适的时间和规模，向消费者宣传清楚产品质量、性能以及企业声誉。否则会给人一种企业急于求售的印象，容易引起消费者的疑虑和担心，甚至会影响企业形象。

（三）应用营业推广应注意的事项

1. 确定适当的营业推广目标

企业应根据目标市场的特点和整体营销目标来制定推广目标，即"向谁推广"和"推广什么"，如争取新顾客，扩大市场份额；或是鼓励消费者多购，扩大产品销量；或是推销过时商品，延长产品生命周期等。对消费者、中间商、企事业单位等区别对待，短期目标与长期目标相结合。

2. 选择适当的对象

营业推广的对象可以是最终消费者、中间商和推销人员，营业推广的对象不同，推广方式也应有所区别。实践证明，即使是针对消费者的营业推广，由于不同消费者购买动机和购买行为不同，营业推广的效果也有差异。例如，对"冲动型"、"不定型"消费者，营业推广效果比较明显，而对那些"理智型"消费者，营业推广的作用就小得多。

3. 选择适当的方式

企业应根据市场需求和竞争状况，选择有效的营业推广方式。例如，企业为了增强产品竞争力，抵制竞争对手，可采用折价方式；为开拓新产品市场，可免费赠送样品。

4. 选择适当的时间和期限

许多产品的需求具有明显的季节性，企业营业推广活动应安排在销售旺季。营业推广的时间安排必须符合整体营销策略，与其他促销活动相协调。应利用最佳的市场机会，确定适当的推广期限。时间太短，不少潜在顾客可能错过机会；时间太长，会使消费者感到是一种变相降价，从而失去吸引力，甚至会怀疑商品质量。

5．选择适当的地点

针对消费者开展营业推广的地点应尽可能选在居民区或闹市区，以便于更多的消费者参与。

6．及时评价营业推广的实施效果

每项营业推广工作应当确定实施和控制计划，在一项营业推广结束后，应及时总结，对实施效果进行评估，并注意同其他促销策略配合使用。

二、营业推广的方法

（一）对消费者的营业推广方式

1．赠送样品

企业通过销售其他商品时附送，或凭企业广告上的附条领取等方式，向目标市场消费者提供免费样品，供其试尝、试用、试穿，以诱使消费者使用样品，逐步增强消费者对样品的信任。这一营业推广方式适合于处于产品生命周期导入期的新产品的推广和介绍，推广对象应是企业目标市场的最终消费者，赠送的样品通常是非耐用品。

2．有奖销售

企业在销售某商品时，对购买商品的消费者设立若干奖励，奖给那些对号中奖的顾客，从而吸引大量顾客购买。例如，凭商品中的某种标志（如瓶盖）可免费或以很低的价格获取一定的好处；或购买商品达到一定的数量时，赠送消费者所需要的礼品。奖励的对象可以是全部购买者，也可以以抽奖或摇奖的方式奖励部分消费者。有奖销售方式的刺激性很强，常用于推销一些品牌成熟的日用消费品。

3．发放优惠券

企业向目标市场的部分消费者发放一种优惠券，凭券可以按实际销售价格折价购买某种商品。优惠券可以采取直接赠送或广告附送的方式发放。发放优惠券可直接吸引消费者购买指定产品，适用于刺激成熟品牌商品的销路，也可鼓励买主在产品导入期试用新产品。

4．特价包装和赠品销售

特价包装是向消费者提供低于常规价格的优惠价销售商品的一种方法，主要是采取在商品包装上进行由整到零的改装和不同商品的组合等方式。赠品销售则通过赠送便宜品、附赠品或免费品来吸引消费者大批量购买，如向购买者赠送交易印花，印花积累到一定数量可向企业领取奖品或奖金。有的包装物本身就是能重新加以使用的容器，这也是一种赠品，这种办法可吸引顾客长期购买。

5．现场示范

企业派人将自己的产品在销售现场进行示范表演，表演产品的生产过程和使用方法。现场示范既可将一些技术性较强的产品的使用方法介绍给消费者，又可使消费者直观地看到产品的使用效果，以增加顾客对产品的了解，刺激购买。现场示范方式对使用技术比较复杂或直观性比较强的产品开拓新市场比较有效。

6．组织展销

企业将一些能显示企业优势和特征的产品集中陈列，利用橱窗或货架等展示空间专门布置某种产品，设计和制作节省占地面积的陈列方法，力求利用陈列品、广告牌和广告招贴等取得促进销售的显著效果，边展边销。展销可由一个企业单独举办，也可由多个企业共同举办。若能围绕一定的主题组织展销活动，并同广告宣传活动配合起来，促销效果会更好。

（二）对中间商的营业推广方式

1．数量折扣和推广津贴

生产企业可以按中间商购买产品的数量给予一定的折扣，购买数量越多，折扣就越大，从而鼓励中间商大批量购买。生产企业也可以在一定期限内向中间商提供一定金额的推广津贴，以补偿中间商在广告宣传、商品储运等方面的费用支出，有助于加强与中间商的合作。通过数量折扣和津贴，可以鼓励经销商去购买一定数量的商品或者去经营那些他们通常不愿进货的新品种。

2．交易会或博览会

与针对消费者的营业推广方式一样，企业也可以通过举办或参加交易会或博览会的方式来向中间商推销自己的产品，以便吸引消费者或中间商前来观看、购买或洽谈业务。由于交易会或博览会能集中大量的优质产品，并能形成对促销有利的现场环境效应，对中间商有很大的吸引力，使之成为一种难得的营业推广机会和有效的促销方式。

3．销售竞赛

企业如果在同一个市场上通过多家中间商来销售本企业的产品，可以定期在中间商之间开展销售竞赛，在事先控制好的促销预算约束下，对销售业绩优胜的中间商给予一定的奖励，如现金奖励、实物奖励和较大的数量折扣。开展销售竞赛有利于鼓励中间商加倍努力地完成规定的推销任务。

第六节　促销策略的实践运用

促销计划是企业营销管理的一项重要的技能，无论在企业市场部、销售部，还是广告部工作都需要掌握这一技能。企业营销人员在营销实践中，应该能够运用促销策论，制订具体的促销计划。

在促销活动开展之前，必须开展市场调查，搜集有关信息资料，进行资料的整理和分析。依据市场、消费者和竞争者的分析资料，对某项促销活动过程及操作细节进行规划与方案设计。促销方案设计能够使企业强化促销目的，更好地定位于市场，使促销活动更有计划性、系统性、有效性，促进产品销售，并能在一定程度上降低促销费用，节省开支。

具体的促销计划详略程度不同，但一般的促销计划应包括以下内容。

一、促销目标设计

1. 根据企业布置，确定促销时间

促销时间一般以 10 天为宜，跨两个双休日，如从星期五周末开始至下周日为止。如果是大型节庆活动，促销时间可以安排得长些，但一般不要超过一个月。

2. 根据企业要求及市场分析资料确定促销目标

一般来说，针对消费者的促销目标有：①增加销售量、扩大销售；②吸引新客户、巩固老客户；③树立企业形象、提升知名度；④应对竞争、争取客户。

促销目标要根据企业要求及市场状况来确定，促销目标可以确立单个目标，也可以确立多个目标。

促销目标的确定要交代背景，说明原因，即对与此促销目标有关的情况作恰当的描述，如当前市场、消费者和竞争者状况、企业目前情况及本次促销动机等。这部分内容要求客观、简练。

二、促销主题设计

1. 促销主题是方案设计的核心

促销主题是方案设计的核心、中心思想，是贯穿整个营销策划的一根红线。任何一项策划总有一个主题。主题明确，方案设计才会有清晰而明确的定位，使组成促销的各种因素能有机地组合在一个完整的计划方案之中。促销主题一般通过主题语来表现。

2. 主题确立要求

确立促销主题需要做到以下几点：①主题必须服从和服务于企业的营销目标；②主题必须针对待定的促销及其目标；③主题要迎合消费者心理需要，能引起消费者的强烈共鸣。

3. 主题语表现

促销主题语必须：①表现明确的利益、感情诉求点；②突出鲜明的个性；③具有生动的活力；④简明易懂。

4. 主题确立要创意

促销主题确立是一项创意性很强的活动，也是有一定难度的操作。

三、促销活动方案设计

这部分也是方案设计的核心内容。在这里设计者的聪明才智与创新点子要充分地表现出来。促销活动方案设计有如下要求。

1. 紧扣促销目标，体现促销主题

促销方案的设计要求围绕着促销主题而展开，方案要尽可能具体，要把行动方案按不同的时段进行分解，当然还要突出重点。设计这一部分内容的要点是：以市场分析为依据，充分发挥设计者的创新精神，力争创造出与众不同的新方案。

2. 选择促销商品，确定促销范围

以节日商场促销来说，一切促销活动的最终目的都是为了扩大销售。在设计具体方案前首先要确定选择哪些商品、多少数量作为这次促销的主力商品，一般来讲作为节日商品的有休闲食品、大件商品、礼品、保健品及日用百货等。当然，促销商品还必须具备如下条件：①有一定品牌知名度；②有明显的价格优势；③节日消费需求量较大。

3. 选择促销方式，进行合理组合

根据确定的促销商品范围，来设计具体的促销活动方案。例如，在商场促销中，当前运用较多的、最受消费者欢迎的有特价促销、赠送促销、公关促销、有奖促销、服务促销等。在方案策划中，可以采用多种形式，但要注意促销方式的有效性。

4. 促销活动设计要求具体、可操作

促销计划强调设计的促销方式（促销活动）不仅要明确有几种、是什么，更要明确实际操作，具体到每一种商品特价的确定（从现有市场价按一定的特价原则来一一制定）和每一种特价商品如何陈列。有些方案更强调活动程序的安排，有些操作性较强的具体促销方案都应独立做附件。

5. 促销活动设计追求创意

方案设计成功与否主要看有多大创意，只有具有新意、具有较强个性、具有生动活力的促销活动，才能引起消费者的强烈共鸣，才能体现设计的价值所在。当然，这些创意不但要考虑现行的客观性，更要考虑消费者的认可和接受程度，否则再好的创意也只能束之高阁。

四、促销宣传方案设计

促销活动的宣传是全方位的，要把促销的信息告知消费者，在销售场所要营造促销气氛，在促销中要展示企业形象，必须运用好广告宣传、商品陈列和商场广播。

1. 广告宣传

当前用得较多的促销广告有媒体广告、DM 广告、POP 广告。

（1）媒体广告

在激烈的市场竞争中，媒体广告所起的促销作用无疑是巨大的，通过媒体广告能将产品促销信息传递出去。在运用媒体广告时要注意以下几点。①确定广告目标。企业应该根据自己的促销目标确定广告内容，两者应该保持统一。②选好广告媒体。广告媒体的种类很多，有报纸、杂志、电视、户外广告、车体广告等。选择哪一种最适当，这就需要设计。应该根据产品特点、企业条件来选择最适当的媒体。一般来说，首推的是电视广告。当然，其他广告媒体的作用也很显著。广告媒体的选择还必须考虑费用，只有选择适合企业经济承受能力的广告媒体才是理性的。③注意广告语的设计。一条具有鲜明个性、深受欢迎的广告能开辟一个大市场。这是广告促销设计的重点和难点。

（2）DM 广告

DM 是英文 Direct Mail 的缩写，即直接邮寄。DM 广告是指通过邮寄、赠送等方式，将

宣传品送到消费者手中。也有人将 DM 广告表述为 Direct Magazine Advertising，即直投杂志广告。两者没有本质区别。

（3）POP 广告

POP 是英文 Point of Purchase 的缩写，译为购买点或销售点。POP 广告是指售货点和购物场所的广告，又称售点广告。这种广告的运用范围很广泛，主要有宣传标语、商品海报、招贴画、商场吊旗、特价赠送指示卡、门面横幅招旗、气球花束装饰等。

POP 广告不仅能向消费者传递商品信息，充当无声的售货员；它们还能极力展示商场特色和个性，来营造浓烈的购物气氛，树立良好的企业形象，从而吸引消费者进入商店，诱发他们的购物欲望。这正是 POP 广告的魅力所在。

在商场促销中，DM 广告、POP 广告形式用得较多，促销的实际效果较好。

在促销广告策划中要根据具体促销主题、要求及其费用预算，来确定促销采用的广告形式，最大限度地发挥其作用。

2．商品展示宣传

把促销商品用最佳的形式来进行展示，这是一种有效的促销宣传，使顾客一进门就能看到吸引人的商品展示，从而激发他们的购买欲望。

商品展示可以采用特别展示区、展台、端头展示、堆头展示的方式，并运用照明、色彩、形状及装置或一些装饰品、小道具，制造出一个能够吸引顾客视线集中的商品展示，营造出促销氛围，顾客的需求及购买欲自然会增大。

3．商场广播宣传

促销广播可以传递促销信息，还可以使店内的气氛更加活跃，让顾客对店内的促销活动产生深刻的印象，进而带动销售业绩的成长。

促销广播可以考虑每隔一段固定时间就广播一次。广播词力求通畅，广播音量要适中，音质要柔美，语速不急不缓，切不可夹带笑声播放出来。

注重背景音乐播放，可以播放一些慢节奏的、轻松柔和的乐曲来鼓励消费者静下心来仔细选购商品，或使消费者自觉降低谈话嗓门，逐渐投入到边欣赏乐曲边安心购物的过程中。当然，商店还必须根据其主要销售对象来控制背景音乐的播放音量，使顾客始终精神焕发；同时它还能提高营业员的工作效率，树立良好的企业形象，有利于促销活动的开展。

五、促销费用预算

预算费用是促销方案设计必不可少的部分，对方案设计的促销活动必须进行费用预算。

1．费用预算设计

费用预算设计不能只有一个笼统的总金额，它还应该做到：①在促销方案中凡涉及费用的都要估算列出；②以各方案预算为基础再设计独立的促销总费用，这样能使人一目了然。

2．费用预算内容

促销费用预算一般要考虑的费用有广告费用、营业推广费用、公关活动费用、人员推销费用等。

3．费用预算与促销方案须平衡

促销活动需要费用支持，因此促销费用预算与各促销方案设计是密不可分的，任何促销方案都要考虑它的费用支出。不顾成本费用、无限制地拔高促销方案或加强方案力度实际上是纸上谈兵，根本无操作性可谈。促销方案和费用预算匹配，费用要能够支持促销活动开展。促销方案和费用预算的平衡也是衡量方案设计水平的一个标准。

4．费用预算要求

费用预算要注意：①了解促销费用；②尽可能细化；③尽可能准确；④求得最优效果。

六、促销实施进度安排

为了保证促销计划得以顺利实施，必须对整个计划实施过程予以控制。在促销方案的最后部分，要求设计促销实施进度安排。

1．促销实施的阶段

促销实施是一个过程，一般包括两个阶段，即促销准备阶段和促销进行阶段。整个促销实施过程需要有效控制，从组织上、制度上、人员上和时间上给予充分保障，使促销活动如期有效地开展。

2．促销实施的主要事项

商场促销准备一般需要两个月左右的时间，准备事项包括：①促销商品进货；②DM 广告的制作和发放；③POP 广告的制作和布置；④促销商品的陈列和环境布置；⑤促销活动准备。商场促销进行期间也有大量的工作要做，有许多的活动要组织。

3．制定"促销实施进度安排表"

在方案设计中必须拟定一张"促销实施进度安排表"，明确安排这些工作、活动何时做，由谁做，有什么要求。这样，可使计划方案由单纯的构思创意转为具体的实施计划，它也可作为计划实施活动中进行控制的检查标准。可见，"促销实施进度安排表"是促销计划得以实施的必要保证。

本章思考题

1．何谓促销？促销组合有哪些内容？制定促销组合策略应考虑哪些因素？

2．比较人员推销、广告促销、营业推广与公关宣传四种促销方式的特点。

3．结合实例，指出应用广告促销的成功与失败之处。

4．两个同学组成一组，互换角色扮演推销员与顾客，之后进行公开分析讲评，并进一步归纳、提炼推销理论。

5．选择一种产品或服务，分析应选用哪些促销方式来建立消费者偏好。

6．选择某种消费品，评价其促销组合方案。

7．某新产品上市，根据所学的促销相关理论，设计一份促销方案。

第十二章 市场营销计划、组织、执行与控制

学 习 目 标

学完这章后，希望你能够掌握：

1. 市场营销计划的含义、主要内容、作用和类型
2. 市场营销计划的编制程序
3. 市场营销组织的演变
4. 市场营销执行中的问题与原因
5. 市场营销控制的定义及必要性

 引导案例

某制药企业营销组织结构的改革

李伟是××制药企业的老总，这些天来他一直被公司的销售发展问题困绕。刚才他主持召开了一个会议，营销部的经理们各抒己见，提了很多建议和想法。看来他们都是经过深思熟虑的，李伟长长地吐了一口气，他对自己的部下感到很满意。

李伟在医药行业摸爬滚打几十年，从普通的销售员做起，到现在这家中型制药企业的老总，他的能力和魄力在业界是有目共睹的，因此也赢得了不少忠实的追随者。从他开始组建这家企业，不到 6 年时间，公司的销售总额就已突破 4 个亿，实现利润 5 000 多万，发展速度非常快。可是，繁荣的背后潜伏着危机。李伟点燃一支烟，今后的路该怎样走呢？

这些年来，××公司的发展也并非一凡风顺。1998 年公司的产品刚投放市场时，采取快速渗透战略，强调以学术推广、终端促销、创建品牌效应来带动产品销售，这也是当时国外大药厂普遍采取的方式。为此，公司组建了地区型的销售组织，全国分为 8 个区共 34 个办事处，颇有"忽如一夜春风来，千树万树梨花开"的味道，在业界轰动一时。但是，公司股东们对××公司的业绩却极为不满。他们认为公司市场开发速度太慢，销售费用太大，财务亏损严重。迫于公司股东的压力，结合国内药品销售的特色，公司在经过多方论证后从 2000 年开始转变营销体制，采用底价承包制，取消了区域经理，各办事处经理直接与公司发生关系，以底价从公司拿货，全权负责当地的销售。

这种销售体制打破了以往吃大锅饭的局面，体现了能者多得，优胜劣汰，最终实现了公司和销售人员的双赢。公司各种产品的销量迅速增长，以往令人头痛的回款问题大大减轻。从 2000 年到去年年底，公司的销售额连续翻番。

今年年初，股东大会提出的下一个 5 年计划是销售额突破 10 个亿，成为国内销售额排名前 30 位的制药企业。

难哪！李伟掐灭烟头，拿起桌上的销售分析报告。刚才会议上销售总经理王强把上季度的销售报表作了详细分析，最近大部分地区的销量增长均呈下降趋势，有几个品种的销售量与去年同期持平，公司寄予厚望的新产品 A 的销售也极不理想，只有 4 个办事处有少量出货。

"我认为我们的价格缺乏竞争优势。"王强首先发言，"现在各地都在招标，争取中标已成为药品在各地医院存续的关键，也成为开发新医院的主要方式。而本公司的产品与国内同类产品相比，在报价上过高，所以中标率低，我认为我们应该重新考虑一下各产品的投标指导价。"

"还有，"销售副总赵宏鸣补充道，"低价的产品在招商中也占有巨大优势。现在广州、武汉、北京等几个办事处经理反应，Y 公司的产品招商价格比我们低 5 个百分点。"

市场部总监张宁的发言也值得深思。随着底价承包制的实施，市场部费用骤减，市场部职能日益缩小，基本退缩成医学部的功能，有着国外大企业从业背景的张宁一直以来都觉得气闷。张宁说："我认为要想成为国内一流企业，创品牌、树立企业形象是十分重要的，这几年我们实行底价承包制，在公司原始积累阶段这种体制无疑是有效的。但是从长远来看，不利于公司创建和维护品牌形象。"

"我同意张总监的说法。"营销管理部陈经理说，"底价承包制导致销售人员相对分散，各自为政，只注重自身利益，给企业落实营销政策和各项规章制度带来极大的困难和阻力，不利于企业整体营销运作。"陈经理还列举了一些例子。

"我认为，我们的销售网络主要集中在医院，零售市场开发不够，如果加强在这方面的重视，销量增长的潜力十分巨大。"市场部产品经理张丽最后发言，"另外，我们目前在全国主要城市设有 34 个办事处，销售人员共 160 人，如此人力远不足以覆盖整个大陆地区，因此，有待开发的市场空白点很多，这也是销量增长的来源。"

李伟仔细考虑着这些经理们的意见，每个人说得似乎都有道理，看来最为关键的问题要首先解决，即从整个公司角度来看，底价承包制是否是一个好的体制。

底价承包制的弊端他早就清楚，而且无论怎样加强管理，仍然无法克服底价承包制所存在的弊端。那么，今后公司是继续沿用这一方式还是重新回到学术推广的老路上？

事实上，在中国目前的医药环境中，单一体制已无法适应公司发展的需求，应该是多种体制并存，相互补充，扬长避短。

李伟的思路明晰起来，首先要解决的问题就是构建新的营销组织结构。他的基本想法如下：把原销售总公司分为两个公司，即药品公司和新药公司。药品公司经营公司现有品种以及陆续上市的一些普药，仍以底价承包方式给办事处。同时，对于办事处无法覆盖的区域，由药品公司总部派人去设联络处或招商，弥补公司经营的空白点。新药公司经营公司将来上市的新药，以学术推广方式为主，招商为辅，在各主要城市设办事处，高薪招聘优秀销售人员，承担树立企业形象和创建产品品牌的任务。待产品较为成熟后，再转给药品公司，利用其网络迅速向全国范围渗透。

李伟兴奋地拿起电话，看来今天晚上又要开通宵会议了。

讨论题：
1. 结合本案例讨论企业营销组织结构是否是一成不变的。
2. 如果你是××公司的老总，你将如何解决该公司的问题？

第一节　市场营销计划

　　企业的整体战略规划确定了企业的任务和目标，市场营销战略在其中起着关键性的作用。市场营销计划根植于企业的整体战略计划，并由其推动，它能够使实际的营销管理过程具体化和明确化。为了使企业的营销努力能够有效地为整体战略规划服务，应该制订更为具体的营销计划，使得企业目标、资源和各种环境机会之间能够建立与保持一种可行的适应性，从而实现企业的市场战略目标。同时，营销计划是统一相关部门和员工营销行为的纲领，也为营销实施提供了指导，为营销控制提供了参照系。企业的市场营销决策，如果能够制作成一个尽可能完备的书面营销计划，将会有助于协调企业的各种营销努力朝向最终目标前进。

一、市场营销计划的含义及主要内容

（一）含义

　　市场营销计划就是根据企业的经营方针及策略，确定相应时间内的销售目标和与其相关的主要营销活动指标，以及为实现这些目标和指标所要进行的各项销售活动安排。市场营销计划是企业市场战略的具体化和有关营销组合的行动指南，它包括对营销战略和营销组合活动决策的具体描述。因企业规模不同、提供产品组合的宽窄不同，或因公司的营销计划侧重点、覆盖范围或计划内容在细节上的不同，营销计划存在较大的差别。企业的营销计划可以针对全部产品组合而制订，也可以针对某一产品线或某一特定产品或品牌而制订，这取决于决策的需要和产品市场规模的大小。

（二）主要内容

1. 内容提要

　　一般来说，营销计划要形成正式的文字，即各种具体的营销计划书。在计划书的开头便要对该计划的主要营销目标和措施作简要的概括。内容提要是市场营销计划的开端，是整个市场营销计划的精神所在。

　　通常，市场营销计划需要提交上级主管或有关人员审核。由于他们不一定有充足的时间阅读全文，因此可以通过内容提要把计划的中心描述出来，便于他们迅速了解、掌握计划的要求。如果上级主管或有关人员需要仔细推敲计划，可查阅计划书中的有关部分。所以，最好在内容提要的后面附列整个计划的目标，同时在内容提要的有关内容中用括号注明其在计划书中的相应页码。

2. 背景或现状

　　营销计划的第一个主要内容是提供该产品当前营销状况的简要而明确的分析。这一部分主要是有关市场、产品、竞争、分销以及现实环境有关的背景资料，为编制计划提供客观依据，主要包括以下几个方面。

　　（1）市场形势

　　这部分描述市场的基本情况，包括市场规模与增长（以单位或金额计算），分析过去几年的总量、总额，不同地区或细分市场的销售；提供消费者或用户在需求、观念及购买行为方面的动态和趋势。

（2）产品情况

这部分提供过去几年有关产品的销售、价格、利润及差额方面的资料。

（3）竞争形势

这部分指出主要竞争者与市场跟随者，分析他们的规模、目标、市场占有率、产品质量、市场营销战略和策略、战术，以及有助于了解其意图和行为的资料。

（4）分销情况

这部分阐述各分销渠道的销售情况，各条渠道的相对重要性及其变化。不仅要说明各个经销商以及他们经营能力的变化，还要分析对他们进行激励所需的投入、费用和交易条件。

（5）宏观环境

这部分阐述影响该产品（品牌）市场营销的宏观环境的有关因素，如人口因素、统计口径因素、经济因素、技术因素、政治法律因素、社会文化因素等的发展变化趋势。

3．机会和威胁分析

营销计划的第二个主要内容是对市场营销中所面临的威胁、机会、优势、劣势问题的分析。许多企业都是在环境提供了一个诱人的前景、发现了一种良好的机会的前提下，决定自己发展方向和目标的。所以，在分析当前现状，取得大量的可靠的数据基础上，必须找出整个计划期内在企业计划所指营销问题上存在的机会，同时也注意面临的威胁，分析企业本身的优势和劣势，找准机会，使劣势变为优势。

企业市场营销机会是指适合于自己条件，能产生一定效益的一种机会。企业要获取一种营销机会，必须具备某些条件，而每个企业都有自己的优缺点和特定的生产能力，只有两者相结合，才能形成企业机会。威胁是指企业面临严重竞争或有被挤出市场的可能。每一个企业只有分析了市场机会与威胁，找出优势与劣势，才能扬长避短。

4．营销目标

明确问题之后，需要作出与目标有关的选择，用以制定战略和行动方案。营销目标是营销计划的核心部分，是指企业在营销活动中预期完成的营销任务和预期取得的营销成果。营销目标的确定为企业营销活动指明了方向、规定了任务、确定了标准，从而增强了营销工作的目的性，它将决定随后的策略和行动方案的拟订。在确定营销目标的过程中，必须遵循以下原则。

（1）要形成一个有机的目标体系

在总目标之下应建立相应的中层目标，并将其分解成具体目标。同时应该注意各项目之间的协调和平衡，使之相互配合。

（2）应具有先进性和可行性

没有先进性，即缺乏一定的难度，就没有鼓励作用；若没有可行性，目标则无法实现。

（3）应重点突出

目标中所涉及的应是关系到营销成败的重要问题。

（4）应具有一定的弹性

任何营销目标都应考虑各种可能出现的情况变化，要有一定的伸缩性。

5．营销策略

每一个目标都可以通过多种途径去实现。营销策略就是企业为了达到营销目标所灵活运用的逻辑方式和推理方法。例如，企业的利润指标增加，既可以通过提高单位产品销售价格，也可以通过扩大产品销售量去取得。营销策略就要从这些方法中选择最佳方案。提高单位产品销价，可能会引起销售量下降，扩大产品销售量又可能会受企业生产能力制约等，这就需要企业注重各方面的分析，保证计划的可行性。营销策略是企业用以达到营销目标的基本方法，包括目标市场、市场营销组合策略、市场调研等主要决策。

6．活动程序

活动程序是指将营销策略转化为具体的行动措施。活动程序以行动的时间、空间、人力、步骤、经费为要素，规定着哪些行动能导致目标的实现，防范那些背离和干扰目标的行动，克服混乱和浪费，内容包括：①要做什么；②何时开始、何时完成；③由谁负责；④需要多少成本。

按上述问题把每项活动都列出详细的程序表，以便于执行和检查。

7．预算

决定目标、战略和战术以后，可以编制一份类似损益报告的辅助预算。根据行动方案编制预算方案，收入方列出销售数量及单价，支出方列出生产、实体分销及市场营销费用，收支差即为利润或亏损。上级主管部门负责该预算的审查、批准和修改，批准后，此预算即成为购买原料、安排生产、支出营销费用的依据。

8．控制

这是市场营销计划的最后一部分，主要说明如何对计划的执行过程、进度进行管理。常用的做法是把目标、预算按月或季度分开，便于上级主管及时了解各个阶段的销售实绩，掌握未能完成任务的部门、环节，分析原因，并要求限期作出解释和提出改进措施。有些市场营销计划的控制部分，还包括针对意外事件的应急计划。应急计划扼要地列举可能发生的各种不利情况，分析其发生的概率和危害程度、应当采取的预防措施和必须准备的善后措施。制订和附列应急计划的目的是事先考虑可能出现的重大危机和可能产生的各种困难。

二、市场营销计划的作用

市场营销计划就是对市场营销活动方案所作的详细说明，即对市场营销活动方案的具体描述。它规定了企业各种经营活动的任务、策略、政策、目标和具体指标及措施。这样就可使企业营销工作有计划地进行，从而避免营销活动的混乱或盲目性。

随着科学技术的高速发展，不同企业生产的同类产品在技术性能上没有过多的差异，仅仅依靠产品在特性是上的差异性来扩大销售就不那么容易了，企业还必须适应市场的变化，增加新的内容。这就要求企业的经营活动有计划、有步骤地进行。

随着商品经济的发展和买方市场的形成，消费者对商品的选择性加强，为了确保企业在激烈的市场竞争中长期经营和发展，生产出来的产品必须迎合消费者的需要，因此营销计划往往决定着营销的成败。市场营销计划的主要作用如下。

（一）市场营销计划有利于企业实现预期目标

由于市场营销计划详细说明了企业预期的经济目标，这样就可以减少企业经营的盲目性，同时又可以根据计划执行情况不断调整行动方案，采取相应措施，力争达到预期目标。

（二）市场营销计划有利于企业节约成本和费用

由于市场营销计划确定了实现市场营销计划活动所需要的资源，企业可根据资源的需要量，测算企业所要承担的成本和费用。这样，有利于企业精打细算，节约费用开支。

（三）市场营销计划有利于企业各有关人员完成各自的任务

由于市场营销计划描述了将要进行和采取的任务和行动，这样，企业就可明确规定各有关人员的职责，使他们有目的、有步骤地去争取完成或超额完成任务。

（四）市场营销计划有助于企业进一步巩固和发展

由于市场营销计划有利于监测各种市场营销活动的行动和效果，有利于企业控制自身的各种营销活动，协调各部门、环节的关系，从而有助于企业顺利完成各项任务和目标，使企业得到进一步地巩固和发展。

总之，市场营销计划对任何生产经营企业来说都是至关重要和不容忽视的。只有详细而有策略地制订好企业营销计划，企业生产和经营的目的才能顺利而有效地实现。

三、市场营销计划的类型

根据企业经营产品组织结构、贯彻现代市场观念的不同，营销计划在不同企业有不同的形式，一般来说，可以从以下几个方面进行分类。

（一）按计划的时间长短分类

1. 短期计划

短期计划主要以年度计划为主（也有半年计划甚至季度计划）。短期计划的制订多以产品的季节性或生命周期为依据，如时装等的季节性更换的产品和更新升级快速的高科技产品，大多适用于短期计划。

2. 中长期计划

中长期计划一般有 3 年、5 年的计划，也有 10 年、20 年的计划，要根据企业的具体情况来制订。目前大多数企业实行中长期计划。

3. 专项计划

专项计划是企业为某个产品所作的单项计划，或者是企业为了解决某种特殊问题而制订的计划。它一般具有独立性、限时性、针对性和灵活性等特点，因此，专项计划日益成为营销计划的必要补充，被广大企业所采用。

（二）按企业的机构职能分类

1. 企业整体计划

企业整体计划是指整个企业的经营计划，是企业营销计划的高度概括，包括企业的营销任务、营销目标、发展战略、营销组合决策、投资决策等，但不包括整个业务单位的活动细节。企业计划既可以是短期计划，也可以是长期计划。

2. 职能部门计划

职能部门计划是指企业内部各职能部门根据企业目标编制的部门计划，分为人事计划、财务计划、生产计划、销售计划等。各职能部门也要根据部门的计划制订子计划，如销售部门可下设广告、市场拓展、市场调研计划等。

3．利润中心计划

利润中心计划是指企业在经营管理体制上采取按产品大类或者细分市场来设置独立核算事业单位的形式，包括品牌计划、产品计划、事业部计划等。

（三）按企业营销计划的内容分类

1．产品营销计划

产品营销计划是营销计划的核心部分，主要包括以下几个方面的内容。

1）产品销售计划。这是以产品销售为主要内容的营销计划，包括主产品、副产品，多种经营产品，可重复使用的包装物品，通过对其性质、特点的分析和市场需求的把握，制定出相应的营销策略。

2）新产品上市计划。新产品试制成功投入市场试销或上市，应编制上市计划，使新产品能够迅速打入市场。

3）老产品更新换代计划。

4）产品结构调整及产品最佳组合计划。

5）产品生命周期分析及其不同阶段的策略计划。

6）出口产品销售计划。

2．市场信息、调研、预测计划

1）有关市场信息方面的计划包括：①市场信息搜集、整理、存储、传输计划；②企业市场信息系统建立计划；③市场信息网络及与外部信息联网计划等。

2）有关市场调研方面的计划包括用户调研、产品调研、竞争对手调研、流通渠道调研、技术服务调研及未来市场领域分析研究等方面的计划。

3）有关市场预测方面的计划包括市场预测计划、市场环境监控系统计划等。

3．市场开拓及事业发展计划

1）市场开拓计划包括内地区域市场开拓计划、港澳地区市场开拓计划、国际市场开拓计划、边贸市场开拓计划、进出口计划等。

2）事业发展计划包括按领域划分的进入不同领域市场开拓计划以及按市场类型划分的各层次计划。

4．促销计划

1）广告促销计划。广告促销计划包括宣传计划、广告计划、广告预算、产品样本、目录等的设计、制作、分发、反馈计划，不同广告媒体选择及建立计划等。

2）人员推销计划。人员推销计划包括推销人员选拔、培训计划，推销人员考核、奖惩计划等。

3）公关宣传计划。公关宣传计划包括公共关系的目标、对象、活动方式及发展方面的计划等。

4）营业推广计划。营业推广总体设计计划及其单项计划包括促成交易的营业推广计划、直接对顾客的营业推广计划等。

5．分销渠道设计方案

1）销售网络建立与发展计划。

2）有关流通渠道完善计划。该计划包括与仓储、运输、银行、保险、海关、广告、邮电、旅游等部门建立广泛的横向经济联系的计划等。

3）建立或参加企业集团、企业群体、科技生产联合体以及发展横向经济联合的计划等。

6. 营销费用预算计划

1）市场营销信息管理系统费用预算。它包括市场信息搜集及管理经费、市场调查及情报费用，市场预测有关费用等的预算。

2）宣传广告费用预算。它包括广告费、宣传费、产品目录及样本费用的预算。

3）推销费用预算。它包括推销人员工资、奖励、差旅费等有关费用的预算。

4）营业推广费用预算。它包括展览、展销、有奖销售等经费预算。

5）公共关系费用预算。

6）分销网络建设费用预算。

7）销售业务管理费用预算。它包括企业营销机构有关的管理费用、产品包装费用、运输费用等的预算。

7. 综合营销计划方案

企业市场营销计划是一个完整的计划体系，在现实的市场营销活动中必须把上述计划全部组织在计划体系之中，进行综合平衡、全面安排，使之能统筹兼顾、相互协调。同时，还要体现市场营销计划体系的目的性、全面性、完整性及系统性，把营销观念、营销方针、目标、战略、市场营销因素及组合等定性计划，以及提高企业市场营销竞争能力、市场开拓能力、适应环境能力、经济效益能力等方面的措施列入计划，组成综合营销计划。

四、市场营销计划的编制程序

（一）编制营销计划的准备工作

为了编制好企业的营销计划，使计划指标先进合理，各项营销活动切实可行，企业必须做好以下几个方面的准备工作。

1. 建立科学的营销信息系统

只有掌握全面、及时、准确的信息，才能进行正确决策，制订出合理可行的营销计划。

2. 开展营销研究工作

1）政策研究：主要研究国家经济、技术政策的变动情况，如价格政策、产业政策、外贸政策、经济体制改革中的各项政策、有关科学技术发展方面的政策等。

2）市场研究：主要研究消费结构及其变化趋势、购买力的变化情况、消费者的购买动机及其变化趋势等。

3）竞争对手研究：主要研究竞争者的生产技术、产品质量、价格、营销策略、服务方式等。

4）用户研究：主要研究老用户和重点用户的需求变化、新用户的需求情况、潜在用户的发掘可能性等。

（二）市场营销计划编制的一般程序

1．研究营销环境、发现问题

这是营销决策的第一步。首先要研究企业营销活动的外部环境，明确企业面临的挑战与机会，然后要分析企业营销活动的内部条件，认识到企业的长处和短处、优势与劣势。在寻找企业营销活动的问题时，应该明确造成问题的原因。

2．确定营销决策目标

确定营销决策目标是营销决策的出发点和归宿点。营销目标是营销决策所要达到的目的和结果，它是根据研究营销环境发现问题和所要解决的问题来确定的。企业营销决策目标要从实际出发，切实可行，目标必须明确，应尽可能量化，同时还要明确规定达到的目标和期望目标，分清主要目标与次要目标，以便制定各种可行方案。

3．制定各种可行方案

可行方案是指能够保证决策目标实现，企业外部环境与内部条件都有可行性的方案。进行营销决策时要围绕确定的目标广泛搜集有关信息资料，预测未来的发展趋势，根据目标要求和预测结果拟订各种可行方案。

4．确定评价标推

在方案选优前，要建立合理的评价标准，采用定性分析与定量分析相结合的科学评价方法，针对不同类型的决策问题，选择不同的评价标准，如期望值标准、最小损失标准等都是风险型决策中常用的标准。而非确定型决策常用乐观准则、悲观准则等。

5．选择决策方案

方案的选择必须坚持战略的、系统的观点按照评价标准，在评价的基础上从这些方案中选择一个满意的合乎标准的方案。如果决策者经过分析、论证、评价后认为没有令人满意的方案，就必须探索和补充新方案、修正原方案，甚至可以重新审定目标，直到选出令人满意的决策方案为止。

6．方案的实施与反馈

选好方案、作出营销决策并不是决策过程的结束。要使营销决策变为现实，达到预期目标，必须把营销决策的内容具体化，落实到有关部门或个人，并组织实施。在执行方案的过程中，要进行追踪检查、搜集反馈信息，按照方案选择标准进行控制，对执行情况进行评价，以保证营销决策目标的实现。

第二节　市场营销组织及其演变

营销计划要靠营销组织去实施。市场营销组织是判定实施营销战略和评估、控制营销活动的基础，现代企业必须有健全而有效的营销组织。在当前全球竞争日益激烈、科技网络迅猛发展的商品经济环境中，企业需要经常重组其业务和营销，以便使用业务环境中的最新和重大变化，同时使其能满足消费者的需要，解决顾客的问题。

一、市场营销组织的概念

企业市场营销组织包括了静态和动态两种含义。从静态看，市场营销组织是指企业在一定时期内，对企业的营销活动过程的组织、实施和控制负责的相对稳定的组织机构形式、结构和组织制度，也就是所谓的企业营销管理部门。从动态看，市场营销组织是一种行为，是企业高效协调、指挥企业营销资源的行为。市场营销组织的范围涉及企业营销活动的全过程，目的是执行企业的整体营销计划，实现企业的营销目标。对营销组织的理解应注意以下几点。

（一）并非所有的营销活动都发生在同一组织岗位

例如，在拥有很多种产品的大型企业中，每个产品经理下面都有一支销售队伍，而运输则由一个生产经理集中管辖。有些活动甚至还发生在不同的国家或地区，但它们属于同一营销组织，因为它们都在从事营销活动。

（二）不同企业对其经营管理活动的划分也是不同的

例如，信贷对于某个企业来说是营销活动，而对另一个企业来说可能是会计活动。同时，即使企业在组织结构中正式设有营销组织，企业的所有营销活动也不是全部由该部门来完成的。因此，营销组织的范围难以明确界定。

二、市场营销组织的目标

（一）对市场需求迅速作出反应

营销组织应适应外部环境的影响，并对市场变化作出积极的反应。把握市场变化的途径是多种多样的。营销调研部门、销售人员以及其他商业研究机构都能为其提供各种市场信息。了解到市场变化后，企业的反应涉及整个营销活动。

（二）使营销效率最大化

企业内部存在许多专业化部门，为避免这些部门间的矛盾与冲突，营销组织要充分发挥其协调和控制的职能，确定各自的权利和责任。

（三）代表并维护消费者的利益

营销组织承担着满足消费者利益的职责。虽然有的企业利用营销人员的民意测验等来反映消费者的呼声，但仅仅如此是不够的。企业必须在管理的最高层面上设置营销组织，以确保消费者的利益不致受损。

企业营销组织的上述目标归根结底是帮助企业实现整个营销任务。

三、市场营销组织的演变

企业的营销部门是实行营销计划、服务购买者的部门。营销部门的组织形式主要受宏观营销环境、企业营销管理哲学，以及企业自身所处的发展阶段、经营范围、业务特点等因素的影响。

企业的营销部门是随着营销管理哲学的不断发展演变而来的，大致经历了单纯的销售部门、兼有附属职能的销售部门、独立的营销部门、现代营销部门和现代营销企业五个阶段。

（一）单纯的销售部门

单纯的销售部门是生产观念时期的产物。20 世纪 30 年代以前，西方企业以生产观念作为指导思想，大部分都采用这种形式。一般说来，所有企业都设立一个销售副总经理，主要负责有销售员的产品销售工作，很多其他的营销功能都由其他部门管理。尽管形式上销售部门与生产部门、财务部并列，但在以生产为中心的时期，生产加工部门是整个企业的核心，销售部门的职责仅仅是推销生产部门生产出来的产品。产品生产、库存管理等完全由生产部门决定，销售部门对产品的种类、规格、数量等问题几乎没有发言权。因而，在那个阶段，销售部门的地位显得无足轻重。

（二）兼有附属职能的销售部门

这种组织机构以推销观念作为企业经营指导思想。在这一时期，企业同样设立一个销售副总经理，但随着企业规模的扩大，销售工作日益复杂，此时的销售副总经理除负责产品销售工作外，还兼管其他的一些市场营销活动，如广告与促销、市场调研、销售训练、销售服务、销售分析等。

（三）独立的营销部门

随着市场条件的变化、竞争的加剧，企业单纯靠推销商品来扩大销售量的做法越来越难以适应市场竞争的要求，同时也遭到顾客的反对。此时，营销决策者日益认识到需从顾客的角度去设计和生产产品，真正帮助顾客解决问题，使其需求得到满足。要达到满足顾客需求的目的，就有必要设置独立的营销部门专门负责除销售以外的营销工作。另一方面，由于销售副总经理忙于销售活动，无暇兼管营销工作，客观上也有设置独立营销部门的必要。于是，营销部门成为一个相对独立的职能部门，作为营销部门负责人的营销副总经理同销售副总经理一样直接受总经理的领导，销售和营销成为平行的职能部门。但在具体工作中，这两个部门是需要密切配合的。这种安排常常被许多企业所采用，它向企业总经理提供了一个全面的、从各角度分析企业面临的机遇和挑战的机会。

（四）现代营销部门

尽管许多企业把销售以外的营销职能分离出来成立了单独的营销部门，但是随着市场经济的发展和竞争的不断加剧，这种组织形式很快又不适应形势的发展需要了。因为在高度竞争的市场环境中企业必须以消费者的需求为中心，以现代市场营销为主体，一般的推销工作应该在企业营销政策的指导下进行，然而在销售部门与营销部门并列的情况下这一点是很难做到的。由于市场营销部门需要从企业长期发展的角度制定适当的营销目标和营销战略，以满足市场的长期需要，销售经理反对把销售视为营销组织中的次要因素，他们为了完成销售任务，往往是短期经营导向，因而两个部门之间发生矛盾与冲突在所难免，这种冲突与矛盾势必影响企业整个经营活动的开展。在这种情况下，有些企业为了适应形势发展的需要，将销售部门并入营销部门，建立统一管理企业全部市场营销工作的现代市场营销部门。

（五）现代营销企业

一个企业仅仅有了上述现代市场营销部门还不等于是现代市场营销企业。现代市场营销企业取决于企业内部各种管理人员对待市场营销职能的态度，只有当所有的管理人员都认识到企业一切部门的工作都是为顾客服务，市场营销不仅是一个部门的名称而且是整个企业的经营哲学时，这个企业才能算是一个以顾客为中心的现代市场营销企业。

四、现代市场营销组织的特征

传统的营销组织在企业中仅属于从属地位，并未独立地分离出来，有的仅仅作为其他业务部门的一小部分。现代企业制度下的营销组织并不仅仅是完成产品销售任务、实现商品实体价值转移和物质转移而组建的相对独立的职能部门，而是一个企业与外界联系的开放性系统。处于企业内部系统和外部系统的结合部，营销组织不断与外部环境进行市场信息交换，因而是一个不断适应外界变化的动态系统。现代营销组织的特征表现在以下五个方面。

（一）灵活性

一个良好的营销组织必须具有一定的机动灵活性，能适应内外经营环境的变化而不断调整自身的经营状态，由于市场是多变的，影响企业经营的因素又是多样的，企业经营组织就必须根据市场需求的变化态势，把握各种经营环境要素的变动，并对这种变动给企业带来的影响作出准确判断，从而调整自身系统的运行规则，使之符合环境的要求。例如，新产品上市对企业业务造成的影响，新的竞争者出现对市场供应造成波动，新科技应用给生产或经营成本所带来的变化，政府新的改革政策所产生的效应，市场监督部门的行动对企业形成的压力等，都会给企业营销目标和营销策略选择带来巨大的影响。

（二）开放性

由于企业营销任务的完成并不单纯取决于推销人员的业务素质，还取决于企业预测的未来信息视野的宽度和为准备营销方案而搜集数据的活动视野的广度。信息视野越宽和活动视野越广，营销组织的环境适应性就越强；反之就越差。因此，企业的营销组织必须是一个开放性的系统，能及时吸收环境信息和扩散企业信息，并经常处于动态交换状态，不断与外界进行物质、信息的交换，使企业营销系统不断地调整、完善和发展。

（三）系统性

现代社会中的营销活动是一种全方位的活动，它不仅是营销人员和顾客达成产品交换的简单行为，在这种成交行为背后，还必须做大量的售前、售后工作。例如，产品面市前的市场需求调查、产品开发研究、品牌设计、企业和产品形象宣传、经营成本测算、价格策略选择、产品广告设计和传播等。这些工作涉及企业各部门，如生产部门、科研部门、财务部门、人事部门、广告部门、仓储部门、维修部门等。任何一个部门出了差错，销售工作就无法顺利完成。而营销组织的任务完成情况，又直接影响和制约着企业其他部门的工作绩效。因此，营销实际上是一个动态过程，又是一个联系整个企业经营活动的循环系统。同时，营销工作的完成又是营销人员与顾客、企业和外界环境相互作用的结果。营销组织的一切活动都是建立在对顾客的市场信息了解的基础上的，从这个意义上讲，现代营销组织又是企业与外部交流的信息系统。

（四）真正以市场为导向

在变化频繁和日趋细分化的市场里，营销组织只有密切接触市场，真正以市场为导向，才能产生对市场极为敏锐的嗅觉，捕捉稍纵即逝的机会。而现行不少企业的组织结构是按照经营顺序设置相应的职能部门，以研究开发为起点，以顾客为终点，中间依次设置采购、生产、营销部门，这种模式从企业经营的角度来看是合理的，但缺点也很明显。其一，各职能部门只被视为企业运行链条中的一个个单向联系的环节，缺乏相互间的有效协作；其二，顾客仅被视为企业运行过程的终点而不是起点，以这种导向构建的营销组织充其量只是企业的产品推销部门，而缺少以对市场的关注为起点的研究开发只会使新产品成为实验室里的欣赏品而缺乏市场价值。因此，现代市场营销组织必须是真正的以市场为导向的组织。

（五）以顾客为营销组织的核心

营销的实质是通过满足顾客需求而追求赢利，顾客是企业营销的客体。以标准化产品为代表的"大量生产、大量消费"时代已经结束，顾客的需求日益个性化和多样化，企业必须彻底改变传统的组织结构，借助信息技术的发展为顾客提供及时、有效的服务。现代营销组织要通过对所有的顾客进行对口管理和终身服务，与顾客建立中长期的伙伴关系，使顾客真正成为营销组织的核心。

五、营销组织的形式

为了实现企业目标，营销经理必须选择合适的营销组织。营销组织大体可分为专业化组织和结构性组织两种。

（一）专业化组织

1. 职能式组织

这是最常见的营销机构模式，它是依据市场营销活动的不同功能进行设立的，由营销副总经理统一协调行动。副总经理下设营销行政经理，主要负责费用控制、销售人员的安排、拟订长期计划与年度营销计划、解决顾客投诉及企业之间的纠纷；广告及促销经理主要负责提供有关企业形象方面的信息、企业产品与劳务方面的信息，具体说来就是拟定广告文稿、选择广告媒体、安排广告活动日程、维持并发展与广告公司的业务关系、设计和组织一系列推广活动等；销售经理主要负责管理各地区的现场推销人员及其组织、反馈顾客意见等。市场调研经理主要负责市场营销调研及市场预测等工作；新产品经理主要负责新产品的设计、开发及试销等工作。

职能式组织形式的主要优点是：①贯彻了专业分工的要求，有利于在人力资源利用上提高效率；②职责分明，有利于落实各类人员对各类工作成果的责任；③集中管理、统一指挥，有利于维护领导对指挥和控制活动的权力和威信。

不过随着企业产品种类增多，市场扩大，这种组织形式可能暴露出效益较差的弱点。这种缺点是：①当产品进入成熟期后，由于产品未具体分配专人负责，某些特定的产品或市场容易被遗漏；②各职能部门从自身利益出发，往往为争取更多的预算或为其地位的重要程度而引发纠纷，营销副总经理不得不花费很多时间和精力处理与协调部门之间的矛盾与平衡。

2. 地区式组织

如果企业产品分散在各个市场区域中销售，且每个市场区域都拥有较多的顾客，则可以依据地理区域设置销售人员，建立地区式的营销组织网络。

地区式组织形式的主要优点是：①管理幅度与管理层次相对增加，这样便于高层管理者授权，充分调动各级营销部门的积极性；②发挥该地区部门熟悉该地区情况的优势，发展特定市场。

地区式组织形式的主要缺点是：各地区的营销部门自成体系，容易造成人力资源的浪费，地区销售经理会更多地考虑本地区的利益。

3．产品型组织

产品型组织由产品经理领导若干个产品群经理，每一个产品群经理主管几项产品经理，而一项产品经理负责几项具体的产品或品牌。产品经理的主要任务是：①制定产品的长期竞争策略；②制订年度营销计划，进行销售预测；③与广告代理商及商品推销商共同拟定广告文稿，确定广告活动等；④激励销售人员和经销商对销售商品的兴趣；⑤搜集顾客与经销商的意见，建立营销信息系统网络；⑥主动适应市场需求的变动，对产品进行改进。

这种组织结构的优点是：产品市场营销经理能够有效地协调部门内各种市场营销职能，能够对各类产品的市场变化作出积极反应，较小品牌的产品也不会受到忽视。因而，这种组织结构比较适合生产多种类或多品牌产品的企业。

这种组织结构的缺点是：①产品营销负责人容易陷入日常事务性工作之中，而忽视产品开发与规划工作，并且产品经理任职期限较短，故使市场营销计划缺乏长期连续性；②当企业产品品种不断增多时，将引起管理人员的相应增多，造成销售成本的增长；③各个产品经理相互独立，他们会为保持各自产品的利益而发生摩擦，事实上有些产品可能面临着被收缩或淘汰的境地；④产品经理权力有限，产品的一系列营销工作难以顺畅开展，不利于产品经理精通某些营销功能；⑤产品营销管理部门与其他职能部门之间的职权不容易划清，有争议时协调比较困难。

4．市场管理组织

市场管理组织指企业按照市场的不同划分建立的市场管理部门，这种组织结构的特点如下。

1）一名市场营销经理主管若干营销职能部门以及针对不同类型市场设置的若干名市场经理。

2）市场经理的职责是负责制订所辖市场的长期计划和年度计划，分析市场动向并提出企业应该为市场提供何种新产品等建议。

3）市场经理开展工作时所需要的职能性服务由有关的职能部门提供。

这种组织结构的优点是：企业的市场营销活动是针对不同的市场，按照满足各类不同顾客的需求来组织和安排的，因而可以使企业的产品更好地满足不同市场的需要，使企业与消费者之间的关系更加密切和稳定，有利于企业加强销售和市场开拓工作。当一个企业的产品线比较单一，产品销售市场范围很大，不同类型的市场又有很大差异，就需要按市场来划分营销职责并确定组织结构。

这种组织结构的缺点同产品型组织类似，易于发生权责不清和多头领导的矛盾。

（二）结构性组织

1．金字塔式

金字塔式是各类组织中最常采用的一种结构模式，是按职能专业化设置的组织结构。它以企业及其产品为中心，以市场为终点，以推销产品为目的。这种组织结构模式的特点是：在总经理领导下设置相应的职能部门，形成垂直的专业管理。

金字塔式组织的优点是：①指挥权集中、决策迅速，容易贯彻到底；②分工细密、职责分明；③由于各职能部门仅对自己应做的工作负有责任，既可减轻管理人员的负担，又可充分发挥专家特长。

其不足之处在于：各部门责权范围有限，往往缺乏对企业整个市场营销状况的了解，企业内部规章多，反应较慢，不利于企业适应新的变化。

2．矩阵式

矩阵式组织结构由纵横两套管理系统交织而成：横行为营销职能，如营销管理、市场研究、促销业务等；纵列为营销项目，如地区、产品、市场、专项营销项目、专项科研开发项目等。这种组织结构采用纵横两条权力线来调整每个营销项目的活动，能够将行政管理、职能管理和项目管理有机地结合起来，既能保证市场营销行政管理整体调控的实施，又能发挥职能机构的专业管理作用，同时又能突出专项任务，使项目管理具有自主性和灵活性，因而能够提高工作效率，适应现代市场营销需要。

应注意的是，矩阵式组织形式处于发展完善阶段，尚存在许多亟待解决的问题，如管理职责不够明晰、运作费用比较高等。

六、营销组织的建立

（一）影响企业市场营销组织建立的因素

1．企业规模

一般来说，企业规模越大，市场营销组织越复杂。大型企业需要较多的各类市场营销专职人员、专职部门以及较多的管理层次。企业规模越小，市场营销组织就越简单。

2．市场

一般来说，市场的地理位置是决定市场营销人员分工和负责区域的依据。如果市场由几个较大的细分市场组成，企业需要为每个细分市场任命一位市场经理；销售量较大的市场一般需要较大的市场营销组织，而组织越大，需要的各种专职人员和部门也就越多，组织也越复杂。

3．经营的产品

产品类型的多少也关系到市场营销组织的形式，特别是那些面对生产者市场的企业，其产品更多地是通过推销人员直接销售，依赖广告较少。若产品类型较多，相应地就要设置产品经理；面对消费者市场的企业，往往有较庞大的广告部门，而促销部门则相对简单。

4．企业类型

从事不同行业的企业，其市场营销组织的构成也有不同。例如，服务行业、银行、商业等进行市场营销的重点之一是市场调查；而原材料行业，如木材和农产品初级加工企业，它们的市场营销重点则是储存和运输。

5．企业营销的任务与战略

一般来说，有什么样的任务与战略，就应该有什么样组织结构，组织结构是为战略服务的。因此，企业的营销组织设置必须同营销的任务与战略协调一致。

6．集权化与分权化

集权化与分权化指的是企业内部管理权的分配问题。集权化与分权化对市场营销组织结构是有影响的，如集权化多采用直线型组织结构，分散化多采用矩阵型结构。但是，不管企业采用何种组织结构，在现代市场经济条件下都必须处理好管理权的合理划分问题，既要保证高层管理部门对企业整体运作的控制力，同时又要适当地实行分权化，以便实现中层与基层管理部门责权统一，有效增强决策的针对性与适应性，提高决策速度，激发下层管理人员的工作热情与主动性。

（二）企业市场营销组织建立的方法

营销组织的建立一般有三种基本的方法，即职能组织法、产品组织法和顾客组织法。其他的组建方法都是在这三种方法的基础上加以改进形成的。

1．职能组织法

职能组织法是按需要完成的工作或职能来建立组织营销机构的方法。职能组织是营销部门最常见的组织形式。各职能部门，如广告、调研、销售、营销策划等方面的专业人员分别从事相应的职能工作，由营销总经理协调他们的活动和相互间的关系。

职能组织法的优点是可以解决主管领导对专业性指挥的困难，有利于职能部门对各种专业业务的管理，决策的科学性较强。缺点是各职能部门都分头研究决策，对推销一线人员都拥有指挥权，导致下属接受多头领导，使指挥不能向纵深发展。

2．产品组织法

产品组织法是指按产品或品牌的分类来设置营销组织的一种方法。这种方法配备的营销业务负责人一般称为产品经理或品牌经理。

按产品或设置营销机构的优点是能集中力量管好产品，尤其是占销售额比例大的骨干产品，便于熟悉业务和开展专题促销研究。其缺点是：①当企业产品种类繁多时，所需的人员多，因而费用高，分管人员只致力于所辖品种的经营，对整个市场缺乏了解；②多头管理难以协调，影响企业整体形象。

3．顾客组织法

顾客组织法又称市场管理法，是指按照市场细分类别来设置营销组织的内部机构和层次，由专人负责管理不同市场的营销业务。

这种方法最大的优点是：①以市场为基础，根据顾客的需求进行有针对性的推销，对顾客了解较全面；②综合费用低，推销成交率高。其缺点是当企业有多种品种投放市场时，管理难度较大，容易造成混乱，售后服务难以开展。

七、企业营销组织的新变化和变革

（一）企业营销组织的新变化

随着网络经济下企业营销的新特点以及营销组织的环境、战略、职能等权变因素的变化，企业营销组织在结构上必然有与之相适应的变化，企业组织结构的变化主要体现在管理层次与幅度、分工形式、关键职能、集分权程度、规范化程度、制度化程度、工业化程度以及人员结构等特征因素上，总的来说有以下几点。

1. 企业营销管理信息化、网络化

在企业内部网络或企业电子商务系统的平台上，构建企业营销管理子系统和营销数据库，并与互联网连接，各业务单元可以通过网络进行快捷的交流与沟通，组织结构处于网络化状态。同时，营销组织也借此与客户实现了双向沟通。

2. 管理层级减少，企业营销结构扁平化

在网络环境下，高层管理人员可以通过网络及时准确地获得更多的直接信息。扁平化、网络状的组织则有利于抓住市场时机，更果断地作出决策。

3. 组织结构无边界化

由于信息技术的广泛应用以及企业营销组织管理网络化，使人们能够跨越组织界限进行交流和工作转换，导致营销组织内部与企业内其他业务部门之间的界限逐渐被打破。

4. 企业营销组织虚拟化

在网络环境下，企业营销组织更有条件在掌握营销核心能力的基础上，依靠其他组织来进行产品设计、制造、分销、物流等非核心营销业务。

5. 营销组织管理分权化

为适应多变的市场需求，营销组织将过去高度集中的决策组织改变成分散的多中心决策组织，决策常由多部门、多组织单元共同参与制定，而网络技术的发展也为分权化发展提供了技术保障。

6. 企业营销结构柔性化

在网络环境下，由于技术水平和人员素质的提高，导致了工作单元的合并以及业务流程的并行处理。为了与动态的环境匹配，企业常常成立一些临时的、以任务为导向的团队式组织，快速有效地合理配置各种资源，充分体现了企业营销组织的灵活性，并由此导致组织结构柔性化。

（二）企业营销组织的变革

营销组织并非一成不变，在以下情况出现时应考虑调整营销组织，实施组织变革。

1）当企业战略发生变化时，必须重新考虑与组织战略相适应的营销组织。

2）当企业从以产品或职能为中心转向以市场或顾客为中心的导向时，也需要建立与之相适应的组织形式。

3）按照流程重组营销职能和企业职能已成为一种必然趋势。

4）科技的进步不仅影响着组织内部的管理流程，而且还极大地影响着组织外部的营销流程。

5）增强技术创新能力和绩效的迫切需要。在激烈的市场上，企业必须具备超前的创新意识和强大的技术创新能力。企业要想获得产品差异化优势，唯一途径就是实施超前于竞争者的创新战略。

第三节　市场营销执行

即使是最优秀的市场营销计划，不执行也等于零。所以有了市场营销计划以后，就要积极地执行并努力实现计划目标。执行市场营销计划是市场营销过程的关键步骤。

一、市场营销执行的含义

执行贯穿于我们生活、工作的方方面面，任何人，任何机构、组织、团体都可以是政策的制定者，同样也是既定政策的执行者。

市场营销执行就是调动企业全部资源，优化配置投入到营销活动中去，将营销计划转变为具体行动，并保证这一行动的完成，以实现营销计划所制定目标的实施过程。分析市场营销环境、制订市场营销战略和市场营销计划是为了解决企业市场营销活动应该"做什么"和"为什么要这样做"的问题；而市场营销执行则是要解决"由谁去做"、"什么时候做"和"怎样做"的问题。

市场营销执行是一个艰巨而复杂的过程。美国的一项研究表明，90%被调查的计划人员认为，他们制定的战略和战术之所以没有成功，是因为没有得到有效的执行。管理人员常常难以诊断市场营销工作执行中的问题，市场营销失败的原因可能是战略、战术本身有问题，也可能是战术没有得到有效的执行。

二、市场营销执行中出现问题的原因

企业在实施市场营销战略和计划过程中，战略和计划得不到应有的绩效，主要有以下几个方面的原因。

（一）计划脱离实际

企业的市场营销战略和市场营销计划通常是由上层的专业计划人员制订的，而执行则要依靠市场营销管理人员，由于这两类人员之间往往缺少必要的沟通和协调，易导致以下情况发生。

1）企业的专业计划人员只考虑总体战略而忽视执行中的细节，结果使计划过于笼统和流于形式。

2）专业计划人员往往不了解计划执行过程中的具体问题，制订的计划脱离实际。

3）专业计划人员和市场营销管理人员之间没有充分的交流与沟通，致使市场营销管理人员在执行过程中经常遇到困难，因为他们并不完全理解需要去执行的战略。

4）脱离实际的战略导致计划人员和市场营销管理人员相互对立和不信任。

现在许多西方企业已经认识到，不能仅靠专业计划人员为市场营销人员制订计划，正确的做法应该是让计划人员协助市场营销人员制订计划。因为市场营销人员比计划人员更了解实际，让他们参与企业的计划管理过程，会更有利于市场营销执行。因此，许多西方企业削减了庞大的集中计划部门的人员编制。

（二）长期目标和短期目标相矛盾

市场营销战略通常着眼于企业的长期目标，涉及今后的经营活动。但评估具体执行这些战略的市场营销人员的指标通常是根据短期工作绩效，如销售量、市场占有率或利润率等，因此市场营销人员常选择短期行为。对美国大公司的一项调查表明，这种情况非常普遍。例如，某公司的长期产品开发战略半途夭折，原因就是市场营销人员追求眼前效益和个人奖金而置新产品开发战略于不顾，将公司的主要资源都投入到现有的成熟产品中了。因此，许多企业正在采取适当措施克服这种长期目标和短期目标之间的矛盾，设法求得两者的协调。

（三）怠于创新，抵制变革

企业当前的经营活动往往是为了实现既定目标，但计划不如变化快，新的战略、新的计划如果不符合传统和习惯，就容易遭受抵制。新旧战略、计划之间的差异越大，实施中可能遇到的阻力也就越大。要想实施与旧战略截然不同的新计划，常常需要打破传统的组织结构和运行流程。

（四）缺乏具体明确的执行方案

有些计划之所以失败，是因为没有制定明确、具体的行动方案，缺乏一个能使企业内部各有关部门、环节协调一致、共同努力的依据。企业的高层决策和管理人员不能有丝毫想当然的心理；相反，他们必须制定详尽的实施方案，规定和协调各部门的活动，编制详细周密的项目时间表，明确各部门经理应负的责任。只有这样，企业市场营销执行才有保障。

三、市场营销执行过程

（一）制定行动方案

为了有效地实施市场营销战略，必须制定详细的行动方案。这个方案应该明确市场营销战略实施的关键性决策和任务，并将执行这些决策和任务的责任落实到个人或小组。另外，还应包含具体的时间表，定出行动的确切时间。

（二）建立相应组织结构

企业的正式组织在市场营销执行过程中有决定性的作用，组织将战略实施的任务分配给具体的部门和人员，规定明确的职权界限和信息沟通渠道，协调企业内部各项决策和行动。具有不同战略的企业，需要建立不同的组织结构。也就是说，组织结构必须同企业战略相一致，必须同企业本身的特点和环境相适应。

组织结构具有两大职能：①提供明确的分工，将全部工作分解成管理的几个部分，再将它们分配给各有关部门和人员；②发挥协调作用，通过正式的组织联系沟通网络，协调各部门和人员的行动。

有些学者研究总结了卓越企业成功的共同经验，指出有效实施企业战略的组织结构有如下特点。

（1）高度的非正式沟通

卓越企业本身就是一个巨大的、不拘形式的、开放型的信息沟通系统。

（2）组织的分权化管理

为鼓励创新，卓越企业往往由许多小型的、具有自主权的分支机构组成，必要时还可成立如专题工作组和项目中心等临时性组织。

（3）精兵简政

大部分的成功企业不采用复杂的矩阵式组织结构，而采用简单的按产品、地理或职能等一维变量设立的组织结构。这种简单的、分权式组织结构具有高度的灵活性，能更好地适应不断变化的营销环境。

（三）设计决策制度

从决策理论看，决策者的决策行为受内外两类因素的影响。外部影响是指规章制度给成员造成的影响；内部影响是指通过教育培训对成员的思想和心理产生的影响，内容包括效率的准则、对组织的忠诚和团结等。通过这些影响使成员的决策前提符合组织决策的要求，达到组织的目的。这里所说的设计决策制度主要是指对决策成员的决策行为发生外部影响的各种制度，如决策程序、评价制度、报酬制度等，以使决策成员的决策与行为符合企业的根本利益和长远目标。

（四）开发人力资源

市场营销战略最终是由企业内部的工作人员来执行的，所以人力资源的开发至关重要，涉及人员的考核、选拔、安置、培训和激励等问题。在考核、选拔管理人员时，要注意将适当的工作分配给适当的人，做到人尽其才；为了激励员工的积极性，必须建立完善的评价、报酬和奖惩制度。评价、报酬和奖惩制度一方面关系到对每个部门和员工工作的正确评价、给予员工物质报酬的合理性、给予员工精神奖励的适当性，极大地影响着对员工积极性的有效激励；另一方面涉及本期营销工作的总结和下期营销工作的改进。因此，能否设计科学、合理、有效的评价、报酬与奖惩制度，不仅直接关系着本期营销计划执行的效果，而且关系到企业未来的发展。

（五）建设企业文化

企业文化是指一个企业内部全体人员共同持有和遵循的价值标准、基本信念和行为准则。企业文化对企业经营思想和领导风格，对员工的工作态度和作风，均起着决定性的作用。企业文化包括企业环境、价值观念、模范人物、仪式、文化网五个要素。

1）企业环境是形成企业文化的外界条件，包括一个国家、民族的传统文化，也包括政府的经济政策以及资源、运输、竞争等环境因素。

2）价值观念是指企业职工共同的行为准则和基本信念，是企业文化的核心和灵魂。

3）模范人物是共同价值观的人格化，是员工行为的楷模。

4）仪式是指为树立和强化共同价值观，有计划进行的各种例行活动，如各种纪念、庆祝活动等。

5）文化网是传播共同价值观和宣传介绍模范人物形象的各种非正式的渠道。

总之，企业文化主要是指企业在其所处的一定环境中，逐渐形成的共同价值标准和基本信念，这些标准和信念是通过模范人物塑造和体现的，是通过正式和非正式组织加以树立、强化和传播的。由于企业文化体现了集体责任感和集体荣誉感，它甚至关系到员工的人生观和他们所追求的最高目标，能够起到把全体员工团结在一起的"黏合剂"作用。因此，塑造和强化企业文化是执行企业战略过程中不容忽视的一环。

（六）确定管理风格

与企业文化相关联的是企业的管理风格。有些管理者的管理风格属于"专权型"，他们发号施令，独揽大权，严格控制，坚持采用正式的信息沟通，不容忍非正式的组织和活动；另一些管理者的管理风格属于"参与型"，他们主张授权给下属，协调各部门的工作，鼓励下属的主动精神和非正式的交流与沟通。这两种对立的管理风格各有利弊。不同的战略要求不同的管理风格，这主要取决于企业的战略任务、组织结构、人员和环境。

企业文化和管理风格一旦形成，就具有相对稳定性和连续性。因此，企业战略通常是适应企业文化和管理风格的要求来制定的，企业原有的文化和风格不宜轻易改变。

为了有效地实施市场营销战略，应积极协调市场营销战略实施系统各要素间的关系，企业的行动方案、组织结构、决策制度、人力资源、企业文化和管理风格这六大要素必须协调一致，相互配合。

第四节　市场营销控制

任何企业在执行其预定的营销战略和计划时，都可能面临许多新问题、新情况。为了解决这些问题，预防和纠正营销计划执行过程中的偏差，并采取适当措施和正确行动保证市场营销计划的完成，就需要对市场营销活动进行控制。控制是管理的重要职能之一。如果把市场营销管理看做是计划、执行、控制这样一个周而复始的过程，那么控制既是前一个循环的结束，又是新循环的开始。在管理过程中，控制的目的在于确保企业经营按照计划规定的预期目标运行。市场营销控制是市场营销管理用于跟踪企业营销活动过程每一环节，以确保其按计划目标运行而实施的一套工作程序或工作制度，包括为使营销实绩与预期目标一致所采取的措施。营销控制是市场营销管理过程中必不可少的重要措施。

一、市场营销控制的定义

市场营销控制是指市场营销管理者检查市场营销计划的执行情况，确保其按照期望目标运行而实施的一套工作程序或工作制度，以便使实际结果与期望目标一致，保证营销战略目标在动态变化的环境中得以实现而采取的必要措施。

从理论上说，营销控制是一种经济控制，应当运用经济控制理论与方法，对企业的营销目标和过程、营销状况和效果予以控制。从实践上看，由于企业的营销目标不是唯一的，营销过程由很多环节构成，支撑营销活动的企业内外部资源形式多样，这些营销活动的系统特征决定营销控制并非简单的、机械的控制，而是一种系统控制。

二、市场营销控制的基本步骤

市场营销控制并不是各种孤立活动和措施的简单堆砌，而是计划过程的进一步延伸。它能把计划实施过程中的信息反馈给管理者，帮助管理者调整现有的计划变量或编制出新的计划。控制与实施有密切的关系，操纵控制是在计划实施过程中进行的，操纵过程的每一步骤都会对下一步骤出现的问题产生很大影响。因此，企业必须建立一个营销控制系统，以融合各种控制活动，并确定各种控制活动与企业其他活动的关系。有效的营销控制讲究科学、严格的工作程序或步骤。

（一）确定控制对象

确定控制对象即确定对哪些市场营销活动进行控制。这是营销控制过程的第一步，也是最重要的一步。控制对象不清，控制手段也就难以奏效。营销控制对象从大的方面讲包括销售收入、销售成本和销售利润三个方面，从小的方面讲还包括推销人员工作、广告、消费者服务、市场调研、新产品开发等营销活动。固然，若控制的内容多、范围广，可获得较多信息，但任何控制活动本身也会引起费用支出，因此需要注意的是在确定控制内容、范围、额度时，必须使控制成本小于控制活动所能带来的效益。

（二）设置控制目标

设置控制目标即确定营销控制所要达到的目的。这是将控制与计划连接起来的主要环节。一般来说，企业的营销计划目标就是营销控制目标。如果计划编制过程中已经设定了目标，那么在控制过程中就可以借用这一目标。

（三）建立衡量尺度

建立衡量尺度即确定以什么标准去衡量控制情况。当控制侧重点在于结果的时候，则结果本身就是衡量成败的尺度。在采用操纵控制的情况下，问题就比较复杂，必须建立一些能预测结果的衡量尺度，如商品零售量可用来预计未来订货情况或出售给零售商的商品量；试销活动可用于预测产品在全国范围内销售的时机和未来销售量。在很多情况下，企业的营销目标就决定了它的控制衡量尺度，如目标销售收入、利润率、市场占有率、销售增长率等。但还有一些问题则比较复杂，如销售人员的工作效率可用一年内新增加的客户数目及平均访问率来衡量；广告效果可以用记住广告内容的读者（观众）占全部读者（观众）的百分比来衡量。由于大多数企业都有若干管理目标，因而在大多数情况下，营销控制的衡量尺度也会有多种。还应注意衡量尺度所提供的价值应超过其成本，也就是说，要注意衡量尺度的有效性。

（四）确立控制标准

确立控制标准即以某种衡量尺度表示的控制对象的预期活动范围或可接受的活动范围。如果企业能以预期结果的形式对目标进行数量化表示，建立控制的标准可能会使目标比较简单、明确。例如，规定每个推销人员全年应增加 30 个新客户；某项新产品在投入市场 6 个月之后应使市场占有率达到 3%等。

决定控制标准过程中有三个问题需要特别注意。①正确认识设立标准的方法。设立标准的工作应尽可能地吸收多方面人员的参加，这样可以开拓更广泛的信息来源，使标准更加切合实际，并使之能与企业目标更好地结合。②使标准水平能起到激励作用。企业可以采用现行水平和激励水平两种标准，用以激励营销人员。③一般控制标准还应有一个变动范围，如规定每次访问一个用户的费用标准为 100 元±20 元。

设立标准还需考虑产品、地区、竞争情况不同造成的差别。例如，确定每个销售人员的绩效标准应根据每个人的情况，考虑以下因素的影响：①所辖地区的市场潜力；②所辖区内产品的竞争力；③所推销产品的具体情况；④广告强度。不能要求两个不同地区的销售人员创造同样的销售业绩。

（五）比较实绩与标准

比较实绩与标准即将控制标准与实际结果进行比较的环节。其工作重点在于决定比较工作的频率和数量。频率是指多长时间进行一次比较。比较得太少，不能发现问题；比较得太多，又会增加不必要的工作。比较频率的高低应取决于控制对象的变动情况，对经常变动的控制对象，应多进行比较。数量是指比较的内容，即决定比较的范围是全部完成情况与计划进行比较，还是只对部分完成情况与计划进行比较。比较面越宽，结果也会越准确，但这往往要花费较多的成本。若比较的结果未能达到预期的绩效标准，就需要进行下一步工作。

（六）分析偏差原因

分析偏差原因即将计划与实际结果进行比较后，如果没有达到预期标准，就需要分析产生偏差的原因。产生偏差的原因一般有两种：①计划决策本身存在问题；②实施过程中存在问题。后者比较容易分析，而前者的确认比较困难，而且容易出现差错。特别是这两种情况往往交织在一起，更增加了分析偏差工作的难度。所以，在分析偏差时，首先要了解产生问题的背景，然后才能找到原因，否则就可能作出错误的判断。在实践中，造成偏差的原因往往是复杂多样的，因此，营销经理必须综合考虑各种因素。

（七）采取改进措施

这是控制过程的最后一个步骤，即采取有效措施弥补计划不足，保证计划目标和控制目标的实现，是企业营销控制管理的目标和任务。如果在制订正常计划的同时，还制订了应急计划，那么只要变换措施就能更好地实施计划。但是，在很多情况下通常并没有这类预定计划措施，这就必须根据实际情况，迅速制定补救措施加以改进，或适当调整某些营销计划目标。

三、市场营销控制的方式

（一）年度计划控制

任何企业都需要编制年度营销计划，并据此进行年度计划控制。年度计划控制就是企业市场营销人员在本年度内根据年度计划，采取控制步骤，检查实际执行绩效与计划之间的偏离情况，并在必要时采取改正措施，以确保市场营销计划的实现与完成。可见，年度营销计划控制的目的是确保企业达到年度计划规定的各项目标，如销售额、利润指标及其他指标。年度营销计划控制是一种短期的即时控制，其中心是目标管理，也就是将计划中的整个销售与赢利目标细分为若干子目标，并分配给不同层次的相应人员负责实现，上级主管部门或人员定期进行检查。一旦发现计划与实际执行结果之间有差异，马上分析其产生的原因，并采取措施及时纠正。

1. 年度计划控制的主要步骤

1）建立目标：制定本年度各季度或各月的销售额、利润等目标。
2）绩效测量：将实际营销结果与预计的目标成果相比较，随时掌握营销情况。
3）偏差分析：当营销实绩与计划发生偏差时，找出产生偏差的原因。
4）纠正措施：采取积极有效的措施，弥合目标与实际执行结果之间的差距。

2. 年度计划控制的内容

年度计划控制的内容主要包括销售分析、市场占有率分析、财务分析、顾客态度分析等。

这一控制方式适用于企业及企业内各个层次，区别在于最高主管控制的是整个企业年度计划的执行结果，而企业内各部门控制的只是各个局部计划执行的结果。任何企业都要制订年度计划，然而年度市场营销计划的执行能否取得理想的成效，还需要看控制工作进行得如何。许多企业每年都制订相当周密的计划，但执行结果却往往与之有一定的差距。事实上，计划的结果不仅取决于计划制订得是否正确，还有赖于计划执行与控制的效率。可见，制订年度计划并付诸实施之后，搞好控制工作也是一项极其重要的任务。企业经理人员可运用五种绩效工具以核对年度计划目标的实现程度，即销售额分析、市场占有率分析、市场营销费用对销售额比率分析、财务分析、顾客态度追踪。

（1）销售额分析

这种分析的目的在于衡量和评价企业计划销售目标与实际销售目标之间的关系。通过销售额分析能掌握企业整体的销售状况以及各部门的销售状况，但分析的结果并不能说明企业在市场上竞争地位的变化情况。企业销售额增长并不一定说明企业营销水平提高了或经营状况改善了，因为企业的营销是在一定的环境下进行的，企业所处经济环境的发展必然会促进销售增长。也就是说，单纯考核销售额不能切实反映企业的整体竞争状况。具体的分析方法有销售差异分析和微观销售分析两种。

1）销售差异分析。销售差异分析主要用于分析各种不同因素对于销售额变化的影响程度。例如，假设年度计划要求第一季度销售 4 000 件产品，每件 10 元，即销售额为 40 000 元。在该季结束时，只销售了 3 000 件，每件 8 元，即实际销售额为 24 000 元。那么，这个销售绩效差异为–16 000 元，或为预期销售额的–40%。问题是，绩效的降低有多少归因于价格下降？有多少归因于销售数量的下降？我们可用如下计算来回答。

$$因价格下降的差异 =（10-8）\times 3\,000 = 6\,000（元）$$
$$售价下降的影响 = 6\,000 \div 16\,000 = 37.5\%$$
$$因数量下降的差异 =（4\,000-3\,000）\times 10 = 10\,000（元）$$
$$数量下降的影响 = 10\,000 \div 16\,000 = 62.5\%$$

可见，约有 2/3 的销售差异归因于未能实现预期的销售数量。由于销售数量通常较价格容易控制，企业应该仔细检查为什么不能达到预期的销售量。

2）微观销售分析。微观销售分析可以决定未能达到预期销售额的特定产品、地区等。假设企业在三个地区的销售，其预期销售额分别为 1 500 元、500 元和 2 000 元，总额 4 000 元。实际销售额分别为 1 400 元、525 元和 1 075 元。就预期销售额而言，第一个地区约有 7% 的未完成额，第二个地区有 5% 的超出额，第三个地区约有 46% 的未完成额。主要问题显然在第三个地区。造成第三个地区不良绩效的原因有如下可能：①该地区的销售代表工作不努力或有个人问题；②有主要竞争者进入该地区；③该地区居民收入下降。因此，应进一步查明绩效不佳的原因，加强对该地区营销工作的管理。

（2）市场占有率分析

企业的销售绩效并未反映出相对于其竞争者企业的经营状况如何。如果企业销售额增加了，可能是由于企业所处的整个经济环境的发展，也可能是因为其市场营销工作较之竞争者有相对改善。市场占有率是指一定时期内本企业某产品销售额占全行业该产品销售额的百分比，它是一个能剔除环境因素影响、准确考察企业本身经营情况的一项指标。在控制年度内，企业的市场占有率上升说明与竞争对手相比本企业的经营情况更好；如果市场占有率下降，则说明与竞争对手相比企业的经营水平有所下降。

（3）市场营销费用对销售额比率分析

企业在进行年度计划控制时，不仅要检查营销计划活动完成情况，而且要检查营销费用的支出情况，以确保企业不会为完成计划销售额指标而支出过多的费用。在一定时期内，企业营销费用占销售额的比例是一定的。所以，检查的关键是对其变动情况进行分析。假定某企业每销售 100 元货物需支付 12 元费用，即营销费用率为 12%。而这 12 元又分别支出在五个方面：推销员费用 2 元，广告费用 4 元，其他促销费用 2 元，市场调研费用 1 元，营销管理费 3 元。市场营销管理人员的工作就是密切注意这些比率，以发现是否有任何比例失去控制。当一项费用对销售额比率失去控制时，必须认真查找原因。

（4）财务分析

营销费用与销售额之比应该放在组织总体财务框架之中进行分析，用来帮助组织如何支出以及在什么方面投资。现在营销管理者经常使用财务分析来发现更有价值的利润增长点。市场营销管理人员应就不同的费用对销售额的比率和其他的比率进行全面的财务分析，研究影响企业资本净值收益率的各种因素，以决定企业如何以及在何处展开活动获得赢利。

（5）顾客态度追踪

企业的营销活动与顾客态度有密切的关系。企业在市场营销活动中，如能始终做到以顾客为中心，向市场提供适销对路的产品和优质服务，就能获得顾客的信任，并使其产生惠顾动机和持续购买行为。如果顾客对企业的产品或服务不满意，不仅自己会减少对产品的购买和使用，而且还会向其亲戚、朋友、邻居等报怨对产品和企业的不满，影响其他人对产品的兴趣。也就是说，顾客态度的改变会反映在企业的销售报表上。因此，企业的年度营销计划控制必须对顾客的态度进行追踪调查。

企业一般主要利用以下系统来追踪顾客的态度。

1）抱怨和建议系统。企业对顾客书面的或口头的抱怨应该进行记录、分析，并作出适当的反应。对不同的抱怨应该分析归类做成卡片。较严重的和经常发生的抱怨应及早予以注意。企业应该鼓励顾客提出批评和建议，使顾客有经常的机会发表意见。这样，企业才能搜集到顾客对企业产品和服务所作反应的完整资料。

2）固定顾客样本。有些企业建立了由具有代表性的顾客组成的固定顾客样本，定期地由企业通过电话访问或邮寄问卷了解其态度。这种做法有时比抱怨和建议系统更能表现出顾客态度的变化及其分布范围。

3）顾客调查。企业定期让一组随机顾客回答一组标准化的调查问卷，其中包括员工态度、服务质量等。通过对这些问卷的分析，企业可及时发现问题，并及时予以纠正。

通过上述分析，企业在发现实际绩效与年度计划发生较大偏差时，可考虑采取如下措施：削减产量、降低价格、对销售队伍施加更大的压力、削减杂项支出、裁减员工、调整企业簿记、削减投资、出售企业财产、出售整个企业。

（二）赢利能力控制

除了年度计划控制外，企业还必须进行赢利能力控制。赢利能力控制是为了确定在各种产品地区最终顾客群和分销渠道等方面的实际获利能力。取得利润是任何公司最重要的目标之一，获利能力的不同将帮助管理者决定某种产品或市场营销活动是否需要扩大、减少或取消。赢利能力分析的主要步骤如下。

1）测定每一项活动需要多少费用，以确定功能性费用。

2）测定通过每种渠道销售产品各需多少功能性费用，将功能性费用指定给各市场营销实体。

3）为每个营销实体编制一份损益表。

评价赢利能力的主要指标有：销售利润率、资产收益率、净资产收益率、资产管理收益率。

（三）效率控制

通过赢利能力分析，企业便可得知哪些地区赢利不好，哪些产品利润较低。营销效率控制就是要对上述问题采取对策，对整个营销活动进行有效的管理和控制。营销效率控制的对象包括销售人员效率、广告效率、促销效率和分销效率四个方面。

企业对销售效率的考核是从以下方面进行的：销售人员每人每天平均访问顾客的次数、每次访问所费时间和成本、每百次访问的订货率以及新增的客户数等。考核广告效率的指标有媒体的成本、媒体的收视率、消费者对广告内容和效果的意见以及每次询问的成本等。对促销效率的考察指标主要有商品陈列成本、以优惠价出售的商品比例等。分销效率考核的目的是对企业的存货水平、仓库位置、运输方式等进行分析和改进，以达到最佳配置。

（四）战略控制

企业的市场营销战略是指企业根据市场营销目标，在特定的环境中按照总体计划所拟订的一系列行动方案。市场营销环境是错综复杂、瞬息万变的，市场营销的目标、政策、策略和方针也应随机应变，不能以不变应万变。因此，在企业市场营销战略实施过程中必然会出现战略控制问题。

战略控制是指市场营销管理者采取一系列行动，使实际市场营销工作与原计划尽可能一致，在控制中通过不断评审和信息反馈，对战略不断修正。它是在年度计划控制、利润控制这些具体范畴以外的带有全局性的市场营销行动控制，也就是对市场营销目标、政策、策略和方针的控制，是更高层次的控制。市场营销战略的控制既重要又难以准确。由于市场营销战略是企业长期的、全局的行动方案，对企业的发展有着重大影响，所以进行战略控制时，应注意控制未来，即必须根据最新的情况重新评估企业营销计划和进展。

四、市场营销审计

市场营销审计是对一个企业市场营销环境、目标、战略、组织、方法、程序和业务等进行综合的、系统的、独立的和定期性的核查，以确定问题所在，发现机会，并提出行动计划的建议，以便提高企业的市场营销绩效。它是进行市场营销控制的有效工具。市场营销审计实际上是在一定时期对企业全部市场营销业务进行总体效果评价，不仅限于评价某些问题，而是对全部活动进行评价。

（一）市场营销审计的步骤

市场营销审计的步骤如下：

1）了解企业目标，确定审计范围。

2）检查各项企业目标实现情况。

3）确定计划的执行是否足够努力。

4）检查组织内信息沟通、权责分配是否合理。

5）提出改进意见。

（二）市场营销审计的主要内容

1．营销环境审计

营销环境审计主要是对经济、技术、政治、社会文化等宏观环境的审查，以及直接影响企业营销的因素，如市场、顾客、竞争者、经销商等的检查分析。市场营销策略是在分析政治、经济、社会文化、科学技术、自然等宏观环境的基础上制定的。这种分析是否正确，需要经过市场营销审计的检验。由于市场营销环境是不断变化的，原来制定的市场营销策略可能要相应改变，这也需要经过市场营销审计来进行修订。审计内容包括市场规模、市场增长率、顾客与潜在顾客对企业的评价，竞争者的目标、策略、优势、劣势、规模、市场占有率，供应商的推销方式，经销商的贸易渠道等。

2．营销战略审计

营销战略审计主要考察企业营销目标、战略以及当前及预期营销环境适应的程度。企业的市场营销战略应当建立在对目标、市场、竞争者、资源有全面认识的基础上，使市场营销目标、市场营销环境和企业资源三者之间达到动态平衡。这是制定市场营销战略的基础，也是市场营销战略审计的主要内容，包括：①市场营销目标能否全面反映市场营销各个环节的正常运转，足以防止产品脱销或库存积压；②市场营销目标是否已经区分轻重缓急、确定优先次序，能够切实理顺各个目标之间的关系，合理确定各个目标实现的时间顺序，并能抓住有利时机，引导市场营销活动向预期状态发展。

3．营销组织审计

营销组织审计主要是评价企业的市场营销组织在执行市场营销策略方面的组织保证程度和对市场营销环境的应变能力，包括：①企业是否有坚强有力的市场营销主管人员及明确的职责与权利；②是否能按产品、用户、地区等有效地组织各项市场营销活动；③是否有一支训练有素的销售队伍，对销售人员是否有健全的激励、监督机制和评价体系；④市场营销部门与采购部门、生产部门、研究开发部门、财务部门及其他部门的沟通情况，以及是否有密切的合作关系等。

4．营销系统审计

营销系统审计包括对市场营销信息系统、市场营销计划系统、市场营销控制系统和新产品的开发系统的审计。

（1）对市场营销信息系统的审计

对市场营销信息系统的审计主要包括审计企业是否有足够的有关市场发展变化的信息来源，是否有畅通的信息渠道，是否进行了充分的市场营销研究，是否恰当地运用了市场营销信息进行科学的市场预测等。检查市场营销信息系统的有效性，即能否及时、正确地提供有关市场、顾客、经销商、竞争者、供应商以及社会舆论和各界公众对企业、产品、市场发展的信息。检查企业能否以及是否有效地利用了信息系统提供的报告，运用何种方法进行市场预测和销售预测，效果如何。

（2）对市场营销计划系统的审计

对市场营销计划系统的审计主要包括审计企业是否有周密的市场营销计划，计划的可行性、有效性以及执行情况如何，是否进行了销售潜量和市场潜量的科学预测，是否有长期的市场占有率增长计划，是否有适当的销售定额及其完成情况如何等。检查市场营销计划系统的有效性，检查内容包括：①市场营销年度计划中的市场占有率、市场营销费用、资金运用和顾客购买行为分析等方面的执行结果，特别是销售预测和市场潜力估计的正确程度；②检查销售定额的制定是否体现了先进合理的原则，既积极又可靠，通过努力可以达到预期水平。

（3）对市场营销控制系统的审计

对市场营销控制系统的审计主要包括审计企业对年度计划目标、赢利能力、市场营销成本等是否有准确的考核和有效的控制，如市场营销部门采取什么措施搜集、筛选计划实施中的有关信息；企业如何利用这些信息，对市场营销过程、市场营销活动进行监督、调整。

（4）对新产品开发系统的审计

对新产品开发系统的审计主要包括审计企业开发新产品的系统是否健全，是否组织了新产品创意的搜集与筛选，新产品开发的成功率如何，新产品开发和程序是否健全，如开发前的充分调查研究、开发过程中的测试以及投放市场的准备及效果等。

5. 营销赢利能力审计

营销赢利能力审计主要是在企业赢利能力分析和成本效益分析的基础上，审核企业的不同产品、不同市场、不同地区以及不同分销渠道的赢利能力，审核进入或退出、扩大或缩小某一具体业务对赢利能力的影响，审核市场营销费用支出情况及其效益，进行市场营销费用—销售分析，包括销售队伍与销售额之比、广告费用与销售额之比、促销费用与销售额之比，以及进行资本净值报酬率分析和资产报酬率分析等。

6. 营销职能审计

营销职能审计是对企业的市场营销组合因素（产品、价格、渠道、促销）效率的审计，主要是审计企业的产品质量、特色、式样和品牌的顾客欢迎程度，企业定价目标和策略的有效性，市场覆盖率，企业分销商、经销商、代理商、供应商等渠道成员的效率，广告预算、媒体选择及广告效果，销售队伍的规模、素质及能动性等。

本章思考题

1. 市场营销计划的主要内容有哪些？
2. 市场营销计划的编制程序是什么？
3. 简述市场营销组织的演变。
4. 简述市场营销执行过程。
5. 简述市场营销控制过程。
6. 调查一家企业，了解其营销组织结构并认真分析该组织结构的优缺点。

第十三章　市场营销新概念

 引导案例

整肠生是如何炼成的？

作为东北制药集团的 OTC（非处方药）拳头产品，整肠生拥有 12 年历史，属于国家一类新药，每年的高频率电视广告投放，使其形成了一定的品牌影响力，2005 年的销量已经过亿。但是，随着企业的不断发展，日积月累的历史遗留问题成为制约产品销量的瓶颈，整肠生市场变得不温不火，其销量多由回头客与店员营销产生，难有大的突破。

OTC 营销最重要的是品牌，这是被无数专家学者论证并被无数行业案例验证过的营销真理。在同质化竞争日益白热化的今天，随着中国医药卫生体制改革和自我药疗事业的逐步推进，OTC 产业未来的竞争必然是品牌的竞争。市场在变，而产品和营销策略不变，谈市场份额是不切实际的。行走市场 10 多年的整肠生存在产品定位不清、品牌优势发挥不足两大问题。

面对这些问题，东药集团企业高层深有感触。其实，业界对 OTC 产品有一个共识：要树立 OTC 品牌，大规模的广告投入必不可少。然而，整肠生所面临的问题单纯依靠电视广告是解决不了的。整肠生若要突破发展的瓶颈，需要进行整体而系统性的策划，修正品牌策略，创新品牌概念。

市面上的肠道用药种类繁多，有中成药、抗生素、微生态制剂、蒙脱石等，品种超过 100 个。微生态制剂作为国际公认的肠道疾病治疗主流用药，出现时间不长，科技含量很高，产品的优势尚不为消费者认知，近年来才开始向 OTC 转型。由于效果明显、副作用少，微生态制剂在热闹的肠道用药市场上，增长潜力不可估量。

整肠生属于微生态制剂。当前市场上涌现了众多同类品牌（如丽珠肠乐、金双歧、培菲康、米雅、妈咪爱等），但由于成分、功能接近，概念诉求也多集中在症状上，未能形成差异点，而对于微生态制剂共有的、消费者比较关心的概念——安全性，当前还没有产品诉求传播。

消费者对肠道用药的整体忠诚度较差，对肠道用药认知模糊，同时对肠道用药价格敏感度低，但较为关注的是肠道用药的疗效。

在分析了肠道药市场格局之后，策划团队没有把同类微生态产品作为整肠生最大的竞争对

手，而是将主要竞争目标对准了抗生素。在当时肠道药市场尚处于混战状态的情况下，整肠生率先掀起了一场概念战。

整肠生打响概念战，架起产品与消费者的桥梁。在由抗生素引起医药事故频发的今天，用药安全已经引起了全社会的关注。鉴于此，整肠生策划团队制定了"治肠不伤肠"的产品策略，从成分到治疗机理都在诉求着安全——安全是热点，整肠生的微生态成分是安全的；夺氧杀菌、维持肠道菌群平衡的治疗机理是安全的；"疗效好、更安全"更是直接给患者以信赖的感觉。

"治肠不伤肠"有颠覆传统之意，"安全"概念将拉近产品与消费者的距离。强化微生态制剂的高科技和肠道用药的升级换代，抢先占据微生态制剂共有概念。从而将药品增量锁定在替换抗生素以及现有散兵游勇般的普药，并对其他微生态制剂类产品构成品牌威胁。

为配合品牌推广，整肠生选用许晓力作为代言人。整肠生作为一种肠道用药，其核心利益点是解决百姓常见的"腹泻、腹胀、老肠炎"问题，很生活化。由许晓力代言整肠生，可以迅速提升产品知名度，加深消费者印象，进而扩大消费群体，实现量的突破。2006 年初开始，整肠生的"许晓力版"电视广告已在央视、多家卫视及一些重点省市电视台轮番播出，起到了很好的传播效果。

经过桑迪的全案策划和市场开拓，整肠生在 2006 年前徘徊不前的 1 亿元左右的销量基础上，每年实现大幅提升。2009 年，整肠生在肠道用药市场上更是表现不凡，在该年度的非处方药产品排名中，位列消化类药品第四名，销售额突破 4 亿元。

（资料来源：中国营销传播网，http://www.emkt.com.cn/article/468/46829-2.html）

讨论题：

1．整肠生是如何成功的？
2．整肠生采用了何种营销手段？

第一节 绿色营销

工业化浪潮在为人类创造巨大的物质财富的同时，也给人类带来了极大的生存威胁，并且这种威胁是以几何增长的速度不断增加的。人口爆炸、环境污染、资源浪费、生态恶化，人类在追逐物质财富的征途中已经为自己掘下了坟墓。面对"有增长、无发展"的困境，人类不得不重新审视自己的发展历程，寻觅一条新的发展道路。可持续发展是 20 世纪 80 年代随着人们对全球环境与发展问题的广泛关注和讨论提出的一个新概念，可持续发展要求人类改变生产和消费方式。对企业来讲，就是要树立绿色营销观念，进行绿色营销。

一、绿色营销的含义与特点

（一）绿色营销的含义

英国威尔斯大学肯·毕提教授在其所著的《绿色营销——化危机为商机的经营趋势》一书中指出："绿色营销是一种能辨识、预期及符合消费的社会需求，并且可带来利润及永续经营的管理过程。"绿色营销是指企业在充分满足消费者需求，在争取适度利润和发展水平的同时，注重自然生态平衡，力求减少或避免环境污染，保护和节约自然资源，以实现企业利益、消费者利益、社会利益及生态环境利益的协调统一，是企业将环境保护视为其生存和发展的条件和机会的一种新型营销观念和活动。

（二）绿色营销的特点

绿包营销是在传统营销的基础上发展起来的。它具有传统营销的一般特点，但又是在特定的观念指导下进行的。绿色营销指照顾环保层面的，以可持续发展理论为其指导思想的，在营销过程从始至终各个环节皆贯彻实施"绿色"的新型市场营销。与传统的市场营销相比，绿色营销有如下特点。

1．绿色营销提倡绿色消费意识

绿色营销的核心是提倡绿色消费意识，在企业营销过程中，进行以绿色产品为主要标志的市场开拓。真正意义上的绿色产品，不仅质量合格，而且生产、使用和处理过程中都符合特定的环境保护要求，与同类产品相比具有低毒无害、节约资源等环境优势。此外，绿色营销还注重营造绿色消费的群体态势，创造绿色消费的宏观环境，培育绿色文化。

2．绿色营销以绿色观念为指导

绿色营销以满足绿色需求为中心，为消费者提供能有效防止资源浪费、环境污染及损害健康的产品。绿色营销所追求的是人类的长远利益与可持续发展，重视协调企业经营与自然环境的关系，力求实现人类行为与自然环境的协调发展。

3．绿色营销以绿色机制为法律保障

绿色营销是着眼于社会层面的新观念，所要实现的是人类社会的协调、持续发展。在竞争性市场上，必须有完善的政治与经济管理体制，制定并实施环境保护与绿色营销的方针、政策，制约各方面的短期行为，维护全社会的长远利益。

4．绿色营销以绿色科技为物质前提

技术进步是产业变革和进化的决定因素，新兴产业的形成必然要求技术进步，但技术进步如果背离绿色观念，其结果有可能加快环境污染的进程。只有以绿色科技促进绿色产品的发展，促进节约能源和资源可再生、无公害的绿色产品的开发，才是绿色营销的物质保证。

二、绿色营销的兴起

（一）绿色需求的拉动

绿色产品，狭义上是指不含任何化学添加剂的纯天然食品或天然植物制品；广义上则指生产、使用及处理过程中符合环保要求，对环境无害或危害极小，且有利于资源再生和回收利用的产品。人们对绿色产品需求增长的原因有：①回归自然、返璞归真是其原动力；②由于环保意识的加强所导致的消费趋向；③人类需求层次攀升的结果，珍惜生命、追求高质量的生活逐渐代替只求生存的消费目标；④现代科技的快速发展和消费者购买能力的不断增强，使人类的追求与期望成为可能。

（二）受到法律环境的约束

企业在其生产经营过程中，必然会受到当地政府及有关部门的政策、法律、条例的管制

和约束，特别是受到环境标志制度的影响，使得企业不得不实行绿色营销。

环境标志也称为绿色标志、生态标志，是由政府管理部门或民间组织按严格的程序和环境标准颁发给生产者，附印在产品包装上，以向消费者表明该产品或服务从研制开发到生产使用直至回收利用的整个过程均符合生态和环境保护要求。环境制度体现了一种正确的管理思想，是一种可持续发展的思维，同时也是一种有效的管理手段。

（三）绿色效益的驱使

随着人们对环境保护知识了解得越来越多，消费者逐步认识到：绿色产品是一种优质的、短缺的商品。在经济条件许可的情况下，出于健康的考虑和环境保护的意识，绿色产品普遍受到消费者的欢迎和青睐，其市场价格通常要高于一般商品。

（四）提高企业形象和拓展市场的客观需要

近年来，许多国家特别是发达国家，为了保护本国市场、限制别国商品进入，而构筑起一种新型的非关税壁垒——绿色壁垒。一些国家规定，对无环境标志（绿色标志）的产品，在进口时要在质量和价格方面予以限制，甚至拒绝进口。

三、绿色营销的实施

在绿色理论和绿色意识的引导下，实施绿色营销的企业必须制定绿色营销战略和绿色营销组合。

（一）制定绿色营销战略

实施绿色营销战略与企业的长期发展规划和战略是分不开的。企业对于绿色营销的实施和开展必须要有充足的准备，以便为绿色营销提供必要的条件。针对绿色营销的战略意义，企业必须有一个明确的绿色发展计划，作为绿色营销计划实施的基础。其中应该详细表述产品绿色发展周期，绿色品牌实施计划，绿色产品研发计划，绿色营销推广计划，绿色营销服务通道计划，绿色商流、物流、价值流计划，绿色营销管理方案等绿色计划。

另外，企业在实施绿色营销前，要对企业实行绿色营销的过程管理、人力资源管理、资金流和价值流的管理进行系统的计划，确保营销过程中各种资源适时地有效整合，推动整个绿色营销进程的实施，为最终实现各种利益体的共赢打下坚实基础。

（二）制定绿色营销组合

1. 绿色产品和品牌

绿色产品是指对社会或环境的改善有所贡献的产品，或指较少损害社会和环境的产品，或指对环境及社会生活品质的改善优于传统产品的产品。绿色产品除具有与传统产品相同的特点外，更重要的是其绿色表现，在产品开发过程中，要以环境和资源保护为核心，从产品设计开始，包括材料的选择、产品结构和功能、制造过程的确定、包装与运输方式、产品的使用及产品废弃物的处理等都要考虑对环境的影响。

绿色营销中的绿色产品可分为两大类。①绝对绿色产品。它是指具有改进环境条件的产品，如用于清除污染的设备等。②相对绿色产品。它是指那些可以减少对社会和环境损害的产品，如可降解或可回收利用的塑料制品等。一般来说，绿色产品应达到原料与能耗的节约化、对人体健康和生态环境的无害化、包装和使用寿命的合理化、易于处理回收的再生化等基本要求。无论是哪类绿色产品，在生产和销售过程中都需要体现绿色理念，即在产品设计时以保护环境和资源为核心理念，选择合适的产品类型和生产方式；在生产过程中选择绿色资源，采用新技术和新型设备，提高资源利用率，在产品使用时尽量减少对环境的损害，实现回收处理和再循环使用。

另外，企业只有对外树立起良好而健康的企业形象，才能够真正实现打造绿色品牌的任务。企业在确定品牌战略时，要切实抓紧绿色产品这一载体，赋予绿色品牌更多的内涵，体现绿色经营管理文化，灌输绿色经营管理观念，丰富品牌承载量，扩展品牌深度，从而实现品牌价值最优化、最大化。

绿色品牌策略包括如下内容：①具有高度责任意识的绿色品牌定位；②精细而健康的绿色品牌维护；③科学系统的绿色品牌经营管理；④长期不懈地进行绿色品牌修正。

2．绿色价格

绿色产品的价格必须反映环境成本，即在制定价格时要树立"污染者付费"、"环境有偿使用"和"资源节约使用"等观念，把企业用于环保方面的支出计为绿色价格构成的一部分，通过征收环境补偿费的途径使被损害的生态环境得到必要的保护与重新建设。绿色产品在环保方面增加了投入，因而其产品的价格往往高于传统产品，如芬兰政府允许绿色食品的价格比一般食品价格高30%以上。

产品的绿色化程度往往影响着企业产品的成本构成，致使价格也随之发生变动。造成绿色产品价格上升的因素主要包括：①由于引进对环境有利的原材料使成本上升；②由于使用有利于环境的设备替换造成的环境污染的设备而增加的投资费用；③实施环境保护法而增加了企业相关费用的支出；④推行绿色营销而改变公司组织结构和管理方式所产生的费用。这些因素都会增加绿色产品的成本而造成产品价格的上升。实施绿色营销也可能降低产品的成本：①由于包装和运输的便捷而降低了相关费用；②随着消费者对绿色产品需求的增加，企业生产规模的扩大会带来成本及价格的下降。

3．绿色渠道

绿色渠道是指绿色产品从生产者手中转移到消费者手中所经过的由众多执行不同职能、具有不同名称的中间商连接起来形成的通道。绿色渠道除了具有一般分销渠道的所有特点外，还具有一定的绿色标志。分销渠道的建设必须考虑渠道自身的"绿色"，即在绿色产品的包装、运输、储存、装卸过程中必须注意环境保护。因此，企业选择绿色渠道时要注意：①选择具有绿色信誉的中间商，如关心环保、在消费者心中有良好信誉的中间商，这样可以借助该中间商本身的良好信誉推出绿色产品；②设立绿色产品专营机构，以回归自然的装饰为标志，招徕顾客；③所选择的中间商尽量不经营相互排斥的、相互竞争的非绿色产品，避免影响消费者的购买。

4．绿色促销

绿色促销是通过绿色媒体，传递绿色产品及绿色企业的信息，从而引起消费者对绿色产品的需求及购买行为。绿色促销就是围绕绿色产品而开展的各项促销活动，其核心是通过充分的信息传递，来树立企业和产品的绿色形象，以便与消费者的绿色需求相协调，巩固企业的市场地位。现实中消费者对于绿色产品的认知往往是模糊的，营销人员必须有效地将绿色产品的信息传递给消费者，才能使消费者认识、了解绿色产品，从而吸引消费者购买。

在绿色营销过程中，企业可以从人员推广、绿色广告、绿色公共关系、营业推广四个方面来开展绿色促销活动。人员推广可以直接宣传产品的功能、使用方法及对环境的保护作用，并能现场演示或回答用户的提问，让更多的消费者了解绿色产品。绿色广告可以通过媒介的传播来实现企业的绿色诉求，宣传企业的绿色形象，把绿色产品信息传递给广大消费者，刺激消费需求。绿色公共关系可以显示企业在绿色领域的努力，在公众心目中树立良好印象，还可以帮助企业更直接、更广泛地将绿色信息传递到广告无法到达的细分市场，给企业带来竞争优势。营业推广比较适合价格弹性较大的绿色产品，通过"赠券"、"奖售"等手段来增加顾客的"回头率"，有利于培养忠诚顾客，稳定企业的市场份额。

四、绿色营销的发展趋势

（一）绿色营销发展成为世界产品市场营销新动向

据经济学家预言，环保问题将成为影响市场供求关系的重要因素，成为本世纪市场营销中的一项重要课题。以环保为主题的绿色营销在未来市场营销中的地位将日益突出，并为企业带来许多市场机遇。另一方面，一些国家以环保为由，通过指定、发布和实施技术法规、标准和合格评定程序，形成限制其他国家产品进入该国市场的绿色壁垒。因此越来越严重的绿色壁垒也成为当今企业实现国际营销必须面对的现实课题。

（二）绿色营销被视为企业的长远发展战略

相对于企业自身而言，绿色营销有利于企业占有市场和扩大市场份额。道理很简单，一方面是消费者绿色意识增强，绿色产品消费成为一种时尚，从而形成市场潜力巨大的绿色产品消费市场，吸引企业进入；另一方面，面对众多竞争对手的压力，企业抢占绿色商机，有利于增强自身的竞争力和树立企业的绿色形象，对企业的长远发展是十分有利的。

（三）在产品国际贸易中，绿色壁垒将更多地取代传统的非关税壁垒

环保作为一种服务于各国贸易保护的有力武器，正逐渐成为国际贸易谈判中举足轻重的一条具体措施，进而发展成为一种新的非关税壁垒——绿色贸易壁垒。各国可以利用绿色贸易壁垒来保护本国市场免受进口产品的冲击。例如，欧盟在 2001 年 1 月对中国茶叶的农药残留的检测项目，从原来的 6 项增加到 62 项；2002 年上半年，欧洲茶叶委员会对进入欧盟地区的茶叶，实行新的更加严格的 MRL（农药残留最高限量）标准。又如，美国规定凡向美国出口水产品、果汁、蔬菜汁或其他制品的企业都必须实施 HACCP（危害分析与关键点控制）管理。

环保措施作为一种新兴的非关税壁垒，以其隐蔽性强、技术要求高、灵活多变等特点日益受到贸易保护主义者的青睐。这同时也增加了产品绿色营销在国际市场营销中的地位。

第二节　服务营销

现代科技日新月异，企业不断将新科技应用于产品开发中，产品质量的竞争已经达到白热化程度。在同类产品中，消费者已经很难在产品质量方面对产品进行区别和挑选。人们越来越多地关注购买产品时给自己带来的其他利益——服务。因此，现代企业愈来愈重视服务营销。

一、服务营销的概念

服务营销产生于 20 世纪 60 年代。1966 年，美国的拉斯摩教授首先提出了将无形服务同有形实体产品进行区分，并以非传统的方法研究服务的营销问题。1974 年，他的第一部论述服务营销的专著面世，标志着服务市场营销学的产生。从此人们开始认识服务在产品价值链上的重要地位和作用，并在不同的领域和不同的层次对服务营销进行了深入的研究与探索，并取得了丰硕的成果，使服务营销成为了市场营销学的主要分支之一。

服务最早的定义是由美国市场营销学会（AMA）在 1960 年给出的：“服务是指用于出售或者是同产品连在一起进行出售的活动、利益或满足感。”很显然，这个定义并没有反映出服务的本质特征，没有将有形产品与无形服务相区别。尽管这一定义在很长时间内被采用，但随着人们对服务本质的不断研究，并获取新的认识，学者们又从不同的角度给服务下了不同的定义。

目前，被学术界普遍公认的关于服务的定义是由美国学者菲利普·科特勒给出的：“服务是一方能够向另一方提供的本质上无形的任何行动或利益，并且不会导致任何所有权的产生。它的产生可能与某种物质相联系，也可能毫无联系。”这一定义比较全面地反映了服务的内涵与本质。

现实经济生活中的服务可以分为两大类。①服务产品。产品为顾客创造和提供的核心利益主要来自无形的服务。②功能服务。产品的核心利益主要来自有形产品，无形的服务只满足顾客的非主要需求。

服务市场营销是企业为了满足顾客对服务产品所带来的服务效用的需求，实现企业预定的目标，通过采取一系列整合营销策略而达到服务交易的商务活动过程。服务营销的研究包括服务产品营销和顾客服务营销，服务产品营销的本质是研究如何促进作为产品的服务的交换；顾客服务营销的本质则是研究如何利用服务作为一种营销工具促进有形产品的交换。但是，无论是服务产品营销还是顾客服务营销，服务营销的核心理念都是顾客满意和顾客忠诚，通过取得顾客的满意和忠诚来促进相互有利的交换，最终实现营销绩效的改进和企业的长期成长。

二、服务营销的特点

（一）服务产品的特点

服务是一种与实体产品有着本质区别的特殊商品。其特殊性表现为以下五个方面。

1. 无形性

这是服务产品最显著的特点。在购买有形产品之前，人们可通过自己的感官感受得到，可以用手去摸、用眼睛去看，甚至可以试用，但服务却不行。例如，医生为病人提供的医疗服务其结果是无法预料的，当然也更不能随意去试。服务的特质及组成服务的元素往往是无形、无质的，很难凭借触摸或肉眼去感受它的存在，甚至在许多情况下，服务后所享受的利益也很难被察觉，要等一段时间后才能感觉到利益的存在。

2. 生产与消费的同时性

生产与消费的同时性是指服务的生产过程与消费过程同时进行，两者在时间上不可分离。这一点与有形产品是截然不同的。有形产品被制造出来后，先储存，通过多重中间商分销，然后才到达消费者手中，其生产过程与消费过程是分离的。服务人员向顾客提供服务之时，也正是顾客消费、享用服务的过程。既然服务是一个过程或者是一系列活动，因而产品的生产者和消费者都必须直接参与，并发生相关的联系。若消费者不参与服务的生产过程，也就不能享受服务。在这种意义上讲，消费者实际上是服务产品的一部分，或者说是服务产品的载体。

3．服务品质的差异性

服务品质的差异性是指服务的构成成分及其质量水平经常变化，很难界定一个统一的标准。一方面，由于服务人员自身因素（如心理状态）的影响，即使由同一服务人员所提供的服务也可能会有不同的水准；另一方面，由于顾客直接参与服务的生产与消费过程，因此顾客自身的因素（如知识水平、兴趣和爱好等）对服务的质量与效果也会产生直接的影响。

4．服务的不可储存性

服务的不可储存性是指服务不能像有形产品那样，先储存起来，以备未来使用，而必须是即刻生产、即刻使用，否则就会造成不可弥补的损失（如车船的空位等）。不过，这种损失不像有形产品那样明显，它仅表现为机会的丧失和折旧的发生。正是服务产品的无形性和不可储存性决定了服务产品的固定成本一般都是很小的。

5．缺乏所有权

服务在交易过程结束后便消失了，消费者所拥有的对服务消费的权利并未因服务交易的结束而产生像一般商品交换那样获得具体的有形产品。换句话讲，消费者在整个的消费服务过程中只拥有对服务产品的消费权或使用权，并未获得所有权，因为服务产品的所有权是无法转让的。例如，汽车租赁公司向某顾客提供汽车租赁服务，向顾客提供的是汽车的使用权，而不是所有权，否则它就是一家汽车销售公司了。

（二）服务产品营销的特点

服务是无形产品，它与有形产品有着明显的不同，因而，服务产品营销与有形产品营销相比，有其自身的特点，主要表现为以下三个方面。

1．营销对象复杂多变

针对同样的服务产品，不同消费者的购买动机和购买目的是不同的，因为他们可能来自于不同的社会阶层，每个人的生活方式也有较大的差异性。

2．服务消费者需求弹性大

马斯洛需求层次理论指出，人的需求结构是多层次的（他将其分为五个层次），人的需求随着社会的进步和个人生活环境的改变而不断向高层次变化。人类在低层次上的生理和安全需求，可以通过有形产品来满足。但是，对高层次上的精神文化的需求仅仅依靠有形产品是远远不够的，现代人在追求生活质量时，更多的是看购买产品（无形或有形）时所获得的利益，这就是对服务的需求。社会向前发展，人们在追求美好生活的过程中对服务的需求会不断提高。需求弹性是服务行业研究的永恒课题。

3．营销方式的单一性

有形产品可以有经销、代销和直销等多种营销方式，无形产品则没有这些方式。服务过程是在产品的生产与消费的同一时点发生的。服务的这一特点决定了服务营销方式只能是单一的，即生产者与消费者面对面的、直接的营销方式。例如，顾客不与理发师直接接触，就不能享受到理发师给他带来的理发服务。服务营销方式的单一性使得服务产品的生产者不可能同时在多个市场上出售自己的产品。

三、服务营销组合

越来越多的证据显示，产品营销组合要素构成并不完全适用于服务营销。因此，有必要重新调整市场营销组合以适应服务市场营销。有学者将服务市场营销组合修改和扩充成为 7 个要素，即 7P。它们分别是产品（Product）、价格（Price）、渠道（Place）、促销（Promotion）、人（People）、有形展示（Physical Evidence）和过程（Process）。

（一）产品

服务产品所必须考虑的要素是提供服务的范围、服务质量、服务水平、品牌以及售后服务等。服务产品要素组合的差异非常大，如一家供应几样菜的小餐馆和一家供应特色大餐的五星级大饭店的产品要素组合就存在着明显的差异。

（二）价格

价格方面考虑的要素包括价格水平、折让和佣金、付款方式和信用。在区别一项服务同另一项服务时，价格是一种识别标志。顾客可以从一项服务的价格感受其价值的高低。价格和质量之间的相互关系也是服务定价的重要考虑因素。

（三）渠道

提供服务者所在地以及其地缘的可达性都是影响服务市场营销效益的重要因素。地缘的可达性不仅是指实物上的，还包括传导和接触的其他方式。所以分销渠道的类型及其涵盖的地区范围都与服务的可达性密切相关。

（四）促销

促销包括广告、人员推销、销售促进、宣传、公关等各种市场营销沟通方式。

（五）人

在服务企业担任生产或操作性角色的人，在顾客看来其实就是服务产品的一部分，贡献也和其他销售人员相同。大多数服务企业的特点是操作人员可能担任服务表现和服务销售的双重任务，因此，市场营销管理者必须和作业管理者协调合作。企业工作人员的任务极为重要，尤其是那些经营高接触度的服务业务的企业。所以，市场营销管理者还必须重视人员的甄选、训练、激励和控制。此外，对某些服务而言，顾客与顾客间的关系也应引起重视。因为，某一顾客对一项服务产品质量的认知，很可能会受到其他顾客的影响。

（六）有形展示

有形展示会影响消费者和顾客对于一家服务企业的评价。有形展示包含的要素有实体环境（装潢、颜色、陈设、声音）、服务提供时所需用的装备实物（如汽车租赁公司所需要的汽车）以及其他实体性线索（如航空公司所使用的标示、干洗店将洗好衣物加上的包装等）。

（七）过程

人的行为在服务企业很重要，而过程（服务的递送过程）也同样重要。表情愉悦、专注和关切的工作人员，可以减轻必须排队等待服务的顾客的不耐烦感，还可以平息顾客在技术上出现问题时的怨言或不满。整个系统的运作以及程序、方法的采用，服务供应中的机械化程度，员工决断权的适用范围，顾客参与服务操作过程的程度，咨询与服务的流动等，都是市场营销管理者须特别关注的事项。

四、服务营销策略

（一）内部营销和交互作用营销

内部营销和交互作用营销是国外营销学者近几年提出的，可用以解决服务企业特定的营销问题：有形产品的生产在某种程度上是标准化的，有形产品的销售是在实物化基础上进行的；与之相反，服务的生产是非标准化的，因而服务质量是不稳定的，服务销售也因服务的无形性而变得更加困难。因此，服务企业仅仅使用传统的营销组合策略是不够的，还应该采用内部营销策略和交互作用营销策略。

内部营销是指在服务企业内部全面贯彻市场营销观念，使每一个与顾客接触的部门和个人均从事营销活动，而不是仅仅由营销部门承担营销任务。实施内部营销的目的在于提高服务质量，更好地满足消费者的需求。内部营销策略能否取得预期的效果，主要取决于两个因素：①企业是否对员工进行培训，使其树立营销意识、掌握营销方法；②企业能否建立一套完整的制度，规定各部门所应承担的营销责任，并通过恰当的措施确保各部门履行各自的责任。一个服务企业能否实行内部营销，与企业营销部门是否善于促进和推动每个部门和每个员工实行市场营销（服务企业营销化）是分不开的。

交互作用营销是指通过改善服务提供者与顾客之间相互联系的方式，提高顾客所感知的服务质量。在有形产品营销中，产品质量与企业销售产品的方式并无十分密切的联系。但在服务营销中，顾客对服务质量的评价，不仅依据其技术质量（如医生的医术是否高明），而且还依据其职能质量（如医生对病人是否关心）。服务人员不能想当然地认为，只要提供了优良的技术服务，顾客就会感到满意。事实上，在很多情况下，即使顾客已经接受了优良的服务，也可能不会公正地评价服务的质量。通常，服务的专业性、技术性越强，服务的内容和程序越复杂，对服务质量作评价就越困难。因而，服务企业需要运用交互作用营销技巧。

（二）差别化管理

对于绝大多数服务企业而言，实施差别化管理是提高竞争能力、建立市场形象的重要手段。服务是无形的，因而不大可能像有形产品那样，通过形状、包装、色彩等产品特征很容易地被顾客辨别。而当各个竞争对手所提供的服务大同小异时，价格竞争会十分激烈。因此，对服务企业而言，使自己的服务（在顾客看来）区别于竞争对手的服务，既十分重要又相当困难。

实施差别化管理，主要有两方面内容，即服务内容差别化和企业形象差别化。服务内容差别化是使本企业所提供的服务区别于其他企业的关键，形象的差别化则起到了某种强化内容差异的作用。服务内容差别化既可以是对主要服务内容的革新和改进，如航空公司增加一条其他公司没有的新航线；也可以是对次要服务内容的革新和改进，如航空公司在机舱内播放电影或增加舱内供应食品品种等。企业形象的差别化，通常是指通过 CIS 系统树立品牌形象，这与有形产品没有区别。不过，从实践角度来看，服务企业不像生产有形产品的企业那样重视建立差别化形象的工作。

服务企业在实施差别化管理的过程中，应特别注意连续性。众所周知，服务内容的革新或改进极易为竞争对手所模仿。一种革新或改进的有形产品，可以在法律的保护下较长时期保持垄断地位。而新的服务项目则没有这种保护，其他企业容易效仿并提供同样的服务项目。因此，服务企业必须实施连续性差别化管理，始终坚持创新经营，才能在竞争中始终处于优势地位，获得持续领先的声誉。

（三）服务质量管理

服务作为交换的对象，其质量必然影响营销过程。与有形产品不同的就是服务产品的质量比有形产品更难衡量与控制。因此，服务型企业应更加重视服务质量管理，以提高市场竞争力。

从市场的角度看，服务质量是消费者对购买产品的评价。因此，服务质量不仅体现为符合一定标准、规范，而且同顾客的感受密切相关。即使是一个服务产品经过企业精心设计，认为符合高标准的服务，也可能不为顾客所喜爱和接受。因此，我们认为服务质量具有明显的主观特色，它取决于顾客对服务的预期质量与其实际感受的服务水平（体验质量）的对比。

白瑞等营销学者建立了 SERVQUAL（Service Quality 的缩写，服务质量）模型来测量企业的服务质量。具体的测量主要是通过问卷调查、顾客打分的方式进行的。针对每一项指标，该问卷包括两个相互对应的部分，一部分用来测量顾客对企业服务的期望，另一部分则测量顾客对服务质量的感受。顾客从期望的角度和从实际感受的角度所给出的分数往往不同，两者之间的差异就是企业服务质量的分数，即

$$SERVQUAL \text{ 分数} = \text{实际感受分数} - \text{期望分数}$$

推而广之，评估整个企业服务质量水平，实际上就是计算平均 SERVQUAL 分数。

服务企业可以通过对顾客期望的有效管理来实现对服务质量的管理，包括以下内容。

1. 保证承诺反映现实

明确的服务承诺和暗示的服务承诺都完全处在企业的控制中，对这些承诺进行管理是一种直接的、可靠的管理期望的方法。

2. 重视服务可靠性

可靠的服务有助于减少服务重现的需要，从而限制顾客的期望。

3. 与顾客进行沟通

与顾客进行有效的沟通，有助于在服务问题发生时减少或避免顾客的挫折感，从而使顾客树立对企业的信任和容忍。

第三节 关 系 营 销

随着市场经济的发展，市场营销活动范围日益扩大，市场竞争更加激烈，传统营销理论越来越难以适应复杂多变的市场营销环境。进入 20 世纪 70 年代后，西方国家一些营销学者积极研究和探索出了适应当代企业竞争要求的新型营销理论—— 关系营销理论，并成为 21 世纪企业营销的指导思想。

一、关系营销的概念及本质特征

（一）概念

关系营销是在传统营销的基础上，融合多个社会学科的思想而发展起来的，吸收了系统论、协同学、传播学等思想。所谓关系营销，是把营销活动看成是一个企业与消费者、供应商、分销商、竞争者、政府机构及其他公众发生互动作用的过程，其核心是建立和发展与这些公众的良好关系。它从根本上改变了传统营销将交易视做营销活动关键和终结的狭隘认识。企业应在主动沟通、互惠互利、承诺信任的关系营销原则的指导下，利用亲缘关系、地缘关系、文化习惯关系、偶发性关系等关系，与顾客、分销商及其他组织和个人建立、保持并加强关系，通过互利交换及共同履行诺言，使有关各方实现各自的目的。

（二）本质特征

关系营销的本质特征可以概括为以下四个方面。

1. 双向信息沟通交流

在关系营销中，交流是双向的，既可以由企业开始，也可由顾客或其他方开始，由企业主动和顾客联系进行双方交流对于加深顾客对企业的认识、察觉需求的变化、满足顾客的特殊需求以及维系顾客等方面有重要意义。广泛的信息交流与信息共享，可以使企业赢得更多的支持与合作。

2. 协同合作的战略过程

在关系营销中，企业营销的宗旨从追求每一笔交易的利润最大化转向追求各方利益的最优化，通过与公司营销网络中成员建立长期、良好、稳定的伙伴关系，保证销售额和利润的稳定增长。不仅仅是企业与顾客之间需要保持良好的合作关系，企业与企业之间也需要保持长期合作关系。

3. 互惠互利的营销活动

关系营销的基础在于交易双方之间有利益上的互补。如果没有各自利益的实现和满足，双方就很难建立良好的关系。关系建立在互利的基础上，要求互相了解对方的利益要求，寻求双方利益的共同点，并努力使双方的共同利益得到实现。真正的关系营销是达到关系双方互利互惠的境界。

4. 信息反馈的及时性

关系营销要求建立专门的部门，用以追踪利益相关者的态度。关系营销应具备一个反馈的循环，连接关系双方，企业由此了解到环境的动态变化，根据合作方提供的信息，以改进产品和技术。信息的及时反馈使关系营销具有动态的应变性，有利于挖掘新的市场机会。

二、关系营销的基本关系

关系营销把一切内部和外部利益相关者纳入研究范围，用系统的方法考察企业所有活动及其相互关系，如图 13-1 所示。

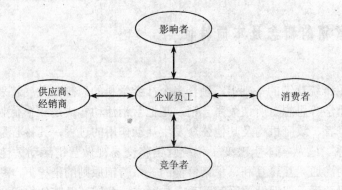

图 13-1　关系营销的基本关系体系

企业与利益相关者结成休戚相关的关系。企业的发展要借助利益相关者的力量，而利益相关者也要通过企业来谋求自身利益。

（一）企业内部关系

明智的企业高层领导心中装有两个"上帝"，一个"上帝"是顾客，另一个"上帝"是员工。企业要进行有效的营销，首先要有具备营销观念的员工，能够正确理解和实施企业的战略目标和营销组合策略，并能自觉地以顾客导向的方式进行工作。企业要尽力满足员工的合理要求，为关系营销奠定良好基础。

（二）企业与竞争者的关系

企业所拥有的资源条件不尽相同，与竞争者各有所长、各有所短。为了有效地通过资源共享实现发展目标，企业要善于与竞争对手和睦共处，并和有实力的、有良好营销经验的竞争者进行合作。

（三）企业与顾客的关系

以赢利为目的的企业必须依赖顾客。企业需要通过搜集和积累大量市场信息，预测目标市场购买潜力。采取适当的方式与消费者沟通，变潜在顾客为现实顾客。同时，要致力于建立数据库或其他方式，密切保持与消费者的关系，对老顾客要更多地提供产品信息，定期举行联谊活动加深其对企业的信任，争取使之成为长期顾客。

（四）企业与供应商、经销商的关系

因分工而产生的渠道成员之间的关系是由协作而形成的共同利益关系。合作伙伴之间虽难免存在矛盾，但相互间的依赖性更为明显。企业必须广泛建立与供应商、经销商之间密切合作的伙伴关系，以便获得来自供、销两个方面的有力支持。

（五）企业与影响者的关系

各种金融机构、新闻媒体、公共事业团体以及政府机构等，对企业营销活动都会产生重要的影响，企业必须通过公共关系等手段争取他们的理解与支持。

三、关系营销的适用性

关系营销具有许多其他营销方法不可比拟的优越性，但并不适用于所有类型的企业。要明确关系营销的适用性首先要分析企业与顾客之间关系的层次性。菲利普·科特勒将企业与顾客之间的关系水平区分为如下五种类型，如图 13-2 所示。

图 13-2 顾客—企业关系类型

（一）基本型

顾客只与企业进行一次或不定期的业务往来，企业完成产品销售后，不再或很少再与顾客接触。在基本型关系下，顾客是非常不稳定的，任何风吹草动都有可能使顾客转向别的供应商。

（二）被动型

顾客和企业间有多次业务往来，企业在销售产品的同时，会鼓励顾客在发现产品问题或不满时及时向企业反应。在被动型关系下，顾客可能对企业持中立态度甚至否定态度，之所以没有转换供应商只是因为惰性，而非忠诚度。

（三）负责型

顾客开始愿意与企业保持联系，并选择企业为优先考虑的供应商。企业的销售人员也会在产品售后不久，主动地通过各种方式向顾客了解产品是否能达到他的预期，搜集顾客有关改进产品的建议以及对产品的特殊要求，并把得到的信息及时反馈给企业，以便不断改进产品。

（四）主动型

顾客会与企业保持经常性的沟通，并将其推荐给其他顾客。企业的销售人员也会经常与顾客沟通，不时地打电话与消费者联系，向他们提出改进产品使用的建议，或者提供有关新产品的信息，促进新产品的销售。

（五）伙伴型

企业与顾客持续地合作，使顾客能更有效地使用其资金或帮助客户更好地使用产品，并按照顾客的要求来设计新产品。顾客与企业成为合作伙伴，一起进一步寻找办法以便双方都从关系的保持中获取更大利益。

四、关系营销的实施策略

（一）设立顾客关系管理机构

设立专门从事顾客关系管理的机构，选派业务能力强的员工任部门总经理，下设若干关系经理。总经理负责确定关系经理的职责、工作内容、行为规范和评价标准，考核工作绩效。关系经理负责一个或若干个主要客户，是客户所有信息的集中点，是协调公司各部门做好顾客服务的沟通者。关系经理要经过专业训练，具有专业水准，对客户负责，其职责是制订长期的和年度的客户关系营销计划，制定沟通策略，定期提交报告，落实公司向客户提供的各项利益，处理可能发生的问题，维持同客户的良好业务关系。建立高效的管理机构是关系营销取得成效的组织保证。

（二）个人联系

个人联系是指通过营销人员与顾客的密切交流增进友情，强化关系。例如，有的市场营销经理经常邀请客户的主管经理参加各种娱乐活动，如滑冰、野炊、打保龄球、观赏歌舞等，以促进双方关系逐步密切。

通过个人联系开展关系营销的缺陷是：易于造成企业过分依赖长期接触顾客的营销人员，增加了管理的难度。

（三）频繁市场营销计划

频繁市场营销计划也称为老主顾营销规划，主要通过向经常购买或大量购买的顾客提供奖励（形式有折扣，赠送商品、奖品等）来鼓励重复购买，是零售业经常采用的一种关系营销策略。

频繁市场营销计划通过长期的、相互影响的、增加价值的关系来促进最佳客户购买频率的提高。

（四）俱乐部营销规划

俱乐部营销规划指建立顾客俱乐部，吸收购买一定数量产品或支付会费的顾客成为会员。企业不但可以借此赢得市场占有率和顾客忠诚度，还可提高企业的美誉度。例如，海尔俱乐部为会员提供了各种亲情化、个性化的服务，广受欢迎，为企业建立了庞大的顾客网。

（五）顾客化营销

顾客化营销也称定制营销，是指根据每个顾客的不同需求制造产品并开展相应的营销活动。其优越性是通过提供特色产品、优异质量和超值服务满足顾客需求，提高顾客忠诚度。依托现代最新科学技术建立的柔性生产系统，可以大规模、高效率地生产非标准化或非完全标准化的顾客化产品，成本增加不多，使得企业能够同时接收大批顾客的不同订单，并分别提供不同的产品和服务，在更高的层次上实现"以销定产"。

（六）数据库营销

顾客数据库指与顾客有关的各种数据资料。数据库营销指建立、维持和使用顾客数据库以进行交流和交易的过程。数据库营销具有极强的针对性，是一种借助先进技术实现的"一对一"营销。

数据库营销可看做是顾客化营销的特殊形式，数据库中的数据包括以下几个方面：①现实顾客和潜在顾客的一般信息，如姓名、地址、电话、传真、电子邮件、个性特点和一般行为方式；②交易信息，如订单、退货、投诉、服务咨询等；③促销信息，即企业开展了哪些活动，做了哪些事，回答了哪些问题，最终效果如何等；④产品信息，即顾客购买了何种产品，购买频率和购买量如何等。数据库维护是数据库营销的关键，企业必须经常检查数据的有效性并及时更新。

（七）顾客退出管理

顾客退出指顾客不再购买企业的产品或服务，终止与企业的业务关系。退出管理指分析顾客退出的原因，相应地改进产品和服务以降低顾客流失率。

退出管理可按照以下步骤进行：

1）测定顾客流失率。

2）找出顾客流失的原因。

3）测算流失顾客造成的公司利润损失。

4）确定降低流失率所需的费用。

5）制定留住顾客的措施。

企业应经常性地测试各种关系营销策略的效果、营销规划的长处与缺陷、执行过程中的成绩与问题等，以持续不断地改进规划，在高度竞争的市场中建立和加强顾客忠诚度。

第四节 概 念 营 销

一、概念营销的含义

概念营销是指企业在市场调研和预测的基础上，以产品或服务为前提并以其质量为保证，将产品或服务的特点结合消费者消费偏好加以提炼，创造出某一具有核心价值理念的概念，通过这一概念向目标顾客传播产品或服务所包含的功能取向、价值理念、文化内涵、时尚观念、科技知识等，从而激发目标顾客的心理共鸣，最终促使其购买的一种营销新理念。

二、概念营销的产生

（一）信息爆炸引发注意力经济

计算机网络等信息技术的发展促使信息爆炸时代来临。由于每个人的注意力是有限的，因此注意力是一种稀缺资源。作为信息传播工具的各类传媒，营销着人们的生活和消费，甚至决定人们的消费选择。概念营销的魅力就是创造一种独特的卖点，通过现代传媒技术，来吸引消费者的注意力，从而实现企业的营销目标。

（二）消费者的需求变化

随着科技的进步、市场的开放，过去的卖方市场已转变为买方市场。社会产品极其丰富，产品的功能相似，品牌众多，消费者已经不满足于雷同的产品，更加追求符合自己个性的产品。个性化时代已经来临，个性需求引发个性化营销，如何实施个性化营销？概念营销是一种重要选择方式，概念营销能够彰显消费者的个性需求。

（三）竞争升级引发营销理念创新

从某种意义上来说，概念营销是市场竞争升级的必然产物。伴随着竞争激烈程度的增加，低层次的营销方式已无法赢得市场，概念营销理念应运而生。

（四）现代科技的发展

科学技术的突飞猛进为概念营销的产生、发展提供了手段和基础。如果没有电视、电话、传真、计算机以及其他信息产品，如果没有发达的现代邮寄系统（陆海空、电邮等），概念营销的发展是不可能的，因为缺少这些必要的技术手段，概念营销就无法推广、普及。

三、概念营销的特征

（一）创造需求性

菲利普·科特勒曾多次提出创造需求的概念，并且多次强调创造需求对企业营销的重大意义。企业如果不能挖掘出消费者的潜在需求，是不能形成现实购买力的。概念营销的一大特征就是，正确把握消费者的消费心理和消费趋势，生产出符合其需求的新产品，在新产品上市之初，推出某一特定概念，展现产品的核心价值，从而把消费者的潜在需求引导出来，甚至创造出来。

（二）差异性

概念营销最大的特点就是差异化。随着科技的进步、社会的发展，各企业同类产品之间性能差异不断缩小，整体产品日趋同质化。企业要制造区别于其他产品的亮点，必须要在其产品上，形成与其他产品的差异。从这些差异中提炼出来的产品概念，往往能够突破产品的同质化，起到战胜竞争对手的积极作用。

（三）创新性

概念营销是一种崭新的观点和思维方式，它能以独特的视角去审视消费者的现实需求和潜在需求，从而在某一方面或某一层次满足消费者的消费需求，它是企业在某一领域或某一方面的追求或突破，是新价值与新功能的结合体，更能贴近消费者的现实生活。

（四）风险性

概念营销实施得当可以使企业迅速窜红，短期销量大幅增加；实施不当则会使企业陷入窘境，进退两难。作为一种新兴的营销方式，概念营销曾经为生产企业创造了骄人的战绩，但是我们也应看到，应用概念营销也存在一定的风险，如消费者接受与否的风险、行业竞争加剧的风险、跟随者模仿的风险。因此，企业在应用概念营销时应结合实际，不可盲目使用。

四、概念营销的运作

（一）与社会经济发展的潮流相顺应

顺应社会经济发展的潮流对概念营销来说非常重要，有时可以通过概念营销引导潮流。社会经济发展潮流包括消费者对社会时尚的追求和社会发展观念的变化等。

（二）与高新技术挂钩

高新技术往往能吸引大众目光，如果在概念营销中，把概念适当往高新技术上靠，就能够提高产品层次，促使现实购买。

（三）与重大新闻事件联系起来

重大新闻事件往往能够吸引消费者的眼球。通过将产品的核心价值与重大新闻事件联系起来在概念营销中经常使用，有时甚至为了概念营销的需要而制造新闻事件。需要注意的是概念营销中的概念与新闻事件要有一定的联系，不能牵强附会，并且新闻事件要有轰动效应。

（四）与目标顾客的切身利益相契合

将产品的核心价值与顾客的切身利益相契合，在概念营销中经常运用。例如，消费者对食品安全问题特别关注，因此，在食品概念营销中突出健康概念，能引起消费者的认同。

（五）与顾客消费心理相匹配

消费者心理需求及观念的变化，直接影响消费者的消费行为，因此在概念营销中把握目标顾客的消费心理至关重要。

第五节 网络营销

互联网起源于 20 世纪 60 年代末期的美国，几十年来，在全球范围内以一种不可阻挡的势头迅猛发展，整个社会步入了全新的网络经济时代。互联网的出现深刻地影响了人类生活的各个角落，改变了人们的生活方式和消费习惯。每一个企业都面临着网络营销的问题，因此，在网络、科技和全球化迅猛发展的今天，企业要成功实现自己的目标，就必须重视开展网络营销。

一、网络营销的含义

与许多新兴学科一样，网络营销尚没有一个公认的、完善的定义。从广义上来说，凡是以互联网为主要手段进行的、为达到一定营销目标的营销活动，都可以称为网络营销。根据国内外学者的研究，结合市场营销的实践，我们将网络营销作如下定义：网络营销是指企业以电子信息技术为基础，以计算机网络为媒介和手段，为实现一定营销目标而进行的各种营销活动的总称。

网络营销可以通过互联网手段更好地实现各项营销的职能，为增加企业销售、提升品牌价值、提高整体竞争力提供支持，也就是说，可以充分利用网络资源营造一个有利于企业发展的经营环境。根据网络营销的定义，可以得出下列认识。

1) 网络营销不是网上销售，网上销售是网络营销发展到一定阶段产生的结果，网络营销是为实现网上销售目的而进行的一项基本活动。网络营销本身并不等于网上销售，因为网络营销的效果可能表现在多个方面，如企业品牌价值的提升、加强与客户之间的沟通、作为一种对外发布信息的工具等。网络营销活动并不一定能实现网上直接销售的目的，但是有利于增加总的销售；网上销售的推广手段也不仅仅靠网络营销，往往还要采取许多传统的方式，如传统媒体广告、发布新闻、印发宣传册等。

2) 网络营销不仅限于互联网，这是因为互联网本身还是一个新生事物。在我国，上网人数占总人口的比例还不大，即使对于网民来说，由于种种因素的限制，在互联网上通过常规的检索办法，不一定能顺利找到所需信息。因此，一个完整的网络营销方案，除了利用网络进行推广之外，还很有必要利用传统营销方法进行网下推广，如阿里巴巴网站通过在电视、专业杂志等传统媒体上发布广告，以吸引更多的企业通过阿里巴巴交易平台实现交易行为。

3) 网络营销建立在传统营销理论基础之上。网络营销是企业整体营销战略的一个组成部分，网络营销活动不可能脱离一般营销环境而独立存在，网络营销理论是传统营销理论在互联网环境中的应用和发展。

二、网络营销的特点

网络营销具有传统营销不具备的许多特点，同时也具备了很多传统营销不具备的优势。

（一）营销成本低、价格低

传统的营销方式往往要花大量经费用于产品目录、说明书、包装、储存和运输，并有专人负责向顾客寄送各种相关数据。运用网络营销后，企业只需将产品信息输入计算机并联网，就可以让顾客自己查询，无需再投入人力寄送数据，不用再进行印刷、包装、存储和运输。这样极大地节约了营销费用，降低了营销成本。

（二）网络市场全球性

网络的连通性决定了网络营销的跨国性，网络的开放性决定了网络营销市场的全球性。网络营销是在一种无国界的、开放的、全球的范围内去寻找目标顾客，使得国外的顾客和本企业在网上达成交易，从而实现全球营销。

（三）营销环节少

网络营销中，营销数据不必再求助经销商，企业可以直接安排有关数据上网，供顾客查询。网络营销可以使商品信息发布、收款直至售后服务一气呵成，大大减少了营销环节。

（四）营销全天候性

网络营销可以一直进行，没有时间限制。企业的营销信息上网后，电子信息服务可以一直工作，从不间断。

（五）需求满足个性化

互联网的出现，使工业经济时代采用大工业生产方式与满足千差万别的消费者个性化需求的定制模式终于能够完美地结合在一起。通过网络营销，企业可以将产品中属于消费者共同需要的部分，采用机器大工业的方式批量生产，以求得生产成本的经济性，而产品中因人而异的部分采取可灵活调整的柔性化方式进行生产，企业可以用更低的成本与价格为消费者提供完全符合个性要求的定制产品。这种方式真正实现了完全从消费者需求出发的目标市场营销。

三、网络营销的手段

（一）搜索引擎注册与排名

这是最经典也是最常用的网络营销方法之一。现在，虽然搜索引擎的效果已经不像几年前那样有效，但调查表明，搜索引擎仍然是人们发现新网站的基本方法。因此，在主要的搜索引擎上注册并获得最理想的排名，是网站设计过程中要考虑的问题之一。搜索引擎竞价排名是近几年风靡的网络推广服务，竞价排名的服务模式是让用户注册属于自己的产品关键字（产品或服务的具体名称），当网民通过搜索引擎寻找相应产品信息时，该网站将出现在搜索结果的醒目位置，成为客户首选。这是真正的点对点广告投放，不浪费一分钱的广告费，让商品找到买家，让买家找到自己想买的产品，针对性极强。

现在国内比较著名的搜索引擎主要有新浪、搜狐、雅虎、百度等，国外比较著名的有Google、AltaVista、Excite、MSN Search 等。搜索引擎各有特点，其注册费用和方式也不尽相同，企业应在财力许可的前提下根据实际情况加以选择。

（二）交换链接

交换链接或称互惠链接、友情链接、互换链接等，是具有一定互补优势的网站之间的简单合作形式，即网站分别在自己的网站上放置对方网站的 LOGO 或网站名称并设置对方网站的超级链接，使用户可以从合作网站中发现自己的网站，达到互相推广的目的。交换链接的作用主要表现在获得访问量、增加用户浏览时的印象、在搜索引擎排名中增加优势、通过合作网站的推荐增加访问者的可信度等方面。交换链接的意义已经超越了可以增加访问量本身，比直接效果更重要的在于企业可以获得业内的认知和认可。

（三）病毒性营销

病毒性营销并非真的以传播病毒的方式开展营销，而是通过用户的口碑宣传网络。信息像病毒一样传播和扩散，利用快速复制的方式传向广大受众。因此，病毒性营销成为一种高效的信息传播方式，而且由于这种传播是用户之间自发进行的，几乎是不需要费用的网络营销手段。

（四）网络广告

作为网络促销的主要形式，网络广告的发展也蒸蒸日上、绚丽多彩。除了常见的旗帜广告、按钮广告等，网络广告商还增加了动画、音乐甚至游戏内容，提高了网络广告的感染力。

（五）信息发布

信息发布既是网络营销的基本职能，又是一种实用的操作手段。通过互联网，企业不仅可以浏览大量商业信息，还可以自己发布信息。最重要的是，企业可以将有价值的信息（新产品信息、优惠促销信息等）及时发布在自己的网站上，以充分发挥网站的功能。

（六）许可 E-mail 营销

基于用户许可的 E-mail 营销与滥发邮件不同，许可营销比传统的推广方式或未经许可的 E-mail 营销具有明显的优势，如可以减少广告对用户的滋扰、增加潜在客户定位的准确度、增强与客户的关系、提高品牌忠诚度等。开展 E-mail 营销的前提是拥有潜在用户的 E-mail 地址，这些地址可以是企业从用户、潜在用户资料中自行搜集整理，也可以利用第三方的潜在用户资源。许可 E-mail 营销是网络营销方法体系中相对独立的一种，既可以与其他网络营销方法结合使用，也可以独立应用。

（七）邮件列表

邮件列表实际上也是一种 E-mail 营销形式，内部列表 E-mail 营销就是通常所说的邮件列表，是利用网站的注册用户资料开展 E-mail 营销的方式，常见的形式如新闻邮件、会员通信、电子刊物等。邮件列表也基于用户许可的原则，用户自愿加入、自由退出，通过为用户提供有价值的信息，在邮件内容中加入适量促销信息，从而实现营销的目的。邮件列表的主要价值表现在四个方面：①作为公司产品或服务的促销工具；②方便与用户交流；③获得资助或者出售广告空间；④收费信息服务。

（八）个性化营销

个性化营销的主要内容包括用户定制自己感兴趣的信息内容、选择自己喜欢的网页设计形式、根据自己的需要设置信息的接收方式和接受时间等。个性化服务在改善顾客关系、培养顾客忠诚度以及增加网上销售量方面具有明显的效果。据研究，为了获得某些个性化服务，在个人信息可以得到保护的情况下，用户才愿意提供有限的个人信息，这正是开展个性化营销的前提保证。

（九）会员制营销

会员制营销是指通过在会员网站放置广告链接以增加站点访问量并提高销售额，同时根据点击率或销售额向会员网站支付佣金的一种网络营销方法。会员制营销已经被证实是电子商务网站的有效营销手段，国外许多零售型网站都实施了会员制营销。会员制营销几乎已经覆盖了所有行业。国内的会员制营销还处在发展初期，不过电子商务企业已经对此表现出了浓厚兴趣，会员制营销正呈现出日益旺盛的发展势头。

（十）网上商店

建立在第三方提供的电子商务平台上、由商家自行经营的网上商店，如同在大型商场中租用场地开设的专卖店一样，是一种比较简单的电子商务形式。网上商店除了具有通过网络直接销售产品这一基本功能之外，还是一种有效的网络营销手段。从企业整体营销策略和顾客的角度考虑，网上商店的作用主要表现在两个方面：①网上商店为企业扩展网上销售渠道提供了便利的条件；②建立在知名电子商务平台上的网上商店增加了顾客信任度。从功能上来说，其对不具备电子商务功能的企业网站也是一种有效的补充，对提升企业形象并直接增加销售量具有良好的效果，尤其是将企业网站与网上商店相结合，效果更为明显。

四、企业网络营销站点的建设

网站不仅代表着企业的网络品牌形象，同时也是开展网络营销的根据地，网站建设的水平对网络营销的效果有直接影响。那么，怎样才能建设一个真正有用的网站呢？这就需要对企业网站可以实现的功能有一个全面的认识，建立适合自己的网站，让网站真正发挥作用，成为有效的营销工具。

（一）企业网站的基本形式

一个企业网站应该具备什么样的功能，以及采取什么样的表现形式，并没有统一的模式，企业网站也许只需要千元左右就可以运转，而功能完善的电子商务网站花费几百万元也不足为奇。尽管每个企业的网站规模不同，表现形式各有特色，但从经营实质来说，不外乎信息发布型、产品销售型、综合电子商务型三种基本形式。一个综合性电子商务网站实际上包含了前两种基本形式的内容。

1. 信息发布型企业网站

信息发布型企业网站是初级形态的企业网站，不需要太复杂的技术，而是将网站作为一种信息载体，主要功能定位于企业信息发布，包括公司新闻、产品、采购信息等用户、销售商和供应商所关心的内容，多用于品牌推广及沟通，网站本身并不具备完善的网上订单跟踪处理功能。这种类型的网站由于建设和维护比较简单，资金投入也很少，初步解决了企业上网的需要，因此，是中小企业网站的主流形式。即使是一些大型网站，由于种种原因，在企业真正开展电子商务之前，网站的内容通常也是以信息发布为主。因此，这类网站有广泛的代表性。

2. 网上销售型企业网站

在发布企业产品信息的基础上，增加网上接受订单和支付的功能，就具备了网上销售的条件。网上销售型企业网站的价值在于企业基于网站直接面向用户提供产品销售或服务，改变传统的分销渠道，减少中间流通环节，从而降低总成本，增强竞争力。

3. 综合性电子商务网站

企业网站的高级形态不仅仅是将企业信息发布到互联网上，也不仅仅是用来销售公司的产品，而是集成了包括供应链管理在内的整个企业流程一体化的信息处理系统。

（二）企业网络营销站点的建设

一般而言，企业网络营销站点的建设，包括域名申请、站点建设的准备、站点设计与开发、站点的推广与维护等。

1．域名申请

（1）选择域名

检索确认要注册的域名还没有被人注册。如果选择的域名已经被注册，但企业又特别想要注册此域名，可以了解域名注册公司的业务情况，如果属于域名抢注，可以协商转让，对于恶意抢注也可以进行起诉。

（2）登记注册

先要选择是自己注册还是委托注册。国际域名可采取委托注册；国内域名可以直接在CNNIC（http://www.cnnic.net.cn）进行注册，也可以委托专业公司注册。一般使用在线注册方式，即直接通过互联网进行注册。注册时将选择好的域名以及企业有关资料发送给注册机构或者代理机构。

（3）域名变更

如果企业情况发生变化，可以申请对域名进行变更。可以通过互联网直接要求域名管理机构或者代理机构对域名进行转移、修改，或者办理域名过户手续将域名转让给他人。国际域名一直允许转让，国内域名现在也允许有偿转让。

2．站点建设的准备

企业网络营销站点建设的准备工作可以从三方面入手，即 Web 服务器建设、准备站点资料、选择站点开发工具等。

（1）Web 服务器建设

企业如独立建设和运行自己的 Web 服务器需要投入大量资金，包括建立内部网络、安装服务器，运转时需要大笔资金租用通信网络。因此，一般企业建设 Web 服务器时，往往采取服务器托管、虚拟主机、租用网页空间、委托网络服务公司代理等方式进行。

（2）准备站点资料

网络营销站点建设的重点是根据站点规划设计 Web 主页。如果建设一个能提供在线销售、产品或服务的网页推广、发布企业最新信息、提供客户技术支持等功能的网络营销站点，需要准备以下一些资料：①要策划网站的整体形象，要统筹考虑网页的风格和内容；②公司的简介、产品的资料、图片、价格等需要反映在网上的信息；③准备公司提供增值服务的信息资料，如相关产品技术资料、市场行情信息等。

（3）选择站点开发工具

自行开发设计网站时，必须准备相关工具软件进行开发设计。一般需要以下几种工具软件：①主页设计工具软件，如微软 FrontPage2000、Dreamweaver 等；②图像处理软件，如Adobe 公司的 Photoshop 等；③声音、影视处理软件；④交互式页面程序设计软件，如微软的 Asp 开发系统等。

3．站点的设计与开发

网站的设计和开发包括模式设计、内容设计、网站管理系统开发。模式设计主要是结合网站规划统一设计风格和模式，主要内容包括导航设计、主页规划、模板设计和搜索引擎设置等，网站模式设计是一个站点开发设计的基础，必须在网页制作前完成。网站内容设计是根据网站规划和设计好的网站模式，将有关信息内容制作成网页。内容设计是网站设计的关键，它包括各种放在网页上的信息和资料，还有其他多媒体内容。网站管理系统设计则是针对网站的目标，开发出一些辅助管理系统，如数据库管理、网站内容维护与更新管理系统等。现在有许多网站管理软件，可根据网站模式和营销目的选择使用，也可根据服务对象和营销目的进行二次开发。

4．营销网站的推广与维护

营销站点的推广有多种方法，如搜索引擎加注、电子邮件、新闻组、BBS、友情链接或广告互换等。

（三）影响企业网站有效性的因素

实践发现，有不少的企业网站没有发挥太大的作用，但这并不是网站本身的错误。调查表明，一个企业网站是否可以最终发挥作用主要由三个方面决定：①企业对网站的认识；②网站建设服务商的专业水平；③网站的推广方式和推广力度。

1．企业对网站的认识

一个网站是否能够发挥作用与网站建设的专业化程度密切相关。因为网站是企业开展网络营销的基础，但在企业作出网站建设决策时，多方面因素决定了一些企业网站的先天不足，尤其在企业第一次建立网站时表现更为明显。这些不足主要表现为：很多建立网站的企业对网站的作用认识不深，对网站需求不明确，对网站功能要求不高，更多关注价格因素及网页的美观性，甚至一些企业对网站的作用有疑虑。

2．网站建设服务商的专业水平

网站建设服务商的选择对企业网站也有很大的影响。网站的最终效果与服务商所起的作用密不可分。目前涉足国内网站建设和网络营销的企业水平有很大差异，既有各种规模的网络公司、B2B网站，也有域名注册和虚拟主机提供商，但真正有能力提供网站策划和建设以及整套网络营销服务的专业公司很少。一些建站的企业对价格重视程度远远高于最终效果，所以价格便宜成为他们选择服务商的主要因素，结果自然会在网站功能和实用性等方面受到损害，网站甚至成了一个摆设。

3．网站的推广方式和推广力度

当企业网站建成、发布之后，还需要对网站进行有力推广，获得尽可能多的用户访问量是网站最终效果可以发挥的必要条件，但在网站推广方面，企业虽然关心网站的推广方法，但很少选择专业网络营销公司的服务。即使建成一个功能满足需求的网站，很多情况下，由于对网络营销缺乏系统的认识，同样会造成网站推广效果不佳，网站建设与推广服务的脱节是比较普遍存在的现象。

总之，一个企业在规划自己的网站时，应明确建站的目的，然后还要对网站功能需求进行分析，使企业的网站真正发挥功效。

本章思考题

1．什么是绿色营销？绿色营销具有哪些特点？
2．如何理解关系营销的含义？关系营销涉及哪些关系？
3．什么是概念营销？企业如何运用概念营销？
4．网络营销的含义及特点是什么？
5．我国在网络营销中存在哪些问题？请给出建议。

参 考 文 献

[1] 曲丽. 市场营销学[M]. 北京：清华大学出版社，2009.

[2] 李伟文. 现代市场营销[M]. 武汉：武汉大学出版社，2007.

[3] 黄金火. 市场营销学[M]. 上海：上海财经大学出版社，2006.

[4] 王勇. 市场营销学[M]. 合肥：合肥工业大学出版社，2006.

[5] 陈阳. 市场营销学[M]. 北京：北京大学出版社，2008.

[6] 郭国庆. 市场营销学通论[M]. 北京：中国人民大学出版社，2006.

[7] 郭国庆. 市场营销学概论[M]. 北京：高等教育出版社，2008.

[8] 吴涛. 市场营销学教程[M]. 北京：中国发展出版社，2009.

[9] 赫连志巍，等. 市场营销学[M]. 北京：机械工业出版社，2009.

[10] 纪宝成. 市场营销学教程[M]. 北京：中国人民大学出版社，1999.

[11] 方光罗. 市场营销学[M]. 大连：东北财经大学出版社，2006.

[12] 吕一林，等. 现代市场营销学[M]. 北京：清华大学出版社，2007.

[13] 梁东，刘建堤. 市场营销学[M]. 北京：清华大学出版社，2007.

[14] 王海云，等. 市场营销学[M]. 北京：经济管理出版社，2008.

[15] 王德清，严开胜. 现代市场营销学[M]. 重庆：重庆大学出版社，2005.

[16] 殷博益. 市场营销学[M]. 南京：东南大学出版社，2009.

[17] 王延荣. 市场营销学[M]. 郑州：河南人民出版社，2005.

[18] 徐盛华. 新编市场营销学基础[M]. 北京：清华大学出版社，2006.

[19] 吴丰. 市场营销管理[M]. 成都：四川大学出版社，2004.

[20] 刘传江. 市场营销学[M]. 北京：中国人民大学出版社，2004.

[21] 张英奎，等. 现代市场营销学[M]. 大连：大连理工大学出版社，2007.

[22] 吴健安. 市场营销学[M]. 北京：高等教育出版社，2008.

[23] 菲利普·科特勒，等. 营销管理（新千年版）[M]. 北京：中国人民大学出版社，2001.

[24] 甘碧群. 市场营销学[M]. 武汉：武汉大学出版社，2004.

[25] 徐鼎亚. 市场营销学[M]. 上海：复旦大学出版社，1999.

[26] 郝旭光. 新编市场营销[M]. 成都：西南财经大学出版社，2000.

[27] 陈启杰. 现代国际市场营销学[M]. 上海：上海财经大学出版社，2000.

[28] 万后芬. 市场营销教程[M]. 北京：高等教育出版社，2003.

[29] 汪涛. 组织市场营销[M]. 北京：清华大学出版社，2005.

[30] 张鑫. 现代营销学[M]. 上海：同济大学出版社，2005.

[31] 叶万春. 营销策划[M]. 北京：清华大学出版社，2005.

[32] 叶万春. 市场营销学[M]. 武汉：武汉理工大学出版社，2001.

[33] 晁钢令. 市场营销学教程[M]. 上海：上海财经大学出版社，1999.

[34] 江林，等. 现代市场营销管理[M]. 北京：电子工业出版社，2002.